蘇氏演義・刊誤・資暇集 譯註

文淵閣四庫全書本

蘇氏演義 譯註

唐 蘇鶚 撰

金萬源 標點·校勘·譯註

刊誤 譯註

唐 李涪 撰

金萬源 標點·校勘·譯註

資暇集 譯註

唐 李匡乂 撰

金萬源 標點·校勘·譯註

역락

서 문

필자는 중국의 고전과 관련하여 폭넓은 지식과 다양한 정보의 체계적인 자료를 구축하고자 하는 욕심에, 다음과 같은 4종의 총서 역주서를 세상에 선보인 적이 있다.

중국고전총서1 고사편 : ≪산당사고 역주≫ 20책 (2014)
중국고전총서2 어휘편 : ≪사물기원 역주≫ 2책 (2015)
중국고전총서3 인물편 : ≪씨족대전 역주≫ 4책 (2016)
중국고전총서4 도서편 : ≪사고전서간명목록 역주≫ 4책 (2017)

이상 4종의 총서를 발간한 뒤로, 필자는 이를 바탕으로 고문헌에 대해 보다 깊이 있는 탐구를 시도해 보고자 하는 마음이 생겼다. 이 책은 이러한 동기를 완수하기 위한 작업으로 ≪백호통의白虎通義 역주譯註≫와 ≪독단獨斷・고금주古今注・중화고금주中華古今注 역주譯註≫ 및 ≪금루자金樓子 역주譯註≫에 이어 네 번째로 얻은 결과물이다.

이 책에서 다룬 세 종류의 서책 가운데, ≪소씨연의蘇氏演義≫는 당나라 때 사람 소악蘇鶚이, ≪간오刊誤≫는 이부李涪가, ≪자가집資暇集≫은 이광예李匡乂가 중국 고대의 여러 가지 제도와 문물에 대해 고찰하면서, 자신들 나름대로 습득한 지식과 그에 관한 견해를 덧붙여 완성한 저술들이다. 그러나 오랜 세월에 걸쳐 전래되면서 오자誤字나 탈자脫字・연자衍字가 발생하고, 문장이 뒤섞이는 과정을 겪는 바람에 현전하는 서책은 온전한 형태를 갖추지 못 하고 있다. 이에 본고에서는 사고전서본을 바탕으로 교감할 것은 교감하고, 보충할 것은 보충하여 재정리하였다.

이 책의 역주 작업 역시 기존의 역주서와 마찬가지로, '표점(구두점) 정리→교감→각주→번역'의 순차를 밟아 진행하였다. 이러한 일련의 작업은 개인의 천학비재淺學非才한 역량에 의존하였기에, 오류가 있을 수 있다. 독자제현의 냉엄한 지적이 있으리라 생각한다. 끝으로 이 책의 출간을 위해 물심양면으로 도움을 주신 모든 분들에게 고개 숙여 깊은 감사의 인사를 올린다.

2021년 8월 31일
강원도 강릉시 청헌재淸軒齋에서 필자 씀

일 러 두 기

1 문연각사고전서본 ≪소씨연의≫와 ≪간오≫ 및 ≪자가집≫의 본
   교감 및 역주 작업에서 사용한 기호와 차서는 아래와 같다.
   ■ : 권제목 예) ■蘇氏演義卷上
   ◇ : 항제목 예) ◇二都不並建(두 도읍을 동시에 건설하지 않다)
   ● : 각 항목의 원문原文
   ○ : 각 항목의 역문譯文

2 이 책에 보이는 속자俗字나 통용되지 않는 이체자異體字는 저자의
   의도나 문맥을 해치지 않는다고 판단되면 가급적 정자正字로 교체
   하였다.

3 일상적인 한자어나 반복하여 출현하는 한자어인 경우는 우리말 뒤
   에 한자를 생략하였고, 원문에 동일한 한자어가 명기되어 있을 경우
   도 가급적 우리말 뒤에 한자를 반복하여 명기하지 않았다. 다만 각
   주에서는 모든 한자어 뒤에 괄호로 독음을 달았는데, 우리말 독음은
   본음本音이 아닌 두음법칙頭音法則에 준한 한글사전식 표기법에 의
   거하였음을 밝힌다. 한자어 뒤에 특별히 독음이나 해설을 보충할 때
   는 괄호를 사용하였지만, 한자를 우리말 뒤에 병기할 때는 괄호를
   사용하지 않았다.

4 각주는 양적인 문제 때문에 권卷이 바뀔 때마다 새 번호로 시작하
   였다. 각주의 내용도 독자들의 편의를 위해 각 권을 단위로 새로 달
   았으나, 같은 권 안에서는 처음 출현할 때만 각주를 달고 재차 출현
   하였을 경우는 중복을 피하기 위해 각주를 달지 않았다. 아울러 각
   주의 내용은 문맥을 이해하는 데 도움이 되는 내용을 위주로 기술
   하였다.

5 고유명사, 즉 인명人名이나 지명地名·서명書名·직명職名·연호年
   號 등의 경우 문장의 이해에 필요하다고 판단되는 경우에는 각주를
   달았지만, 일반적으로 널리 알려졌거나 본문을 통해 어느 정도 윤

곽을 인지할 수 있는 경우는 생략하였다. 단 현전하는 문헌으로 고증할 수 없는 경우는 그 연유를 밝혔다.

6 인명의 경우 자字나 호號·자호自號·묘호廟號·시호諡號·봉호封號·관호官號 등 별칭으로 표기된 경우, 특별한 경우가 아니면 독자들이 이해하기 쉽도록 일관적으로 별칭을 앞에 적고 실명을 뒤에 적었으며, 본문에서 시대를 밝히지 않은 경우는 왕조명을 괄호로 병기해 시간적인 이해를 돕도록 하였다. 아울러 저자나 편자의 경우 생졸연대를 괄호로 표기하되 불분명한 경우는 생략하였음을 밝힌다.

7 지명의 경우 지금의 성省 단위 행정 체계는 명청明淸 때부터 윤곽이 잡히기 시작하였다. 따라서 비록 고대의 행정 구역명과 현대의 행정 구역명에 다소 차이가 있더라도 고대 명칭을 그대로 사용하되 현대의 성 명칭을 괄호로 병기해 공간적인 이해를 돕고자 하였다.

8 서명의 경우 사고전서본四庫全書本과 속수사고전서본續修四庫全書本·사고전서존목총서본四庫全書存目叢書本 등의 명칭을 위주로 표기하였다. 단 십삼경주소본十三經注疏本은 '주소注疏'라는 명칭을 생략하고, 《역경易經》 《서경書經》 《시경詩經》 《좌전左傳》 《공양전公羊傳》 《곡량전穀梁傳》 《주례周禮》 《의례儀禮》 《예기禮記》 《논어論語》 《맹자孟子》 《효경孝經》 《이아爾雅》 등 통용 명칭을 사용하였다. 또한 예문의 출처를 밝힐 때 원전의 서명·편명·권수 등은 사고전서본을 기준으로 하였음을 밝힌다.

9 본 역주서에서의 음가音價는 한글 독음을 기준으로 하되 한글 독음과 고대 중국의 반절음反切音 및 현대한어병음現代漢語拼音상의 음가가 불일치할 경우는 한글 독음과 반절음 혹은 한어병음을 병기함으로써 독자의 이해를 돕는 방향으로 작업을 하였음을 밝힌다.

참 고 문 헌

1. 사전류

≪漢韓大辭典≫ 동양학연구소 한국: 단국대학교출판부(2008)

≪韓國漢字語辭典≫ 동양학연구소 한국: 단국대학교출판부(1996)

≪漢韓大字典≫ 한국: 민중서관(1983)

≪中韓辭典≫ 고대민족문화연구소 한국:고려대학교출판부(1993)

≪漢語大詞典≫ 漢語大詞典編纂委員會 中國: 上海辭書(1986)

≪中文大辭典≫ 中文大辭典編纂委員會 編 臺灣: 中華學術院(1973)

≪四庫大辭典≫ 李學根・呂文郁 編 中國: 吉林大學出版社(1996)

≪二十六史大辭典≫ 馮濤 編 中國: 九洲圖書出版社(1999)

≪十三經大辭典≫ 吳楓 編 中國: 中國社會出版社(2000)

≪中國歷史大辭典≫ 中國歷史大辭典編纂委員會 中國: 上海辭書(2000)

≪中國古今地名大辭典≫ 謝壽昌 等 編 中國: 商務印書館(1931)

≪中國歷代職官辭典≫ 沈起煒・徐光烈 編 中國: 上海辭書(影印本)

≪中國古代文學家字號室名別稱辭典≫ 張福慶 編 中國: 華文出版社(2002)

≪中國文學家大辭典≫ 譚正璧 編 中國: 上海書店(1981)

≪中國文學家列傳≫ 楊蔭深 臺灣: 中華書局(1984)

≪中國文學大辭典≫ 傅璇琮 等 編 中國: 上海辭書(2001)

≪中國詩學大辭典≫ 傅璇琮 等 編 中國: 浙江教育出版社(1999)

≪中國詞學大辭典≫ 馬興榮 等 編 中國: 浙江教育出版社(1996)

≪中國曲學大辭典≫ 齊森華 等 編 中國: 浙江教育出版社(1997)

≪唐詩大辭典≫ 周勛初 編 中國: 鳳凰出版社(2003)

≪宋詞大辭典≫ 王兆鵬・劉尊明 主編 中國: 鳳凰出版社(2003)

≪元曲大辭典≫ 李修生 主編 中國: 鳳凰出版社(2003)

≪詩詞曲小說語辭大典≫ 王貴元 主編 中國: 群言出版社(1993)

≪中國古典小說鑑賞辭典≫ 谷說 主編 中國: 中國展望出版社(1989)

≪中國哲學大辭典≫ 方克立 編 中國: 中國社會科學出版社(1994)

≪中國哲學辭典≫ 韋政通 編 中國: 水牛出版社(1993)

≪中國典故大辭典≫ 辛夷·成志偉 編 中國: 北京燕山出版社(2009)

≪中華成語大辭典≫ 中國: 吉林文史出版社(1992)

≪宗敎辭典≫ 任繼愈 編 中國: 上海辭書(1981)

≪佛敎大辭典≫ 任繼愈 編 中國: 江蘇古籍出版社(2002)

≪佛經解說辭典≫ 劉保全 著 中國: 河南大學出版社(1997)

≪中華道敎大辭典≫ 胡孚琛 編 中國: 中國社會科學出版社(1995)

≪十三經索引≫ 葉紹均 編 臺灣: 開明書店(影印本)

≪諸子引得≫ 臺北: 宗靑圖書出版公司(影印本)

2. 원전류

≪四庫全書簡明目錄≫ 淸 于敏中 等 撰 中國: 上海古籍(1995)

≪四庫全書叢目提要≫ 淸 紀昀 撰, 王雲五 主編 臺灣: 商務印書館(1978)

≪文淵閣四庫全書≫ 淸 乾隆帝 勅撰 中國: 上海古籍(1995)

≪續修四庫全書≫ 編纂委員會 編 中國: 上海古籍(1995)

≪四庫全書存目叢書≫ 編纂委員會 編 中國: 齊魯書社(1997)

≪四庫未收書輯刊≫ 編纂委員會 編 中國: 北京出版社(1998)

≪四庫禁毁書叢刊≫ 編纂委員會 編 中國: 北京出版社(1998)

≪全上古三代秦漢三國六朝文≫ 淸 嚴可均 編 中國: 中華書局(1999)

≪全唐文≫ 淸 董皓 編 中國: 上海古籍(2007)

≪先秦漢魏晉南北朝詩≫ 逯欽立 編 中國: 中華書局(1982)

≪全漢三國晉南北朝詩≫ 丁福保 編 臺灣: 世界書局(1978)

≪全唐詩≫ 淸 康熙帝 勅撰 中國: 中華書局(1999)

≪全宋詩≫ 北京大學古文獻硏究所 編 中國: 北京大學出版社(1998)

≪全宋詩索引≫ 北京大學古文獻硏究所 編 中國: 北京大學出版社(1999)

≪御定詞譜≫ 淸 康熙帝 勅撰 中國: 上海古籍(1995) 四庫全書本

≪北堂書鈔≫ 唐 虞世南 撰 中國: 上海古籍(1995) 四庫全書本

≪藝文類聚≫ 唐 歐陽詢 勅撰 中國: 上海古籍(2010)

≪初學記≫ 唐 徐堅 勅撰 中國: 中華書局(2010)

≪白孔六帖≫ 唐 白居易 撰 中國: 上海古籍(1995) 四庫全書本

≪太平御覽≫ 宋 李昉 勅撰 中國: 河北教育出版社(2000)

≪太平廣記≫ 宋 李昉 勅撰 中國: 中華書局(1986)

≪冊府元龜≫ 宋 王欽若 勅撰 中國: 鳳凰出版社(2006)

≪玉海≫ 宋 王應麟 撰 中國: 廣陵書社(2002)

≪海錄碎事≫ 宋 葉廷珪 撰 中國: 中華書局(2002)

≪記纂淵海≫ 宋 潘自牧 撰 中國: 上海古籍(1995) 四庫全書本

≪古今事文類聚≫ 宋 祝穆 撰 中國: 上海古籍(1995) 四庫全書本

≪古今合璧事類備要≫ 宋 謝維新 撰 中國: 上海古籍(1995) 四庫全書本

≪職官分紀≫ 宋 孫逢吉 撰 中國: 上海古籍(1995) 四庫全書本

≪錦繡萬花谷≫ 宋 著者 未詳 中國: 上海古籍(1995) 四庫全書本

≪翰苑新書≫ 宋 著者 未詳 中國: 上海古籍(1995) 四庫全書本

≪喻林≫ 明 徐元太 撰 中國: 上海古籍(1995) 四庫全書本

≪天中記≫ 明 陳耀文 撰 中國: 上海古籍(1995) 四庫全書本

≪御定淵鑑類函≫ 淸 康熙帝 勅撰 中國: 上海古籍(1995) 四庫全書本

≪御定騈字類編≫ 淸 康熙帝 勅撰 中國: 上海古籍(1995) 四庫全書本

≪御定子史精華≫ 淸 康熙帝 勅撰 中國: 上海古籍(1995) 四庫全書本

≪御定佩文韻府≫ 淸 康熙帝 勅撰 中國: 上海古籍(1995) 四庫全書本

≪通典≫ 唐 杜佑 中國: 中華書局(1992)

≪御定續通典≫ 淸 康熙帝 勅撰 中國: 商務印書館(1935)

≪通志≫ 宋 鄭樵 撰 中國: 中華書局(1987)

≪御定續通志≫ 淸 康熙帝 勅撰 中國: 浙江古籍出版社(2000)

≪文獻通考≫ 元 馬端臨 撰 中國: 中華書局(1986)

≪御定續文獻通考≫ 淸 康熙帝 勅撰 中國: 商務印書館(1936)

3. 주석류

≪十三經注疏≫ 淸 紀昀 等 編 臺灣: 藝文印書館
≪說文解字注≫ 後漢 許愼 撰・淸 段玉裁 注 臺灣: 黎明文化事業公司
≪曹子建詩注≫ 魏 曹植 撰・黃節 注 臺灣: 藝文印書館
≪曹植詩解譯≫ 魏 曹植 撰・聶文郁 解釋 中國: 靑海人民出版社
≪阮步兵詠懷詩注≫ 魏 阮籍 撰・黃節 注 臺灣: 藝文印書館
≪嵇康集注≫ 魏 嵇康 撰・殷翔 郭全芝 注 中國: 黃山書社
≪陸士衡詩注≫ 晉 陸機 撰・郝立權 注 臺灣: 藝文印書館
≪陶淵明集校箋≫ 晉 陶潛 撰・楊勇 校箋 臺灣: 鼎文書局
≪謝康樂詩注≫ 宋 謝靈運 撰・黃節 注 臺灣: 商務印書館
≪鮑參軍詩注≫ 宋 鮑照 撰・黃節 注 臺灣: 藝文印書館
≪謝宣城詩注≫ 齊 謝朓 撰・郝立權 注 臺灣: 藝文印書館
≪謝宣城集校注≫ 齊 謝朓 撰・洪順隆 校注 臺灣: 中華書局
≪李白詩全譯≫ 唐 李白 撰 中國: 河北人民出版社(1997)
≪杜詩詳註≫ 唐 杜甫 撰・淸 仇兆鰲 注 中國: 中華書局
≪杜甫詩全譯≫ 唐 杜甫 撰・韓成武 譯 中國: 河北人民出版社(1997)
≪樊川詩集注≫ 唐 杜牧 撰・淸 馮集梧 注 中國: 上海古籍(1982)
≪詳注十八家詩抄≫ 淸 曾國藩 撰 臺灣: 世界書局
≪新譯唐詩三百首≫ 邱燮友 譯註 臺灣: 三民書局(1973)
≪增訂註釋全唐詩≫ 陳貽焮 主編 中國: 文化藝術出版社(1996)
≪二十四史全譯≫ 章培恒 等 譯 中國: 漢語大詞典出版社(2004)
≪資治通鑑全譯≫ 宋 司馬光 撰 中國: 貴州人民出版社(1993)
≪中國歷代名著全譯叢書≫ 王運熙 主編 中國: 貴州人民出版社(1997)
≪二十二子詳注全譯≫ 韓格平 等 主編 中國: 黑龍江人民出版社(2004)
≪孔子家語譯註≫ 王德明 譯註 中國: 廣西師範大學出版社(1998)
≪春秋繁露今註今譯≫ 前漢 董仲舒・賴炎元 註譯 臺灣: 常務印書館(1984)
≪鹽鐵論譯註≫ 前漢 桓寬 撰 中國: 冶金工業出版社(影印本)

≪法言註釋≫ 前漢 揚雄・王以憲 等 註釋 中國: 北京華夏出版社(2002)

≪潛夫論註釋≫ 後漢 王符・王以憲 等 註釋 中國: 北京華夏出版社(2002)

≪古文觀止全譯≫ 楊金鼎 譯 中國: 安徽教育出版社

≪白虎通疏證≫ 後漢 班固・淸 陳立 注 中國:中華書局(1994)

≪白虎通義≫ 後漢 班固・曉夢 譯 中國:靑苹果電子圖書系列

≪두보 초기시 역해≫ 김만원(공역) 솔출판사(1999)

≪두보 지덕연간시 역해≫ 김만원(공역) 한국방송대출판부(2001)

≪두보 위관시기시 역해≫ 김만원(공역) 서울대학교출판부(2004)

≪두보 진주시기시 역해≫ 김만원(공역) 서울대학교출판부(2007)

≪두보 성도시기시 역해≫ 김만원(공역) 서울대학교출판부(2008)

≪두보 재주시기시 역해≫ 김만원(공역) 서울대학교출판부(2010)

≪두보 2차성도시기시 역해≫ 김만원(공역) 서울대학교출판문화원(2016)

≪두보 기주시기시 역해 1≫ 강민호(공역) 서울대학교출판문화원(2017)

≪두보 기주시기시 역해 2≫ 강민호(공역) 서울대학교출판문화원(2019)

≪두보 고체시 명편≫ 김만원(공역) 서울대학교출판문화원(2015)

≪두보 근체시 명편≫ 김만원(공역) 서울대학교출판문화원(2018)

≪山堂肆考 譯註≫(전20책) 김만원 도서출판역락(2014)

≪事物紀原 譯註≫(전2책) 김만원 도서출판역락(2015)

≪氏族大全 譯註≫(전4책) 김만원 도서출판역락(2016)

≪四庫全書簡明目錄 譯註≫(전4책) 김만원 도서출판역락(2017)

≪白虎通義 譯註≫ 김만원 도서출판역락(2018)

≪獨斷・古今注・中華古今注 譯註≫ 김만원 도서출판역락(2019)

≪金樓子 譯註≫ 김만원 도서출판역락(2020)

4. 저술류

≪중국시와 시론≫ 김만원(공저) 현암사(1993)

≪중국시와 시인≫ 김만원(공저) 사람과책(1998)

≪死不休-두보의 삶과 문학≫ 김만원(공저) 서울대학교출판문화원(2012)

≪중국 고전문학의 이해≫ 김학주 한국방송통신대학교출판부(2005)

≪중국문학사≫ 김학주·이동향 한국방송통신대학교출판부(1989)

≪중국통사≫ 徐連達 等 著·중국사연구회 옮김 청년사(1989)

≪중국철학소사≫ 馮友蘭 著·문정복 옮김 이문출판사(1997)

≪中國文學發展史≫ 劉大杰 中國: 上海古籍(1984)

≪中國歷史紀年表≫ 臺灣: 華世出版社編著印行(1978)

≪東亞歷史年表≫ 鄧洪波 撰 中國: 嶽麓書院(2004)

≪中國類書≫ 趙含坤 中國: 河北人民出版社(2005)

≪中國古代的類書≫ 胡道靜 中國: 中華書局(2008)

부 록

◇≪소씨연의蘇氏演義≫ 사고전서제요四庫全書提要

●蘇氏演義二卷, 唐蘇鶚撰. 鶚, 字德祥, 武功[1]人, 光啓[2]中, 登進士第, 仕履無考. 嘗撰杜陽襍編[3]及此書. 襍編世有傳本, 此書久佚, 今始據永樂大典[4]所引, 裒輯成編. 襍編特小說家言, 此書則於典制名物, 具有考證. 書中所言, 與世傳魏崔豹古今注[5]·馬縞中華古今注, 多相出入[6], 已考正於古今註條下. 然非永樂大典, 幸而僅存, 則豹書之僞, 猶可考見, 縞書之剿襲[7], 竟無由而證明. 此固宜亟爲表章, 以明眞贋[8]. 況今所存諸條, 爲二書所未刺取者, 尙居强半[9]? 訓詁典核, 皆資博識. 陳振孫書錄解題[10]稱, "其考究書傳, 訂正名物, 辨証訛謬, 可與李涪刊誤·李濟翁資暇集·邱光庭兼明書[11]竝驅," 良非

---

1) 武功(무공) : 섬서성의 속현屬縣 이름.
2) 光啓(광계) : 당唐 희종僖宗의 연호(885-887).
3) 杜陽襍編(두양잡편) : 당나라 소악蘇鶚이 대종代宗 광덕廣德 원년元年(763)부터 의종懿宗 함통咸通 14년(873)까지 110년 동안의 기이한 이야기를 모아 엮은 소설류의 책. 3자로 표제標題를 정하고, 마치 사실인 듯 출처를 밝히기도 하였다. 총 3권. ≪사고전서간명목록·자부·소설가류≫권14 참조. '襍'은 '雜'의 이체자異體字.
4) 永樂大典(영락대전) : 명나라 성조成祖의 칙명으로 해진解縉 등이 영락永樂(1403-1424) 연간에 편찬한 총 22,877권의 총서叢書. 청나라 건륭제乾隆帝 때 사고전서四庫全書를 편찬하는 데 중요한 기틀이 되었으나, 1900년 의화단 사태 때 대부분 소실되고 800권만 남았다.
5) 古今注(고금주) : 진晉나라 때 최표崔豹가 사물의 명칭을 고증하는 내용을 담은 책. 총 3권. ≪사고전서간명목록·자부·잡가류雜家類≫권13 참조. 뒤의 ≪중화고금주≫는 오대五代 후당後唐 마호馬縞가 ≪고금주≫를 보충하기 위해 지은 책으로 총 2권.
6) 出入(출입) : 유사하다, 엇비슷하다.
7) 剿襲(초습) : 표절하다, 모방하다.
8) 眞贋(진안) : 진짜와 가짜, 진위眞僞. '안贋'은 '안贋'의 속자俗字로 '위僞'의 뜻.
9) 强半(강반) : 태반, 과반.
10) 書錄解題(서록해제) : 송나라 진진손陳振孫(?-약 1261)이 고대 전적에 관해 쓴 서지인 ≪직재서록해제直齋書錄解題≫의 약칭. 원본은 오래 전에 실전되고 현전하는 것은 ≪영락대전永樂大典≫에서 발췌하여 53문門으로 재구성한 것이다. 총 22권. 원나라 마단림馬端臨의 ≪문헌통고文獻通考≫도 이 책을 기반으로 한 것으로 알려져 있다. ≪사고전서간명목록·사부·목록류≫권8 참조.

溢美12), 尤不可不特錄存之, 以備參稽13)也. 原書十卷, 今掇拾放佚,
所得僅此. 古書已失, 愈遠愈稀, 片羽吉光14), 彌足珍貴. 是固不以
多寡論矣. 乾隆15)四十六年九月恭校上.

　　　　　　　　　　總纂官紀昀 · 陸錫熊 · 孫士毅 · 總校官陸費墀.

○≪소씨연의≫ 2권은 당나라 소악이 지었다. 소악은 자가 덕상이
고 (섬서성) 무공현 사람으로, (희종) 광계(885-887) 연간에 진
사과에 급제하였으나, 관직이나 경력에 대해서는 알려진 바가 없
다. 소악은 일찍이 ≪두양잡편≫과 이 책을 지은 적이 있다. ≪두
양잡편≫은 세간에 전래본이 있으나, 이 책은 오래 전에 실전되
었다가 오늘날에 와서야 비로소 ≪영락대전≫에 인용된 내용을
근거로 이것저것 모아 편집본으로 완성되었다. ≪두양잡편≫은
단지 소설가의 말에 해당하지만, 이 책은 전장제도나 사물의 명
칭에 대해 구체적으로 고증한 내용을 담고 있다. 이 책에서 한
말은 세간에 전하는 (진나라) 최표의 ≪고금주≫ 및 (오대 후당)
마호의 ≪중화고금주≫와 상당 부분 서로 엇비슷한데, 이미 ≪고
금주≫의 각 조항 아래 고증해 놓았다. 그러나 ≪영락대전≫이
다행히 보존되지 않았다면 최표의 ≪고금주≫는 그래도 고찰할
수 있지만, 마호의 ≪중화고금주≫의 표절은 결국 증명할 방도가
없을 것이다. 이를 실로 자주 분명히 드러내 진위를 밝히는 데
활용해야 마땅하다. 하물며 지금 보존되고 있는 여러 조항 가운
데 두 책에서 미처 채택하지 않은 것이 오히려 과반을 차지하고
있는 바에야, 말할 나위가 있겠는가? 훈고가 모범적이고 정확하
기에, 모두 지식을 넓히는 데 자료로 삼을 만하다. (송나라) 진진

---

11) 兼明書(겸명서) : 오대五代 때 사람 구광정邱光庭이 여러 서책에 대해 고증학적
　　관점에서 쓴 책. 총 5권. ≪사고전서간명목록 · 자부 · 잡가류≫권13 참조.
12) 溢美(일미) : 지나친 찬미, 과한 칭찬을 이르는 말.
13) 參稽(참계) : 참작하다, 잘 살피다.
14) 片羽吉光(편우길광) : 전설상의 신마神馬인 길광吉光의 털 조각을 이르는 말로 희
　　귀품을 비유한다.
15) 乾隆(건륭) : 청淸 고종高宗의 연호(1736-1795).

손이 ≪직재서록해제・잡가류≫권10에서 "이 책은 여러 전적들을 고찰하고, 사물의 명칭에 대해 고증하고, 오류를 변증하고 있어, 이부의 ≪간오≫・이제옹(이광예李匡乂)의 ≪자가집≫・구광정의 ≪겸명서≫와 어깨를 나란히 할 만하다"라고 칭송한 것도 실로 과찬이 아니기에, 특별히 보존함으로써 참고 자료로 구비해야만 할 것이다. 원서는 10권이었으나, 지금은 실전된 것을 주워 모아 완성한 것이 고작 이 정도에 불과하다. 고서들이 이미 실전되어 시기적으로 오래될수록 길광의 털 조각처럼 드물기에, 더욱 진귀하게 여길 만하다. 따라서 실로 분량의 많고 적음을 가지고 논해서는 안 될 것이다. (청나라 고종) 건륭 46년(1781) 9월에 삼가 교정하여 올리다.

총찬관 기윤・육석웅・손사의 및 총교관 육비지 씀.

◇≪간오刊誤≫ 사고전서제요四庫全書提要

●刊誤二卷, 唐李涪撰. 舊本前有結銜16), 稱國子祭酒17). 郭忠恕佩
觿18)引此書, 亦稱李祭酒涪, 五代去唐末未遠, 當得其眞. 惟陸游渭
南集19)有是書跋20)曰, "王行瑜21)作亂, 宗正卿22)李涪盛陳, 其忠必
悔過. 及行瑜傳首京師23), 涪亦放死嶺南24), 疑則此人." 未詳孰是
也. 前有自序稱, "撰成五十篇." 此本惟四十九篇, 蓋佚其一. 其書皆
考究典故, 引舊制, 以正唐末之失. 又引古制, 以糾唐制之誤, 多可
以訂正禮文. 下卷間及雜事. 如論僅·甥·旁·繆·廐·薦六字之訛,
辨陸法言切韻25)之誤,　解論語'不問馬26)'之'不'本非'否'音,　校左

---

16) 結銜(결함) : 관리가 자신의 직함을 서명하는 일을 이르는 말.

17) 國子祭酒(국자제주) : 국가의 교육을 총괄하고 제사를 주재하는 기관인 국자감國
子監의 장관 이름. 시대마다 차이가 있어 유림제주儒林祭酒·성균제주成均祭酒·
국자제주國子祭酒·대사성大司成 등 다양한 명칭으로 불렸다.

18) 佩觿(패휴) : 오대 말엽 송초에 곽충서郭忠恕(?-977)가 지은 자서류字書類의 책.
총 3권. ≪사고전서간명목록·경부·소학류小學類≫권4 참조. '패휴'는 본래 장신
구의 일종으로 매듭을 풀기 위해 허리에 차고 다니던 송곳을 뜻하는 말인데, 여기
서는 늘상 휴대하는 사전을 비유하는 의미로 쓰인 듯하다. '觿'는 '觽'로도 쓴다.

19) 渭南集(위남집) : 송나라 육유陸游의 문집인 ≪위남문집≫의 약칭. 총 50권. ≪사
고전서간명목록·집부·별집류≫권16 참조.

20) 跋(발) : 이 글은 <이부의 ≪간오≫에 쓴 발문(跋李涪刊誤)>이란 제목으로 ≪위남
문집≫권28에 전한다.

21) 王行瑜(왕행유) : 당나라 말엽에 반란을 일으켰으나 이극용李克用의 토벌군에 쫓
기다가 부하에게 살해당했다. ≪신당서·반신열전·왕행유전≫권224 참조.

22) 宗正卿(종정경) : 황실의 친족에 관한 업무를 관장하던 벼슬로 구경九卿 가운데
하나. 주로 종실 사람을 임명하였다.

23) 京師(경사) : 서울, 도읍을 이르는 말. 송나라 주희朱熹(1130-1200) 설에 의하면
'경京'은 높은 지대를 뜻하고, '사師'는 많은 사람을 뜻한다. 즉 높은 산에 의지하
여 많은 사람이 모여 사는 곳이란 뜻에서 유래하였다.

24) 嶺南(영남) : 오령五嶺, 즉 대유령大庾嶺·시안령始安嶺·임하령臨賀嶺·계양령桂
陽嶺·계양령揭陽嶺 이남의 광동廣東·광서廣西 일대를 가리키는 말. '영외嶺外'
'영표嶺表'라고도 한다. 주로 벽지나 유배지를 상징한다.

25) 切韻(절운) : 수隋나라 때 육법언陸法言이 지은 음운학 저서. 오래 전에 실전되고
당나라 현종玄宗 때 손면孫愐이 간정刊定하면서 ≪당운唐韻≫이라고 하였고, 송나
라 진종眞宗 때 진팽년陳彭年(961-1017) 등이 수정 보완하면서 ≪대송중수광운大
宋重修廣韻≫이라고 하였다. 송나라 진진손陳振孫(?-약 1261)의 ≪직재서록해제直
齋書錄解題·소학류小學類≫권3 참조.

26) 不問馬(불문마) : ≪논어·향당鄕黨≫권10의 '廐焚孔子退朝曰傷人乎不問馬'라는

傳27)'繕完葺牆'之'完'爲'宇'字, 以及駁李商隱'孔子師老耼28), 老耼師竺乾'之妄, 正賈耽七曜曆29)之繆, 亦頗資博識. 唐末之人, 爭爲佻巧30), 而涪獨考證舊聞, 亦可謂學有根柢者矣. 乾隆四十六年十一月, 恭校上.

總纂官紀昀・陸錫熊・孫士毅・總校官陸費墀.

○≪간오≫ 2권은 당나라 이부가 지었다. 옛 판본은 앞에 직함이 적혀 있는데, '국자제주'라고 하였다. (오대 때 사람인) 곽충서도 ≪패휴≫권상에서 이 책을 인용하면서 '국자제주 이부'라고 칭하고 있는데, 오대는 당나라 말엽으로부터 시기적으로 멀지 않기에 사실대로 밝힌 것이 분명해 보인다. 다만 (송나라) 육유는 ≪위남집≫권28에 실린 이 책의 발문에서 "왕행유가 반란을 일으키자, 종정경 이부가 그가 충신이라서 필시 후회할 것이라고 옹호조로 진술하였다. 왕행유의 수급이 도성에 전달되자, 이부 역시 영남으로 추방되어 사망하였는데, 아마도 바로 이 사람인 듯하다"라고 하였다. 그러기에 누구의 말이 맞는지는 모르겠다. 앞에 있는 자서에서는 "50편을 완성하였다"고 하였는데, 이 판본에

문구에 대해 "마구간에 불이 나자 공자가 퇴청하고서 '사람이 다쳤냐?'고 물으며 말에 대해 묻지 않았다(廐焚, 孔子退朝曰, '傷人乎?' 不問馬)"로 해석할 것인지, 아니면 '不'을 '否'의 통용자로 간주하여 "마구간에 불이 나자 공자가 퇴청하고서 '사람이 다쳤느냐?'라고 물었다. '아닙니다'라고 대답하자 공자가 그제서야 말에 대해 물었다(廐焚, 孔子退朝曰, '傷人乎?' '不.' 問馬)"로 해석할 것인지 견해 차이가 있을 수 있기에 하는 말이다.

27) 左傳(좌전) : 노魯나라 은공隱公 원년元年(B.C.722년)부터 애공哀公 27년(B.C.468년)까지 약 250년 간의 춘추시대 역사를 기록한 ≪춘추경春秋經≫에 대한 전국시대 노魯나라 좌구명左丘明의 해설서인 ≪춘추좌씨전≫의 약칭. '춘추좌전' '좌씨전' '좌左'로 약칭하기도 한다.

28) 老耼(노담) : 주周나라 사람 이이李耳의 별칭. 자는 백양伯陽・중이重耳・담耼이고, 호는 노군老君. '노자老子' '노담老耼' '노래자老萊子' '이노군李老君' 등 여러 별칭으로도 불렸다. 저서로 ≪노자≫가 전한다.

29) 七曜曆(칠요력) : 당나라 가탐賈耽이 지은 천문학 책으로 추정되나 사서史書나 서지書誌에 아무런 언급이 없는 것으로 보아 오래 전에 실전된 듯하다. '칠요'는 일日・월月・오성五星(목・화・토・금・수성)에 대한 총칭을 뜻한다.

30) 佻巧(조교) : 기교에만 치우치는 편향된 경향을 이르는 말.

단지 49편만 실린 것으로 보아, 아마도 그중 1편은 실전된 듯하다. 이 책은 모두 전고를 고찰하고 오래된 제도를 인용함으로써 당나라 말엽의 실착을 바로잡고 있다. 또 고대 제도를 인용하여 당나라 제도의 오류를 바로잡았는데, 예문 방면에서 정정할 수 있는 내용이 많다. 하권에서는 간간이 잡다한 사안에 대해서도 언급하였다. 예를 들어 '근僅' '생甥' '방旁' '류繆' '구廐' '천薦' 등 여섯 자의 와전에 대해 논한 것, (수나라) 육법언의 ≪절운≫의 오류에 대해 변별한 것, ≪논어·향당鄕黨≫권10의 '불문마不問馬'의 '불不'이 본래 음이 '부否'가 아니라는 데 대해 해석한 것, ≪좌전·양공襄公31년≫권40의 '繕完葺牆'의 '완完'을 '우宇'로 교정한 것, 그리고 (당나라) 이상은의 '공자는 노담을 스승으로 섬기고, 노담은 축건을 스승으로 섬겼다'는 황당한 주장에 대해 반박한 것, (당나라) 가탐의 ≪칠요력≫의 오류를 바로잡은 것도 자못 지식을 넓히는 데 자료로 삼을 만하다. 당나라 말엽 사람들은 다투어 기교를 부린 반면, 이부만은 옛 견문에 대해 고증한 것으로 보아, 학문에 근거가 있는 사람이라고 칭할 만하다. (청나라 고종) 건륭 46년(1781) 9월에 삼가 교정하여 올리다.

총찬관 기윤·육석웅·손사의 및 총교관 육비지 씀.

◇≪자가집資暇集≫ 사고전서제요四庫全書提要

●資暇集三卷, 唐李匡乂撰. 舊本或題李濟翁, 蓋宋刻避太祖諱[31], 故書其字. 如唐修晉書, 稱石虎爲石季龍[32]. 或作李乂, 亦避諱, 刊除一字, 如唐修隋書, 稱韓擒虎[33]爲韓擒, 實一人也. 文獻通考[34], 一入雜家, 引書錄解題, 作李匡文, 一入小說家, 引讀書志[35], 作李匡義[36], 而字濟翁則同. 陸游集有此書跋[37], 亦作李匡文. 王楙野客叢書[38], 作李正文. 然讀書志, 實作匡乂, 諸書傳寫自悞耳. 匡乂始末,

---

31) 太祖諱(태조휘) : 송나라 태조 조광윤趙匡胤의 이름인 '광匡'을 기피하는 것을 말한다.

32) 季龍(계룡) : 오호십육국五胡十六國 후조後趙의 무제武帝인 석호石虎(295-349)의 자. ≪진서晉書·석계룡재기石季龍載記≫권106·107 참조. '석호'를 '석계룡'으로 표기하였다는 말은 당나라 고조高祖 이연李淵(566-635)의 조부인 이호李虎의 이름자(虎)를 피휘避諱하기 위해 본명 대신 자字로 대체하였다는 말이다. 뒤에서 '한금호'를 '한금'으로 표기하였다고 한 것도 같은 이치이다.

33) 韓擒虎(한금호) : 수나라 때 사람(538-592). 자는 자통子通. 당나라 명장 이정李靖(571-649)의 외숙부로 양주자사涼州刺史를 역임하고 수광현공壽光縣公에 봉해졌다. 진陳나라를 칠 때 선봉장에서 서 후주後主를 사로잡았다. 죽어서 염라대왕이 되었다는 전설이 전한다. ≪수서·한금호전≫권52 참조.

34) 文獻通考(문헌통고) : 원나라 마단림馬端臨(약 1254-1323)이 당나라 두우杜佑(735-812)의 ≪통전通典≫을 본떠서 내용을 보충한 사서류史書類의 저술. 총 348권. 송나라 정초鄭樵(1104-1162)의 ≪통지通志≫와 함께 '삼통三通'으로 불린다. ≪사고전서간명목록·사부·정사류正史類≫권8 참조.

35) 讀書志(독서지) : 송나라 조공무晁公武가 고대 전적典籍에 관해 쓴 서지학 저서인 ≪군재독서지郡齋讀書志≫의 약칭. ≪독서지≫ 4권과 ≪후지後志≫ 2권은 조공무가 지었고, ≪고이考異≫ 1권과 ≪부지附志≫ 1권은 조희변趙希弁이 지었다. 다만 마단림馬端臨(약 1254-1323)의 ≪문헌통고文獻通考≫에서 인용한 내용과 다른 부분이 많은 것으로 보아 여러 판본이 존재했을 것이다. ≪사고전서간명목록·사부·목록류≫권8 참조.

36) 義(의) : '광문匡文'의 '문文'도 자형의 유사성으로 인한 필사 과정상의 단순 오기로 보이지만, '광의匡義'의 '의義'도 약자인 '의义'가 '예乂'와 자형이 유사한 데서 비롯된 필사 과정상의 오기로 보인다.

37) 跋(발) : 이는 <≪자가집≫ 발문(跋資暇集)>이란 제목으로 남송 육유陸游의 ≪위남문집渭南文集≫권28에 전한다.

38) 野客叢書(야객총서) : 송나라 왕무王楙가 경서經書의 이동異同에 대해 고증한 내용을 정리한 책. 총 30권. 부록으로 그의 부친이 쓴 ≪야로기문野老記聞≫ 1권이 첨부되어 있는데, 철종哲宗 원우元祐(1086-1093) 연간의 알려지지 않은 일화가 많이 담겨 있다. ≪사고전서간명목록·자부·잡가류≫권13 참조.

未詳. 書中稱, "再從叔翁39)汧公40)," 知爲李勉從孫. 又稱, "宗人瀚作蒙求41), 載蘇武42)·鄭衆43)事"云云, 則晉翰林學士44)李瀚之族. 其人當在唐末. 唐書藝文志, 有'李匡文兩漢至唐年紀一卷,' 註曰, "昭宗時, 宗正少卿45)." 蓋卽匡乂. 書中但自稱, "守南漳46)," 蓋所歷之官, 非所終之官也. 讀書志載是書, 有匡乂自序曰, "世俗之談, 類47)多訛誤, 雖有見聞, 嘿不敢證. 故著此書. 上篇正誤, 中篇談原, 下篇本物." 此本前有虞山48)錢遵王49)氏藏書印, 蓋也是園50)舊物. 末題'埭川51)顧氏家塾52)梓行53),' 中間貞字·徵字·完字, 皆闕筆54),

---

39) 叔翁(숙옹) : 종조부從祖父의 별칭. '숙조叔祖'라고도 한다.

40) 汧公(견공) : 당나라 사람 이면李勉(718-788)의 봉호인 견국공汧國公의 준말. 자는 현경玄卿이고, 시호는 정간貞簡. 성품이 강직하여 종실宗室의 모범이 되었고, 감찰어사監察御使·절도사節度使·동평장사同平章事 등을 역임하였다. ≪신당서·이면전≫권131 참조.

41) 蒙求(몽구) : 오대五代 후진後晉 때 사람 이한李瀚이 어린이(蒙)들이 알아야 할 고사들을 모아 엮은 책. 총 2권. 각 고사마다 사자성어四字成語로 제목을 달았다. ≪사고전서간명목록·자부·유서류類書類≫권14 참조.

42) 蘇武(소무) : 전한 때 사람(?-B.C.60). 자는 자경子卿. 흉노匈奴에 사신으로 갔다가 억류되어 19년 동안 절조를 지켰고, 귀국한 뒤에는 선제宣帝의 옹립에 공을 세워 관내후關內侯에 봉해졌다. ≪한서·소무전≫권54 참조.

43) 鄭衆(정중) : 후한 때 사람. 자는 중사仲師. 정흥鄭興의 아들로 급사중給事中을 역임하며 유학에 정통하였다. 흉노족에 사신으로 가 강압에도 불구하고 절을 하지 않은 고사로 유명하다. ≪후한서·정중전≫권66 참조.

44) 翰林學士(한림학사) : 당나라 현종玄宗 때 처음 설치된 한림원翰林院 소속 학사를 이르는 말. 황명이나 상소문 등 주요 문서의 초안을 작성하고, 황제의 비답批答을 대필하는 등 조정의 주요 문서에 관한 일을 관장하였기에 매우 명예로운 직책으로 여겼다.

45) 宗正少卿(종정소경) : 황실의 친족에 관한 업무를 관장하던 기관인 종정시宗正寺에서 장관인 종정경宗正卿에 버금 가는 차관을 이르는 말. 주로 종실 사람을 임명하였다.

46) 南漳(남장) : 호북성 양양군襄陽郡의 속현屬縣 이름.

47) 類(유) : 거의, 대개.

48) 虞山(우산) : 강소성 상숙현常熟縣에 있는 산 이름. 오목산烏目山이라고도 한다.

49) 遵王(준왕) : 청나라 사람 전증錢曾(1629-1701)의 자. 호는 야시옹也是翁 혹은 술고주인述古主人. 전겸익錢謙益(1582-1664)의 제자로 ≪독서민구기讀書敏求記≫ ≪술고당서목述古堂書目≫ ≪야시원서목也是園書目≫ 등의 저술을 남겼다.

50) 也是園(야시원) : 청나라 전증錢曾의 서실 이름. '술고당述古堂' '남원南園'이라고도 하였다.

蓋南來所刊. 殷字亦尙闕筆, 則猶刻於理宗以前, 宣祖55)未祧56)之時, 較近本爲善. 然無此序, 疑裝緝57)者佚之. 書中亦不標三篇之目, 其所說之事, 則皆與目應, 疑自序乃檃括58)之詞, 原未標目也. 其書大抵考訂舊文. 黃伯思東觀餘論59), 嘗駁其茶托60)一條. 黃朝英緗素襍記61), 嘗駁其儤直62)一條. 胡仔苕溪漁隱叢話63), 嘗駁其藥欄一條. 王楙野客叢書, 嘗駁其急急如律令一條. 今觀所辨, 如'千里不唾井64)'事, 云"本因南朝65)宋之計吏66)." 不知玉臺新詠67)舊本, 載曹

---

51) 埭川(태천) : 절강성 오흥현吳興縣에 있는 진鎭 이름인 태계埭溪의 별칭인 듯하다.
52) 家塾(가숙) : 개인적으로 집에 차린 글방을 이르는 말.
53) 梓行(재행) : 간행하다, 출판하다.
54) 闕筆(궐필) : 군주나 조상의 이름자를 쓰기 꺼려 마지막 필획을 빠뜨리고 쓰는 것을 이르는 말. 즉 피휘避諱 때문에 흐지부지 적는 것을 말한다.
55) 宣祖(선조) : 송나라 태조太祖 조광윤趙匡胤(927-976)의 부친인 조홍은趙弘殷의 묘호廟號.
56) 祧(조) : 조상의 신주를 먼 조상의 사당인 조묘祧廟로 옮기는 것을 말한다.
57) 裝緝(장집) : 편집한 것을 장정하다. 결국 책을 출판하는 것을 말한다.
58) 檃括(은괄) : 원래는 굽은 나무를 바로잡는 도지개를 가리키는 말로, 문장이나 저작을 가다듬고 고치는 일을 비유한다.
59) 東觀餘論(동관여론) : 송나라 황백사黃伯思의 아들 황잉黃訒이 부친의 저서인 ≪법첩간오法帖刊誤≫ 2권과 ≪고기설古器說≫ 462편, 그리고 그의 다른 글들을 합쳐서 엮은 잡가류의 저서. 총 2권. 황백사가 비서랑祕書郞을 지내다가 생을 마쳤기에 서명을 비서성祕書省의 별칭인 '동관東觀'이라고 한 것이다. ≪사고전서간명목록·자부·잡가류≫권13 참조.
60) 茶托(차탁) : 차를 받히는 쟁반을 이르는 말.
61) 緗素雜記(상소잡기) : 송나라 사람 황조영黃朝英이 2백 종의 일화를 모아 놓은 책. 총 10권. 원나라 마단림馬端臨(약 1254-1323)의 ≪문헌통고文獻通考·경적고經籍考·자잡가子雜家≫권214 참조.
62) 儤直(포직) : 관리가 며칠 동안 계속해서 숙직하는 일.
63) 苕溪漁隱叢話(초계어은총화) : 송나라 사람 호자胡仔가 지은 시화집詩話集. 전집前集 60권, 후집後集 40권, 총 100권. '초계어은'은 호자의 호. 호자는 스스로 서문에서 완열阮閱의 ≪시화총귀詩話總龜≫를 보완하기 위해 지었다고 그 저작 의도를 밝혔으나, 완열의 시화가 소설적인 요소가 많은 반면, 호자의 저서는 시론에 충실하고 체계적이라는 평을 받는다. ≪사고전서간명목록·집부·시문평류詩文評類≫권20 참조.
64) 唾井(타정) : 우물에 침을 뱉다. 옛정을 잊어버리거나 부부가 이혼하는 것을 비유한다.
65) 南朝(남조) : 위진魏晉 이후로 남방의 동진東晉·유송劉宋·남제南齊·양梁나라·진陳나라 등의 왕조를 아우르는 말.

植代劉勳出妻王氏詩, 已有'千里不唾井, 況乃昔所奉'句, 則宋計吏
之說爲誤. 又蜀妓薛濤, 見於唐人詩集者, 無不作濤, 此書獨作薛陶,
顯爲訛字. 又解龍鍾68), 爲龍所踐處, 亦涉穿鑿. 又全書均考證之文,
而'穆寧啗熊白69)'一條, 忽褻嘲謔褻事, 於體例尤爲不倫70). 然如謂
"荀悅漢紀71), 防將來之誤'角里72),' 直書'祿里,' 足驗'用'字上加一
拂73), 別作'角'字之非," 謂"論語'宰予74)晝寢'作'畫寢'75), 乃梁武帝
之說, '『傷人乎?』『不.』問馬,' '不'字斷句, 乃經典釋文76)之說, 均

---

66) 計吏(계리) : 주州와 군郡의 회계 처리와 이를 조정에 보고하는 업무를 관장하는
    관원을 가리키는 말.
67) 玉臺新詠(옥대신영) : 남조南朝 진陳나라 서능徐陵(507-583)이 양梁나라 이전의
    시들을 모아 엮은 시선집. 총 10권. 대개 연정을 읊은 작품들을 대상으로 하였으
    며, 오언고시五言古詩 8권, 칠언고시七言古詩 1권, 오언이운五言二韻 1권으로 구
    성되어 있다. ≪사고전서간명목록·집부·총집류總集類≫권19 참조.
68) 龍鍾(용종) : 노쇠한 모양, 쇠약한 모양을 형용하는 말. 대나무의 별칭을 가리킬
    때도 있다.
69) 熊白(웅백) : 곰의 등에 있는 흰 지방 고기. 맛 좋은 안주로 간주하였다.
70) 不倫(불륜) : 무리에 어울리지 않다. 즉 체례상 적절치 않다는 말이다.
71) 漢紀(한기) : 후한 때 순열荀悅(148-209)이 반고班固(32-92)의 ≪한서漢書≫를
    정리하여 편년체編年體로 쓴 역사책. 총 30권. ≪사고전서간명목록·사부·편년류
    編年類≫권5 참조.
72) 角里(녹리) : 진秦나라 말엽에 혼란한 세상을 피해 섬서성 상산商山에 은거했던
    네 명의 은자인 '상산사호商山四皓' 가운데 한 사람. '상산사호'는 동원공東園公·
    기리계綺里季·하황공夏黃公·녹리선생角里先生을 가리키는데, 네 사람 모두 눈썹
    과 수염이 하얗기에 '호皓'라는 별명이 붙었다고 한다. 그들에 대한 기록은 ≪한서
    ·장양전張良傳≫권40이나 ≪한서·왕공량공포전王貢兩龔鮑傳≫권72에 상세히 전
    한다.
73) 一拂(일불) : 한 획, 삐침을 이르는 말.
74) 宰予(재여) : 춘추시대 노魯나라 공자의 제자. 자가 자아子我여서 '재아宰我'로도
    불렸다. 언변이 뛰어났고 제齊나라에서 대부大夫를 지냈다. 재여가 낮잠을 자자 공
    자가 "썩은 나무는 조각할 수 없고, 더러운 흙으로 만든 담장에는 흙손질을 할 수
    없는 법이니라(朽木不可雕也, 糞土之牆不可圬也)"라고 핀잔을 주었다는 고사가 ≪사
    기·중니제자열전仲尼弟子列傳≫권67에 전한다.
75) 畫寢(화침) : 종묘의 침전을 아름답게 꾸미거나 그러한 종묘를 이르는 말.
76) 經典釋文(경전석문) : 당나라 육덕명陸德明(약 550-630)이 여러 경전의 음의音義
    와 문자상의 이동異同을 모아 경전經傳의 순서에 따라 정리한 책. 고증이 정확하
    나 다만 ≪노자≫와 ≪장자≫를 포함시켰으면서 ≪맹자≫를 제외한 것이 흠결이라
    는 지적을 받았다. 이는 육덕명이 태어났던 육조六朝 말엽 진陳나라 때는 아직 ≪맹
    자≫가 경전의 반열에 오르지 못 했기 때문이다. 총 30권. ≪사고전서간명목록·

不始於韓愈筆解77),” 謂“五臣註文選78), 竊據李善之本,” 謂“韓愈諱
辨79), 誤以杜度80)爲氏,” 謂“有母之人, 不可稱舅氏爲‘渭陽81)’,” 謂
“作詩疏82)之陸璣, 名從玉傍, 非士衡83),” 謂“‘萬幾84)’字訛作‘機,’
由漢王嘉85)封事86),” 謂“‘除·授87)’二字有分, 以至座前88)·閣下89)

경부·오경총의류≫권3 참조.

77) 筆解(필해) : 당나라 한유韓愈(768-824)가 ≪논어≫에 대해 수시로 적은 해설서
인 ≪논어필해論語筆解≫의 약칭. 이고李翶의 주가 병기되어 있다. 총 2권. ≪사고
전서간명목록·경부·사서류≫권4 참조.

78) 文選(문선) : 남조南朝 양梁나라 무제武帝 소연蕭衍(464-549)의 맏아들인 소명태
자昭明太子 소통蕭統(501-531)이 역대의 시·부賦·산문 등을 모아 엮은 시문詩
文 선집選集. 원래는 30권이었으나 현재는 60권본으로 전한다. 당나라 이선李善이
주를 단 ≪이선주문선≫과 여연제呂延濟·유양劉良·장선張銑·여향呂向·이주한
李周翰 등 5인이 주를 단 ≪오신주문선≫ 및 이의 합본인 ≪육신주문선六臣註文選
≫의 3종이 있다. ≪사고전서간명목록·집부·총집류總集類≫권19 참조.

79) 諱辨(휘변) : 이는 당나라 한유韓愈가 피휘避諱에 관해 쓴 논문을 가리키는데, 동
명의 제목으로 송나라 위중거魏仲擧가 엮은 ≪오백가주창려문집五百家注昌黎文集
·잡문雜文≫권12에 전한다.

80) 杜度(두도) : 후한 때 사람 두조杜操의 별칭. 최식崔寔과 함께 초서草書에 정통하
였다. 한유韓愈는 〈휘변諱辨〉에서 만약 발음이 유사하다고 해서 피휘해야 한다면
‘두杜(dù)’와 ‘도度(dù)’가 발음이 유사하기에 두도杜度의 후손들은 성씨를 바꿔야
하는 황당한 일이 일어나므로 이런 피휘는 할 필요가 없다고 해설하였다. 그러나
‘도度’는 본명이 아니라 조조曹操의 이름을 피휘하기 위해 그의 자인 ‘백도伯度’를
줄여서 쓴 것이기에 그의 성씨와는 무관하므로 한유의 주장은 근본적으로 출발이
잘못되었다는 말이다.

81) 渭陽(위양) : 위수渭水 북쪽. ≪시경·진풍秦風·위양渭陽≫권11의 “우리 외숙부
를 전송하느라 위수 북쪽에 이르렀네(送我舅氏, 曰至渭陽)”에서 유래한 말로 외숙
부를 비유한다.

82) 詩疏(시소) : 삼국 오吳나라 육기陸璣가 ≪시경≫에 등장하는 풀(草)·나무(木)·
날짐승(鳥)·들짐승(獸)·벌레(蟲)·물고기(魚) 등을 해설하기 위해 지은 저서인 ≪모
시초목조수충어소毛詩草木鳥獸蟲魚疏≫의 약칭. 총 2권. ≪사고전서간명목록·경부·
시류詩類≫권2 참조.

83) 士衡(사형) : 진晉나라 때 문인인 육기陸機(261-303)의 자. ≪진서·육기전≫권5
4 참조.

84) 萬幾(만기) : ‘만 가지 중요한 일’이란 뜻으로 제왕이 일상적으로 처리하는 복잡
한 정무를 가리킨다. 보통 ‘기幾’는 ‘기機’의 통용자로 보지만 이광예는 동의하지
않은 듯하다.

85) 王嘉(왕가) : 전한 때 사람. 자는 공중公仲이고 시호는 충忠. 애제哀帝가 간신 동
현董賢의 봉토를 늘리는 조서를 내리자 이에 대해 간언하다가 옥사하였다. ≪한서
·왕가전≫권86 참조.

之別, 竹甲90)・題籤91)・門杖92)之始," 皆引證分明, 足爲典據. 其
中鄼侯93)音醝一條, 明焦竑作筆乘94), 撫爲異聞, 不知屬沛國95)者
音醝, 屬南陽96)者音贊. 匡乂已引鄒氏史記注, 駁讀醝之非, 竑殆未
見此書也歟! 乾隆四十三年六月恭校上.

　　　　　　　總纂官紀昀・陸錫熊・孫士毅・總校官陸費墀.

○《자가집》 3권은 당나라 이광예가 지었다. 옛 판본에서는 간혹
'이제옹'으로 표기한 경우도 있는데, 아마도 송나라 때 간행하면
서 태조(조광윤趙匡胤)의 이름자(匡)를 피휘避諱하느라 그의 자
(제옹)로 대신 쓴 것일 게다. 이는 마치 당나라 때 《진서》를
편수하면서 (고조高祖 이연李淵의 조부인 이호李虎의 이름을 피

---

86) 封事(봉사) : 밀봉한 상소문. 기밀이 누설되는 것을 방지하기 위해 상소문을 검은
　　천으로 만든 주머니에 넣고 밀봉하여 올린 데시 유래하였다.
87) 除授(제수) : 관직에 임명하는 것을 이르는 말. 기존의 직함을 제하고 다른 관직
　　을 주는 것을 '제除', 처음 관직에 임명하는 것을 '수授'라고 한다.
88) 座前(좌전) : 연배나 직급이 자신보다 높은 상대방에 대한 존칭. 주로 편지글에서
　　사용하였다.
89) 閣下(각하) : 고관에 대한 존칭. '누각 아래서 공손히 대기한다'는 의미에서 유래
　　하였다. 황제皇帝에게는 '섬돌 아래 있다'는 의미의 '폐하陛下'를, 친왕親王이나 제
　　후에게는 '전각 아래 있다'는 의미의 '전하殿下'를, 고관에게는 '누각 아래 있다'는
　　의미의 '각하閣下'를, 그리고 신분이나 연령이 높은 사람에게는 '발 아래 있다'는
　　의미의 '족하足下'를 사용함으로써 상대방의 지위가 낮아질수록 점차 거리를 가까
　　이하는 의미가 담겨 있다.
90) 竹甲(죽갑) : 대나무 조각으로 만든 갑옷을 이르는 말. 삼국 위魏나라 때 무제武
　　帝와 양수楊脩가 처음 창안하였다고 전한다.
91) 題籤(제첨) : 서책의 겉장에 제목을 써서 붙인 쪽지를 이르는 말.
92) 門杖(문장) : 궁문 앞에서 대신大臣에게 가하던 장형杖刑을 이르는 말. 그러나 《자
　　가집》권하의 원문에 의하면 이는 직함과 간단한 인사말을 적은 일종의 명함을 뜻
　　하는 말인 '문장門狀'의 오기이다.
93) 鄼侯(찬후) : 고조高祖 유방劉邦(B.C.247-B.C.195)을 도와 한나라를 건국하고 재
　　상에 오른 소하蕭何(?-B.C.193)의 봉호封號. 《한서・소하전》권39 참조.
94) 筆乘(필승) : 명나라 초횡焦竑(1540-1620)이 선대 유학자의 글을 참조하여 지은
　　책인 《초씨필승焦氏筆乘》의 약칭. 총 8권. 《사고전서총목제요・자부・잡가류존
　　목5》권128 참조.
95) 沛國(패국) : 한나라 때 강소성에 설치한 제후국 이름. 고조高祖 유방劉邦의 고향
　　이다.
96) 南陽(남양) : 한나라 때 하남성에 설치한 속군屬郡 이름.

휘하기 위해) '석호'를 '석계룡'이라고 칭한 것과 같다. 또 어떤 판본에서는 '이예'라고 하여 역시 (송나라 태조의) 이름을 피휘하기 위해 (이광예에서 '광匡'이란) 한 글자를 삭제하였다. 이는 당나라 때 ≪수서≫를 편수하면서 (고조 이연의 조부인 이호의 이름을 피휘하기 위해) '한금호'를 '한금'이라고 칭하였지만, 실은 동일 인물인 것과 같은 이치이다. ≪문헌통고≫권214에서는 한편으로 잡가에 집어넣으면서 ≪직재서록해제≫의 기록을 인용하여 '이광문'이라고 한 반면, (≪문헌통고≫권215에서는) 한편으로 소설가에 집어넣으면서 ≪군재독서지≫의 기록을 인용하여 '이광의'라고 하였지만, 자를 '제옹'이라고 한 것은 동일하다. (송나라) 육유의 ≪위남문집渭南文集≫권28에 이 저서에 대한 발문이 실려 있는데, 여기서도 '이광문'이라고 하였다. 한편 왕무의 ≪야객총서・차서일시借書一鴟≫권11에서는 '이정문'이라고 하였다. 그러나 ≪군재독서지・소설류≫권3하에 실제로 '이광예'로 되어 있는 것으로 보아, 다른 글에서 전사하는 과정에서 오류를 범한 것일 뿐이다. 이광예의 생애에 대해서는 알려진 바가 거의 없다. 글에서 "재종숙조 견국공"이라고 칭한 것으로 보아, 이면의 종손임을 알 수 있다. 또 "친족 이한이 ≪몽구≫를 지어서 (전한) 소무와 (후한) 정중의 고사를 기재하였다"고 한 것으로 보아, (오대) 후진後晉 때 한림학사를 지낸 이한의 친족임을 알 수 있다. 따라서 그는 당나라 말엽 때 사람임이 분명하다. ≪신당서・예문지≫권58에 '이광문의 ≪양한지당년기≫ 1권'이란 말이 있는데, 주에 "소종 때 종정소경을 지냈다"고 한 것도 아마 바로 이광예일 것이다. 글에서 단지 스스로 "(호북성) 남장현의 현령을 지냈다"고 한 것은 아마도 그가 거쳐갔던 관직이지, 마지막으로 맡았던 관직은 아닐 것이다. ≪군재독서지・소설류≫권3하에서는 이 책에 대해 기재하면서 이광예의 자서를 인용하였는데, 자서에 "세간의 이야기는 대개 와전이나 오류가 많은데, 비록 견문이 있

다고 해도 입을 다문 채 감히 고증을 하려고 하지 않는다. 그래
서 이 글을 짓는다. 상편에서는 오류를 바로잡고, 중편에서는 근
원에 대해 이야기하고, 하편에서는 사물의 본질을 캐고자 한다”
고 하였다. 이 판본은 앞에 (강소성) 우산 출신의 (청나라) 전준
왕(전증錢曾)이 장서하며 찍은 소인이 있는 것으로 보아, 아마도
야시원의 오래된 유물인 듯하다. 말미에는 ‘(절강성) 태천 고씨의
글방에서 출판했다’는 글귀가 적혀 있는데, 중간에 (송나라 때 황
실 사람의 이름자인) ‘정貞’자 · ‘징徵’자 · ‘완完’자 등이 모두 흐
지부지 적혀 있는 것으로 보아, 아마도 남송 때 간행한 것인 듯
하다. 또 ‘은殷’자도 흐지부지 적혀 있는 것으로 보아, 오히려 이
종 이전에 선조宣祖(조홍은趙弘殷)의 신위를 다른 종묘로 미처
옮기지 않았을 때 간행된 것이라서, 근자의 판본에 비해 선본에
해당한다. 그러나 이 서문이 없는 것으로 보아, 책을 간행하는
사람이 빠뜨리지 않았나 싶다. 글에서는 또 세 편의 제목을 밝히
지 않았지만, 말하고 있는 고사가 모두 그 항목과 일치하는 것으
로 보아, 이광예의 자서는 어디까지나 갈고 다듬을 때 적은 글이
어서 원래 제목을 표기하지 않았을 것이다. 그 글은 아마도 단지
옛 문장을 교감하기 위한 것이었던 듯하다. (송나라) 황백사의
≪동관여론≫권하에서는 ‘차를 받히는 쟁반’이란 항목에 대해 반
박한 적이 있고, 황조영의 ≪상소잡기≫에서는 ‘관리가 며칠 동
안 숙직하는 제도’란 항목에 대해 반박한 적이 있으며, 호자의
≪초계어은총화 · 두자미杜子美4≫후집권8에서는 ‘약초 난간’이란
항목에 대해 반박한 적이 있고, 왕무의 ≪야객총서 · 여율령如律
슈≫권12에서는 ‘다급하기가 법령과 같다’라는 항목에 대해 반박
한 적이 있다. 이제 변별한 내용을 살펴보면, 예를 들어 ‘천리 멀
리 가도 우물에 침을 뱉지 않는다’는 고사의 경우, “본래 남조
유송 때 계리에서 기인하였다”고 하였지만, 이는 ≪옥대신영≫권
2의 오랜 판본에 (삼국 위나라) 조식의 <유훈을 대신해 아내 왕

씨를 내쫓으며 지은 시>를 기재하고 있는데, 여기에 이미 '천리 멀리 가도 우물에 침을 뱉지 않건만, 하물며 옛날부터 모셨던 분인 바에야 말할 나위가 있겠는가?'라는 구절이 있는 것으로 보아, 유송 때 계리라는 설은 오류에 해당한다. 또 (사천성) 촉주의 기녀인 설도와 관련해 당나라 문인의 시집에 등장하는 이는 모두 이름이 '도濤'로 되어 있는데, 이 글에서는 유독 '설도薛陶'라고 하였으니 글자를 잘못 쓴 것이 분명하다. 또 (노쇠한 모양을 뜻하는 말인) '용종'을 해석하면서 '용이 밝은 곳'이라고 본 것 역시 천착에 해당한다. 또 글 전체가 모두 고증을 위한 문장이지만, '목영이 곰 고기를 삼키다'란 항목에서 갑자기 해학적인 잡사를 섞은 것은 체례상 특히 어울리지 않는다. 그러나 예를 들어 "(후한) 순열의 ≪한기≫가 장래에 '녹리角里'를 잘못 알아 단지 '녹리祿里'로만 쓰는 것을 예방한 것을 통해, '용用'자 위에 삐침을 하나 보태서 달리 '녹甪'자를 만든 것이 잘못이라는 점을 증명해 낼 수 있다"고 말한 것, "≪논어·공야장公冶長≫권5에서 '재여가 낮잠을 잤다'를 '재여가 종묘를 꾸몄다'로 써야 한다는 것은 바로 (남조) 양나라 무제의 설이고, (≪논어·향당鄉黨≫권10에서 춘추시대 노나라 공자가 화재가 났다는 얘기를 듣고서) 『사람이 다쳤느냐?』고 물어 『아닙니다』라는 대답을 듣자 말에 대해 물었다'는 문구의 경우, '아니 불'자에서 구절을 끊어야 한다는 것은 (당나라 육덕명의) ≪경전석문·논어음의論語音義≫권24의 설이므로, 모두 (당나라) 한유의 ≪논어필해≫에서 비롯된 것이 아니다"라고 말한 것, "(당나라) 오신이 ≪문선≫에 주를 달면서 몰래 이선의 판본에 근거하였다"고 말한 것, "한유가 <피휘에 관한 논변>이란 글에서 잘못하여 (후한 사람) 두도의 자를 성씨와 연관시켰다"고 말한 것, "모친이 있는 사람은 외숙부를 '위양'이라고 불러서는 안 된다"고 말한 것, "≪모시초목조수충어소毛詩草木鳥獸蟲魚疏≫를 지은 (삼국 오吳나라 때 사람) 육기陸

璣는 이름이 '구슬 옥玉' 부수이므로, (진晉나라 때 사람) 사형士衡 육기陸機가 아니다"라고 말한 것, "'만기'에서 '기幾'자를 잘못하여 '기機'자로 쓰는 것은 전한 왕가의 상소문에서 비롯되었다"고 말한 것, "'제除'와 '수授' 두 글자는 의미상 차이가 있고, 심지어 '좌전'과 '각하'라는 존칭도 구별해야 하며, '죽갑' '제첨' '문장門狀'에 유래가 있다"고 말한 것 등은 모두 고증이 분명하기에 논거로 삼을 만하다. 그중 '찬후'의 '찬酇'은 음이 '차'라는 조항에 대해 명나라 초횡은 자신의 저서 ≪필승≫에서 기이한 견문이라고 지적하며, (강소성) 패국에 속하면 음이 '차'이고, (하남성) 남양군에 속하면 음이 '찬'이라는 것을 몰랐을 것이라고 주장하였다. 그러나 이광예는 이미 ≪사기≫의 추씨 주를 인용하여 '차'로 읽는 것의 오류에 대해 반박한 적이 있다. 초횡이 아마도 이 글을 미처 보지 못 했던 것이리라! (청나라 고종) 건륭 43년(1778) 6월 삼가 교감하여 올린다.

총찬관 기윤·육석웅·손사의 및 총교관 육비지 씀.

목 차

≪資暇集≫

資暇集卷上 227

■蘇氏演義卷上■

●風者, 告也, 號也. 河圖[1]記曰, "風者, 天地之使, 乃告號令耳." 凡風動, 則蟲生, 故風字從虫.

○'풍'은 알린다는 뜻이자, 호령한다는 뜻이다. ≪하도≫에 "'풍'은 천지간을 오가는 사신으로서 호령을 알리는 것이다"라는 기록이 있다. 무릇 바람이 불면 벌레가 태어나기에, '풍風'자는 의미상 '벌레 충虫'자를 따른다.

●雪者, 脫也, 如物之雪脫. 又曰, "屑也." 釋名[2]曰, "綏也. 水下遇寒而(凝[3]), 綏綏然[4]下也."

○'설'은 벗어난다는 뜻으로, 사물이 더러움을 씻어내 벗어나는 것과 같다는 말이다. 또 "가루를 뜻한다"고도 한다. ≪석명・석천釋天≫권1에 "('설'은) 편안하다는 뜻이다. 물이 내려오다가 추위를 만나 응어리지면 천천히 내리게 된다"고 하였다.

●堯禪位於舜, 舜復禪位於禹, 經史稱其聖德. 汲冢竹書[5]乃云, "堯禪位, 後爲舜王之, 而相州[6]湯陰縣, 遂有堯城. 舜禪位, 後爲禹王之." 而任昉云, "朝歌[7]有獄基, 爲禹置虞舜之宮." 劉子玄[8]引竹書, 以爲

---

1) 河圖(하도) : 황하에서 나왔다고 전하는 전설상의 도서인 ≪용도龍圖≫의 별칭. ≪역경・계사상繫辭上≫권11의 "황하에서 ≪용도≫가 나오고, 낙수에서 ≪귀서龜書≫가 나와 성인이 이를 본받았다(河出圖, 洛出書, 聖人則之)"는 말에서 유래하였다.
2) 釋名(석명) : 후한 유희劉熙가 지은 사전의 일종. 8권 20편. 음음을 통해 자의字義를 추구하였는데, 견강부회한 점도 있으나 고음古音과 옛 제도를 연구하는 데 중요한 자료적 가치가 있다. ≪사고전서간명목록・경부・소학류小學類≫권4 참조.
3) 凝(응) : ≪석명・석천≫권1의 원문에 의하면 이 글자가 누락되었기에 첨기한다.
4) 綏綏然(타타연) : 눈이 느리게 내리는 모양.
5) 汲冢竹書(급총죽서) : 전국시대 위魏나라 양왕襄王의 무덤에서 출토된 선진시대의 죽서竹書를 이르는 말. '급총서汲冢書'라고도 한다.
6) 相州(상주) : 하남성의 속주屬州 이름.
7) 朝歌(조가) : 지명. 상商나라 때 은허殷墟의 소재지. 한나라 때 현으로 설치되었는

撫實, 非也. 夫堯・舜・夏禹, 聖人也. 以禪代爲盛德, 後聖仰而傚
之. 凡善惡必書, 謂之良史. 湯・武王, 聖人也. 湯放桀於南巢9), 武
王伐紂, 伯夷10)・叔齊不食周粟, 而經史不爲之諱, 則豈獨諱舜・禹
之事, 而反褒之乎? 知小說者之爲濫矣. 蓋堯之耄, 舜功之高, 舜之
耄, 禹功之高. 耄者, 必怠於政事, 功高者, 人心之所歸. 聖人知進退
存亡之道, 將以副天下人之心, 不得不禪其位也. 後儒意以爲篡奪而
取禪代之名, 如曹孟德11)・司馬仲達12)之流, 則不然也. 既退之後,
無視事, 無聽政, 必處數十畝之宮・數雉13)之城, 以兵衛護之, 將奉
其舊君也. 而後人覩其餘址, 不以爲聖人避燥濕居退休之所, 遂謂之
堯城・舜宮. 若舜爲禹王, 又安得南巡乎? 述異記14)云, "會稽山有

데, 지금의 하남성 기현其縣 일대이다. '아침부터 노래한다'는 의미 때문에 음악을
중시하는 유가학파에 비판적 입장이었던 묵자墨子가 들어가지 않았다는 고사로 유
명하다.

8) 劉子玄(유자현) : 당나라 사람 유지기劉知幾. 자인 '자현'으로 통용되었다. 좌산기상
시左散騎常侍와 봉각사인鳳閣舍人(중서사인中書舍人) 등을 역임하였고, 거소현자居
巢縣子에 봉해졌다. ≪사통史通≫의 저자로 유명하다. ≪신당서・유자현전≫권132
참조.

9) 南巢(남소) : 안휘성의 속현屬縣 이름.

10) 伯夷(백이) : 은殷나라 말엽 고죽군孤竹君의 아들. 주周나라 무왕武王이 은나라를
정벌하려고 하자 동생인 숙제叔齊와 함께 그 부당성을 주장하다가 수양산首陽山에
들어가 고비로 연명하던 중 아사餓死하였다. ≪사기・백이전≫권61 참조.

11) 曹孟德(조맹덕) : 삼국 위魏나라 무제武帝 조조曹操(155-220). '맹덕'은 자. ≪삼
국지・위지・무제조조전武帝曹操傳≫권1 참조.

12) 司馬仲達(사마중달) : 진晉나라를 건국한 무제武帝 사마염司馬炎(236-290)의 조
부인 사마의司馬懿(179-251). '중달'은 자. 후한 말엽 조조曹操(155-220) 때 태자
중서자太子中庶子를 역임하고, 위魏나라 문제文帝 조비曹丕(187-226)의 고명顧命
으로 명제明帝를 보필하여 누차 제갈양諸葛亮(181-234)을 격퇴시키기도 하였다.
뒤에 손자인 사마염이 진나라를 건국한 뒤 선제宣帝에 추존追尊하였다. ≪진서・
선제기≫권1 참조.

13) 雉(치) : 일 장 높이를 뜻하는 도량형 단위. 혹은 삼 장 높이를 뜻하는 말로 보는
설도 있다.

14) 述異記(술이기) : 남조南朝 양梁나라 임방任昉(460-508)이 기이한 이야기를 모아
엮은 책으로 총 2권. 그러나 내용 중에 북제北齊와 관련된 고사도 있는 것으로 보
아, 진나라 장화張華(232-300)의 ≪박물지博物志≫처럼 여러 사람의 손에 의해서
완성된 것으로 보인다. ≪사고전서간명목록・자부・소설가류小說家類≫권14 참조.
≪수서・경적지≫권33이나 ≪구당서・경적지≫권46, ≪신당서・예문지≫권59에서

虞舜巡狩臺, 下有望陵祠. 帝舜南巡, 葬于九疑15), 民爲立祠." 又云, "湘水去岸三十里, 有相思宮・望帝臺. 昔舜南巡狩而沒, 葬于蒼梧16)之野. 堯二女娥皇・女英, 追之不及, 相與慟哭, 淚下沾竹, 悉成斑文." 又"禹遷舜于蒼梧." 皆非稽古之談. 若有遷徙17)之事, 必有鴆毒18)之患, 則安得終于壽考19)?

○(당唐나라) 요왕이 순왕에게 왕위를 선양하고, (우虞나라) 순왕이 (하夏나라) 우왕에게 왕위를 선양하였기에, 경서나 사서에서는 그들의 성덕을 칭송하고 있다. ≪급총죽서≫에 "요왕은 왕위를 선양하였기에, 뒤에 순에게 왕으로 대접받아 (하남성) 상주 탕음현에 급기야 요왕의 성이 생겨났다. 순왕은 왕위를 선양하였기에, 뒤에 우에게 왕으로 대접받았다"고 하였고, (남조南朝 양梁나라) 임방은 "(하남성) 조가현에 감옥의 터가 있는데, (하나라) 우왕이 우나라 순왕을 방치하기 위해 만든 건물이다"라고 하였으며, (당나라) 자현子玄 유지기劉知幾는 ≪급총죽서≫를 인용하면서 사실을 잘 꼬집은 것이라고 하였는데, 이는 모두 틀린 말이다. 무릇 요왕・순왕・하나라 우왕은 성인이다. 왕위의 선양을 성덕으로 여기기에 후대의 성왕들도 이를 우러르며 본받았다. 무릇 선한 일이든 악한 일이든 반드시 기록으로 남기고, 이를 '양사'라고 한다. (상商나라) 탕왕과 (주周나라) 무왕도 성인이다. 탕

는 모두 남제南齊 조충지祖沖之가 지었으며 총 10권이라고 한 반면, ≪송사・예문지≫권206에서는 양나라 임방의 저서로 총 2권이라고 하였다. 후인의 위작僞作이라는 설도 있다.

15) 九疑(구의) : 호남성에 있는 우虞나라 순왕舜王의 사당이 있다는 산 이름. '창오蒼吾'라고도 한다. 아홉 개의 봉우리가 비슷하게 생겨서 구분이 잘 되지 않는 데서 이름이 유래하였다.

16) 蒼梧(창오) : 호남성의 속군屬郡이자 산 이름. 순왕舜王의 장지葬地가 있는 곳으로 유명하다.

17) 遷徙(천사) : 먼 곳으로 유배보내다, 타지로 귀양보내다.

18) 鴆毒(짐독) : 짐새의 깃털에 있는 맹독을 이르는 말. 사약의 재료로 쓰였다고 전한다.

19) 壽考(수고) : 장수, 수명을 뜻하는 말.

왕이 (하나라 마지막 왕인) 걸왕을 (하남성) 남소현으로 추방하고, 무왕이 (상나라 마지막 왕인) 주왕을 정벌하여 백이·숙제 형제가 주나라 곡식을 먹지 않고 굶어죽었는데도, 경서나 사서에서 이를 기피하지 않았으니, 어찌 유독 순왕과 우왕의 고사만 회피하느라 도리어 좋게 말할 수 있겠는가? 소설가들이 함부로 지어낸 얘기라는 것을 알 수 있다. 대개 요왕이 연로하였기에 순왕의 공적이 높은 것이고, 순왕이 연로하였기에 우왕의 공적이 높은 것이다. 연로하면 필시 정사를 소홀히 하고, 공적이 높으면 민심이 그에게 귀의하기 마련이다. 성인은 진퇴와 존망의 이치를 잘 알기에, 장차 만백성의 민심에 부합하여 부득불 왕위를 선양하는 것이다. 뒤에 유학자들은 찬탈이라고 생각하면서도 선양하였다는 명분을 취한 것이니, (후한) 맹덕孟德 조조曹操나 (삼국 위나라) 중달仲達 사마의司馬懿와 같은 사람들은 그렇지 않다. 은퇴한 뒤에는 국사를 돌보지 않고 정사를 듣지 않은 채, 필시 수십 무 넓이의 건물이나 수십 장 높이의 성에 거처하기에, 호위병으로 그들을 보호하면서 옛 군주로 대우하여 봉양하는 법이다. 그런데도 후인들은 그 남은 터를 보고서 성인이 건기와 습기를 피하여 휴식을 취하던 장소로 여기지 않고, 급기야 이를 '요왕의 성'이니 '순왕의 건물'이라고 일컬었다. 만약 순왕이 우왕에게 왕으로 대접받았다면, 어찌 또 남쪽을 순행할 수 있겠는가? ≪술이기≫권상에서 "(절강성) 회계산에 우나라 순왕이 순수하던 누대가 있고, 아래로 (순왕을 위한 사당인) 망릉사가 있다. 순왕이 남쪽을 순행하다가 구의산에 묻히자, 백성들이 그를 위해 사당을 세워 주었다"고 하고, 또 "상수에서 강언덕으로부터 30리 되는 곳에 상사궁과 망제대가 있다. 옛날에 순왕이 남쪽을 순수하다가 죽어 창오산의 들판에 묻혔다. 요왕의 두 딸인 여황과 여영이 그를 쫓았지만 따라잡지 못 하자 함께 통곡하였는데, 눈물이 떨어져 대나무를 적시니 모두 반점이 되었다"고 하고, 또 "우왕은 순왕을 창오산에 유배하였다"고 한 것은 모두 제대로 고증을 한 얘기가 아니다. 만약 유배가는 일이 있었다면 필시 사약의 화를 당했을 터이니, 어찌 장수하다가 생을 마칠 수 있었겠는가?

●春秋左傳20)載豢龍氏21)事, 至今曹州定陶城東北三十里, 尙有豢龍氏池. 其村亦有土基, 古老傳云, "豢龍池者, 飮馬池也." 櫪者, 槽櫪也, 卽今以內廐22)爲飛龍, 乃豢龍之義也.

○≪춘추좌전·소공昭公29년≫권53에 '환룡씨'와 관련된 고사를 기재하고 있는데, 오늘날 (산동성) 조주의 정도성 북동쪽 30리 되는 곳에 가면 아직도 환룡씨와 관련 있는 연못이 있다. 그 고을에는 또한 흙으로 쌓은 토대가 있는데, 예로부터 전하는 말에 의하면 "'환룡지'는 말에게 물을 먹이던 연못이다"라고 한다. '역櫪'은 말구유를 뜻하는 말인데, 곧 오늘날 궁중 마구간을 '비룡구'라고 부르는 것도 바로 '환룡'이란 뜻에서 유래한 것이다.

●歷山有六, 一河中23), 二齊州, 三冀州, 四濮州雷澤, 又其二不聞. 又云, "畊之與漁, 宜皆在雷澤." 史記注云, "歷山在河東雷澤," 今屬濟陰. 然則舜之耕不在此, 明矣. 演義云, "歷山, 其二不聞," 豈此山乃其一耶! 梁江文通24)題歷山詩云25), "愁生白露日, 思起秋風年. 落

20) 春秋左傳(춘추좌전) : 노魯나라 은공隱公 원년元年(B.C.722년)부터 애공哀公 27년(B.C.468년)까지 약 250년 간의 춘추시대 역사를 기록한 ≪춘추경春秋經≫에 대한 전국시대 노魯나라 좌구명左丘明의 해설서인 ≪춘추좌씨전≫의 약칭. ≪좌씨전≫ ≪좌전≫으로도 약칭한다.
21) 豢龍氏(환룡씨) : 우虞나라 때 용을 길들이는 재주로 순왕舜王을 섬겼다는 전설상의 인물인 동보董父의 별칭.
22) 內廐(내구) : 궁중의 마구간을 이르는 말.
23) 河中(하중) : 산서성의 속군屬郡 이름.
24) 江文通(강문통) : 남조南朝 양梁나라 때 사람 강엄江淹(444-505). '문통'은 자. 남제南齊 때 어사중승御史中丞과 위위경衛尉卿을 역임하였고, 양나라에 귀의하여 금자광록대부金紫光祿大夫를 지내고 예릉후醴陵侯에 봉해졌다. 문재文才로 이름을 떨쳤다. 저서로 ≪강문통집江文通集≫ 4권이 전한다. ≪양서·강엄전≫권14 참조.
25) 云(운) : 이는 오언고시五言古詩 <(강서성) 무석현의 역산을 읊은 시집을 읽고(無

葉下楚水, 別鶴噪吳田. 嶂氣陰不極, 日色虧半天. 酒至情蕭瑟, 憑樽26)還惘然.” 文通, 會稽27)永興人, 所題乃此山也.(按, 此條自史記注以下係施宿會稽志28)中語. 永樂大典29)聯屬于蘇氏演義之後, 殊爲舛誤. 今演義原本, 別無可考, 姑仍其舊.)

○역산은 여섯 군데가 있는데, 첫 번째는 (산서성) 하중군에 있고, 두 번째는 (산동성) 제주에 있고, 세 번째는 (하북성) 기주에 있고, 네 번째는 (산동성) 복주 뇌택에 있지만, 그중 나머지 두 군데에 대해서는 들어보지 못 했다. 또 “농사와 어로 모두 뇌택에서 하는 것이 좋다”는 말이 있다. ≪사기·오제본기五帝本紀≫권1의 주에서 “역산은 황하 동쪽 뇌택에 있다”고 한 것은 오늘날 (산동성) 제음군에 속한다. 그러므로 (오제 가운데 마지막 임금인) 순왕이 이곳에서 농사를 짓지 않았다는 것이 분명하다. ≪소씨연의≫에서 “역산 가운데 두 군데에 대해서는 들어보지 못 했다”고 한 것도, 아마 이 산이 바로 그중 하나일 것이다. (남조) 양나라 문통文通 강엄江淹은 <역산을 읊은 시>에서 “이슬 내릴 무렵 시름이 일어나고, 가을 바람 부는 때 그리움이 일어나네. 낙엽은 초지방 강물에 떨어지고, 짝 잃은 학이 오지방 밭에서 우는구나. 산에 음기가 다하지 않았건만, 햇살이 낮에 이지러지네. 술기운이 오를수록 마음 쓸쓸하더니, 술동이에 기대도 여전히 마

錫縣歷山集)>란 제목으로 ≪강문통집≫권4에 전한다.
26) 樽(준) : 술동이. ‘준樽’ ‘준罇’과 통용자.
27) 會稽(회계) : 절강성의 속군屬郡이자 산 이름. 춘추전국시대 때는 절강성 소흥시 紹興市 일대를 ‘회계’라고 하다가, 진한秦漢 때는 오군吳郡(강소성 소주시蘇州市 일대)으로 이전하였고, 후한後漢 이후로 다시 오군을 복원하면서 회계군 역시 원래 지역(절강성 소흥시 일대)으로 복원시켰다.
28) 會稽志(회계지) : 송나라 시숙施宿이 이종理宗 가태嘉泰 연간에 절강성 회계군에 관해 지은 지리서인 ≪가태회계지嘉泰會稽志≫의 약칭. 총 20권. ≪사고전서간명목록·사부·지리류≫권7 참조.
29) 永樂大典(영락대전) : 명나라 성조成祖의 칙명으로 해진解縉 등이 영락永樂(1403-1424) 연간에 편찬한 총 22,877권의 총서叢書. 청나라 건륭제乾隆帝 때 사고전서四庫全書를 편찬하는 데 중요한 기틀이 되었으나, 1900년 의화단 사태 때 대부분 소실되고 800권만 남았다.

음 울적하네"라고 하였다. 강엄은 (절강성) 회계군 영흥현 사람
이기에, 그가 소재로 삼은 것은 바로 이 산이다.(살펴보건대 이 조항
에서 ≪사기≫ 주 이하 부분은 송나라 시숙의 ≪회계지≫에 실려 있던 말이다.
≪영락대전≫에서 ≪소씨연의≫ 뒤에 연결시킨 것은 아마도 착오인 듯하다. 이
제 ≪소씨연의≫ 원본을 달리 고찰할 수 없기에, 잠시나마 옛 문헌을 그대로
따른다.)

●史記云, "禹娶于塗山氏30)." 今塗山有四, 一者會稽. 二者渝州, 卽
巴南舊江州, 是也, 亦置禹廟於其間. 三者濠州, 亦置禹廟. 酈道元
水經31)云, "周穆古廟, 誤爲塗山禹廟." 左傳注云, "塗山在壽春32)
東北," 卽此是也. 其山有鯀33)・禹・啓34)三廟, 又有五諸侯城. 四
者, 文字音義35)云, "崏山, 古之國名, 夏禹娶之, 今宣州當塗縣也."
此崏山旣爲古侯國, 禹娶之, 則宜矣. 據禹之蹤跡所在, 會稽最多.
昔禹會塗山, 執玉帛者萬國, 防風氏36)後至, 禹誅之. 其身長三丈,
其後得骨節而專車, 言滿一車也. 述異記云, "至今南中有防風氏, 人
皆長大. 越俗, 祭防風神, 奏防風古樂, 截竹長三尺, 吹之, 音如狗
嘷37), 三人被髮38), 而舞於庭.(按, 此下語氣未完, 恐有割裂.)

---

30) 塗山氏(도산씨) : 고대 소수민족 가운데 하나. 위치에 대해서는 절강성 소흥시紹
興市 일대라는 설, 안휘성 방부시蚌埠市 일대라는 설, 사천성 중경시重慶市 일대라
는 설 등 여러 가지가 있다.
31) 水經(수경) : 후한 상흠桑欽이 지었다고 전하는 강에 관한 지리서. 뒤에는 북조北
朝 북위北魏 역도원酈道元(?-527)이 주를 단 ≪수경주≫가 널리 통용되었다. 총 4
0권. ≪사고전서간명목록・사부・지리류≫권7 참조.
32) 壽春(수춘) : 안휘성의 속현屬縣 이름.
33) 鯀(곤) : 하夏나라 우왕禹王의 부친으로 요왕堯王의 명을 받아 홍수를 막다가 죽
었다고 전한다.
34) 啓(계) : 하夏나라 제2대 임금. 우왕禹王의 아들로서 왕위를 계승하였으며, '하후
계夏侯啓'・'하후개夏侯開'로도 불렸다. 그에 관한 기록은 ≪서경・하서・감서≫권
6에 전한다.
35) 文字音義(문자음의) : ≪신당서・예문지≫권57 등 서지書誌에 의하면 당나라 현
종玄宗이 ≪개원문자음의開元文字音義≫ 30권을 지었다고 한 것으로 보아 아마도
이 책을 가리키는 듯하다.
36) 防風氏(방풍씨) : 고대 제후국인 왕망국汪芒國의 군주를 이르는 말.
37) 狗嘷(구호) : 개 울음소리를 이르는 말.

○≪사기·하본기夏本紀≫권2에 "(하나라) 우왕이 도산씨에게 장가 들었다"는 기록이 있다. 오늘날 도산은 네 군데가 있는데, 첫 번째는 (절강성) 회계군에 있다. 두 번째는 (사천성) 유주에 있는데, 바로 파군 남쪽의 옛 강주가 그곳으로, 여기에도 우왕의 사당이 설치되어 있다. 세 번째는 (안휘성) 호주에 있는데, 역시 우왕의 사당이 설치되어 있다. (북조北朝 북위北魏) 역도원의 ≪수경주≫권33에 "주나라 목왕의 옛 사당을 도산의 우왕 사당으로 잘못 알고들 있다"고 하고, ≪좌전·소공昭公4년≫권42의 주에 "도산은 (안휘성) 수춘현 북동쪽에 있다"고 하였으니, 바로 이곳이 그곳에 해당한다. 그 산에는 곤·우왕·계왕의 세 사당이 있고, 또 다섯 제후의 성이 있다. 네 군데와 관련하여 ≪문자음의≫에서는 "'도산'은 옛날 제후국 이름으로 하나라 우왕이 그곳 여인에게 장가들었는데, 오늘날 (안휘성) 선주 당도현에 해당한다"고 하였다. 이 '도산'이 옛날 제후국으로서 우왕이 그곳의 여인에게 장가들었던 것은 맞는 말일 것이다. 그러나 우왕이 발자취를 남긴 곳에 근거해 볼 때는 (절강성) 회계군이 가장 많다. 옛날에 우왕이 도산에서 회맹을 가졌을 때 옥과 비단을 바친 나라가 수 없이 많았는데, 방풍씨가 뒤늦게 도착하자 우왕이 그를 죽였다. 그의 신장은 3장이나 되었다. 우왕이 뒤에 방풍씨의 뼈마디를 가져다가 수레 하나에 실었는데, 이는 수레 하나를 가득 채웠다는 말이다. ≪술이기≫권상에 "오늘날까지 남방에는 방풍씨의 고을이 있는데, 사람들이 모두 기골이 장대하다. 월 지방의 풍속에 의하면 방풍씨의 귀신에게 제사를 지낼 때 방풍씨의 옛 음악을 연주하는데, 대나무를 세 자 길이로 잘라 불면 소리가 마치 개 울음소리처럼 들리고, 세 사람이 머리를 풀어헤치고 마당에서 춤을 춘다"는 기록이 있다.(살펴보건대 이 이하의 말은 문맥이 불완전한 것

---

38) 被髮(피발) : 머리를 풀어헤치다. 즉 상투를 하지 않은 것을 말한다. '피被'는 '피披'와 통용자.

으로 보아, 아마도 잘려나간 부분이 있는 듯하다.)

●晉地里志云, "蒲坂39)有雷首山, 伯夷·叔齊所居, 故曰首陽山." 又 "隴西40)地名首陽, 東有鳥鼠山, 亦謂之首陽山." 又杜預云41), "登 邢山, 山上有塚, 制作甚儉, 云'鄭大夫42)祭仲43)塚.'或云, '子産44) 塚,'東向新鄭城." 又言"洛陽之東, 首陽山之南, 有小山, 西瞻宮闕, 北望夷齊45), 因以洛水圓石爲墓, 象邢山之葬焉." 杜元凱46)·阮嗣 宗47), 博學君子, 固不應以誤名首陽耳. 魏文帝陵於首陽, 卽此是也. 論語注以蒲坂者爲是, 恐亦誤也. 今洛陽石橋店東十里已來大道之北, 當高山, 山巓有一塚, 乃杜預塚也. 首陽北望, 正與河陽城相對, 北 去河陽48)二十餘里.

○≪진서·지리지≫권14에 "(산서성) 포판현에 뇌수산이 있는데,

---

39) 蒲坂(포판) : 산서성 하동군河東郡의 속현屬縣 이름.
40) 隴西(농서) : 감숙성의 속군屬郡 이름. 농산隴山 서쪽에 위치한 데서 유래하였다.
41) 云(운) : 이하 예문은 진晉나라 두예杜預(222-284)의 유언 가운데 일부를 인용한 것으로 전문은 ≪진서·두예전≫권34에 전한다.
42) 大夫(대부) : 주周나라 때 신분 구분인 공公·경卿·대부大夫·사士의 하나. 삼공 三公과 구경九卿 아래로 상대부上大夫·중대부中大夫·하대부下大夫가 있고, 그 밑으로 다시 상사上士와 중사中士·하사下士가 있었다. 후대에는 벼슬아치에 대한 범칭汎稱으로 쓰기도 하였다.
43) 祭仲(채중) : 춘추시대 정鄭나라 대부大夫. 자는 중족仲足. 채봉祭封 사람. 장공莊 公 때 경卿에 올랐다. '채祭'는 '채蔡'와 통용자.
44) 子産(자산) : 춘추시대 정鄭나라 대부大夫인 공손교公孫僑의 자. 간공簡公 때 경 卿에 올라 정사를 주도하며 많은 치적을 남겼다.
45) 夷齊(이제) : 주周나라 무왕武王의 쿠데타를 만류한 백이伯夷와 숙제叔齊를 아우 르는 말.
46) 杜元凱(두원개) : 진晉나라 때 사람 두예杜預. '원개'는 자. 탁지상서度支尙書와 형주도독荊州都督 등을 역임하였고, ≪좌전左傳≫에 주를 단 것으로 유명하다. 박 학하여 '두무고杜武庫'란 별칭을 얻었고, 정남대장군征南大將軍을 지냈기에 '두정 남杜征南'으로도 불렸다. 고사성어 '파죽지세破竹之勢'의 장본인이기도 하고, 두보 杜甫(712-770)가 자랑하던 조상이기도 하다. ≪진서·두예전≫권34 참조.
47) 阮嗣宗(완사종) : 삼국 위魏나라 때 문인 완적阮籍(210-263). '사종'은 자. 죽림 칠현竹林七賢의 일인으로 술을 좋아하여 봉록을 타서 술을 사 먹기 위해 일부러 보병교위步兵校尉를 지낸 적이 있기에 '완보병'으로도 불렸다. 그의 전기가 비록 ≪진서·완적전≫권49에 전하나 실제로는 위나라 사람이다.
48) 河陽(하양) : 하남성의 속현屬縣 이름.

백이·숙제 형제가 거처했던 곳이라서 '수양산'이라고도 한다"고
하였고, 또 "(감숙성) 농서군 소속 지명으로 '수양'이 있는데, 동
쪽에 있는 조서산을 '수양산'이라고도 한다"는 기록이 있다. 한편
(진晉나라) 두예는 "형산에 올랐더니 산 위에 있는 무덤이 매우
험하게 조성되어 있었는데, '정나라 대부 채중의 무덤'이라고도
하고, 혹은 '(정나라) 자산子産 공손교公孫僑의 무덤'이라고도 한
다. 동쪽으로 신정성과 마주하고 있다"고 하였고, 또 "(하남성)
낙양 동쪽의 수양산 남쪽에 작은 산이 있는데, 서쪽으로 궁궐이
바라다보이고, 북쪽으로 백이·숙제가 은거한 산이 바라다보인
다. 그래서 낙수에서 나는 둥근 바위로 무덤을 만들어서 형산의
장지를 본떴다"고 하였다. 원개元凱 두예杜預와 사종嗣宗 완적阮
籍은 박학한 군자들이기에, 확실히 수양산을 잘못 지명했을 리가
없다. (삼국) 위나라 문제(조비曹丕)가 수양산에 왕릉을 마련했다
고 하는 것도, 바로 이곳이 그것에 해당한다. 《논어·계씨》권1
6에서 '포판'을 그곳이라고 주를 단 것은 아마도 역시 착오인 듯
하다. 오늘날 낙양의 석교점 동쪽 10리까지 나 있는 큰길의 북
쪽으로 높은 산이 있고 산 정상에 무덤이 하나 있는데, 바로 두
예의 무덤이다. 수양산에서 북쪽으로 바라보면 바로 하양성과 마
주하고 있고, 북쪽으로 하양성에서 20리 남짓 떨어져 있다.

●今濮州有偃朱城, 一云丹朱城. 學者又云, "舜偃塞49)丹朱50)之所,
遂謂之偃朱城," 誤也. 蓋舜禪位之後, 築城以爲丹朱偃息湯沐51)之
地, 實非偃塞之義. 劉子玄又引竹書云, "舜簒堯位, 立丹朱城, 俄又
奪之," 皆非也. 丹朱之有城, 如周封祿父52)·微子53)之義, 蓋爲二

---

49) 偃塞(언색) : 감금하다, 폐쇄하다.
50) 丹朱(단주) : 당唐나라 요왕堯王의 아들 이름.
51) 湯沐(탕목) : 뜨거운 물에 머리를 감다. 제후가 천자를 알현할 때 목욕 재계할 수
   있도록 제공하는 봉지封地를 뜻하는 말인 탕목읍湯沐邑을 가리킬 때도 있다.
52) 祿父(녹보) : 은殷(상商)나라 마지막 왕인 주왕紂王의 아들 무경武庚의 본명. 주

王54)之後也.

○오늘날 (산동성) 복주에 언주성이 있는데, 한편으로는 '단주성'이라고도 한다. 학자들이 또한 "(우虞나라) 순왕이 (당唐나라 요왕堯王의 아들인) 단주를 감금한 곳이라서 급기야 '언주성'이라고 부르게 되었다"고 하는 것은 틀린 말이다. 아마도 순왕이 왕위를 선양받은 뒤에 성을 쌓아 단주가 휴식을 취하고 목욕재계할 수 있는 장소로 제공한 것이지, 실상 감금했다는 의미는 아닐 것이다. (당나라) 자현子玄 유지기劉知幾가 또 죽서를 인용하여 "순왕이 요왕의 왕위를 찬탈하고서 단주성을 세웠다가 얼마 뒤 다시 이를 빼앗았다"고 한 것도 모두 틀린 말이다. 단주가 성을 소유하게 된 것은 주나라가 (상나라 마지막 군주인 주왕紂王의 아들) 녹보와 (주왕의 형) 미자를 제후에 봉한 것과 같은 의미이므로, 아마도 하나라나 상나라의 후손을 위한 것이었을 게다.

●媼陵, 媼者, 婦人之美稱. 媼陵在汴州陳留縣東北, 卽漢高祖母陵也. 高祖之祖曰豐公, 其妻夢赤鳥若龍戲, 已而生太上皇55), 名執嘉. 執嘉媼, 是爲昭靈56)后, 名含始. 遊洛陽池, 有玉鷄57)銜赤珠出, 刻曰玉英58), 天以此命含始呑之. 後又夢與神遇, 遂生高祖. 豐公妻及太公59)媼, 傳紀俱未見其姓, 時俗不識媼字, 誤爲溫婆陵. 其陵之東,

---

주나라 무왕武王이 죽고나서 어린 성왕成王이 즉위하였을 때 관숙管叔·채숙蔡叔과 함께 반란을 일으켰다가 주공周公에게 살해당했다.
53) 微子(미자) : 상商나라 마지막 왕인 주왕紂王의 형으로 본명은 계啓. 모친이 정식 왕비에 책립되기 전에 태어나 서출庶出 신분이고, 동생인 주는 모친이 왕비에 책립된 뒤에 태어나 적출嫡出 신분이다. '미微'는 봉호封號이고, '자子'는 존칭.
54) 二王(이왕) : 주周나라 이전의 두 왕조인 하夏나라와 상商나라를 아우르는 말. 하나라와 상나라의 후손은 곧 주나라 때 제후국인 기杞나라와 송宋나라 사람들을 가리킨다.
55) 太上皇(태상황) : 황제의 부친에 대한 존칭. '상황上皇'으로 약칭하기도 한다.
56) 昭靈(소령) : 전한 고조高祖 유방劉邦의 모친의 시호.
57) 玉鷄(옥계) : 전설상의 신령스러운 닭.
58) 玉英(옥영) : 옥의 정수나 아름다운 꽃을 이르는 말.
59) 太公(태공) : 부친이나 조부에 대한 존칭. 여기서는 전자를 가리킨다.

有昏城焉. 古老相傳, 其城非人工所築, 乃因鬼功而成, 謂之昏城.
又有蛟龍村, 附于昏城, 卽可驗降龍之地也. 且漢祖[60]稱唐堯之後,
劉累[61]之子孫, 自秦徙魏, 自魏徙梁, 自梁徙豐. 陳留乃大梁[62]也,
卽媼遇赤龍于昏城, 豈非居梁之時, 遊洛之日, 而過此耶? 其後昭靈
崩[63], 復葬于梁, 可驗降龍之地. 又云, "媼乃梁之人, 高祖生于豐,
長于沛, 太上皇本東西南北人也." 今豐縣有龍霧橋, 豐人又謂媼遇龍
之所, 卽未必然也. 今豐縣有漢祖廟, 云"本漢祖降生之宅." 其廟最
靈, 邑人乃敬事之. 酈道元水經云[64], "媼遇戰而亡, 其後招蒐葬之,
有赤龍于水, 沐浴其身, 而後入于樽內." 道元云, "昏城者, 秦始皇東
遊至此, 値昏霧不散, 迷失道路, 遂謂之昏城," 乃誤說也. 其東北接
故濟陽縣. 後漢世祖[65]父爲濟陽令, 生世祖, 其年嘉禾[66]合穟, 故名
之爲秀. 媼旣遇龍于昏城, 而生高祖, 秀復生濟陽地, 土之靈若是耶!

○'온릉'이라고 할 때 '온媼'은 아녀자에 대한 미칭이다. 온릉은 (하
남성) 변주 진류현 북동쪽에 있는데, 바로 전한 고조(유방) 모친
의 무덤이다. 고조의 조부는 '풍공'이라고 하는데, 그의 아내가
붉은 새가 용처럼 노니는 꿈을 꾸고서 얼마 뒤 (고조의 부친인)
태상황을 낳아 이름을 '집가'라고 지었다. 집가의 아내는 소령황

---

60) 漢祖(한조) : 전한 고조高祖에 대한 약칭.
61) 劉累(유누) : 당唐나라 요왕堯王의 후손으로서 하夏나라 때 군주 공갑孔甲을 섬겼
   다는 전설상의 인물.
62) 大梁(대량) : 전국시대 위魏나라가 뒤에 천도한 도읍으로 지금의 하남성 개봉시開
   封市(변주汴州) 일대를 이르는 말.
63) 崩(붕) : 황제나 황후의 죽음을 이르는 말. ≪예기·곡례하曲禮下≫권5에 의하면
   천자의 죽음은 '붕崩'이라고 하고, 공경公卿의 죽음은 '훙薨'이라고 하며, 대부大夫
   의 죽음은 '졸卒'이라고 하고, 사士의 죽음은 '불록不祿'이라고 하며, 평민의 죽음
   은 '사死'라고 하여, 신분에 따라 죽음에 대한 표현에도 차이를 두었다.
64) 云(운) : 이하 예문은 현전하는 ≪수경주≫에 실리지 않은 것으로 보아 일문逸文
   인 듯하다.
65) 世祖(세조) : 후한 광무제光武帝의 묘호廟號. 후한 명제明帝가 즉위하던 해 광무
   제를 원릉原陵에 장사 지내고 '세조'라는 묘호를 올렸다. ≪후한서·명제본기≫권2
   참조.
66) 嘉禾(가화) : 옛날 사람들이 길조로 여기던 특이한 모양의 벼를 가리키는 말. 혹
   은 품질이 좋은 쌀을 의미하기도 한다.

후로서 이름이 '함시'이다. 그녀가 낙양의 연못을 노닐 때 옥계가 붉은 진주를 입에 물었다가 내뱉었는데, 거기에 '옥영'이란 문구가 새겨져 있었기에, 천제가 이 때문에 함시에게 그것을 입에 물게 하였다. 뒤에 다시 신과 만나는 꿈을 꾸고서 마침내 고조를 낳았다. (고조의 조모인) 풍공의 아내 및 (고조의 모친인) 태공의 부인에 대해 전기에서는 모두 그 성씨를 밝히지 않았고, 당시 세간에서 '온'자를 알지 못 하여 잘못해서 (그녀들의 무덤을) '온파릉'이라고 하게 되었다. 무덤 동쪽에는 혼성이 있다. 원로들이 전하는 말에 의하면, 혼성은 인공적으로 지은 것이 아니라 혼령의 힘을 빌어 완성한 것이라서 '혼성'이라고 부르는 것이라고 한다. 또 교룡촌이라는 마을이 혼성과 붙어 있기에, 바로 용이 강림한 땅이라는 것을 징험할 수 있다. 게다가 전한 고조 스스로 당나라 요왕의 후손이자 유누의 자손으로서, 진 땅에서 위 땅으로 이주하였다가 위 땅에서 (하남성) 대량(변주)으로 이주하였고, 다시 대량에서 (강소성) 풍현으로 이주하였다고 말한 적이 있다. 진류현이 바로 대량인데, 설사 고조의 모친이 혼성에서 적룡을 만났다고 해도, 어찌 대량에 거처할 때나 낙양을 노닐 때 이곳을 들르지 않았겠는가? 그 뒤에 소령황후가 사망하여 다시 대량에서 장사지냈으니, 용이 강림한 땅임을 징험할 수 있다. 또 "(고조의) 모친은 바로 대량 사람이고, 고조는 풍현에서 태어나 패현에서 자랐으니, 태상황은 본래 동서남북 어디에나 다 속하는 사람이다"라고 하였다. 오늘날 풍현에는 용무교가 있는데, 풍현 사람들은 (고조의) 모친이 용을 만난 곳이라고 하지만, 반드시 그런 것은 아니다. 오늘날 풍현에는 전한 고조의 사당이 있는데, "본래 전한 고조가 태어난 저택"이라고들 말한다. 그 사당은 가장 신령하여 고을 사람들이 공손히 받들기까지 한다. (북조北朝 북위北魏) 역도원의 ≪수경주≫에 "(고조의) 모친이 전쟁을 맞아 사망하자 그녀의 후손이 혼령을 불러 묻어 주었는데, 적룡이 물에 나타나 몸을 씻고서 뒤에 관으로 들어갔다"고 하였다. 역도원이 "혼성의 경우 진나라 시황제가 동쪽을 순시하다가 이곳에 도착했을 때, 마침 짙은 안개가 흩어지지 않아 길을 잃었기에, 급기야 '혼성'이라고 부르게 된 것이다"라고 한 것은 잘못된 학설이다. 그곳은 북동쪽으로 옛 (산동성) 제양현과 닿아 있다. 후한 세조(광무제)의 부친은 제양현령을 지내면서 세조를 낳았는데, 그해에 특이한 벼에 이삭이 많이 패였기에, 그의 이름을 '수'라고 지었다. (고조의) 모친이 이미 혼성에서 용을 만나 고조를 낳았고, 유수劉秀(광무제)가 다시 제양현 땅에서 태어났으니, 토지가 영험하여 이런 일이 일어난 것이리라!

●陳留圖經[67]云, "漢封張良爲留侯, 陳留, 是也. 今縣遂置留侯廟." 此乃誤耳. 漢祖與功臣起豐沛間, 所封多不忘于舊地, 卽今滕縣[68]東有留侯廟, 是舊留地, 封子房[69]之處. 漢紀[70]云, "高祖遇張良于留," 卽是此也.

○≪진류도경≫에 "한나라는 장양을 유후에 봉하였는데, (하남성) 진류현이 그곳이다. 오늘날 진류현에서는 급기야 유후의 사당을 설치하였다"고 하였다. 그러나 이는 틀린 말이다. 전한 고조는 공신들과 함께 (강소성) 풍현과 패현 일대에서 군대를 일으켰기에, 봉한 장소도 대부분 옛 땅을 잊지 않았으니, 바로 오늘날 등현 동쪽에 있는 유후의 사당이 옛 유현 땅으로 장양을 봉한 곳

---

67) 陳留圖經(진류도경) : 하남성 진류군에 대해 그림과 해설을 병기한 지리서를 이르는 말. 그러나 사서史書나 서지書誌에 아무런 언급이 없어 누가 언제 지었는지는 알려지지 않았다.

68) 滕縣(등현) : 강소성 서주徐州의 속현屬縣 이름.

69) 子房(자방) : 전한 때 개국공신인 장양張良(?-B.C.185)의 자. 봉호는 '유후'. ≪한서‧장양전≫권40 참조.

70) 漢紀(한기) : 후한 때 순열荀悅(148-209)이 반고班固(32-92)의 ≪한서漢書≫를 정리하여 편년체編年體로 쓴 역사책. 총 30권. ≪사고전서간명목록‧사부‧편년류編年類≫권5 참조.

이다. ≪한기·고조기≫권1에서 "고조가 유현에서 장양을 만났다"고 한 것도 바로 이곳을 두고 한 말이다.

●紫塞, 秦築長城, 土色皆紫, 漢塞亦然, 故稱紫塞焉. 丹徼, 南方土色赤, 故稱丹徼, 爲南方之極也. 塞者, 塞也, 所以擁塞邊境也. 徼者, 繞也, 所以繞遮邊境, 使不得侵中國也.(按, 此條又見古今注71).)

○'자새'의 경우 진나라가 장성을 축조할 때 흙색이 모두 자색이었고, 한나라 때 요새 역시 그러하였기에, '자새'라고 부르는 것이다. '단요'의 경우 남방의 흙색이 적색이기에 '단요'라고 하는데, 남방의 극지를 뜻한다. '새'는 막는다는 뜻으로 변방을 막기 위한 것이란 말이다. '요'는 감싼다는 뜻으로 변방을 감싸서 중원을 침략할 수 없게 하기 위한 것이란 말이다.(살펴보건대 이 조항은 ≪고금주≫권상에도 보인다.)

●今長安城北, 故漢城中, 咸宜宮前有石麟. 大中72)八年, 宣宗遊于北城, 覩石麟臆前有八分73)書字, 遣近臣摹之曰, "大夏74)眞興75)二年, 陽平公造." 石麟時俗呼爲石馬, 大誤也. 陽平公, 赫連勃勃之子. 宋高祖破姚泓76), 遣其子義眞, 留守77)於長安, 而後復爲勃勃破之, 遂以陽平公鎭其地. 咸宜宮亦漢制也.

---

71) 古今注(고금주) : 진晉나라 때 최표崔豹가 사물의 명칭을 고증하는 내용을 담은 책. 총 3권. ≪사고전서간명목록·자부·잡가류雜家類≫권13 참조.
72) 大中(대중) : 당唐 선종宣宗의 연호(847-859).
73) 八分(팔분) : 진秦나라 때 왕차중王次中이 만들었다고 전하는 서체의 하나. 자체가 예서隸書 혹은 비백飛白과 유사한데, 그 유래에 대해서는 이설異說이 있다.
74) 大夏(대하) : 흉노족匈奴族 출신인 혁련발발赫連勃勃이 세운 오호십육국五胡十六國 가운데 하나. 뒤에 토욕혼吐谷渾에게 멸망당했다.
75) 眞興(진흥) : 대하국 혁련발발의 연호(419-424).
76) 姚泓(요홍) : 오호십육국 후진後秦의 제3대 군주. 416-417년 재위.
77) 留守(유수) : 임금이 순행巡行하거나 친정親征할 때 임시로 수도를 지키는 일이나 그러한 관직을 이르는 말. 경성의 유수는 대신大臣으로 임명하고 배경陪京과 행도行都는 지방관으로 겸임시키다가 북조北朝 북위北魏 때 정식 관리로 임명하였다. '유도留都' '유대留臺'라고도 한다.

○오늘날 (섬서성) 장안성 북쪽의 옛 한나라 성곽 가운데 함의궁 앞에는 돌기린이 있다. (당나라) 대중 8년(854)에 선종이 북쪽 성을 순시하다가 돌기린 가슴 앞에 팔분체로 쓰인 글자가 있는 것을 발견하고는, 근신을 시켜 이를 모사케 하였는데, 거기에는 "(오호십육국) 대하국 (혁련발발) 진흥 2년(420)에 양평공이 만들다"라고 적혀 있었다. 돌기린을 당시 세간에서 '석마'라고 부른 것은 아주 잘못된 일이다. 양평공은 (대하국을 세운) 혁련발발의 아들이다. (남조南朝) 유송劉宋 고조(유유劉裕)가 (후진後秦의 군주인) 요홍을 물리치고서 자신의 아들인 유의진劉義眞에게 장안에 남아 지키게 했지만, 뒤에 다시 혁련발발이 그를 물리치고, 결국 양평공에게 그 땅을 진수케 하였다. 함의궁 역시 한나라 때 세워진 것이다.

●沈釀者, 鄭弘爲靈帝文鄕嗇夫78), 行官入京洛. 未至, 宿一埭, 埭名沈釀. 于埭逢故舊友人, 四顧荒郊, 村落絶遠, 酤酒無處, 情抱不伸, 乃以錢投水中, 勸酬飮盡, 多酣暢, 皆得大醉, 因便名爲沈釀川. 明旦分首而去. 弘仕至尙書79).

○'침양'은 정홍이 (후한) 영제 때 문향의 색부를 지내다가 관직을 맡아 도성인 (하남성) 낙양으로 들어간 고사에서 유래하였다. 정홍이 도착하기 전에 한 둑방에서 묵게 되었는데, 둑방의 이름이 '침양'이었다. 둑방에서 옛 친구를 만나 사방으로 황량한 교외를

---

78) 嗇夫(색부) : 진한秦漢에서 남북조南北朝에 걸쳐 시골의 향리鄕里에서 마을의 송사와 부세賦稅를 관장하던 벼슬을 이르는 말. ≪한서·백관공경표百官公卿表≫권19에 의하면 10리마다 '정亭'을 설치하고서 10정亭을 '향鄕'이라고 하였고, 향마다 삼로三老·질질秩·색부嗇夫·유요游徼를 두었는데, 색부는 '청송聽訟'과 '부세賦稅'를 관장하였다고 한다.

79) 尙書(상서) : 한나라 이후로 정무政務와 관련한 문서의 발송을 주관하는 일, 혹은 그러한 업무를 관장하던 벼슬을 가리킨다. '상尙'은 '주관한다(主)'는 뜻이다. 후대에는 이부상서吏部尙書나 병부상서兵部尙書와 같이 그런 업무를 관장하는 상서성尙書省 소속 장관을 뜻하는 말로 쓰였다. 휘하에 시랑侍郎과 낭중郎中·원외랑員外郎 등을 거느렸다.

둘러보니, 촌락은 멀기만 하고 술을 파는 곳도 없어 회포를 풀 길이 없자, 결국 동전을 물에 던지고 서로 권하며 내키는 대로 마셨는데, 술기운이 나더니 모두 크게 취하고 말았다. 그래서 냇물 이름을 '침양천'이라고 하였다. 이튿날 새벽이 되어서야 작별 인사를 나누고는 그곳을 떠났다. 정홍은 벼슬이 상서까지 올랐다.

●省者, 省也, 謂省察天下簿書之所. 蔡邕獨斷80), "省者, 本號禁中, 言門戶有職, 不得入也. 漢孝元皇后父大司馬81)平陽侯82)名禁, 因是避之, 改爲省中."

○'성'이란 살핀다는 뜻으로 천하의 장부를 살피는 곳이란 말이다. (후한) 채옹의 ≪독단≫권상에 "'성'은 본래 '금중'으로 불렸으니, 문호마다 직무가 있어 들어갈 수 없다는 말이다. 전한 원제의 황후의 부친인 대사마 평양후(왕금王禁)의 이름이 '금'이라서, 그의 이름을 피하기 위해 '성중'으로 고친 것이다"라고 하였다.

●縣者, 懸也, 謂懸賦稅·戶口·法令, 以示於下民. 大篆83)縣字, 從県(音梟)從系者. 斷罪人之首, 倒懸, 謂之梟, 卽是古文首(音首)字倒書也. 上三短畫象人髮, 下象頭面之形. 今人多用此県字. 系字上一古

---

80) 獨斷(독단) : 후한 때 채옹蔡邕(133-192)이 옛 제도를 고찰하여 기록한 책으로 총 2권. 반고班固(32-92)의 ≪백호통의白虎通義≫ 및 응소應劭의 ≪풍속통의風俗通義≫와 함께 전한 때 학술과 제도를 연구하는 데 중요한 자료로 평가된다. ≪사고전서간명목록·자부·잡가류雜家類≫권13 참조. 위의 예문은 현전하는 ≪독단≫과 문장상 차이가 있으나 여기서는 위의 예문을 따른다.

81) 大司馬(대사마) : 진한秦漢 때 군정軍政을 총괄하는 벼슬로 삼공三公의 하나. 후에는 태위太尉로 개칭되었고 삼공 가운데 서열이 가장 높았다.

82) 陽平侯(양평후) : 하북성 양평군陽平郡을 봉토로 받은 제후를 뜻하는 말로 전한 원제元帝의 장인은 왕금王禁의 봉호를 가리킨다.

83) 大篆(대전) : 주周나라 때 사관史官 주주籒가 창안한 서체를 이르는 말. 진秦나라 승상 이사李斯(?-B.C.208)가 이를 간소화시킨 소전체小篆體(전문篆文)와 대비되는 말이다.

文爪,(測絞反84)) 下字從於糸. 爪者, 手也, 又從於糸, 皆從懸繫之貌.
古文懸字, 無從心者, 後隷文始相傳用.

○‘현’이란 건다는 뜻으로, 부세·호구·법령에 관한 기록을 걸어
서 백성들에게 보인다는 말이다. 대전체의 ‘현縣’자는 의미상 ‘효
梟’(음은 ‘효梟’이다)를 따르기도 하고, ‘계系’를 따르기도 한다. 죄인
의 머리를 잘라 거꾸로 매달면 이를 ‘효梟’라고 하는데, (‘효梟’
는) 바로 고문자인 ‘수𦣻’자를 거꾸로 쓴 것이다. (‘수𦣻’에서) 위
쪽 세 개의 짧은 획은 사람의 머리카락을 본뜬 것이고, 아래는
얼굴의 형상을 본뜬 것이다. 요즈음 사람들은 이 ‘효梟’자를 많이
사용한다. ‘계系’자에서 윗 부분은 고문자 ‘조爪’(음은 ‘측測’과 ‘교絞’
의 반절음인 ‘조’이다)이고, 아래 글자는 의미상 ‘계’를 따른다. ‘조’는
손을 뜻하면서 또한 의미상 ‘계’를 따르기도 하는데, 모두 걸어서
매단 모양을 뜻한다. 고문자인 ‘현懸’자는 의미상 ‘마음 심心’을
따르지 않는데, 뒤에 예서에서 처음으로 상호 통용하게 되었다.

●坊者, 方也, 言人所在里爲方. 方者, 正也. 曲者, 詰曲85)也. 古文匚
(音方)·𨚫(音曲)字, 象方物·曲物之形. 又曰, “方, 類也.” 易曰,
“方86)以類聚,” 居者必求其類. 夫以藥術爲方者, 亦以同類之物, 成
乎方也. 今方字從土, 蓋隷文, 欲强別白, 遂不惜於文繁耳. 篆文87)
方字, 尚如此作.

○‘방坊’은 사각형이란 뜻으로, 사람이 사는 동네가 사각형으로 생

---

84) 反(반) : 중국 고대의 음운 표기법인 반절反切을 이르는 말. 두 글자 가운데 앞의
   글자에서 성모聲母를 따고 뒤의 글자에서 운모韻母를 따서 읽는 방법을 말한다.
   예를 들어 ‘바라다’는 뜻의 ‘覬’의 반절음이 ‘羌志反’이므로 성모를 ‘강羌’에서 따
   ‘ㄱ’으로 읽고 운모를 ‘지志’에서 따 ‘ㅣ’로 읽은 뒤 이를 합치면 ‘기’가 되는 것과
   같은 경우를 말한다.
85) 詰曲(힐곡) : 길이나 복도가 구불구불한 모양이나 시문이 변화무쌍한 모양을 이르
   는 말.
86) 方(방) : ‘인人’의 오기란 설도 있다.
87) 篆文(전문) : 진秦나라 승상 이사李斯(?-B.C.208)가 주周나라 사관史官 주주籀가
   창안한 대전체大篆體(주문籀文)를 간소화시킨 서체인 ‘소전小篆’의 별칭.

졌다는 말이다. '방方'은 바르다는 뜻이고, '곡曲'은 구불구불하다
는 뜻이다. 고문자에서 '방匚'(음은 '방'이다)과 '곡Ｕ'(음은 '곡'이다)은
각기 네모진 사물과 굽은 사물의 형상을 본뜬 것이다. 또 "'방方'
은 부류라는 뜻이다"라고도 한다. ≪역경·계사상系辭上≫권11
에서 "'방方'에는 끼리끼리 모여 산다"고 한 것은 거주자가 필히
같은 부류의 사람을 찾기 마련이란 말이다. 무릇 약학으로 삶의
방도를 찾는 사람들은 역시 같은 부류의 사람들과 동네를 형성
한다. 이제 '방方'자가 의미상 흙을 따르는 것은 아마도 예서에서
유래하였을 터인데, 억지로 분명하게 구별짓기 위한 것이지, 문
자가 복잡한 것을 꺼리는 것은 아닐 것이다. 소전체에서 '방方'자
도 이와 같이 쓰였다.

● 周禮[88]云, "二十五家爲社, 各樹其土所宜木." 今村墅間多以大樹爲
社樹, 蓋此始也.

○≪주례≫에 "25가구마다 토지신에게 지내는 제단을 만들면서,
각기 자기 토양에 맞는 나무를 심는다"고 하였다. 오늘날 시골에
서 키 큰 나무로 제단을 상징하는 나무로 삼는 것도, 아마 여기
서 유래하였을 것이다.

● 寺者, 司也, 官有所司存[89]. 釋名曰, "寺者, 嗣也, 謂官曹[90]相嗣續
其中," 非也. 許愼云, "篆文峕(音字)字, 從㞢從寸, 言寺者掌法度之
所." 㞡者, 手之象, 謂如手持尺寸, 以度其典章耳. 佛寺爲寺[91], 亦

---

88) 周禮(주례) : 주周나라의 관제官制를 정리한 경서經書로 13경 가운데 하나. 후한
   정현鄭玄(127-200)이 주注를 달고, 당나라 가공언賈公彦이 소疏를 단 ≪주례주소
   周禮注疏≫가 널리 통용되었다. ≪사고전서간명목록·경부·예류禮類≫권2 참조.
   그러나 위의 예문이 현전하는 ≪주례≫에 실리지 않은 것으로 보아 일문逸文인 듯
   하다.
89) 司存(사존) : 담당하다, 관장하다.
90) 官曹(관조) : 관리들. '조曹'는 '등等'이나 '배輩'처럼 복수를 나타내는 접미사이다.
91) 寺(사) : '寺'는 원래 구경九卿이 관장하는 조정의 주요 행정 기관인 '구시九寺'에

佛祠也. 祠者, 祀也, 祭祀之義也.

○'시寺'는 살핀다는 뜻으로 관리에게는 담당해야 할 일이 있다는 말이다. ≪석명・석궁실釋宮室≫권5에서 "'시寺'는 잇는다는 뜻으로, 관리들이 부서 내에서 서로 중용의 도리를 이어간다는 말이다"라고 한 것은 틀린 말이다. (후한) 허신은 "소전체 '자屮'(음은 '자'이다)자는 의미상 '갈 지屮'와 '마디 촌寸'을 따르기에, '시寺'는 법도를 관장하는 장소를 뜻한다는 말이다"라고 하였다. '⋻'는 손의 형상을 본뜬 것으로 손에 자를 들고서 전장제도를 측정하는 것과 같다는 말이다. 불교의 절을 '사寺'라고 하는 것 역시 불교 제사에서 유래하였다. '사祠'는 '사祀'와 같은 말로 제사를 뜻한다.

●觀者, 樓觀也. 又曰, "觀(平聲)可以於其上望焉." 亦曰, "觀者, 謂屋宇之壯觀." 古每門樹兩觀於其前, 所以標表宮門也. 闕者, 缺也, 門觀也. 出於門兩旁, 中間有道, 遂謂之闕. 蓋門觀者, 闕於中間也.

○'관觀'은 누관을 뜻한다. 또 "'관'(성조는 평성이다)은 그 위에서 관망할 수 있는 곳이다"라고도 하고, "'관'은 건물의 장관을 말한다"고도 한다. 옛날에 문마다 그 앞에 두 개의 관망대를 세운 것은 궁문을 표시하기 위한 것이었다. '궐闕'은 부족하다는 뜻으로 문 위의 관망대를 가리킨다. 문의 양쪽 옆으로 나설 때 중간에 길이 있기에, 급기야 '궐'이라고 말하게 된 것이다. 대개 문의 관망대는 중간이 비어 있기 마련이다.

●屋者, 具也, 謂具世人寢興之所. 又曰, "止也, 息止之處." 或問愚曰, "屋舍皆人所居, 屋何由從尸? 舍何由從吉? 凶吉不同, 何也?"

서 유래하였다. 후한 때 인도의 고승이 중국을 방문했을 때 외국 사신의 접대를 관장하는 기관인 홍려시鴻臚寺에서 그들을 접대하였고, 그들이 뒤에 낙양에 백마사白馬寺를 세우면서 자신들이 묵은 홍려시의 이름을 따 절 이름을 지었는데, '구시'의 '시'와 구분하기 위해 음을 '사'로 달리하였을 것으로 추정된다.

對曰, "屋非凶耳. 且尸者, 施也. 說文[92]曰, '如人宴息, 弛其手足.'
又云, '施設興居之具,' 則不謂於屍柩耳. 又云, '掌也, 言屋室爲人之
掌, 可以依歸焉.' 尸字以象屋室之形, 若以便爲尸柩, 卽不可也. 如
尼・居・履等字從尸, 則又豈皆凶意也?"

○'옥屋'은 갖춘다는 뜻으로, 세상 사람들이 잠자고 일어나는 장소
를 마련했다는 말이다. 또 "머문다는 뜻으로, 휴식하는 장소를
가리킨다"라고도 한다. 누군가 내게 "건물들은 모두 사람이 거주
하는 곳인데, '옥'자는 어째서 의미상 '시신 시尸'자를 따르는 것
입니까? 또 '사舍'자는 어째서 의미상 '길할 길吉'자를 따르는 것
입니까? 흉사와 길사가 엄연히 다른데도 어째서입니까?"라고 묻
기에 나는 "가옥은 흉한 장소가 아닙니다. 게다가 '시'는 베푼다
는 뜻입니다. ≪설문해자≫권8에 '사람이 편안하게 쉬려면 수족
을 편히 두어야 한다'고 하였고, 또 '기거할 장치를 마련하는 것
이다'라고 하였으므로, 시신을 담는 관을 말하는 것이 아니지요.
또 '손바닥을 뜻하는 말로, 집이 사람의 손바닥과 같아 몸을 맡
길 수 있다는 말이다'라고 하였습니다. '시'자는 집의 형상을 본
뜨기 위한 것이므로, 만약 편리한 곳을 시신을 담는 관으로 여긴
다면 안 될 것입니다. 예를 들어 '니尼' '거居' '리履' 등의 문자
들도 의미상 '시'를 따르고 있으니, 어찌 모두 흉사의 뜻이라고
할 수 있겠습니까?"라고 대답하였다.

●苑者, 園也, 援也, 謂墻之圍園者也. 白虎通[93]云, "苑囿[94]在東方,"

---

92) 說文(설문) : 후한 허신許愼(약 58-147)이 소전小篆 9,353자와 고문자古文字 11
　63자에 대해 음의音義와 유래를 해설한 책인 ≪설문해자說文解字≫의 약칭. 총 30
　권. ≪사고전서간명목록・경부・소학류小學類≫권4 참조. 송나라 서현徐鉉(917-9
　92)이 주를 달았다.
93) 白虎通(백호통) : 후한 때 장제章帝가 조서를 내려 유학자들에게 북궁北宮의 백호
　관白虎觀에서 오경五經의 동이同異에 대해 고찰하게 한 것을 반고班固(32-92)가
　황명에 의해 재차 정리하여 엮은 책. ≪백호통白虎通義≫의 약칭. 총 2권. ≪사
　고전서간명목록・자부・잡가류雜家類≫권13 참조. 그러나 위의 예문은 현전하는

蓋生養萬物之處. 今漢諸苑在舊長安城北, 煬帝築東都西都, 爲放螢
苑, 皆不取其東也.

○'원'이란 정원이란 뜻이면서 돕는다는 뜻으로, 담장으로 정원을
에워싼 것을 말한다. ≪백호통≫에 "동산은 동방에다가 둔다"고
한 것도, 아마 만물을 낳고 키우는 장소이기 때문일 것이다. 그
러나 오늘날 한나라 때 여러 '원'이 옛 장안성 북쪽에 있고, (수
나라) 양제가 동도와 서도를 축조하면서 반딧불이를 풀어놓은 동
산을 설치하면서도, 모두 동쪽을 취하지는 않았다.

●垣者, 援也, 人所依以爲援衞也.(案, 此條見古今注95).)

○'원원'은 돕는다는 뜻으로, 사람이 방어막으로 삼기 위해 의지하
는 것이다.(살펴보건대 이 조항은 ≪고금주≫에도 보인다.)

●鉤欄96), 漢成帝顧成廟97), 有三玉鼎・二眞金爐・槐樹, 悉爲扶
老98)鉤欄, 畵飛雲龍角於其上也.(案, 此條亦見古今注.)

○'구란'과 관련해 전한 성제 때 (문제의 신위를 모신) 고성묘에는
옥 세발솥 세 개와 진짜 금으로 만든 화로 두 개 및 홰나무가
있었는데, 모두 지팡이나 울타리 역할을 하면서, 그 위에는 구름
이나 용의 뿔이 그려져 있었다.(살펴보건대 이 조항도 ≪고금주≫권상에
보인다.)

●蚩者, 海獸也. 漢武帝作柏梁殿, 有上疏者云, "蚩尾, 水之精, 能辟

≪백호통≫에 없는 것으로 보아 일문逸文 가운데 하나인 듯하다.
94) 苑囿(원유) : 제왕의 동산인 궁원宮苑에 대한 총칭. '원어苑籞'라고도 한다.
95) 古今注(고금주) : 현전하는 ≪고금주≫에 위의 예문이 실리지 않은 것으로 보아
일문逸文 가운데 하나인 듯하다.
96) 鉤欄(구란) : 가로막다. 여기서는 일종의 차단막을 가리키는 것으로 보인다. ≪고
금주≫권상에는 '구란拘攔'으로 되어 있다.
97) 顧成廟(고성묘) : 전한 문제文帝의 신위를 모신 사당 이름.
98) 扶老(부로) : 노인을 부축하기 위한 지팡이나 새 이름인 무수리의 별칭을 뜻하는
데, 여기서는 전자를 가리키는 듯하다.

火災, 可置之堂殿." 今人多作鴟字, 見其吻如鴟鳶, 遂呼之爲鴟吻.
顔之推99)亦作此鴟, 劉孝孫事始100)作此. 蚩尾旣是水獸, 作蚩尤101)
之蚩, 是也. 蚩尤, 銅頭鐵額, 牛角牛耳, 獸之形也. 作鴟鳶字, 卽少
意義.(案, 漢以宮殿多災, 術者言, '天上有魚, 號鴟星, 宜爲其像, 冠於屋以禳之.'
唐以來, 寺觀殿宇, 尚有爲魚形尾指上者, 不知何時易名鴟吻, 狀亦不類魚尾. 見張
師政倦遊雜錄102).)

○'치蚩'는 바다에 사는 동물이다. 전한 무제가 백량전을 짓자, 누
군가 상소문을 올려 "'치'의 꼬리는 물의 정령이라서 화재를 막
을 수 있으니, 건물에 설치하면 좋습니다"라고 아뢰었다. 요즈음
사람들이 대부분 '솔개 치鴟'자로 쓰는 것은 그 부리가 솔개처럼
생겼다고 알아서이고, 급기야는 이를 '치문'이라고 부르게 되었
다. (수나라) 안지추도 이 '치'자로 썼고, (당나라) 유효손의 ≪사
시≫에서도 이 글자로 썼다. '치蚩'의 꼬리가 기왕 바다에 사는
동물의 것인 이상, '치우'라고 할 때의 '치蚩'로 쓰는 것이 맞다.
'치우'는 구리 머리에 쇠로 된 이마를 갖추었고, 소의 뿔에 소의
귀를 한 인물로서 짐승의 형상을 하고 있다. 솔개를 뜻하는 '치
연'의 '치'자로 쓴다면 의미가 약하다.(살펴보건대 한나라 때 궁전에는

---

99) 顔之推(안지추) : 북조北朝 북제北齊 사람. 황문시랑黃門侍郎을 지냈기에 '안황문
顔黃門'으로도 불렸다. 저서로 ≪안씨가훈顔氏家訓≫ 2권이 전한다. ≪북제서·
안지추전≫권45 참조.

100) 事始(사시) : 당나라 유존劉存이 경서經書와 사서史書 등 여러 문헌의 내용을
집약한 유서류類書類의 저술. 총 3권. 뒤에 풍감馮鑑이 속편격인 ≪속사시續事始≫
5권을 지었고, 송나라 고승高承의 ≪사물기원事物紀原≫도 이를 바탕으로 지은 것
이라고 한다. ≪송사·예문지≫권206, ≪곤학기문困學紀聞·잡식雜識≫권20 등 참
조. ≪신당서·예문지≫권59에서는 ≪사시≫의 저자를 유효손劉孝孫이라고 하였는
데, '효손'은 유존의 자로 추정된다.

101) 蚩尤(치우) : 전설상의 인물로 문헌마다 기록이 상이하나, 황제黃帝와 탁록涿鹿
에서 전투를 벌이다 패하여 죽임을 당한 것으로 보는 설이 일반적이다. 염제炎帝
혹은 황제黃帝의 신하라는 설도 있고, 전쟁의 신으로 추앙받기도 하였다.

102) 倦游雜錄(권유잡록) : 송나라 때 위서僞書를 즐겨 지었던 위태魏泰가 무관인 장
사정張師正이란 사람의 이름으로 가탁하여 지은 소설류의 책인 ≪권유록倦游錄≫
의 별칭. ≪사고전서총목·자부·소설가류小說家類≫권141 위태의 '동헌필록東軒
筆錄' 항에 간략한 언급이 보인다.

화재가 많았기에, 술법가가 '천상에 치성으로 불리는 물고기가 있으니, 의당 그 형상을 만들어 옥상에 세워서 재앙을 물리치시옵소서'라고 아뢴 적이 있다. 당 나라 이래로 절이나 도관·궁전 등 건물들에도 여전히 물고기 형상을 만들면서 꼬리를 위로 가리키게 한 것이 있는데, 언제부터 명칭을 '치문'으로 바꾸고, 모 양새 역시 물고기의 꼬리와 달라지게 했는지는 알려지지 않았다. 이상의 내용 은 장사정의 ≪권유잡록≫에 보인다.)

●程雅103)問董仲舒曰, "何謂三王104)?" 對曰, "三王, 三明105)也."
(按, 古今注曰, "程雅問董仲舒, '何謂三皇106)五帝107)?' 對曰, '三皇, 三才108) 也. 五帝, 五常109)也. 三王, 三明也. 五霸110), 五嶽111)也.' 此本但存一條, 疑大

---

103) 程雅(정아) : 진晉나라 최표崔豹의 ≪고금주≫에서 전한 동중서董仲舒에게 질의 하는 인물로 등장하는데, 사서史書에 언급되지 않는 것으로 보아 우형牛亨과 함께 최표崔豹가 설정한 가공의 인물인 듯하다.
104) 三王(삼왕) : 하夏나라 우왕禹王·상商나라 탕왕湯王·주周나라 무왕武王을 아 우르는 말.
105) 三明(삼명) : 해·달·별을 아우르는 말.
106) 三皇(삼황) : 전설상의 세 임금. ≪주례周禮≫의 복희伏羲·신농神農·황제黃帝, ≪백호통白虎通≫의 복희伏羲·신농神農·축융祝融, ≪상서대전尚書大傳≫의 수인 燧人·복희伏羲·신농神農, ≪여씨춘추呂氏春秋≫의 복희伏羲·여와女媧·신농神 農, ≪예문류취藝文類聚≫의 천황天皇·지황地皇·인황人皇 등 시대마다 차이가 있어 설이 다양하다.
107) 五帝(오제) : 전설상의 다섯 황제. 전한 사마천司馬遷(B.C.135-?)은 ≪사기史記 ·오제본기五帝本紀≫권1에서 황제黃帝·전욱顓頊·제곡帝嚳·요堯·순舜을 가리 킨다고 한 반면, 진晉나라 황보밀皇甫謐(215-282)은 ≪제왕세기帝王世紀·오제≫ 권2에서 소호少昊·전욱顓頊·제곡帝嚳·요堯·순舜을 가리킨다고 하는 등 설에 따라 차이가 있다.
108) 三才(삼재) : 천지인天地人, 즉 하늘·땅·사람을 아우르는 말로 모든 자연의 이 치를 가리킨다. '삼극三極' '삼령三靈' '삼원三元' '삼의三儀' '삼재三材'라고도 한다.
109) 五常(오상) : 사람이 갖추어야 할 다섯 가지 덕목. 인仁(木)·예禮(火)·신信(土) ·의義(金)·지智(水)로 풀이하기도 하고, 혹은 오륜五倫으로 풀이하기도 한다.
110) 五霸(오패) : 춘추시대 때 제후국 가운데 다섯 강국의 군주를 아우르는 말. 제齊 나라 환공桓公·진晉나라 문공文公·초楚나라 장왕莊王·오吳나라 합려闔閭·월越 나라 구천句踐을 가리킨다는 ≪순자荀子≫의 설, 제나라 환공·진나라 문공·진秦 나라 목공穆公·초나라 장왕·오나라 합려를 가리킨다는 후한 반고班固의 ≪백호 통의白虎通義≫의 설, 제나라 환공·진나라 문공·진나라 목공·송宋나라 양공襄 公·초나라 장왕을 가리킨다는 ≪맹자≫의 설, 제나라 환공·송나라 양공·진나라 문공·진나라 목공·오나라 부차夫差를 가리킨다는 당나라 안사고顔師古의 설 등 여러 견해가 있다.

典112)割裂編之, 而又有遺脫也.)

○(전한 때) 정아가 동중서에게 "무엇을 '삼왕'이라고 합니까?"라고
묻자, 동중서는 "'삼왕'은 (해·달·별로 상징되는) 세 명의 현명
한 임금을 가리키네"라고 대답하였다.(살펴보건대 ≪고금주≫권하에
"정아가 동중서에게 '무엇을 삼황오제라고 합니까?'라고 묻자, 동중서는 '삼황은
천·지·인을 상징하고, 오제는 다섯 가지 인륜을 상징하고, 삼왕은 해·달·별
을 상징하고, 오패는 다섯 군데 큰 산을 상징하네'라고 대답하였다"라고 하였
다. 이 판본에 단지 한 가지 항목만 남은 것으로 보아, 아마도 ≪영락대전≫에
서 이리저리 쪼개어 편집하면서 다시 떨어져나간 부분이 있는 듯하다.)

●進士者, 可進受爵祿者也. 王制113)曰, "大樂正114)論造士115)之秀
者, 以告于王, 而升諸司馬116), 曰進士." 造士者, 成士也, 能習禮而
成其士也. 樂正者, 掌國子117)之敎, 今之祭酒118)·司業119)也. 司

---

111) 五嶽(오악) : 중국을 대표하는 다섯 개의 산. 여러 가지 설이 있으나, 동악東嶽
태산泰山·남악南嶽 형산衡山·서악西嶽 화산華山·북악北嶽 항산恒山·중악中嶽
숭산嵩山의 후한 정현鄭玄(127-200) 설이 일반적이다. '악嶽'은 '악岳'으로도 쓴다.
112) 大典(대전) : 명나라 성조成祖의 칙명으로 해진解縉 등이 영락永樂(1403-1424)
연간에 편찬한 총 22,877권의 총서叢書인 ≪영락대전永樂大典≫의 준말. 청나라
건륭제乾隆帝 때 사고전서四庫全書를 편찬하는 데 중요한 기틀이 되었으나, 1900
년 의화단 사태 때 대부분 소실되고 800권만 남았다.
113) 王制(왕제) : 예법과 관련한 기본 정신을 서술한 책인 ≪예기禮記≫의 한 편명.
전한 선제宣帝 때 대덕戴德이 정리한 85편의 ≪대대예기大戴禮記≫와 대덕의 조
카인 대성戴聖이 정리한 49편의 ≪소대예기小戴禮記≫가 있는데, 오늘날 '예기'라
고 하는 것은 후자를 가리킨다. ≪주례周禮≫ ≪의례儀禮≫와 함께 '삼례三禮'라고
한다.
114) 大樂正(태악정) : 태학太學의 교육과 음악을 관장하는 장관을 이르는 말.
115) 造士(조사) : 주周나라 때 제후의 추천을 받아 태학太學에 진학한 선비를 이르
는 말.
116) 司馬(사마) : 벼슬 이름. 주周나라 때는 육경六卿의 하나인 하관夏官으로서 군사
를 관장하였고, 한나라 때는 삼공三公의 하나로서 승상이 되기도 하였다. 한나라
이후로는 왕부王府나 승상부丞相府·장군부將軍府 등에서 병마兵馬를 관장하던 벼
슬이 되었고, 당나라 이후로는 주로 별가別駕·장사長史·녹사참군사錄事參軍事·
참군사參軍事·녹사錄事·승丞·문학文學 등과 함께 자사刺史의 속관이 되었다.
117) 國子(국자) : 나라의 아들들. 국가 인재를 가리킨다.
118) 祭酒(제주) : 국가의 교육을 총괄하고 제사를 주재하는 기관인 국자감國子監의
장관 이름 '국자제주國子祭酒'의 준말. 시대마다 차이가 있어 유림제주儒林祭酒·

馬者, 夏卿120), 主正官也. 黃帝121)時, 常光爲大司馬, 掌建邦之九
法122). 尙書123)云, "司馬統六師124), 平邦國." 大樂正以造士之秀
者, 移居於司馬, 司馬以進士之賢者, 然後使官爵之. 故王制又云,
"論進士之賢者, 以告于王, 而定論," 言各置其所長也. 論定然後官
之, 任官然後爵之, 位定然後祿之. 夫秀才125)·茂才126)·孝廉之
科, 其來尙127)矣. 漢之秀才對策128). 故武帝有策秀才文. 孝廉者,
孝悌廉讓也, 學行俱至, 始得擧孝廉. 漢朝顯重此科, 後漢尙書令129)
左雄欲限年四十已上, 方可擧察130), 胡廣駁之, 茂材異行者, 不拘年
限. 又東漢法, 雄擧胡廣孝廉, 京師131)試章奏, 爲天下第一. 自吳·

성균제주成均祭酒·국자제주國子祭酒·대사성大司成 등 다양한 명칭으로 불렸다.

119) 司業(사업) : 국가 최고 교육 기관인 국자감國子監의 업무를 총괄하는 국자제주
國子祭酒 다음 가는 버금 장관인 국자사업國子司業의 약칭.

120) 夏卿(하경) : 주周나라 때 육경六卿 가운데 군사 업무를 관장하는 기관인 하관
夏官의 장관을 이르는 말.

121) 黃帝(황제) : 전설상의 임금. 삼황三皇 가운데 마지막 세 번째 임금이란 설도 있
고, 오제五帝 가운데 첫 번째 임금이란 설도 있다.

122) 九法(구법) : 통치 철학의 기본이 되는 아홉 가지 법률. 혹은 ≪서경·주서周書
·홍범洪範≫에서 말한 아홉 가지 법칙인 구주九疇를 가리킬 때도 있다.

123) 尙書(상서) : ≪서경≫의 별칭. '상尙'은 '고古'의 뜻이므로 '오래된 역사책'이란
의미에서 유래하였다.

124) 六師(육사) : 주周나라 때 천자가 거느린 6군軍의 군대에서 유래한 말로 천자의
군대를 가리킨다. '1군'은 12,500명의 군대 편성 단위를 가리킨다.

125) 秀才(수재) : 한나라 이후로 과거시험 가운데 하나. 당송 때는 주로 과거시험 응
시자를 일컬었고, 명청明淸 때는 부학府學·주학州學·현학縣學에 입학한 생원生
員을 일컬었으며, 일반 서생을 지칭하기도 하였다.

126) 茂才(무재) : 한나라 때 시험 과목의 하나인 수재秀才의 다른 표기. 후한 광무제
光武帝 유수劉秀의 휘諱 때문에 '수秀'를 '무茂'로 고쳤다.

127) 尙(상) : 오래되다. '고古'의 뜻.

128) 對策(대책) : 한나라 때부터 시행된 과거시험 방식의 일종. 정사政事나 경의經義
에 대해 문제를 내고 답안을 제시케 하는 시험을 가리킨다. '대책對冊'으로도 쓴다.

129) 尙書令(상서령) : 한나라 이후로 문서의 수발과 행정을 총괄하던 상서성尙書省
의 장관을 이르는 말. 휘하에 육부六部를 설치하였고, 각 부의 장관인 상서尙書,
차관인 시랑侍郎, 실무자인 낭관郎官 등을 거느렸다.

130) 擧察(거찰) : 인재를 선발하는 것을 뜻하는 말로 결국 과거시험에 응시하는 것
을 말한다.

131) 京師(경사) : 서울, 도읍을 이르는 말. 송나라 주희朱熹(1130-1200) 설에 의하
면 '경京'은 높은 지대를 뜻하고, '사師'는 많은 사람을 뜻한다. 즉 높은 산에 의지

魏・晉, 皆以郡擧孝廉, 察秀才, 故州郡長史132)・別駕133), 皆赴擧
察. 漢朝又懸四科134)取士, 一曰德行高妙, 二曰通經學, 三曰法令,
四曰剛毅多畧. 近代以諸科取士者甚多. 武德135)四年, 復置秀才・
進士兩科. 秀才試策, 進士試詩賦. 其後秀才合爲進士一科.

○진사는 정계에 진출하여 작위와 봉록을 받을 수 있는 자를 가리
킨다. ≪예기・왕제≫권13에 "태악정은 '조사' 가운데 우수한 자
를 평가하여 왕에게 고하는데, 그를 사마에게 추천하면 이를 '진
사'라고 한다"고 하였다. '조사'는 성숙한 선비로서 예법을 잘 알
아 선비로서의 자질을 완성한 자이다. 악정은 국가 인재의 교육
을 관장하므로, 오늘날 국자제주나 국자사업에 해당한다. 사마는
하관夏官의 장관으로서 관리를 바로잡는 일을 주관하였다. (전설
상의 임금인) 황제黃帝 때 상광이 대사마를 맡아 국가의 여러 법
전을 관장한 적이 있다. ≪서경・주서周書・주관周官≫권17에
"사마는 천자의 군대를 통솔하여 나라를 평정한다"는 기록이 있
다. 태악정은 '조사' 가운데 우수한 자를 사마에게 추천하고, 사
마는 '진사' 가운데 현명한 자를 찾은 뒤에야 관리를 시켜 그에
게 작위를 주었다. 그래서 ≪예기・왕제≫권13에서도 "'진사' 가
운데 현명한 자를 평가하여 왕에게 고해서 논의를 확정한다"고
하였으니, 이는 각기 그들이 장기를 발휘할 수 있는 곳에 배치한
다는 말이다. 논의가 확정된 뒤라야 그에게 관직을 줄 수 있고,

하여 많은 사람이 모여 사는 곳이란 뜻에서 유래하였다.
132) 長史(장사) : 한나라 이후로 승상부丞相府나 장군부將軍府에서 병마兵馬를 관장
하던 벼슬. 당나라 이후로는 주로 자사刺史의 속관이었는데, 자사 휘하에는 품계品
階의 고하에 따라 별가別駕・장사長史・사마司馬・녹사참군사錄事參軍事・참군사
參軍事・녹사錄事・문학文學 등의 속관이 있었다. ≪신당서・백관지≫권49 참조.
133) 別駕(별가) : 한나라 이래로 일부 주州・부府・군郡에 설치했던 지방 수령의 보
좌관인 '치중별가종사사治中別駕從事史'의 약칭. '치중治中' '치중별가治中別駕' '치
중종사治中從事' 등으로 약칭하기도 한다.
134) 四科(사과) : 한나라 이후로 관리들을 선발할 때 적용하던 네 가지 기준인 덕행
・경학・법령・지혜 등을 아우르는 말
135) 武德(무덕) : 당唐 고조高祖의 연호(618-626).

관직에 임명된 뒤라야 그에게 작위를 줄 수 있고, 작위가 확정된 뒤라야 그에게 봉록을 줄 수 있는 것이다. 무릇 수재과나 무재과·효렴과는 그 유래가 오래되었다. 한나라 때 수재과 응시생은 황제의 책문에 답변을 내놓아야 했다. 그래서 (전한) 무제 때 수재에게 책문하는 글이 있었다. 효렴과 응시생은 효성스럽고 우애롭고 청렴하고 겸손하면서, 학문과 행실이 모두 훌륭해야 비로소 효렴과에 응시할 수 있었다. 한나라 왕조는 이 과거시험을 특히 중시하였는데, 후한 때 상서령인 좌웅은 응시생의 나이가 40세 이상이라야 비로소 과거시험에 응시할 수 있도록 제한하였지만, 호광이 이에 반대하는 바람에 재능이 뛰어나고 행실이 출중한 사람은 나이의 제한을 받지 않았다. 또 후한 때 법률에 의해 좌웅이 호광을 효렴과에 추천하자, 경사에서 상주문에 대해 시험을 실시하여 천하 제일의 성적을 거두었다. (삼국) 오나라·위나라와 진나라 모두 군의 추천으로 효렴과와 수재과에 응시케 하였기에, 주나 군의 장사·별가 모두 과거시험에 응시할 수 있었다. 한나라 때는 또 네 가지 과거시험을 내걸어 선비를 선발하였는데, 첫 번째는 덕행이 뛰어난 자를 말하고, 두 번째는 경학에 정통한 자를 말하고, 세 번째는 법령에 밝은 자를 말하고, 네 번째는 성품이 강직하고 지략이 뛰어난 자를 말한다. 근대에 들어서서는 여러 형태의 과거시험으로 인재를 선발한 예가 무척 많다. (당나라 고조高祖) 무덕 4년(621)에는 다시 수재과와 진사과 두 과거시험을 설치하였다. 수재과에서는 대책문에 관한 시험을 실시하고, 진사과에서는 시와 부에 관한 시험을 실시하였다. 그 뒤로는 수재과가 진사과 하나로 통합되었다.

●伍伯, 一伍之伯也. 五人曰伍, 五長曰伯, 故稱伍伯. 一曰戶伯. 漢制, 兵吏五人一戶·一竈, 置一伯, 故云戶伯. 亦名火伯, 以爲一竈之掌也. 漢諸公行, 則戶伯率其伍, 以導引也. 古兵士服韋弁. 今戶伯服赤幘・纁衣・素裳・韎弁, 古之遺法也.(此條見古今注.)

○'오백'은 1오의 수장을 가리킨다. 다섯 명을 '오'라고 하고, 다섯 명을 이끄는 수장을 '백'이라고 하기에, '오백'이라고 부르는 것이다. 한편으로는 '호백'이라고도 한다. 한나라 때 제도에 의하면, 병졸 다섯 명이 한 방에서 잠을 자고 한솥밥을 먹으면서 한 명의 '백'을 두기에 '호백'이라고 하였다. 또 '화백'이라고도 부르는 것은 하나의 부뚜막을 관장하는 신분이기 때문이다. 한나라 때 고관들이 행차하면 '호백'이 다섯 명의 병사를 이끌고 길을 인도하였다. 옛날에 병사는 가죽 고깔을 착용하였다. 오늘날 호백이 붉은 머리띠와 분홍색 상의・흰 하의・가죽 고깔을 착용하는 것도 옛날부터 물려받은 제도이다.(이 조항은 ≪고금주≫권상에도 보인다.)

●俗呼外舅[136]爲泰山. 一云, "古詩[137]言, '結根太山[138]阿,' 謂結姻親故也." 一云, "泰者, 高廣之貌, 可以依倚也." 今人咸云, "安如泰山," 亦是取廣大之意耳. 開元[139]中, 封東岳後, 各賜緋, 時人因謂泰山緋. 又道經中有泰山丈人, 丈人者, 長也. 周制, 八寸爲尺, 人長一丈, 曰丈夫, 卽今人八尺, 是也. 夫者, 男子之美稱, 亦曰壯也, 大也, 從也. 許愼云, "篆文夫作而, 上畵象冠簪之貌, 下從大, 象人之形也."

○세간에서는 장인을 '태산'이라고 부른다. 일설에 의하면 "고시에서 '태산 모퉁이에 뿌리를 내렸네'라고 한 것은 사돈관계를 맺었다는 말이다"라고도 풀이하고, "'태'는 높고 넓은 모양으로 의지할 수 있다는 말이다"라고도 풀이한다. 요즘 사람들이 모두들

---

136) 外舅(외구) : 장인. '부공婦公' '부부婦父' '부옹婦翁' '처공妻公' '처부妻父' 등 여러 가지 명칭으로도 불렸다. 외숙부를 뜻할 때도 있다.

137) 古詩(고시) : 이는 후한 때 민가인 고시십구수古詩十九首 가운데 '연약하니 홀로 자란 대나무(冉冉孤生竹)'로 시작하는 제8수의 두 번째 구절을 인용한 것으로 남조南朝 양梁나라 소통蕭統이 엮은 ≪문선文選・잡시雜詩≫권29에 전한다.

138) 太山(태산) : 산동성 태산泰山의 다른 표기.

139) 開元(개원) : 당唐 현종玄宗의 연호(713-741).

"편안하기가 태산과 같다"고 하는 것도 넓고 크다는 뜻을 취한 것이다. (당나라 현종) 개원(713-741) 연간에 (태산을) 동악에 봉한 뒤 매번 비단을 하사하면, 당시 사람들은 이를 '태산비'라고 불렀다. 또 도교 경전에 '태산장인'이란 말이 있는데, 장인은 어른을 뜻한다. 주나라 때 제도에 의하면 여덟 치를 한 자라고 하고, 사람의 키가 한 장이면 '장부'라고 했는데, 바로 오늘날 사람의 키 여덟 자가 거기에 해당한다. '부夫'는 남자에 대한 미칭으로 또한 건장하다는 뜻이자 크다는 뜻이면서 거느린다는 뜻이기도 하다. (후한) 허신은 "소전체에서 '부夫'는 '이而'로 썼는데, 위의 획은 갓이나 비녀의 모양을 본뜬 것이고, 아래의 획은 의미상 크다는 뜻으로, 사람의 형상을 본뜬 것이다"라고 하였다.

● 母者, 乳也. 篆文𣎴(音女)字, 加二短畫, 謂之𣎴(音母). 二短畫象雙乳之形, 遂云, "無乳曰女, 有乳曰母, 皆類人之形." 許愼又云, "二畫短, 或象懷姙者, 則何必象雙乳乎?" 乃誤說也. 蒼史篇[140], "女曰嬰, 男曰兒." 嬰者, 盈盈[141]也, 女之貌也. 又嬰字從賏[142](音嬰), 賏者, 貝也, 寶貝瓔珞[143]之類, 蓋女子之飾也. 兒者, 嬬(音儒)也, 謂嬰兒嬬嬬然, 輸輸然[144], 幼弱之象也. 亦曰, "孺子, 與嬬同義." 籀文兒[145]字, 從囟[146](音信)從人, 象小兒頭囟之未合. 又云, "屮(音信)字,

---

140) 蒼史篇(창사편) : 진秦나라 때 이사李斯(?-B.C.208)가 지었다는 자서字書인 《창힐蒼頡》과 주周나라 때 사관史官인 주籒가 아이들을 가르치기 위해 쓴 문자학 교습서인 《사주편史籒篇》을 아우르는 말. 《한서·예문지》권30 참조. '창힐'은 황제黃帝 때 사관史官으로 새의 발자국을 보고 한자를 창안했다고 전하는 전설상의 인물로서 '창힐倉頡'로도 쓴다.
141) 盈盈(영영) : 아름다운 여자의 자태를 형용하는 말.
142) 賏(영) : 보배의 일종인 진주목걸이를 이르는 말.
143) 瓔珞(영락) : 인도의 귀족 남녀가 목에 거는 주옥珠玉으로 만든 목걸이를 이르는 말.
144) 輸輸然(수수연) : 꼼지락거리는 모양을 형용하는 말.
145) 兒(아) : '아兒'의 고문자古文字.
146) 囟(신) : 정수리.

又有作此者." 隷文多作此頤(音信). 今見篆書, 兒字往往從而, 此大誤也. 而字, 說文象人頰頰147)之毛. 又有髡者, 古人剃眉鬚之刑. 剃眉鬚者, 刑中最輕者也. 謂而字却爲面字, 點畫不繁而可成也. 如人剃眉鬚, 眉鬚復生, 面復全也. 司馬遷答任少卿書云148), "其次鬠毛髮, 嬰金鐵, 受辱," 髡刑則剃毛髮, 有類於而之形也. 今用而字者, 不過於語助而已.

○'모母'는 젖을 뜻한다. 전서체 '𣥠'(음은 '녀'이다)자에 두 개의 짧은 획을 보태면, 이를 '𣥠'(음은 '모'이다)라고 한다. 두 개의 짧은 획은 두 개의 젖꼭지 모양을 본뜬 것이라서, 급기야 "젖을 아직 먹이지 않을 때의 여자는 '녀'라고 하고, 젖을 먹일 때의 여자는 '모'라고 하는데, 모두 사람의 형상을 본뜬 것이다"라고 말한다. (후한) 허신이 또 "두 개의 획이 짧은 것은 어쩌면 임신한 상태를 본뜬 것일 터이니, 어찌 반드시 두 개의 젖꼭지를 본뜬 것이라고 할 수 있겠는가?"라고 한 것은 오히려 잘못된 학설이라 하겠다. 한편 ≪창힐≫이나 ≪사주편≫에서는 "딸은 '영嬰'이라고 하고, 아들은 '아兒'라고 한다"고 하였다. '영嬰'은 아름다운 자태를 형용하는 말로서 여자의 자태를 나타낸다. 또 '영嬰'자는 의미상 진주목걸이('賏'의 음은 '영'이다)를 따르는데, '영賏'은 의미상 조개를 따르는 글자이고, 조개는 보배인 주옥과 같은 부류로서 대개 여자의 장식품을 가리킨다. '아兒'는 여리다('嬬'는 음이 '유'이다)란 뜻으로, 어린아이가 연약하고 꼼지락거린다는 말로서 유약한 모양을 가리킨다. 또 "(어린아이를 뜻하는 말인) '유자孺子'는 '유嬬'와 뜻이 같다"라고도 한다. 주문에서 '아兒'자는 의미상 정수리('囟'은 음이 '신'이다)를 따르면서 사람을 따르기도 하기에, 어린아이

147) 頰頰(시협) : 뺨, 볼.
148) 云(운) : 이는 전한 사마천司馬遷(B.C.135-?)이 소경少卿 임안任安에게 준 편짓글로 ≪한서·사마천전≫권62와 남조南朝 양梁나라 소통蕭統(501-531)이 엮은 ≪문선文選·서상書上≫권41에 전한다. 제목에서 '소경'은 구시九寺의 장관인 경卿 다음 가는 직책을 말한다.

의 정수리가 아직 제모양을 갖추지 않은 것을 본뜬 것이다. 또
"'신屮'(음은 '신'이다)자를 이렇게 쓰는 사람도 있다"고도 한다. 예
서에서는 대부분 이 '신頵'(음은 '신'이다)자로 썼다. 이제 전서체를
보면 '아兒'자가 왕왕 의미상 '이而'를 따르지만, 이는 아주 잘못
된 것이다. '이而'자에 대해 (후한 허신의) ≪설문해자≫권9에서
는 사람의 뺨에 난 털을 본뜬 것으로 보았다. 또 '곤髡'자가 있는
데, 이는 고인들이 눈썹과 수염을 깎았던 형벌의 일종이다. 눈썹
과 수염을 깎는 것은 형벌 가운데서도 가장 가벼운 것이다. '이
而'자를 오히려 '면面'자로 보면 점획을 번잡하게 쓰지 않아도 글
자를 완성할 수 있다. 만약 사람이 눈썹과 수염을 깎으면 눈썹과
수염은 다시 자라기에, 얼굴이 다시 온전해질 수 있다. (전한) 사
마천의 <소경 임안任安에게 주는 글>에 "그 다음으로는 머리카
락을 자르고 칼을 씌워서 모욕을 당하게 하는 것입니다"라는 말
이 있는 것으로 보아, '곤형髡刑'은 머리카락을 자르는 것이므로
'이而'자의 형태와 유사한 데가 있다. 오늘날 '이而'자를 쓸 때는
단지 어조사로 사용하는 데 그치고 있다.

●俗呼奴爲邦, 今人以奴爲家人也. 凡邦・家二字, 多相連而用, 時人
欲諱家人之名, 但呼爲邦而已. 蓋取用於下字者也. 又云僕者, 皆奴
僕也. 但論語云, "邦君樹塞門149)." 樹, 屛也. 不言君, 但言邦, 此
皆委曲避就150)之意也. 又今奴拜, 多不全其禮. 邦字從半拜, 因以此
呼之. 說文曰, "奴者, 古之罪人也." 婢者, 卑也. 奴者, 徒也, 徒役
卑賤之義. 古之佽字, 文從人, 邊作女. 周禮云, "男子入奸151)罪
隷152), 女子入奸舂槀153),"蓋謂此也.

---

149) 塞門(색문) : 마당과 방 사이에 세우는 가림막을 이르는 말. '방군수색문邦君樹
塞門'은 ≪논어・팔일八佾≫권3에 전한다.
150) 避就(피취) : 회피하고 영합하는 일.
151) 奸(간) : ≪주례・추관秋官・사려司厲≫권35의 원문에 의하면 뒤의 '간奸'과 함
께 '우于'의 오기이다.

○세간에서는 노예를 '방邦'이라고 부르지만, 지금 사람들은 노예를 가족처럼 여긴다. 무릇 '방邦'과 '가家' 두 글자를 대부분 서로 연결하여 사용하다가, 당시 사람들이 '가인'이란 명칭을 피하고자 하여 단지 '방'이라고만 부르는 데 그치게 되었다. 아마도 그것을 가져다가 뒷 글자에 사용하기 위해서였을 것이다. 또 '복僕'이라고 하는 것은 모두 노복을 가리킨다. 그러나 ≪논어·팔일八佾≫ 권3에 "'방군'이 가림막을 세운다"는 말이 있는데, '수樹'는 병풍처럼 세운다는 뜻이다. '군君'이라고 말하지 않으면서도 '방邦'을 언급하였는데, 이는 모두 회피할지 영합할지 완곡하게 표현하려는 뜻이다. 또 오늘날 노예는 절을 할 때 예법을 온전하게 펼치지 않는 일이 많다. '방'자는 의미상 반만 절하는 것을 따르기에 이렇게 부르는 것이다. ≪설문해자≫권12에서는 "'노奴'는 옛날에 죄인이었다"고 하였다. '비婢'는 비천하다는 뜻이다. '노'는 노역을 뜻하는 말로 비천한 노역을 행한다는 뜻이다. 고문자 '노㚫'는 문자상 '사람 인人' 부수를 따르고, 옆에 '계집 녀女'자를 썼다. ≪주례·추관秋官·사려司厲≫권35에서 "남자 죄인은 (추관秋官 소속 관원인) 죄례 휘하로 들어가고, 여자 죄인은 (지관地官 소속 관원인) 용인舂人과 고인槀人 휘하로 들어간다"고 한 것도 아마 이를 두고 한 말일 것이다.

●婚姻之禮, 坐女於馬鞍之側, 或謂, "此北人尙乘鞍馬之義." 夫鞍者, 安也, 欲其安穩同載者也. 酉陽雜俎[154]云, "今士大夫[155]家婚禮, 新

---

152) 罪隷(죄례) : 주周나라 때 관청의 잡역을 관장하던 추관秋官 소속 벼슬 이름.

153) 舂槀(용고) : 주나라 때 지관地官 소속으로서 곡식을 빻는 일을 주관하는 벼슬인 용인舂人과 관리들의 음식을 관장하는 벼슬인 고인槀人을 아우르는 말.

154) 酉陽雜俎(유양잡조) : 당나라 사람 단성식段成式(?-863)이 소설류小說類의 얘기를 모아 엮은 책으로 속집 10권 포함 총 30권. 당대 이후로 소설의 전범典範으로 추앙되었다. '유양잡조'란 명칭은 '남조南朝 양梁나라 원제元帝가 소유산小酉山의 전적典籍을 찾았다'는 고사에서 따온 것이라고 한다. ≪사고전서간명목록·자부·소설가류小說家類≫권14 참조.

婦乘馬鞍, 悉北朝[156]之餘風也." 今娶婦家, 新人入門, 跨馬鞍, 此
蓋其始也."

○혼례를 거행할 때 말안장 옆에 여자를 앉히는 것에 대해, 혹자는
"이것은 북방 사람들이 안장을 얹은 말을 타는 것을 중시하는
뜻에서 유래하였다"고 말한다. 무릇 안장은 편안케 한다는 뜻으
로, 그 물건이 함께 탄 사람을 편안케 해 주기를 바라는 것이다.
≪유양잡조・폄오貶誤≫속집권4에 "요즈음 사대부 집안에서 혼
례를 치를 때 신부가 말안장을 타는 것은 모두 북조 때 풍조를
이어받은 것이다"라고 하였다. 오늘날 신부를 맞는 집에서 새 신
부가 집으로 들어올 때 말안장에 앉히는 것도 아마 여기서 비롯
되었을 것이다.

●風流者, 態度之貌. 風者, 風味, 風規, 風格, 流者, 傳也, 行也. 謂
有風可以爲法度, 有味可以流傳於後人, 遂謂之風流.

○'풍류'는 태도를 나타내는 말이다. '풍'은 풍미, 풍규, 풍격을 뜻
하고, '류'는 전하다, 유행하다란 뜻이다. 이는 '풍'이 있어야 법
도로 삼을 수 있고, '미'가 있어야 후인들에게까지 전파될 수 있
기에, 결국 이를 '풍류'라고 말하는 것이란 말이다.

●醋大者, 一云, "鄭州東有醋溝, 多士流所居, 因謂之醋大." 一云,
"作此措字, 言其擧措之疎, 謂之措大." 此二說恐未當. 醋大者, 或有
擡肩[157]・拱臂・攢眉・蹙目, 以爲姿態, 如人食酸醋之貌, 故謂之

---

155) 士大夫(사대부) : 주周나라 때 신분 구분인 공公・경卿・대부大夫・사士에서 유
래한 말. 삼공三公과 구경九卿 아래로 상대부上大夫・중대부中大夫・하대부下大夫
가 있고, 그 밑으로 다시 상사上士와 중사中士・하사下士가 있었다. 후대에는 벼슬
아치나 선비에 대한 범칭으로 쓰였다.

156) 北朝(북조) : 위진魏晉 이후로 북방의 오호십육국五胡十六國・북위北魏・북제北
齊・북주北周・수隋나라를 아우르는 말.

157) 擡肩(대견) : 민망하거나 난감함을 느낄 때 어깨를 으쓱하는 행동을 이르는 말.
뒤의 '공비拱臂' '찬미攢眉' '축목蹙目' 등도 모두 이러한 감정을 나타내는 행동을

醋大. 大者, 廣也, 長也. 篆文ⅢⅢ, 象人之形.(按資暇集, "醋大言峭醋158)
冠四民159)之首. 一說, 衣裳儼然, 有不可犯之色, 犯必有驗, 比於醋而更驗. 一說,
新鄭160)有貧士, 以駝負醋, 巡邑而賣, 邑人指其醋駝而號之. 又云, '鄭州東有醋溝,
多甲族161), 以甲乙敍之, 曰醋大.' 四說皆非, 言其能擧措大事也.")

○(선비의 별칭인) '초대醋大'와 관련해 일설에서는 "(하남성) 정주
동쪽에 식초가 흐르는 도랑이 있고, 선비들의 거처가 많아서 '초
대'라고 부른다"고도 하고, 일설에서는 "('초醋' 대신) 이 '조措'
자로 쓰는데, 행동이 어설프다는 말이라서 '조대'라고 부른다"고
도 한다. 그러나 이 두 가지 설은 타당하지 않은 듯하다. '초대'
에는 혹여 어깨를 으쓱하는 행동·팔을 모으는 행동·눈썹을 찌
푸리는 행동·눈을 움츠리는 행동을 지어 자세를 취하는 경우도
있는데, 마치 사람이 시큼한 식초를 먹었을 때의 모습과 같기에,
이를 '초대'라고 하는 것이다. '대大'는 넓다, 크다는 뜻이다. 소
전체의 ⅢⅢ은 사람의 형상을 본뜬 것이다.(살펴보건대 《자가집》권하
에서는 "'초대'는 훌륭한 풍모가 사·농·공·상 네 계층 가운데 으뜸을 차지한
다는 말이라고 한다. 한편 일설에 의하면 옷차림이 엄숙하여 범할 수 없는 기
색이 있고, 범하면 반드시 상응하는 결과가 나타나 식초보다도 더 혹독한 징후
를 보이는 것이라고도 한다. 또 일설에 의하면 (하남성) 신정현에 사는 어느 가
난한 선비가 낙타에 식초를 싣고서 고을을 돌며 장사를 하였기에, 고을 사람들
이 그의 식초를 실은 낙타를 가리켜 그렇게 불렀다고도 한다. 또 혹자는 '(하남
성) 정주 동쪽에 식초가 흐르는 도랑이 있고, 명문귀족이 많이 살아 갑을로 서
열을 매겼기에, 초대라고 한 것이다'라고도 하였다. 그러나 이상 네 가지 설 모
두 틀렸으니, 단지 그들이 큰 일을 처리할 수 있다는 말이다"라고 하였다.)

●藝者, 蓺也, 毛詩162)云, "蓺之言種蒔也." 今以人蘊蓄其能, 謂之藝

가리키는 말로 보인다.

158) 峭醋(초초) : 훌륭한 모양을 뜻하는 말인 '초조峭措'와 통용어인 듯하다.

159) 四人(사인) : 사士·농農·공工·상商 네 계층을 아우르는 말. '사민四民'이라고
도 한다.

160) 新鄭(신정) : 하남성 개봉부開封府의 속현屬縣 이름.

161) 甲族(갑족) : 문벌이 대대로 훌륭한 명문귀족을 일컫는 말.

162) 毛詩(모시) : 《시경》의 한 종류로서 《노시魯詩》《제시齊詩》《한시韓詩》

者, 如百穀之有種也. 從草, 從執, 謂執持苗稼[163]之實, 以散種也. 今之藝字, 又從云, 云者, 詞語之氣, 而有所云也. 能者, 獸也. 許愼云, "熊之類字, 亦象獸之形. 其足似鹿. 能獸堅中, 故稱賢能而强壯者, 爲能傑也." 今人以多藝者, 謂之藝能, 蓋慕此名耳. 任昉云, "堯使鯀治洪水, 不能其任, 遂誅鯀於羽山, 化黃能, 入于羽泉[164]." 鯀, 禹之父, 後會稽人祭禹廟, 不用熊, 曰遊羽泉之化也. 爾雅[165]又云, "三足鼈, 謂之能.(奴來反)" 蓋出水爲熊, 入水爲能.(奴登反) 冬化爲雉, 春化爲蜃, 謂無不能也.

○'예藝'는 '예蓺'를 뜻하는데, ≪모시≫에 "'예蓺'는 씨를 뿌려 심는다는 말이다"라고 하였다. 오늘날 사람이 자신의 재능을 쌓는 것을 '예藝'라고 하는 것은 마치 온갖 곡식에 씨앗이 있는 것과 같은 것이다. ('예蓺'는) 의미상 '풀 초'를 따르면서 '잡을 집'을 따르므로, 농작물의 열매를 가져다가 씨앗을 뿌린다는 말이다. 지금의 '예藝'자가 또 의미상 '말할 운云'자를 따르는 것은 어기를 나타내 할 말이 있다는 뜻이다. '능能'은 짐승을 뜻한다. (후한) 허신은 (≪설문해자說文解字≫권10의 '능'자 항에서) "'곰 웅熊'과 같은 글자도 짐승의 형상을 본뜬 것이다. 그 발은 사슴과 유사하다. '능'이란 짐승은 심지가 강하기에 현능하면서 건장한 사람을 칭할 때 '능걸'이라고 한다"고 하였다. 요즘 사람들이 재

가 금문시경今文詩經인 반면, ≪모시≫는 고문시경古文詩經이다. 전한 때 경학가經學家인 모형毛亨과 모장毛萇이 해설을 달아 전했다는 데서 유래하였다. 현전하는 ≪시경≫도 ≪모시≫이다. 위의 예문은 현전하는 ≪시경≫의 모전毛傳에 실리지 않은 것으로 보아 일문逸文인 듯하다.

163) 苗稼(묘가) : 농작물을 이르는 말.

164) 羽泉(우천) : 하夏나라 우왕禹王의 부친인 곤鯀이 죽어서 황웅黃熊으로 다시 태어났다는 전설상의 연못 이름. 본래는 '우연羽淵'이라고 하였으나 당나라 고조高祖 이연李淵의 이름을 피휘하기 위해 '연淵'을 '천泉'으로 고쳐쓴 듯하다.

165) 爾雅(이아) : 전국시대戰國時代 때 나온 것으로 추정되는 중국 최고最古의 사전. 진晉나라 곽박郭璞(276-324)이 주를 달고, 송나라 형병邢昺(932-1010)이 소를 단 ≪이아주소爾雅注疏≫ 13권이 널리 통용된다. ≪사고전서간명목록・경부・소학류小學類≫권4 참조.

능이 많은 사람을 '예능'이라고 일컫는 것도 아마 이 명칭을 본
받은 것일 게다. (남조南朝 양梁나라) 임방은 "(당나라) 요왕이
곤을 시켜 홍수를 다스리게 하였으나, 임무를 완수하지 못 하여
도산에서 곤을 징벌하자, (곤이) '황능'으로 변하여 우천으로 들
어갔다"고 하였다. 곤은 (하夏나라) 우왕의 부친인데, 뒤에 (절강
성) 회계군 사람들이 우왕의 사당에서 제를 올릴 때 '곰 웅'자를
쓸 수 없어, '우천에서 노닐다가 변신한 사람'이라고 말하게 되었
다. ≪이아·석어釋魚≫권10에서는 또 "세 발 달린 자라를 '내'
('노'와 '래'의 반절음이다)라고 한다"고 하였다. 아마도 물에서 나오
면 '웅'이라고 하고, 물에 들어가면 '능'('노'와 '등'의 반절음이다)이라
고 한 듯하다. 겨울에는 꿩으로 변신하고, 봄에는 뱀으로 변신하
는 것은 못 하는 것이 없다는 말이다.

●從容者, 跙躕166)容與167)之貌, 卽從(讀與春同)容是也. 學記168)云,
"善待問者, 如撞鐘, 叩之小者則小鳴, 叩之大者則大鳴, 待其從容,
然後盡其聲." 謂善問學者, 必待盡其詞理委曲之意, 卽更問答, 如撞
鐘之聲, 以待盡其從容虛徐169)杳裏170)來去之音也. 禮記正義云, "謂
春擊171), 以聲之形容, 言鐘之爲體, 必待其擊者. 每一春爲一容, 然
後盡其聲, 如善答問者, 待其一問, 然後乃盡其義理." 今人言從容者,
蓋自此也. 從讀爲春,(士恭反) 蓋後人以其本作從,(疾容反) 遂相傳而呼
之.

---

166) 跙躕(지주) : 우물쭈물하는 모양, 느긋한 모양.
167) 容與(용여) : 한가로이 유유자적하는 모양.
168) 學記(학기) : 예법과 관련한 기본 정신을 서술한 책인 ≪예기禮記≫의 편명. 전
    한 선제宣帝 때 대덕戴德이 정리한 85편의 ≪대대예기大戴禮記≫와 대덕의 조카
    인 대성戴聖이 정리한 49편의 ≪소대예기小戴禮記≫가 있는데, 오늘날 '예기'라고
    하는 것은 후자를 가리킨다. ≪주례周禮≫ ≪의례儀禮≫와 함께 '삼례三禮'라고 한다.
169) 虛徐(허서) : 여유로운 모양, 느긋한 모양.
170) 杳裏(묘뇨) : 가물가물한 모양.
171) 謂春擊(위용격) : ≪예기정의·학기≫권36의 원문에 의하면 '용위격春謂擊'의 오
    기이다.

○'종용'은 느긋하고 여유로운 모양을 뜻하는 말로서, 바로 (조용하
다고 할 때의) '종(음은 '舂'[chōng]과 같다)용'이라는 말이 그것이다.
≪예기・학기≫권36에 "질문에 응답을 잘 하는 사람은 마치 종
을 칠 때 작은 것으로 치면 작게 소리가 나고, 큰 것으로 치면
크게 소리가 나는 것처럼, 조용해지기를 기다린 뒤에야 자신의
목소리를 다 낸다"고 하였다. 이는 묻고 배우기를 잘 하는 사람
은 반드시 이치상 곡진한 뜻을 다 파악할 때까지 기다린 뒤에
다시 묻고 대답하는 것이, 마치 종을 칠 때 나는 소리가 조용하
고 여유롭고 가물가물하게 오가는 소리가 다 사라지기를 기다리
는 것과 같다는 말이다. ≪예기정의≫에서는 "'용舂'은 친다는 말
로 소리를 형용하는 것인데, 종이란 물체는 반드시 누군가 쳐 주
기를 기다린다는 말이다. 매번 한 번 치고 한 번 조용해진 뒤라
야 그 소리를 제대로 알게 된다. 이는 마치 질문에 잘 응답하려
면 한 가지 질문을 기다린 뒤에 그 이치를 다 밝히는 것과 같다"
고 하였다. 요즘 사람들이 '종용'이라고 말하는 것도 아마 여기서
비롯되었을 것이다. '從'을 '舂'('사'와 '공'의 반절음이다)으로 읽는 것
은 아마도 후인들이 이 글자가 본래 '從'('질'과 '용'의 반절음이다)으
로 쓰였다고 생각해, 서로 돌아가며 이렇게 부른 데서 비롯된 듯
하다.

●狼狽者, 事之乖舛[172]也. 狼者, 豺也. 狽者, 狼之類. 神異經[173]云,
"狽無前足." 一云, "前足短, 不能自行, 附狼背而行, 如水母[174]之

---

172) 乖舛(괴천) : 사리에 어긋나다. 일이 어그러지다.
173) 神異經(신이경) : 옛 판본에는 전한 동방삭東方朔(B.C.154-B.C.93)이 짓고, 진
     晉나라 장화張華(232-300)가 주를 달았다고 하였으나 위서僞書이다. 육조六朝 때
     문인이 지었을 가능성이 높다. ≪수서・경적지≫권33에서는 지리서로 분류하였고,
     ≪신당서・예문지≫권59에서는 신선가神仙家로 분류하였으나, 기괴한 이야기가 주
     를 이루고 있으므로 소설류로 보는 것이 타당하다. 총 1권. ≪사고전서간명목록・
     자부・소설가류≫권14 참조. 그러나 현전하는 ≪신이경≫에 위의 예문이 실리지
     않은 것으로 보아 일문逸文인 듯하다.

有蝦也." 若狼爲巨獸或獵人逐之而逸, 卽狽墜于地, 不能取濟, 遂爲衆工所獲, 失狼之背, 故謂之狼狽. 狽字者, 形聲175)也, 犬獸也. 貝者, 背也, 以狽附于狼背, 遂犬邊作貝. 貝者, 北海之介蟲, 陸居爲猋, 在水名蜙176). 凡貨賄之字, 皆從貝者, 蓋古之貨也. 篆文象介蟲之形, 卽玳瑁177)之類也.

○'낭패'는 일이 어그러지는 것을 뜻한다. '낭狼'은 승냥이의 일종이고, '패狽'는 이리의 일종이다. ≪신이경≫에서는 "'패狽'는 앞 발이 없다"고 하였다. 어떤 문헌에서는 "앞 발이 짧아서 스스로 걸을 수 없어, '낭'의 등에 업혀서 다니는 것이 마치 해파리가 새우에 빌붙어다니는 것과 같다"고도 하였다. 만약 '낭'이 큰 짐승이나 사냥꾼에게 쫓겨서 도망치면, '패'는 땅에 떨어져 목숨을 건질 수 없어, 급기야 사람들에게 잡히고 이리의 등에서 떨어지게 되기에 '낭패'라고 하는 것이다. '패狽'자는 형성자로 개과에 속한다. '패貝'가 등을 뜻하는 말이고, '패狽'가 '낭'의 등에 빌붙기에 급기야 '개 견犬' 옆에 '패'자를 쓰게 된 것이다. '패貝'는 북해에 사는 갑각류 동물로, 육지에 살면 '염猋'이라고 하고, 물에 살면 '승蜙'이라고 한다. 무릇 재물에 관한 한자들이 모두 의미상 '조개 패貝'를 따르는 것은 아마도 고대 화폐였기 때문일 것이다. 전서체에서는 갑각류 동물의 형상을 본뜨고 있는데, 바로 대모와 같은 부류이다.

● 滑稽者, 誹諧178)也. 滑者, 渾也, 謂物之圓轉, 若戱弄之不定. 稽者,

---

174) 水母(수모) : 해파리. '해월海月' '하사鰕蛇' '하사蝦蛇'라고도 한다.
175) 形聲(형성): 육서 가운데 세 번째로 의부意符와 성부聲符를 합쳐서 글자를 만드는 방법을 이르는 말. '해성諧聲'이라고도 한다. 대부분의 한자가 여기에 속한다. 이를테면 '강江'(수水+공工)과 '하河'(수水+가可) 등이 그러한 예이다.
176) 蜙(승) : 자서字書나 운서韻書에 보이지 않는 음훈音訓 미상의 한자이지만 형성形聲의 원칙에 의거해 음은 '승'으로 한다.
177) 玳瑁(대모) : 바다거북의 일종. 등껍질을 장식용이나 약용으로 썼다. '대모瑇瑁'로도 쓴다.

考也, 寔也, 言一有誹諧戲弄之言, 二有稽寔之理. 漢書, "東方朔滑稽," 是也.

○'골계'는 익살맞다는 뜻이다. '골滑'은 모호하다는 뜻으로, 사물을 두루뭉술하게 표현하여 마치 조롱조로 표현하면서 확정하지 않는 것과 같다. '계稽'는 고찰하다, 참되다는 뜻으로, 한편으로는 익살맞게 조롱하는 말을 담으면서, 또 한편으로는 진실을 고찰하는 이치를 담기도 한다. ≪한서・동방삭전≫권65에서 "동방삭은 익살맞은 말을 잘 하였다"고 한 것도 이를 두고 한 말이다.

●婁羅者, 幹辦集事之稱. 世曰婁敬[179]甘羅[180], 非也.(按, 自此以下三條, 從曾慥類說[181]補入.)

○'누나'는 여러 가지 일을 잘 처리하는 것을 일컫는 말이다. 세간에서 '(전한 때 사람) 누경의 성씨와 (전국시대 진秦나라 때 사람) 감나의 이름을 합친 말'이라고 하는 것은 틀린 말이다.(살펴보건대 이 아래로 세 조항은 (송나라) 증조의 ≪유설≫에서 보충한 것이다.)

●龍鍾[182]者, 不昌熾・不翹擧[183]貌, 如藍鬖[184)・拉搭[185]・解縱[186]之類.

○'용종'은 건장하지도 않고 꼿꼿하지도 않은 모양을 뜻하는 말로,

---

178) 誹諧(비해) : 익살맞다, 흥미롭다.
179) 婁敬(누경) : 전한 고조高祖 때 사람. 도읍을 관중關中 땅에 정할 것을 건의하여 '유劉'씨 성을 하사받고 건신후建信侯에 봉해졌다. ≪한서・누경전≫권43 참조.
180) 甘羅(감나) : 전국시대 진秦나라 사람. 감무甘茂의 손자로서 나이 열두 살에 여불위呂不偉를 섬기면서 전공을 세워 상경上卿에 올랐다. ≪사기・감나전≫권71 참조.
181) 類說(유설) : 송나라 증조曾慥가 고서古書 261종의 기록을 발췌하여 전집과 후집으로 나누어 정리한 책. 총 60권. 남송南宋 초까지의 옛 전적들을 많이 보존하고 있어 자료적 가치가 크다. ≪사고전서간명목록・자부・잡가류雜家類≫권13 참조.
182) 龍鍾(용종) : 노쇠한 모양, 쇠약한 모양.
183) 翹擧(교거) : 특출난 모양, 당당한 모양.
184) 藍鬖(남삼) : 머리털이 긴 모양.
185) 拉搭(납탑) : 굼뜬 모양. '납답拉答'으로도 쓴다.
186) 解縱(해종) : 자유로운 모양.

'남삼' '납탑' '해종' 등의 말과 유사하다.

●拉颯者, 與龍鍾・纜縷之義畧同.
○'납삽'은 '용종' '남루'라는 말과 의미상 거의 비슷하다.

●漢書注[187]乾沒兩字云, "得利曰乾, 失利曰沒." 蓋務於穿鑿, 不欲淺近荒俗之意解之, 殊不知道理之所未當, 且乾沒之義, 如陸沈[188]之義. 陸沈者, 因陸沈之水, 又曰, "陸地而沈, 不待在於水中也." 乾沒者, 言乾在于地, 沒在于水, 貨殖之事, 或在于陸地, 或沒于水. 又言物之極不利者, 乾地而沒, 不特沈於江湖也, 故謂之乾沒. 魏志傅嘏云, "恪[189]心不傾根, 不竭本, 寄命洪流, 自取於乾沒乎?" 裴松之注, "漢書注云, '得利爲乾, 失利爲沒,' 於理未解. 乃云乾者, 乾燥也, 不取其乾燥, 反沈沒之也."
○(삼국 위魏나라 여순如淳은) ≪한서・장탕전張湯傳≫권59의 '건몰'이란 두 글자에 주를 달아 "이익을 얻는 것을 '건'이라고 하고, 이익을 잃는 것을 '몰'이라고 한다"고 하였다. 이는 아마도 지나치게 천착에 빠져 천박하고 속된 뜻으로 풀이하고 싶지 않은 데서 비롯된 듯하지만, 이치상 온당하지 않은 데다가 '건몰'의 의미가 '육침'의 의미와 같다는 것을 전혀 모르고 한 말이다. '육침'은 뭍에서 함몰된 곳에 고인 물을 따르는 말로서, 또한 "육지임에도 물에 젖기에 물속에 있을 필요가 없다는 뜻이다"라고도 한다. '건몰'은 건조한 것은 땅에 있고 젖은 것은 물에 있다는 말로서, 재물을 불리는 일이 어떤 때는 육지에서 일어나고 어떤 때

---

187) 注(주) : 이는 ≪한서・장탕전張湯傳≫권59에 인용된 삼국 위魏나라 여순如淳의 주를 가리킨다.

188) 陸沈(육침) : 파묻히다. 은거하거나 이름이 알려지지 않은 것을 비유한다.

189) 恪(각) : 삼국 오吳나라 제갈각諸葛恪(203-253)의 이름을 가리킨다. 자는 원손元遜. 제갈근諸葛瑾의 아들이자 촉蜀나라 제갈양諸葛亮(181-234)의 조카로 대장군을 역임하면서 병권을 장악하였는데, 뒤에 손준孫峻에게 살해당했다. ≪삼국지・오지・제갈각전≫권64 참조.

는 물에서 생긴다는 뜻이다. 또 사물 가운데 전혀 이롭지 않은 것은 건조한 땅에서도 사라질 수 있으므로, 단지 강이나 호수에서만 빠지는 것이 아니기에, 이를 '건몰'이라고 하는 것이라고도 한다. ≪삼국지‧위지‧부호전≫권21에 "(오몾나라) 제갈각諸葛恪은 내심 근본에 힘쓰지 않고 본령을 다하지 않은 채 큰 물줄기에 목숨을 맡겼으니, 스스로 몰락의 길을 걷지 않겠나이까?"라는 말이 있는데, (남조南朝 유송劉宋) 배송지는 주에서 "≪한서‧장탕전≫권59의 주에서 '이익을 얻는 것을 『건』이라고 하고, 이익을 잃는 것을 『몰』이라고 한다'고 한 것은 이치를 잘 모르고 한 말이다. 도리어 '건'이란 말은 건조하다는 뜻이므로, ('건몰'은) 건조한 것을 취하지 않고 반대로 그것을 물 속에 빠뜨린다는 말이다"라고 하였다.

● 毛詩小旻章云, "築室于道謀,(句) 是用不潰于成." 注云, "潰, 遂也." 箋云, "如當道築室, 得人與謀, 所謂路人意不同, 故不得成遂也." 昔慕容垂[190]訪苻堅伐晉, 亦引此語, 令堅不用廣訪朝臣, 以亂聖慮. 今俗云, "當道造屋, 三年不成," 是由此也. 俗又云, "問路不行." 詩云, "如彼行邁謀[191], 是用不得於道," 是也.

○ ≪시경‧소아小雅‧소민≫권19에 "집을 지으면서 길에서 사람들에게 물으면,(≪시경≫의 구절이다) 그 때문에 집을 완성하지 못 한다"는 구절이 있는데, (전한 모공毛公의) 주에 "'궤潰'는 완수한다는 뜻이다"라고 하였고, (후한 정현鄭玄의) 전에 "길가에다가 집을 지으면서 다른 사람을 만나 함께 논의한다는 뜻으로, 이른

---

190) 慕容垂(모용수) : 오호십육국五胡十六國 전연前燕 사람(326-396). 전연의 황제인 모용황慕容皝의 5남으로 오왕吳王에 봉해졌다가 전진前秦에 귀순하여 관군장군冠軍將軍을 지냈으나 전진이 진晉나라에 패하자 중산中山에 도읍을 정하고 칭제稱帝하여 후연을 세웠다. 384-395년 재위. ≪진서‧모용수재기慕容垂載記≫권123 참조. 위의 고사는 ≪진서晉書‧부견재기符堅載記≫권114에 전한다.
191) 邁謀(매모) : 애써 길을 묻다.

바 길 가는 사람들마다 생각이 달라 완성을 볼 수 없다는 말이다"라고 풀이하였다. 옛날에 모용수가 (전진前秦의 황제인) 부견에게 진나라 정벌을 물을 때도 이 말을 인용하면서, 부견에게 조정 신하들에게 널리 물어서 황제 자신의 생각을 어지럽힐 필요가 없다고 한 일이 있다. 오늘날 속담에 "길가에서 집을 지으면, 3년이 지나도 완성하지 못 한다"고 하는 말도 바로 여기서 유래하였다. 시중에는 또 "길을 물으면 제대로 가지 못 한다"는 말이 있다. ≪시경·소아·소민≫권19에서 "그가 길에서 애써 물으면 그 때문에 길을 찾지 못 한다"고 한 것도 바로 이를 두고 한 말이다.

●古之神人有獬豸[192], 獻聖帝[193], 帝問, "何食?" 曰, "薦草[194)."
薦字從豸, 蓋因豸所食爾. 今又以薦字爲薦字, 未知自何始也. 篆文薦象獸, 有角尾四足之形, 若爲薦進之字, 則無意義. 豸爲薦, 乃謂同用. 古文灋字, 從豸從水, 非從薦也. 謂法律之正, 遂從于豸, 法律之平, 遂從于水, 卽薦豸明矣.

○옛날에 한 신인이 해태를 가져다가 황제에게 바치자 황제가 물었다. "무엇을 먹는가?" 그러자 "치초를 먹습니다"라고 대답하였다. '치薦'자가 의미상 '벌레 치豸'를 따르는 것은 아마도 벌레가먹는 것이기 때문일 게다. 오늘날 '천薦'자를 '치薦'로 쓰는 것은무엇에 근거한 것인지 모르겠다. 전서체 '치薦'자는 짐승의 형상을 본뜬 것인데, 뿔과 꼬리와 네 발을 가진 형상을 지니고 있으므로, 만약 '바친다'는 의미의 글자로 쓰게 된다면 의미가 없게된다. '치豸'를 '치薦'로 쓰는 것은 통용자라는 말이다. 고문자'법灋'은 의미상 '벌레 치豸'와 '물 수水'를 따르기에, '바칠 천薦'

---

192) 獬豸(해태) : 선악과 시비를 잘 구별한다는 전설상의 동물 이름. '해치'로도 읽는다.
193) 聖帝(성제) : 훌륭한 황제, 즉 성군을 이르는 말.
194) 薦草(치초) : 전설상의 풀 이름.

자와는 아무 상관이 없다. 법률이 바른 것을 말할 때는 의미상 '치豸'를 따르고, 법률이 공평한 것을 말할 때는 의미상 '수水'를 따르므로, '치廌'가 곧 '치豸'임이 분명하다.

●臭者, 氣之摠名, 從自從犬. 篆文自(音自)字, 象口鼻之形. 從犬者, 謂犬能尋臭, 而知其路. 後人依違195)撰造196), 遂從自下作死, 實非稽古之制也. 只如田夫民爲農, 百念爲憂, 更生爲甦, 兩隻爲雙, 神蟲爲蠶, 明王爲聖, 不見爲覓, 美色爲艷, 口王爲國, 文字爲學, 如此之字, 皆後魏197)時流俗所撰, 學者之所不用.(按, 顔之推云198), "蕭子雲199)改易字體, 邵陵王200)頗行僞字, 前上爲草・能傍作長之類, 是也. 至爲一字, 惟見數點, 或妄斟酌, 逐便轉移. 北朝喪亂之餘, 書跡猥陋, 甚於江南, 乃以百念爲憂, 言反爲變, 不用爲罷, 追來爲歸, 更生爲蘇, 先又201)爲老. 如此非一, 徧滿經傳202).")

○'취臭'는 냄새에 대한 총칭으로 의미상 '스스로 자自'와 '개 견犬'을 따른다. 전서체 '自'(음은 '자'이다)자는 입과 코의 형상을 본뜬 것이다. 의미상 '개 견'을 따르는 것은 개가 냄새를 맡아 길을 잘 찾는다는 말이다. 후인들이 갈피를 잡지 못 하여 날조를 하면서, 급기야 '스스로 자自' 아래 '죽을 사死'자를 쓴 것은 실상 제대로 고증한 결과가 아니다. 다만 예를 들어 농사꾼을 '농農'이라고 하

---

195) 依違(의위) : 결단을 내리지 못 하고 주저하는 모양.

196) 撰造(찬조) : 날조하다, 조작하다.

197) 後魏(후위) : 북조北朝 때 북위北魏의 별칭. 삼국시대 위나라와 구별하기 위한 명칭이다. 탁발托跋씨에서 원元씨로 개성改姓하였기에 '원위元魏'라고도 한다.

198) 云(운) : 수隋나라 안지추顔之推의 말은 그의 저서인 ≪안씨가훈顔氏家訓・잡예편雜藝篇≫권하에 전한다.

199) 蕭子雲(소자운) : 남조南朝 양梁나라 무제武帝 소연蕭衍의 아들(487-549). 자는 경교景喬. 초서와 예서에 조예가 깊고, 절강성 동양태수東陽太守와 국자제주國子祭酒・시중侍中 등을 역임하였다. ≪양서・소자운전≫권35 참조.

200) 邵陵王(소릉왕) : 남조 양나라 무제 소연蕭衍과 비빈妃嬪인 정충화丁充華 사이의 소생인 소윤蕭綸의 봉호. ≪양서・소릉왕소윤전≫권29 참조.

201) 先又(선우) : ≪안씨가훈顔氏家訓・잡예편雜藝篇≫권하의 원문에 의하면 '선인先人'의 오기이다.

202) 經傳(경전) : 경서經書와 그 해설서를 아우르는 말.

고, 온갖 상념을 '우憂'라고 하고, 다시 태어나는 것을 '소甦'라고 하고, 두 가지를 '쌍雙'이라고 하고, 신령한 벌레를 '잠蠶'이라고 하고, 현명한 왕을 '성聖'이라고 하고, 보이지 않는 것을 '멱覓'이라고 하고, 아름다운 빛깔을 '염艶'이라고 하고, 에워싼 곳을 다스리는 것을 '국國'이라고 하고, 문자를 '학學'이라고 하는데, 이와 같은 글자들은 모두 (북조北朝) 북위北魏 때 시중에서 만든 것으로, 학자들이 사용하지 않는 것이다.(살펴보건대 안지추는 "(남조南朝 양梁나라 때) 소자운이 자체를 바꾸고 소릉왕(소윤蕭綸)이 가짜 문자를 많이 만들었으니, '전前'자 위에 '풀 초++'를 붙이고 '능能'자 옆에 '길 장長'을 쓴 것이 그러한 예이다. 심지어는 '위爲'자의 경우 단지 몇 개의 점만 쓰면서 간혹 함부로 짐작하여 편의에 따라 바꾸기도 하였다. 북조 때는 혼란기를 겪은 나머지 서체가 더욱 비루해지더니, 장강 이남의 남조보다도 심해져 급기야는 온갖 상념을 '우憂'라고 하고, 말이 뒤집히는 것을 '변變'이라고 하고, 쓰지 않는 것을 '파罷'라고 하고, 쫓아오는 것을 '귀歸'라고 하고, 다시 살아나는 것을 '소蘇'라고 하고, 선인을 '노老'라고 하였다. 이와 같은 예가 한두 가지가 아니어서 경서와 그 해설서를 가득 채울 정도이다"라고 하였다.)

●獲字從犬, 謂獵有所獲也.
○'획獲'자는 의미상 '개 견犬'을 따르기에 사냥을 통해 포획한다는 말이다.

●陸法言著切韻[203], 時俗不曉其韻之淸濁, 皆以法言爲吳人而爲吳音也. 且唐韻序云, "隋開皇[204]初, 儀同[205]劉臻等八人詣法言, 論音

---

203) 切韻(절운) : 수隋나라 때 육법언陸法言이 지은 음운학 저서. 오래 전에 실전되고 당나라 현종玄宗 때 손면孫愐이 간정刊定하면서 ≪당운唐韻≫이라고 하였고, 송나라 진종眞宗 때 진팽년陳彭年(961-1017) 등이 수정 보완하면서 ≪대송중수광운大宋重修廣韻≫이라고 하였다. 송나라 진진손陳振孫(?-약 1261)의 ≪직재서록해제直齋書錄解題・소학류小學類≫권3 참조.
204) 開皇(개황) : 수隋 문제文帝의 연호(581-600).
205) 儀同(의동) : 일종의 산관散官인 의동삼사儀同三司의 준말. 한나라 때 태위太尉・사도司徒・사공司空 삼공三公을 '삼사三司'라고 하였는데, 삼사가 아니지만 의제儀制와 대우가 삼사와 동등한 벼슬을 '의동삼사'라고 하였다. 후한 이후로는 승상

韻, 曰'吳楚則多傷輕淺, 燕趙則多傷重濁, 秦隴則去聲206)爲入, 梁
益則平聲似去.'" 此蓋硏窮正聲, 削去紕繆也, 豈獨取方言鄉音而已
哉? 洎孫愐等論音韻者, 二十餘家, 皆以法言爲首出, 薛道衡隋朝之
碩儒, 與法言同時, 嘗與論音韻, 則豈吳越之音, 而能服四方之名人
乎? 蓋陸氏者, 本江南之大姓, 時人皆以法言爲士龍207)·士衡208)
之族, 此大誤也. 法言本代北209)人, 世爲部落大人, 號步陸孤210)氏.
後魏孝文帝改爲陸氏, 及遷都洛陽, 乃下令曰, "從我入洛陽, 皆以河
南洛陽爲望也." 當北朝號四姓, 穆·奚·于, 皆位極三公211), 比漢
朝金·張·許·史, 兼賀·婁·蔚, 謂之八族. 後魏征西將軍東平王
陸俟, 生頹·歸·騏·驎·馥, 皆相繼爲黃門侍郎212). 驎孫爽隋中
書舍人213), 生法言·正言, 正言隋朝承務郎214).

부승상부府丞相府를 별도로 개설할 수 있는 개부開府의 권한을 가지고 삼사에 버금가는 지
위를 가진 벼슬을 '개부의동삼사開府儀同三司'라고 칭하기도 하였다. 당송 때는 문
산관文散官 가운데 개부의동삼사가 종1품從一品으로 서열이 가장 높았다.

206) 去聲(거성) : 중국 고대의 성조聲調인 사성四聲, 즉 평성平聲·상성上聲·거성去
聲·입성入聲 가운데 하나.

207) 士龍(사룡) : 진晉나라 때 문인인 육운陸雲(262-303)의 자. 형인 육기陸機(261
-303)와 함께 문재文才로 명성을 떨쳤다. 저서로 《육사룡집陸士龍集》 10권이
전한다. 《진서·육운전》권54 참조.

208) 士衡(사형) : 진晉나라 때 문인인 육기陸機(261-303)의 자. 《진서·육기전》권
54 참조.

209) 代北(대북) : 한漢나라와 진晉나라 때의 산서성 대군代郡, 당唐나라 이후 대주代
州의 북부 지역을 가리키는 말.

210) 步陸孤(보륙고) : 북방 육씨의 유래에 대해 《위씨魏書·관씨지官氏志》권113에
서는 '보륙고步六孤'로 적고 있는데, 아마도 음역音譯의 차이에서 비롯된 듯하다.

211) 三公(삼공) : 세 명의 재상을 일컫는 말. 시대마다 차이가 있는데, 주周나라 때
는 태사太師·태부太傅·태보太保를 삼공이라고 하다가, 진秦나라와 전한 초에는
승상丞相·어사대부御史大夫·태위太尉를 삼공이라고 하였고, 전한 말엽에는 대사
마大司馬(태위太尉)·대사도大司徒·대사공大司空을 삼공이라고 하였으며, 후대에
는 태위太尉·사도司徒·사공司空을 삼공이라고 하였다.

212) 黃門侍郎(황문시랑) : 문하성門下省에 소속되어 궁중의 갖가지 사무를 관장하던
벼슬 이름. 문하시중門下侍中 다음 가는 벼슬로서 당송 이후로는 문하시랑門下侍
郎으로 개칭되었다.

213) 中書舍人(중서사인) : 황명의 기초起草와 출납出納을 관장하는 중서성中書省 소
속의 벼슬 이름. 장관인 중서령中書令과 버금 장관인 중서시랑中書侍郎 다음 가는
고관高官이다.

○육법언이 ≪절운≫을 지었는데, 당시 사람들은 그가 밝힌 음운의 청탁을 알지 못 한 채 육법언을 오 지방 출신으로 알고서 오 지방 음운이라고 생각하였다. 또 ≪당운≫ 서문에서는 "수나라 (문제) 개황(581-600) 초에 의동삼사에 오른 유진 등 8명이 육법언을 방문하여 음운에 대해 논하면서, '오와 초 지방 음운은 경박하다는 결함이 많고, 연과 조 지방 음운은 너무 탁하다는 결함이 많으며, 진과 농 지방 음운은 거성을 입성으로 발음하고, 양주과 익주 지방 음운은 평성이 거성과 흡사합니다'라고 말했다"고 하였다. 이는 아마도 정통의 음운을 연구하여 오류를 제거하기 위해서였을 터이니, 어찌 단지 방언이나 사투리만을 취하는 데 그쳤겠는가? (당나라) 손면 등 음운에 대해 논한 사람들 20명은 모두 육법언을 가장 뛰어난 학자로 간주하지만, 설도형이 수나라 때 석학이고 육법언과 동시대 인물로서 일찍이 함께 음운에 대해 논한 적이 있으므로, 어찌 오와 월 지방의 음운을 가지고 사방의 명사들을 설복시킬 수 있었겠는가? 아마도 육씨 가문이 본래 강남의 대성이라서 당시 사람들 모두 육법언을 (진晉나라 때) 사룡(육운陸雲)·사형(육기陸機) 형제의 친족으로 간주하였을 터이지만, 이는 큰 착오이다. 육법언은 본래 (산서성) 대북 출신으로 대대로 부락의 어른으로서 원래 '보륙고'씨로 불렸다. (북조) 북위 때 효문제가 육씨로 개성해 주었고, (하남성) 낙양으로 천도하면서 명을 내려 "나를 따라 낙양으로 들어선 이들은 모두 하남 일대 낙양을 본관으로 삼도록 하라"고 하였다. 북조 때 사성으로 불리며 목씨·해씨·우씨와 함께 모두 삼공에 올랐으니, 한나라 때 김씨·장씨·허씨·사씨가 하씨·누씨·위씨 등과 함께 '팔족'으로 불린 것과 비견된다. 북위 때 정서장군을 지낸 동평왕 육사陸俟는 육퇴陸頹·육귀陸歸·육기陸騏·육인陸驎·육복

---

214) 承務郞(승무랑) : 당송 때 29종의 문산관文散官 가운데 서열 25위인 종8품하從八品下에 해당하던 직책을 이르는 말.

陸馥을 낳았는데, 모두 뒤를 이어가며 황문시랑에 올랐다. 육인의 손자인 육상陸爽은 수나라에서 중서사인을 지내며 육법언과 육정언陸正言을 낳았고, 육정언은 수나라에서 승무랑에 올랐다.

●日重光・月重輪, 羣臣爲漢明帝作也. 明帝爲太子, 樂人作歌詩四章, 以贊太子之德, 一曰日重光, 二曰月重輪, 三曰星重暉, 四曰海重潤. 漢末喪亂後, 二章亡. 舊說云, "天子之德, 光明如日, 規輪如月, 衆暉如星, 霑潤如海." 太子皆比德焉, 故云重也.(以下六條, 皆見古今注.)

○<일중광>과 <월중륜>은 신하들이 후한 명제를 위해 지은 것이다. 명제가 태자였을 때 악사가 시가 4장을 지어 태자의 덕을 찬양하고는, 첫 번째를 '일중광', 두 번째를 '월중륜', 세 번째를 '성중휘', 네 번째를 '해중윤'이라고 하였다. 후한 말엽 세상이 혼란에 빠진 뒤 그중 두 편의 악장이 실전되있다. 예로부터 전하는 말에 의하면, "천자의 덕은 해처럼 밝고, 달처럼 둥글고, 별처럼 빛나고, 바다처럼 은혜를 베푼다"고 하였다. 태자도 늘 그러한 덕에 버금갔기에, 그래서 '중'이라고 말한 것이다.(이하 여섯 개 조항은 모두 ≪고금주≫권중에 보인다.)

●淮南王215), 淮南小山216)之作也. 王服食求仙, 遍禮方士, 遂與八公217)相攜, 俱亡, 莫知所往. 小山之徒, 思戀不已, 乃作淮南王之曲焉.

○('회남왕'을 대상으로 한 노래인) <회남왕>은 회남소산이 지은 것

---

215) 淮南王(회남왕) : 전한 유안劉安(B.C.179-B.C.122)의 봉호. 그의 저서로 ≪회남자淮南子≫ 21권이 전하는데, 여기서는 악곡 이름을 가리킨다. ≪고금주≫권중에는 '회남자淮南子'로 되어 있다.
216) 淮南小山(회남소산) : 회남대산淮南大山과 함께 전한 회남왕 유안의 문객 가운데 한 사람.
217) 八公(팔공) : 전한 때 회남왕淮南王 유안劉安(B.C.179-B.C.122)의 문객인 좌오左吳・이상李尙・소비蘇飛・전유田由(혹은 진유陳由)・모피毛被(혹은 모주毛周)・뇌피雷被・진창晉昌・오피伍被를 가리킨다.

이다. 회남왕은 선약을 복용하며 신선이 되기를 갈구하고, 방사들을 두루 예우하다가 급기야 팔공과 손을 잡고 함께 사라졌는데, 어디로 갔는지는 알려지지 않았다. 회남소산 등이 한없이 그리움에 젖어 결국 회남왕을 대상으로 한 악곡을 지었다.

●吳趨曲, 吳人以歌其地也.
○('오나라의 장단을 담은 노래'인) <오추곡>은 오나라 사람들이 자기 지역을 노래하기 위해 지은 것이다.

●平陵218)東, 翟義門人所作也. 王莽殺義, 義門人作歌以悲之.
○('평릉의 동쪽'을 소재로 한 노래인) <평릉동>은 (전한) 책의의 문인이 지은 것이다. 왕망이 책의를 살해하자, 책의의 문인이 노래를 지어서 이를 애도한 것이다.

●武溪深, 乃馬援219)爲征南之所作也. 援門生爰寄生善吹笛, 援作歌以和之, 名曰武溪深. 其曲曰, "滔滔武溪一何深? 鳥飛不度, 獸不能臨. 嗟哉! 武溪多毒淫!"
○('무계가 깊다'란 의미의 노래인) <무계심>은 바로 (후한) 마원이 남방을 정벌하면서 지은 것이다. 마원의 문객인 원기생이 피리를 잘 불자, 마원이 노래를 지어 그에게 화답하고는 이름하여 '무계심'이라고 하였다. 그 곡에는 "도도히 흐르는 무계는 그 얼마나 깊던가? 새는 날아서 건너지 못 하고, 짐승은 굽어보지 못 하네. 아! 무계에는 해로운 것이 많아라!"라는 가사가 들어 있다.

---

218) 平陵(평릉) : 섬서성에 있는 전한 소제昭帝의 무덤 이름이자 그곳을 관장하기 위해 설치한 현 이름.
219) 馬援(마원) : 후한 때 명장(B.C.14-A.D.49). 자는 문연文淵. 광무제光武帝에게 귀의하여 농서태수隴西太守와 복파장군伏波將軍을 지내며 외효隗囂의 반란을 진압하고, 교지交趾·흉노匈奴·오환烏桓을 정벌하는 데 큰 공을 세웠다. ≪후한서·마원전≫권54 참조.

●箜篌220)引, 朝鮮津卒霍里子高妻麗玉所作也. 子高晨起, 刺船221)而
櫂, 有一白首狂人, 被髮222)提壺, 亂223)河流而渡. 其妻隨呼, 止之
不及, 遂墮河水, 死. 於是援箜篌而鼓之, 作'公無渡河'之曲, 聲甚悽
愴. 曲終, 自投河而死. 霍里子高還, 以其聲語妻麗玉. 玉傷之, 乃引
箜篌, 而寫其聲, 聞者莫不墮淚飮泣焉. 麗玉以其曲傳隣女麗容, 名
之曰箜篌引焉.

○('공후로 연주하는 노래'인) <공후인>은 조선의 나룻터지기인 곽
리자고의 아내 여옥이 지은 것이다. 곽리자고가 새벽에 일어나
배를 젓느라 노를 움직이는데, 어느 백발의 미친 사내가 머리를
풀어헤치고 술병을 든 채 강물을 가로질러 건넜다. 그의 아내가
쫓아와 소리치며 만류하였지만, 미치지 못 하여 결국 강물에 빠
져 죽고 말았다. 그러자 그의 아내가 공후를 당겨 연주하면서
'그대여 강을 건너지 마세요'라는 노래를 불렀는데, 소리가 처량
하기 그지없었다. 곡을 마치자 그녀 역시 스스로 강물에 투신자
살하였다. 곽리자고가 집으로 돌아와 그 소리를 아내인 여옥에게
들려주자, 여옥이 가슴 아파하더니 공후를 당겨 그 소리를 묘사
하였는데, 듣는 이들이 모두 눈물을 떨구며 눈물을 삼켰다. 여옥
이 그 곡을 이웃집 여인인 여용에게 전수하면서 이름을 <공후
인>이라고 하였다.

●易曰224), "龜爲卜, 策225)爲筮." 周禮云, "玉·瓦·原三兆226), 皆

---

220) 箜篌(공후): 춘추시대 衛위나라 악사樂師 연연涓이 만들었다고 전하는 관악기의
    일종. 전한 무제武帝 때 악사인 후조侯調가 만들었다는 설도 있다.
221) 刺船(척선): 배를 젓다. '刺'의 음은 '척'.
222) 被髮(피발): 머리를 풀어헤치다. 즉 상투를 하지 않은 것을 말한다. '피被'는
    '피披'와 통용자.
223) 亂(난): 가로지르다. ≪이아爾雅·석고釋詁≫권1에 "물에서 곧장 물줄기를 가
    로지르는 것을 '난'이라고 한다(水, 正絶流, 曰亂)"고 하였는데, 진晉나라 곽박郭璞
    주에 "곧장 가로질러 건넌다는 뜻이다(直橫渡也)"라고 하였다.
224) 曰(왈): 이하 예문은 현전하는 ≪역경≫에 보이지 않고, 대신 ≪예기·곡례상曲
    禮上≫권3에 전하기에 이를 따른다.

灼龜之文, 如玉·瓦·原坼裂227)之文也." 古文卜(音卜)字, 象龜支兆之文. 卜法228)云, "大曰兆, 旁出文曰支." 支者, 如草木有枝葉. 俗云, "十字不全爲卜," 大謬爾. 梁川子229)曰, "卜者, 鑽龜之聲." 卜者支.(普木反) 許愼云, "支者, 小擊之音, 從卜, 下從又. 篆文支字作攴, 象右手之形, 卽是以手擊物成聲也." 凡子曰不卜者, 謂龜爲玄武230)之精. 玄武, 水神子, 爲本王之日, 蓋不敢鑽灼231)之. 或爲不筮者, 非也. 古文龜, 篆文龜, 二皆龜, 俱象其形. 大戴禮232)云, "甲蟲三百六十, 神龜爲之長." 說苑233)云, "靈龜五色, 似金似玉, 背陰向陽, 上高象天, 下平法地." 柳氏龜經234)云, "龜一千二百歲, 可卜

---

225) 策(책) : 점을 칠 때 사용하는 국화과 풀인 시초를 뜻하는 말. '책筴'의 이체자 異體字로서 '시蓍'와 뜻이 같다.
226) 三兆(삼조) : 귀갑龜甲을 태웠을 때 갈라지는 문양에 의해 해석되는 세 가지 점괘의 조짐을 뜻하는 말로서 '옥조玉兆' '와조瓦兆' '원조原兆'를 가리킨다. '옥조'는 점괘의 조짐을 나타내는 틈새가 옥처럼 생긴 것을 뜻하고, '와조'는 점괘의 조짐을 나타내는 틈새가 기와처럼 갑자기 갈라지는 것을 뜻하고, '원조'는 점괘의 조짐을 나타내는 틈새가 밭두렁처럼 갈라지는 것을 뜻한다.
227) 坼裂(탁렬) : 갈라지다, 터지다.
228) 卜法(복법) : 《한서》《수서》《구당서》《신당서》 등의 서지書誌에 이러한 명칭의 서책이 수록되지 않은 것으로 보아 일반 점술서를 가리키는 듯하다.
229) 梁川子(양천자) : 하북성 위주魏州 출신의 점술가를 뜻하는 말로 보이는데, 누구를 지칭하는지는 불분명하다. 박물군자가 밝혀주기를 기대한다. '양천'은 위魏의 별칭.
230) 玄武(현무) : 전설상의 동물이자 북방의 신. 거북과 뱀을 합쳐 놓은 듯한 형상을 하였다. 북방은 십이지상 '자子'의 방위에 해당하고 오행상 '수水'에 해당하기에 앞에서 '자일子日'을 언급하고 뒤에서 '수신水神'을 언급한 것이다.
231) 鑽灼(찬작) : 거북의 껍질을 불에 지져 갈라진 모양을 보고서 길흉을 점치는 일. 결국 점술을 가리킨다.
232) 大戴禮(대대예) : 전한 때 대덕戴德이 엮은 《예기禮記》. 총 13권. 북주北周의 노변盧辯이 주를 달았다. 현재 통용되는 대덕의 조카 대성戴聖의 《소대예기小戴禮記》와 구분하기 위한 명칭이다. 고본古本 《예기》의 204편을 85편으로 재편집하였으나, 47편이 실전되었다. 《사고전서간명목록·경부·예류禮類》권2 참조.
233) 說苑(설원) : 전한 때 유향劉向이 춘추시대부터 전한 초까지 교훈이 될 만한 고사들을 모아 놓은 책. 총 20권. 《사고전서간명목록·자부·유가류》권9 참조.
234) 龜經(귀경) : 남조南朝 남제南齊 유세륭柳世隆이 거북에 관해 쓴 책으로 총 3권. 《구당서·경적지》권47 참조. 《신당서·예문지》권59에서는 유언순柳彦詢의 《귀경》 3권을 별도로 수록하고 있으나, '언순'은 유세륭의 자인 '언서彦緖'의 오기인 듯하다. 그러나 《송서》나 《통지通志》 등 후대 서지書誌에 수록되지 않은

天地之終始. 天子之龜一尺二寸, 諸侯之龜八寸, 大夫之龜六寸, 士
之龜四寸. 其龜有紫靈者." 公羊[235]云, "有靑純者·碧靈者. 又千歲
靑鬐者, 出於蔡地. 有金線者, 甲間皆如金線縈絡. 有千里路端直者,
光明通瑩如金玉者. 已上皆神龜, 卜必有靈." 所以龜經云, "欲得知
龜聖, 但看千里徑, 欲得知龜神, 視骨如白銀, 欲得龜語質, 其色黃
如日, 欲得龜有靈, 其色乃帶靑." 又龜中有王, 其形尤小於常龜. 巢
蓮者, 遊於葉之上者, 得非王乎? 其千里路取端直, 千里路前上乂文,
下徹第一橫文不偏曲者, 是爲王也. 雖千百, 無一二矣. 或爲人得之,
而衆龜悉從焉. 得者寶藏之, 不可施於鑽灼. 每卜, 則置於諸龜間以
祝之, 而諸龜皆有靈, 其腹下豎文, 謂之千里路. 五行支兆之文, 悉
以千里路爲準也. 凡文頭上向千里路, 下向外者, 爲金兆也. 文頭上
向外, 下向千里路者, 爲火兆也. 豎爲木兆, 平爲土兆, 下垂而細者,
爲水兆. 夫金兆之長者, 爲良金堅剛, 短者, 爲鉛錫柔鈍. 火兆之長
者, 爲光明炳煥, 短者, 爲煨燼炲煤[236]. 木兆之長者, 爲舟檝林木,
短者, 爲槎枿[237]枯朽. 土兆之長者, 爲山陵墟阜, 短者, 爲泥滓塵垢.
水兆之長者, 爲江海淮河, 短者, 爲洼涔[238]陰淺. 昔楚元君[239]夢,
人披髮而告曰, "予爲淸江使河伯[240], 漁者豫且得予." 元君乃訪豫
且, 且以白龜五尺獻於元君. 元君得之, 將捨之, 衛平[241]請剗之以

것으로 보아 오래 전에 실전된 듯하다.

235) 公羊(공양) : ≪춘추경春秋經≫의 주석서 가운데 하나인 ≪공양전公羊傳≫의 저
     자 전국시대 제齊나라 사람 공양고公羊高를 가리키는 말. 후한 하휴何休(129-18
     2)의 주注와 당나라 서언徐彦의 소疏가 있으나 오류와 번다함이 있다는 평이 있
     다. 총 20권. ≪사고전서간명목록·경부·춘추류春秋類≫권3 참조. 이하 예문은
     ≪공양전·정공9년≫권26의 원문과 주를 짜깁기한 것이다.

236) 煨燼炲煤(외신태매) : 재나 그을음 따위를 이르는 말.

237) 槎枿(사얼) : 가장 외진 데서 자라는 나뭇가지를 이르는 말.

238) 洼涔(와잠) : 물웅덩이를 이르는 말.

239) 元君(원군) : 훌륭한 임금을 이르는 말. 이하 예문과 유사한 내용이 ≪장자·외
     물外物≫권9에도 전하는데, 이에 의하면 '초원군'은 춘추시대 송宋나라 군주 원공
     元公의 별칭인 '송원군宋元君'의 오기이다.

240) 河伯(하백) : 황하를 주관하는 수신水神.

241) 衛平(위평) : 춘추시대 송宋나라 원공元公의 신하.

卜, 七十鑽無遺策, 不能免刳腸之患. 如是者, 智有所不知, 神有所
不及也. 史記曰, "神龜出江水中. 廬江郡歲將生龜尺二寸者二十枚,
輸之大官242), 以吉日刳取其甲. 千歲乃尺二寸也." 筮者, 蓍蒿之屬,
生千歲而生百莖. 易以爲數, 天子之蓍九尺, 諸侯之蓍七尺, 大夫五
尺, 士三尺. 蓍生滿百莖者, 其上有雲覆之, 其下龜守之, 將筮於易
者, 必操其易蓍五十. 易云, "大衍243)之數五十, 其用四十有244)九."
衍者, 天地之數, 所賴者五十也. 四十有九, 數之極也. 其一不用者,
以不用爲用, 蓋天地之心也. 天地之本者, 天地以大靜無爲爲本, 其
一不用者, 乃大靜之義. 故復卦云, "復, 其見天地之心乎!" 王輔
嗣245)注云, "天地雖大, 富有萬物, 雷動風行, 運化萬變, 寂然至无,
是爲本矣. 分而爲二, 以象兩挂, 一以象三才, 揲之以象四時, 四揲
之以成其爻246)." 繫辭云, "成天下之亹亹247)者, 莫大於蓍龜." 古
文筮字, 蓋從竹從巫也. 竹者, 筮之類. 巫者, 舞也, 舞以降神, 謂之
巫. 巫字, 象擧兩袂而舞者也.

○≪예기·곡례상曲禮上≫권3에 "거북껍질로 치는 점을 '복卜'이라
고 하고, 시초로 치는 점을 '서筮'라고 한다"고 하였다. ≪주례·
춘관春官·태복太卜≫권24에서는 "옥조·와조·원조 등 '삼조'는
모두 거북껍질을 태웠을 때의 문양을 뜻하는 말로, 옥·기와·들

---

242) 大官(태관) : 황제의 음식과 연향燕享을 관장하는 벼슬 이름. '태관太官'으로도
   쓴다.
243) 大衍(대연) : 천체 운행을 계산하는 숫자를 가리키는 말. ≪역경·계사상繫辭上
   ≫권11의 당나라 공영달孔穎達(574-648) 소疏에 의하면 10일日·12진辰·28수
   宿를 가리킨다고 한다.
244) 有(우) : 또. '우又'와 통용자.
245) 王輔嗣(왕보사) : 삼국三國 위魏나라 때 학자 왕필王弼(226-249). '보사'는 자.
   상서랑尙書郞을 지냈다. 유학에 정통하였고, 하안何晏(190-249)·하후현夏侯玄 등
   과 함께 현학玄學을 진작시켰으며, ≪역경≫과 ≪노자≫에 주를 달았다. ≪삼국지
   ·위지·왕필전≫권28 참조.
246) 爻(효) : ≪역경≫의 64괘에서 괘를 이루는 최소 단위. 음은 '--'로 표기하고,
   양은 '一'로 표기하는데, 6효 가운데 위의 세 효를 상효上爻라고 하고 아래의 세
   효를 하효下爻라고 한다.
247) 亹亹(미미) : 건실한 모양, 부지런한 모양.

판에 균열이 생겼을 때의 문양과 같다"고 하였다. 고문자 'ㅏ'(음
은 '복'이다)은 거북껍질이 갈라지는 문양을 본뜬 것이다. 점술에
관한 서책에 "큰 문양을 '조兆'라고 하고, 옆으로 돌출된 문양을
'지支'라고 한다"고 하였다. '지'는 초목에 가지가 있는 것과 같다
는 말이다. 시중에서 "십자 문양이 온전하지 않은 것을 '복'이라
고 한다"고 하는 것은 전혀 틀린 말이다. 양천자는 "'복ㅏ'은 거
북껍질을 뚫을 때 나는 소리이다"라고 하였다. '복ㅏ'은 친다(攴)
는 뜻이다.('복攴'은 음이 '보'와 '목'의 반절음이다.) (후한) 허신은 "'복
攴'은 가볍게 칠 때 나는 소리를 뜻하는 글자로, 의미상 '복ㅏ'을
따르되 아래는 의미상 '또 우又'를 따른다. 전서체에서 '복ㅏ'자를
'ㅏ'으로 쓰는 것은 오른손의 형상을 본뜬 것으로, 곧 손으로 사
물을 쳐서 소리를 낸다는 말이다"라고 하였다. 무릇 자일에 점을
치지 않는 것은 거북이 (북방의 신인) 현부의 성령이라고 생각하
기 때문이다. 현무는 수신의 자식이므로, 왕도에 뿌리가 되는 날
에는 대개 감히 거북껍질로 점을 치지 않는다. 혹여 시초점을 치
지 않는다고 하는 것은 틀린 말이다. 고문자 '龜'와 전서체 '龜'
둘 다 거북을 뜻하는 글자로서 모두 그 형상을 본뜬 것이다. ≪대
대예기・역본명易本命≫권13에 "갑충 360종 가운데 신령한 거
북이 으뜸이다"라고 하였다. ≪설원・변물辨物≫권18에서는 "신
령한 거북은 오색을 띠되 금색 같기도 하고, 옥색 같기도 하며,
음기를 등지고 양기를 향하는데, 윗 부분인 등이 높은 것은 하늘
을 닮았고, 아랫 부분인 배가 평평한 것은 땅을 닮았다"고 하였
다. (남조南朝 남제南齊) 유세륭柳世隆의 ≪귀경≫에 "거북 가운
데 1,200살 산 것을 쓰면 천지의 시종을 점칠 수 있다. 천자의
거북은 길이가 한 자 두 치이고, 제후의 거북은 길이가 여덟 치
이고, 대부의 거북은 길이가 여섯 치이고, 사士의 거북은 길이가
네 치이다. 그 거북에는 '자령'이란 것이 있다"고 하였다. ≪공양
전・정공定公9년≫권26에 "(거북에는) 순수하게 청색을 띤 것과

신비한 벽색을 띤 것이 있다. 또 천 년을 살아 푸른 수염이 자라는 것은 채나라 지역에서 난다. 금색 실선이 있는 것은 껍질 사이에 모두 금색 실선이 얽혀 있다. '천리로'로서 직선의 형태를 취하는 것은 마치 금이나 옥처럼 번쩍번쩍 빛을 발한다. 이상은 모두 신령한 거북이기에, 점을 치면 반드시 영험한 효과를 본다"고 하였다. 그래서 ≪귀경≫에서도 "거북의 성스러움을 알고 싶으면 단지 '천리로'를 살피면 되고, 귀신의 신령함을 알고 싶으면 백은처럼 생긴 뼈를 살피면 되고, 거북이 내는 소리의 질박함을 알고 싶으면 그 빛깔이 햇빛처럼 노란 것을 살피면 되고, 거북에게 영혼이 있는지 살피고 싶으면 그 빛깔이 푸른 빛을 띤 것을 살피면 된다"고 하였다. 또 거북 중에는 '임금 왕王'자 문양이 있는 것이 있는데, 그 형태는 특히 보통의 거북보다 작다. 연꽃에 둥지를 틀거나 잎사귀 위를 유영하는 것에 '왕'자 문양이 없을 수 있겠는가? '천리로'는 직선의 문양을 가졌는데, '천리로'는 앞쪽 위로 '애'자 문양이 나타나고, 아래로 첫 번째 가로 무늬가 곧게 나타나 한쪽으로 굽지 않으면, 바로 '왕'자 문양이 된다. 비록 수백 수천 마리를 잡는다 해도, 그중 한두 마리밖에 되지 않는다. 혹여 사람이 그것을 잡으면 다른 거북들도 모두 그것을 따른다. 잡은 사람이 이를 보물처럼 숨기기에 점을 치는 데 사용하지 않는다. 매번 점을 칠 때면 거북들 사이에 두고서 축원을 올리지만, 다른 거북들도 모두 영험한 기운이 있기에, 그 배 아래에 직선 무늬가 있으면 이를 '천리로'라고 한다. 오행상 갈라져서 생긴 문양은 모두 '천리로'를 기준으로 삼는다. 무릇 문양의 끝이 위로 '천리로'를 향하고 아래로 밖을 향하는 것을 '금조'라고 한다. 문양의 끝이 위로 밖을 향하고 아래로 '천리로'를 향하는 것을 '화조'라고 한다. 문양이 수직으로 나타나면 '목조'라고 하고, 평행으로 나타나면 '토조'라고 하고, 아래로 드리우면서 가느다란 것은 '수조'라고 한다. 무릇 '금조'가 길게 생기면 좋은 금속의 단단함을 상징하고, 짧게 생기면 납이나 주석의 부드러움을 상징한다. '화조'가 길게 생기면 광명이 크게 빛을 발하는 것을 상징하고, 짧게 생기면 그을음이나 재를 상징한다. '목조'가 길게 생기면 배 젓는 노나 숲의 나무를 상징하고, 짧게 생기면 잔가지가 매마른 것을 상징한다. '토조'가 길게 생기면 산릉이나 언덕을 상징하고, 짧게 생기면 진흙이나 먼지를 상징한다. '수조'가 길게 생기면 장 강・바다・회수・황하 같은 큰 물을 상징하고, 짧게 생기면 물웅 덩이의 어둡고 얕은 곳을 상징한다. 옛날에 (춘추시대) 송宋나라 원군(원공元公)이 꿈을 꾸자, 어떤 사람이 나타나 머리를 풀어헤 친 채 "저는 장강을 위해 황하의 수신인 하백에게 사신으로 가 던 중이었는데, 어부 예차라는 사람이 저를 사로잡았습니다"라고 하였다. 원군이 그래서 예차에게 자초지종을 묻자, 예차가 다섯 자 짜리 흰 거북을 원군에게 바쳤다. 원군이 그것을 얻었다가 버 리려 하자, 위평이 그것을 갈라서 점을 치겠다고 요청하였지만, 일흔 번을 뚫어도 점괘는 나오지 않고 내장을 가르는 환난만 피 할 수 없었다. 이처럼 지혜로도 모르는 것이 있고, 신령으로도 미칠 수 없는 것이 있는 법이다. ≪사기・귀책열전龜策列傳≫권1 28에 "신령한 거북은 장강에서 난다. (강서성) 여강군에서는 해 마다 한 자 두 치 되는 거북을 20마리 잡아서 태관에게 보내면 길일을 잡아 그 껍질을 벗겨낸다. 거북은 천 년을 살아야 비로소 길이가 한 자 두 치까지 자란다"고 하였다. 한편 '서筮'는 시초의 일종으로 천 년을 살고서 줄기가 백 개까지 자란다. ≪역경≫에 서는 그것을 술수의 재료로 삼았는데, 천자의 시초는 길이가 아 홉 자이고, 제후의 시초는 길이가 일곱 자이며, 대부의 시초는 길이가 다섯 자이고, 사의 시초는 길이가 세 자이다. 시초가 자 라서 줄기 백 개를 채우면 그 위로 구름이 뒤덮고 그 아래로 거 북이 지키는데, ≪역경≫을 통해 시초점을 치는 사람은 반드시 점술용 시초를 50개 손에 잡는다. ≪역경・계사상≫권11에 "대

연의 수치는 50이지만, 실제로 사용하는 것은 49이다"라고 하였
다. '연衍'은 천지의 수치로서 의지하는 바가 50이다. 49는 수치
의 극치이다. 그중 하나를 사용하지 않는 것은 사용하지 않는 것
을 쓰임새로 여기는 것이 대개 천지의 마음이기 때문이다. 천지
의 바탕이란 천지가 고요와 무위를 근본으로 여긴다는 말인데,
그중 하나를 사용하지 않는 것이 바로 고요의 의미이다. 그래서
≪역경·복괘≫권5에 "복괘는 천지의 본심을 구현하는 것이리
라!"라는 말이 있다. 이에 대해 (삼국 위魏나라) 보사輔嗣 왕필王
弼은 주에서 "천지는 비록 거대해서 만물이 풍부하지만, 우레가
치고 바람이 불어 운행상 온갖 변화가 일어나면 조용히 무의 상
태에 이르니, 이것이 바로 그 근본이다. 천지가 나뉘어 둘로 되
는 것은 (음양의) 양괘를 본받은 것이고, 하나로 통합되는 것은
(천·지·인) 삼재를 본받은 것이다. 시초를 손가락 사이에 끼는
것은 사계절을 본받은 것인데, 네 손가락 사이에 껴서 효를 만들
어낸다"고 하였다. ≪역경·계사상≫권11에 "천하의 중요한 일
을 완성하는 데 있어서 점술보다 좋은 것은 없다"고 하였다. 고
문자 '서筮'는 대개 의미상 '대나무 죽竹'을 따르면서 '무당 무巫'
를 따른다. 대나무도 시초의 일종이다. '무'라는 말은 춤을 뜻하
는데, 춤으로 신을 강림케 하기에, 이를 '무'라고 하는 것이다.
'무'자는 양쪽 소매를 들어서 춤을 추는 것을 본뜬 것이다.

■蘇氏演義卷下■

●急就篇[1]曰, "以竹爲書牒, 謂之簡." 釋名[2]云, "簡者, 編也, 可編錄
記事而已." 又曰, "簡者, 略也, 言竹牒之單者, 將以簡略其事. 蓋平
板之類耳."

○≪급취편≫권3에 "대나무로 글을 쓸 목판을 만들면 이를 '간簡'
(죽간)이라고 한다"고 하였다. ≪석명 · 석서釋書≫권6에서는 "
'간'은 '엮는다'는 뜻으로 기록물을 엮어서 사안을 적을 수 있는
것이다"라고 하였고, 또 "'간'은 '요약한다'는 뜻으로 낱개의 대나
무나 목판에다가 사안을 간략하게 적기 위한 것이라는 말이다.
대개 평평한 목판과 같은 부류이다"라고 하였다.

●牘者, 讀也, 以尺二寸之木爲之. 簡, 又獨也, 言單獨而用也. 既可書
而讀誦, 又執以見於尊者, 形類今之笏, 但不到其角. 荀悅漢紀[3]云,
"武帝與單于[4]書, 以尺一牘, 辭曰, '皇帝敬問單于.' 單于報以尺二
牘, 印封皆大字, 辭曰, '天地所生, 日月所置, 匈奴[5]大單于, 敬問漢
皇帝,'" 是也.

---

1) 急就篇(급취편) : 전한 사유史游가 지은 사전류辭典類의 저서로 총 4권. 당나라 안
   사고顔師古(581-645)가 주를 달았다. ≪사고전서간명목록 · 경부 · 소학류小學類≫
   권4 참조.
2) 釋名(석명) : 후한 유희劉熙가 지은 사전의 일종. 8권 20편. 음음을 통해 자의字義
   를 추구하였는데, 견강부회한 점도 있으나 고음古音과 옛 제도를 연구하는 데 중
   요한 자료적 가치가 있다. ≪사고전서간명목록 · 경부 · 소학류小學類≫권4 참조.
   위의 예문은 현전하는 ≪석명≫의 내용과 상당한 차이를 보이기에 위의 예문을 그
   대로 따른다.
3) 漢紀(한기) : 후한 때 순열荀悅(148-209)이 반고班固(32-92)의 ≪한서漢書≫를
   정리하여 편년체編年體로 쓴 역사책. 총 30권. ≪사고전서간명목록 · 사부 · 편년류
   編年類≫권5 참조.
4) 單于(선우) : 흉노족匈奴族의 왕을 일컫는 말.
5) 匈奴(흉노) : 중국 상고시대부터 북방에 살던 유목민족을 부르던 이름. 호족胡族이
   라고도 하였다. 귀방鬼方 · 훈육獯鬻 · 험윤玁狁의 후예라고도 하고, 몽고蒙古 · 돌궐
   突厥과 동일 종족이라고도 하는 등 여러 설이 있다.

○'독독牘'은 '읽을 거리'라는 뜻으로, 한 자 두 치 되는 나무로 만든
다. '간簡'은 '홀로'라는 뜻이기도 하여 단독으로 사용할 수 있다
는 말이다. 이미 글을 적어 읽거나 암송할 수 있으면서 다시 손
에 들어서 존귀한 사람을 알현하는 데 사용하는 것이기에, 형태
는 지금의 홀과 유사하지만, 단지 모서리를 깎지 않았을 뿐이다.
(후한) 순열의 ≪한기・효무孝武2≫권11에서 "(전한 때) 무제가
(흉노족 왕인) 선우에게 글을 보낼 때 한 자 한 치 되는 목판을
사용하였는데, 글에는 '황제가 선우에게 삼가 묻습니다'라는 문구
가 들어 있었다. 그러자 선우는 한 자 두 치 되는 목판으로 답장
하면서 인장이나 봉인에 모두 큰 글씨를 사용하였는데, 글에는
'천지가 낳고 일월이 내려준 흉노족의 대선우가 한나라 황제에게
삼가 묻습니다'라는 문구가 들어 있었다"고 한 것도, 바로 이를
두고 한 말이다.

●牋者, 編也. 古者書紀其事, 以竹木編次而爲之, 與此箋同義. 古文
或從前, 或從木. 又曰, "薦也, 謂書其事, 皆可薦進於尊者." 南朝[6]
上太子以牋.

○(서신의 일종인) '전牋'은 '엮는다'는 뜻이다. 옛날에 글에 사안을
적을 때 죽간이나 목판을 엮어서 만든 것이 이 '전箋'과 의미상
같다. 고문자는 의미상 '앞 전前'을 따르기도 하고, 의미상 '나무
목木'을 따르기도 하였다. 또 "'바친다'는 뜻으로, 사안을 적으면
모두 존귀한 사람에게 바칠 수 있다는 말이다"라고도 한다. 남조
때는 태자에게 글을 올릴 때 바로 이 '전'을 활용하였다.

●表者, 白也, 言其情旨表白於外也. 傳[7]曰, "下言於上, 曰表." 表者,

6) 南朝(남조) : 위진魏晉 이후로 남방의 동진東晉・유송劉宋・남제南齊・양梁나라・
   진陳나라 등의 왕조를 아우르는 말.
7) 傳(전) : 일반적으로는 경서經書의 해설서를 가리키는데, 다른 문헌에서는 출처에
   대해 ≪석명≫이라고 밝혔고, 실제로 현전하는 ≪석명・석서≫권6에 이하 예문이

本裳上之衣. 表字從毛, 下作衣. 蓋古者以羽皮爲焉. 論語云, "當暑, 袗8)絺綌9), 必表而出之," 言非私便之服. 表者, 衣上之衣. 今之言表啓10)者, 蓋披露於外也.

○(상소문의 일종인) '표表'는 '아뢴다'는 뜻으로, 자신의 감정이나 의지를 밖으로 드러내 아뢴다는 말이다. 경서의 해설서에서는 "아랫 사람이 윗 사람에게 말하는 것을 '표'라고 한다"고 하였다. '표'는 본래 하의 위에 입는 상의를 가리킨다. '표'자는 의미상 '털 모毛'를 따르고, 아래는 '옷 의衣'자로 쓴다. 대개 옛날에는 깃털이나 가죽으로 웃옷을 만들었다. ≪논어·향당鄕黨≫권10에서 "더운 여름에 칡베로 만든 홑옷을 입더라도, 반드시 겉에 덧입어 드러내야 한다"고 한 것은 사사로이 편하게 입는 옷이 아니라는 말이다. '표'는 옷 위에 덧입는 옷을 가리킨다. 오늘날 (상주문을) '표계'라고 하는 것도 아마 자신의 생각을 밖으로 드러낸다는 말일 것이다.

●檄者, 告誓之流. 史記注云11), "檄者, 皎也, 辭理皎然, 令知我意," 非也. 顏師古注急就篇曰, "以木爲書, 長三尺曰檄. 檄者, 激也, 以詞旨慷慨發動之意." 又曰, "檄, 激也. 陳琳檄魏武帝12)·祖君彦檄隋煬帝13), 皆此類焉." 戰國策14)曰, "張儀檄楚, 而始得名."

전한다.

8) 袗(진) : 홑옷으로 해 입다.

9) 絺綌(치격) : 칡베로 만든 옷. '치絺'는 가는 칡베를 뜻하고, '격綌'은 거친 칡베를 뜻한다. 아녀자가 일을 열심히 하거나 검소한 생활을 실천하는 것을 상징할 때도 있다.

10) 表啓(표계) : 상주문上奏文에 대한 총칭.

11) 云(운) : 이하 예문은 현전하는 ≪사기≫에 실리지 않았고, 다른 문헌에도 인용되지 않은 것으로 보아 일문逸文인 듯하다.

12) 陳琳檄魏武帝(진임격위무제) : 후한 말엽에 진임陳琳이 원소袁紹의 휘하에서 위왕魏王 조조曹操(무제)에게 쓴 격문을 가리키는 말로, 원문은 <원소를 위해 (하남성) 예주에 격문을 보내다(爲袁紹檄豫州)>란 제목으로 ≪문선文選≫권44에 수록되어 전한다.

13) 祖君彦檄隋煬帝(조군언격수양제) : 수隋나라 때 조군언祖君彦이 반군인 이밀李密

○(격문을 뜻하는) '격檄'은 맹서의 내용을 널리 알리는 부류의 글이다. ≪사기≫의 주에서 "'격'은 깨끗하다는 뜻으로, 말의 논리를 분명히 하여 자신의 뜻을 알린다는 말이다"라고 한 것은 틀린 말이다. (당나라) 안사고는 ≪급취편≫권4에 주를 달아 "목판에 글을 쓰되, 길이가 세 자인 것을 '격'이라고 한다. '격'은 자극한다는 말로, 글에 강개한 기상을 담는다는 뜻이다"라고 하였다. 또 "'격'은 격발한다는 뜻이다. (후한 말엽에) 진임이 위나라 무제(조조曹操)에게 보낸 격문과 조군언이 수나라 양제에게 보낸 격문이 모두 이러한 부류이다"라고 하였다. ≪전국책≫에 의하면 "(진秦나라) 장의는 초나라에 격문을 보내 이름이 알려지기 시작했다"고 한다.

●誥者, 告也, 言布告王者之令, 使四方聞之. 今言告身[15], 受其告令也.

○'고'는 알린다는 뜻으로, 군주의 명령을 널리 알려 사방에서 이를 듣게 한다는 말이다. 오늘날 '고신'이라고 하는 것은 그 포고령을 받는다는 말이다.

●觚者, 稜也. 學書之牘, 或以記事, 削木爲之. 其形或六面, 或八面, 面面皆可書, 以有稜角[16], 遂謂之觚. 今或呼小兒學書簡爲觚木. 文

의 휘하에서 양제煬帝의 열 가지 죄목을 열거하며 쓴 격문을 가리키는데, 원문은 ≪수서·조군언전≫권76이나 ≪문원영화文苑英華≫ ≪수문기隋文紀≫ 등에 모두 실리지 않은 것으로 보아 실전된 듯하다.

14) 戰國策(전국책) : 주周나라 때 전국시대 역사를 각 제후국별로 서술한 사서史書. 후한 고유高誘의 주가 있으나 실제로는 송나라 요굉姚宏이 보충한 것도 있다. 제2-4권과 제6-10권은 고유의 원주原注이고, 나머지 제1·5권은 요굉의 보주補注이다. 총 33권. ≪사고전서간명목록·사부·잡사류雜史類≫권5 참조. ≪전국책≫ 원전에는 '격檄'이란 한자가 등장하지 않는다. 따라서 이하 예문은 원문을 인용한 것이 아니라 내용을 축약한 것일 뿐이다.

15) 告身(고신) : 관원을 임명할 때 주는 사령장辭令狀을 일컫는 말.

16) 稜角(능각) : 모서리나 가시처럼 생긴 물건을 이르는 말.

選17)又云, "操觚進牘," 急就篇云, "奇觚18)與衆異," 皆此義耳. 或云, "觚者, 筆類," 誤也. 班固賦曰19), "上觚稜20)而栖金爵." 此乃闕角者也. 文字音義21)云, "觚者, 酒器, 受二升." 論語注, "禮器一升曰爵, 三升22)曰觚." 爲筆者, 誤也.

○(목판의 일종인) '고觚'는 모서리란 뜻이다. 공부할 때 글을 쓰는 목판은 간혹 내용을 기록하기 위해 사용하는데, 나무를 깎아서 만든다. 그 형태는 어떤 것은 6면을 갖추고, 어떤 것은 8면을 갖추기도 하는데, 면마다 모두 글을 적을 수 있으면서 모서리를 지니기에 '고'라고 하는 것이다. 오늘날 혹자는 아이들이 공부하면서 글을 쓰는 죽간을 '고목'으로도 부른다. ≪문선≫에서 또 "목판을 가져다가 바친다"고 하고, ≪급취편≫권1에서 "(이 책 ≪급취편≫은) 기이한 내용을 담은 목판이기에 다른 것과는 다르다"고 한 것도 모두 이러한 의미이다. 혹자가 "'고'는 붓의 종류이다"라고 한 것은 틀린 말이다. (후한) 반고는 (<섬서성 장안 서도西都를 읊은 부賦>에서) "모서리 위로는 금봉황이 깃들어 있

---

17) 文選(문선) : 남조南朝 양梁나라 무제武帝 소연蕭衍(464-549)의 맏아들인 소명태자昭明太子 소통蕭統(501-531)이 역대의 시·부賦·산문 등을 모아 엮은 시문詩文 선집選集. 원래는 30권이었으나 현재는 60권본으로 전한다. 당나라 이선李善이 주를 단 ≪이선주문선≫과 여연제呂延濟·유양劉良·장선張銑·여향呂向·이주한李周翰 등 5인이 주를 단 ≪오신주문선≫ 및 이의 합본인 ≪육신주문선六臣註文選≫의 3종이 있다. ≪사고전서간명목록·집부·총집류總集類≫권19 참조. 이하 예문 가운데 앞의 '조고操觚'는 ≪문선≫권17에 수록된 진晉나라 육기陸機의 <문부(文賦)>에 보이고, 뒤의 '진독進牘'은 ≪문선≫권13에 수록된 남조南朝 유송劉宋 사장謝莊의 <월부(月賦)>에 보이는데, 한 구절로 잘못 알고 인용한 듯하다.
18) 奇觚(기고) : 기이한 내용을 담은 서책을 이르는 말.
19) 曰(왈) : 이는 후한 반고班固(32-92)의 <(섬서성 장안) 서도를 읊은 부(西都賦)> 가운데 한 구절을 인용한 것으로 소통蕭統(501-531)의 ≪문선文選·경도京都≫권1에 전한다.
20) 觚稜(고릉) : 사물의 뾰족한 모서리를 부분을 이르는 말.
21) 文字音義(문자음의) : ≪신당서·예문지≫권57 등 서지書誌에 의하면 당나라 현종玄宗이 ≪개원문자음의開元文字音義≫ 30권을 지었다고 한 것으로 보아 아마도 이 책을 가리키는 듯하다.
22) 三升(삼승) : 원문에 의하면 '이승二升'의 오기이다.

네”라고 하였는데, 이것은 어디까지나 궁궐 건물의 모서리를 가리킨다. ≪문자음의≫에서 “‘고’는 술그릇으로 두 되를 수용한다”고 하고, ≪논어·옹야雍也≫권6의 주에서 “예기 가운데 한 되짜리를 ‘작’이라고 하고, 두 되 짜리를 ‘고’라고 한다”고 한 것으로 보아, 붓이라고 하는 것은 틀린 말이다.

● 論衡[23]曰, “斷木爲槧.” 釋名曰, “槧者, 漸也, 板長三尺者也.” 可以書紀其事. 漸者, 言當書漸漸而長也. 鉛槧者, 鉛黃[24]之用, 塗改其字. 故謂之鉛槧.

○ ≪논형·양지편量知篇≫권12에 “나무를 잘라서 (서판의 일종인) ‘참槧’을 만든다”고 하였다. ≪석명·석서釋書≫권6에서는 “‘참’은 점차라는 뜻으로, 목판의 길이가 세 자 되는 것이다”라고 하였는데, 그것으로 사안을 기록할 수 있다. ‘점차’라고 한 것은 글을 쓸 때 점차적으로 늘린다는 말이다. ‘연참’이란 연분이나 자황을 사용하여 덧씌워서 글자를 고치는 것이다. 그래서 이를 ‘연참’이라고 한다.

● 程雅[25]問曰, “堯設誹謗之木, 何也?” 答曰, “今之華表[26]木也. 以橫木交柱頭, 狀若花也. 形似桔槹[27], 大路交衢悉施焉. 或謂之表木, 以表王者納諫也, 亦以表識衢路. 秦乃除之, 漢始復修焉. 今西京[28]

---

23) 論衡(논형) : 후한 왕충王充(27-약 97)이 전한 말엽의 어지러운 시대적 상황을 배경으로 권선징악의 교훈을 밝히기 위해 지은 책. 총 30권 85편. ≪사고전서간명목록·자부·잡가류雜家類≫권13 참조.

24) 鉛黃(연황) : 서적을 교감하는 것을 이르는 말. 교감할 때 연분鉛粉과 자황雌黃을 이용한 데서 유래하였다.

25) 程雅(정아) : 진晉나라 최표崔豹의 ≪고금주≫에서 전한 동중서董仲舒에게 질의하는 인물로 등장하는데, 사서史書에 언급되지 않는 것으로 보아 우형牛亨과 함께 최표崔豹가 설정한 가공의 인물인 듯하다.

26) 華表(화표) : 궁궐이나 성벽·성문·다리·능묘 앞에 세워 놓는 커다란 장식용 돌기둥을 뜻하는 말.

27) 桔槹(길고) : 물을 긷는 데 사용하는 기계 장치를 이르는 말. 두레박의 일종.

謂之交午木."(按, 此條見古今注29).)

○(전한 때) 정아가 물었다. "(당나라) 요왕이 비방하는 말을 적을 수 있는 목판을 설치한 것은 어째서입니까?" 그러자 (동중서가) 대답하였다. "오늘날의 화표라는 목판이네. 횡목을 기둥에 교차하는데, 모양이 꽃봉오리처럼 생겼다네. 형상은 두레박과 유사하고 큰 길이나 교차로에 모두 설치하네. 간혹 이를 '표목'이라고 부르는 것은 왕이 간언을 받아들인다는 뜻을 나타내기 위해서라네. 또 길의 표지를 알리는 데도 사용한다네. 진나라 때는 이를 없앴다가 한나라 때 다시 설치하기 시작했는데, 오늘날 (섬서성 장안) 서경에서는 이를 '교오목'이라고 부른다네."(살펴보건대 이 조항은 ≪고금주≫권하에도 보인다.)

●五明扇30), 舜作也. 舜廣開視聽, 求賢爲輔, 故作. 秦漢公卿31)士大夫32), 皆得用之. 魏晉以後, 非乘輿33), 不得用矣.(按, 此條見古今注.)

---

28) 西京(서경) : 전한前漢과 당나라 때 도읍지인 섬서성 장안長安의 별칭. 송나라 때는 하남성 낙양洛陽이 개봉開封(변경汴京)의 서쪽에 있었기에 낙양을 지칭하기도 하였다.

29) 古今注(고금주) : 진晉나라 때 최표崔豹가 사물의 명칭을 고증하는 내용을 담은 책. 총 3권. ≪사고전서간명목록·자부·잡가류雜家類≫권13 참조.

30) 五明扇(오명선) : 의장용 부채의 하나. 우虞나라 순왕舜王이 당唐나라 요왕堯王에게 왕위를 선양받은 뒤 만든 부채로서 '시야를 넓혀 현신賢臣을 널리 구한다'는 의미에서 유래하였다고 한다.

31) 公卿(공경) : 중국 고대 조정의 최고위 관직인 삼공三公과 구경九卿. 결국은 모든 고관에 대한 총칭이다. '삼공'은 시대마다 차이가 있는데, 주周나라 때는 태사太師·태부太傅·태보太保를 지칭하였고, 진秦나라 때는 승상丞相·어사대부御史大夫·태위太尉를 지칭하였으며, 한나라 때는 진나라의 제도를 답습하다가 애제哀帝와 평제平帝 때에 대사마大司馬·대사도大司徒·대사공大司空을 지칭하였으며, 후대에는 태사太師·태부太傅·태보太保를 '삼사三師'로 승격시키고 대신 태위太尉·사도司徒·사공司空을 '삼공'이라고 하기도 하였다. '구경'의 칭호도 시대마다 명칭과 서열에 차이가 있는데, 한나라 때는 태상太常·광록훈光祿勳·위위衛尉·태복太僕·정위廷尉·홍려鴻臚·종정宗正·대사농大司農·소부少府를 '구경'이라 하였고, 수당隋唐 이후로는 구시九寺, 즉 태상太常·광록光祿·위위衛尉·종정宗正·태복太僕·대리大理·홍려鴻臚·사농司農·태부太府의 장관을 '구경'이라고 하였다.

32) 士大夫(사대부) : 주周나라 때 신분 구분인 공公·경卿·대부大夫·사士에서 유래한 말. 삼공三公과 구경九卿 아래로 상대부上大夫·중대부中大夫·하대부下大夫가

○'오명선'은 (우虞나라) 순왕이 만든 것이다. 순왕은 여론을 활짝 열어 현인을 구해서 자신을 보좌케 하려고 이것을 만들었다. 진 나라와 한나라 때는 공경과 사대부들도 모두 이를 사용할 수 있 었으나, (삼국) 위나라와 진나라 이후로는 황제가 아니면 이를 사용할 수 없었다.(살펴보건대 이 조항은 ≪고금주≫권하에도 보인다.)

● 鹵者, 鼓也, 簿者, 部也, 謂鼓駕成於部伍[34]者也. 古文 **鹵**(音鹵)字, 象鹽田之形. 安定[35]有鹵縣, 蓋西方之鹹地也. 鹵字與西字, 上文同 類. 蔡邕獨斷[36]云, "鹵簿以備大駕[37], 他不常用." 古文 **鹵**(音西)字, 亦有如是作者.

○'노鹵'는 북을 뜻하고, '부簿'는 부대를 뜻하는 말로, 수레에 북을 설치해 군대를 완성한다는 말이다. 고문자 '**鹵**'(음은 '노'이다)는 염 전의 모양을 본뜬 것이다. (감숙성) 안정군에 노현이 있는 것은 아마도 서방의 염지라는 뜻일 것이다. '노鹵'자와 '서西'자는 위의 문형이 서로 같다. (후한) 채옹의 ≪독단≫권하에 "'노부'는 황제 의 수레인 대가에 구비하기 위한 것이라서 다른 때는 상용하지 않는다"고 하였다. 고문자 '**鹵**'(음은 '서'이다) 역시 이처럼 만든 측 면이 있다.

있고, 그 밑으로 다시 상사上士와 중사中士・하사下士가 있었다. 후대에는 벼슬아 치나 선비에 대한 범칭으로 쓰였다.
33) 乘輿(승여) : 황제의 수레. 황제의 대칭代稱으로도 쓰였다.
34) 部伍(부오) : 군대를 이르는 말. '부部'와 '오伍' 모두 군대의 편제를 뜻하는 말인 데서 유래하였다.
35) 安定(안정) : 감숙성의 속군屬郡 이름.
36) 獨斷(독단) : 후한 때 채옹蔡邕(133-192)이 옛 제도를 고찰하여 기록한 책으로 총 2권. 반고班固(32-92)의 ≪백호통의白虎通義≫ 및 응소應劭의 ≪풍속통의風俗 通義≫와 함께 전한 때 학술과 제도를 연구하는 데 중요한 자료로 평가된다. ≪사 고전서간명목록・자부・잡가류雜家類≫권13 참조.
37) 大駕(대가) : 황제가 행차할 때의 의장을 이르는 말. 한나라 이후로 그 규모에 따 라 대가大駕・소가小駕・법가法駕가 있었다.

●五輅[38]衡[39]上金雀者, 朱鳥[40]也. 口銜鈴, 鈴謂鑾, 所謂和鑾[41]也. (按, 原本脫此五字, 据古今注校增.) 禮[42]云, "行, 前朱雀." 或謂朱鳥者, 鸞鳥也. 前有鸞鳥, 故謂之鸞, 鸞口銜鈴, 故謂之鸞鈴. 今或爲鑾, 事一而義異也.(按, 此條見古今注.)

○황제의 수레 가로막대 위에 설치하는 '금작'은 주조의 형상으로 만든다. 입에 방울을 물리면서 방울을 '난'이라고 하는데, 이른바 '화란'이라는 것이다.(살펴보건대 원본에는 이 다섯 자가 누락되어 있기에, 《고금주》권상의 기록에 근거해 바로잡아 보탠다.) 《예기·곡례상曲禮上》 권3에서 "출행할 때는 주작을 앞에 세운다"고 하였다. 혹 '주조' 라고 하는 것은 난새를 가리킨다. 앞에 난새를 세우기에 이를 '난'이라고 하고, 난새의 입에 방울을 물리기에 이를 '난령'이라고 한다. 지금은 '난鑾'으로도 쓰는데, 고사는 동일하지만 의미하는 바가 다르다.(살펴보건대 이 조항은 《고금주》권상에도 보인다.)

●金斧, 黃鉞[43]也. 三代[44]通制, 用之以斷斬. 今以金斧黃鉞爲乘輿之 飾. 武王以黃鉞斬紂頭, 故王者以爲戒. 大將軍出征, 特加黃鉞者, 以銅爲之, 以黃金塗刃及柄, 不得純金也. 得賜黃鉞, 則斬持節[45]將

---

38) 五輅(오로) : 천자가 타는 다섯 종류의 수레, 즉 옥로玉輅·금로金輅·상로象輅· 혁로革輅·목로木輅를 말한다. '로輅'는 수레를 뜻하는 말로서 '로路'로도 쓴다.

39) 衡(형) : 수레에 설치하는 가로막대를 이르는 말. '형衡'은 '횡橫'과 통용자.

40) 朱鳥(주조) : 전설상의 상서로운 동물이자 남방의 신. '주작朱雀' '주봉朱鳳' '주작 朱爵'이라고도 한다.

41) 和鑾(화란) : 수레에 단 방울을 뜻하는 말. '화和'와 '란鑾' 모두 방울을 뜻한다. '란鑾'은 '란鸞'으로도 쓴다.

42) 禮(예) : 예법과 관련한 기본 정신을 서술한 책인 《예기禮記》의 본명. 전한 선 제宣帝 때 대덕戴德이 정리한 85편의 《대대예기大戴禮記》와 대덕의 조카인 대 성戴聖이 정리한 49편의 《소대예기小戴禮記》가 있는데, 오늘날 '예기'라고 하는 것은 후자를 가리킨다. 《주례周禮》 《의례儀禮》와 함께 '삼례三禮'라고 한다.

43) 黃鉞(황월) : 황금으로 만들고 자루가 긴 도끼를 이르는 말. 천자의 의장儀仗에 쓰였다.

44) 三代(삼대) : 하夏나라·상商나라·주周나라를 아우르는 말.

45) 持節(지절) : 부절符節, 혹은 이를 행사하는 권한이나 벼슬을 가리키는 말. 위진 魏晉 이후로 지절·사지절使持節·가지절假持節·가절假節 등이 있었는데, 자사刺

也.(按, 此條見古今注.)

○'금부'는 황금으로 만든 도끼이다. 하나라·상나라·주나라 때 통용된 제도에 의하면, 죄인의 목을 베는 데 이를 사용하였다. 지금은 황금으로 만든 도끼를 황제가 타는 수레의 장식품으로 활용하고 있다. (주나라) 무왕이 황금으로 만든 도끼로 (은나라 마지막 폭군인) 주왕을 참살하였기에, 천자는 이를 경계거리로 삼는다. 대장군이 출정하면서 특별히 황색 도끼를 보낼 때는 구리로 그것을 만들고, 황금으로 도끼날과 자루를 도금할 뿐 순금을 사용하지는 않는다. 황금으로 만든 도끼를 하사받는다면 부절을 지닌 장수도 참살할 수 있다.(살펴보건대 이 조항은 ≪고금주≫권상에도 보인다.)

●鍠46), 秦制也. 今乘輿·諸公·王·妃·主47)通建焉.(按, 古今注云, "秦始皇改鐵鉞作鍠.")

○(도끼의 일종인) '황鍠'은 진나라 때 제품이다. 오늘날에는 황제와 여러 재상·제후·왕비·공주 등도 통상 이를 수레에 세운다. (살펴보건대 ≪고금주≫권상에서는 "진나라 시황제가 쇠로 만든 도끼를 '황'으로 개작하였다"고 하였다.)

●鐵斧, 玄鉞48)也. 諸公王得建之. 太公49)以玄鉞斬妲己50), 故婦人

史나 태수太守가 군대를 동원할 수 있는 권한을 나타낸다. 당나라 때 절도사節度使가 생겨 폐지되면서 절도사의 별칭으로 쓰이기도 하였다.

46) 鍠(굉) : 날이 세 개 달린 검처럼 생긴 도끼를 이르는 말.

47) 妃主(비주) : 왕비와 공주를 아우르는 말. '비妃'는 정1품에 해당하는 천자의 첩실이나 제후의 적처를 가리킨다.

48) 玄鉞(현월) : 검은 빛이 도는 도끼. 참형斬刑에 쓰는 도구를 가리키는 말로 혹독한 형벌을 상징한다.

49) 太公(태공) : 주周나라 문왕文王의 스승이자 무왕武王 때 재상인 여상呂尙의 별칭. '태공'은 부친에 대한 존칭으로 문왕이 여상을 만나 "우리 선친께서 그대를 기다린 지 오래되었소(吾太公望子, 久矣)"라고 말한 데서 '태공망太公望'이란 별칭이 생겼고, 무왕武王이 재상에 임명하고서 '부친처럼 모셨다'는 의미에서 여상의 성을 붙여 '강태공姜太公'으로도 불렀다. 제齊나라를 봉토로 받았다. ≪사기·제태공세

以爲戒. 漢制, 諸公亦建玄鉞, 以太公秉之, 助武王斷斬, 故爲諸公之節焉.(按, 古今注, 連上金斧爲一條, 而句亦小異.)

○'철부'는 검은 빛이 도는 쇠로 만든 도끼이다. 여러 재상과 제후들이 그것을 세울 수 있다. (주나라) 강태공이 검은 빛이 도는 쇠로 만든 도끼로 (은나라 주왕의 애첩인) 달기를 참살하였기에, 부녀자가 이를 경계거리로 삼는다. 한나라 때 제도에 의하면 재상들도 검은 빛이 도는 쇠로 만든 도끼를 세웠는데, 강태공이 그것을 손에 쥐고서 무왕을 도와 주왕의 목을 베었기에, 재상의 장식품으로 삼은 것이다.(살펴보건대 ≪고금주≫권상에서는 위의 '금부'와 연결시켜 하나의 조항으로 만들었지만, 문구는 약간 다르기도 하다.)

●節者, 操也, 瑞信51)也, 謂持節必盡人臣之節操耳. 又曰, "制也," 言使臣仗節制52), 置於四方. 節之始制, 三禮義宗53)曰, "長一尺二寸." 春秋54), "握節而死"者, 蓋此節也. 秦漢已還, 易之旌幢之形, 其制漸長數尺餘. 出使之臣節, 盛於碧油囊, 令啓路者, 雙持於馬上, 天子之命節制於闑55)外也. 及高宗, 改刺史爲節度使56). 漢蘇武陷匈奴中十九年, 長執漢節, 據此, 豈能長大乎? 古文𦐂(音節)字, 蓋象古之節, 有符合之象. 印篆文𤰞字, 從爪(則絞反)從巴. 印者, 信也. 爪者, 手也, 謂執政57)之所持. 古之諸侯, 裂地而封, 皆佩所封之印.

가≫권32 참조.

50) 妲己(달기) : 상商(은殷)나라 마지막 폭군인 주왕紂王의 총희寵姬.

51) 瑞信(서신) : 천자가 제후를 책봉할 때 신표로 주는 부신符信을 이르는 말.

52) 節制(절제) : 절도사節度使가 되어 지방을 관할하는 것을 이르는 말.

53) 三禮義宗(삼례의종) : 남조南朝 양梁나라 최영은崔靈恩이 삼례인 ≪예기≫ ≪의례≫ ≪주례≫에 대해 쓴 해설서. 총 20권. ≪수서·경적지≫권32 참조.

54) 春秋(춘추) : 주周나라 춘추시대 때 역사를 기록한 ≪춘추경春秋經≫. 오경五經의 하나로 지금은 해설서인 ≪좌전左傳≫ ≪곡량전穀梁傳≫ ≪공양전公羊傳≫으로 전한다.

55) 闑(곤) : 성문城門이나 궁문宮門을 뜻하는 말.

56) 節度使(절도사) : 당송唐宋 때 한 도道나 여러 주州의 군사·민정·재정 등을 관할하던 벼슬. 송 이후로는 실권이 없이 직함만 있었다.

57) 執政(집정) : 조정의 고관高官에 대한 총칭인 집정관執政官을 이르는 말.

其當代位者, 皆傳所司之印, 則古者持節, 類於持印. 夫守國者用王節, 守都鄙58)者用角節, 使山國者用虎節, 使土國者用人節, 使澤國者用龍節, 門關用符節, 貨賄用璽節59), 道路用旌節, 此皆節之等制也. 三禮義宗云, "天子以圭爲節. 天子大圭, 尺有二寸, 以四鎭60)之山爲飾也." 尺二寸者, 法十二辰61)也. 上公62)鎭桓圭63)九寸, 侯鎭信圭七寸, (伯64)鎭躬圭七寸,) 子鎭穀圭五寸, 男鎭蒲圭五寸. 凡諸侯之圭璧65), 各依其命數66)大小也. 謂之鎭者, 皆受之於天子, 以爲瑞信, 鎭撫國家也. 皆謂之命圭者, 言皆受命而得. 故朝覲宗遇67)則執焉. 夫瑞節68)者有五種, 一曰鎭圭, 二曰牙璋, 三曰穀圭, 四曰琬圭, 五曰剡圭. 鄭玄云, "邦節69)者有五種, 用之鎭圭, 以鎭守邦國, 牙璋以起軍旅." 牙, 齒也, 是兵之象. 穀圭則用和歡聘女也, 上飾禾稼之象. 琬圭無鋒角, 象文德也, 以治德結好用之. 剡圭有鋒芒, 象

---

58) 都鄙(도비) : 도읍과 시골. 전의되어 온 나라를 뜻한다.
59) 璽節(새절) : 통상을 허가하기 위해 도장을 찍은 부절을 이르는 말.
60) 四鎭(사진) : 사방의 네 중요한 산인 동진東鎭 기산沂山·남진南鎭 회계산會稽山·서진西鎭 오산吳山·북진北鎭 의무려산醫巫閭山을 아우르는 말.
61) 十二辰(십이진) : '자子'(쥐)부터 '해亥'(돼지)까지의 십이지十二支를 일컫는 말. 여기에 속하는 동물들을 '십이속十二屬' '십이초十二肖' '십이생초十二生肖' '십이상속十二相屬' '십이진속十二辰屬'이라고도 한다.
62) 上公(상공) : 재상 가운데 가장 직급이 높은 사람에 대한 존칭. 여기서는 공작의 작위를 가리키는 말로 쓰인 듯하다.
63) 桓圭(환규) : 천자가 제후에게 하사하는 다섯 종류의 부신符信인 오서五瑞 가운데 하나. 공작公爵에게는 환규桓圭, 후작侯爵에게는 신규信圭, 백작伯爵에게는 궁규躬圭, 자작子爵에게는 곡규穀圭(곡벽穀璧), 남작男爵에게는 포규蒲圭(포벽蒲璧)을 주었는데, 제후가 천자를 알현할 때 이것을 바쳤다가 돌아갈 때 돌려받았다고 한다.
64) 伯(백) : 문맥상으로 볼 때 이하 문구가 누락된 것으로 보이기에 첨기한다.
65) 圭璧(규벽) : 조회나 제사 때 사용하는 홀에 대한 총칭. 사각형의 홀을 '규圭'라고 하고, 반원형의 홀을 '벽璧'이라고 한다.
66) 命數(명수) : 관작官爵의 등급을 이르는 말. 주周나라 때는 '구품九品'을 '구명九命'이라고 하였다.
67) 朝覲宗遇(조근종우) : 신하가 천자를 알현하는 일을 아우르는 말. ≪주례·춘관春官·태종백大宗伯≫권18에 의하면 봄에 알현하는 것을 '조朝', 여름에 알현하는 것을 '종宗', 가을에 알현하는 것을 '근覲', 겨울에 알현하는 것을 '우遇'라고 하였다.
68) 瑞節(서절) : 옥으로 만든 부절符節을 이르는 말.
69) 邦節(방절) : 천자의 나라 및 제후국의 모든 부절을 이르는 말.

傷害・征伐・誅討也. 諸侯使大夫來聘, 執以命事, 故使爲瑞節. 凡天子諸侯之使節, 尺有二寸, 有金節・玉節. 玉節爲瑞節, 行事之時所執, 以徵召四方者也. 金節者, 道路所持, 以爲信也. 人・龍・虎三節, 皆以金鑄之, 使卿大夫聘於諸侯, 乃爲行道所執之信, 則非行事之時瑞節也. 故鄭玄云, "鎭圭, 玉節. 琬圭之徒, 但云使者之瑞節, 鎭圭・琬圭之屬, 是也. 二者使節, 龍・虎・人形, 是也. 三者符節, 旌節・管節70), 是也." 夫云, '道路用旌節, 關門用符節, 都鄙用管節,' 皆以竹爲之. 商由市者, 卽司市者與符節. 古者買符之關, 終軍棄繻71), 皆節之類也.

○'절'은 절조를 뜻하면서 부신을 뜻하는 말로, 부절을 들면 반드시 신하로서의 절조를 다해야 한다는 말이다. 또 "제도를 뜻한다"고도 하는데, 이는 사신이 부절을 지니고 사방에 파견된다는 말이다. 부절이 처음 제작된 것과 관련해 ≪삼례의종≫에서는 "길이가 한 자 두 치이다"라고 하였다. ≪춘추좌전・문공文公8년≫ 권18에서 "부절을 쥐고서 죽었다"고 한 것도 아마 이 부절의 의미일 것이다. 진나라와 한나라 이래로 그것을 깃발의 형태로 바꾸면서, 그 제품은 점차 몇 자가 넘게 길어졌다. 사신으로 나가는 신하는 부절을 기름칠한 벽색 주머니에 담아 길을 안내하는 사람에게 말 위에서 양손에 들게 하는데, 천자가 주는 부절은 궁궐 밖에서 제작된다. (당나라) 고종 때에 이르러서는 자사를 절도사로 개칭하였다. 전한 소무는 흉노족 땅에 19년 동안 억류당했을 때 언제나 한나라 부절을 손에 쥐고 있었으니, 이에 의거하면 어찌 길고 클 수 있었겠는가? 고문자 '卪'(음은 '절'이다)은 아마

---

70) 管節(관절) : 대나무로 만든 부절을 이르는 말.

71) 棄繻(기수) : 부신을 버리다. '수繻'는 한나라 때 관문 통행 시 발급하던 비단으로 만든 부신을 뜻한다. 전한 때 사람 종군終軍(?-B.C.112)이 관문을 통과할 때 문지기가 비단 신표인 '수繻'를 발행하자 이를 던지며 '출세하지 않으면 돌아가지 않을 것이기에 수를 사용할 일이 없다'고 비장한 각오를 보인 고사가 ≪한서・종군전≫ 권64에 전한다.

도 고대의 부절을 본뜬 것이라서 부합하는 형상을 띠고 있었을 것이다. '도장 인印'자는 전서체로 '爪巴'인데, 의미상 '손톱 조爪' ('爪'의 음은 '즉'과 '교'의 반절음이다)를 따르면서 '꼬리 파巴'를 따른 다. '인'은 신뢰를 뜻하고, '조'는 손을 뜻하므로, 고관이 손에 지 닌다는 말이다. 옛날 제후들은 땅을 쪼개 봉해지면서 모두 봉국 의 도장을 허리에 찼다. 그중 지위를 대신할 일을 담당하는 이들 은 모두 관할 도장을 전달받았으므로, 옛날에 부절을 손에 드는 것은 도장을 손에 드는 것과 같았다. 무릇 도성을 지키는 자는 옥으로 만든 부절을 사용하고, 각 지방을 지키는 자는 뿔로 만든 부절을 사용하고, 산이 많은 나라에 사신으로 가는 자는 호랑이 가 새겨진 부절을 사용하고, 평지가 많은 나라에 사신으로 가는 자는 사람이 새겨진 부절을 사용하고, 연못이 많은 나라에 사신 으로 가는 자는 용이 새겨진 부절을 사용하고, 성문이나 관문에 서는 대나무로 만든 부절을 사용하고, 재물에 관한 일을 처리할 때는 도장이 찍힌 부절을 사용하고, 도로에서는 깃발로 된 부절 을 사용하는데, 이는 모두 부절의 등급과 관련한 제도이다. ≪삼 례의종≫에서는 "천자는 홀을 부절로 삼는다. 천자의 큰 홀은 길 이가 한 자 두 치인데, 사방의 중요한 산을 새겨넣는다"고 하였 다. 한 자 두 치는 십이진을 본받은 것이다. 공작이 진수할 때는 아홉 치 되는 '환규'를 받고, 후작이 진수할 때는 일곱 치 짜리 '신규'를 받고, (백작이 진수할 때는 일곱 치 짜리 '궁규'를 받고,) 자작이 진수할 때는 다섯 치 짜리 '곡규'를 받고, 남작이 진수할 때는 다섯 치 짜리 '포규'를 받는다. 무릇 제후의 홀은 각기 그 품계의 크기에 의거한다. '진鎭'이라고 말하는 것은 모두 천자로 부터 받아서 부신으로 삼아 국가를 진수하기 때문이다. 그것을 모두 '명규'라고 말하는 것은 모두 황명을 받아서 얻는다는 말이 다. 그래서 천자를 알현할 때 그것을 손에 쥔다. 옥으로 만든 부 절에는 다섯 가지 종류가 있는데, 첫 번째는 '진규'라고 하고, 두 번째는 '아장'이라고 하고, 세 번째는 '곡규'라고 하고, 네 번째는 '완규'라고 하고, 다섯 번째는 '섬규'라고 한다. (후한) 정현은 "부신에는 다섯 종류가 있는데, '진규'를 사용하여 나라를 진수하고, '아장'을 사용하여 군대를 일으킨다"고 하였다. '아꼬'는 이빨을 뜻하는 말로 병기의 형상이다. '곡규'는 즐거운 마음으로 여인을 부를 때 사용하기에, 위에 곡식의 형상을 장식한다. '완규'는 날카로운 모서리가 없어 문덕을 상징하기에, 덕업을 닦거나 우호 관계를 맺을 때 사용한다. '섬규'는 날카로운 모서리가 있어 상해·정벌·주살 따위를 상징한다. 제후는 대부를 보내 인사를 올릴 때 그것을 손에 들고서 일을 처리하기에, 그에게 부신을 지니게 한다. 무릇 천자와 제후의 사신이 지니는 부절은 길이가 한 자두 치인데, 금으로 만든 부절과 옥으로 만든 부절이 있다. 옥으로 만든 부절이 '서절'인데, 일을 거행할 때 손에 드는 것으로 사방의 사람들을 부를 때 사용한다. 금으로 만든 부절은 도로에서 손에 들어 신뢰를 나타낸다. '인절' '용절' '호절' 세 가지는 모두 금으로 주조하여 경이나 대부를 시켜 제후에게 인사를 올릴 때 사용하는데, 바로 길에 올랐을 때 손에 쥐는 신표이기에 일을 거행할 때의 '서절'이 아니다. 그래서 정현은 "'진규'는 옥으로 만든 부절이다. '완규' 등은 단지 사자의 서절을 말하는데, '진규' '완규' 따위가 그것이다. 두 번째는 사신의 부절인데, 용이 새겨진 부절이나 호랑이가 새겨진 부절, 사람이 새겨진 부절이 그것이다. 세 번째는 일반적인 부절인데, 정절·관절이 그것이다"라고 하였다. 무릇 '도로에서는 깃발로 된 부절을 사용하고, 성문이나 관문에서는 대나무로 만든 부절을 사용하고, 각 지방에서는 대롱으로 만든 부절을 사용한다'고 한 것은 모두 대나무로 만든 것이다. 상인이 저자를 경유하면 저자를 감독하는 사람이 부절을 주었고, 옛날에 부절을 파는 관문에서 (전한) 종군이 비단 신표를 버렸는데, 모두가 부절의 종류들이다.

●牛亨72)問, "冕旒以繁露73)者, 何?" 答曰, "綴玉而下, 重如繁露
也."(按, 此條見古今注. 綴玉而下句, 古今注作綴珠垂下.)

○(전한 때) 우형이 물었다. "면류관에 구슬꿰미를 사용하는 것은
어째서입니까?" 그러자 (동중서가) 대답하였다. "구슬을 꿰어서
아래로 늘어뜨리면, 마치 이슬방울들처럼 겹쳐 보이기 때문이라
네."(살펴보건대 이 조항은 ≪고금주≫권하에도 보인다. '철옥이하綴玉而下' 구
절이 ≪고금주≫권하에는 '철주수하綴珠垂下'로 되어 있다.)

●今人以朱衣74)爲朱紱75), 乃大誤也. 夫紱者, 必也. 韠者, 蔽也. 鄭
玄云, "太古蔽膝76)之象, 冕服77)謂之紱. 其他謂之韠, 皆以韋爲之.
故曰, '蔽韋韠也.'" 急就篇云, "襌(音單)衣, 蔽膝也." 顔師古注云,
"亦謂之襜. 詩云'赤韍,' 在膝之服." 徐廣車服儀制78)曰, "古者韍,
今之蔽膝也. 明堂位79)曰, '有虞氏80)始服韍.' 鄭云, '韍, 冕服之蔽,
舜始作也, 以尊祭服.' 昔先王食鳥獸之肉, 衣81)其羽皮, 而韍字遂從

---

72) 牛亨(우형) : 최표의 ≪고금주≫에 전한 동중서董仲舒(B.C.179-B.C.104)에게 질
   의하는 인물로 등장하는 것으로 보아 동중서의 제자인 듯하나 상세한 것은 알려지
   지 않았다. 가공의 인물일 가능성도 배제할 수 없을 듯하다.
73) 繁露(번로) : 면류관의 앞뒤로 늘어놓은 구슬꿰미를 뜻하는 말. 글을 조리있게 작
   성하는 것을 비유할 때도 있다.
74) 朱衣(주의) : 붉은 관복을 뜻하는 말로 신분이 높은 사람을 상징한다. 시대마다
   차이는 있으나 보통 1품 재상은 주의朱衣를, 3품 이상 고관은 자의紫衣를, 5품 이
   상 고관은 비의緋衣를, 비교적 직급이 낮은 7품 이상 관리는 녹의綠衣를, 9품 이
   상 관리는 청의靑衣를 입었다. 또한 비위를 저지른 관리를 탄핵하던 어사御史가
   주의를 입은 때도 있었다. '의衣'는 '복服'으로도 쓴다.
75) 朱紱(주불) : 고관의 예복에 구비하는 무릎덮개를 이르는 말. 고관의 인끈을 가리
   킬 때도 있다.
76) 蔽膝(폐슬) : 예복이나 제복을 입을 때 앞을 가리는 천을 이르는 말. 앞가리개.
77) 冕服(면복) : 제왕의 예복禮服인 면류관과 의복을 아우르는 말.
78) 車服儀制(거복의제) : 진晉나라 서광徐廣이 거복제도에 관해 쓴 책. ≪수서・경적
   지≫권33과 ≪구당서・경적지≫권46에 서광의 저서로 ≪거복잡주車服雜注≫만 수
   록한 것으로 보아 이 책의 별칭인 듯하다. 총 1권.
79) 明堂位(명당위) : ≪예기≫의 한 편명. '명당明堂'은 고대 제왕이 정교政敎를 펴고
   전례典禮를 행하던 곳을 가리킨다.
80) 有虞氏(유우씨) : 우虞나라 순왕舜王이나 그 왕조를 이르는 말.
81) 衣(의) : 입다. 동사이므로 거성去聲(yì)으로 읽는다.

于韋." 韋者, 皮也. 春秋正義[82]云, "戰國時以韍非兵飾, 乃去之.
漢明帝復制韍, 用赤皮. 魏晉以還, 易之以絺紗[83], 韍字遂有從糸
者." 古文市(音紱)一從市, 象市有連帶之形. 說文[84]云, "天子朱紱,
諸侯赤紱, 大夫葱衡[85]." 士無紱有帢[86].(音夾, 又音祫.) 帢字從市, 市
或從韋. 隷書從巾, 非正也. 夫缺四角, 謂之帢. 帢者, 合也, 言蔽合
於兩膝之[87]之間. 韍者, 謂於膝前紱以爲蔽. 然紱旣古之祭服, 其制
度止於皮蔽膝者也. 玉藻[88]云, "韠下廣二尺, 上廣一尺, 長三尺."
韠者, 紱也. 今蓋於袍上, 圓領小袖, 本類胡服, 卽趙武靈王好著胡
服, 是始也. 後周[89]武帝始令袍下加襴, 北齊主好衣朱衣, 婁太后[90]
崩, 高湛[91]不肯去朱袍衣素服, 是也. 隋朝, 公卿多好著黃袍. 武
德[92]四年, 制[93]令二品衣紫, 五品衣緋, 絳衣綠袍, 與紱制大相類,

---

82) 春秋正義(춘추정의) : 당나라 공영달孔穎達(574-648)이 정리한 오경五經의 해설
서인 ≪오경정의五經正義≫, 즉 ≪주역정의周易正義≫ 10권・≪상서정의尚書正義
≫ 20권・≪모시정의毛詩正義≫ 40권・≪예기정의禮記正義≫ 63권・≪춘추좌전정
의春秋左傳正義≫ 60권 가운데 하나인 ≪춘추좌전정의≫의 약칭. 좌구명左丘明이
지었다고 전하는 ≪춘추좌전春秋左傳≫에 진晉나라 때 두예杜預(222-284)가 단
주注에 대해서 공영달이 다시 상세하게 소疏를 단 것이다. ≪사고전서간명목록・
경부・춘추류≫권3 참조.

83) 絺紗(치사) : 가는 칡베로 만든 옷감을 이르는 말.

84) 說文(설문) : 후한 허신許愼(약 58-147)이 소전小篆 9,353자와 고문자古文字 11
63자에 대해 음의音義와 유래를 해설한 책인 ≪설문해자說文解字≫의 약칭. 총 30
권. ≪사고전서간명목록・경부・소학류小學類≫권4 참조. 송나라 서현徐鉉(917-9
92)이 주를 달았다.

85) 葱衡(총형) : 청색(葱)을 띤 가로 모양의 패옥(衡)을 이르는 말.

86) 帢(갑) : 겹옷의 일종. '겹袷'으로도 쓴다.

87) 之(지) : 문맥상으로 볼 때 연자衍字로 보인다.

88) 玉藻(옥조) : 천자가 쓰는 면류관冕旒冠의 장식품을 일컫는 말로 ≪예기≫의 한
편명. 천자의 복식服飾 외에 제후나 후비后妃의 복식과 예법에 관한 기록도 첨기
되어 있다.

89) 後周(후주) : 북조北朝 북주北周의 별칭. 오대五代 때 후주後周가 아니라 북조北
朝 때 북주北周를 가리킨다.

90) 太后(태후) : 황제의 모친에 대한 존칭인 '황태후皇太后'의 준말.

91) 高湛(고담) : 북조北朝 북제北齊 때 황제인 무성제武成帝의 성명.

92) 武德(무덕) : 당唐 고조高祖의 연호(618-626).

93) 制(제) : 제서制書. 삼공三公이나 상서尚書가 서명하여 각 주군州郡에 반포할 때
쓰는 조칙을 일컫는 말.

明矣.

○오늘날 사람들이 (고관의 주색 관복인) '주의'를 (고관이 입는 예복의 앞가리개인) '주불'로 여기는 것은 중대한 착오이다. 무릇 '불紱'은 '반드시'란 뜻이고, '필韠'은 '덮는다'는 뜻이다. (후한) 정현은 "태고 시절에는 앞가리개의 형태와 관련해 제왕의 예복에서는 '불紱'이라고 하고, 나머지는 '필韠'이라고 하였는데, 모두 가죽으로 만들었다. 그래서 '가죽으로 앞을 가린다'고 말하는 것이다"라고 하였다. 《급취편》권2에 "'단襌(음은 '단'이다)의'는 앞가리개이다"라고 하였는데, (당나라) 안사고의 주에서는 "'첨襜'이라고도 한다. 《시경》에서 '적불'이라고 한 것은 무릎을 덮는 의복을 가리킨다"고 하였다. (진晉나라) 서광의 《거복의제》에서는 "옛날의 '불韍'은 오늘날의 앞가리개이다"라고 하였다. 《예기·명당위》권31에 "우나라 순왕이 처음으로 앞가리개를 입었다"는 기록이 있는데, (후한) 정현은 "'불韍'은 예복을 가리기 위한 것으로, 순왕이 처음을 만들어 제복의 품격을 높였다"고 하였다. 옛날에 선왕들이 짐승의 고기를 먹고 그 깃털이나 가죽으로 옷을 해 입었기에, '불韍'자는 결국 가죽에서 비롯되었다. '위韋'는 가죽을 뜻한다. 《춘추정의·환공桓公2년》권4에 "전국시대 때는 '불韍'이 병사들의 장식물이 아니기에 그것을 제거하였다. 후한 명제 때 다시 '불韍'을 제작하면서 붉은 가죽을 사용하였다. (삼국) 위나라와 진나라 이후 가는 칡베 천으로 대체하면서 '불韍'자가 급기야 '실 사糸' 부수를 따르게 되었다"고 하였다. 고문자 '불芾'(음은 '불'이다)이 한편으로 의미상 '치마 불巿'을 따르는 것은 앞치마에 허리띠가 달린 형상을 본뜬 것이다. 《설문해자》권7에서는 "천자는 주색 앞가리개를 착용하고, 제후는 적색 앞가리개를 착용하고, 대부는 청색 패옥을 착용한다"고 하였다. 사士는 앞가리개가 없이 대신 겹옷을 입는다.('겹帢'은 음이 '겹'이면서 또한 '갑'으로도 읽는다.) '겹芾'자는 의미상 '치마 불巿'을 따르고, '불

市’은 의미상 가죽을 따르기도 한다. 예서체에서 ‘건巾’ 부수로
쓴 것은 바른 표기가 아니다. 무릇 네 모서리가 없으면 이를 ‘겹
帢’이라고 한다. ‘겹帢’은 합친다는 뜻으로 양쪽 무릎 사이를 한
꺼번에 가린다는 말이다. ‘불韍’은 무릎 앞쪽에서 치마를 가리개
로 삼은 것이다. 그러나 ‘불韍’은 고대 제복이기에, 제도상으로는
단지 가죽을 이용해서 무릎을 가리는 것에 그쳤다. ≪예기·옥조≫
권30에 “‘필韠’은 하단의 너비가 두 자이고, 상단의 너비가 한
자이며, 길이가 세 자이다”라고 하였다. ‘필韠’은 앞가리개를 뜻
한다. 지금은 도포 위에 덮는데, 목 부위는 둥글고 소매는 작으
며, 본래 호족의 복장과 유사한 것으로, 곧 (전국시대) 조나라 무
령왕이 호족의 복장을 즐겨 착용했다고 한 것도 바로 이를 가리
킨다. (북조北朝) 북주北周 무제가 처음으로 도포 아래 난삼을
덧입게 하였고, 북제의 군주들이 붉은 옷을 즐겨 입었기에, 누태
후가 사망했을 때 (무성제武成帝) 고담이 붉은 도포를 벗고 흰
상복을 입으려고 하지 않았다는 것도 바로 이를 가리킨다. 수나
라 때 공경들은 대부분 황색 도포를 즐겨 입었다. (당나라 고조)
무덕 4년(621)에는 칙명을 내려 품계가 2품인 관원에게는 자색
관복을 입게 하고, 품계가 5품인 관원에게는 비색 관복을 입게
하였으니, 붉은 색 계통의 관복과 녹색 도포도 ‘불紱’이란 제품과
무척 유사했던 것이 분명하다.

●漢舊制, 乘輿黃赤綬四采, 黃·赤·縹·紺, 淳黃爲圭94), 長二丈九
　尺九寸, 五(百95))首96). 諸侯王赤綬四采, 赤·黃·縹·紺, 淳赤圭,
　長二丈一尺, 三百首. 太皇太后97)·(皇太后98))·皇后, 皆與乘輿同.

---

94) 圭(규) : 인끈의 뭉치를 이르는 말. 실 네 가닥을 ‘부扶’라고 하고, 5부를 ‘수首’라
　고 하고, 5수를 ‘문文’이라고 하고, ‘문’의 채색이 순일한 것을 ‘규圭’라고 한다.
95) 百(백) : ≪고금주≫권상의 원문에 의하면 이 글자가 누락되었기에 첨기한다.
96) 首(수) : 도장이나 패옥을 매는 실을 세는 단위를 이르는 말.
97) 太皇太后(태황태후) : 황제의 조모에 대한 존칭.

長公主99)・天子貴人100), 與諸侯王同. 綬者, 所加也. 諸國貴人・
相國101), 皆綠綬三采, 綠・紫・紺, 淳綠圭, 長二丈一尺, 二百四十
首. 公侯・將軍, 紫綬二采, 紫白, 淳紫圭, 長一丈七尺, 百八十首.
公主・封君102), 服紫綬. 九卿103)・中二千石104)・二千石, 靑綬三
采, 靑・白・紅, 淳靑圭, 長一丈七尺, 百二十首. 自靑綬以上,
縌105)皆長三尺二寸, 與綬同采, 而首半之.(按, 此條見古今注.)

〇한나라 때 옛 제도에 의하면, 황제의 인끈인 '황적수'는 네 가지
색채인 황색・적색・옥색・감색을 띠고, 순정한 황색의 것을 '규'

---

98) 皇太后(황태후) : ≪고금주≫권상의 원문에 의하면 이 글자가 누락되었기에 첨기
    한다. '황태후'는 황제의 모친에 대한 존칭으로 '태후'로도 약칭한다.
99) 長公主(장공주) : 황제의 누이에 대한 존칭. 반면 황제의 딸은 '공주', 황제의 고
    모는 '대장공주大長公主'라고 한다.
100) 貴人(귀인) : 한나라 때 궁중의 내관內官으로서 황후皇后 다음 가는 지위였고,
    미인美人・궁인宮人・채인采人보다 신분이 높았다. ≪후한서・후기后紀≫권10 참
    조.
101) 相國(상국) : 벼슬 이름. 춘추전국시대 때는 초楚나라를 제외한 모든 나라에 재
    상을 두어 상국相國・상방相邦・승상承相이라고 하였는데, 진한秦漢 때는 승상보
    다 높았고, 후대에는 재상宰相에 대한 존칭으로 쓰였다.
102) 封君(봉군) : 공적을 세운 신하의 부인에게 하사하는 봉호를 이르는 말.
103) 九卿(구경) : 중국 고대 조정에서 삼공三公 다음 가는 최고위 관직을 이르는 말.
    시대마다 명칭과 서열에 차이가 있는데, 한나라 때는 태상太常・광록훈光祿勳・위
    위衛尉・태복太僕・정위廷尉・홍려鴻臚・종정宗正・대사농大司農・소부少府를 '구
    경'이라 하였고, 수당隋唐 이후로는 구시九寺, 즉 태상太常・광록光祿・위위衛尉・
    종정宗正・태복太僕・대리大理・홍려鴻臚・사농司農・태부太府의 장관을 '구경'이
    라고 하였다.
104) 中二千石(중이천석) : 한나라 때 봉록제도로 중이천석中二千石・이천석二千石・
    비이천석比二千石이 있었다. '중이천석'은 실제로 이천석이 넘는 반면, '이천석'은
    성수成數로서 근접한 양을 뜻하며, '비이천석'은 '이천석에 근접한다'는 뜻으로 그
    보다 적은 양을 의미한다. 이에 대해 ≪한서・평제기平帝紀≫권12 안사고顔師
    古(581-645) 주에서는 "그중 '중이천석'이라고 하는 것은 월 180휘를 뜻하고, '이
    천석'은 월 120휘를 뜻하며, '비이천석'은 월 100휘라고 한다(其稱中二千石者, 月
    百八十斛, 二千石者, 百二十斛, 比二千石者, 百斛云云)"고 설명하였다. 이를 '석石'
    으로 환산하면 '중이천석'은 2160석이 되고, '이천석'은 1440석이 되며, '비이천석'
    은 1200석이 된다. 예를 들어 구경九卿과 장수將帥는 봉록이 중이천석이고, 태수
    太守는 이천석이었다.
105) 縌(역) : 도장이나 패옥을 차는 데 사용하는 끈을 이르는 말. 여기서는 뒤의 문
    장에 의하면 후자를 가리킨다.

라고 하는데, 길이가 두 장 아홉 자 아홉 치이고 500수로 되어 있다. 제후국 군주의 인끈인 '적수'는 네 가지 색채인 적색·황색·옥색·감색을 띠고, 순정한 적색의 것을 '규'라고 하는데, 길이가 두 장 한 자이고 300수로 되어 있다. 태황태후와 황태후·황후는 모두 황제와 동일하다. 장공주나 천자의 귀인은 제후국의 군주와 동일하다. 인끈은 특별히 덧보태는 것이다. 여러 제후국의 귀인이나 상국은 모두 녹색·자색·감색의 세 가지 색채를 띠는 '녹수'를 차고, 순정한 녹색의 것을 '규'라고 하는데, 길이가 두 장 한 자이고 240수로 되어 있다. 공작이나 후작·장군의 인끈인 '자수'는 두 가지 색채인 자색과 백색을 띠고, 순정한 자색의 것을 '규'라고 하는데, 길이가 한 장 일곱 자이고 180수로 되어 있다. 공주와 봉군도 '자수'를 착용한다. 구경이나 연봉이 중이천석·이천석인 관원이 차는 인끈인 '청수'는 세 가지 색채인 청색·백색·홍색을 띠고, 순청한 청색의 것을 '규'라고 하는데, 길이가 한 장 일곱 자이고 120수로 되어 있다. '청수'를 차는 직급 이상의 관원은 패옥 끈이 모두 길이 세 자 두 치이고, 인끈과 색채가 동일한데, 실의 수치는 그 반으로 한다.(살펴보건대 이 조항은 《고금주》권상에도 보인다.)

●綟者, 古珮璲106)也. 佩綬相迎授107), 故曰綟. 紫綬以上, 綟綬之間, 得施玉環, 止玉玦108)云. 千石·六百石, 黑綬三采, 靑赤紺, 純靑圭, 長一丈六尺, 八十首. 四百石·五百石, 長同. 三百石·二百石, 黃綬一采, 淳黃圭, 長一丈五尺, 六十首. 自黑綬以下, 綟皆長三尺, 與綬同采而, 首半之. 百石, 靑紺綬一采, 婉轉繆織, 織長一丈二尺. 凡

---

106) 珮璲(패수) : 허리에 차는 패옥佩玉을 이르는 말.
107) 迎授(영수) : 신하를 맞이하여 하사하는 것을 이르는 말. '역綟'자 가운데 의부意符인 '역逆'이 '영迎'과 같은 뜻인 것과 관련이 있다는 말인 듯하다.
108) 玉玦(옥결) : 한쪽이 터진 고리 모양의 패옥을 이르는 말. 반면 터진 부분이 없는 원형의 패옥은 '옥환玉環'이라고 한다.

先合單紡109)爲一系, 四系爲一扶, 五扶爲一首, 五首成一丈, 文采淳
爲一圭. 首多者系細, 首少者系麤, 皆廣一尺六寸也. 漢末喪亂, 王
佩之法, 絶而不傳. 魏侍中110)王粲識古佩法, 始更制焉.(按, 此條見古
今注.)

○'역계'은 옛날에 허리에 차던 인끈의 일종이다. 허리에 차는 인
끈이 그것과 맞물리기에 '역'이라고 한다. '자수'를 차는 직급 이
상의 관원은 '역'과 인끈 사이에 동그란 패옥을 차되, 한쪽이 터
진 패옥을 차지 않아도 된다고 한다. 연봉이 1천석에서 6백석까
지의 관원이 차는 인끈인 '흑수'는 세 가지 색채인 청색·적색·
감색을 띠고, 순정한 청색의 것을 '규'라고 하는데, 길이는 한 장
여섯 자이고 80수로 되어 있다. 연봉이 5백석이나 4백석인 관원
의 것은 길이가 동일하다. 연봉이 3백석이나 2백석인 관원이 차
는 인끈인 '황수'는 한 가지 색채이고, 순정한 황색의 것을 '규'라
고 하는데, 길이가 한 장 다섯 자이고 60수로 되어 있다. '흑수'
를 차는 직급 이하 관원의 '역'은 모두 길이가 세 자인데, 인끈과
색채가 동일하지만, '수'는 인끈의 반으로 한다. 연봉이 1백석인
관원의 인끈인 '청수'는 한 가지 색채를 띠는데, 비비 꼬아서 짠
것으로 그 길이가 한 장 두 자이다. 무릇 먼저 홑실을 모으면 이
를 (한 가닥이란 의미에서) '1계'라고 하고, 4계를 '1부'라고 하
고, 5부를 '1수'라고 하고, 5수를 '1문'이라고 하고, '문'의 색채
가 순정하면 '1규'라고 한다. '수'가 많은 것은 가닥이 가늘어서
이고, '수'가 적은 것은 가닥이 굵어서이지만, 모두 너비는 한 자
여섯 치이다. 한나라 말엽에 세상이 어지러워지면서 패옥에 관한
법령이 끊어져 전수되지 않았다. (삼국) 위나라 때 시중을 지낸

---

109) 單紡(단방) : 홑실을 뜻하는 말.
110) 侍中(시중) : 황제의 측근에서 기거起居를 보살피고 정령政令을 집행하는 일을
     관장하는 벼슬. 진晉나라 이후로 재상의 지위에까지 오르고, 수나라 때 납언納言
     혹은 시내侍內라고 하였으며, 당송 이후로는 조정의 주요 행정 기관인 삼성三省
     가운데 문하성門下省의 수장首長이 되었다.

왕찬이 옛날 패옥에 관한 법령을 잘 알아 처음으로 제도를 고쳤
다.(살펴보건대 이 조항은 ≪고금주≫권상에도 보인다.)

●孔穎達引考工記111)云, "大圭長三尺, 天子服之," 是天子珽112)長三
尺也." 許愼云, "圭者, 上圓下方, 法天地也. 公執桓圭九寸, 侯執信
圭, 伯執躬圭, 皆七寸, 子執穀璧, 男執蒲璧, 皆五寸." 笏度長短之
異, 復與今制不同.(隋書禮儀志禮圖113)云, "笏長二尺有114)二115)寸, 中博二
寸, 其殺116)六分去一.")

○(당나라) 공영달은 ≪주례·고공기≫를 인용하여 "'대규'는 길이
가 세 자로 천자가 착용한다"고 하였는데, 이는 천자가 사용하는
홀의 길이가 세 자라는 말이다. (후한) 허신은 "'규'가 위가 둥글
고 아래가 네모지게 생긴 것은 하늘과 땅을 본받아서이다. 공작
이 손에 드는 '환규'는 길이가 아홉 치이고, 후작이 손에 드는
'신규'와 백작이 손에 드는 '궁규'는 길이가 모두 일곱 치이고, 자
작이 손에 드는 '곡벽'과 남작이 손에 드는 '포벽'은 길이가 모두
다섯 치이다"라고 하였다. 홀의 척도는 길이에서 차이가 나지만,
또한 오늘날 제도와는 달랐다.(≪수서·예의지≫권12에 인용된 ≪예도≫
에 "홀은 길이가 두 자 여섯 치이고, 가운데 너비가 두 치인데, 등급에 따라 6
분의 1씩 줄인다"고 하였다.)

●靑囊, 所以盛印也. 奏劾者, 則以靑布囊, 盛印於前, 示奉王法而行

---

111) 考工記(고공기) : 주周나라 때 각종 건물과 기구의 제작을 관장하던 기관인 동
    관冬官에 관한 기록을 담은 ≪주례周禮≫의 편명篇名. 본래 '동관'은 사라지고 대
    신 '고공기'를 넣었다는 설이 있다.
112) 珽(정) : 제왕이 사용하는 홀을 이르는 말.
113) 禮圖(예도) : ≪수서·경적지≫권32에 의하면 후한 정현鄭玄 등 여러 사람의 저
    서가 있었다고 하는데, 여기서는 어느 것을 특정하는지 불분명하다.
114) 有(우) : 또. '우又'와 통용자.
115) 二(이) : ≪수서·예의지≫권12의 원문에 의하면 '육六'의 오기이다.
116) 殺(쇄) : 줄이다. 여기서는 작위의 등급에 따라 홀의 길이를 줄이는 것을 말하는
    듯하다.

也, 非奏劾日, 則以靑繒爲囊, 盛印於後也, 謂奏劾尙質直, 故用布, 非奏劾日, 尙文明, 故用繒. 自晉朝以來, 劾奏之官, 專以印居前, 非劾奏之官, 專以印居後.(按, 此條見古今注.)

○'청낭'은 도장을 담기 위한 것이다. 탄핵을 적은 글을 올리는 자는 푸른 삼베 주머니를 이용하여 도장을 담아 앞에 참으로써 국법을 받들어 집행한다는 뜻을 보이고, 탄핵을 적은 글을 올리는 날이 아니면 푸른 비단으로 주머니를 만들어 도장을 담아서 뒤에 차는데, 이는 탄핵을 적은 글을 올리는 것이 사실에 근거해 정직하게 밝히는 것을 중시하기에 삼베를 이용하는 것이고, 탄핵을 적은 글을 올리는 날이 아니면 문명을 중시하기에 비단을 이용한다는 것을 말한다. 진나라 이래로 탄핵을 담당하는 관리는 단지 도장을 앞에 위치시키고, 탄핵을 담당하는 관리가 아니면 단지 도장을 뒤에 위치시켜 왔다.(살펴보건대 이 조항은 ≪고금주≫권상에도 보인다.)

●帢[117], 魏武帝所製也. 初以軍中服之輕便, 又作五色[118]帢, 以表方面[119]也.(按, 此條見古今注.)

○'겹帢'은 (삼국) 위나라 무제가 만든 것이다. 처음에는 군중에서 편리하게 착용하기 위한 것이었는데, 다시 오색의 모자를 만들어서 각 방면을 표시하기도 하였다.(살펴보건대 이 조항은 ≪고금주≫권상에도 보인다.)

●貂蟬[120], 胡服也. 貂者, 取其有文采而不炳煥, 外柔易而內剛勁也.

---

117) 帢(겹) : 삼국 위魏나라 무제武帝 조조曹操가 간편하게 착용하기 위해 만들었다는 모자의 일종. '겹帢' '겹帢'으로도 쓴다.
118) 五色(오색) : 정색正色인 청·적·황·백·흑색의 다섯 가지. 상서로운 징조를 상징한다.
119) 方面(방면) : 한 지방의 영역이나 그곳을 관장하는 장관을 이르는 말.
120) 貂蟬(초선) : 한나라 이후로 시종관侍從官이 쓰던 모자인 초선관貂蟬冠의 약칭. 매미(蟬) 모양의 장식품과 담비(貂) 꼬리를 꽂은 데서 유래한 말로 '선면蟬冕'이라

蟬者, 取其清虛識變也. 在位者有文而不自耀, 有武而不示人, 淸虛
自牧, 識時而動也.(按, 此條見古今注.)

○'초선'은 오랑캐 복장 가운데 하나이다. 담비는 그것이 문채를
지니고서도 화려하게 빛을 발하지 않고, 겉이 부드러우면서도 속
이 단단한 의미를 취한 것이다. 매미는 그것이 청허하면서 변화
를 잘 알아채는 의미를 취한 것이다. 고위직에 있는 사람은 문장
력이 있어도 스스로 자랑하지 않고, 무술이 있어도 남에게 과시
하지 않으며, 청허한 마음으로 자신을 수양하며, 시절을 잘 알고
서 움직일 수 있어야 한다.(살펴보건대 이 조항은 ≪고금주≫권상에도 보
인다.)

●兩漢京兆121)·河南尹122)及執金吾123)·司隷校尉124), 皆使人導引
傳呼125), 使行者止, 坐者起. 四人皆持角弓126), 違者則射之, 有乘
高窺瞰者, 亦射之. 魏晉設角弓, 而不用焉.(按, 原本幷上爲一條, 据古今
注改正.)

○전한과 후한 때 경조윤과 하남윤 및 집금오·사례교위는 모두
사람을 시켜 길을 인도하면서, 명령을 전달하여 행인을 멈춰세우
고 앉아 있던 사람을 일어나게 하였다. 네 사람 모두 각궁을 손
에 들고서 위반하는 자는 쏘아 맞히고, 높은 수레에 올라 힐끔거
리는 자도 쏘아 맞혔다. (삼국) 위나라와 진나라 때는 각궁을 설

고도 한다.

121) 京兆(경조) : 한나라 때 도성 일대를 가리키는 말인 경조부京兆府나 그 장관인
경조윤京兆尹의 약칭. 여기서는 후자를 가리킨다.

122) 河南尹(하남윤) : 전한 때 동도東都이자 후한 때 수도인 하남성 낙양洛陽 일대
를 관장하던 부윤府尹을 이르는 말.

123) 執金吾(집금오) : 한나라 때 금오봉金吾棒을 들고 경사京師를 순찰하거나 천자
를 호위하는 일을 주관하던 벼슬. '금오金吾'로 약칭하기도 한다. '오吾'가 '막다
(衛)'라는 뜻이어서 무기(金)를 들고 비상사태를 막는다(吾)는 의미에서 유래하였다.

124) 司隷校尉(사례교위) : 한나라 때 순찰巡察과 치안 업무를 관장하던 고위직 벼슬
이름.

125) 傳呼(전호) : 소리쳐서 부르거나 명을 내리는 것을 이르는 말.

126) 角弓(각궁) : 짐승의 뿔을 장식한 강궁强弓을 이르는 말.

치하였지만, 실제로 사용하지는 않았다.(살펴보건대 원본에서는 윗 조
항과 합쳐져 하나의 조항으로 되어 있지만, ≪고금주≫권상에 근거해 바로잡는
다.)

●牛亨問曰, "自古有書契[127]已來, 便應有筆. 世稱蒙恬造筆, 何也?"
答曰, "蒙恬始造, 卽秦筆耳. 以枯木爲管, 鹿毛爲柱[128], 羊毛爲
被[129], 所謂蒼毫, 非兎毫竹管也."

○(전한 때) 우형이 물었다. "옛날에 문자가 생긴 이래로 분명 바
로 붓이 있었을 터인데, 세간에서 (진秦나라) 몽염이 붓을 처음
제작했다고 말하는 것은 어째서입니까?" 그러자 (동중서가) 대답
하였다. "몽염이 처음으로 만든 것은 어디까지나 진나라 때 붓일
뿐이네. 죽은 나무로 대롱을 만들고, 사슴 털로 붓털의 심을 만
들고, 양 털로 붓털의 외피를 만든 것으로, 이른바 '창호'라는 것
이기에 토끼 털과 대나무 대롱으로 된 붓이 아니라네."

●又問, "彤管, 何也?" 答曰, "彤者, 赤漆耳. 史官載事, 故以彤管,
用赤心記事也." 詩靜女篇, "靜女其孌[130], 貽我彤管."

○또 "동관이 무엇입니까?"라고 묻자 (동중서가) 대답하였다. "'동
彤'은 붉은 칠이네. 사관이 사실을 기록할 때 일부러 붉은 대롱
의 붓을 사용하는 것은 순수한 마음으로 사실을 기록한다는 뜻
일세." ≪시경·패풍邶風·정녀편≫권3에 "아름답고 정숙한 여인
이 내게 붉은 대롱의 붓을 주었네"라는 구절이 있다.

●孫興公[131]問曰, "世稱, '黃帝[132]鍊丹於鑿硯山, 乃得仙, 乘龍上天,

---

127) 書契(서계) : 나무에 새긴 글자를 뜻하는 말로 문자나 문서를 가리킨다.
128) 柱(주) : 붓에서 털 중심부의 딱딱한 부위를 이르는 말. 즉 붓의 심을 가리킨다.
129) 被(피) : 붓털 가운데 바깥쪽의 부드러운 부분을 이르는 말.
130) 孌(연) : 젊고 아름다운 모양을 이르는 말.
131) 孫興公(손흥공) : 진晉나라 사람 손작孫綽(314-371). '흥공'은 자. 시문에 탁월
하였고, 경안현령景安縣令과 정위경正尉卿 등을 역임하였다. ≪진서·손작전≫권5

羣臣援龍鬚, 鬚墜而生草, 曰龍鬚,'有之乎?"答曰, "無也. 有龍鬚草, 一名結雲草, 世人爲之妄傳. 至如今有虎鬚草, 江東亦織以爲席, 號曰西王母133)席, 可復是西王母乘虎, 而墮其鬚也?"(按, 牛亨問曰至此三條, 原本幷作一條, 文復訛錯, 今据古今注校正.)

○(진晉나라) 흥공興公 손작孫綽이 물었다. "세인들이 말하길 '황제 黃帝가 착연산에서 단약을 제련하더니, 결국 신선이 되어 용을 타고서 승천하자, 신하들이 용의 수염을 잡는 바람에 수염이 떨어져 『용수초』라는 풀로 자랐다'고 하는데, 그런 일이 있습니까?" 최표崔豹가 대답하였다. "없습니다. 용수초를 일명 '진운초'라고도 하기에, 세인들이 이 때문에 잘못 전한 것이지요. 오늘날에는 '호수초'가 있는데, 장강 동쪽 일대에서 그것을 짜서 방석으로 만들고는 '서왕모석'이라고 부른다고 해서, 똑같이 서왕모가 호랑이를 타다가 수염을 떨어뜨린 것이라고 할 수 있겠습니까?"

(살펴보건대 '우형이 물었다'에서 여기까지 세 조항이 원본에는 하나의 조항으로 합쳐져 있고, 문장 또한 와전되었기에, 이제 ≪고금주≫권하에 근거하여 교정한다.)

●天子赦天下, 必豎以雞134), 以其有五德135). "風雨如晦136), 鷄鳴不已," 取其告令之象. 金者, 鷄之飾也, 又以鷄屬西方金之位. 歷象137)

---

6 참조.

132) 黃帝(황제) : 전설상의 임금. 삼황三皇 가운데 마지막 세 번째 임금이란 설도 있고, 오제五帝 가운데 첫 번째 임금이란 설도 있다.

133) 西王母(서왕모) : 중국 전설에 나오는 불로장생不老長生을 상징하는 신녀神女 이름. 여신선들을 총괄하는 일을 관장하였다.

134) 雞(계) : 전설상의 신령스런 닭인 금계金雞를 가리킨다. 뒤에는 황제가 사면령을 내릴 때 세우는 금계 장식을 한 의장을 가리키는 말로 쓰였다.

135) 五德(오덕) : 사람이 갖추어야 할 다섯 가지 덕목. 인仁·의義·예禮·지智·신信 등 여러 가지 설이 있다.

136) 風雨如晦(풍우여회) : 이하 예문은 ≪시경·정풍鄭風·풍우風雨≫권7의 두 구절을 인용한 것이다.

137) 歷象(역상) : 천체의 운행을 두루 추산하고 관측하는 일이나 그에 관한 책을 이르는 말. 그러나 여기서는 어느 서책을 특정하는지 불분명하다. 다만 송나라 고승高承의 ≪사물기원事物紀原≫권3에서는 유사한 내용을 인용하면서 출처를 ≪해중

云, "鷄星[138]動, 卽有赦."

○천자가 천하에 사면령을 내릴 때, 반드시 금계金雞를 세우는 것은 그것이 오덕을 지니고 있기 때문이다. (≪시경・정풍鄭風・풍우風雨≫권7에서) "비바람 불어 어둑해도 닭 울음소리 그치지 않네"라고 한 것도 포고령의 형상을 나타낸 것이다. 금을 닭의 장식물로 쓰는 것도 닭이 서방 금의 방위에 속하기 때문이다. ≪역상≫에 "계성이 움직이면 곧 사면령이 내려진다"는 말이 있다.

●陽燧[139]以銅爲之, 形如鏡. 照物則影倒, 向日則火生, 以艾承之, 則得火也.(此條見古今注.)

○(돋보기의 일종인) 양수는 구리로 만드는데, 모양새는 거울처럼 생겼다. 사물을 비추면 그림자가 거꾸로 생기고, 해를 향하면 불이 생기기에 쑥을 대면 불을 얻을 수 있다.(이 조항은 ≪고금주≫권하에도 보인다.)

●魏武帝以瑪瑙石[140]爲馬勒, 硨磲[141]爲酒椀.(此條見古今注)

○(삼국) 위나라 무제(조조曹操)는 마노석으로 말의 굴레를 만들고, 차거조개 껍데기로 술잔을 만들었다.(이 조항은 ≪고금주≫권하에도 보인다.)

●孫權時, 名舸爲赤馬, 言如馬之走陸也. 又以舟名馳馬.(此條見古今注)

○(삼국 오나라) 손권 때는 배를 '적마'라고 불렀는데, (배가 물 위

성점海中星占≫이라고 하였다.

138) 雞星(계성) : 견우성 동쪽에 있는 별자리 이름인 '천계성天雞星'의 준말. '포과성匏瓜星'이라고도 한다.

139) 陽燧(양수) : 불을 일으키는 일종의 돋보기와 같은 오목거울, 즉 화경火鏡. '화수火燧' '감수鑑燧' '양수陽㶠'라고도 한다.

140) 瑪瑙石(마노석) : 보석의 일종. '마노석馬腦石'으로도 쓴다.

141) 硨磲(차거) : 심해深海에 사는 조개의 일종. 그 껍데기는 칠보七寶 가운데 하나로 꼽힌다.

를 가는 것이) 마치 말이 육지를 달리는 것과 같다는 말이다. 또 배를 ('달리는 말'이란 의미에서) '치마'로도 불렀다.(이 조항은 ≪고금주≫권하에도 보인다.)

● 北齊楊愔, 字遵彦, 爲吏部尙書142). 昔嘗遭厄履危, 一餐之惠, 酬答甚厚, 性命之讎, 赦而不問. 及典選取士, 多以言貌恩舊, 時致謗言. 有選人143)魯漫漢, 自言, "猥賤獨不見識." 愔曰, "卿前日在光子思144)坊, 騎禿尾草驢145), 以方扇146)障面, 見我不下, 云何不識?" 因調曰, "名以定體, 漫漢名不虛" 竟不爲選用. 今俗以惡於己者, 謂 "何處見不下驢?" 蓋始於此也.

○(북조北朝) 북제 때 사람 양음은 자가 준언으로 이부상서를 지냈다. 예전에 위험을 당하거나 밥 한 끼 은혜를 입어도 매우 후하게 보답하고, 목숨이 걸린 원수라도 용서하면서 이유를 묻지 않았다. 급기야 관리를 선발할 때는 말투나 용모·은혜·친분을 활용하기 일쑤여서 당시 비방을 초래하기도 하였다. 임용후보자인 노만한이란 사람이 스스로 "외람되게도 저만 인정을 받지 못 했습니다"라고 말하자, 양음이 대답하였다. "그대는 예전에 원자사元子思가 사는 동네에서 꼬리에 털이 빠진 암나귀를 타고 부채로 얼굴을 가린 채 나를 보고서도 나귀에서 내리지 않았거늘, 뭘 알아보지 못 했다고 하는 것인가?" 그리고는 그참에 농담조로 말했다. "이름은 본질을 보여주는 것인데, ('건방진 사내'란 의미

---

142) 吏部尙書(이부상서) : 조정의 핵심 행정 기관인 상서성尙書省 소속 육부六部 가운데 관리들의 인사人事와 고과考課를 관장하는 이부의 장관. 휘하에 시랑侍郎과 낭중郎中·원외랑員外郎 등을 거느렸다.

143) 選人(선인) : 시험에 합격하여 임용을 기다리거나 전형을 통해 승진에 대기하고 있는 사람들을 지칭하는 말.

144) 光子思(광자사) : 원전에 의하면 북조北朝 북위北魏 때 사람으로 시중侍中을 지낸 원자사元子思의 오기이다. 그에 관한 전기는 ≪위서·원자사전≫권14에 전한다.

145) 禿尾草驢(독미초려) : 꼬리에 털이 빠진 암나귀.

146) 方扇(방선) : 의장용으로 쓰는 네모진 부채를 이르는 말. 원전에는 얼굴을 가리는 데 사용하는 의장용 부채를 뜻하는 말인 '방국方麴'으로 되어 있다.

의) '만한'이란 이름이 헛된 것이 아닐세 그려." 결국 그를 임용하지 않았다. 오늘날 세간에서 자기를 미워한다고 생각할 때, "어디서 만났을 때 나귀에서 내리지 않았습니까?"라고 말하는 것도 아마 여기서 유래한 듯하다.

●侯白, 字君素, 魏郡鄴人. 始擧秀才[147], 隋朝頗見貴重, 博聞多知, 諧謔辯論, 應對不窮, 人皆悅之. 或買酒饌, 求其言論, 必啓齒發題, 解頤[148]而返. 所在觀之如市, 越公[149]甚加禮重. 文帝命侍從[150], 以備顧問, 撰酒律・笑林, 人皆傳錄.

○후백은 자가 군소로 (하북성) 위군 업현 사람이다. 처음에 수재과에 급제하여 수나라 때 존경을 받았는데, 박학다식하면서 우스개소리를 잘 하고 말재주가 뛰어나 응대에 막힘이 없었기에, 사람들이 모두들 그를 좋아하였다. 혹여 술과 음식을 사 주고 재미있는 얘기를 해 달라고 하면 언제나 입을 열어 얘기를 꺼냈는데, 그러면 사람들이 실컷 웃고 돌아가곤 하였다. 그가 있는 곳마다 저자처럼 북적였기에, 월공(양소楊素)이 그를 무척 예우해 주었다. 문제가 시종관을 시켜 자문위원의 자리를 주었는데, ≪주율≫ ≪소림≫ 등의 저서를 짓자 사람들이 모두 이를 필사하였다.

●魏文帝宮人絶寵者, 有莫瓊樹・薛夜來・陳尙衣[151](按, 陳字古今注作

---

147) 秀才(수재) : 한나라 이후로 과거시험 가운데 하나. 당송 때는 주로 과거시험 응시자를 일컬었고, 명청明淸 때는 부학府學・주학州學・현학縣學에 입학한 생원生員을 일컬었으며, 일반 서생을 지칭하기도 하였다.

148) 解頤(해이) : 턱이 풀리다. 웃음을 멈추지 못 하는 것을 뜻한다.

149) 越公(월공) : 수隋나라 때 건국공신인 양소楊素(?-606)의 별칭. '월공'은 그의 봉호인 월국공越國公의 약칭. 문제文帝 양견楊堅(541-604)이 수隋나라를 건국하고 황제로 즉위하는 데 일등공신이었지만 권모술수에 능해 오히려 양견의 견제를 받았다. ≪수서・양소전≫권48 참조.

150) 侍從(시종) : 황제를 측근에서 모시는 신하를 일컫는 말.

151) 尙衣(상의) : 의복을 관장하다. '상'은 '주主'의 뜻. 후대에는 전중감殿中監 소속 부서인 육국六局 가운데 하나로 황제의 의복을 관장하는 기관을 이르는 말로도 쓰

田152).)・段巧笑四人, 日夕在側. 瓊樹乃製蟬鬢, 縹緲153)如蟬翼, 故曰蟬鬢. 巧笑始作錦衣綵履, 紫粉拂面. 尙衣能歌舞. 夜來善爲衣裳. 一時冠絶.(按, 原本作隋文帝, 誤, 今改正.)

○(삼국) 위나라 문제의 궁인 가운데 총애를 받은 이로 막경수・설야래・진상의(살펴보건대 '진陳'자가 ≪고금주≫권하에는 '전田'자로 되어 있다.)・단교소 네 여인이 있었는데, 밤낮으로 문제의 곁을 지켰다. 막경수는 '선빈'을 만들었는데, 아련한 모습이 매미날개 같았기에 '선빈'이라고 하였다. 막교소는 처음으로 비단옷과 꽃신을 만들고, 자색 분으로 얼굴을 화장하였다. 전상의는 가무를 잘 하였다. 설야래는 옷을 잘 만들었다. 그들 모두 당시 솜씨가 으뜸갔다.(살펴보건대 원본에는 수나라 문제로 되어 있는데, 오류이기에 이제 바로잡는다.)

●順宗時, 南海154)貢奇女盧眉娘. 年十四, 能于一尺絹上繡法華經155)七卷, 字如粟米, 點畫分明, 細于毛髮. 又作飛仙蓋, 以絲一縷分爲三縷, 染成五采156), 於掌中結爲傘蓋157)五重, 中有十洲158)・三島159)・天人・玉女160)・臺殿・麟鳳之象, 而外列執幢奉節之童, 亦不啻161)千數. 其蓋闊一丈, 秤之無三數162)兩163). 自煎靈香膏, 敷

였다. 여기서는 '진'씨의 직책을 가리킨다.

152) 田(전) : '진'씨와 '전'씨는 춘추시대 제齊나라 공실公室 성씨로 동성동본이다.

153) 縹緲(표묘) : 아련한 모양, 신비한 모양. '표묘縹渺' '표묘縹眇'로도 쓴다.

154) 南海(남해) : 광동성의 속군屬郡 이름.

155) 法華經(법화경) : 후진後秦 때 구마라십鳩摩羅什이 번역한 불경인 ≪묘법연화경妙法蓮華經≫의 약칭. '묘연경妙蓮經'이라고도 한다.

156) 五采(오채) : 다섯 가지 화려한 색채. 즉 청색・적색・황색・백색・흑색. '오채五綵' '오색五色'이라고도 하며 상서로움을 상징한다.

157) 傘蓋(산개) : 일산日傘, 양산.

158) 十洲(십주) : 신선이 산다는 전설상의 열 개의 모래섬을 이르는 말. 동해에 있는 조주祖洲와 영주瀛洲・생주生洲, 남해에 있는 염주炎洲와 장주長洲, 서해에 있는 유주流洲와 봉린주鳳麟洲・취굴주聚窟洲, 북해에 있는 현주玄洲와 원주元洲를 가리킨다.

159) 三島(삼도) : 신선이 산다는 전설상의 세 섬인 부상도扶桑島・봉래도蓬萊島・곤륜도崑崙島를 아우르는 말.

160) 玉女(옥녀) : 선녀의 별칭.

之, 則紉硬不斷. 上歎其工, 謂之神助, 因令止于宮中, 每日食胡
麻164)飯二三合165). 至元和166)中, 憲宗嘉其聰慧, 賜金鳳鐶, 以束
其腕. 眉娘不願住宮中, 度167)以黃冠168), 賜號逍遙. 及後神遷169),
香氣滿室. 弟子將葬, 擧棺覺輕, 卽撤其蓋, 惟有偶屨170)而已. 後入
海, 人往往見乘紫雲, 遊于海上. 羅浮171)處士172)李象先作盧逍遙
傳.(按, 此條本見杜陽雜編173), 此書更不互載別條, 恐永樂大典174)誤編入演義也.
今姑存之.)

○(당나라) 순종 때 (광동성) 남해군에서 '노미낭'이라는 신비한 여
자아이를 바쳤다. 그녀는 나이 고작 열네 살인데도, 한 자 되는
명주 위에 ≪법화경≫ 7권을 수놓을 줄 알았는데, 글자는 좁쌀
만하면서도 점획이 분명하고 모발보다 가늘었다. 또 신선의 양산
을 만들 때는 실 한 올을 세 가닥으로 나눠 오색을 물들이고서,

---

161) 不啻(불시) : … 못지 않다. …에 그치지 않다. '시啻'는 '지只'의 뜻이고, '불시不
翅'로도 쓴다.
162) 三數(삼수) : 서넛. 비교적 적은 수치를 나타내는 말.
163) 兩(냥) : 고대 중국의 무게 단위. 24수銖를 1냥兩이라고 하고, 16냥을 1근斤이
라고 하였다.
164) 胡麻(호마) : 참깨. 전한 때 장건張騫이 서역(胡)에서 들여온 데서 이름이 유래
하였다. '지마脂麻' '구슬狗蝨' '방경方莖'이라고도 한다.
165) 合(합) : 용량을 세는 양사. 한 되의 10분의 1인 홉.
166) 元和(원화) : 당唐 헌종憲宗의 연호(806-820).
167) 度(도) : 출가하다, 도첩度牒을 받다.
168) 黃冠(황관) : 노란 색이 도는 대껍질로 만든 갓. 도사나 은자를 상징한다.
169) 神遷(신천) : 죽음에 대한 완곡한 표현.
170) 偶屨(우구) : 한 켤레의 신발을 이르는 말.
171) 羅浮(나부) : 광동성에 있는 산 이름. 나산羅山과 부산浮山이 합쳐져 하나의 산
이 되었다는 전설에서 유래한 말로 은자들의 성지로 여겨졌다.
172) 處士(처사) : 벼슬하지 않은 선비를 이르는 말.
173) 杜陽雜編(두양잡편) : 당나라 소악蘇鶚이 대종代宗 광덕廣德 원년元年(763)부터
의종懿宗 함통咸通 14년(873)까지 110년 동안의 기이한 이야기를 모아 엮은 소설
류의 책. 3자로 표제標題를 정하고, 마치 사실인 듯 출처를 밝히기도 하였다. 총 3
권. ≪사고전서간명목록·자부·소설가류≫권14 참조.
174) 永樂大典(영락대전) : 명나라 성조成祖의 칙명으로 해진解縉 등이 영락永樂(140
3-1424) 연간에 편찬한 총 22,877권의 총서叢書. 청나라 건륭제乾隆帝 때 사고전
서四庫全書를 편찬하는 데 중요한 기틀이 되었으나, 1900년 의화단 사태 때 대부
분 소실되고 800권만 남았다.

손바닥에서 양산 다섯 겹을 엮었다. 안에는 십주·삼산·천인·
선녀·건물·기린과 봉황의 형상을 담고, 밖에는 깃발을 잡고 부
절을 받든 아이를 나열하였는데, 단지 천으로 헤아릴 정도에 그
치지 않았다. 그 양산은 너비가 한 장이나 되지만, 무게를 재면
서너 냥도 나가지 않았다. 신비한 향이 나는 기름을 태워 바르면
단단해져 끊어지지도 않았다. 순종이 그 솜씨에 감탄하여 천우신
조라고 하며, 그참에 그녀에게 궁중에 머물게 하고는, 매일 참깨
밥을 두세 홉씩 먹을 수 있게 해 주었다. 원화(806-820) 연간에
헌종은 그녀의 총명함을 가상히 여겨 금봉환을 하사해서 그녀의
팔에 묶어 주었다. 그러나 노미낭이 궁중에 머물기를 원치 않고
출가하여 도사가 되고자 하였기에, '소요'라는 도호道號를 하사하
였다. 뒤에 사망하자 향기가 방을 가득 채웠다. 제자들이 장례를
치르려고 관을 들었다가 너무 가볍게 느껴져 덮개를 열자, 단지
신발 한 컬레만 남아 있었다. 뒤에 바다로 들어갔기에, 사람들이
이따금 그녀가 자색 구름을 타고 바닷가를 노니는 모습을 발견
하였다. 나부산의 처사 이상선이 ≪노소요전≫을 지었다.(살펴보건
대 이 조항은 본래 ≪두양잡편≫에 실려 있었는데, 이 글에서 별개의 조항으로
기재하지 않은 것으로 보아, 아마 ≪영락대전≫에서 실수로 ≪소씨연의≫에 편
입한 듯하다. 이제 잠시 존치한다.)

●近代學者著張虯鬚[175]傳, 頗行於世, 乃云, "隋末喪亂, 李靖[176]與
張虯鬚同詣太原[177], 尋天子氣, 及謁見太宗, 知是眞主."(按, 此條原
本, 尙有別文, 今刪去, 存此數語.)
○근래에 한 학자가 ≪장규수전≫을 지어 세간에 크게 유행시키고

---

175) 虯鬚(규수) : 규룡虬龍의 털처럼 꼬불꼬불하게 생긴 수염을 이르는 말.
176) 李靖(이정) : 당나라 때 무장武將(571-649). 자는 약사藥師이고 시호는 경무景
武. 병법에 밝아 고조高祖 때 행군총관行軍總管을 지냈고, 태종太宗 때 형부상서刑
部尙書와 병부상서兵部尙書 등을 역임하였으며 위국공衛國公에 봉해졌다. ≪신당
서·이정전≫권93 참조.
177) 太原(태원) : 산서성의 속군屬郡 이름.

는 말했다. "수나라 말엽 혼란기에 이정이 장규수와 함께 (산서성) 태원군을 방문했다가 천자의 기운을 발견하였는데, 태종을 알현하고는 그가 진정한 군주라는 것을 알았지요."(살펴보건대 이 조항은 원본에는 오히려 별개의 문장으로 있는데, 이제 삭제하고 이 몇 마디만 남긴다.)

●六醜圖178)云, "北齊徐之才179)家貧, 割所居門外地, 以養親. 忽賓客180)會中, 有言'徐六賣却門前地,' 之才第六也. 盧思道恐辱之才, 乃止之曰, '不用道.' 時人遂因之, 用言成戲, 而今酒令181)名徐六者, 蓋此始也."

○《육추도》에 "(북조北朝) 북제 때 서지재는 집이 가난했으나, 거처하던 집 문밖의 땅을 잘라서 부모님을 모셨다. 갑작스레 손님들이 모인 자리에서 누군가 '서륙이 문앞의 땅을 매각했다'고 말했는데, 서지재의 항렬이 여섯 번째였다. 노사도는 서지재에게 모욕을 주는 것이라 염려하여 그를 말리며 말했다. '언급할 필요 없네.' 당시 사람들은 마침내 이를 따라 말로 놀이를 만들었는데, 오늘날 벌주놀이에서 '서륙'이라고 부르는 것도 아마 여기서 비롯된 듯하다"라고 하였다.

●烏孫182)國有靑田核, 莫測其樹實之形. 至中國者, 但得其核耳. 得

---

178) 六醜圖(육추도) : 사서史書나 서지書誌에 아무런 언급이 없어 구체적인 내용은 알려지지 않았다.

179) 徐之才(서지재) : 북조北朝 북위北魏・북제北齊 때 사람으로 시호는 문명文明. 방술方術과 천문에 정통하였다. 원래는 양梁나라에서 벼슬하다가 소종蕭綜을 따라 북위北魏로 가서 상서령尙書令에 올랐다. 북위 광양왕廣陽王의 여동생을 아내로 맞았는데, 화사개和士開(524-571)가 자신의 아내와 간통을 하자 오히려 '청춘남녀의 연애를 방해하지 않겠다'며 그들을 피했다는 고사로 유명하다. 《북제서・서지재전》권33 참조.

180) 賓客(빈객) : 손님에 대한 총칭. '빈賓'은 신분이 높은 손님을 가리키고, '객客'은 수행원과 같이 신분이 낮은 손님을 가리키는 데서 유래하였다.

181) 酒令(주령) : 술자리에서 주흥을 돋우기 위해 진행하는 일종의 벌주놀이. '주정酒政' '상령觴令' '상정觴政'이라고도 한다.

淸水, 則有酒味出, 如醇美好酒. 核大如五六升瓠, 空之以盛水, 俄
而成酒. 劉章183)時得二核, 集賓客設之, 常供二十人飮. 一核盡, 一
核所盛, 已復中飮. 飮盡, 隨更注水, 旋盡成, 不可久置. 久則苦而不
可飮. 名曰靑田壺.(按, 此條見古今注.)

○오손국에는 '청전핵'이란 나무가 있는데, 그 나무 열매의 모양새
를 뭐라 형용할 길이 없다. 중국을 찾은 사람은 단지 그 씨앗을
가져왔을 뿐이다. 맑은 물을 만나면 술맛이 나는데, 순정하고 맛
있는 양질의 술과 흡사하다. 씨앗은 크기가 대여섯 되 크기의 표
주박 만하여, 그속을 비워서 물을 담으면 얼마 안 있어 술이 된
다. (전한 때) 유장이 씨앗 두 개를 얻었는데, 손님을 모아서 이
를 차리면 늘 20명 분의 음료를 공급하곤 하였다. 씨앗 하나에
술이 다 떨어지면, 다른 씨앗에 담은 술로 다시 마실 만큼 채울
수 있었다. 다 마시고 나서 번갈아 물을 부면 즉시 가득 차기에,
오래 방치해서는 안 되었다. 오래 그냥 두면 맛이 써서 마실 수
가 없기 때문이다. 이름하여 '청전주'라고 하였다.(살펴보건대 이 조
항은 ≪고금주≫권하에도 보인다.)

●今人以酒巡匝爲婪尾184). 又云, "婪, 貪也, 謂處于座末得酒爲貪
婪."

○오늘날 사람들은 술잔을 돌리는 것을 '남미'라고 한다. 또 "'남'
은 욕심을 부린다는 뜻으로, 좌석 말미에 앉아서 술을 마시는 것
을 탐욕스럽다고 말하는 것이다"라고도 한다.

---

182) 烏孫(오손) : 한나라 때 서역에 있던 소수민족 국가, 혹은 그 나라의 왕을 지칭
    하던 말.
183) 劉章(유장) : 전한 문제文帝 때 종실 사람(?-B.C.177)으로 여태후呂太后가 죽은
    뒤 진평陳平(?-B.C.178)·주발周勃(?-B.C.169) 등과 함께 여태후의 외척들을 제
    거하고 대왕代王 유항劉恒(문제文帝)을 황제로 옹립하였다. 시호는 경景이고, 봉호
    는 성양왕城陽王. ≪한서·성양경왕유장전≫권38 참조.
184) 婪尾(남미) : 술자리 말석에 앉아 술잔을 연거푸 마시는 것을 이르는 말. 보통
    벌주놀이에서 말석에 앉은 사람이 술잔이 늦게 도착하기에 세 잔 계속해서 마시는
    것을 말한다.

●金陵記185), "江南計吏186)止於傳舍187)間, 及時就路, 以馬殘草瀉
於井中, 而謂己無再過之期, 不久復由此, 飮, 遂爲昔時莝188)刺喉,
死. 後人戒之曰, '千里井, 不瀉莝.'" 杜詩189), "畏人千里井," 注,
"諺云, '千里井, 不反唾.' 疑唾字無義, 當爲莝, 謂爲莝所哽也." 按
玉臺新詠190), 載曹植代劉勳妻王氏見出而爲之詩曰191), "人言去婦
薄, 去婦情更重. 千里不瀉井, 況乃昔所奉? 遠望未爲遲, 踟躕不得
共." 觀此意, 乃是嘗飮此井, 雖舍192)而去之, 亦不忍唾也. 此足見
古人忠厚, 其理甚明.

○≪금릉기≫에 "강남의 계리가 역참의 숙소에 머물다가 때가 되
어 길에 오를 즈음에, 말이 뜯어먹은 풀을 우물에 배설하자 자신
은 다시 들르지 않겠다고 생각하였는데, 오래지 않아 다시 이곳
을 경유하다가 물을 마시는 바람에, 도리어 예전 여물 때문에 목
이 찔려서 죽고 말았다. 후세 사람이 이를 교훈으로 삼아 '천리

---

185) 金陵記(금릉기) : 송나라 육유陸游(1125-1210)가 ≪금릉기≫를 지었다는 기록
이 청나라 때 칙명으로 지어진 ≪패문재서화보佩文齋書畵譜≫의 '찬집서적纂輯書
籍' 목록에 있으나 시기적으로 맞지 않는다. 역대로 수많은 지방지가 작성되었다는
사실에 비추어 볼 때 위의 저서는 당나라 이전에 지어진 것으로 추정되나 누구의
것인지 불분명하다. '금릉'은 강소성 남경의 옛 이름이다.
186) 計吏(계리) : 주州와 군郡의 회계 처리와 이를 조정에 보고하는 업무를 관장하
는 관원을 가리키는 말.
187) 傳舍(전사) : 역참驛站의 객사客舍를 뜻하는 말. 전국시대 때 상급의 숙소를 '대
사代舍'라고 하고, 중급의 숙소를 '행사幸舍'라고 하고, 하급의 숙소를 '전사'라고
부른 데서 유래하였다.
188) 莝(좌) : 여물, 꼴.
189) 杜詩(두시) : 이는 당나라 두보杜甫의 오언배율五言排律 <풍질에 걸려 배안에서
베개에 엎드려 감회를 쓴 36운 시를 호남의 친구들에게 드리다(風疾, 舟中伏枕,
書懷三十六韻, 奉呈湖南親友)> 가운데 한 구절을 인용한 것으로 청나라 구조오仇
兆鰲(1640-1714)의 ≪두시상주杜詩詳註≫권23에 전한다.
190) 玉臺新詠(옥대신영) : 남조南朝 진陳나라 서능徐陵(507-583)이 양梁나라 이전
의 시들을 모아 엮은 시선집. 총 10권. 대개 연정을 읊은 작품들을 대상으로 하였
으며, 오언고시五言古詩 8권, 칠언고시七言古詩 1권, 오언이운五言二韻 1권으로
구성되어 있다. ≪사고전서간명목록·집부·총집류總集類≫권19 참조.
191) 曰(왈) : 이는 <유훈의 아내 왕씨를 위한 잡시 2수(劉勳妻王氏雜詩二首)> 가운
데 제2수를 인용한 것으로 ≪옥대신영≫권2에 전한다.
192) 舍(사) : 내버려두다, 버리다. '사捨'와 통용자.

먼 타지의 우물에 여물을 배설해서는 안 된다'고 말했다"는 기록이 있다. 또 (당나라) 두보의 시에 "천리 밖 우물 때문에 사람을 두려워하네"라는 구절이 있는데, 주에 "속담에 '천리 밖 우물이라도 도리어 침을 뱉어서는 안 된다'는 말이 있지만, '침 타唾'자를 쓰면 무의미하기에, 의당 '여물 좌剉'로 해야 여물에 목이 매인다는 말이 되지 않을까 싶다"라고 하였다. 그러나 ≪옥대신영≫권2에 (삼국 위나라) 조식이 <쫓겨난 유훈의 아내를 대신해 지은 시>가 실려 있는데, 시에서 "사람들은 쫓겨난 아내가 박복하다고 하지만, 쫓겨난 아내의 심경은 더욱 무겁겠지. 천리 밖 우물에 배설하지 않는다고 하거늘, 하물며 예전에 모셨던 사람이야 더 말할 나위가 있으랴? 멀리서 바라보건대 아직 늦지 않았는데도, 우물쭈물하며 함께 하지 않는구나"라고 하였다. 이 의미를 살펴보면 도리어 일찍이 이 우물을 마셨기에, 비록 내버려두고 떠난다 해도 차마 침을 뱉을 수 없다는 말이다. 이렇게 해야 고인의 충후한 마음이 충분히 드러난다는 것이 이치상으로도 훨씬 분명해 보인다.

●黃帝之初, 有蚩尤氏[193]兄弟七十二人, 銅頭鐵額, 食啗砂石, 制五兵之器, 而變化雲霧. 世本[194]及呂氏春秋[195]皆云, "蚩尤作五兵,"

---

193) 蚩尤氏(치우씨) : 전설상의 인물로 문헌마다 기록이 상이하나, 황제黃帝와 탁록涿鹿에서 전투를 벌이다 패하여 죽임을 당한 것으로 보는 설이 일반적이다. 염제炎帝 혹은 황제黃帝의 신하라는 설도 있고 전쟁의 신으로 추앙받기도 하였다.

194) 世本(세본) : 고대 사관史官이 전설상의 임금인 황제黃帝 때부터 춘추시대까지의 제후와 대부大夫들에 관해 기록한 사서史書. 총 15편. ≪한서・예문지≫권30 참조. ≪수서・경적지≫권33과 ≪구당서・경적지≫권46, ≪신당서・예문지≫권58 등에는 전한 유향劉向(약 B.C.77-B.C.6)의 2권본과 후한 송충宋衷의 4권본이 기록되어 있는데, 유사 저서이거나 위서僞書인 듯하다. 또 ≪송사・예문지≫를 비롯하여 송대 이후 서지書誌에 아무런 언급이 없는 것으로 보아 송나라 때 이미 실전된 것으로 보인다.

195) 呂氏春秋(여씨춘추) : 전국시대 진秦나라 여불위呂不韋(?-B.C.235)가 문객門客을 시켜 여러 가지 학설을 망라한 책이라고 하나 위서僞書일 가능성이 높다. 총 26권. '여람呂覽'이라고도 한다. ≪사고전서총목・자부・잡가류雜家類≫권117 참조.

謂戈・殳・戟・酋矛196)・夷矛197)也. 黃帝誅之於涿鹿之野, 涿鹿
屬冀州. 任昉述異記198)曰, "冀州有蚩尤神, 謂蚩尤人身牛蹄, 四目
六手, 涿鹿間往往掘地, 得髑髏199)如銅鐵者, 卽蚩尤骨也. 齊梁尙有
蚩尤齒, 長二寸, 堅不可碎. 秦漢間說, 蚩尤牛耳, 鬢如劍戟, 頭有
角, 與軒轅200)鬪, 以角抵人, 人不能向. 冀州舊樂, 名蚩尤戲, 其民
兩兩三三, 頭帶角而相抵, 卽角抵之戲, 蓋其遺制也." 其後人通以角
勝之戲爲角抵焉. 或獨以兩人競力爲角抵, 非也. 齊魏之間, 太原村
落中祭蚩尤神, 尙不用牛頭. 漢武時, 太原有蚩尤神, 晝見, 龜足蛇
首, 疫其里人, 遂立祠. 漢紀201)云, "武帝元封202)三年, 作角抵戲,
以享外國朝獻者, 而三百里內皆觀之." 此角抵, 乃角勝203)也. 蓋始
於戴角, 遂有是名耳. 抵與抵同用, 此抵字非正文.

○황제黃帝 초기에 치우씨 형제 72명이 구리 머리에 쇠 이마를 하
고서 모래와 자갈을 삼켜 다섯 가지 병기를 제작하고, 구름과 안
개를 일으켰다. ≪세본≫ 및 ≪여씨춘추≫에서는 모두 "치우가
다섯 가지 병기를 만들었다"고 하였는데, 다섯 가지 병기는 창・

---

196) 酋矛(추모) : 자루가 짧은 창.
197) 夷矛(이모) : 자루가 긴 창.
198) 述異記(술이기) : 남조南朝 양梁나라 임방任昉(460-508)이 기이한 이야기를 모
    아 엮은 책으로 총 2권. 그러나 내용 중에 북제北齊와 관련된 고사도 있는 것으로
    보아, 진나라 장화張華(232-300)의 ≪박물지博物志≫처럼 여러 사람의 손에 의해
    서 완성된 것으로 보인다. ≪사고전서간명목록・자부・소설가류小說家類≫권14 참
    조. ≪수서・경적지≫권33이나 ≪구당서・경적지≫권46, ≪신당서・예문지≫권59
    에서는 모두 남제南齊 조충지祖沖之가 지었으며 총 10권이라고 한 반면, ≪송사・
    예문지≫권206에서는 양나라 임방의 저서로 총 2권이라고 하였다. 후인의 위작僞
    作이라는 설도 있다.
199) 髑髏(촉루) : 죽은 사람의 머리뼈를 이르는 말. 해골.
200) 軒轅(헌원) : 전설상의 임금인 오제五帝 가운데 첫 번째 임금인 황제黃帝의 이
    름. 성은 '공손公孫'이고 이름이 '헌원軒轅'이다. '헌원'이란 언덕에서 산 데서 유래
    하였다. ≪사기・오제본기五帝本紀≫권1 참조.
201) 漢紀(한기) : 후한 때 순열荀悅(148-209)이 반고班固(32-92)의 ≪한서漢書≫를
    정리하여 편년체編年體로 쓴 역사책. 총 30권. ≪사고전서간명목록・사부・편년류
    編年類≫권5 참조.
202) 元封(원봉) : 한漢 무제武帝의 연호(B.C.110-B.C.105).
203) 角勝(각승) : 승부를 겨루다. 여기서는 그러한 놀이를 가리키는 말로 쓰였다.

날 없는 창·긴 창·자루가 짧은 창·자루가 긴 창을 말한다. 황제가 그를 탁록의 들판에서 죽였는데, 탁록은 (하북성) 기주에 속한다. (남조南朝 양梁나라) 임방의 ≪술이기≫권상에 "기주에는 치우신이 있는데, 치우는 몸은 사람처럼 생겼고, 발굽은 소처럼 생겼으며, 눈이 네 개에 손이 여섯 개로서, 탁록 일대에서 땅을 파다가 이따금 구리와 쇠처럼 생긴 해골을 얻으면 바로 치우의 뼈라고들 말한다. (지금의) 남제南齊와 양나라 때도 길이 두 치 되는 치우의 이빨을 얻는데, 단단하여 부숴지지 않는다. 진나라와 한나라 때 떠돌던 말에 의하면, 치우는 귀가 소처럼 생겼고, 수염이 칼과 창처럼 날카로우며, 머리에 뿔이 있어 헌원(황제)과 싸울 때 뿔로 사람을 들이받으면 사람이 대항하지 못 했다고 한다. 기주의 오랜 음악 가운데 '치우희'라는 것이 있는데, 백성들이 두세 명씩 어울려 머리에 뿔을 이고 서로 들이받았으니, 승부를 다투는 놀이도 아마 그것에서 유래한 풍습일 것이다"라고 하였다. 그뒤로 사람들은 통상 승부를 겨루는 놀이를 '각저희'라고 하였다. 혹여 단지 두 사람이 힘을 겨루는 것을 '각저희'라고 하는 것은 틀린 말이다. (남조) 남제南齊와 (북조) 북위北魏 시기 (산서성) 태원군의 고을에서 치우신에게 제사를 지낼 때는 오히려 소의 뿔을 사용하지 않았다. 전한 무제 때 태원군에서 치우신이 대낮에 출현한 적이 있는데, 발은 거북처럼 생기고, 머리는 뱀처럼 생긴 것이, 그곳 고을 사람들에게 역병을 퍼뜨렸기에 급기야 사당을 세운 적이 있다. ≪한기·효무제≫권14에 "무제 원봉 3년(B.C.108)에 '각저희'를 만들어 외국에서 알현차 오는 사신에게 공연하였는데, 3백 리 안의 사람들이 모두 이를 구경하였다"는 기록이 있다. 여기서 '각저희'는 바로 승부를 겨루는 놀이이다. 아마도 뿔을 머리에 이는 것에서 유래하여 급기야 이런 명칭이 생긴 것일 게다. '저抵'와 '저觝'는 통용자처럼 사용하지만, 이 '저抵'자는 본래 바른 표기가 아니다.

●牛亨問曰, "草木生類乎?" 答曰, "生類也." 又曰, "有識乎?" 答曰, "無識也." 又曰, "無識, 寧得爲生類也?" 答曰, "物有生而有識者, 有生而無識者, 有不生而有識者, 有不生而無識者. 夫生而有識者, 蟲類也. 生而無識者, 草木也. 不生而無識者, 水土也. 不生而有識者, 鬼神也."

○(전한 때) 우형이 물었다. "초목도 동족을 낳습니까?" 그러자 (동중서가) 대답하였다. "동족을 낳는다네." 또 물었다. "그러면 지각이 있습니까?" 대답하였다. "지각이 없다네." 또 물었다. "지각이 없는데, 어찌 동족을 낳을 수 있습니까?" 대답하였다. "사물 가운데는 태어나면서 지각이 있는 것이 있고, 태어나면서도 지각이 없는 것이 있으며, 태어나지 않으면서도 지각이 있는 것이 있고, 태어나지 않으면서 지각이 없는 것이 있다네. 무릇 태어나면서 지각이 있는 것은 벌레가 그러하네. 태어나면서도 지각이 없는 것은 초목이 그러하네. 태어나지 않으면서 지각이 없는 것은 물이나 흙이 그러하네. 태어나지 않으면서도 지각이 있는 것은 귀신이 그러하네."

●牛亨問曰, "將離別, 贈之以芍藥者, 何?" 答曰, "芍藥, 一名可離, 故將別以贈之. 亦猶相招召, 贈以文無, 文無, 一名當歸也. 欲忘憂者, 贈以丹棘, 丹棘, 一名忘憂, 使人忘其憂也. 欲蠲忿者, 贈以靑棠, 靑棠, 一名合歡, 合歡則忘忿也."

○(전한 때) 우형이 물었다. "이별할 즈음에 작약을 선물하는 것은 어째서입니까?" 그러자 (동중서가) 대답하였다. "작약은 일명 '가리'라고도 하기에, 이별할 때 선물하는 것이네. 또한 상대방을 부를 때 '문무'를 선물하는 것과 같은데, '문무'는 '당귀'라고도 하네. 근심거리를 잊고자 할 때는 '단극'을 선물하는데, '단극'을 일명 '망우초'라고도 하는 것은 사람들에게 근심을 잊게 해 주기 때문이라네. 분노를 가라앉히고자 할 때는 '청당'을 선물하는데,

'청당'을 일명 '합환'이라고도 하는 것은 함께 즐거우면 분노를 잊을 수 있기 때문이라네."

●芙蓉, 一名荷花, 生池澤中. 實曰蓮, 花最秀者. 一名水且, 一名水芝, 一名水華. 色有赤·白·紅·紫·靑·黃, 紅·白二色差多. 花大者, 至百葉. 又有金蓮花·靑蓮花·碧蓮花·千葉蓮花·石蓮花·雙蓮花·旱蓮花.

○'부용'은 일명 '하화'라고도 하는데, 연못에서 자란다. 열매는 '연'이라고 하는데, 꽃 중에서도 가장 빼어난 것이다. 일명 '수차'라고도 하고, '수지'라고도 하고, '수화'라고도 한다. 빛깔은 적색·백색·홍색·자색·청색·황색이 있지만, 홍색과 백색 두 가지 빛깔을 띤 것이 좀더 많은 편이다. 꽃이 큰 것은 꽃잎이 백 장이나 된다. 또 '금련화' '청련화' '벽련화' '천엽련화' '석련화' '쌍련화' '한련화'가 있다.

●烏蓮204), 花細, 六葉, 色多紅綠. 紅者紫點, 綠者紺點. 俗謂之仙人花. 一名連纈花, 一名鳳翼.(按古今注, "烏蓮, 葉如鳥翅, 一名鳥羽, 一名鳳翼. 花大者, 其色多紅綠. 紅者紫點, 綠者紺點. 俗呼爲仙人花, 一名連纈花." 較此條尤詳.)

○(게발선인장을 가리키는) '만련萬連'은 꽃이 가늘고, 꽃잎이 여섯 장이 나는데, 빛깔은 홍색과 녹색이 많다. 홍색을 띤 것은 자색 반점이 있고, 녹색을 띤 것은 감색 반점이 있다. 세간에서는 '선인화'로 부른다. 일명 '연힐화'라고도 하고, '봉익화'라고도 한다. (살펴보건대 ≪고금주≫권하에서는 "'만련'은 잎사귀가 새의 날개처럼 생겼기에, 일명 '조우'라고도 하고, '봉익'이라고도 한다. 꽃이 큰 것은 빛깔에 홍색과 녹색이 많다. 홍색을 띤 것은 자색 반점이 있고, 녹색을 띤 것은 감색 반점이 있다. 세간에서는 '선인화'로 부른다. 일명 '연힐화'라고도 한다"고 하여, 이 조항에 비

---

204) 烏蓮(오련) : 풀의 일종인 범부채. 그러나 ≪고금주≫권하의 원문에 의하면 게발 선인장을 뜻하는 말인 '만련萬連'의 오기이다.

해 내용이 더 상세하다.)

●蘘荷205)似蘆葍而白. 蘆葍色紫, 花生根中, 花未敗時可食. 久置則銷爛, 不爲實矣.(按古今注, 尙有"葉似薑, 宜陰翳地種之, 常依陰而生"十四字.)

○(생강의 일종인) '양하'는 '복저'와 비슷하면서 빛깔이 하얗다. '복저'는 자색을 띠면서 꽃이 뿌리에서 자라는데, 꽃잎이 시들기 전에 먹을 수 있다. 오래도록 그냥 두면 시들어버려서 열매를 맺지 못 한다.(≪고금주≫권하를 보면 오히려 "잎사귀는 생강과 유사하면서 그 늘진 땅에서 잘 자라기에, 늘 그늘에 의지해 자란다"는 열네 글자가 더 있다.)

●茶, 蓼也. 茶, 紫色, 蓼, 靑色. 其味辛且苦, 食之明目. 或謂紫葉者爲香茶, 或謂靑葉者爲靑茶, 亦以紫色者爲紫蓼, 靑色者爲靑蓼. 其長大而不苦者爲馬蓼.

○(씀바귀의 일종인) '도茶'는 '요蓼'의 일종이다. '도'는 자색을 띠고, '요'는 청색을 띤다. 그 맛은 맵고도 쓰고, 먹으면 눈을 밝게 해 준다. 잎사귀가 자색을 띤 것을 '향도'라고 하고, 잎사귀가 청색을 띤 것을 '청도'라고 부르기도 하고, 또 자색을 띤 것을 '자규'라고 하고, 청색을 띤 것을 '청규'라고 부르기도 한다. 그중 잎사귀가 길고 크면서 맛이 쓰지 않은 것은 '마규'라고 한다.

●白楊206)葉圓, 靑楊207)葉長, 柳葉亦長細.

○(버드나무의 일종인) 황철나무는 잎사귀가 둥글고, 수양버들은 잎사귀가 길며, 버드나무 잎사귀도 길고 가늘다.

●蒲楊208)生水邊, 葉似靑楊.

---

205) 蘘荷(양하) : 생강과에 속하는 여러해살이풀.
206) 白楊(백양) : 황철나무. 무덤가에 심는 나무 가운데 하나로 우리나라에서는 사시나무를 일컫기도 한다.
207) 靑楊(청양) : 버드나무의 일종. 수양나무.

○(버드나무의 일종인) 갯버들은 물가에서 자라는데, 잎사귀가 수양버들과 비슷하다.

●杴楊209), 圓葉弱蔕, 微風大搖, 一名高飛, 一名獨搖.
○(버드나무의 일종인) 이양나무는 잎사귀가 둥글고, 꼭지가 여려 미풍에도 크게 흔들리기에, 일명 '고비'라고도 하고, '독요'라고도 한다.

●水楊, 蒲楊也. 枝勁細, 紉作矢用. 或言, "雈苻亦水楊也."
○(버드나무의 일종인) '수양'은 갯버들의 일종이다. 가지가 단단하면서 가늘기에, 다듬으면 화살을 만들어 사용할 수 있다. 혹자는 "'환부'도 '수양'의 일종이다"라고 한다.

●赤楊, 霜降則葉赤, 材理亦赤.
○(버드나무의 일종인) '적양'은 서리가 내리면 잎사귀가 붉어지고, 줄기의 무늬도 붉은 색을 띤다.

●苦葴210), 一名苦藏211), 子有裏, 形如皮弁. 始生靑, 熟則赤. 裏有實,(按, 二字据古今注補.) 正圓如珠, 子亦隨裏靑赤. 長安兒童名洛神珠, 亦曰王母212)珠, 亦曰皮弁草.
○'고침'은 일명 '고직'이라고도 하는데, 씨앗은 속이 비었고 모양새는 가죽 고깔처럼 생겼다. 처음에는 청색이 돌다가 익으면 적색을 띤다. 속에 열매가 있는데,(살펴보건대 두 글자는 《고금주》권하

---

208) 蒲楊(포양) : 갯버들. 가을이 되면 가장 먼저 낙엽이 떨어지는 초목이어서 노년이나 인생무상을 상징한다. '포류蒲柳'라고도 한다.
209) 杴楊(이양) : 버드나무의 일종.
210) 苦葴(고침) : 쓴맛이 나는 마람초馬藍草의 별칭.
211) 藏(직) : 《고금주》권하에는 '적蘵'으로 되어 있다.
212) 王母(왕모) : 중국 전설에 나오는 불로장생不老長生을 상징하는 신녀神女 이름인 서왕모西王母의 약칭. 여신선들을 총괄하는 일을 관장하였다.

에 의거하여 보충한 것이다.) 진주처럼 동그라면서 열매 역시 속과 마찬가지로 청색이나 적색을 띤다. (섬서성) 장안의 아이들은 이를 '낙신주'라고 부르는데, 일명 '왕모주'라고도 하고, '피변초'라고도 한다.

●虎豆213), 一名虎沙.(按古今注, 尚有"似貍豆而大, 實如小兒拳, 可食"三句.)
○'호두'는 일명 '호사'라고도 한다.(≪고금주≫권하에 보면 오히려 "'이두' 와 비슷하지만 크기가 더 크고, 열매는 어린아이 주먹 만하면서 먹을 수 있다" 는 세 구절이 더 있다.)

●貍豆214), 一名貍沙, 一名獵沙.(按古今注, 尚有"葉似葛, 實大如李核, 可啗" 三句)
○'이두'는 일명 '이사'라고도 하고, '납사'라고도 한다.(≪고금주≫권하 에 보면 오히려 "잎사귀는 갈대와 비슷하고, 열매는 크기가 호두씨 만한데, 씹 어 먹을 수 있다"는 세 구절이 더 있다.)

●營豆215), 葉似葛, 實長尺餘, 可蒸食. 一名營菽.(按古今注, 尚有"一名治 營"句.)
○'노두'는 잎사귀는 갈대와 비슷하고, 열매는 길이가 한 자가 넘 으며, 쪄서 먹을 수 있다. 일명 '노숙'이라고도 한다.(≪고금주≫권하 를 보면 오히려 "일명 '치로'라고도 한다"는 구절이 더 있다.)

●馬豆, 一名馬沙.(按古今注, 尚有"似虎豆而小, 實大如指, 亦可食"句)
○'마두'는 일명 '마사'라고도 한다.(≪고금주≫권하를 보면 오히려 "'호두' 와 비슷하지만 크기가 작고, 열매는 크기가 손가락 만하며, 역시 식용이 가능하 다"는 구절이 더 있다.)

---

213) 虎豆(호두) : 콩의 일종. '호사虎沙' '여두黎豆'라고도 한다.
214) 貍豆(이두) : 반점이 있는 콩 이름. 살쾡이 같은 반점이 있는 데서 유래하였다. '이두貍豆' '여두黎豆' '이사貍沙'라고도 한다.
215) 營豆(노두) : 야생콩인 녹두의 별칭.

●枳椇216)子, 一名木餳, 實形拳曲, 花217)在實外,(按, 八字据古今注補
　入.) 味甘美如餳蜜也. 一名樹蜜, 一名木實, 一名白石, 一名白實.

○허깨나무 열매는 일명 '목당'이라고도 하는데, 열매는 모양새가
　주먹을 쥔 것처럼 생겼고, 씨앗은 열매 밖에 있으며,(살펴보건대 이
　상 여덟 자는 ≪고금주≫권하에 근거해 보충해 넣은 것이다.) 맛은 엿이나
　꿀처럼 감미롭다. 일명 '수밀'이라고도 하고, '목실'이라고도 하
　고, '백석'이라고도 하고, '백실'이라고도 한다.

●木蜜218)生南方, 合體皆甛嫩, 枝(一作軟皮)及葉, 皆可生啗. 味如蜜,
　解煩止渴. 其老枝及根幹, 堅不可食, 細破煮之, 煎以爲蜜, 味倍甘
　美.

○(허깨나무의 일종인) '목밀'은 남방에서 자라는데, 나무 전체가
　모두 달콤하면서 부드럽다. 가지('부드러운 껍질'로 된 문헌도 있다)와
　잎사귀는 모두 날로 먹을 수 있는데, 맛이 꿀처럼 달아서 고민을
　풀어주고 갈증을 멈추게 해 준다. 오래된 가지와 뿌리 및 줄기는
　단단해서 먹을 수 없지만, 그것을 잘게 부숴 달인 뒤 끓여서 꿀
　을 만들면, 맛이 배나 달콤해진다.

●九穀者, 黍・稷・稻・粱・三豆219)・二麥220), 是也.(按, 自草木生類
　一條至此, 十九則皆見古今注.)
○아홉 가지 곡식은 찰기장・메기장・쌀・수수・세 가지 콩과 두
　가지 보리를 가리킨다.(살펴보건대 '초목도 동족을 낳습니까?'라는 조항부
　터 이 항목에 이르기까지 열에 아홉은 모두 ≪고금주≫에도 보인다.)

---

216) 枳椇(지구) : 허깨나무.
217) 花(화) : ≪고금주≫권하의 원문에 의하면 '핵核'의 오기이다.
218) 木蜜(목밀) : 허깨나무의 일종. '지구枳椇' '지거枳柜'라고도 한다.
219) 三豆(삼두) : 세 종류의 콩을 이르는 말. 그러나 구체적인 내용은 알려지지 않았
　　다. 박물군자가 밝혀주기를 기대한다.
220) 二麥(이맥) : 보리인 대맥大麥과 밀인 소맥小麥을 아우르는 말.

●秀, 繡也, 草木之花, 如綺繡者. 從禾從乃. 禾者, 和也. 二月種, 八月收, 得時中和之氣, 遂名曰秀.

○'수秀'는 아름답다는 뜻으로, 초목의 꽃이 비단처럼 아름다운 것이다. 의미상 '벼 화'를 따르면서 '곧 내'를 따른다. '화禾'는 조화롭다는 뜻이다. 중춘 2월에 씨를 뿌리고, 한가을 8월에 수확하려면, 제철의 조화로운 기운을 얻어야 하기에, 급기야 '수'라고 부르는 것이다.

●烏文木出交州[221], 色黑, 有文.

○'오문목'은 (광서성 일대인) 교주에서 나는데, 빛깔이 검고 무늬가 있다.

●蘇枋[222]木出扶南[223]·林邑[224]外國, 取細破, 煮之以染色.

○소방나무는 크메르나 베트남 등의 외국에서 나는데, 그것을 가져다가 잘게 부순 뒤 불로 끓이면 염색을 할 수 있다.

●紫檀木出扶南, 而色紫, 亦謂之紫旃.

○자단목은 크메르에서 나고, 자색을 띠는데, '자전'이라고도 한다.

●燕, 一名天女, 又名摯鳥.

○제비는 일명 '천녀'라고도 하고, '지조'라고도 한다.

●吐綬[225]鳥, 一名功曹[226].

---

221) 交州(교주) : 지금의 광서성 창오현蒼梧縣 일대를 가리키는 말.
222) 蘇枋(소방) : 열대지방에서 자라는 나무 이름. '소방蘇方' '소목蘇木'이라고도 한다.
223) 扶南(부남) : 고대 중국 남부에 크메르족이 세운 나라 이름. 지금의 태국 동쪽 일대.
224) 林邑(임읍) : 중국 고대 때 베트남 중부에 있었던 이민족 국가 이름. '환왕環王' '점불로占不勞' '점파占婆'라고도 하였다.
225) 吐綬(토수) : 칠면조.
226) 功曹(공조) : 보통은 군郡에서 서사書史를 관장하는 속관屬官인 공조참군功曹參

○칠면조는 일명 '공조'라고도 한다.

●雀, 一名嘉賓, 言常棲集人家, 如賓客也.
○참새는 일명 '가빈'이라고도 하는데, 이는 늘 민가에 머물며 손님 행세를 한다는 말이다.

●秦始皇有名馬七, 一曰追風, 二曰白兔, 三曰躡景, 四曰奔電, 五曰飛翮, 六曰銅爵, 七曰神鳧.
○진나라 시황제에게는 명마가 일곱 마리 있었는데, 각기 '추풍마' '백토마' '섭경마' '분전마' '비핵마' '동작마' '신부마'라고 하였다.

●鷄名燭夜, 又曰翰音. 狗曰黃耳. 豬, 一名參軍事227).(古今注, 豬作猿, 疑誤.) 羊, 一名髥主簿228).(按, 烏文木一條至此, 凡八則皆見古今注.)
○닭을 ('밤을 밝힌다'는 의미에서) '촉야'라고도 하고, ('깃털이 있으면서 소리를 낸다'는 의미에서) '한음'이라고도 한다. 개는 ('귀가 노랗다'는 의미에서) '황이'라고 한다. 돼지는 일명 ('군사 업무에 참여한다'는 의미에서) '참군사'라고도 한다.(≪고금주≫권중에는 '돼지 저豬'자가 '원숭이 원猿'자로 되어 있는데, 오류인 듯하다.) 양은 ('수염이 난 주부'라는 의미에서) 일명 '염주부'라고도 한다.(살펴보건대 '오문목'부터 여기까지 도합 8개 항목은 모두 ≪고금주≫에도 보인다.)

●世目無朋侶者爲獨, 蓋獸名也. 許愼云, "北囂山229)有獸, 名獨狢焉, 其狀如虎, 白身, 豕鬣似馬尾, 行止無伴, 遂名曰獨."

軍의 약칭을 뜻하나 여기서는 칠면조의 별칭을 가리킨다.
227) 參軍事(참군사) : 한나라 이후로 왕부王府나 장수·사신·자사·태수 휘하에서 군무軍務를 참모參謀하던 벼슬에 대한 통칭.
228) 主簿(주부) : 한나라 이후로 문서 처리를 관장하는 속관屬官을 이르던 말. 중앙 및 지방의 각 행정 기관에 모두 설치하였다.
229) 北囂山(북효산) : 북방에 있다는 전설상의 산 이름. ≪산해경·북산경北山經≫권 3 참조.

○세간에서 배우자가 없는 사람을 '독獨'으로 부르는 것은 아마도 짐승 이름에서 비롯된 듯하다. (후한) 허신은 "북효산에 '독학'이라는 짐승이 있는데, 그 형상은 호랑이처럼 생겼으면서 흰 몸에 말의 꼬리를 닮은 돼지 갈기를 하고서 움직일 때나 멈추었을 때나 짝이 없기에, 급기야 '독'으로 불린다"고 하였다.

●紺蝶230), 一名蜻蛉, 似蜻蛉而色玄紺. 遼東人謂之紺幡, 亦曰童幡, 亦曰天鷄. 好以七月羣飛闇天. 海邊蠻夷食之, 謂海中靑鰕化爲之也. (按, 自此至末, 皆見古今注.)

○(감색 왕잠자리를 뜻하는 말인) '감접'은 일명 '청령'이라고도 하는데, 일반 잠자리처럼 생겼으면서도 짙은 감색을 띤다. 요동 일대 사람들은 '감번'이라고도 부르고, '동번'이라고도 하며, '천계'라고도 한다. 초가을 7월에 흐린 하늘을 떼지어 날아다니기 좋아한다. 해안가에 사는 만이족은 이것을 잡아먹으면서 바닷속 푸른 새우가 변한 것으로 생각한다.(살펴보건대 여기서부터 마지막까지 모두 ≪고금주≫에 보인다.)

●蛺蝶231), 一名野蛾, 江東人謂之撻术.(术, 古今注作末. 又作木.) 色白背靑者, 是也.(按古今注, 有此七字.) 其大者或黑色, 或靑斑, 曰鳳子, 一名鳳車, 一名鬼車, 生江南柑橘園中.(原本脫落, 今据古今注增補.)

○('호랑나비'를 뜻하는 말인) '협접'은 일명 '야아'라고도 하는데, 장강 동쪽 일대 사람들은 '달출'이라고 부른다.('출术'이 ≪고금주≫권중에는 '말末'로 되어 있다. 또 '목木'으로 된 문헌도 있다.) 빛깔이 흰색을 띠고, 등이 푸른 것이 그것이다.(살펴보건대 ≪고금주≫권중에는 이 일곱 글자가 있다.) 그중 몸집이 큰 것은 흑색을 띠기도 하고, 청색 반점을 띠기도 하는데, '봉자'라고도 하고, '봉거'라고도 하고, '귀

---

230) 紺蝶(감접) : 감색을 띤 왕잠자리를 이르는 말.
231) 蛺蝶(협접) : 호랑나비. 나비에 대한 총칭으로 쓸 때도 있다.

거'라고도 하며, 장강 이남의 감귤 과수원에서 산다.(원본에 누락되
었기에, 이제 ≪고금주≫권중에 근거해 보충한다.)

●蜻蛉232), 一名靑亭, 一名胡蝶, 色靑而大者, 是也. 小而黃者, 曰胡
梨, 一曰胡離. 小而赤者, 曰赤卒, 一名絳騶, 一名赤衣使者. 好集水
上, 亦名赤弁丈人.(原本脫落, 据古今注增補.)
○('잠자리'를 뜻하는 말인) '청령'은 일명 '청정'이라고도 하고 '호
접'이라고도 하는데, 빛깔이 푸르면서 몸집이 큰 것이 그것이다.
몸집이 작고 황색을 띠는 것은 '호리胡梨'라고도 하고, '호리胡離'
라고도 한다. 몸집이 작으면서 적색을 띠는 것은 '적졸'이라고도
하고, '강추'라고도 하고, '적의사자'라고도 한다. 물가에 모이기
좋아하는 것은 '적변장인'이라고도 한다.(원본에 누락되었기에, 이제 ≪고
금주≫권중에 근거해 보충한다.)

●莎雞233), 一名促織, 一名絡緯, 一名蟋蟀. 絡緯, 謂其鳴聲如紡績
也. 促織, 謂其鳴聲如急織也.
○(베짱이를 뜻하는 말인) '사계'는 일명 '촉직'이라고도 하고, '낙
위'라고도 하고, '실솔'이라고도 한다. '촉직'은 그 울음소리가 베
를 짤 때 나는 소리 같다는 말이다. '낙위'는 그 울음소리가 급하
게 천을 짤 때 나는 소리 같다는 말이다.

●促織, 一名促機.
○'촉직'은 일명 '촉기'라고도 한다.

●蟋蟀, 一名吟蛩, 秋初生, 得寒乃鳴. 濟南人謂之嬾婦.
○'실솔'은 일명 '음공'이라고도 한다. 가을에 처음 태어났다가 추

---

232) 蜻蛉(청령) : 잠자리를 이르는 말.
233) 莎雞(사계) : 귀뚜라미의 일종인 베짱이.

위를 만나야 비로소 울어댄다. (산동성) 제남 일대 사람들은 ('게
으른 아낙'이란 의미에서) '나부'로 부른다.

●蝘蜓234), 一曰守宮, 一曰龍子, 善於樹上捕蟬, 食之. 其五色, 長細
大者, 名爲蜥蜴, 其短而大者, 名爲蠑螈, 一曰蛇醫. 大者長三尺. 其
色玄紺, 善螫人, 一曰綠螈, 一曰玄螈.
○('도마뱀'을 뜻하는 말인) '언정'은 일명 '수궁'이라고도 하고, '용
자'라고도 하는데, 나무 위에서 매미를 잡아 먹는 것을 잘 한다.
그중 오색을 띠는 것 가운데 몸이 길고 가늘면서 큰 것은 '석척'
이라고 하고, 몸이 짧으면서 큰 것은 '영원'이라고도 하고, '사의'
라고도 한다. 큰 것은 길이가 세 자 가량 된다. 빛깔이 짙은 감
색을 띤 것은 사람을 잘 쏘는데, 일명 '녹원'이라고도 하고, '현
원'이라고도 한다.

●牛亨問曰, "蟻名玄駒者, 何也?" 答曰, "河內235)人竝河而居, 見人
馬數千萬, 皆如黍米, 遊動往來, 從旦至暮. 家人以火燭之, 人皆是
蚊蚋, 馬皆是大蟻. 故今人呼蚊蚋236)曰黍民, 名蟻曰玄駒也."
○(전한 때) 우형이 물었다. "개미를 '현구'라고 부르는 것은 어째
서입니까?" 그러자 (동중서가) 대답하였다. "(하남성) 하내군 사
람들이 황하 가에서 살다가 사람과 말의 숫자가 수천 수만에 달
하는 것을 보았는데, 모두 기장이나 보리처럼 생긴 것이 여기저
기를 돌아다니며 새벽부터 저녁까지 움직였다네. 그곳 주민들이
불로 그것들을 태우자 사람들은 모두 모기였고, 말들은 모두 개
미였다네. 그래서 요즘 사람들이 모기를 '서민'이라고 부르고, 개
미를 '현구'라고 부르는 것이네."

---

234) 蝘蜓(언정) : 도마뱀의 일종.
235) 河內(하내) : 하남성의 속군屬郡 이름.
236) 蚊蚋(문예) : 모기에 대한 총칭. 남방에서는 '문蚊'이라고 하고, 북방에서는 '예
蚋'라고 한 데서 유래하였다. '예蚋'는 '예蜹'로도 쓴다.

●牛亨問曰, "蟬名齊女者, 何也?" 答曰, "齊王后忿而死, 尸變爲蟬, 登庭樹, 嘒唳237)而鳴. 王悔恨, 故世名蟬曰齊女也."

○(전한 때) 우형이 물었다. "매미를 '제녀'라고 부르는 것은 어째 서입니까?" 그러자 (동중서가) 대답하였다. "제나라 왕의 부인이 화병으로 죽자, 시신이 매미로 변해 정원 나무에 올라서 '맴맴!' 하고 울어댔다네. 왕이 후회를 하였기에 세간에서는 매미를 '제 녀'라고 부르는 것이네."

●結草蟲238), 一名結葦. 好于草末, 折屈草葉爲巢窟, 處處有之.

○(도롱이벌레를 뜻하는 말인) '결초충'은 일명 '결위충'이라고도 한다. 풀 끝에 붙어서 풀잎을 말아 보금자리로 삼는 것을 좋아하 기에 어디나 다 있다.

●蜣蜋239), 一名蛣蜣, 一名轉丸, 一名弄丸. 能以土包屎, 轉而成丸, 圓正無斜角.(古今注有"莊周曰240), '蛣蜣之智, 在于轉丸'"三句.)

○('말똥구리'를 뜻하는 말인) '강랑'은 일명 '길강'이라고도 하고, '전환'이라고도 하고, '농환'이라고도 한다. 흙으로 말똥을 싼 뒤 굴려서 알맹이를 잘 만드는데, 그 알맹이는 동그라면서 모난 데 가 없다.(≪고금주≫권중에는 "≪장자≫에 '말똥구리의 지혜는 알맹이를 굴리 는 데 달려 있다'고 하였다"는 세 구절이 더 있다.)

●蠅虎241), 一名豹子.(按古今注, 尚有"蠅狐也. 形似蜘蛛, 而色灰白, 善捕蠅, 一 名蠅蝗," 凡十八字. 此本常有脫落.)

○('깡충거미'를 뜻하는 말인) '승호'는 일명 '표자'라고도 한다.(≪고

---

237) 嘒唳(혜려) : 매미가 우는 소리를 형용하는 말.
238) 結草蟲(결초충) : 도롱이벌레를 이르는 말.
239) 蜣蜋(강랑) : 말똥구리나 쇠똥구리를 이르는 말.
240) 曰(왈) : 이하 예문은 현전하는 ≪장자≫에는 보이지 않는 것으로 보아 일문逸 文인 듯하다.
241) 蠅虎(승호) : 파리를 잘 잡는 것으로 이름난 깡충거미. '승호蠅狐'로도 쓴다.

금주≫권중에는 오히려 "깡충거미이다. 모양새는 거미처럼 생겼지만 회백색을
띠고 있고, 파리를 잘 잡기에 일명 '승황'이라고도 한다"는 도합 열여덟 글자가
더 있다. 이 판본은 누락된 부분이 있는 것이 다반사다.)

●蝃蚑, 蟰蛸242)也. 身小而足長, 故謂之蝃蚑.

○'장기'는 갈거미를 가리킨다. 몸집이 작고 발이 길어서 '장기'라
고 하는 것이다.

●魧243)子, 一名魚子, 好羣浮水上, 曰白萍.(按, 古今注曰, "白魚244)赤尾
者曰觸245), 一曰魧. 或曰, '雌者曰白魚, 雄者曰觸魚.' 子好羣泳水上者, 名爲白
萍." 校此尤詳.)

○('뱅어'를 뜻하는 말인) '항자魧子'는 일명 '어자'라고도 하는데,
물 위에서 떼지어 헤엄치는 것을 좋아하여 '백평'이라고도 한다.
(살펴보건대 ≪고금주≫권중에는 "뱅어 가운데 꼬리가 붉은 것을 '홍촉'이라고
하는데, 일명 '항魧'이라고도 한다. 혹자는 '암컷을 「백어」라고 하고, 수컷을 「항
어」라고 한다'고 하였다. 새끼로서 물 위에서 떼지어 헤엄치기 좋아하는 것은
이름하여 '백평'이라고 한다"라고 하였기에, 여기서의 기록에 비해 더 상세한
편이다.)

●兗州人謂白鯉爲白騏.(按, 古今注曰, "兗州人呼赤鯉爲赤驥, 呼靑鯉爲靑馬, 謂
黑鯉爲玄駒, 白鯉爲白騏, 黃鯉爲黃雄246)." 校此爲詳. 當是此本有脫落也.)

○(산동성) 연주 사람들은 흰 잉어를 '백기'라고 부른다.(살펴보건대
≪고금주≫권중에는 "연주 사람들은 붉은 잉어를 '적기'라고 부르고, 푸른 잉어
를 '청마'라고 부르고, 검은 잉어를 '현구'라고 부르고, 하얀 잉어를 '백기'라고
부르고, 노란 잉어를 '황치'라고 부른다"라고 하여 여기서의 기록에 비해 상세

---

242) 蟰蛸(소소) : 갈거미.
243) 魧(원) : 큰 자라. ≪고금주≫권중에 의하면 '뱅어'를 뜻하는 말인 '항魧'의 오기
    이다.
244) 白魚(백어) : 뱅어. 살치 혹은 잉어의 일종이란 설도 있는데, 어느 것이 맞는지
    는 불분명하다.
245) 觸(촉) : ≪고금주≫권중에 의하면 '홍촉'의 오기이다.
246) 雄(웅) : ≪고금주≫권중의 원문에 의하면 '치雉'의 오기이다.

하다. 이 판본에는 누락된 내용이 있는 것이 분명하다.)

●江東人謂童子魚247)爲土父, 謂鼇爲河伯248)使者.(按古今注, 尙有"呼青
衣魚249)爲婢鰈250)"一句.)

○장강 동쪽 일대 사람들은 ('노랑횟대'를 뜻하는 말인) '동자어'를
'토부어'라고 부르고, 악어를 '하백사자'라고 부른다.(≪고금주≫권중
을 보면 오히려 "(가자미의 일종인) '청의어'를 '비섭'이라고 부른다"는 한 구절
이 더 있다.)

●鼇, 一名河伯從事251).

○자라는 일명 ('황하 수신의 관리'라는 의미에서) '하백종사'라고
도 한다.

●烏賊252), 一名河伯度事小吏.

○오징어는 ('하백 휘하에서 사소한 일을 처리하는 하급관리'라는
의미에서) 일명 '하백탁사소리'라고도 한다.

●彭越子似蟹而小. 揚楚間, 每遇寒食, 其俗競取而食之. 或傳云, "漢
黥布253)覆彭越254)醢於江, 遂化爲蟹, 因名彭越子," 恐爲誤說. 此

---

247) 童子魚(동자어) : 민물고기인 노랑횟대. '토부어土父魚' '토부어土附魚' '토포어吐
哺魚' '두부어杜父魚'라고도 하는데, '두부杜父'는 '도부渡父'로 써야 한다는 설이
있다.

248) 河伯(하백) : 황하를 주관하는 수신水神을 이르는 말.

249) 靑衣魚(청의어) : 가자미의 일종.

250) 鰈(섭) : ≪고금주≫권중에 의하면 이 글자가 누락되었기에 첨기한다.

251) 從事(종사) : 한漢나라 이후로 승상丞相이나 자사刺史·태수太守 등이 개인적으
로 기용하여 잡무를 처리하게 하던 속관屬官을 이르는 말.

252) 烏賊(오적) : 오징어. 까마귀가 죽은 줄 알고 잡아먹으려다가 도리어 잡아먹히기
에 까마귀의 천적이란 의미에서 유래하였다.

253) 黥布(경포) : 전한 사람 영포英布(?-B.C.195). 경형黥刑을 당하여 '경포黥布'로
도 불렸다. 항우項羽(항적項籍 B.C.232-B.C.202) 휘하에서 장수를 지내며 구강왕
九江王에 봉해졌다가 뒤에 유방劉邦(B.C.247-B.C.195)에게 귀의하여 건국을 도왔
으나 반란을 일으켰다가 패하여 살해당했다. ≪한서·경포전≫권34 참조.

蓋彭蝎子矣.(蝎又作蜎.) 人語訛, 以蝎子爲越子, 緣彭越有名於世, 故
習俗相傳, 因而不改. 據崔正熊[255]云, "蚩蝎子, 小蟹也, 亦曰彭蚑
子. 海邊塗中食土, 一名長卿. 其有螯大者, 名擁劍. 一名執火, 其螯
赤故也." 晉司徒[256]蔡謨[257]初過江, 誤食彭蜞子, 以爲蟹, 吐下, 以
至委頓[258]. 他日言於謝尚, 尚曰, "卿讀爾雅[259], 不熟也!"

○'팽월자'는 게와 흡사하지만, 몸집이 작다. (강소성) 양주揚州와
초주楚州 일대에서는 매년 한식날을 맞으면 그곳 풍속상 다투어
그것을 잡아서 먹는다. 혹자는 "전한 때 경포가 팽월의 시신으로
만든 젓갈을 장강에 엎었는데, 그것이 급기야 게로 변했기에 '팽
월자'라고 부른다"고 전하지만, 아마도 오류인 듯하다. 이는 아마
도 '팽활자'를 가리키는 것일 게다.('활蝎'은 '위蜎'로 되어 있는 문헌도
있다.) 사람들 말이 와전되어 '활자'가 '월자'가 된 데다가, 팽월이
세간에 유명하여 습관적으로 전해지는 바람에 고쳐지지 않았을
것이다. (진晉나라) 최정웅(최표崔豹)이 (≪고금주≫권중에서)
"'팽활자'는 작은 게로서 '팽기자'라고도 한다. 바닷가 갯벌에 살

---

254) 彭越(팽월) : 진秦나라 말엽 소하蕭何(?-B.C.193)・조참曹參(?-B.C.190)・장양
張良(?-B.C.185)・한신韓信(?-B.C.196) 등과 함께 고조高祖 유방劉邦(B.C.247-B.
C.195)을 도와 한나라를 건국한 일등 공신(?-B.C.196). 후에 양왕梁王에 봉해졌다
가 유방의 견제를 받아 처형되었다. ≪한서・팽월전≫권34 참조.
255) 崔正熊(최정웅) : ≪고금주≫의 저자인 진晉나라 사람 최표崔豹의 별칭. '정웅'
은 자.
256) 司徒(사도) : 상고시대 관직의 하나로서 국가 재정과 관련한 업무를 관장하였다.
주나라 때는 지관地官이었고, 후대에는 민부民部・호부상서戶部尚書에 해당한다.
한나라 이후로는 이 직명을 민정民政을 관장하는 삼공三公의 하나로 지정하기도
하였다.
257) 蔡謨(채모) : 진晉나라 사람(281-356). 자는 도명道明이고, 시호는 문목文穆. 사
마소司馬昭(211-265)의 참군參軍을 지내며 소준蘇峻(?-328)을 평정한 공으로 제
양남濟陽男에 봉해지고, 정북장군征北將軍・광록대부光祿大夫・태상경太常卿・사
도司徒 등을 역임하였다. ≪진서・채모전≫권77 참조.
258) 委頓(위돈) : 힘이 빠진 모양. 풀이 죽은 모양.
259) 爾雅(이아) : 전국시대戰國時代 때 나온 것으로 추정되는 중국 최고最古의 사전.
진晉나라 곽박郭璞(276-324)이 주를 달고, 송나라 형병邢昺(932-1010)이 소를
단 ≪이아주소爾雅注疏≫ 13권이 널리 통용된다. ≪사고전서간명목록・경부・소학
류小學類≫권4 참조.

면서 흙을 먹는데, 일명 '장경'이라고도 한다. 그중 집게발이 큰
것은 '옹검'이라고 부른다. 일명 '집화'라고도 하는 것은 집게발이
붉은 색을 띠기 때문이다"라고 하였다. 진나라 때 사도를 지낸
채모가 당초 장강을 건너다가 잘못 알고서 팽기자를 먹고는, 게
를 먹었다고 생각해 토해내면서 실신에까지 이른 적이 있다. 훗
날 사상에게 말하자, 사상이 "경은 ≪이아≫를 제대로 읽지 않으
셨군요!"라고 말했다고 한다.

■刊誤卷上■

◇序(서문)

●余嘗[1]於學古問政之暇, 而究風俗之不正者, 或未造[2]其理, 則病之
於心. 爰自秦漢, 迨於近世, 凡曰乖盭[3], 豈可勝道哉? 前儒廣學刊
正, 固已多矣. 然尙多漏畧, 頗惑將來, 則書傳深旨, 莫測精微, 而沿
習舛儀[4], 得陳愚淺[5], 撰成五十篇, 號曰刊誤. 雖欲自申專志, 亦如
路瑟[6], 以掇其譏也.

○나는 늘 옛날 정사에 대해 공부하고 질문하다가 틈이 나 바르지
않은 풍속을 연구할 때, 미처 그 이치를 제대로 파악하지 못 하
면, 이를 진심으로 염려하곤 하였다. 그러하니 진나라와 한나라
이래로 근세에 이르기까지 무릇 사리에 어긋난다고 할 만한 것
들을 어찌 일일이 다 말할 수 있으리오? 전대 선비들이 폭넓은
학문으로 바로잡은 것이 물론 이미 많기는 하다. 그러나 여전히
누락된 것들이 많고 장래를 전혀 알 수 없기에, 서책에 담긴 심
오한 뜻은 그 진리를 헤아릴 길이 없는데도 계속해서 오류를 답
습하고 있으니, 내 얄팍한 생각을 적어 50편을 완성하고서 이름
하여 '간오'라고 한다. 비록 스스로 전일한 생각을 펼치고 싶지
만, 역시 길에서 슬을 연주하는 것처럼 그 비판을 감내할 것이다.

---

1) 嘗(상) : 항상. '상常'과 통용자.
2) 造(조) : 찾아가다, 이르다. '지至'의 뜻.
3) 乖盭(괴려) : 사리에 어긋나다. '괴려乖戾'로도 쓴다.
4) 舛儀(천의) : 문맥상으로 볼 때 오류를 뜻하는 말인 '천오舛誤'의 오기인 듯하다.
5) 愚淺(우천) : 자신의 생각이나 지식에 대한 겸칭.
6) 路瑟(노슬) : 오기인 듯하나 불분명하다. 박물군자가 밝혀주기를 기대한다. 여기서
   는 문자 그대로 번역한다.

◇二都不並建(두 도읍을 동시에 건설하지 않다)

●予少讀歷代史, 每考沿習, 自夏殷迄於周齊[7], 未聞兩都並置, 東西
互處者. 夫殷之五遷, 蓋建國不安之爲也, 竟都於亳[8], 底綏[9]四方.
武王克殷, 爲周成王卜洛, 幽王爲犬戎[10]所敗, 平王東遷. 自是不復
都豊鎬[11]矣. 更於秦漢晉魏, 但處一都. 隋以奄宅[12]區宇[13], 公私殷
富, 恃此繁盛, 遂創兩都, 爲巡幸, 不常用都爲憩息之所. 洎乎我唐,
高宗以伊洛[14]勝槩, 每樂巡幸. 是時武后[15]殺蕭妃, 寃出, 宮室不安,
竟因登封[16], 遂成都洛. 武氏革唐爲周, 乃立武氏崇先廟於東都[17].
神龍[18]初, 中宗反正[19], 遷崇先於西京[20], 乃以其地爲太廟[21], 欲

---

7) 周齊(주제): 북조北朝 때 북주北周와 북제北齊를 아우르는 말.
8) 亳(박): 은나라 임금인 반경盤庚이 다섯 차례 천도하다가 마지막에 정착한 서박西
亳을 이르는 말. 하남성 언사현偃師縣의 옛 이름.
9) 底綏(저수): 안정시키다, 내실을 다지다.
10) 犬戎(견융): 중국 고대 이민족인 융족戎族의 한 부류. '견이犬夷' '견이畎夷' '곤
이昆夷' '혼이繽夷'라고도 하였다.
11) 豊鎬(풍호): 주周나라 문왕文王 때의 도읍지인 풍豊과 무왕武王 때의 도읍지인
호鎬를 아우르는 말. 섬서성 장안 일대를 가리킨다.
12) 奄宅(엄택): 안정시키다, 통일하다.
13) 區宇(구우): 천하, 온세상.
14) 伊洛(이락): 하남성을 흐르는 강물인 이수와 낙수를 아우르는 말로 낙양 일대를
가리킨다. 하남성 낙양洛陽 출신의 도학자인 정호程顥(1032-1085)·정이程頤(103
3-1107) 형제를 비유적으로 가리킬 때도 있다.
15) 武后(무후): 당나라 측천무후則天武后의 약칭. 본명은 무조武曌(624-705). '측
천'은 시호로 '측則'은 '측測'과 통용자. 고종高宗의 황후皇后이자 중종中宗 및 예
종睿宗의 모후母后였지만, 뒤에 스스로 황제에 올라 국호를 '당唐'에서 '주周'로 개
칭하고 15년간 전횡을 일삼았으며, 외척인 무武씨 집안 사람들이 득세할 수 있는
빌미를 제공하였다. '측천황후則天皇后' '무측천武則天' '천후天后' 등 다양한 별칭
으로도 불렸다. ≪신당서·측천황후무조기≫권4 참조.
16) 登封(등봉): 태산泰山에 올라 천제와 지신에게 봉선제封禪祭를 지내는 일.
17) 東都(동도): 후한 때 도성인 하남성 낙양洛陽의 별칭. '동경東京'이라고도 한다.
18) 神龍(신룡): 당唐 중종中宗의 연호(705-706).
19) 反正(반정): 정상으로 되돌리다. 중종中宗이 모후母后인 측천무후에 의해 폐위당
했다가 다시 즉위한 것을 말한다.
20) 西京(서경): 전한前漢이나 당나라 때 도읍지인 섬서성 장안長安의 별칭. '서도西
都'라고도 한다. 반면 송나라 때는 하남성 낙양洛陽이 개봉開封(변경汴京)의 서쪽
에 있었기에 낙양을 지칭하였다.
21) 太廟(태묘): 제왕의 조상을 모신 사당인 태조묘太祖廟의 약칭. '청묘淸廟'라고도

使四海22)之知我唐復有宗廟矣. 爾後, 中宗還京, 復饗太廟. 時朝廷多事, 不暇議去東都, 權廟但閟而勿饗. 玄宗巡狩駐蹕23), 復饗洛廟. 是時君臣安於淸泰24), 曾不論及宗廟定制, 遂使後人皆曰, "兩都不疑矣." 夫以出征, 則載遷廟之主25), 亦有所稟, 旣言載主, 則郡國26)豈宜復有廟主耶? 今二都並建, 各立神主, 都洛則有洛廟, 還秦則有秦廟, 則是便於人, 而不敬其神也. 以是而言, 毅然不移, 以朝萬國, 不亦宜乎? 昔隋時有上言者, "一帝二都, 實非舊典," 遂改爲京, 始創之日, 已有譏者, 足顯二都之設, 可謂不經27). 高祖武德28)七年正月, 改東都爲洛州, 是知稽古之帝, 必考是非, 置郡罷都, 垂法後世. 貞觀29)四年詔, "發卒, 修洛陽乾元殿, 以備巡幸." 給事中30)張玄素上書, "陛下31)頃平東都之始, 層樓廣殿, 皆令撤毁, 天下翕然32), 同

한다.

22) 四海(사해) : 천하를 이르는 말. 고대 중국인들이 사방이 바다였다고 생각한 데서 비롯되었다. 옛날에는 온세상을 '천하天下' '해내海內' '사해四海' '육합六合' '구주九州' '신주神州' '우주宇宙' 등 다양한 어휘로 표현하였다.

23) 駐蹕(주필) : '황제의 어가御駕를 세운다'는 뜻에서 유래한 말로 황제가 외지에 머무는 것을 뜻한다. '蹕'은 '蹕'로도 쓴다.

24) 淸泰(청태) : 태평스러운 상태를 이르는 말.

25) 遷廟之主(천묘지주) : 다른 사당으로 옮긴 신주神主를 이르는 말. 천자의 사당에는 태조太祖와 여섯 명의 선왕先王의 신주인 칠묘七廟를 모시는데, 가장 가까운 여섯 명의 신주를 모시고 태조 이후 윗 세대의 신주는 다른 사당으로 옮기는 것을 말한다.

26) 郡國(군국) : 한나라 때 행정 구역 명칭. '군郡'은 천자가 직접 관할하는 행정 구역을 말하고, '국國'은 친왕親王이나 공신을 봉한 각 제후국을 가리킨다. ≪후한서≫에서 '지리지地理志'를 '군국지郡國志'라고 칭한 것도 한나라 때 주요 행정 구역이 '군郡'과 '국國'으로 이루어졌기 때문이다. 여기서는 결국 전국 각지를 가리킨다.

27) 不經(불경) : 법도에 어긋나다, 사리에 맞지 않다.

28) 武德(무덕) : 당唐 고조高祖의 연호(618-626).

29) 貞觀(정관) : 당唐 태종太宗의 연호(627-649).

30) 給事中(급사중) : 황제의 자문과 정사의 논의에 참여하던 벼슬로, 진한秦漢 이래 열후列侯나 장군將軍의 가관加官이었다가 진晉나라 이후로 정관正官이 되었다. 수당隋唐 이후로는 문하성門下省의 장관인 시중侍中과 버금장관인 문하시랑門下侍郞 다음 가는 요직으로 정령政令에 대한 논의와 시정時政을 담당하였다.

31) 陛下(폐하) : 황제에 대한 존칭. '섬돌 아래 공손히 자리한다'는 의미에서 유래하였다. 황제皇帝에게는 '섬돌 아래 있다'는 의미의 '폐하陛下'를, 친왕親王이나 제후에게는 '전각 아래 있다'는 의미의 '전하殿下'를, 고관에게는 '누각 아래 있다'는 의

心歸仰, 豈有初則惡其侈靡, 後則襲其雕麗? 每承德音33), 未卽巡幸, 此則事不急之務, 成虛費之勞, 國無兼年34)之積, 何用兩都之好? 昔漢祖35)將都洛陽, 婁敬一言, 卽日西駕, 豈不知地推中土36), 貢賦所均? 但以形勢不如關內37)也." 太宗遂止. 玄素奧學達識, 爲魏文貞38)推重, 請罷修建, 是也. 兩都置宗廟不殊, 侍御史39)顔標上議, "東都宗廟, 天寶40)・建中41), 兩度賊陷, 東都神主散失之外, 臣據見在42)十一主, 並已瘞43)於兩陛之間, 向來遲疑44), 未去東都之號者, 蓋以舊廟有焉." 則顔標所引原廟45), 述漢失禮,' 理亦至矣. 旋46)爲巨寇焚爇47), 廟室悉成煨燼48), 況乎城闕崩壞, 宮室丘墟, 廢之有時, 契於至理. 今請制爲藩鎭49), 以汝洛50)節度51)爲名, 選帥實

미의 '각하閣下'를, 그리고 신분이나 연령이 높은 사람에게는 '발 아래 있다'는 의미의 '족하足下'를 사용함으로써 상대방의 지위가 낮아질수록 점차 거리를 가까이 하는 의미가 담겨 있다.

32) 翕然(흡연) : 일제히 칭송하는 모양.

33) 德音(덕음) : 당송 때 정식 조칙詔勅 이외에 은전恩典이나 사면赦免과 같은 특혜를 베풀 때 내린 조서를 가리키는 말.

34) 兼年(겸년) : 두 해. '양년兩年'과 뜻이 같다.

35) 漢祖(한조) : 전한 고조高祖에 대한 약칭.

36) 中土(중토) : 중국, 중원의 별칭.

37) 關內(관내) : 함곡관函谷關 안쪽 땅, 즉 섬서성 장안 일대를 이르는 말. '관중關中'이라고도 한다. 당나라 때는 대단위 행정 구역인 10도道 가운데 하나가 되었다.

38) 魏文貞(위문정) : 당나라 사람 위징魏徵(580-643)의 별칭. '문정'은 시호. 자는 현성玄成. 간의대부諫議大夫・시중侍中・태자태사太子太師 등 요직을 두루 거치며 직간直諫으로 유명하였고, 정국공鄭國公에 봉해졌다. ≪신당서・위징전≫권97 참조.

39) 侍御史(시어사) : 주周나라 때 주하사柱下史에서 유래한 벼슬로서 위진魏晉 이후로는 주로 관리들의 비리를 규찰하였다. 당송唐宋 때는 어사대御史臺 소속으로 어사대부御史大夫・어사중승御史中丞 다음 가는 벼슬이었다.

40) 天寶(천보) : 당唐 현종玄宗의 연호(742-756).

41) 建中(건중) : 당唐 덕종德宗의 연호(780-783).

42) 見在(현재) : 현재. '현재現在'와 통용어.

43) 瘞(예) : 묻다, 매장하다.

44) 遲疑(지의) : 머뭇거리며 결정을 내리지 못 하다.

45) 原廟(원묘) : 정묘正廟 이외에 따로 세운 종묘宗廟를 가리키는 말.

46) 旋(선) : 얼마 안 있어, 이윽고.

47) 焚爇(분설) : 불사르다, 태우다.

48) 煨燼(외신) : 불에 타서 잿더미가 되는 것을 이르는 말.

兵, 以遏東夏52).

○나는 어려서부터 역대 사서들을 읽었는데, 매번 연혁을 고찰할 때마다 하나라·은나라로부터 (북조北朝) 북주北周와 북제北齊 때까지 두 도읍을 동시에 설치해 동서로 서로 대치케 하였다는 말을 들어본 적이 없다. 은나라가 다섯 번 천도한 것은 대개 나라가 불안했기 때문이었고, 결국 (하남성) 박땅에 도읍을 정해 사방을 안정시켰다. (주나라) 무왕이 은나라를 정복하고서 주나라 성왕을 위해 (하남성) 낙양을 도읍으로 정하였으나, 유왕이 견융족에게 패하자 평왕 때 동쪽으로 천도하였다. 이때부터 더 이상 (섬서성) 풍땅과 호땅에 도읍을 정하지 않게 되었다. 진秦나라·한나라·진晉나라·북위北魏를 거치면서는 단지 한 곳에만 도읍을 정했다. 수나라는 천하를 통일하고서 공적으로나 사적으로나 경제가 풍족해져, 이러한 전성기에 의거해서 마침내 두 군데 도읍을 세워서 순행을 하였기에, 늘상 도읍을 안식처로 삼지 않았다. 당나라에 이르러 고종은 이수와 낙수 일대의 풍광 때문에 매번 순행을 즐기곤 하였다. 당시 측천무후가 귀비인 소씨를 죽여 원성이 자자하고 궁실이 불안하였기에, 태산에 올라 봉선제를 올리고는 급기야 동도인 낙양을 완성하였다. 무후는 당나라에서 주나라로 국호를 바꾸고, (하남성) 동도(낙양)에 무씨 가문의 사당인 봉선묘를 세웠다. 신룡(705) 초에 중종은 정권을 되찾자 숭선묘를 (섬서성) 서경(장안)으로 옮기고, 도리어 그곳을 태묘로 삼음으로써 온세상에 자신의 당나라가 다시 종묘를 보유

---

49) 藩鎭(번진) : 당나라 이후로 변방에서 군정軍政을 관장하던 관서官署나 벼슬을 가리키던 말. 후에는 세력이 강해져 민정民政과 재정財政도 장악하면서 조정朝廷과 자주 갈등을 빚기도 하였다.

50) 汝洛(여락) : 하남성 여주汝州와 낙주洛州, 즉 낙양 일대를 가리킨다.

51) 節度(절도) : 당송唐宋 때 한 도道나 여러 주州의 군사·민정·재정 등을 관할하던 벼슬인 절도사節度使의 약칭. 송 이후로는 실권이 없이 직함만 있었다.

52) 東夏(동하) : 동쪽의 중원 땅. '하夏'는 '화華'와 통용자로 중원을 뜻한다. 여기서는 결국 낙양 일대를 가리킨다.

하게 되었다는 것을 알리고자 하였다. 그뒤로 중종은 도성으로 돌아와 다시 태묘에서 제를 올렸다. 당시 조정에는 일이 많아 동도를 떠나는 것에 대해 논의할 겨를이 없었기에, 임시 종묘를 단지 폐쇄하고서 제를 올리지 않았을 뿐이다. 현종은 순수하다가 머물면서 다시 낙양의 종묘에서 제를 올렸다. 그때 군주와 신하들은 태평성대에 안주하여 결국 종묘 제도에 대해 언급하지 않았기에, 결국 후인들이 모두 "도읍이 두 군데라는 사실은 의심의 여지가 없다"고 말하게 되었다. 무릇 출정하게 되면 다른 종묘로 옮기는 신주를 수레에 실어도 제를 올리는데, 기왕 신주를 수레에 싣는다고 하면 전국 각지에 어찌 다시 종묘의 신주가 있을 수 있겠는가? 이제 두 도읍을 동시에 세워 각기 신주를 모실 경우 낙양에 도읍을 정하면 낙양의 종묘가 있게 되고, 진 땅(장안)으로 돌아가면 진 땅의 종묘가 있게 되니, 이는 사람에게는 편할지라도 신주에게는 불경한 일이 된다. 이로써 말하건대 의연히 옮기지 않고서 수많은 나라들을 조알케 하는 것도 타당하지 않겠는가? 옛날 수나라 때 누군가 상소문을 올려 "한 황제가 두 군데 도읍을 세우는 것은 사실 옛 전장제도가 아니옵니다"라고 하자 결국 '경'으로 명칭을 바꾸었는데, 처음 건국했을 때 이미 비판한 자가 있었으니, 두 도읍의 설치가 법도에 맞지 않는다고 말하는 것이 충분히 분명하다. (당나라) 고조 무덕 7년(624) 정월에 동도를 낙주로 개칭하였으니, 이로써 옛 제도를 잘 아는 황제는 반드시 시시비비를 가려 군으로 설치하여 도읍을 폐지해서 후세에 모범을 보였다는 것을 알 수 있다. (태종) 정관 4년(630)에는 조서를 내려 "병사들을 차출해서 낙양의 건원전을 지어 순행에 대비토록 하라"고 하였다. 그러자 급사중 장현소가 글을 올려 "폐하께서 예전에 동도를 평정했던 초기에 높고 넓은 건물들을 모두 철거하셨기에, 천하 사람들이 한결같이 일심동체로 존경을 표하였거늘, 어찌 처음에는 사치를 싫어하셨다가 나중에는 화려함을 답습하실 수 있사옵니까? 매번 덕음을 받으면 즉시 순행에 나서지 않았는데, 이는 급하지 않은 임무를 일삼고 헛된 수고를 행하는 것이니, 나라에 두 해 동안 쓸 수 있는 자금이 쌓이지 않았거늘, 어찌 두 도읍을 선호할 필요가 있겠나이까? 옛날에 전한 고조가 낙양에 도읍을 세우려고 하다가 누경이 한 마디 하자, 그날로 서쪽(장안)으로 행차한 것이 어찌 중원(낙양)을 중시하면 공물이나 세금이 고르게 된다는 것을 몰라서였겠습니까? 단지 형세상 차라리 관내 지역(장안)이 적절했기 때문이옵니다." 그래서 태종이 결국 그만두었다. 장현소가 학식이 깊고 풍부하여 문정공 위징의 추천을 받아 건축을 중단할 것을 청한 것도 이를 가리킨다. 두 도읍에 종묘를 설치한 것이 다르지 않자, 시어사 안표가 상소문을 올려 "동도(낙양)의 종묘가 (현종) 천보(742-756) 연간과 (덕종) 건중(780-783) 연간 두 차례나 반군에게 점령당해서 동도의 신주가 사라진 것 외에도, 신이 현재의 11명의 신주가 모두 이미 두 계단 사이에 파묻힌 것 때문에, 여태껏 우물쭈물하면서 동도라는 호칭을 미처 없애지 못 한 것은 대개 옛 종묘가 존재하기 때문이옵니다"라고 말하였으니, 안표가 원묘를 인용하면서 한나라가 제례를 그르쳤다고 기술한 것도 이치상 타당하다. 얼마 뒤 대규모 반군들이 불을 질러 종묘가 모두 잿더미가 되었거늘, 하물며 성궐이 무너지고 궁실이 폐허가 되는 상황에서야 그것을 폐지하는 데 적절한 때가 있다는 것도 지극히 이치에 맞는 말이다. 그래서 이제 번진 제도를 제정하여 (하남성) 여주와 낙주를 관장하는 절도사란 명칭을 세워서 장수를 뽑고, 병사들을 충원해 동쪽 중원을 통제하기를 바란다.

◇**春秋仲月巡陵, 不合**[53]**擊樹**(봄 2월과 가을 8월에 황릉을 순찰할 때는 나무를 쳐서 안 된다)

---

53) 合(합) : 의당, 마땅히. '當當'의 뜻.

●開元禮54), 春秋二仲月55), 司徒56)·司空57)巡陵, 春則掃除枯朽, 秋則芟薙58)繁蕪. 掃除者, 當發生之時, 欲使盛茂也. 芟薙者, 當秋殺59)之時, 除去擁蔽, 且慮火災也. 以三公之任隆位高, 度力展儀, 以己率衆, 令巡陵. 公卿60)皆持小斧, 卽其義也. 近代選任稍輕, 不達舊禮, 將及陵關, 則取縣吏持斧, 擊樹三發, 謂之告神. 其爲不經, 又何甚也?

○《개원례》에 의하면 중춘 2월과 중추 8월에 사도와 사공은 황릉을 순찰하는데, 봄에는 매마른 초목을 제거하고, 가을에는 잡다한 가지를 벴다. '제거한다'는 것은 생명이 움트는 시기를 맞아 그것들이 무성하게 자라도록 돕는다는 뜻이고, '벤다'는 것은 가을에 추위가 닥치기 시작했을 때를 맞아 잡다하게 뒤덮은 가지

---

54) 開元禮(개원례) : 당나라 소숭蕭嵩 등이 현종玄宗 개원開元(713-741) 연간에 황명을 받들어 여러 가지 예법을 정리한 책인 《대당개원례大唐開元禮》의 약칭. 총 150권. 《사고전서간명목록·사부·정서류》권8 참조.

55) 仲月(중월) : 봄과 가을의 두 번째 달인 음력 2월 중춘과 7월 중추를 가리킨다.

56) 司徒(사도) : 상고시대 관직의 하나로서 국가 재정과 관련한 업무를 관장하였다. 주나라 때는 지관地官이었고, 후대에는 민부民部·호부상서戶部尙書에 해당한다. 한나라 이후로는 이 직명을 민정民政을 관장하는 삼공三公의 하나로 지정하기도 하였다.

57) 司空(사공) : 벼슬 이름. 소호少昊 때 처음 설치되었는데, 주周나라 때는 동관冬官으로서 치수와 토목공사를 관장하였고, 한나라 이후로는 태위太尉·사도司徒와 함께 삼공三公의 하나였다.

58) 芟薙(삼치) : 삭제하다, 베어내다.

59) 秋殺(추살) : 가을의 살기. 즉 점차 추위가 닥치기 시작하는 시기를 가리킨다.

60) 公卿(공경) : 중국 고대 조정의 최고위 관직인 삼공三公과 구경九卿. 결국은 모든 고관에 대한 총칭이다. '삼공'은 시대마다 차이가 있는데, 주周나라 때는 태사太師·태부太傅·태보太保를 지칭하였고, 진秦나라 때는 승상丞相·어사대부御史大夫·태위太尉를 지칭하였으며, 한나라 때는 진나라의 제도를 답습하다가 애제哀帝와 평제平帝 때에 대사마大司馬·대사도大司徒·대사공大司空을 지칭하였으며, 후대에는 태사太師·태부太傅·태보太保를 '삼사三師'로 승격시키고 대신 태위太尉·사도司徒·사공司空을 '삼공'이라고 하기도 하였다. '구경'의 칭호도 시대마다 명칭과 서열에 차이가 있는데, 한나라 때는 태상太常·광록훈光祿勳·위위衛尉·태복太僕·정위廷尉·홍려鴻臚·종정宗正·대사농大司農·소부少府를 '구경'이라 하였고, 수당隋唐 이후로는 구시九寺, 즉 태상太常·광록光祿·위위衛尉·종정宗正·태복太僕·대리大理·홍려鴻臚·사농司農·태부太府의 장관을 '구경'이라고 하였다.

들을 제거하고, 또 화재를 염려한다는 뜻이다. 삼공은 지위가 매우 높아 힘을 다해 의식을 거행해야 하기에, 손수 사람들을 이끌고 황릉을 순찰시킨다. 그때 공경들이 모두 작은 도끼를 드는 것도 바로 그러한 의미이다. 근자에는 임명 제도가 다소 가벼워졌고, 옛 예법도 잘 몰라, 황릉의 관문에 이르면 현의 관리들을 데려다가 도끼를 들고서 세 번 나무를 치게 하면서 이를 ('조상신에게 고한다'는 의미에서) '고신'이라고 한다. 그러나 불경스러운 정도가 그 얼마나 심하던가?

◇禮儀使(예의사)

●九卿太常[61], 專掌禮樂, 累代沿習, 不更其名. 又春官[62]氏主國之五禮[63], 吉·凶·賓·軍·嘉也. 寺有少卿[64]·博士, 禮部有郞中[65]·員外[66], 愼選儒學達於典禮者, 足以咨訪大國儀範, 豈有闕文? 而代宗皇帝用顔眞卿爲禮儀使, 眞卿博通典式, 曷不授太常卿·禮部尙書[67], 而使掌國禮? 奈何禮儀以使爲名, 則何異營田租庸[68]者乎?

---

61) 太常(태상) : 예악禮樂과 천문天文에 관련된 업무를 관장하는 기관인 태상시太常寺나 그 장관인 태상경太常卿의 약칭. 태상경은 구경九卿 중에서도 서열이 가장 높은 고관高官이었다.

62) 春官(춘관) : 주周나라 때 육부六府 가운데 교육과 제례를 관장하던 기관을 이르는 말. 후대의 예부禮部와 유사하다.

63) 五禮(오례) : 길례吉禮(제사)·흉례凶禮(장례)·빈례賓禮·군례軍禮·가례嘉禮(혼례)를 아우르는 말. 공公·후侯·백伯·자子·남男의 다섯 작위에 대한 예법을 가리킬 때도 있다.

64) 少卿(소경) : 당송 때 구시九寺를 총괄하는 장관인 구경九卿 다음 가는 버금 장관에 대한 칭호. 예를 들어 태상시太常寺의 장관은 '태상경太常卿'이고 버금 장관은 '태상소경太常少卿'이다.

65) 郞中(낭중) : 진한秦漢 이후 황실의 호위와 시종을 관장하던 벼슬. 삼서三署의 관원인 오관중랑장五官中郞將·좌중랑장左中郞將·우중랑장右中郞將을 설치하여 관장케 하였다. 당송唐宋 때는 상서성尙書省 소속 육부六部의 산하 기관인 4사司(총 24사司)의 실무를 관장하는 기관장의 명칭이 되었다.

66) 員外(원외) : 상서성尙書省과 같은 중앙기관에 정식 관원인 낭중郞中 외에 정원 외로 설치한 속관屬官인 원외랑員外郞의 준말. 낭중의 지휘를 받으며 실무를 처리하였다. '정원 외로 설치한 낭관'이란 의미에서 유래하였다.

67) 禮部尙書(예부상서) : 조정의 핵심 행정 기관인 상서성尙書省 소속의 육부六部 가

前史所無, 我唐有之, 必爲後世之譏, 宜亟去其名也.

○구경 중에 태상경이 오로지 예악을 관장하면서 오랜 세월 이를 답습하여 명칭을 바꾸지 않았다. 또 (주周나라 때는) 춘관 소속 관원이 국가의 오례를 주재하였는데, 오례는 길례(제례)·흉례(장례)·빈례·군례·가례(혼례)를 가리킨다. 태상시太常寺에는 태상 소경과 태상박사가 있고, 예부에는 예부낭중과 예부원외랑이 있어, 유학자 가운데 전례를 잘 아는 사람을 엄선해서 나라의 의식에 대해 충분히 자문을 구하였거늘, 어찌 관련 문헌이 없겠는가? 대종황제가 안진경을 등용하여 예의사에 임명하였으나, 안진경은 전례에 해박하였거늘, 어찌 태상경과 예부상서에 임명해서 국가의 전례를 관장케 하지 않았겠는가? 어찌 '예의'라는 말을 사신에게 호칭으로 부여할 수 있으며, 그렇다면 농토에서 거두는 세금을 운영하는 자와 무엇이 다르겠는가? 전대의 사서에는 없는데 당나라에만 있다면 필시 후세 사람들에게 비난을 받을 것이니, 의당 속히 그러한 명칭을 삭제해야 할 것이다.

◇開府儀同三司 (개부의동삼사)

●周制, 太師·太傅·太保爲三公, 秦則有太尉·司徒·司空. 及安帝 以車騎將軍鄧騭[69]爲開府儀同三司[70], 謂別開一府, 得比三公. 皇

운데 국가의 제사와 교육·외교 등과 관련한 주요 업무를 관장하던 기관인 예부의 장관을 이르는 말. 버금 장관으로 예부시랑禮部侍郎을 두고, 휘하에 예부禮部·사부祀部·선부膳部·주객主客의 4사司를 설치하여 낭중郎中과 원외랑員外郎에게 관장케 하였다.

68) 租庸(조용) : 곡식이나 비단을 세금으로 내는 제도. '용'은 원래 1년에 20일간 요역傜役을 치러야 하는 의무를 뜻하지만, 요역 대신 비단을 낼 수 있는 데서 유래하였다.

69) 鄧騭(등즐) : 후한 때 사람(?-121). 등우鄧禹(2-58)의 손자이자 화제和帝의 부인인 등황후鄧皇后의 오빠. 후에 모함을 받아 관작을 박탈당하자 울분을 이기지 못하고 자살하였다. ≪후한서·등즐전≫권46 참조.

70) 開府儀同三司(개부의동삼사) : 일종의 산관散官. 한나라 때 태위太尉·사도司徒·사공司空의 삼공三公을 삼사三司라고 하였는데, 삼사가 아니지만 의제儀制와 대우가 삼사와 동등한 벼슬을 '의동삼사'라고 하였다. 후한 이후로 승상부丞相府를 별

唐71)用開府爲散階72). 今有拜太師・太保・太尉・司徒・司空眞秩
者, 反以開府儀同三司爲階, 授受之間, 莫此商較. 後代論者曰, "起
自唐, 得不以乖舛73)爲愧哉?" 若以醻賞勳伐74), 名數實繁, 秩至三
公, 何須以階爲盛?

○주나라 때 제도에 의하면 태사・태부・태보를 '삼공'이라고 하였
고, 진나라 때는 ('삼공'으로) 태위・사도・사공이 있었다. (후한)
안제 때는 거기장군 등을 개부의동삼사에 임명하였는데, '개부
의동삼사'란 달리 관청을 독자적으로 개설할 수 있기에, 지위가
삼공과 맞먹는다는 말이다. 당나라 때는 '개부'를 산관의 품계로
간주하였다. 지금은 태사・태보・태위・사도・사공의 진짜 품계
를 배수받은 사람들이 도리어 개부의동삼사를 품계로 간주하기
에, 주고받는 직함 가운데 이것에 비견할 만한 것이 없다. 그래
서 후대 논자들이 "당나라 때부터 시작되었으니 사리에 어긋나
는 제도를 부끄럽게 여기지 않을 수 있겠는가?"라고 말하게 되
었다. 만약 공적을 세운 사람에게 모두 상으로 내린다면, 인원수
가 실로 많아지고 봉록이 삼공에 이를 것이니, 어찌 품계를 많이
만들 필요가 있으리오?

◇**宰相不合受節察防禦團練75)等使橐鞬拜禮(재상은 의당 절도**
  사・관찰사・방어사・단련사 등의 사신이 무장을 하고 절
  을 올리는 예법을 받아서는 안 된다)

도로 개설할 수 있는 개부開府의 권한을 가지고 삼사에 버금가는 지위를 가진 벼
슬을 '개부의동삼사開府儀同三司'라고 칭하였다. 당송 때는 종1품에 해당하는 문산
관文散官으로 서열이 가장 높았다.

71) 皇唐(황당) : 자신의 왕조인 당나라를 높여 부르는 말.

72) 散階(산계) : 명예직인 산관散官의 품계를 이르는 말.

73) 乖舛(괴천) : 사리에 어긋나다. 일이 어그러지다.

74) 醻賞勳伐(수상훈벌) : 공적을 세운 사람에게 상을 내리다. '수醻'는 '수酬'와 통용
  자이고, '벌伐'은 '로勞'로도 쓴다.

75) 節察防禦團練(절찰방어단련) : 황제가 임명한 사신인 절도사節度使・관찰사觀察
  使・방어사防禦使・단련사團練使 등을 아우르는 말.

●今代節度使76)帶平章77)者, 凡經藩鎭78)節察使, 必具櫜鞬79), 迎於
道左80), 未知禮出何代. 前史國典, 並無其文. 且國初州郡, 皆以都
督81)敕使理之. 至景雲82)二年, 賀拔延嗣除涼州都督, 充河西節度.
自此始有節度之號. 景雲以後, 六典83)·會要84), 並無節度使·觀察
使85)戎服迎拜使相86)之禮. 若宜有之, 則節度使降麻87), 防禦使88)

---

76) 節度使(절도사) : 당송唐宋 때 한 도道나 여러 주州의 군사·민정·재정 등을 관
   할하던 벼슬. 송 이후로는 실권이 없이 직함만 있었다.

77) 平章(평장) : 심의·검토하여 처리하는 것을 뜻하는 말. 당송 때는 황제의 의사
   결정에 함께 참여한다는 의미에서 재상의 직함인 동중서문하평장사同中書門下平章
   事의 약칭으로도 쓰였다. 결국 재상의 권한을 가리킨다.

78) 藩鎭(번진) : 당나라 이후로 변방에서 군정軍政을 관장하던 관서官署나 벼슬을 가
   리키던 말. 후에는 세력이 강해져 민정民政과 재정財政도 장악하면서 조정朝廷과
   자주 갈등을 빚기도 하였다.

79) 櫜鞬(고건) : '고櫜'는 화살을 담는 화살집을 가리키고, '건鞬'은 활을 담는 활집을
   가리킨다. 무장武裝을 갖추는 것을 말한다.

80) 道左(도좌) : 길가, 길옆. '노좌路左'라고도 한다.

81) 都督(도독) : 군사軍事 업무를 총괄하는 장관을 이르는 말.

82) 景雲(경운) : 당唐 예종睿宗의 연호(710-712).

83) 六典(육전) : 나라를 다스리는 데 기본이 되는 여섯 분야의 법전. 《주례·천관天
   官·태재지직大宰之職》권2에 의하면 치전治典·교전敎典·예전禮典·정전政典·
   형전刑典·사전事典으로 구성되었다. 그러나 후대에는 주로 《당육전唐六典》의
   약칭으로 쓰였다. 《당육전》은 당나라 현종玄宗의 어명으로 관직에 관해 정리한
   법전으로서 이임보李林甫(?-752)가 주를 달았는데, 삼사三師·삼공三公·삼성三省
   ·구시九寺·오감五監·십이위十二衛로 분류하여 그 직책 및 연혁을 설명하였다.
   총 30권. 《사고전서간명목록·자부·직관류職官類》권8 참조.

84) 會要(회요) : 당나라 때 황제로부터 각 기구에 이르기까지의 정사와 제도에 관해
   기록한 사서史書인 《당회요唐會要》의 약칭. 당나라 소면蘇冕이 고조高祖에서 대
   종代宗까지 40권, 양소복楊紹復 등이 덕종德宗에서 선종宣宗까지 40권, 송나라 왕
   보王溥가 선종에서 당말唐末까지의 기록을 보충하여 총 100권으로 엮었다. 《사고
   전서간명목록·사부·정서류政書類》권8 참조.

85) 觀察使(관찰사) : 당나라 때 도道나 절도사節度使가 없는 주州에 두어 군사·재무
   ·민사 등 모든 권한을 행사하던 벼슬. '도부都府'라고 칭할 만큼 권한이 막강하였
   으며, 중엽 이후로는 절도사가 겸직하다가 송나라에 들어서는 유명무실해졌다.

86) 使相(사상) : 당송 때 절도사節度使로서 중서령中書令·시중侍中·중서문하평장
   사中書門下平章事 등을 겸임하던 벼슬. 공신이나 전직 재상을 우대하던 제도이다.

87) 降麻(강마) : 당송 때 재상이나 장관을 임면任免하던 일. 황색 마지麻紙나 백색
   마지에 조서詔書를 써서 조정에 선고宣告한 데서 유래하였다. '선마宣麻'라고도 한다.

88) 防禦使(방어사) : 당나라 때 측천무후則天武后(624-705)가 지방의 군사 업무를
   관장하기 위해 처음 설치했던 벼슬 이름. 송나라 때는 무관武官의 겸직 벼슬로 단

制下89)之日, 便合具軍容, 詣中書90)謁謝. 在城旣無此禮, 外府何爲
行之? 宰相位雖崇重, 猶與九品抗禮91), 今則俱是將相, 豈可偃受戎
容92)? 予嘗仰而思之, 乃悟其事必因元帥93)・都統94), 遂有是儀.
何者? 天寶逆賊95), 建中叛臣96), 旣陷兩京97), 兵連淮朔. 此際徵集
師旅, 又假回騎98), 軍戎繁雜, 宜以位高威震者都統而制之. 哥舒翰
・郭子儀, 繼爲元帥都統, 時諸道99)節使100)會兵討叛者, 必以軍禮
導之, 而淮朔亦不以是爲讓, 欲使軍中禀大將軍之命也. 爾後元和101)
十一年, 裴度提相印, 充淮西節使, 兼淮西宣慰使102), 會諸鎭師旅十
餘萬衆, 指揮節制103), 憲宗悉委於度. 及平逋寇104), 李愬統兵入蔡

런사[團練使]보다는 높고 관찰사[觀察使]보다는 직급이 낮은 사신으로 파견하였다.
89) 制下(제하) : 제서制書가 내려오다. 즉 황명을 내리는 것을 말한다.
90) 中書(중서) : 위진魏晉 이래로 국가의 기무機務・조령詔令・비기祕記 등을 관장하
   는 최고 행정 기관인 중서성中書省의 약칭. '중성中省'이라고도 한다.
91) 抗禮(항례) : 평등한 예로 대우하다.
92) 戎容(융용) : 군대의 위용을 뜻하는 말인 군용軍容과 동의어.
93) 元帥(원수) : 삼군三軍 중 핵심 부대인 중군中軍의 사령관을 이르는 말.
94) 都統(도통) : 군대를 통솔하는 총책임자를 일컫는 말. 전진前秦 때 부견苻堅(338
   -385)이 20세 이하의 부호 자제 3,000명을 선발하여 조직한 기병대의 우두머리
   를 '도통'이라고 한 데서 유래하였다.
95) 天寶逆賊(천보역적) : 당나라 현종玄宗 천보天寶(742-756) 연간에 반란을 일으킨
   안녹산安祿山・사사명史思明을 가리킨다.
96) 建中叛臣(건중반신) : 당나라 덕종德宗 건중建中(780-783) 연간에 반란을 일으킨
   주차朱泚(742-784)를 가리킨다.
97) 兩京(양경) : 서경西京인 섬서성 장안長安과 동경東京인 하남성 낙양洛陽을 아우
   르는 말. '양도兩都'라고도 한다.
98) 回騎(회기) : 중국 서역 회흘족回紇族(위구르족)의 기병을 뜻하는 말. 현종이 회
   흘족 족장인 복고회은僕固懷恩에게 원군을 요청한 것이 그러한 예이다.
99) 道(도) : 당나라 때 대단위 행정 구역 이름. 태종太宗이 주州와 현縣이 너무 많은
   것을 번다하게 여겨 구주九州처럼 전국의 행정구역을 10개의 도로 간소화하여 관
   내도關內道・하남도河南道・하동도河東道・하북도河北道・산남도山南道・강남도江
   南道・농우도隴右道・회남도淮南道・검남도劍南道・영남도嶺南道를 설치한 데서
   유래하였다.
100) 節使(절사) : 당송唐宋 때 한 도道나 여러 주州의 군사・민정・재정 등을 관할
    하던 벼슬인 절도사節度使의 약칭. 송 이후로는 실권이 없이 직함만 있었다.
101) 元和(원화) : 당唐 헌종憲宗의 연호(806-820).
102) 宣慰使(선위사) : 천자의 교지敎旨를 알리고 백성들을 위무慰撫하는 업무를 관
    장하도록 당나라 헌종獻宗이 처음 설치한 사신 이름.

州, 屯兵鞠場105), 以待度, 馬首具囊鞬. 度將避之, 愬曰, "此方不識
上下等威, 久矣. 愬今具戎服, 拜相國106)於堂下, 使吏民瞻觀, 敬畏
生焉. 如此可不勞理矣." 度然之. 蔡邦遂淸, 蔡人遂寧. 愬以度兼宣
慰處置使107), 宰相專征, 不異都統之重. 故具戎服, 以申拜敬, 且以
禮示蔡民也. 爾後爲藩鎭兼平章事者, 不謂我非元帥都統, 唯以宰相
合當節度防禦等使囊鞬拜禮, 舛誤相承, 所宜改正.

○오늘날 절도사가 재상의 권한을 함께 가지면 번진을 경영하는
모든 절도사나 관찰사들이 반드시 정식으로 무장을 하고서 길가
에서 환영하는데, 이러한 예법이 어느 시대부터 시작되었는지 모
르겠다. 전대의 사서나 국가 법전에 모두 그에 관한 기록이 없
다. 게다가 당나라 초엽 전국의 주와 군에서는 모두 도독과 같은
황명을 받은 사신에게 이를 관장케 하였다. (예종) 경운 2년(71
1)에 하발연사가 (감숙성) 양주도독을 제수받으면서 하서절도사
에 충원되었다. 그때부터 처음으로 절도사란 호칭이 생겨났다.
경운(710-712) 이후로 ≪당육전≫이나 ≪당회요≫ 같은 문헌에
도 모두 절도사나 관찰사가 군복을 입고서 절도사에 임명된 재
상을 환영하는 예법이 보이지 않는다. 만약 분명 그러한 예가 있
었다면, 절도사가 임명장을 받거나 방어사가 임명장을 받는 날
의당 군용을 갖추고 중서성을 찾아가 알현하였을 것이다. 각 성
에도 이러한 예법이 없었거늘, 조정 밖 관청에서 어찌 이를 거행
했겠는가? 재상의 지위가 비록 높고 중하다 해도 구품의 관원들

---

103) 節制(절제) : 절도사節度使가 되어 지방을 관할하는 것을 이르는 말.
104) 逋寇(포구) : 주로 떠돌이 도적떼를 뜻하는 말로 여기서는 결국 반군을 가리킨다.
105) 鞠場(국장) : 가죽으로 주머니를 만들어 그 속에 모발을 채워 넣어서 발로 차던
   놀이인 '축국蹴鞠'을 할 수 있는 장소를 이르는 말. 오늘날의 축구장과 유사하다.
   원래는 군사 훈련용 목적에서 비롯되었다고 한다. '국鞠'은 '국踘'으로도 쓰고, '축
   국蹴鞠'은 '답국踏鞠' '답국蹋鞠'이라고도 한다.
106) 相國(상국) : 벼슬 이름. 춘추전국시대 때는 초楚나라를 제외한 모든 나라에 재
   상을 두어 상국相國·상방相邦·승상丞相이라고 하였는데, 진한秦漢 때는 승상보
   다 높았고, 후대에는 재상宰相에 대한 존칭으로 쓰였다.
107) 處置使(처치사) : 탐관오리 등을 징계하여 다스리는 권한을 가진 사신을 이르는 말.

과 같은 예법으로 대하거늘, 이제 모두 장수이자 재상이라고 해서 어찌 거만하게 군용을 갖출 수 있겠는가? 내 일찍이 고개 들어 곰곰이 생각해 보고서야 비로소 그러한 일이 필시 원수나 도통에게서 기인하였고, 급기야 이러한 의식이 생겨났다는 것을 알았다. 어째서인가? (현종) 천보(742-756) 연간의 역적인 안녹산安祿山・사사명史思明과 (덕종) 건중(780-783) 연간의 역적인 주차朱泚가 이미 (섬서성) 장안과 (하남성) 낙양을 함락하고, 전쟁을 회수 북방까지 확대시킨 적이 있다. 당시 군대를 징집하고서 다시 회흘족에게 기병을 요청하자 군대가 번잡해졌기에, 의당 지위와 위엄이 높은 자에게 도통을 맡겨 통제하였다. 그래서 가서한과 곽자의가 뒤를 이어가며 원수와 도통을 맡자, 당시 각 도의 절도사 가운데 군대를 모아 반군을 토벌하려던 자들은 필시 군례로써 그들을 인도하였지만, 회수 북방 지역에서는 역시 이를 양보할 거리로 여기지 않아 군사들에게 대장군의 명령을 받게 하고자 하였다. 그뒤 (헌종) 원화 11년(816)에 배도는 재상의 도장을 손에 들고서 회서절도사에 충원되어 회서선위사를 겸직하자, 여러 번진의 군대 10여만 명을 모아 절도사의 신분으로 지휘하였고, 헌종이 모든 것을 배도에게 위임하였다. 반군을 평정하였을 때 이소가 군대를 거느리고 (하남성) 채주에 들어와 축구장에 군대를 주둔시키고, 배도를 기다리면서 말머리에 무장을 갖추었다. 배도가 자신을 피하려고 하자 이소가 말했다. "이 지방 사람들이 상하 등급을 알지 못 한 지 오래되었습니다. 저 이소가 이제 군복을 갖추고 대청 아래서 상국에게 절을 올리면서 관리와 백성들에게 구경하게 한다면 경외심이 생겨날 것입니다. 이와 같이 한다면 힘들게 통치하지 않아도 될 것입니다." 배도가 그의 말에 동의하였다. 그래서 채주가 결국 조용해지고, 채주 사람들이 결국 안정되었다. 이소는 배도가 선위사와 처치사를 겸직한 데다가 재상으로서 정벌을 전담하고 있어 도통의 막중한 직책과 다르지 않다고 생각한 것이다. 그래서 군복을 갖추고 거듭 공경한 태도를 보이고, 또 예법을 채주 백성들에게 보인 것이다. 그 뒤로 번진으로서 재상의 직책을 겸하는 사람들은 자신이 원수나 도통이 아니라고 말하지 않고, 단지 재상의 신분이기에 절도사나 방어사 등의 사신이 무장을 하고 절을 올리는 예법을 받아 마땅하다고 생각하는데, 이러한 잘못이 계속 이어져왔기에, 의당 바로잡아야 할 것이다.

◇副大使(부대사)

●國朝108)大邦土, 有以親王或宰相遙領者, 則副大使109)知節度事, 始於貞觀八年以蜀王恪遙領益州都督, 開元十五年兵部侍郎110)河西節度副大使知節度事蕭嵩中書門下平章事111)節如故. 親王·宰相遙領, 自此始也. 自後率用爲常, 本以大使在京, 則一軍之權以副大使主之. 今正授節度使, 且無遙領之名, 亦曰'副大使知節度,' 使藩方之選任莫重焉. 宜正其名, 以示楷則.

○당나라는 국토가 방대하여 친왕이나 재상에게 먼 곳을 다스리게 하는 일이 있으면, 부대사에 임명하여 절도사의 업무를 관장케 하는데, 이는 (태종) 정관 8년(634)에 촉왕 이각李恪을 멀리 (사

---

108) 國朝(국조) : 자기 왕조를 부르는 말. '황조皇朝'라고도 하는데, 여기서는 당나라를 가리킨다.

109) 大使(대사) : 황제의 전권을 위임받은 사신을 이르는 말. 당송 때 관제官制에 의하면 절도사節度使로 대사大使와 부대사副大使를 두었는데, 먼 지역은 주로 절도부대사를 파견하였다.

110) 兵部侍郎(병부시랑) : 상서성尙書省 소속 육부六部 가운데 병무에 관한 업무를 관장하는 병부의 버금 장관. 장관은 '상서尙書'라고 하고, 차관을 '시랑'이라고 하며, 휘하에 낭중郎中과 원외랑員外郎을 거느렸다.

111) 中書門下平章事(중서문하평장사) : 당나라 때 핵심 기관인 상서성尙書省·중서성中書省·문하성門下省의 장관인 상서령尙書令·문하시중門下侍中·중서령中書令을 재상이라고 하였는데, 상설하지 않는 대신 다른 고관高官 가운데 선임하여 '중서문하평장사' 혹은 '동중서문하평장사同中書門下平章事'라고 하고 재상으로 대우하였다. 명나라 초까지 이어지다가 폐지되었고, 그 지위와 명칭은 시대마다 약간의 차이가 있다.

천성) 익주도독에 임명하고, (현종) 개원 15년(727)에 병부시랑 겸 하서절도부대사로서 절도사의 업무를 관장한 소숭이 예전처럼 중서문하평장사의 부절을 지닌 데서 비롯되었다. 친왕이나 재상이 먼 곳을 다스리는 일은 여기서 시작되었다. 그뒤로 대개 이를 일상적인 제도로 만들었는데, 본래 대사를 도성에 있게 하면 군대의 전권은 부대사가 주재케 하였다. 오늘날 정식으로 절도사를 배수할 때 ('먼 곳을 다스린다'는 의미의) '요령'이란 명칭도 없고, 또한 '부대사가 절도사의 업무를 관장한다'고 말하므로, 변방에 사신으로 가는 사람을 선임하는 일은 그만큼 막중하다. 따라서 의당 그 명칭을 바로잡아 모범을 보여야 할 것이다.

◇都都統(도도통)

●辛丑歲[112], 大駕[113]在蜀, 以巨寇未殄, 命中書令[114]王鐸[115]仗節[116], 鎭滑臺[117], 且統關東[118]諸將, 收復京國. 時有論曰, "京西北言統者三四人, 慮不稟鐸之節制, 宜立其號, 曰都都統." 鐸兩朝丞相, 三陟台司[119], 名位顯著, 武將莫不望風[120], 願受指畫, 曷須都

---

112) 辛丑歲(신축세) : 당나라 희종僖宗 중화中和 원년元年인 881년을 가리킨다.
113) 大駕(대가) : 황제가 행차할 때의 의장을 이르는 말. 한나라 이후로 그 규모에 따라 대가大駕·소가小駕·법가法駕가 있었다.
114) 中書令(중서령) : 위진魏晉 이래로 국가의 기무機務·조령詔令·비기祕記 등을 관장하는 최고 행정 기관인 중서성中書省의 장관.
115) 王鐸(왕탁) : 당나라 때 사람(?-884). 황소黃巢(?-884)를 여러 차례 토벌하였는데, 환관 전영자田令孜의 모함으로 하북성 의창절도사義昌節度使로 부임하던 중 악종훈樂從訓에게 살해당했다. ≪신당서·왕탁전≫권185 참조.
116) 仗節(장절) : 절조를 지키다. 천자가 하사한 부절을 손에 드는 것을 뜻할 때도 있다.
117) 滑臺(활대) : 지명. 지금의 하남성 활현滑縣 일대. 오호십육국五胡十六國 가운데 남연南燕의 도읍지이기도 하다.
118) 關東(관동) : 함곡관函谷關 동쪽 일대. 보통 하남성 낙양洛陽 일대를 가리킨다.
119) 台司(태사) : 삼공三公의 관청을 이르는 말로 결국 삼공을 가리킨다. '태台'가 삼공을 비유하는 별인 삼태성三台星을 의미하고 '사司'가 기관을 뜻하는 데서 유래하였다.
120) 望風(망풍) : 소문을 듣고서 지레 겁을 먹다.

都, 方可統制? 自秦漢已降, 將相統戎蓋多, 無有都都統之號. 所引
故事則曰, "先帝時, 俳優各恃恩寵, 願爲都知121)者, 咸允其請. 一
日大合樂, 樂工諠譁122), 上召都知, 止之, 三十人並進. 上曰, '止召
都知, 何爲畢至?' 梨園123)使奏曰, '三十人皆都知職, 列旣等, 不能
相下上.' 乃命李可及爲都都知." 此則故事也. 然中令124)急於殄寇,
不以是爲辱, 曷不125)曰, "諸軍西南行營都統制帥之號, 莫過於斯."

○(당나라 희종僖宗) 신축년(881)에 황제가 (사천성) 촉주에 있을
때, 반군이 소멸되지 않아 중서령 왕탁에게 명해서 부절을 가지
고 (하남성) 활대를 진수케 하면서, 아울러 관동(낙양) 일대의 여
러 장수들을 거느리고 도성을 수복케 하였다. 그러자 당시 누군
가 주장하기를 "도성 북서쪽에서 '도통'이라고 하는 자 서너 명
이 왕탁의 통제를 받지 않을까 염려가 되니, 의당 그 호칭을 새
로 세워 '도도통'으로 불러야 할 것입니다"라고 하였다. 왕탁은
두 왕조에서 승상을 지냈고, 세 번이나 삼공에 올라 명성과 지위
가 현저하기에, 무장들이 모두들 그의 소문을 듣고 앙망하여 지
도를 받기를 원하였거늘, 어찌 군이 '도도'라고까지 불러야 통제
할 수 있었겠는가? 진나라와 한나라 이래로 장수겸 재상이 군대
를 통솔한 경우가 대개 많았으나, '도도통'이란 호칭은 없었다.
그가 인용한 고사를 보면 "선제 때 배우들이 각기 황제의 총애
를 믿고 (교방을 관장하는) '도지'가 되고 싶어하면 모두 그들의
요청을 윤허하였다. 하루는 대규모 연주회가 열렸을 때 악공들이
시끌벅적하게 떠들어 황제가 '도지'를 불러서 말리게 하자, 30명
이나 앞으로 나섰다. 황제가 '단지 도지를 불렀는데, 어째서 모두

---

121) 都知(도지) : 교방에서 음악을 가르치는 사람을 가리키는 말.
122) 諠譁(훤화) : 시끄럽게 떠들며 노는 일.
123) 梨園(이원) : 당나라 때 궁중에서 악공樂工이나 가무를 공연하는 배우들을 교련
하던 곳을 이르는 말. 교방敎坊에서 관장하였다.
124) 中令(중령) : 중서성中書省의 장관인 중서령中書令의 약칭.
125) 曷不(갈불) : 어찌 …라고 하지 않겠는가? 즉 결국, 도리어 …하였다는 말이다.

들 나서는가?'라고 묻자, 이원사가 상주하였다. '30명 모두 도지의 직책을 맡고 있어 반열이 다 같기에 위아래를 가릴 수 없나이다.' 그래서 이가지를 '도도지'에 임명하였다"는 내용이 있다. 이것이 바로 '도도'라는 용어에 관한 고사이다. 그러나 중서령 왕탁은 반군을 섬멸하는 것이 시급해 이를 모욕으로 생각하지 않았기에, 도리어 "여러 군대 중 남서쪽 행영의 도통도 장수의 호칭으로 불리니 이 정도면 충분할 것이오"라고 하였다.

◇上事拜廳(업무를 보고할 때 청사를 향해 절을 하다)

● 朝廷典式, 出於南宮[126]. 予亦爲尙書郎[127], 陪郎上事, 多矣. 是日, 儐者[128]引上事, 官面北再拜. 余乃詰之曰, "謁再拜?" 曰, "拜廳." 予曰, "非也. 此乃拜恩也. 蓋京城官署, 皆在大內[129]之南, 故先面北再拜, 然後踐履官, 常." 儐者不達, 乃曰, "拜廳." 予嘗爲河南少尹[130], 至上事日, 功曹[131]吏張從玘曰, "請服羅巾吉衫." 予詢之, 則曰, "先拜恩, 後上事." 又衆官列位, 儐者曰, "面西再拜. 拜訖, 成上事之禮." 旣事, 予以其有知獎而勉之. 吏曰, "非某所知. 某叔祖嘗爲功曹吏, 時李相國珏爲河南尹[132], 命功曹參軍示之曰, '先拜恩, 後上事.' 小人[133]傳之父祖, 不敢廢闕[134]." 予喜小吏[135]好善, 將

---

126) 南宮(남궁) : 별자리 이름으로 전한 때는 상서대尙書臺, 당송唐宋 이후로는 조정의 핵심 행정 기관인 상서성尙書省의 별칭으로 쓰였다. 상서성이 궁중의 남쪽에 위치한 데서 유래하였다.

127) 尙書郎(상서랑) : 조정의 핵심 행정 기관인 상서성尙書省에서 실질적인 업무를 처리하던 벼슬인 낭관郎官에 대한 총칭. 당송唐宋 때는 낭중郎中과 원외랑員外郎으로 나뉘기도 하였다.

128) 儐者(빈자) : 주인을 도와 손님을 안내하는 사람을 이르는 말.

129) 大內(대내) : 궁궐의 별칭.

130) 少尹(소윤) : 경조윤京兆尹의 부관을 이르는 말. 자사刺史의 부관인 사마司馬의 별칭을 가리킬 때도 있다.

131) 功曹(공조) : 군郡에서 서사書史를 관장하는 속관屬官인 공조참군功曹參軍의 약칭.

132) 河南尹(하남윤) : 전한 때 동도東都이자 후한 때 수도인 하남성 낙양洛陽 일대를 관장하던 부윤府尹을 이르는 말.

133) 小人(소인) : 자신에 대한 겸칭.

慕李公得禮. 故書之, 以示將來.

○조정의 전례는 남궁(상서성)에서 나온다. 나 역시 상서성의 낭관을 지내면서 낭관을 모시고 업무를 아뢴 적이 많다. 그날이 되면 안내원이 인도하여 업무를 아뢰게 하는데, 관원들은 북쪽을 향해 거듭 절을 올린다. 내가 그에게 "어디를 향해 거듭 절을 하는 것입니까?"라고 묻자, "청사를 향해 절을 올리는 것이오"라고 대답하였다. 그래서 내가 말했다. "틀렸습니다. 이는 성은에 보답하기 위해 절을 하는 것입니다. 대개 경성의 관서는 모두 황궁 남쪽에 있기에, 먼저 북쪽을 향해 거듭 절을 한 뒤에 관청으로 들어가는 것이 상례입니다." 그 안내원은 무슨 말인지 몰라 끝까지 "청사를 향해 절을 하는 것입니다"라고 하였다. 나는 일찍이 (하남성) 하남부의 소윤을 지낸 적이 있는데, 업무를 아뢰는 날이 되었을 때 공조 소속 관원인 장종기가 말했다. "비단 두건과 좋은 적삼을 착용하십시오." 내가 이유를 묻자 그가 대답하였다. "먼저 성은에 보답하기 위해 절을 하고 뒤에 업무를 아뢰어야 합니다." 그리고는 다시 여러 관리들이 도열하자 안내원이 말했다. "서쪽을 향해 거듭 절을 올리십시오. 절을 마치고 나서 업무를 아뢰는 예법을 거행하십시오." 일을 마치고서 나는 그가 제대로 장려하고 권면할 줄 안다는 생각이 들었다. 그 관리가 말했다. "제가 알고 있던 것이 아닙니다. 저의 숙조부가 일찍이 공조의 관리를 지낸 적이 있는데, 당시 재상인 이각李珏께서 하남윤을 지내면서 공조참군에게 시범을 보이며, '먼저 성은에 보답하기 위해 절을 하고 뒤에 업무를 아뢰도록 하시오'라고 말씀하셨습니다. 저는 이를 부친과 조부에게서 전해들었기에 감히 잊지 않고 있었던 것입니다." 나는 그 하급관리가 좋은 선례를 중시한다는 점이 마

---

134) 廢闕(폐궐) : 폐기하다, 잃어버리다. '궐闕'은 동사이기에 평성平聲(quē)으로 읽는다.

135) 小吏(소리) : 지위가 낮은 하급관리를 이르는 말. 구실아치, 아전.

음에 들었고, 이공(이각)이 예법을 잘 아는 것에 대해 존경심을 품게 되었다. 그래서 이를 기록하여 미래 사람들에게 보이고자 한다.

◇壓角 (압각)

●兩省[136]官上事日, 宰相臨焉. 上事者設床几, 面南而坐, 判三道[137] 案, 宰相別施一床, 連上事官床, 坐於西隅, 謂之壓角. 自常侍[138]而 下, 以南爲上, 差舛[139]相承, 實乖禮敬. 曷不爲丞相設位於衆官之 南, 常侍・諫議[140]・給事[141]・舍人[142], 循次而坐於丞相之下, 尊 卑有序, 足以爲儀. 壓角之來, 莫究其始. 開元禮及累朝典故, 並無 其文, 習俗因循, 莫近於理. 今請去壓角, 以釋衆疑.

○문하성門下省과 중서성中書省의 관원들이 업무를 보고하는 날에 는 재상이 그 자리에 배석한다. 업무를 보고하는 자가 평상이나 안궤를 설치하고, 남쪽을 향해 앉아서 세 통의 안건을 판단하면, 재상은 평상을 별도로 설치하여 서쪽 모퉁이에 앉는데, 이를 '압 각'이라고 한다. 산기상시 이하 관원들은 남쪽을 상석으로 여기

---

136) 兩省(양성) : 조정의 핵심 권력 기관인 문하성門下省과 중서성中書省을 아우르 는 말. 문하성은 주로 황명의 출납을 관장하였고, 중서성은 황명의 기초를 관장하 였다.

137) 道(도) : 문서를 세는 양사量詞.

138) 常侍(상시) : 황제의 곁에서 잘못을 간언하고 자문에 대비하는 직책인 산기상시 散騎常侍의 준말. 실질적인 권한은 없었으나 대신으로 겸직시키던 존귀한 벼슬이 다. 좌・우산기상시를 설치하여 각각 문하성門下省과 중서성中書省에 나누어 소속 시켰다.

139) 差舛(차천) : 착오, 오류를 이르는 말.

140) 諫議(간의) : 한나라 이래로 임금에게 간언하는 일을 관장하던 벼슬인 간의대부 諫議大夫의 약칭. 송나라 때는 좌・우간의대부를 설치하여 좌간의대부左諫議大夫 는 문하성에 소속시키고, 우간의대부右諫議大夫는 중서성中書省에 소속시켰다.

141) 給事(급사) : 황제가 정사에 대해 물으면 자문을 해 주는 일. 그러한 직책을 급 사중給事中이라고 하는데, 문하성門下省의 요직이자 재상이다.

142) 舍人(사인) : 황명의 기초起草와 출납出納을 관장하는 중서성中書省 소속의 벼 슬인 중서사인中書舍人의 약칭. 장관인 중서령中書令과 버금 장관인 중서시랑中書 侍郎 다음 가는 고관高官이다.

지만, 이러한 오류가 계속 이어졌으니, 실로 예법에 어긋나는 것이다. 어디까지나 승상을 위해 다른 관원들의 남쪽에 자리를 설치하면, 산기상시·간의대부·급사중·중서사인들은 차서에 따라 승상 아래에 앉아야 존비에 질서가 생겨 의례로 삼을 수 있는 것이다. '압각'의 유래에 대해서는 아무도 그것이 어떻게 시작되었는지 모른다. ≪개원례≫와 역대 전고에 관한 문헌에 모두 그에 관한 기록이 없는데도 관습적으로 이어져 왔다면, 이치에 맞지 않는다. 이제 '압각'을 없애서 여러 의문점을 풀고자 한다.

◇曾參不列四科(증참이 사과에 속하지 않다)

●今人之論, 皆以孝者人之本也, 先聖143)重之, 不列四科144), 所以曾參不列十哲145)之次. 愚謂不然. 夫德行之特著, 莫大孝焉. 是以夫子146)門人推重顏回, 及乎講, 則曾參侍坐. 是知聖人之旨, 二子莫有後先. 曾子不列四科者, 先述聖人一時列坐門人弟子耳, 豈是舍147)曾氏之大孝, 重宰我148)之言語? 蓋不在其席, 故不盡擧. 此如太宗文皇帝149)使王珪品藻李靖·魏徵·戴冑·溫彥博150)·房玄齡151)

---

143) 先聖(선성) : 주周나라 때 주공周公이나 춘추시대 때 노魯나라 공자 같은 선대의 성인을 이르는 말. 여기서는 공자를 가리킨다.

144) 四科(사과) : 공자의 유가학파에서 내세우는 덕행·언어·정치·문학의 네 가지 과목을 아우르는 말. 덕행은 안연晏淵(안회顏回)과 민자건閔子騫(민손閔損)을, 언어는 재아宰我(재여宰予)와 자공子貢(단목사端木賜)을, 정치는 염유冉由(염구冉求)와 계로季路(중유仲由)를, 문학은 자유子游(언언言偃)와 자하子夏(복상卜商)를 우수한 자로 꼽았다.

145) 十哲(십철) : 열 명의 철인哲人을 뜻하는 말로 춘추시대 노魯나라 공자의 72제자 가운데 문묘文廟에 배향된 자연子淵 안회顏回·자건子騫 민손閔損·백우伯牛 염경冉耕·중궁仲弓 염옹冉雍·자아子我 재여宰予·자공子貢 단목사端木賜·자유子有 염구冉求·자로子路 중유仲由·자유子遊 언언言偃·자하子夏 복상卜商 등 10명을 가리킨다.

146) 夫子(부자) : 스승이나 장자長者·고관·부친·남편 등에 대한 존칭. 춘추시대 노魯나라 공자의 제자들이 공자를 '부자'라고 부른 것이 대표적인 예이다.

147) 舍(사) : 내버려두다, 버리다. '사捨'와 통용자.

148) 宰我(재아) : 공자의 제자인 재여宰予의 별칭. 자가 '자아子我'인 데서 비롯되었다.

149) 文皇帝(문황제) : 당나라 태종太宗 이세민李世民의 시호인 '문무대성대광효황제

時, 則有若高士廉[152]·杜淹·岑文本·楊師道·劉洎·李大亮·褚
遂良. 才識豈在溫戴之下乎? 偶不在列, 故不偏稱. 將釋衆疑, 方今
以喩.

○오늘날 사람들의 주장을 보면 모두 효가 사람의 근본이고, (춘추
시대 노나라) 공자도 이를 중시했지만, 사과에 넣지 않았기에 증
참이 '십철'에 속하지 못 하였다고 여긴다. 그러나 나는 그렇지
않다고 생각한다. 무릇 덕행 가운데 특히 두드러진 것으로 효보
다 중요한 것은 없다. 그래서 공자가 문인 중에 안회를 존중했지
만, 강론을 가질 때는 증참이 배석하였던 것이다. 이로써 공자의
본뜻을 보면 두 사람에 대해 선후가 없었다는 것을 알 수 있다.
증자가 사과에 속하지 않은 것은 먼저 공자가 일시적으로 문인
과 제자들을 줄지어 앉혔을 당시를 앞서 서술하였기 때문일 뿐
이지, 어찌 증자(증참)의 효심을 버리고 재아(재여宰予)의 말솜씨

文武大聖大廣孝皇帝'의 약칭. ≪신당서·태종본기≫권2 참조.

150) 溫彦博(온언박) : 당나라 태종 때 사람. ≪구당서≫권61에서는 온대아溫大雅(?-
약 627)에 대해 자가 언충彦沖이라고 하였고, 온대아의 동생에 대해서는 단지 온
언박溫彦博(575-637)이라고만 하였으며, 또 동생 온대유溫大有에 대해서는 자가
언장彦將이라고 하였다. 반면 ≪신당서≫권91에서는 온대아溫大雅의 자가 언홍彦
弘, 동생 온언박溫彦博의 자가 대림大臨, 동생 온대유溫大有의 자가 언장彦將이라
고 하여 삼형제의 이름과 자가 일치하지 않는 현상을 보이고 있다. 두 ≪당서≫의
기록과 본명 및 자에 돌림을 쓰는 관례를 종합해서 고려해 보면, 세 형제의 본명
과 자는 온대아溫大雅 언충彦沖(혹은 언홍彦弘), 온대림溫大臨 언박彦博, 온대유溫
大有 언장彦將일 가능성이 높아 보인다. ≪구당서≫에서 '온대림溫大臨'에 대해 단
지 '온언박溫彦博'이라고만 한 것은 당시 본명이 알려지지 않았거나 아니면 피휘避
諱 때문에 언급하지 않았을 것으로 추정된다.

151) 房玄齡(방현령) : 당나라 때 명재상(578-648)으로 두여회杜如晦(585-630)와
함께 이름을 떨쳤다. ≪구당서·방현령전≫권66에서는 '교喬'가 본명이고 '현령玄
齡'이 자라고 한 반면, ≪신당서·방현령전≫권96에서는 '현령'이 본명이고 '교'가
자라고 하였다. 그러나 상고上古 이후로 이름이 척자隻字이고 자가 쌍자雙字인 경
우가 많은 것에 비추어 볼 때 ≪구당서≫의 기록이 맞을 듯하다. 다만 이름보다는
자가 더 통용되었을 것이다.

152) 高士廉(고사렴) : 당나라 때 사람 고검高儉(577-647). 자인 '사렴'으로 더 알려
졌다. 봉호는 허국공許國公과 신국공申國公. 수隋나라에서 치례랑治禮郞을 지내다
가 당나라에 투항한 뒤 태자우서자太子右庶子·이부상서吏部尚書·상서우복야尚書
右僕射 등을 역임하였다. ≪구당서·고사렴전≫권65 참조.

를 중시하였겠는가? 아마도 증참이 그 자리에 없었기에 다 열거 하지 않았을 것이다. 이는 마치 (당나라) 태종 문황제가 왕규에 게 이정·위징·대주·온언박(온대림溫大臨)·방현령에 대해 품 평해 보라고 할 때, 고사렴(고검高儉)·두엄·잠문본·양사도· 유게·이대량·저수량과 같은 인재들도 있었지만, 대상에서 빠진 것과 같다. 그들의 글재주와 학식이 어찌 온언박이나 대주보다 뒤떨어졌겠는가? 우연히 그 자리에 없었기에 다 거론하지 않았 던 것이다. 여러 의문점을 풀고자 작금의 일을 열거하여 비유하 는 것이다.

◇出土牛(토우를 내놓다)

●月令153), "出土牛154), 以示農耕之早晚," 謂於國城之南, 立土牛. 其言立春在十二月望, 策牛人近前, 示其農早也, 立春在十二月晦, 及正月朔, 則策牛人當中, 示其農中也, 立春在正月望, 策牛人在後, 示其農晚也. 爲國之大計, 不失農時. 故聖人急於養民, 務成東 作155). 今天下州郡, 立春日制一土牛, 飾以文彩, 卽以綵杖鞭之. 旣 而碎之, 各持其土, 以祈豐稔156), 不亦乖乎!

○≪예기·월령≫권17에 "토우를 꺼내는 것은 농사 시기를 제시하 기 위해서이다"라고 하였는데, 이는 도성 남쪽에 토우를 세운다 는 말이다. 그것이 말하고자 하는 내용은 입춘이 12월 보름날이 면 소를 모는 사람에게 시기적으로 앞쪽에 가깝기에 농사가 이 르다는 것을 보이고, 입춘이 12월 그믐날이나 정월 초하루면 소 를 모는 사람에게 시기적으로 중간에 해당하기에 농사가 적절하

---

153) 月令(월령) : 계절에 맞춰 정해 놓은 농사에 관한 정령政令. '시령時令'이라고도 한다. 여기서는 ≪예기≫의 편명을 가리킨다.
154) 土牛(토우) : 진흙으로 빚어 만든 소. 섣달에 음기陰氣를 제거하고, 입춘에 농사 일을 알리기 위해 만들었다.
155) 東作(동작) : 동쪽에서 일을 시작하다. 즉 봄 농사나 봄철 작물을 가리킨다.
156) 豐稔(풍임) : 곡식이 잘 익다. 풍년을 뜻한다.

다는 것을 보이고, 입춘이 정월 보름날이면 소를 모는 사람에게 시기적으로 뒤쪽이기에 농사가 늦다는 것을 보인다는 것이다. 나라를 경영하는 가장 중요한 계획은 농사 시기를 놓치지 않는 것이다. 그래서 성인도 백성을 돌보는 것을 시급히 여겨 봄 농사에 힘을 쏟았다. 오늘날 천하 각지의 주와 군에서 입춘일에 토우를 만들어 문채를 장식해서 화려한 채찍으로 그것을 모는 시늉을 하고, 그런 뒤 그것을 부수고 각기 자기 땅의 토양을 손에 들고서 풍년을 비는 것도 이상할 것이 없으리라!

◇侍中僕射官號(시중과 복야라는 관직명)

●宓羲氏[157]以龍名官, 神農氏以火, 黃帝以雲, 少昊氏以鳥. 自顓頊已降, 而名以民事, 又以五行爲官. 高[158]作司徒, 敬敷五敎[159], 禹作司空, 以平水土. 周則以(天地[160])春夏秋冬[161], 配爲官名. 伏以古者命官, 以天地・四時・五行・雲龍爲號者, 皆上禀天時, 下達人事, 見聖人垂意, 未有不急於惠民者也. 後代不究深旨, 率爾[162]命

---

157) 宓羲(복희) : 전설상의 임금인 삼황三皇 가운데 첫 번째 황제. '복희宓犧' '복희伏犧' '포희包犧'로도 쓴다. 전설상의 임금인 삼황오제三皇五帝와 관련해 '삼황'은 수인燧人・복희伏羲・신농神農을 가리킨다는 ≪상서대전尙書大傳≫의 설과 복희伏羲・신농神農・황제黃帝를 가리킨다는 ≪주례周禮≫의 설 등이 있고, '오제'는 황제黃帝・전욱顓頊・제곡帝嚳・요堯・순舜을 가리킨다는 ≪사기史記≫의 설과 소호少昊・전욱顓頊・제곡帝嚳・요堯・순舜을 가리킨다는 ≪제왕세기帝王世紀≫의 설이 있기에 ≪상서대전≫과 ≪사기≫를 결합시키거나 ≪주례≫와 ≪제왕세기≫를 결합시켜서 이해하면 되는데, 여기서는 후자를 따랐다.

158) 高(설) : 당唐나라 요왕堯王 때 사도司徒를 지냈다는 전설상의 인물 이름.

159) 五敎(오교) : 다섯 가지 교화. 부자父子・군신君臣・부부夫婦・장유長幼・붕우朋友, 또는 부・모・형・제・자子에 관한 일. '오상五常' '오전五典' '오품五品'이라고도 한다.

160) 天地(천지) : 문맥상으로 볼 때 이 두 글자가 누락되었기에 첨가한다.

161) 天地春夏秋冬(천지춘하추동) : 주周나라 때 관서 및 관직 명칭. 여섯 명의 장관인 '육경六卿', 즉 천관天官 총재冢宰・지관地官 사도司徒・춘관春官 종백宗伯・하관夏官 사마司馬・추관秋官 사구司寇・동관冬官 사공司空을 가리키는데, 후대의 이부・호부・예부・병부・형부・공부의 장관인 '육상서六尙書'의 전신이다.

162) 率爾(솔이) : 경솔한 모양, 편한 대로 행동하는 모양.

官, 僕射163)·侍中164), 尤爲不可. 秦有侍中·僕射, 其初且非官名, 唯供奉左右, 是其職業. 侍中當西漢, 掌乘輿165)·服御166), 下至褻器167)·虎子168)之類. 虎子, 溺器也. 武帝以孔安國爲侍中, 以其儒者, 特許掌御唾壺, 朝廷榮之. 云169), "侍中, 本丞相吏也. 五人往來殿內奏事, 故曰侍中. 又僕射者,(射, 音夜, 尤寡其義.) 在秦有周靑臣," 孔衍注云170), "僕射, 小官171), 扶左右者也. 亦曰主射, 乃守門之夫. 在漢爲武士, 在宮門, 則曰宮門僕射, 在永巷172), 則曰永巷僕射." 蓋言僕御執射之夫也, 如今宦豎173)之首耳, 皆因權倖, 漸峻官174)名. 開元元年, 改左右僕射爲左右丞相, 是官號之不正也. 又則天175)寵侍御者張景宗, 其官號曰控鶴176)監. 向177)五王178)未復唐

---

163) 僕射(복야) : 진秦나라 때 처음 설치되었고, 한나라 때는 5상서尚書 가운데 한 명을 복야에 임명하여 조정의 핵심 행정 기관인 상서성尚書省의 업무를 총괄하게 하였는데, 뒤에 권한이 막강해지자 좌·우복야를 두면서 당송唐宋 때까지 지속되었다. 보통 승상丞相의 지위를 겸하였다.

164) 侍中(시중) : 황제의 측근에서 기거起居를 보살피고 정령政令을 집행하는 일을 관장하는 벼슬. 진晉나라 이후로 재상의 지위에까지 오르고, 수나라 때 납언納言 혹은 시내侍內라고 하였으며, 당송 이후로는 조정의 주요 행정 기관인 삼성三省 가운데 문하성門下省의 수장首長이 되었다.

165) 乘輿(승여) : 황제의 수레. 황제의 대칭代稱으로도 쓰였다.

166) 服御(복어) : 복식服飾이나 거마車馬 등 천자가 사용하는 물품을 이르는 말.

167) 褻器(설기) : 오물을 처리하는 기구를 이르는 말. 변기나 타호唾壺를 가리킨다.

168) 虎子(호자) : 호랑이 모양으로 본떠서 만든 요강을 이르는 말. '수자獸子' '설기褻器' '청기淸器'라고도 한다. 침을 받는 그릇인 '타호唾壺'의 별칭으로 보는 설도 있다.

169) 云(운) : 송나라 왕당王讜의 《당어림唐語林·보유補遺》권8에서는 후한 반고班固의 말이라고 하였으나, 현전하는 《한서》에 실리지 않은 것으로 보아 일문逸文인 듯하다.

170) 云(운) : 송나라 왕당王讜의 《당어림唐語林·보유補遺》권8에서는 《사기》에 인용된 진晉나라 공연孔衍의 주라고 하였으나, 이 역시 현전하는 《사기》의 주에 실리지 않은 것으로 보아 일문逸文인 듯하다.

171) 小官(소관) : 직급이 낮은 하급 관리에 대한 범칭.

172) 永巷(영항) : 후궁의 인사를 담당하던 궁중의 관서 이름. 전한 무제武帝 때는 '액정掖庭'으로 개칭하기도 하였다. '영항'은 '좁고 긴 골목'을 뜻하는 데서 유래하였다.

173) 宦豎(환수) : 환관宦官에 대한 비칭卑稱.

174) 峻官(준관) : 고관.

德, 則控鶴亦占丞相之名也. 以是而言, 皆因權倖漸竊相權, 我唐分職設官, 必先舊典, 苟踵斯弊, 曷範將來? 今請遵周故事, 以司徒·司空爲正宰相, 或無勳德元臣[179], 則宜暫虛其位, 兼置中書而不用.

○(삼황三皇 가운데) 복희씨는 용으로 관직의 이름을 짓고, 신농씨는 불로 관직의 이름을 짓고, 황제黃帝는 구름으로 관직의 이름을 짓고, (오제五帝 가운데) 소호씨는 새로 관직의 이름을 지었다. 전욱 이후로는 백성과 관련한 업무로써 관직의 이름을 짓기도 하고, 오행으로 관직의 이름을 짓기도 하였다. (당唐나라 요왕堯王 때 신하인) 설卨은 사도를 맡아 오교를 펼쳤고, (우虞나라 순왕舜王 때 신하이자 하夏나라를 건국한) 우禹는 사공을 맡아 강물과 토양을 정비하였다. 주나라 때는 천·지·춘·하·추·동을 관직명에 배합하였다. 생각건대 옛날에 관직을 명명할 때 천지·사시·오행·구름과 용 등으로 호칭을 지은 것은 모두 위로 천시를 본받고, 아래로 인사를 담기 위한 것이었기에, 성인의 의중이 모두 백성들에게 혜택을 베푸는 것을 가장 시급하게 여겼

---

175) 則天(측천) : 당나라 측천무후則天武后의 약칭. 본명은 무조武曌(624-705)이고 '측천'은 시호. '측則'은 '측測'과 통용자. 고종高宗의 황후皇后이자 중종中宗 및 예종睿宗의 모후母后였지만, 뒤에 스스로 황제에 올라 국호를 '당唐'에서 '주周'로 개칭하고 15년간 전횡을 일삼았으며, 외척인 무씨武氏 집안 사람들이 득세할 수 있는 빌미를 제공하였다. '측천황후則天皇后' '무측천武則天' '무후武后' '천후天后' 등 다양한 별칭으로도 불렸다. ≪신당서·측천황후무조기≫권4 참조.

176) 控鶴(공학) : 궁중에서 숙위숙위宿衛하는 근신近臣을 가리키는 말로 역대로 금군禁軍의 별칭으로 쓰였다. 당나라 측천무후則天武后가 처음으로 공학부控鶴府를 설치하였다가 뒤에는 봉신부奉宸府로 개명한 적이 있다.

177) 向(향) : 일전에, 그전에. '향嚮'과 통용자.

178) 五王(오왕) : 당나라 때 부양군왕扶陽郡王 환언범桓彦範·평양군왕平陽郡王 경휘敬暉·박릉군왕博陵郡王 최현위崔玄暐·한양군왕漢陽郡王 장간지張柬之·남양군왕南陽郡王 원서기袁恕己 등 다섯 사람을 일컫는 말. 측천무후則天武后(624-705)가 병석에 누운 틈을 타 장역지張易之(?-705)·장창종張昌宗(?-705) 등 무후의 세력을 제거하고 중종中宗의 복위復位를 도와 왕에 봉해졌으나, 무武씨 집안 세력을 제거하는 데 실패하여 결국 나중에는 무삼사武三思(?-707)의 모함으로 살해당했다. ≪신당서·오왕열전五王列傳≫권120 참조.

179) 元臣(원신) : 원로대신元老大臣의 준말.

다는 것을 알 수 있다. 후대에는 심오한 취지를 살피지 않고 내키는 대로 관직을 명명하였는데, 복야와 시중이 특히 부적절한 예이다. 진秦나라가 시중과 복야를 설치할 때는 당초 관직명도 아니었고, 오직 좌우에서 받들어 모시는 것이 그들의 직무였을 뿐이다. 시중은 서한(전한) 때에도 황제의 수레나 복식에서 아래로 '설기'나 '호자' 따위를 관장하는 것이었다. '호자'는 요강을 뜻한다. 무제는 공안국을 시중에 임명하면서 그가 유학자임에도 특별히 황제의 타호를 관장하는 일을 허락하였는데, 조정에서는 이를 영광스러운 일로 여겼다. (후한 반고班固는) "시중은 본래 승상의 속관이다. 다섯 명이 궁중에서 왕래하며 업무를 아뢰었기에 '시중'이라고 한다. 또 '복야'('射'는 음을 '야'로 읽어 그 의미를 특히 축소하였다)의 경우 진秦나라 때 주청신이란 사람이 있었다"고 하였는데, (진晉나라) 공연은 주에서 "'복야'는 하급관리로서 좌우에서 일을 거드는 자이다. '주사'라고도 하는데, 궁문을 지키는 사람이다. 한나라 때는 무사로서 궁문에 있으면 '궁문복야'라고 부르고, 영항에 있으면 '영항복야'라고 불렀다"고 하였다. 아마도 곁에서 시중을 들고 무기를 들고다니는 사내였을 것이기에, 오늘날 환관의 수장과 같았을 터인데, 모두 황제의 총신이란 신분이라서 점차 고관의 명칭이 되었을 것이다. (당나라 현종) 개원 원년(713)에 좌·우복야를 좌·우승상으로 개칭한 것은 관직명을 잘못 명명한 것이다. 또 측천무후는 시중을 들던 장경종을 총애하여 그의 관직명을 '공학감'이라고 하였다. 그전에 오왕이 당나라의 권위를 회복하기 전에는 '공학' 역시 승상이란 명칭을 차지하였다. 이로써 말하건대 모두 황제의 총애를 빌미로 점차 재상의 권한을 훔친 것이니, 당나라가 직무를 나누고 관직을 설치할 때 반드시 옛 법전을 앞세워야 할진대, 만약 이러한 폐해를 답습한다면 어찌 미래에 모범을 보일 수 있겠는가? 이제 주나라 때 고사를 따라 사도와 사공을 정식 재상으로 삼아야 하는데, 혹여 공적이 크고 덕업이 높은 원로대신이 없다면, 의당 잠시 그 자리를 비워두고 아울러 중서성에 설치하되 기용하지 않기를 바란다.

◇士大夫[180] 立私廟, 不合奏請(사대부는 개인 사당을 세울 때 임금에게 주청해서는 안 된다)

●禮[181], 嫡士立二廟[182], 庶人祭於寢, 累代禮文, 不易斯義. 開元十二年勅, 一品許祭四廟, 三品許祭三廟, 五品二廟, 嫡士亦許祭二廟. 爾後禮令, 並無革易. 古者廟連於家, 家主之喪, 則殯於西階之上. 鄕人儺[183], 孔子朝服, 立於阼階[184]. 又曰, "喪不慮居, 爲無廟也," 則知居不違廟, 禮典昭然. 近代顯居上位, 率多祭寢, 亦嘗發問, 皆曰"官品未宜." 有位至將相者奏請之, 詞則曰, "臣官階並及三品, 準令合立私廟." 是不知舊制, 妄有論奏. 廟貌[185]申敬, 用展孝思, 豈於霜露之情[186], 合俟朝廷之命? 蓋以將同列戟[187], 先白有司[188], 旣展哀榮[189], 宜遵典故.(原其奏請之因, 蓋立廟不在其家, 別於坊, 選吉地, 乃爲府縣申奏. 或有官居顯重, 愼慮是宜營構之, 初亦自閒奏, 相習旣久, 致立廟, 須

---

180) 士大夫(사대부) : 주周나라 때 신분 구분인 공公・경卿・대부大夫・사士에서 유래한 말. 삼공三公과 구경九卿 아래로 상대부上大夫・중대부中大夫・하대부下大夫가 있고, 그 밑으로 다시 상사上士와 중사中士・하사下士가 있었다. 후대에는 벼슬아치나 선비에 대한 범칭으로 쓰였다.

181) 禮(예) : 예법과 관련한 기본 정신을 서술한 책인 ≪예기禮記≫의 본명. 전한 선제宣帝 때 대덕戴德이 정리한 85편의 ≪대대예기大戴禮記≫와 대덕의 조카인 대성戴聖이 정리한 49편의 ≪소대예기小戴禮記≫가 있는데, 오늘날 '예기'라고 하는 것은 후자를 가리킨다. ≪주례周禮≫ ≪의례儀禮≫와 함께 '삼례三禮'라고 한다.

182) 二廟(이묘) : 조부와 부친 두 세대의 신위를 모신 사당을 이르는 말.

183) 儺(나) : 역귀疫鬼를 쫓는 의식인 나례를 이르는 말. '나難'로도 쓴다.

184) 阼階(조계) : 주인이 집을 드나들 때 이용하는 동쪽 계단을 이르는 말.

185) 廟貌(묘모) : 사당과 신상神像을 아우르는 말.

186) 霜露之情(상로지정) : 서리와 이슬에 초목이 시드는 것을 보고 부모나 조상에 대한 그리움이 간절해진다는 말로, 돌아가신 부모에 대한 그리움을 비유한다.

187) 列戟(열극) : 궁궐이나 관청 앞에 위엄을 나타내기 위하여 창을 늘어세우는 것을 이르는 말. 결국 고관에 오르는 것을 상징한다.

188) 有司(유사) : 모종의 업무를 전담하는 담당관에 대한 범칭. '소사所司'라고도 한다.

189) 哀榮(애영) : 사후에는 애도를 받고 생전에는 영화를 누리는 일을 이르는 말.

至聞奏.)

○《예기·제법祭法》권46에 의하면 적장자인 사士는 이묘를 세우고, 서민은 침실에서 제를 올린다고 하였는데, 역대 예법에 관한 문헌을 보아도 이러한 의미가 바뀌지 않았다. (당나라 현종) 개원 12년(724)에 칙령을 내려 1품의 관원에게는 사묘에서 제를 올리는 것을 허락하고, 3품의 관원에게는 삼묘에서 제를 올리는 것을 허락하고, 5품의 관원에게는 이묘에서 제를 올리는 것을 허락하고, 적장자인 사대부 역시 이묘에서 제를 올리는 것을 허락하였다. 그뒤로 예법에 관한 법령은 모두 바뀌지 않았다. 옛날에는 사당이 저택과 붙어 있어 집주인이 상례를 치르면 서쪽 계단에 빈소를 차렸다. 고을 사람들이 나례를 펼칠 때 (춘추시대 노나라) 공자가 조복을 입은 채 동쪽 계단에 선 일이 있다. 또 "상례를 치를 때 거처를 염려하는 것은 사당이 없기 때문이다"라고 말하는 것으로 보아, 거처가 사당에서 떨어지지 않는 것이 예법을 적은 전적에 분명히 보인다는 것을 알 수 있다. 근자에 높은 자리에 있는 사람들이 대개 침소에서 제를 올리는 일이 많아 역시 질문을 한 적이 있는데, 모두들 "관직과 품계가 걸맞지 않습니다"라고 하였다. 또 지위가 장수나 재상에 오른 누군가 이에 대해 주청하였는데, 그 글에는 "신은 관직과 품계가 모두 3품에 해당하니, 법령에 따라 개인 사당을 세워야 할 것입니다"라는 말이 들어 있었다. 이는 옛 제도를 모르고 함부로 상주문을 올린 것이다. 사당과 신상은 공경심을 보여 효심을 펼치기 위한 것이거늘, 어찌 부모님을 그리워하는 데 있어서 조정의 명령을 기다릴 필요가 있겠는가? 대개 고관과 같은 신분이라면 먼저 담당관에게 알리고, 사후에 애도를 받고 생전에 영화를 누렸으면 마땅히 관례를 따르면 그만일 것이다.(그가 주청한 원인을 살펴보니, 아마도 사당을 세우려고 하는 곳이 저택에 있지 않고 동네에 별도로 있어, 길한 땅을 고르면서 급기야 부와 현을 대신해 상주한 듯하다. 아마도 관직이 높은 사람이 시의적절한지를 신중히 생각하여 이를 도모하면서 처음에는 역시 스스로 몰래

상주하였을 터인데, 서로 답습하는 일이 오래되자 사당을 세우게 되면 상주문을 올리는 지경에까지 이르른 것으로 보인다.)

◇九寺皆爲棘卿(구경은 모두 극경이다)

●凡言九寺190), 皆曰棘卿191). 周禮192), 三槐·九棘. 槐者, 懷也, 上佐天子, 懷來四裔193), 棘者, 言其赤心, 以奉其君, 皆三公九卿之任也. 近代唯大理194)得言棘卿, 下寺195)則否. 九卿皆樹棘木, 大理則於棘下訊鞫其罪, 所謂'大司寇196)聽刑於棘木之下.'

○무릇 구시를 언급할 때 (그 장관을) 모두 '극경'이라고 불렀다. ≪주례·추관秋官·조사朝士≫권35에 '세 그루의 홰나무'와 '아홉 그루의 가시나무'란 말이 있다. '홰나무 괴槐'는 품는다는 뜻으로, 위로 천자를 보좌하여 사방 오랑캐를 보듬는다는 말이고, '가시나무 극棘'은 진심을 다해 군주를 받든다는 말인데, 모두 삼공과 구경의 직임을 가리킨다. 근자에는 오직 대리시의 장관인 대리경만을 '극경'이라고 부를 수 있고, 나머지 8시寺의 장관은 그리하지 않는다. 구경의 자리에는 모두 가시나무를 심지만, 대

---

190) 九寺(구시) : 구경九卿이 관장하는 아홉 개의 기관을 이르는 말. 한나라 때는 태상太常·광록훈光祿勳·위위衛尉·태복太僕·정위廷尉·홍려鴻臚·종정宗正·대사농大司農·소부少府라고 하였고, 수당隋唐 이후로는 태상太常·광록光祿·위위衛尉·종정宗正·태복太僕·대리大理·홍려鴻臚·사농司農·태부太府라고 하였다.

191) 棘卿(극경) : 구경九卿의 별칭. 고대에 외조外朝에 홰나무(槐) 세 그루로 삼공三公의 자리를 표시하고, 가시나무(棘) 아홉 그루로 구경의 자리를 표시한 데서 유래하였다.

192) 周禮(주례) : 주周나라의 관제官制를 정리한 경서經書로 13경 가운데 하나. 후한 정현鄭玄(127-200)이 주注를 달고, 당나라 가공언賈公彦이 소疏를 단 ≪주례주소周禮注疏≫가 널리 통용되었다. ≪사고전서간명목록·경부·예류禮類≫권2 참조.

193) 四裔(사예) : 사방의 먼 변방이나 그곳에 거주하는 소수민족을 이르는 말.

194) 大理(대리) : 구경九卿 가운데 형법과 재판에 관한 업무를 관장하는 벼슬인 대리경大理卿이나 그 기관인 대리시大理寺의 약칭. 버금 장관은 대리소경大理少卿이라고 하고, 대리승大理丞·대리정大理正·대리평사大理評事 등의 속관을 거느렸다.

195) 下寺(하시) : 송나라 왕당王讜의 ≪당어림唐語林·보유補遺≫권8에는 '타시他寺'로 되어 있는데, 문맥상 이것이 적절하기에 따른다.

196) 大司寇(대사구) : 법률과 형벌을 관장하던 고대 관직 이름. 후대의 형부상서刑部尚書나 대리경大理卿과 유사하다.

리경이 가시나무 아래서 죄를 국문하기에, 이른바 '대사구가 가
시나무 아래서 송사를 듣는다'고 하는 것이다.

◇京尹不合避御史(경조윤은 어사를 피해서 안 된다)

●京尹[197], 皇都專理, 任莫重焉. 且以刑法財賦統, 而兼制御史[198]之
職. 糾繆[199]繩愆[200], 本爲避嫌, 不合私謁. 三司[201]愼守, 遂絶經
過. 今代京尹逢御史於路, 必避馬而敬之, 名分旣乖, 曷爲取則? 且
秩五品, 不避御史, 比肩事主, 於理誠然, 則京尹委用之權, 豈輕於
郎官[202]・國子博士[203]者乎? 漢桓典傳曰, "行行且止, 避驄馬[204]
御史." 行者且止, 尙能記之, 豈漢制京尹避御史, 偶不載於正史耶?
乃知前史不書, 是無避馬之理, 必以刑賦爲嫌, 止於不相過從[205]而
已. 然相値[206]於路, 但以色勃[207]而返, 可也.

○경조윤은 도성을 전문적으로 다스리기에 그 임무가 막중하기 그
지없다. 게다가 형법과 재정을 총괄하고 어사의 직무까지 함께

---

197) 京尹(경윤) : 경기 일대를 관장하는 벼슬인 경조윤京兆尹의 약칭.
198) 御史(어사) : 탄핵을 전담하는 기관인 어사대御史臺 소속의 벼슬에 대한 총칭.
  당나라 때는 어사대를 헌대憲臺・숙정대肅正臺라 부르기도 하였다. 시대마다 다소
  차이는 있으나, 보통 장관은 어사대부御史大夫, 버금 장관은 어사중승御史中丞이라
  고 하였으며, 휘하에 시어사侍御史・전중시어사殿中侍御史・감찰어사監察御史・어
  사승御史丞 등의 속관이 있었다.
199) 糾繆(규무) : 오류를 바로잡다.
200) 繩愆(승건) : 오류를 바로잡다.
201) 三司(삼사) : 삼공三公의 별칭. 시대마다 차이가 있는데, 위진魏晉 이후로는 대
  개 태위太尉・사도司徒・사공司空을 '삼공'이라고 하였다.
202) 郎官(낭관) : 조정의 주요 행정을 집행하는 기관인 상서성尙書省 휘하의 시랑侍
  郎・낭중郎中・원외랑員外郎 등 실무를 담당하는 벼슬에 대한 총칭. 진秦나라 때
  는 낭중령郎中令, 후한 때는 상서랑尙書郎, 수나라 때는 시랑・낭, 당대 이후로는
  주로 낭중・원외랑을 지칭하였다.
203) 國子博士(국자박사) : 국가 최고 교육 기관인 국자감國子監에서 학생들에게 경
  전을 교육시키는 일을 관장하던 벼슬 이름.
204) 驄馬(총마) : 어사가 타고 다니던 흰색과 푸른색이 뒤섞인 총이말을 가리키는 말.
205) 過從(과종) : 왕래하다, 교유하다.
206) 値(치) : 만나다, 마주치다.
207) 色勃(색발) : 안색이 갑자기 바뀌다.

관장한다. 비리와 과오를 바로잡는 일을 주재하므로, 본래 의심을 피하기 위해 사사로운 알현을 갖지 않는다. 그래서 삼공도 신중하게 행동하며 급기야 방문을 사절한다. 오늘날 경조윤이 길에서 어사를 만났을 때 반드시 그들이 타는 총마를 피해 경의를 표하는 것은 명분상 사리에 어긋나니, 어찌 본보기로 삼을 수 있겠는가? 게다가 품계가 5품인 관리들도 어사를 피하지 않고 어깨를 나란히 한 채 군주를 섬기는 것이 이치상 진정 자연스럽거늘, 그렇다면 경조윤이 위임받은 권한이 어찌 낭관이나 국자박사보다 가볍겠는가? ≪후한서·환전전≫권67에 "길을 가다가 잠시 멈추어 총마 탄 어사를 피한다"는 말이 있다. 길을 가던 사람이 잠시 멈추는 것도 오히려 기록되어 있거늘, 어찌 한나라 때 제도에서 경조윤이 어사를 피했다면 그런 일이 우연히 정사에 기재되지 않을 수 있겠는가? 이로써 전대의 사서에 그러한 기록이 없는 것은 총마를 피했을 리가 없어서이고, 필시 형법이나 재정 등 업무 때문에 의심을 받을 수 있어 단지 서로 왕래하지 않았을 뿐이라는 것을 알 수 있다. 그러나 길에서 어사를 만났을 때 단지 정색을 하고 되돌아갔다는 얘기는 가능하겠다.

◇火(불)

●論語曰, "鑽燧208)改火." 春楡·夏棗·秋柞·冬槐, 則是四時皆改其火. 自秦漢已降, 漸至簡易, 唯以春是一歲之首, 止一鑽燧, 而適當改火之時, 是爲寒食節之後. 旣曰, "就新卽去其舊." 今人持新火曰, "勿與舊火相見," 卽其事也. 又禮記郊特牲云, "季春出火, 爲禁火209)." 此則禁火之義, 昭然可徵. 俗傳禁火之因, 皆以介推210)爲

---

208) 鑽燧(찬수) : 불 피는 나무를 뚫다. 즉 불을 피운다는 말이다. ≪한비자韓非子·오두五蠹≫권19에 "한 성인이 불 피는 나무를 뚫어 불을 피워서 날고기를 익히니, 백성들이 기뻐하며 그로 하여금 천하에 왕이 되게 하고는 수인씨라 하였다(有聖人鑽燧取火, 以化腥臊, 而民說之, 使王天下, 曰燧人氏)"는 고사가 전한다.

209) 禁火(금화) : 사고전서본 ≪예기·교특생≫권25에는 '분야焚也'로 되어 있어 의

據, 是不知古. 故以鑽燧證之

○≪논어·양화陽貨≫권17에 "불을 피워 다시 불씨를 만든다"는
말이 있다. 봄에는 느릅나무를 사용하고, 여름에는 대추나무를
사용하고, 가을에는 떡갈나무를 사용하고, 겨울에는 홰나무를 사
용하였으니, 이는 사계절 모두 불씨를 바꾸었다는 말이다. 진나
라와 한나라 이래로 점차 간소화되어 오직 봄을 한 해의 시작으
로 생각해 단지 한번만 불을 피웠지만, 이는 불씨를 바꾸기 가장
적당한 때가 한식날 이후이기 때문이다. 그래서 기왕에 "새 불씨
를 만들어 예전의 불씨를 없앤다"는 말이 있는 것이다. 요즘 사
람들이 새 불씨를 가지면 "이전의 불씨와 함께 쓰지 말라"고 하
는 것도 바로 그러한 일을 가리킨다. 또 ≪예기·교특생≫권25
에 "늦봄에 불씨를 꺼내는 것은 불을 금지했기 때문이다"라고
한 것으로 보아, 이를 통해 '불을 금지한다'는 의미를 확연히 증
명할 수 있다. 세간에서 불을 금지하는 원인을 얘기할 때 모두
(춘추시대 진晉나라 사람) 개지추를 근거로 삼지만, 이는 옛 사
실을 몰라서 하는 말이다. 그래서 '찬수' 고사로 이를 증명하는
것이다.

◇座主當門生拜禮(시험감독관이 문하생의 배례를 받다)

●春官氏每歲選升進士三十人, 以備將相之任. 是日自狀元已下, 同詣
座主211)之宅, 座主立於庭, 一一而進曰, "某外氏212)某家." 或曰,

미상 "늦봄에 불을 지르는 것은 잡초를 태우기 위해서이다"가 되므로 위의 예문과
는 무관하다. 위의 예문은 무엇에 근거한 것인지 불분명하지만, 여기서는 문맥상
위의 예문을 따른다.

210) 介推(개추) : 춘추시대 진晉나라 사람. '개介'는 식읍食邑이고, '추推'는 이름이
다. 존칭인 '자子'를 덧붙여 '개자추介子推'로도 부르고, '개읍의 추'라는 의미에서
'개지추介之推'로도 불렀다. 문공文公 중이重耳가 공자公子 시절 망명할 때 19년을
모셨는데, 왕위에 오른 뒤 관직을 주지 않자 면산縣山에 은거하였다. 문공이 이를
뉘우치고 그를 부르기 위해 면산에 불을 질렀으나 끝내 나오지 않고 불에 타 죽었
다. 불로 데운 음식을 먹지 않는 한식寒食도 여기서 유래하였다. ≪사기·진세가晉
世家≫권39 참조.

“甥.” 或曰, “弟.” 又曰, “某大外氏213)某家.” 又曰, “外大外氏某
家.” 或曰, “重表214)弟.” 或曰, “表甥215)孫.” 又有同宗座主, 宜爲
姪而反爲叔. 言敍旣畢, 拜禮得申. 予輒議曰, “春官氏選士, 得其人,
止供職業耳, 而俊造216)之士, 以經術待聘, 獲採拔於有司, 則朝廷與
春官氏, 皆何恩於擧子217)? 今使謝之, 則與選士之旨, 豈不異乎?
有海東218)之子, 嶺嶠219)之人, 皆與華族220)敍中表221), 從使拜首
而已. 論諸事體, 又何有哉?”

○춘관씨(예부상서禮部尚書)는 매년 진사 30명을 추천하여 장수나
재상의 직임을 맡길 때에 대비한다. 이날 장원급제자 이하 모두
시험감독관의 저택을 방문하는데, 시험감독관이 마당에 서면 한
명씩 앞으로 나서서 “저는 외가가 아무개 집안입니다”라고도 하
고, 혹은 “생질입니다”라고도 하고, 혹은 “동생입니다”라고도 하
고, 또 “저의 큰 외가가 아무개 집안입니다”라고도 하고, 또 “외
가의 큰 외가가 아무개 집안입니다”라고도 하고, 혹은 “중표제입
니다”라고도 하고, 혹은 “표생손입니다”라고도 한다. 또 종친이

211) 座主(좌주) : 당송唐宋 때 진사進士들이 시험감독관을 일컫던 말.
212) 外氏(외씨) : 외가外家의 별칭.
213) 大外氏(대외씨) : 외가의 부모뻘 되는 집안을 이르는 말.
214) 重表(중표) : 표친表親 관계가 겹치는 친척을 이르는 말. 즉 고조부·증조부 이
    후 내외종內外從 관계의 친척을 가리킨다.
215) 表甥(표생) : 내외종이나 이종사촌 자매의 아들을 이르는 말.
216) 俊造(준조) : 준사俊士와 조사造士. 즉 재능과 지혜가 뛰어난 선비를 아우르는
    말. ‘준사’는 서민의 자제 중에서 덕행이 뛰어나 태학에 입학한 사람을 가리키고,
    ‘조사’는 학문이 경지에 이른 선비를 의미한다.
217) 擧子(거자) : 지방에서 추천을 받아 과거시험에 응시하는 사람을 일컫는 말. ‘거
    인擧人’이라고도 한다.
218) 海東(해동) : 바다 동쪽. 외지나 먼 지역을 비유적으로 가리킨다.
219) 嶺嶠(영교) : 오령五嶺, 즉 대유령大庾嶺·시안령始安嶺·임하령臨賀嶺·계양령
    桂陽嶺·게양령揭陽嶺 이남의 광동廣東·광서廣西 일대를 가리키는 말. ‘영남嶺南’
    ‘영외嶺外’ ‘영표嶺表’라고도 한다. 주로 벽지나 유배지를 상징한다.
220) 華族(화족) : 신분이 고귀한 집안, 즉 권문세가를 이르는 말.
221) 中表(중표) : 내외형제內外兄弟의 별칭인 중표형제中表兄弟의 준말. ‘중中’은 ‘내
    內’와, ‘표表’는 ‘외外’와 각각 의미가 통한다.

같은 시험감독관이면 의당 조카라고 해야 하는데도 도리어 숙부라고 한다. 항렬에 대한 언급을 마치면 배례를 올리고 신분을 거듭 밝힐 수 있다. 이에 대해 나는 번번이 이런 의견을 제시하곤 하였다. "춘관씨가 선비를 뽑을 때면 직분에 걸맞는 사람을 골라서 단지 그 직책을 주면 그만이지요. 또 훌륭한 선비가 경학으로 초빙을 받아 담당관에 의해 제대로 선발된다면, 조정과 춘관씨가 모두 응시자에게 무슨 은혜를 베풀 필요가 있겠습니까? 이제 만약 사례를 올린다면 인재를 선발하는 취지와 어찌 어긋나지 않을 수 있겠습니까? 바다 동쪽에 사는 사람이나 오령 이남에 사는 사람들은 모두 권문세가와 중표 관계이어도 사신을 따라서 고개를 숙일 뿐입니다. 여러 사안의 본질에 대해 왈가왈부할 필요가 어디 있겠습니까?"

◇非驗(진짜 현실이 아니다)

●咸亨[222]三年五月, 咸陽公主[223]薨[224]於房州. 公主, 高宗同母妹也. 初適杜荷, 貞觀中, 坐太子承乾事[225], 伏誅. 公主再行於薛瓘, 將成婚禮, 太宗使卜之, 卜人曰, "兩火俱食, 始則同榮, 末亦同悴. 若晝日行合卺[226]之禮, 則終吉." 馬周以違禮亂常[227], 不可用也. 太宗

---

222) 咸亨(함형) : 당唐 고종高宗의 연호(670-674).
223) 咸陽公主(함양공주) : ≪신당서·제제공주열전≫권83에 의하면 성양공주城陽公主의 오기이다.
224) 薨(훙) : 제후나 공경公卿·비빈妃嬪·공주 등 신분이 높은 사람이 죽었을 때 쓰는 말. ≪예기·곡례하曲禮下≫권5에 의하면 천자의 죽음은 '붕崩'이라고 하고, 공경의 죽음은 '훙薨'이라고 하고, 대부大夫의 죽음은 '졸卒'이라고 하고, 사士의 죽음은 '불록不祿'이라고 하고, 평민의 죽음은 '사死'라고 하여 신분에 따라 죽음에 대한 표현에도 차이를 두었다.
225) 承乾事(승건사) : 당나라 태종太宗의 아들인 이승건李承乾이 황태자에 올랐다가 방탕한 생활 때문에 폐위당한 사건을 가리킨다. ≪신당서·상산왕이승건전常山王李承乾傳≫권80 참조.
226) 合卺(합근) : 부부가 두 개의 표주박 술잔으로 함께 술을 마시는 의식에서 유래한 말로 혼인이나 혼례를 가리킨다.
227) 違禮亂常(위례란상) : 예법에 어긋나고 상도를 어지럽히다. 혼례는 저녁에 치러

從之. 而後瓘爲房刺[228], 公主隨焉, 偕沒於任, 雙柩而還. 蘇冕書之
曰, "卜驗矣." 余曰, "違禮而行, 亂也. 雙柩而還, 常也. 若云卜驗,
則是禮可廢, 而卜可遵, 豈曰'守正依經'之道哉?"

○(당나라 고종) 함형 3년(672) 5월에 (태종의 딸인) 성양공주城陽
公主가 (호북성) 방주에서 죽었다. 성양공주는 고종과는 모친이
같은 누이동생이다. 처음에 두하에게 시집갔으나, 두하는 (태종)
정관(627-649) 연간에 (고조의 장남인) 태자 이승건李承健 사건
에 연루되어 죽임을 당하고 말았다. 그래서 공주가 설관에게 다
시 시집가게 되었는데, 혼례를 치를 즈음에 태종이 사람을 시켜
점을 치자 점쟁이가 말했다. "두 차례 데운 음식을 모두 드시게
되었으나, 처음에는 영화를 함께 했어도 끝에는 근심을 함께 할
것입니다. 하지만 만약 낮에 혼례를 올린다면 결국 길할 것입니
다." 하지만 마주는 예법에 어긋나고 상도를 어지럽히는 일이라
고 하여 채택해서는 안 된다고 주장하였다. 태종이 결국 그의 말
을 받아들였다. 뒤에 설관이 방주자사를 맡으면서 공주도 그를
따라갔다가 함께 임지에서 죽어 운구 한 쌍이 돌아왔다. 그래서
소면은 이를 기록하여 "점괘가 현실이 되었다"고 하였다. 그러나
내 생각은 이렇다. "예법에 어긋나는데도 거행한다면 법도를 어
지럽히는 일이고, 운구 한 쌍이 함께 돌아온 것은 일상사이다.
만약 점괘가 현실이 되었다고 한다면, 이는 예법을 폐기해도 되
고 점괘를 따라야 한다는 것이니, 어찌 '정도를 지키고 경전에
의거해야 한다'는 이치라고 할 수 있겠는가?"

야 하기에 하는 말이다.
228) 房刺(방자) : 호북성 방주자사房州刺史의 약칭.

■刊誤卷下■

◇封爵(봉작)

●周制, 五等[1]爵, 以封諸侯, 以其有功, 加地進律[2]. 以是所封之國固
定, 非處一方. 近者凡所封邑, 必取得姓之地, 所以疇庸[3]進爵, 有違
王度. 竊以蕭何封酇侯, 蕭之得姓, 不在於酇. 曹參封平陽侯, 曹之
得姓, 不在平陽. 國朝[4]房玄齡封梁公, 房之得姓, 不在於梁. 杜如晦
封萊公, 杜之得姓, 不在於萊. 古典[5]粲然, 不可悉數. 其誤也, 始於
幸蜀之年, 中書[6]主者[7], 不閑[8]舊制故也.

○주나라 때 제도에 의하면 (공작·후작·백작·자작·남작 등) 다
섯 등급의 작위는 제후를 봉하기 위한 것으로, 그의 공적에 따라
서 땅을 보태고 작위의 등급을 올려주었다. 따라서 봉한 나라는
확실히 정해져 있지만, 한 지방에 국한된 것은 아니었다. 근자에
식읍을 봉할 때 굳이 성씨가 생긴 땅을 택하는 것은 공로에 보
답하기 위해 작위를 올리는 일에 있어서 왕의 법도와 어긋난 경
우가 있기 때문이다. 생각건대 (전한 때) 소하가 찬후에 봉해졌
지만, 소씨 가문이 성씨를 얻은 것은 (하남성) 찬현이 아니었고,
조참이 평양후에 봉해졌지만, 조씨 가문이 성씨를 얻은 것은 (산
서성) 평양군이 아니었다. 또 당나라 때 방현령이 양공에 봉해졌
지만, 방씨 가문이 성씨를 얻은 것은 (섬서성) 양주가 아니었고,

---

1) 五等(오등) : 공작·후작·백작·자작·남작의 다섯 등급을 가리킨다.
2) 進律(진율) : 작위의 등급을 올려주는 것을 이르는 말.
3) 疇庸(주용) : 인재를 선발하거나 공로에 보답하는 일을 이르는 말.
4) 國朝(국조) : 자기 왕조를 부르는 말. '황조皇朝'라고도 하는데, 여기서는 당나라를
가리킨다.
5) 古典(고전) : 옛날의 전고典故. 즉 당사자의 본관과 상관없이 봉읍封邑를 정한 실
례들을 가리킨다.
6) 中書(중서) : 위진魏晉 이래로 국가의 기무機務·조령詔令·비기祕記 등을 관장하
는 최고 행정 기관인 중서성中書省의 약칭. '중성中省'이라고도 한다.
7) 主者(주자) : 모종의 일을 책임지고 주관하는 위치에 있는 관원을 가리키는 말.
8) 閑(한) : 익히다, 잘 살피다. '한閑'은 '익힐 한嫻'과 통용자.

두여회가 내공에 봉해졌지만, 두씨 가문이 성씨를 얻은 것은 (산동성) 내현이 아니었다. 옛날의 전고는 확연히 많아 일일이 다 열거할 수 없을 정도이다. 그것이 잘못 적용된 것은 (현종이) 촉주로 행차한 해에 시작되었는데, 이는 중서성에서 업무를 주관하는 자가 옛날 제도를 제대로 살피지 않았기 때문이다.

◇祈雨(기우제)

●庚子歲9)夏旱, 禾黍不逾尺, 京城米粟, 日增其價. 一日達彼九重10), 天子下詔, 宰臣11)禱祀, 所宜承命. 不過一二日, 虔誠於郊廟12), 乃下太常13)擇日. 太卜14)署狀15), 宜用來月六日癸亥. 至是, 旱苗悉爲枯荄16)矣.

○(희종僖宗 광명廣明 원년) 경자년(880) 여름에 가뭄이 들어 곡식의 키가 한 자를 넘기지 못 하자, 도성의 곡식이 날로 가격이 급등하였다. 하루는 조정까지 전달되어 천자가 조서를 하달하였기에, 재상이 기도를 올리는 것이 의당 황명을 받드는 일이었다. 하루 이틀도 지나지 않아 교묘에서 지극정성으로 제사를 올리게 되자, 태상시에 명을 내려 택일을 하게 하였다. 태복이 상소문을

---

9) 庚子歲(경자세) : 이 책의 저자인 이부李浮가 당나라 말엽 희종僖宗 때 사람이므로 희종 광명廣明 원년(880) 경자년을 가리키는 것으로 추정된다.

10) 九重(구중) : 궁궐의 대문이 아홉 겹인 데서 유래한 말로, 궁궐이나 조정·천자 등을 비유한다.

11) 宰臣(재신) : 재상의 별칭. 보신輔臣·보상輔相·보재輔宰·재보宰輔·재상宰相·재집宰執·태보台輔·단규端揆 등 다양한 명칭으로도 불렸다.

12) 郊廟(교묘) : 제단이나 종묘에 대한 총칭. 천제와 지신에게 제사지내는 곳을 '교郊'라고 하고, 조상신에게 제사지내는 곳을 '묘廟'라고 한다.

13) 太常(태상) : 예악禮樂과 천문天文에 관련된 업무를 관장하는 기관인 태상시太常寺나 그 장관인 태상경太常卿의 약칭. 태상경은 구경九卿 중에서도 서열이 가장 높은 고관高官이었다.

14) 太卜(태복) : 천문天文과 점복占卜을 주관하는 벼슬. 은나라 때는 육태六太의 하나였고, 주나라 때는 춘관春官 소속 벼슬이었으며, 진한秦漢 이후로는 태복령太卜令을 설치하였다.

15) 署狀(서장) : 상소문에 서명하다. 결국 상소문을 올리는 것을 말한다.

16) 枯荄(고해) : 썩은 풀뿌리. 즉 곡식이 다 썩은 것을 말한다.

올려 다음달 6일 계해일이 적당하다고 하였다. 그러나 그날이 되었을 때 가뭄으로 곡식의 모는 모두 이미 뿌리까지 썩어 있었다.

◇發救兵(구원병을 징발하다)

●夫請濟師者, 是兵力危殆, 求之速也. 不逾一兩日, 發之, 足以應其急也. 主帥[17]問其來由, 命軍師曰, "爲擇一日, 以遂其請." 翌日, 師復命[18]曰, "以後日戊午吉." 及乎師至, 軍壘已陷.

○무릇 구원병을 요청하는 것은 병력이 위태로워 속히 보내기를 바라는 것이다. 따라서 하루 이틀 넘기지 않고 출동시켜야 그 위급한 상황에 응대할 수 있기 마련이다. 최고사령관이 그 연유를 물으며 군사에게 명했다. "날을 택해 그 요청을 완수하라." 그러나 다음날 군사가 "모레 갑오일이 길합니다"라고 보고하였지만, 군대가 도착했을 때는 군영이 이미 함락되어 있었다.

◇進獻奇零(우수리를 바치다)

●戊戌歲, 閱報狀[19], 見潤州節度[20]進應天節[21]白金二千六百五十七兩. 臣下獻壽, 國有常儀, 少曷不曰二千兩, 多曷不曰三千兩. 奇零[22]微鮮[23], 無異償債, 豈臣子之禮哉?

---

17) 主帥(주수) : 군대에서 가장 지위가 높은 장수를 일컫는 말. '주장主將'이라고도 한다.
18) 復命(복명) : 명령을 완수하고 보고하는 일을 이르는 말.
19) 報狀(보장) : 관보, 보고서 따위를 이르는 말.
20) 節度(절도) : 당송唐宋 때 한 도道나 여러 주州의 군사·민정·재정 등을 관할하던 벼슬인 절도사節度使의 약칭. 송 이후로는 실권이 없이 직함만 있었다.
21) 應天節(응천절) : 당나라 때 희종僖宗 황제의 생일을 일컫던 말. 이러한 풍습은 당나라 현종玄宗 때부터 시작되었는데, 현종의 천추절千秋節(뒤에 천장절天長節로 개명되었음)·숙종肅宗의 지평천성절地平天成節·문종文宗의 경성절慶成節·무종武宗의 경양절慶陽節·선종宣宗의 수창절壽昌節·의종懿宗의 연경절延慶節·희종의 응천절·소종昭宗의 가회절嘉會節·애제哀帝의 연화절延和節이 그러한 예이다. 송나라 왕명청王明淸의 ≪휘주전록揮塵前錄≫권1 등 참조.
22) 奇零(기령) : 우수리나 소수점 아래의 수를 이르는 말.
23) 微鮮(미선) : 지극히 작거나 보잘것없는 것을 이르는 말.

○(희종僖宗 건부乾符 5년) 무술년(878)에 관보를 읽고서 (강소성) 윤주절도사가 (희종의 생일인) 응천절을 기념하는 백금 2,657냥을 바쳤다는 것을 알았다. 신하가 축수를 올리는 것은 나라마다 일정한 의례가 있거늘, 적으면 어찌하여 2천 냥이라고 말하지 않고, 많으면 어찌하여 3천 냥이라고 말하지 않은 것일까? 우수리는 보잘것없는 것이라서 채무를 갚는 것과 다를 바 없으니, 어찌 신하로서의 예법이라고 할 수 있으리오?

◇起居(기거)

● 今代謁見尊崇, 皆謹祗候[24]起居. 起居者, 動止, 理固不乖. 近者復云, "謹祗候起居某官." 其義何在? 相承斯誤, 曾不經心[25].

○오늘날에는 존귀한 사람을 알현하면 모두들 조심해서 공손히 기거에 대해 묻는다. 기거가 행동거지를 뜻하므로 이치상 확실히 사리에 어긋나지는 않는다. 그러나 근자에는 다시 "삼가 모 관청에 기거하는 것에 대해 묻습니다"라고 말하는데, 그 의미가 어디에 있는 것일까? 이러한 오류를 서로 답습하면서도 끝내 신경을 쓰지 않고 있다.

◇佳禮(가례)

● 吉·凶·賓·軍·嘉, 是爲五禮. 婚姻, 屬之嘉. 嘉者, 善也. 今代每言婚姻, 則曰佳期者, 美也. 婚姻之重, 所宜依經, 若用爲佳, 實傷古義.

○길례(제례)·흉례(장례)·빈례·군례·가례(혼례), 이것이 바로 '오례'이다. 혼인은 가례에 속한다. '嘉'는 좋다는 뜻이다. 오늘날 혼인을 말할 때마다 '가기佳期'라고 하는 것은 미화하는 말이다. 혼인의 중요성은 의당 경전에 근거해야 하는데, 만약 '가佳'

---

24) 祗候(지후) : 공손히 묻다.
25) 經心(경심) : 신경을 쓰다, 주의를 기울이다.

라는 말을 쓴다면 실은 옛 뜻을 훼손하는 것이다.

◇鶩(거위)

●夫展禮之夕, 壻執鴈入奠26), 執贄之義也. 又以鴈是隨陽之禽, 隨夫
所適. 鴈是野物, 非時莫能致. 故以鶩替之者, 亦曰奠鴈. 爾雅27)云,
"舒鴈28), 鶩." 鶩亦鴈之屬也. 其有重於嗣續29), 切於成禮者, 乃以
厚價致之. 旣而獲, 則曰, "已有鶩矣, 何以鴈爲30)?" 是以鴈爲使,
代鶩爲禮, 鴈爲長(除悵反31))物32), 典故將廢, 何不正之?

○무릇 혼례를 치르는 저녁에 사위가 기러기를 손에 들고 들어가
바치는 것이 폐백을 손에 드는 의의이다. 또 기러기가 양기를 따
르는 날짐승이기에, 남편을 따라 시집가는 의미이기도 하다. 기
러기는 야생동물이라서 제철이 아니면 마련할 수가 없다. 그래서
거위로 그것을 대체하고서도 역시 '기러기를 바친다'고 말하는
것이다. ≪이아·석조釋鳥≫권10에 "(날개를 활짝 펼친 기러기란
의미에서) '서안'은 거위의 별칭이다"라는 말이 있듯이, 거위 역
시 기러기의 일종이다. 거위에게는 자손을 얻는 것을 중시하고
혼례를 치르는 것에 적합하다는 의미가 있기에, 후한 값을 치르

---

26) 入奠(입전) : 빈소에 들어가 제를 올리는 것을 이르는 말.
27) 爾雅(이아) : 전국시대戰國時代 때 나온 것으로 추정되는 중국 최고最古의 사전.
　　진晉나라 곽박郭璞(276-324)이 주를 달고, 송나라 형병邢昺(932-1010)이 소를
　　단 ≪이아주소爾雅注疏≫ 13권이 널리 통용된다. ≪사고전서간명목록·경부·소학
　　류小學類≫권4 참조.
28) 舒鴈(서안) : 날개를 활짝 펼친 기러기란 의미로 거위의 별칭이다. 혹은 행동이
　　느린 기러기란 의미로 볼 수도 있을 듯하다.
29) 嗣續(사속) : 자손을 보다, 후사를 얻다.
30) 爲(위) : 의문조사.
31) 反(반) : 중국 고대의 음운 표기법인 반절음反切音을 이르는 말. 두 글자 가운데
　　앞의 글자에서 성모聲母를 따고 뒤의 글자에서 운모韻母를 따서 읽는 방법을 말한
　　다. 예를 들어 '바라다'는 뜻의 '觖'의 반절음이 '羌志反'이므로 성모를 '강羌'에서
　　따 'ㄱ'으로 읽고 운모를 '지志'에서 따 'ㅣ'로 읽은 뒤 이를 합치면 '기'가 되는 것
　　과 같은 경우를 말한다.
32) 長物(장물) : 오래 사용하여 쓸모없는 물건이나 여분의 물건을 이르는 말.

고서라도 그것을 마련한다. 그것을 얻은 뒤에는 "이미 거위가 있
으니, 기러기가 무슨 필요 있으리오?"라고 말한다. 이는 기러기
를 매개물로 여기면서도 거위로 대체하여 혼례를 치르기에, 기러
기가 쓸모없는('長'의 음은 '제'와 '창'의 반절음이다) 물건이 되는 것
인데, 오랜 관례가 폐기되고 말 것이니, 어찌 바로잡지 않을 수
있겠는가?

◇拜客(하객에게 절하다)

●婚期云, "來日婦於庭拜舅姑33), 次謁夫之長屬34), 中外故舊, 皆當
婦禮," 卽通謂之客. 故有拜客之名. 今代非親非舊, 皆列坐而覘婦容,
豈其宜哉?

○혼례를 치를 시기가 되면 "내일 며느리는 마당에서 시부모에게
절을 하고, 다음으로 남편 집안 어른들에게 인사할 터인데, 집
안팎의 친지들 모두가 혼례를 볼 것이다"라고 말하는데, 통상 이
들을 하객이라고 한다. 그래서 '하객에게 절한다'는 말이 있는 것
이다. 오늘날 친척이나 친구가 아니면서도 모두 좌석에 앉아 며
느리의 용모를 구경하는 것이 어찌 온당한 일이겠는가?

◇拜四(네 번 절을 하다)

●夫郊天35)祭地, 止於再拜. 其禮至重, 尙不可加. 今代婦謁姑章36),
其拜必四. 予輒詳之, 婦初再拜, 次則跪獻衣服, 支史37)承其筐篋,
則跪而受之, 常於此際授受多誤, 故四拜相屬, 因爲疑. 又婦拜夫家
長老, 長老答之, 則又再拜, 卽其事也. 士林威儀, 豈可倣諸38)下

---

33) 舅姑(구고) : 시아버지와 시어머니. 시아버지를 '구舅'라고 하고, 시어머니를 '고
姑'라고 한다. '공고公姑'라고도 한다.
34) 長屬(장속) : 집안의 어른이나 손윗사람을 이르는 말.
35) 郊天(교천) : 교외에 나가서 천제天帝에게 제를 올리는 교제사郊祭祀를 말한다.
36) 姑章(고장) : 시부모. '고장姑嫜'으로도 쓴다.
37) 支史(지사) : 본래는 지방 수령의 보좌관을 뜻하는 말이나 여기서는 혼례에서의
도우미를 뜻하는 말로 쓰인 듯하다.

里39)耶? 謁拜姑章, 宜修典故, 再申揷地40),(周禮41), 婦拜揷地.) 其儀
可觀.

○무릇 천제나 지신에게 제사를 올릴 때는 단지 두 번만 절을 한
다. 그 예법은 지극히 중요하기에 더 보태서 안 된다. 그런데 오
늘날 며느리가 시부모를 배알할 때는 반드시 절을 네 번 하고
있다. 내가 그때마다 상세히 살펴보니 며느리가 처음에 두 번 절
을 하고, 다음에 무릎을 꿇고 의복을 바치면 도우미가 광주리를
받아 무릎을 꿇고 그것을 담는데, 늘 그 순간 주고받는 행위를
잘못하는 경우가 많아, 네 차례 절로 이어지기에 의심거리가 되
고 말았다. 또 며느리가 남편 집안 어른들에게 절을 하고, 어른
들이 답례를 하면, 다시 두 번 절을 하는 것도 바로 그러한 사례
에 해당한다. 선비 집단의 위엄어린 의례를 어찌 일반 고을에서
본받아서야 되겠는가? 시부모에게 절을 할 때는 의당 오랜 관례
를 따라 거듭 깊숙이 절을 해야(≪주례≫에 의하면 며느리는 절을 할 때
머리가 땅에 닿을 정도로 공손히 해야 한다) 의식이 볼 만할 것이다.

◇婦謁姑, 不宜表以絹囊(며느리가 시어머니를 배알할 때는 비단주머니로 표현해서 안 된다)

●投刺42)始於雋不疑, 冠進賢冠43), 帶礷具劍44), 上謁45)暴勝之. 上
謁, 如今之投刺也. 爾後凡言謁見, 必先以此, 道其姓名. 行於婦人,

---

38) 諸(제) : '지어之於'의 합성어.
39) 下里(하리) : 일반 고을을 뜻하는 말.
40) 揷地(삽지) : 땅에다가 꽂다. 깊숙이 절을 올리는 것을 뜻하는 말로 쓰인 듯하다.
41) 周禮(주례) : 주周나라의 관제官制를 정리한 경서經書로 13경 가운데 하나. 후한
    정현鄭玄(127-200)이 주注를 달고, 당나라 가공언賈公彦이 소疏를 단 ≪주례주소
    周禮注疏≫가 널리 통용되었다. ≪사고전서간명목록·경부·예류禮類≫권2 참조.
42) 刺(자) : 명첩, 명함을 뜻하는 말.
43) 進賢冠(진현관) : 임금을 알현할 때 쓰는 예모禮帽의 일종. 여기서는 황제가 파견
    한 사신인 포승지暴勝之에게 극진하게 예를 표한 것을 말한다.
44) 礷具劍(뇌구검) : 손잡이 끝을 옥으로 장식한 검의 이름. '櫑具劍'으로도 쓴다.
45) 上謁(상알) : 높은 사람을 찾아 뵙고 인사를 올리는 일을 일컫는 말.

卽未知其所自. 然亦不失於禮, 敬其有違. 舅姑在於他國者, 因節
序46)推遷, 亦以名紙遠申參奉47)之儀. 近代皆以絹囊緘之, 有同尺
題48)重封也. 至於婦來面謁舅姑, 合申投刺之禮, 豈宜亦以彩帛表
之? 卑敬49)有乖, 所宜削去.

○명함을 주는 것은 (한나라 때) 준불의가 진현관을 쓰고 뇌구검을
차고서 (황제의 사신인) 포승지를 알현한 데서 비롯되었다. 알현
은 오늘날 명함을 주는 것과 유사하다. 그뒤로 무릇 알현하겠다
고 할 때는 반드시 이것을 먼저 보이고 자신의 성명을 말하게
되었다. 그러나 며느리에 의해 행해지는 것은 언제부터 시작되었
는지 모르겠다. 그래도 예의를 저버려서는 안 되기에 어기는 점
이 있을까 조심해야 한다. 시부모가 타지에 있으면 절기가 바뀜
에 따라 이름이 적힌 종이를 멀리서 보내 알현의 의식을 치른다.
근자에는 모두 비단주머니에 그것을 담는데, 여기에는 서신을 쓰
고 이중으로 봉하는 것과 같은 점이 있다. 며느리가 찾아와 시부
모에게 인사를 올릴 경우 명함을 드리는 예의를 펼치기도 하는
데, 어찌 채색 비단으로 그것을 표현하는 것이 마땅하겠는가? 예
의범절에 어긋나는 점이 있으므로 마땅히 없애야 할 것이다.

◇**樂論(악론)**

●貞觀50)十七年, 太宗文皇帝51)與太常少卿52)祖孝孫論樂. 太宗曰,
"治政善惡, 豈此之因?" 御史大夫53)杜淹曰, "陳之將亡也, 爲玉樹

---

46) 節序(절서) : 절기, 계절.
47) 參奉(참봉) : 알현하다, 참배하다.
48) 尺題(척제) : 편지, 서신. 옛날에 서신의 길이가 한 자인 데서 비롯되었다.
49) 卑敬(비경) : 자신을 낮추고 상대방을 공경하다. 결국 예의범절을 가리킨다.
50) 貞觀(정관) : 당唐 태종太宗의 연호(627-649).
51) 文皇帝(문황제) : 당나라 태종太宗 이세민李世民의 시호인 '문무대성대광효황제文
    武大聖大廣孝皇帝'의 약칭. ≪신당서·태종본기≫권2 참조.
52) 太常少卿(태상소경) : 예악禮樂과 천문天文에 관련된 업무를 관장하는 태상시太常
    寺의 버금 장관을 가리키는 말.
53) 御史大夫(어사대부) : 관리들의 비행을 규찰하고 탄핵하는 업무를 관장하는 기관

後庭花54), 隋之將亡也, 爲伴侶55)·行路難56). 聞之, 莫不悲泣, 所謂亡國之音. 以是觀之, 實自於樂." 帝曰, "不然. 夫音聲豈能感人? 歡者聞之則悅, 憂者聽之則悲, 悲悅在人, 非因樂也. 今玉樹伴侶, 其聲具存. 今爲公奏之, 知公必不悲矣." 予曰, "聖主有所未悟耳. 禮57)云, '國家將興, 必有禎祥58), 國家將亡, 必有妖孽59), 見乎蓍龜60), 動乎四體61).' 斯曲者, 陳·隋二主之所作也. 二主荒淫自娛, 不知將亡之音, 形於曲折矣. 是知休徵62)咎徵, 皆見其兆, 豈止於歌樂也哉? 如文皇, 君人之道, 與舜禹比隆, 耆幼63)欣欣然得其所也. 雖聞桑間濮上64), 如聞韶濩65)之音, 何後庭花·伴侶行能感其心哉? 哀也, 樂也, 繫於時君. 詩66)不云乎? '治世之音安以樂, 其政和, 亂世之音怨以怒, 其政乖, 亡國之音哀以思, 其民困.' 斯之謂也.

인 어사대御史臺의 주무 장관. 버금 장관으로 어사중승御史中丞이 있고, 휘하에 시어사侍御史와 전중시어사殿中侍御史·감찰어사監察御史·어사승御史丞 등을 거느렸다.

54) 玉樹後庭花(옥수후정화) : 계관화鷄冠花(맨드라미)의 일종으로 키가 비교적 작은 꽃 이름. 남조南朝 진陳나라 후주後主가 <옥수후정화(玉樹後庭花)>란 노래를 부르며 방탕한 생활을 하다가 나라를 잃었기에 망국의 한을 상징하기도 한다.

55) 伴侶(반려) : 북조北朝 북제北齊 후주後主가 지었다고 하는 악곡 이름.

56) 行路難(행로난) : 인생살이의 어려움을 노래한 악부시樂府詩 이름.

57) 禮(예) : 예법과 관련한 기본 정신을 서술한 책인 ≪예기禮記≫의 본명. 전한 선제宣帝 때 대덕戴德이 정리한 85편의 ≪대대예기大戴禮記≫와 대덕의 조카인 대성戴聖이 정리한 49편의 ≪소대예기小戴禮記≫가 있는데, 오늘날 '예기'라고 하는 것은 후자를 가리킨다. ≪주례周禮≫ ≪의례儀禮≫와 함께 '삼례三禮'라고 한다.

58) 禎祥(정상) : 상서로운 징조를 이르는 말.

59) 妖孽(요얼) : 나쁜 징조나 요망한 사건을 이르는 말.

60) 蓍龜(시귀) : 점술의 재료인 시초와 거북껍질을 아우르는 말. 결국 점술이나 점괘를 가리킨다.

61) 四體(사체) : 네 몸. 즉 두 팔과 두 다리를 가리키는 말로 '사지四肢'와 뜻이 같다.

62) 休徵(휴징) : 좋은 징조. '휴休'는 '미美'의 뜻.

63) 耆幼(기유) : 노인과 어린아이.

64) 桑間濮上(상간복상) : 하남성의 두 현 이름. 음란한 노래가 성행했던 곳이라서 음란한 음악이나 남녀간의 밀회 장소를 비유한다.

65) 韶濩(소호) : '소韶'는 우虞나라 순왕舜王 때의 음악을 가리키고, '호濩'는 상商나라 탕왕湯王 때의 음악을 가리킨다. 훌륭한 음악이나 문장을 비유한다.

66) 詩(시) : 이는 '예禮'나 '기記'의 오기이다. 이하 예문은 ≪예기·악기樂記≫권37의 기록을 인용한 것이다.

○(당나라) 정관 17년(643)에 태종 문황제가 태상소경 조효손과 음악에 대해 논의하였는데, 태종이 "정치가 잘 되고 못 되고가 어찌 이 때문이겠소?"라고 하자 어사대부 두엄이 대답하였다. "(남조南朝 때) 진나라가 망하게 된 것은 <옥수후정화>란 노래 때문이고, 수나라가 망하게 된 것은 <반려행>과 <행로난>이란 노래 때문이옵니다. 이 노래들을 들으면 누구나 슬퍼서 눈물을 흘리게 되니, 이른바 망국의 소리이옵니다. 이로써 보건대 실제로 음악에서 비롯되었나이다." 그러자 태종이 말했다. "그렇지 않소. 무릇 음악이 어찌 사람의 마음을 움직일 수 있겠소? 기분이 좋은 사람이 들으면 기뻐하고, 근심이 많은 사람이 들으면 슬퍼하는 법이니, 슬픔과 기쁨은 사람에게 달려 있지 음악 때문이 아니오. 오늘날에도 <옥수후정화>와 <반려행>이 모두 보존되고 있소. 이제 공을 위해 연주해도 공이 분명 슬퍼하지 않으리란 것을 잘 아오." 그러나 내 생각은 이렇다. "성군이신 태종황제가 미처 깨닫지 못 한 것이 있다. ≪예기·중용中庸≫권53에 '국가가 흥하려고 하면 반드시 좋은 징조가 나타나고, 국가가 망하려고 하면 반드시 나쁜 징조가 나타나기에, 점괘에도 보이고 사지가 떨린다'는 말이 있다. 이 노래들은 진나라와 수나라의 두 군주가 지은 것이다. 두 군주는 방탕하게 놀면서 망국의 소리가 적나라하게 드러나리라는 것을 몰랐다. 이로써 좋은 징조와 나쁜 징조가 모두 조짐을 보인다는 것을 알 수 있거늘, 어찌 음악에만 그치겠는가? 태종 문황제와 같은 분은 군주로서의 도리가 (우虞나라) 순왕이나 (하夏나라) 우왕과 비등하여 노인이나 어린아이들 모두 기쁨에 젖어 태평성대를 누렸으니, 비록 (하남성) 상간현이나 복상현의 음란한 음악을 듣는다 해도 소호 같은 훌륭한 음악을 듣는 것처럼 여길 터이거늘, 어찌 <옥수후정화>나 <반려행>이 그 마음을 움직일 수 있었겠는가? 슬픔이나 즐거움은 당시 군주에게 달려 있는 것이다. ≪예기·악기樂記≫권37에서도

'잘 다스려지는 세상의 음악은 편안하고도 즐거우며, 그 정치는
조화롭다. 어리러운 세상의 음악은 원망스럽고 분노에 차 있으
며, 그 정치는 괴리가 생긴다. 망한 나라의 음악은 슬프고도 수
심에 차 있으며, 그 백성은 곤경에 빠진다'고 말하지 않았던가?
바로 이를 두고 한 말이다."

◇釋怪(괴이한 주장에 대해 해석하다)

●李商隱爲文67)曰, "儒者之師, 曰魯仲尼68), 仲尼師耼69)猶龍70), 不
知耼師竺乾71), 善入無爲, 稽首72)正覺73), 吾師吾師." 夫老子生於
周, 爲柱下史74). 司馬遷史記, 與韓非75)同傳, 曰76), "老子無爲自
化, 淸淨自正. 韓非揣事, 情循勢理. 故作老子韓非同傳." 此則老子
行藏77)之道, 盡於是矣. 旣正史不言老子適異域, 師於竺乾, 未知商

---

67) 文(문) : 당나라 이상은李商隱의 이 글은 ≪이의산문집전주李義山文集箋注≫나 ≪전
당문全唐文≫ 등에 실리지 않은 것으로 보아 오래 전에 실전된 듯하다.

68) 仲尼(중니) : 춘추시대 노魯나라 사람 공자(공구孔丘)의 자. ≪사기·공자세가≫
권47 참조.

69) 耼(담) : 춘추시대 때 사람 노자老子 이이李耳의 별칭. 자는 백양伯陽·중이重耳
·담耼이고, 호는 노군老君. '노래자老萊子' '이노군李老君' 등 여러 별칭으로도 불
렸다. 저서로 ≪노자≫가 전한다.

70) 猶龍(유룡) : 용 같다. 춘추시대 노魯나라 공자가 노자老子를 보고서 '용 같다(猶
龍)'고 말했다는 ≪사기·노자전≫권63의 고사에서 유래한 말로 노자의 별칭.

71) 竺乾(축건) : 부처, 불법, 천축국天竺國(인도)을 이르는 말.

72) 稽首(계수) : 머리를 조아리다. 극도의 존경심을 표하는 예법을 말한다.

73) 正覺(정각) : 득도의 최고 경지를 이르는 말.

74) 柱下史(주하사) : 주周나라 때 어사御史에 해당하던 벼슬 이름. 늘 임금이 머무는
전각의 기둥 아래 시립한 데서 유래하였다.

75) 韓非(한비) : 전국시대 한韓나라 사람(약 B.C.280-B.C.233). 진秦나라 이사李斯
(?-B.C.208)와 함께 순자荀子에게서 학문을 닦은 뒤 법가사상을 정립하였다. 진나
라 시황제始皇帝(B.C.259-B.C.210)의 호감을 얻어 벼슬에 올랐으나 이사의 모함
을 받아 옥사獄死하였다. ≪사기·노장신한열전老莊申韓列傳≫권63 참조. 그의 저
서로 알려진 ≪한비자韓非子≫가 총 55편 20권으로 전하는데, 일문逸文이 많고
주석은 누구의 것인지 불분명하다.

76) 曰(왈) : 이하 예문은 ≪사기·태사공자서太史公自序≫권130에 보이는데, 원문에
는 '동전同傳'이 '열전列傳'으로 되어 있다.

77) 行藏(행장) : 세상에 나가 도를 실행하거나(行) 세상을 등지고 숨는(藏) 일. 행적

隱何爲取信. 孔宣父[78]於魯襄公二十一年, 至哀公十六年卒[79], 當周
敬王也. 聖自天資, 而能廣學, 師堯・舜・文王・周公[80]之道, 以老
子老而能熟古事, 故仲尼師之. 師之之道, 謂聖人學無常師, 主善爲
師. 又曰[81], "三人行, 必有我師焉." 非謂幼而師之, 如堯・舜・文
王・周公之聖德也. 故袁宏後漢書[82], "孔融答李膺曰, '先君[83]孔子
與子先人李耳, 同德比義, 而相師友,'" 是也. 孟軻論伯夷[84], "非其
君不事, 非其民不使, 治則進, 亂則退." 言伊尹[85]也, "何事非君?
何使非民? 治亦進, 亂亦進." 論仲尼, 則曰, "可以仕則仕, 可以止則
止, 可以久則久, 可以速則速, 乃所願學." 史遷[86]直筆述乎聖德, 以

이나 내력을 비유적으로 가리킬 때도 있다.

78) 宣父(선보) : 춘추시대 노魯나라 공자(공구孔丘)에 대한 존칭. '선'은 시호이고,
'보'는 남자에 대한 미칭美稱인 '보甫'와 통용자. 당나라 태종太宗이 공자를 '선보'
로 존대하고 산동성 연주兗州에 사당을 세운 데서 유래하였다. 공자의 자인 중니
仲尼와 결합하여 '선니宣尼'라고도 하였다.

79) 卒(졸) : 사대부가 죽었을 때 쓰는 말. ≪예기・곡례하曲禮下≫권5에 의하면 천자
의 죽음은 '붕崩'이라고 하고, 공경公卿의 죽음은 '훙薨'이라고 하며, 대부大夫의
죽음은 '졸卒'이라고 하고, 사士의 죽음은 '불록不祿'이라고 하며, 평민의 죽음은
'사死'라고 하여 신분에 따라 죽음에 대한 표현에도 차이를 두었다.

80) 周公(주공) : 주周나라 무왕武王 희발姬發의 동생이자 성왕成王 희송姬誦의 숙부
인 희단姬旦에 대한 존칭. 성왕이 나이가 어려 섭정攝政을 하였고, 성왕이 성장한
뒤 물러나 노魯나라를 봉토封土로 받았다. ≪사기・노주공세가魯周公世家≫권33
참조.

81) 曰(왈) : 이하 예문은 ≪논어・술이述而≫권7에 전한다.

82) 後漢書(후한서) : 진晉나라 원굉袁宏(328-376)이 지은 ≪후한기後漢紀≫의 오기.
후한 사람 순열荀悅의 ≪한기漢紀≫의 체례를 모방하고, 진晉나라 장번張璠의 ≪
후한기≫와 오吳나라 사승謝承의 ≪후한서≫ 등을 참조하여 후한 때 역사를 기록
한 책. 총 30권. ≪사고전서간명목록・사부・편년류編年類≫권5 참조.

83) 先君(선군) : 조상이나 선친, 선왕의 별칭. 여기서는 전자를 가리킨다. 뒤의 '선인
先人'도 뜻이 같다.

84) 伯夷(백이) : 상商나라 말엽 고죽군孤竹君의 장남. 주周나라 무왕武王의 쿠데타에
항의하다가 막내동생 숙제叔齊와 함께 종남산終南山에서 아사하였다고 전한다. ≪
사기・백이열전伯夷列傳≫권61 참조. 주周나라 강태공姜太公의 선조로 알려진 우
虞나라 순왕舜王 때 신하를 가리킬 때도 있다.

85) 伊尹(이윤) : 상商나라 탕왕湯王 때의 명재상. 탕왕의 삼고초려三顧草廬로 출사하
여 상나라의 건국을 도왔다.

86) 史遷(사천) : 전한 사마천司馬遷(B.C.135-?)의 약칭.

遺後人. 爾來一千祀, 歷諸百王, 行其道者, 中外寧, 違其敎者, 君臣
亂. 竺乾者, 經史無聞. 佛書自言生於周昭王時, 言後漢明帝夢金人,
有傅毅對徵於周, 漢正史並無此文, 未知珊師竺乾, 出於何典. 近世
尙綺靡, 鄙稽古, 而商隱詞藻奇麗, 爲一時之最, 所著尺題篇詠, 少
年師之如不及, 無一言經國, 無纖意87)獎善. 唯逞章句88), 因以知夫
爲錦者, 纖巧萬狀, 光輝曜目, 信其美矣, 首出百工, 唯是一端89)得
其性也. 至於君臣長幼之義, 擧四隅, 莫反其一也. 彼商隱者, 乃一
錦工耳, 豈妨其愚也哉?

○ (당나라) 이상은은 글을 지어 "유학자의 스승이라면 (춘추시대)
노나라 중니(공자)를 얘기하지만, 중니가 이담(노자)을 스승으로
모시면서 '용과 같다'고 하였고, 이담이 축건(부처)을 스승으로
섬겨 무위의 경지로 쉽게 들어가서 정각의 경지를 받들며 '우리
스승님' '우리 스승님'이라고 말했다는 것은 모른다"고 하였다.
무릇 노자는 주나라 때 태어나 주하사를 지냈다. (전한) 사마천
의 ≪사기≫에서는 (전국시대 때 사람) 한비와 같은 열전에 포함
시키면서 "노자는 무위사상으로 자신을 교화하고 청정한 경지로
자신을 정화하였다. 한비는 사안을 잘 헤아려 정리상 권세에 순
종하였다. 그래서 〈노자한비열전〉을 짓는다"고 하였다. 이는 노
자가 처세하고 은거하는 방도가 모두 여기에 있다는 것을 말해
준다. 이미 정사에서는 노자가 서역으로 가서 부처를 스승으로
모셨다고 말하지 않았는데도, 이상은이 어째서 그것을 믿었는지
모르겠다. 공자는 노나라 양공 21년(B.C.552)에 태어나 애공 16
년(B.C.479)에 사망하였으니, 주나라 경왕 무렵에 해당한다. 성
인(공자)은 하늘로부터 자질을 받아 학문이 폭넓기에, (당나라)
요왕·(우나라) 순왕·(주나라) 문왕과 주공의 도를 본받으면서

---

87) 纖意(섬의) : 신경을 쓰다, 심혈을 기울이다. '예의銳意' '경의傾意'라고도 한다.
88) 章句(장구) : 경전經典을 장章과 구句로 분석하여 연구하는 학문을 지칭하는 말.
89) 端(단) : 직물의 도량형 단위. 한 장 두 자 길이를 뜻한다. 2장·6장이란 설도 있
다. 한 필匹의 절반에 해당한다.

도 노자가 노련하여 옛 일에 대해 잘 안다고 생각했다. 그래서 공자가 그를 스승으로 모셨던 것이다. 스승을 찾는 방도에 대해 성인은 학문에 고정된 스승이 없고, 선행 자체에 주안점을 두어 스승으로 삼는다고 얘기하였다. 또 "세 사람이 길을 가면 반드시 그중에 나의 스승이 있다"고도 말했는데, 이는 나이가 어려서 그를 스승으로 모신다는 말이 아니라, 요왕·순왕·문왕·주공의 성덕과 같아지고 싶다는 말이다. 따라서 (진晉나라) 원굉의 ≪후한기≫에서 "(후한) 공융은 이응에게 '저의 선조인 공자와 선생님의 선조인 이이(노자)는 덕과 의로움이 비슷해 서로 스승이자 친구처럼 지냈습니다'라고 대답하였다"고 한 것도 바로 이를 두고 한 말이다. (전국시대 추鄒나라) 맹가(맹자)는 (상商나라 말엽 사람인) 백이에 대해 논하면서 "자신의 군주가 아니면 섬기지 않고, 자신의 백성이 아니면 부리지 않았으며, 세상이 잘 다스려지면 벼슬에 나가고, 세상이 어지러우면 벼슬에서 물러났다"고 하였고, (상나라 탕왕湯王 때 신하인) 이윤에 대해 논하면서 "어째서 자신의 군주가 아닌 사람을 섬겼을까? 어째서 자신의 백성이 아닌 사람을 부렸을까? 세상이 잘 다스려져도 벼슬에 나가고, 세상이 어지러워도 벼슬에 나갔다"고 하였으며, 공자에 대해 논하면서는 "벼슬할 만하면 벼슬하고, 그만둘 만하면 그만두었으며, 오래 지속할 만하면 오래 하고, 빨리 그만둘 만하면 그만두었으니, 이것이야말로 본받고 싶은 것이다"라고 하였다. (전한) 사마천은 직설적인 필치로 성인의 덕에 대해 기술하여 후인들에게 남겼다. 그뒤로 천 년 동안 여러 제왕들을 거치면서 도를 실천하면 나라 안팎이 평안하였고, 그 가르침을 어기면 군주와 신하가 혼란에 빠졌다. '축건'이라는 사람은 경전이나 사서에서 본 적이 없다. 불경 자체에서는 주나라 소왕 때 살았다고 하고, 후한 명제가 꿈에서 금인(부처)을 보았다고 하였으며, (후한 때) 부의라는 학자는 주나라에서 증거를 대조하기도 하였지만, 한나라 때

정사에는 이에 관한 기록이 없으니, 이담(노자)이 축건(부처)을
스승으로 모셨다는 애기가 어느 전적에 나오는지 모르겠다. 근래
에는 화려한 문사를 중시하고 고증학을 천시하고 있는데, 이상은
의 글은 화려하기 그지없어 한 시대의 최고봉에 올랐기에, 그가
지은 편짓글이나 시가들을 젊은이들이 마치 따라잡지 못 할 것
처럼 떠받들면서, 나라를 경영하는 일에 대해서는 한 마디도 언
급하지 않고, 선행을 장려하는 일에 대해서도 신경을 쓰지 않고
있다. 오직 장구학에만 정진하고 그것을 빌어 비단을 만드는 사
람들이 온갖 형상을 정교하게 수놓으면 휘황찬란하여 눈을 어지
럽히는 것처럼 글을 짓지만, 사실 그것이 아름답긴 해도 처음 수
공업자들 손에서 나오면 단지 한 단 정도만 최고 품질을 얻을
수 있는 것과 같을 뿐이다. 군주와 신하·어른과 아이 사이의 의
리에 대해서는 네 귀퉁이를 열거해도, 그중 한 군데로도 귀결하
지 못 하는 수준이다. 저 이상은이란 사람은 어디까지나 일개 비
단 수공업자와 같은 문장가에 지나지 않거늘, 어찌 그의 우매한
언사로 인해 지장을 받을 필요가 있겠는가?

◇昭穆(소목)

●按禮記, "昭, 明也. 穆, 美也." 蓋光揚先祖之德, 著斯美號. 至晉,
武帝以其父名昭[90], 改爲韶音. 歷代已遠, 豈宜爲晉氏之諱, 而行於
我唐哉? 今請復爲昭穆[91].

○《예기·왕제王制》권12의 주를 보면 "'소'는 밝다는 뜻이고,
'목'은 아름답다는 뜻이다"라고 하였다. 아마도 선조의 덕을 고양
시키고자 하여 이러한 미칭을 만들었을 것이다. 진나라에 이르러

---

90) 昭(소) : 진晉나라를 건국한 무제武帝 사마염司馬炎(236-290)의 부친인 사마소司
   馬昭(211-265)를 가리킨다. 삼국 위魏나라에서 고관을 지냈다.
91) 昭穆(소목) : 종묘宗廟에서 제사 지낼 때 신주神主를 모시는 배열 순서를 일컫는
   말. 시조始祖를 중앙에 두고 순서에 따라 좌우로 배열하는데, 왼쪽을 '소昭'라고
   하고, 오른쪽을 '목穆'이라고 한다. 친족 항렬의 순서를 가리키기도 한다.

무제는 자신의 부친의 이름이 '소昭(zhāo)'이기에 '소韶(sháo)'음으로 바꾸었다. 여러 시대를 거쳐 시기적으로 이미 멀어졌으니, 어찌 진나라 때의 피휘避諱 때문에 우리 당나라에서까지 그대로 따라할 필요가 있겠는가? 이제 다시 '소목'이란 말을 사용할 것을 권한다.

◇洛隨('洛'자와 '隨'자)

● 漢以火德有天下. 後漢都洛陽, 字旁有水, 以水尅火, 故就隹92). 隨以魏·周·齊不遑寧處, 文帝惡之, 遂去走93), 單書隋字. 故今洛字有水, 有隹, 隨字有走, 無走. 夫文字者, 致理之本, 豈以漢·隨兩朝不經94)之忌, 而可法哉? 今宜依古文, 去隹書走.

○ 한나라는 화덕으로 천하를 통일하였다. 후한은 (하남성) 낙양에 도읍을 정했는데, 글자 옆에 '물 수水'가 있고, 물이 불을 이기기에 '새 추隹'자를 따랐다. 수나라는 (북조 때) 북위北魏·북주北周·북제北齊가 안정을 이룰 겨를이 없었기에, 문제가 이를 싫어하여 마침내 '달릴 주走'자를 삭제하고 단순히 '수隋'로 썼다. 그래서 지금의 '락洛'자는 '물 수' 부수의 '락洛'자와 '새 추' 부수의 '락雒'자가 있게 되었고, '수隨'자는 '달릴 주'가 있는 '수隨'자와 '달릴 주'가 없는 '수隋'자가 있게 되었다. 무릇 문자는 정치를 이루는 근본이거늘, 어찌 한나라와 수나라 두 왕조 때 불경한 문자를 기피했다고 해서 그대로 본받을 수 있겠는가? 이제 의당 고문자를 따라 '새 추'를 제거하여 '락洛'자를 쓰고, '달릴 주'가 있는 '수隨'자를 써야 할 것이다.

---

92) 就隹(취추) : '새 추隹'자를 따르다. 즉 '洛'을 '雒'으로 바꿔 썼다는 말이다.
93) 去走(거주) : '달릴 주走'자를 제거하다. 즉 '隨'를 '隋'로 바꿔 썼다는 말이다.
94) 不經(불경) : 법도에 어긋나다, 사리에 맞지 않다.

◇僅甥傍繆廐薦 ('僅' '甥' '傍' '繆' '廐' '薦')

●近歲精用文字者, 反以僅爲遠近之近. 僅者, 纔也. 纔以身免, 纔得中算. 爾雅云, "謂我舅者, 曰甥." 近者皆去男, 空書生字, 不原聖人之旨, 徒欲異於經文. 旁者, 旁求[95]諸野, 旁求儒雅[96], 皆是本字. 近日皆以旁爲傍, 始傳胥生[97], 近逼文史[98]. 繆者, 名與實爽[99]曰繆. 又繩愆[100]糾繆[101], 又如織絍[102]紕繆[103]. 近者凡書繆字, 悉皆從言, 遂使紕繆廢而不用. 又五十年來, 馬廐字, 皆書廄字. 廐字從殳, 旣字從旡[104]. 經史中且無此廄字. 殳者, 戈戟之類, 馬, 亦武事. 故曰廐庫, 是以廐字從殳. 若從旡, 卽失武事之義. 薦字, 經史並從艹, 不單書廌.(音獬豸[105]之廌[106].) 此而不悟, 曷曰文人?

○근년에 문자를 정확히 사용하는 사람들도 도리어 '겨우 근僅'자를 '원근'의 '근近'으로 여기고 있다. '근'은 '겨우 재纔'와 뜻이 같다. '재'자는 '면할 면免'자를 몸통으로 삼기에, '재'는 계산에 딱 들어맞는다는 의미를 가진다. 또 ≪이아·석친釋親≫권3에 "나를 외숙부라고 부르는 사람을 '생甥'이라고 한다"고 하였는데, 근자에는 모두 '사내 남男'자를 제거하고 뜬금없이 '생生'이라고 쓰면서 성인의 취지를 제대로 살피지 않고 괜시리 경전에 적힌 문자와 색다르게 쓰려고들 한다. 또 '옆 방旁'자는 재야 사람들에

---

95) 旁求(방구) : 널리 찾다, 두루 찾다.
96) 儒雅(유아) : 학식이 해박하고 품행이 단정한 선비를 일컫는 말.
97) 胥生(서생) : 일반 학생을 이르는 말.
98) 文史(문사) : 문서와 사서. 원래는 문서나 서적을 뜻하는 말이나 여기서는 전문지식인을 가리키는 말로 쓰인 듯하다.
99) 爽(상) : 어긋나다, 차이가 생기다.
100) 繩愆(승건) : 오류를 바로잡다.
101) 糾繆(규무) : 오류를 수정하다.
102) 織絍(직임) : 실이나 천을 짜는 일. 즉 방직紡織을 뜻한다.
103) 紕繆(비류) : 잘못되다, 뒤엉키다. 터무니없거나 황당한 얘기를 비유할 때도 있다.
104) 旡(기) : 숨이 막히다, 목이 메이다.
105) 獬豸(해치) : 전설상의 동물 이름. 양처럼 생겼으면서 뿔이 하나인데 사악한 동물을 보면 공격한다고 해서 법관을 상징한다. '해태'로도 읽는다.
106) 廌(치) : 발이 많은 벌레를 뜻하는 말로 '치豸'와 통용자.

게 물어보고 학식이 깊은 학자들에게 물어보아도 모두 본자이다. 그러나 근자에는 '옆 방'자를 '가까이할 방傍'자처럼 쓰는데, 처음 에는 일반 학생들에게서 전파되더니, 최근에는 전문지식인들에게 까지 퍼지고 말았다. 또 '엉킬 류繆'자의 경우 명칭과 실제가 어 긋나면 '류'라고 한다. 또 오류를 바로잡는다고 할 때도 쓰고, 또 옷감을 짤 때 실이 뒤엉키는 것과 같은 뜻으로도 쓴다. 그러나 근자에 무릇 '류'자를 쓰면 모두들 '말씀 언' 부수의 '류謬'자를 사용함으로써 급기야 '비류'라는 문자를 폐기하고 사용하지 않고 있다. 또 50년 이래로 마구간이라고 할 때의 '구廐'자를 모두 '구 廏'자로 쓰고 있다. '마구간 구廐'자는 의미상 '미늘창 수殳'자를 따르고, '이미 기旣'자는 의미상 '숨 막힐 기旡'자를 따른다. 경전 이나 사서에도 이 '구廏'자는 없다. '미늘창 수'자는 창의 일종이 고, 말 또한 병무와 관련된 일이다. 따라서 '구고廐庫'라고 말할 때는 '미늘창 수'를 따르는 '구廐'자를 써야 한다. 만약 '숨 막힐 기'자를 따르는 '구廏'로 쓴다면 병무의 의미를 잃게 된다. 또 '바 칠 천薦'자는 경전이나 사서에서 모두 부수가 '초艹'인 글자를 따 르고 있지, 단순히 '치廌'(음은 '해치'라고 할 때의 '치'이다)로 쓰고 있 지 않다. 이런데도 알지 못 한다면, 어찌 문인이라고 말할 수 있 겠는가?

◇奉陵(황릉을 관리하다)

●奉陵內官[107]內人[108], 固有舊制. 某自省事, 六十年來, 常見報狀云, "內官某以某過奉陵," 內人亦時有之. 復見士大夫[109], 每選兒孫, 主

---

107) 內官(내관) : 궁중 여관女官의 별칭. 당나라 때 내관도 주周나라 제도를 본받아 주나라 때 삼부인三夫人·구빈九嬪·27세부世婦·81어처御妻의 체제를 모방해서 사비四妃와 구빈九嬪, 첩여婕妤·미인美人·재인才人 각 9명 도합 27명, 보림寶林 ·어녀御女·채녀采女 각27명 도합 81명을 설치하였다.

108) 內人(내인) : 처첩이나 궁녀를 이르는 말.

109) 士大夫(사대부) : 주周나라 때 신분 구분인 공公·경卿·대부大夫·사士에서 유 래한 말. 삼공三公과 구경九卿 아래로 상대부上大夫·중대부中大夫·하대부下大夫

守塋域, 必以謹良寡過者處之. 夫事生, 尙擇其人, 奉先尤宜盡敬. 且禮云, "父母愛一人焉, 子愛一人焉." 自衣服飮食, 皆無敢視父母所愛, 聖人垂敎, 誠可企及110). 今以罰過配陵, 實乖嚴奉之禮, 其奉陵內官, 伏請遵行舊制, 不用有過之人.

○황릉을 관리하는 내관이나 궁인과 관련해 확실히 옛날부터 제도가 있었다. 내가 공무를 살핀 이래로 60년 동안 늘 관보에서 "여관 아무개는 모종의 잘못 때문에 황릉을 관리하게 되었다"는 글을 보았는데, 궁인 역시 때로 그런 경우가 있었다. 다시 사대부를 보면 매번 자손을 뽑아 묘역을 지키는 일을 주재케 하는데, 반드시 성실하고 과오가 없는 자에게 그 일을 맡긴다. 무릇 일이 생겼을 때에도 그러한 사람을 뽑는 것은 선조를 받들 때 특히 공경심을 다해야 하기 때문이다. 게다가 ≪예기・내칙內則≫권27에 "(아들의 첩실 가운데) 부모가 한 명만 편애하면 아들도 한 명만 편애한다"고 하였듯이, 의복과 음식부터 모두 부모가 좋아하는 것을 감히 넘보지 않는다면, 성인이 내린 가르침을 진실로 달성할 수 있을 것이다. 이제 과오에 대한 벌로 황릉에 배정하는 것은 실상 조상을 엄숙하게 모시는 예법에 어긋나므로, 황릉을 관장하는 내관을 정할 때는 옛 제도를 따라 과오를 범한 사람을 기용하지 않기를 삼가 바란다.

◇宰相合與百官抗禮(재상이라도 백관과 동등한 예법을 취해야 한다)

●宰相權重位尊, 百僚瞻敬, 然與九品抗禮111). 古今謂, "會昌112)已前, 不易斯制, 咸通113)已後, 每謁見丞相, 必先言中外114), 申拜首,

---

가 있고, 그 밑으로 다시 상사上士와 중사中士・하사下士가 있었다. 후대에는 벼슬아치나 선비에 대한 범칭으로 쓰였다.
110) 企及(기급) : 달성하다, 따라잡다.
111) 抗禮(항례) : 평등한 예로 대우하다.
112) 會昌(회창) : 당唐 무종武宗의 연호(841-846).

乃盡具臣之儀." 韋庶人保衡爲相, 旣曰外進115), 且非公望116). 當
時崇秩宿德, 競造117)其門, 接跡排肩, 皆被傲然, 當其拜禮. 韋於中
書命酒, 執爵揖讓118)之際, 師保119)尙書120), 一時下拜. 自後群官
謁相府, 罕有不言中外, 曲申畢敬者. 昔汲黯不拜大將軍, 有揖客爲
重, 豈不信哉?

○재상은 권한과 지위가 막중하기에 백관들이 우러러 공경하지만,
9품관과 동등한 예법을 취해 왔다. 고금에 걸쳐 사람들은 "(당나
라 무종) 회창(841-846) 이전에는 이러한 제도가 바뀌지 않다
가, (의종) 함통(860-873) 이후로 매번 승상을 알현할 때마다
반드시 먼저 혈연관계를 말하고 거듭 절을 올려야 신하로서의
예의를 다하는 것이 되었다"고 말한다. 서민 출신인 위보형韋保
衡은 재상이 되었지만, 이미 외척 출신인데다가 명망 있는 재상
가문 출신도 아니었다. 그럼에도 당시 고관이나 원로들이 다투어
자신의 집을 방문하여 북적이자, 모두에게 거만한 태도를 보이며
그들의 배례를 받았다. 위보형은 중서성에 술을 준비케 하였고,

---

113) 咸通(함통) : 당唐 의종懿宗의 연호(860-873).
114) 中外(중외) : 조정의 안과 밖, 혹은 가문의 안과 밖. 즉 황실이나 고관과의 혈연
    관계를 가리킨다.
115) 外進(외진) : 외척 출신을 이르는 말. 위보형韋保衡은 의종懿宗의 장녀인 동창공
    주同昌公主에게 장가들었다. ≪신당서・제제공주열전帝公主列傳≫권83 참조.
116) 公望(공망) : 삼공의 지위에 견줄 만한 명망을 이르는 말.
117) 造(조) : 찾아가다, 이르다. '지至'의 뜻.
118) 揖讓(읍양) : 인사하고 양보하다. 예의범절을 가리킨다. '읍'은 두 손을 맞잡고
    허리를 숙이는 인사법을 가리키는 말로, 두 손을 맞잡고 가슴까지 올리되 허리를
    숙이지는 않는 가벼운 예법인 '공拱'보다는 정중하고, 엎드려서 절하는 '배拜'에 비
    해서는 비교적 가벼운 예법에 해당한다.
119) 師保(사보) : 황제의 스승인 태사太師・태보太保나 황태자의 스승인 태자태사太
    子太師・태자태보太子太保 등을 아우르는 말. 결국 태부太傅를 포함한 삼사三師를
    가리킨다.
120) 尙書(상서) : 한나라 이후로 정무政務와 관련한 문서의 발송을 주관하는 일, 혹
    은 그러한 업무를 관장하던 벼슬을 가리킨다. '상尙'은 '주관한다(主)'는 뜻이다. 후
    대에는 이부상서吏部尙書나 병부상서兵部尙書와 같이 그런 업무를 관장하는 상서
    성尙書省 소속 장관을 뜻하는 말로 쓰였다. 휘하에 시랑侍郎과 낭중郎中・원외랑
    員外郎 등을 거느렸다.

술잔을 들고 인사를 나눌 때 태사·태보·상서 등 고관들이 동시에 공손히 절을 올렸다. 그뒤로 뭇 관료들은 승상부를 알현할 때 모두들 혈연관계를 말하고, 거듭 정중하게 인사를 올렸다. 옛날 (전한 때) 급암도 대장군에게 절을 하지 않았으니, 가볍게 읍을 한 어느 손님이 존중받았던 고사들이 어찌 사실이 아니겠는가?

◇切韻(절운)

● 自周隨已降, 師資道廢, 旣號傳授, 遂憑精音. 切韻121)始於後魏122), 校書令123)李啓撰聲韻十卷, 夏侯詠撰四聲124)韻略十二卷. 撰集非一, 不可具載. 至陸法言採諸家纂述, 而爲己有, 原其著述之初, 士人尙多專業, 經史精練, 罕有不述之文. 故切韻未爲時人之所急. 後代學問日淺, 尤少專經, 或舍125)四聲, 則秉筆多礙. 自爾已後, 乃爲切要之具. 然吳音乖舛126), 不亦甚乎? 上聲爲去, 去聲爲上. 又有字同一聲, 分爲兩韻, 且國家誠未得術, 又於聲律求人, 一何乖闊127)? 然有司128)以一詩一賦, 而定否臧129), 言匪本音, 韻非中律, 於此考

---

121) 切韻(절운) : 중국 고대의 음운 표기법인 반절反切의 별칭. 두 글자 가운데 앞의 글자에서 성모聲母를 따고 뒤의 글자에서 운모韻母를 따서 읽는 방법을 말한다. 당나라 때 운서인 ≪당운唐韻≫이나 송나라 때 운서인 ≪광운廣韻≫의 저본이 된 수나라 육법언陸法言이 지은 최초의 운서韻書인 ≪절운≫에서 유래한 듯하다.

122) 後魏(후위) : 북조北朝 때 북위北魏의 별칭. 삼국시대 위나라와 구별하기 위한 명칭이다. 탁발托跋씨에서 원元씨로 개성改姓하였기에 '원위元魏'라고도 한다.

123) 校書令(교서령) : 한나라 이래로 국가 도서의 교감에 관한 업무를 관장하던 비서성祕書省 소속의 관원을 지칭하는 말인 교서랑校書郞의 오기. 상관으로 비서감祕書監과 비서소감祕書少監·비서승祕書丞·비서랑祕書郞·저작랑著作郞이 있다.

124) 四聲(사성) : 한자의 네 가지 성조인 평성平聲·상성上聲·거성去聲·입성入聲을 아우르는 말.

125) 舍(사) : 내버려두다, 버리다. '사捨'와 통용자.

126) 乖舛(괴천) : 사리에 어긋나다. 일이 어그러지다.

127) 乖闊(괴활) : 사이가 멀어지다, 일이 순조롭지 못 하다.

128) 有司(유사) : 모종의 업무를 전담하는 담당관에 대한 범칭. '소사所司'라고도 한다.

129) 否臧(부장) : 틀림과 옳음. 악과 선. 즉 시시비비나 선악을 뜻한다. 군율을 따르지 않는 것을 뜻할 때도 있다.

覈, 以定去留. 以是法言之爲, 行於當代. 法言平聲以東農非韻, 以東崇爲切. 上聲以董勇非韻, 以董動爲切. 去聲以送種非韻, 以送衆爲切. 入聲以屋燭非韻, 以屋宿爲切. 又恨怨之恨, 則在去聲. 佷戾[130]之佷, 則在上聲. 又言辯之辯, 則在上聲. 冠弁之弁, 則在去聲. 又舅甥之舅, 則在上聲. 故舊之舊, 則在去聲. 又皓白之皓, 則在上聲. 號令之號, 則在去聲. 又以恐字・若字俱去聲. 今士君子於上聲呼恨, 去聲呼恐, 得不爲有知之所笑乎? 又舊書曰, ‘嘉謨嘉猷,’ 法言曰, ‘嘉予嘉猷.’ 詩曰, ‘載沈載浮,’ 法言曰, ‘載沈載浮.’(伏予反) 夫吳民之言, 如病瘖風[131]而噤, 每啓其口, 則語淚喎吶[132], 隨聲下筆, 竟不自悟. 凡中華音切, 莫過東都[133]. 蓋居天地之中, 禀氣特正. 予嘗以其音證之, 必大哂而異焉. 且國風[134]杕杜篇云, “有杕[135]之杜, 其葉湑湑[136]. 獨行踽踽[137], 豈無他人? 不如我同姓.” 又雅[138]大東篇曰, “周道[139]如砥, 其直如矢. 君子所履, 小人[140]所視.” 此則不切聲律, 足爲驗矣. 何須東冬中終, 妄別聲律? 詩頌以聲韻流靡, 貴其易熟人口, 能遵古韻, 足以詠歌. 如法言之非, 疑其怪矣. 予今別白去上, 各歸本音, 詳較重輕, 以符古義, 理盡於此. 豈無知音? 其間乖舛, 旣多載述, 難盡申之, 後序尙愧周詳.

○(북조北朝) 북주北周와 수나라 이래로 스승으로서의 자질과 관련

---

130) 佷戾(흔려) : 성질이나 행동이 모나고 흉악한 것을 이르는 말.
131) 瘖風(음풍) : 중풍에 걸려 말을 제대로 하지 못 하는 것을 이르는 말.
132) 喎吶(와눌) : 말을 제대로 하지 못 하고 더듬거리는 것을 이르는 말.
133) 東都(동도) : 후한 때 도성인 하남성 낙양洛陽의 별칭. ‘동경東京’이라고도 한다.
134) 國風(국풍) : ≪시경≫에 수록된 주周나라 때 15개 제후국의 민가를 이르는 말. 주남周南과 소남召南을 포함하여 패풍邶風・용풍鄘風・위풍衛風・왕풍王風・정풍鄭風・제풍齊風・위풍魏風・당풍唐風・진풍秦風・진풍陳風・회풍檜風・조풍曹風・빈풍豳風을 가리킨다.
135) 杕(체) : 우뚝 솟은 모양.
136) 湑湑(서서) : 잎이 무성한 모양.
137) 踽踽(우우) : 홀로 걷는 모양. 혹은 천천히 걷는 모양.
138) 雅(아) : ≪시경≫의 편명인 소아小雅와 대아大雅를 아우르는 말.
139) 周道(주도) : 한길, 큰 길.
140) 小人(소인) : 신분이 낮은 일반 백성을 이르는 말.

하여 법도가 사라지면서, 학문의 전수를 외칠 때 급기야 정확한 발음에 의지하게 되었다. '절운'이란 학문이 북위北魏에서 시작되면서 교서랑 이계가 ≪성운≫ 10권을 짓고, 하후영이 ≪사성운략≫ 12권을 지었는데, 저술이 하나가 아니어서 다 기재할 수 없을 정도로 많다. (수나라) 육법언에 이르자 그는 여러 학자의 저술을 채록하여 마치 자신의 이론인 양 만들었지만, 그가 기술한 내용의 원천을 조사해 보면 다른 학자들도 오히려 전문적 업적을 많이 남겨 경전과 사서에 대해 정교하게 연구하였기에, 거의 대부분 그에 관해 기술한 글을 남겼다. 따라서 '절운'은 당시 사람들의 급선무가 아니었다. 후대에 학문이 날로 천박해지고 특히 경전을 전문적으로 연구하는 일이 적어지면서 간혹 사성을 버렸기에, 글을 쓰는 데 장애가 많아졌다. 그 이후로 도리어 음운 연구의 중요한 도구가 되었다. 그러나 오 지방의 발음이 정도에서 어긋난 것 또한 심하지 않던가? 상성을 거성으로 발음하고, 거성을 상성으로 발음하기도 한다. 또 어떤 문자는 성조가 같은 데도 두 가지 음운으로 나누기도 하니, 장차 국가가 진실로 정확한 학술을 얻지 못 하고서 다시 성률에 대해 전문가를 구한다면, 그 얼마나 사리에 어긋나는 일이겠는가? 그러나 담당관이 시 한 수와 부 한 편을 가지고서 정확한지 여부를 결정하기에, 언어는 본음이 아니고, 음운은 규율에 들어맞지 않는데도, 이에 대해 고찰하여 없앨지 존치할지를 정하고 있다. 이 때문에 육법언의 학설이 당시에 유행하게 되었다. 육법언은 평성의 경우 '동東(dōng)'자와 '농農(nóng)'자를 같은 음운이 아니라고 본 반면, '동東'자와 '숭崇(chóng)'자를 같은 음운으로 보았다. 상성의 경우 '동董(dǒng)'자와 '용勇(yǒng)'자를 같은 음운이 아니라고 본 반면, '동董'자와 '동動(dòng)'자를 같은 음운으로 보았다. 거성의 경우 '송送(sòng)'자와 '종種(zhòng)'자를 같은 음운이 아니라고 본 반면, '송送'자와 '중衆(zhòng)'자를 같은 음운으로 보았다. 입성의 경우 '옥屋'자와 '촉燭'자를 같은 음운이 아니라고 본 반면, '옥屋'자와 '숙宿'자를 같은 음운으로 보았다. 또 '한원'이라고 할 때의 '한恨(hèn)'자를 거성에 두고, '흔려'라고 할 때의 '흔很(hěn)'자를 상성에 두고, '언변'이라고 할 때의 '변辯(biàn)'자를 상성에 두고, '관변'이라고 할 때의 '변弁(biàn)'자를 거성에 두고, '구생'이라고 할 때의 '甥(shēng)'자를 상성에 두고, '고구'라고 할 때의 '구舊(jì)'자를 '거성'에 두고, '호백'이라고 할 때의 '호皓(hào)'자를 상성에 두고, '호령'이라고 할 때의 '호號(hào)'자를 거성에 두었다. 또 '공恐(kǒng)'자와 '약若(ruò)'자를 모두 거성으로 보았다. 오늘날 사대부들이 상성으로 '한恨'을 발음하고, 거성으로 '공恐'을 발음하고 있으니, 지식인의 비웃음을 받지 않을 수 있겠는가? 또 옛 ≪서경・주서周書・군진君陳≫권17의 '가모가유'라는 말을 육법언은 '가여가유'라고 발음하고, ≪시경・소아小雅・청청자아菁菁者莪≫권17의 '재침재부'라는 말을 육법언은 '재침재벼'('浮'는 '복'과 '여'의 반절음이다)라고 발음하였다. 무릇 오 지방 사람들은 말을 할 때 마치 중풍에 걸려서 말문이 막힌 것처럼 해 매번 입을 열면 말이 새나가고 더듬거리기에, 소리에 따라 글자를 적으면서 끝내 스스로 알아채지 못 한다. 무릇 중원에서 발음의 정확도는 동도(하남성 낙양) 일대를 능가할 곳이 없다. 아마도 천지의 중앙에 위치하여 타고난 기질이 유독 정확하기 때문일 것이다. 내가 그 소리를 가지고 징험할 때마다 크게 웃으며 기이하다는 생각을 하였다. 게다가 ≪시경・당풍唐風・체두≫권10에 "우뚝하니 팥배나무, 잎사귀가 무성하듯이, 홀로 길을 간다고, 어찌 곁에 사람이 없을까? 하지만 우리 동성 가족만 못 하다네"라는 구절이 있고, 또 ≪시경・소아小雅・대동≫권20에 "한길이 숫돌처럼 평탄하고, 화살처럼 곧게 뻗어 있는데, 군자는 그곳을 걷지만, 백성들은 바라만 보네"라는 구절이 있는데, 이것들을 통해 성률에 맞지 않는 예들을 징험할 수 있거늘, 어찌 '동東(dōn g)'과 '동冬(dōng)'이나 '중中(zhōng)'과 '중終(zhōng)'에 대해 함부로 성률이 다르다고 할 필요가 있겠는가? 시가나 송문은 운율이 아름다워 사람의 입에 쉽게 익숙해지는 것이 중요하기에, 옛 음운을 따라야 읊조리기에 좋다. 육법언의 오류와 같은 경우는 그 괴이함이 의심스럽다. 나는 이제 거성과 상성을 분명하게 구별하여 각기 본음으로 귀결시키고, 경중을 상세히 비교하여 옛 뜻에 부합되게 하고자 하니, 이치는 여기서 다 밝혀질 것이다. 어찌 음운을 아는 사람이 없겠는가? 그러나 그속의 오류에 대해 기술한 글들이 이미 많기에 다시 다 진술하기 어려우므로, 후서에서는 오히려 상세하게 밝히기가 겸언쩍을 듯하다.

◇祭物先(제물을 우선시하다)

●禮云, "瓜祭上環141)." 又曰, "吾食於少施氏142)而飽, 少施氏食我以禮. 吾祭, 作而辭曰, '疏食不足祭也.'" 此則祭物之先, 謂神農143)火食, 德侔造化, 後人追而敬之. 今代尚崇佛氏, 謂之衆生, 士子儒人, 宜遵典敎.

○≪예기·옥조玉藻≫권30에 "참외는 위에 꼭지가 달린 고리 모양의 반쪽을 제사에 사용한다"고 하였고, 또 (≪예기·잡기하雜記下≫권43에) "(공자가 말했다.) 내가 소시씨 집에서 밥을 배불리 얻어먹은 것은 소시씨가 예법을 갖춰 내게 음식을 대접했기 때문이다. 내가 제를 올리자 그가 몸을 일으키며 '거친 음식이라서 제를 올리기에 부족합니다'라고 말했다"고 하였다. 이는 제물을 우선시한다는 뜻으로, 신농이 음식을 불로 데워서 먹게 하였으므로 그 덕이 조화옹에 버금가기에, 후인들이 그를 추모하고 공경

---

141) 上環(상환) : 참외에서 꼭지가 달린 위의 반쪽을 이르는 말. 위에 꼭지가 달린 부분을 반으로 쪼갰을 때 고리처럼 둥근 모양이 나오는 데서 비롯되었다.
142) 少施氏(소시씨) : 춘추시대 노魯나라 혜공惠公의 후손을 이르는 말.
143) 神農(신농) : 전설상의 임금인 삼황三皇 가운데 두 번째 황제. 농사 짓는 법을 처음으로 백성들에게 가르쳤다고 한다.

한다는 말이다. 오늘날 오히려 부처를 숭배하면 그들을 '중생'이라고 하는데, 선비나 유생들은 의당 경전의 가르침을 따라야 할 것이다.

◇弔者跪(조문하는 이는 무릎을 꿇어야 한다)

●夫爲弔者, 主人當踴, 弔者跪, 以手承主人, 而發弔詞. 其有主人官高, 弔者位卑, 不敢手及尊者, 但跪而起, 起而致詞, 禮也. 今代不循其義, 皆先一拜, 謂之跪禮. 至有輕服[144], 主人無踴, 客亦先申一拜, 豈曰經心於展禮乎?

○무릇 조문이란 주인은 응당 똑바로 서고, 조문객은 무릎을 꿇고서 손으로 주인을 부축하면서 조의를 표하는 것이다. 주인의 관직이 높고, 조문객의 지위가 낮을 경우, 감히 주인에게 손을 대지 않고 단지 무릎을 꿇었다가 일어나고 일어나서는 조의를 표하는 것이 예법이다. 오늘날 그 의의를 따르지 않고, 모두 먼저 절을 한 차례 하며 이를 '궤례'라고 한다. 심지어 시마緦麻를 입는 가벼운 상례에서조차 주인이 똑바로 서지 않고, 조문객도 먼저 절을 하고 있으니, 어찌 예법을 펼치는 데 주의를 기울이는 것이라고 말할 수 있겠는가?

◇短啓短疏(짧은 서신이나 상소문)

●今代盡敬致禮, 必有短啓, 短疏出於晉宋兵革之代. 時國禁書疏[145], 非弔喪問疾, 不得輒行尺牘[146]. 故羲之[147]書, 首云死罪, 是違制

---

144) 輕服(경복): 가벼운 상복을 입는 상례를 이르는 말. 먼 친척이 사망했을 때 가볍고 고운 베로 제작한 시마緦麻를 입는 3개월 상례를 가리킨다.

145) 書疏(서소): 상소문에 대한 총칭.

146) 尺牘(척독): 편짓글을 이르는 말. 편지의 길이가 보통 한 자 정도 되는 데서 유래하였다. '간척簡尺'이라고도 한다.

147) 羲之(희지): 진晉나라 때 사람 왕희지王羲之(321-379)의 이름. 자는 일소逸少. 우군장군右軍將軍을 지내 '왕우군'으로 불렸고, 해서楷書·행서行書·초서草書 방면에 달인의 경지에 올라 '서성書聖'으로도 불렸다. ≪진서·왕희지전≫권80 참조.

令148)故也. 且啓事論兵, 皆短而緘之, 貴易於隱藏. 前進士崔旭, 累世藏鍾王149)書, 卽有義之啓事一帖, 折紙尙存. 蓋事出一時, 沿習不改. 我唐賢儒, 接武150)壞法, 必修晉宋權機, 焉可行於聖代151)? 令啓事弔疏, 皆同當代書題, 削去短封, 以絶舛謬.

○오늘날 경의를 다해 예를 표할 때 반드시 짧은 글을 올리는데, 짧은 글은 진나라와 (남조南朝) 유송劉宋 때 전쟁을 치를 시기에서 출발하였다. 당시 나라에서 상소문을 금지하였기에, 조문이나 병문안을 할 때가 아니면 언제나 정식 서신을 보낼 수 없었다. 그래서 (진나라) 왕희지는 글을 쓸 때 첫머리에서 '죽을 죄를 지었습니다'라고 말했는데, 이는 법령을 위반했기 때문이다. 게다가 정사에 대해 아뢰거나 병무에 대해 논할 때 모두 짧게 써서 밀봉하는 것은 감추기 쉽게 하기 위해서였다. 전에 진사 최욱이 집안 대대로 (삼국 위魏나라) 종주鍾繇와 (진晉나라) 왕희지王羲之의 서첩을 소장하고 있었는데, 바로 왕희지의 상소문 한 장이 잘라진 종이 상태로 여전히 보존되어 있었다. 아마도 그러한 고사가 동시에 발생하여 바뀌지 않고 답습되어 왔을 것이다. 우리 당나라의 현명한 선비들은 무너진 법도를 이어받아 반드시 진나라와 유송 때 일시적 유행을 바로잡아야 할 것이니, 어찌 우리 왕조에서까지 그리해서야 되겠는가? 설령 정사를 아뢰는 글이나 조문하는 글이라 할지라도 모두 당시의 정식 서신과 같으니, 짧은 봉투를 없애서 잘못된 관행을 끊어야 할 것이다.

---

148) 制令(제령) : 명령, 법령에 대한 범칭.
149) 鍾王(종왕) : 서예의 대가인 삼국 위魏나라 종주鍾繇(151-230)와 진晉나라 왕희지王羲之(321-379)를 아우르는 말.
150) 接武(접무) : 원래는 보폭을 짧게 해서 앞발과 뒷발이 이어지는 것을 뜻하는 말로 학문이나 기술을 계승하여 이어가는 것을 비유한다.
151) 聖代(성대) : 자기 왕조를 높여 부르는 말. 여기서는 당나라를 가리킨다.

◇七曜曆(칠요력)

●賈相國152)軌撰日月五星行曆, 推擇吉凶, 無不差繆. 夫日星行度, 遲速不常, 謹按長曆153). 太陽與水星, 一年一周天. 今賈公言, "一星直154)一日," 則是唐堯聖曆・甘氏星155), 皆無準憑, 何所取則? 是知賈公之作, 過於率爾156). 復有溺於陰陽, 曲言其理者曰, "此是七曜157)日直, 非干158)五星常度." 所言旣有遲速, 焉可七日之內, 能致一周? 賈公好奇, 而不悟其怪妄也, 遂致高騈159)慕一公160)之作, 誑惑愚淺, 往往神之.

○(당나라) 재상 가탐賈軌은 ≪일월오성행력≫을 지어 길흉을 추론하였으나, 엉터리 투성이다. 무릇 해와 별의 운행 궤도는 그 속도가 일정치 않아서 삼가 ≪장력≫을 잘 살펴야 한다. 태양과 수성은 1년에 한 번 하늘을 주행한다. 그런데 이제 가탐은 "별 하나가 하루치에 해당한다"고 하니, 그렇다면 당나라 요왕의 ≪성

---

152) 相國(상국) : 벼슬 이름. 춘추전국시대 때는 초楚나라를 제외한 모든 나라에 재상을 두어 상국相國・상방相邦・승상丞相이라고 하였는데, 진한秦漢 때는 승상보다 높았고, 후대에는 재상宰相에 대한 존칭으로 쓰였다.

153) 長曆(장력) : ≪구당서・경적지≫권46이나 ≪신당서・예문지≫권58에는 모두 저자를 밝히지 않았으나, 여러 유서類書에 서정徐整의 저술로 인용되어 있다. 총 14권. 원서는 실전되고 명나라 도종의陶宗儀(1316-약 1396)의 ≪설부說郛≫권60 상에 잔권殘卷이 전한다. '장력'은 역법曆法에 근거하여 백 년이나 천 년 이후의 월일月日과 절후節候를 추산한 책을 말한다.

154) 直(치) : 값어치가 나가다. '치値'와 통용자.

155) 甘氏星(감씨성) : 천문학 저서인 ≪감씨성경甘氏星經≫의 준말. 성씨 외에 누가 언제 지었는지는 알려지지 않았다.

156) 率爾(솔이) : 경솔한 모양, 편한 대로 행동하는 모양.

157) 七曜(칠요) : 천문학에서 일日・월月・오성五星(목・화・토・금・수성)에 대한 총칭.

158) 干(간) : 관계하다, 범하다.

159) 高騈(고변) : 당나라 때 사람으로 회남절도사淮南節度使와 염철전운사鹽鐵轉運使 등을 역임하며 황소黃巢(?-884)의 난을 진압하였다. 뒤에 양주揚州를 할거하다가 부장部將인 필사탁畢師鐸에게 살해당했다. 봉호封號는 발해군왕渤海郡王. ≪신당서・반신열전叛臣列傳・고변전≫권224.

160) 一公(일공) : 당나라 현종玄宗 때 고승 일행一行의 별칭. 시호는 대혜선사大慧禪師이고, 밀교密教의 개산조사開山祖師이다.

력≫이나 ≪감씨성경≫ 모두 아무런 근거가 없게 되거늘, 무엇을 본받을 거리로 삼을 수 있겠는가? 이로써 가탐의 저작이 지나치게 제멋대로라는 것을 알 수 있다. 또 음양에 탐닉하여 그 이치를 왜곡해서 말하는 이들은 "이는 해·달·오성의 하루치를 말하는 것이지, 오성의 일상 궤도와는 관계가 없다"고 말한다. 기왕 속도에 차이가 있다고 말을 한 바에야, 어찌 7일 이내에 일주를 할 수 있겠는가? 가탐은 기이한 설을 좋아하면서 자신의 주장이 망령된 것임을 알지 못 한 채, 급기야 고변이 일행一行 스님을 흠모하여 지은 저작이라고까지 하였는데, 우매한 이들을 거짓말로 현혹하는 바람에 그들은 이를 신성시하고 있다.

◇廐焚(마구간이 불타다)

● "廐焚, 子[161]退朝曰, '傷人乎?' 不問馬." 注云, "重人而賤畜也. 其下曰, '不問馬,' 是門弟子歎重夫子[162]之言." 或有論者曰, "'『傷人乎否?』問馬,' 言先問人, 後問馬." 且"焚廐, 退朝而問曰, '傷人乎?' 又問, '傷馬乎?' 此乃人之常情, 何足紀述? 本以不問馬, 唯問人, 弟子慕聖人推心, 足以垂範. 又'傷人乎?' 卽是問之之辭."

○ (≪논어·향당鄕黨≫권10에 의하면 춘추시대 노나라 때) "마구간이 불에 타자 공자가 조정에서 퇴근하여 '사람이 다쳤느냐?'고 물을 뿐 말에 대해서는 묻지 않았다"고 하였는데, 주에 "사람을 중시하고 가축을 천시한 것이다. 그 아래에서 '말에 대해 묻지 않았다'고 한 것은 문하 제자들이 공자의 말에 대해 감탄하고 존중했다는 말이다"라고 하였다. 그러나 혹여 어떤 논자는 "'『사람이 다쳤느냐?』고 묻고 나서 말에 대해 물었다'는 뜻으로, 먼저 사람에 대해 묻고 뒤에 말에 대해 물었다는 말이다"라고 해석하

---

161) 子(자) : 춘추시대 노魯나라 공자를 가리킨다. 위의 고사는 ≪논어·향당鄕黨≫ 권10에 전한다.
162) 夫子(부자) : 스승이나 장자長者·고관·부친·남편 등에 대한 존칭. 춘추시대 노魯나라 공자의 제자들이 공자를 '부자'라고 부른 것이 대표적인 예이다.

였다. 게다가 "마구간이 불타서 조정에서 퇴근한 뒤 '사람이 다쳤느냐?'고 묻고 다시 '말이 다쳤느냐'고 묻는다면, 이는 인지상정이거늘, 어찌 기술할 거리가 되겠는가? 본래 말에 대해 묻지 않고 오직 사람에 대해서만 물었기에, 제자들이 성인(공자)의 마음 씀씀이를 흠모하여 모범으로 삼기에 충분하다고 본 것이다. 또 '사람이 다쳤느냐?'는 것이 바로 질문에 해당하는 말이다"라고도 한다.

◇臘日非節(납일은 절기가 아니다)

●夫節者, 因天地四時也, 而爲之節, 非人事推移而能變之. 禮云163), "臘164)也, 歲十二月. 臘得禽獸, 爲祭百神, 以相其功. 夫火德之君, 以子祖戌臘, 土德之君, 以丑祖辰臘. 各繫五運165)盛衰, 推而用之, 非稟天地四氣." 是知臘月爲節, 則乖本義. 今代凡造作百物, 必取臘日, 欲其無壞腐之獘也. 但取臘月中合作, 自無朽蠹, 若須臘日, 豈謂達於事耶?

○무릇 절기는 천지간 사계절을 따라서 조절되는 것이기에, 사람의 힘으로 움직여서 변화시킬 수 있는 것이 아니다. ≪예기≫에 "납월은 한해 가운데 마지막 달인 12월이다. 납월에 짐승을 잡는 것은 온갖 신에게 제사를 올려 자신의 공적을 살피기 위해서이다. 화덕을 숭상하는 군주는 자일을 택해 술월인 납월에 제를 올리고, 토덕을 숭상하는 군주는 축일을 택해 진월인 납월에 제를 올리는데, 이는 각기 오행의 성쇠에 따라 미루어 택하는 것이지, 천지간 사계절을 본받는 것이 아니다"라고 하였다. 이로써 납월을 절기로 여기는 것은 본뜻에 어긋나는 것임을 알 수 있다. 오

---

163) 云(운) : 현전하는 ≪예기≫ 등 예경禮經에 실리지 않은 것으로 보아 일문逸文인 듯하다.
164) 臘(납) : 음력 섣달 12월. '납臘'의 이체자異體字.
165) 五運(오운) : 왕조의 흥망을 결정하는 오행五行의 운행을 이르는 말. 결국 오행상극설五行相剋說을 가리킨다.

늘날 무릇 온갖 사물을 만들면서 반드시 납일을 택하는 것은 망가지거나 부패하는 폐해가 없기를 바라서이다. 다만 납월 가운데 가장 적합한 날을 골라야 자연스레 썩거나 좀먹는 일이 없으니, 만약 꼭 납일을 고집한다면 어찌 일을 잘 안다고 말할 수 있겠는가?

◇**繕完葺牆**('지붕을 수선하고 담장을 보수하다'라고 해야 한다)

●左傳166), 子産167)相鄭伯, 以如晉, 晉侯以魯喪, 未之見也, 子産壞客館之垣, 以納車馬, 士文伯讓之曰, "繕完葺牆, 以待賓客168), 若皆毁之, 何以供命169)?" 予謂垣壞葺之而已. 今云繕墻, 豈古人於文理如此不達耶? 所疑字誤, 遂有繁文. 予輒究其義, 是'繕宇葺墙, 以待賓客.' 此則本書宇, 誤爲完. 書曰, "峻宇雕牆," 足以爲比況. 上文云, "高其閈閎170), 厚其垣牆." 又曰, "司空171)以時平易道路, (圬人以時墁172))館宮室." 如此足以待賓客, 豈徒葺牆, 而可以崇大諸侯之館哉?

○《좌전·양공襄公31년》권40에 보면 자산(공손교公孫僑)이 정나라 군주를 보필하여 진晉나라에 갔을 때, 진나라 군주가 노나라의 국상을 핑계로 만나주지 않았는데, 자산이 객사의 담장을 허

---

166) 左傳(좌전): 노魯나라 은공隱公 원년元年(B.C.722년)부터 애공哀公 27년(B.C.468년)까지 약 250년 간의 춘추시대 역사를 기록한 《춘추경春秋經》에 대한 전국시대 노魯나라 좌구명左丘明의 해설서인 《춘추좌씨전》의 약칭.

167) 子産(자산): 춘추시대 정鄭나라 대부大夫인 공손교公孫僑의 자. 간공簡公 때 경卿에 올라 정사를 주도하며 많은 치적을 남겼다.

168) 賓客(빈객): 손님에 대한 총칭. '빈賓'은 신분이 높은 손님을 가리키고, '객客'은 수행원과 같이 신분이 낮은 손님을 가리키는 데서 유래하였다.

169) 供命(공명): 명령을 받들다, 명령에 복종하다.

170) 閈閎(한굉): 대문. 고을 출입문을 가리킬 때도 있다.

171) 司空(사공): 벼슬 이름. 소호少昊 때 처음 설치되었는데, 주周나라 때는 동관冬官으로서 치수와 토목공사를 관장하였고, 한나라 이후로는 태위太尉·사도司徒와 함께 삼공三公의 하나였다.

172) 圬人以時墁(오인이시면): 《좌전·양공襄公31년》권40의 원문에 의하면 이 다섯 글자가 누락되었기에 첨기한다. '면墁'은 흙손질하는 것을 뜻한다.

물고 수레와 말을 들여놓자, 사문백이 그를 꾸짖으며 "담장을 잘 수리해서 손님을 접대하려고 했는데, 만약 그것을 모두 허물어 버리면 어떻게 명을 받들 수 있겠습니까?"라고 꾸짖었다는 기록이 있다. ('繕完葺牆'에 대해) 나는 단지 담장이 무너져 그것을 보수했다는 의미에 불과하다고 생각했다. 그러나 이제 '담장을 수선했다'라고 말한다면, 어찌 고인이 문맥에 있어서 이처럼 무지할 리가 있겠는가? 의심컨대 글자를 잘못 써서 급기야 번잡한 문장이 생겨난 것이 아닌가 싶다. 내가 번번이 그 의미를 고찰해 보았는데, 이는 '지붕을 수선하고 담장을 보수해서 손님을 기다렸다'고 해야 한다. 이는 곧 본래 '우宇'자를 써야 하는데, 잘못해서 '완完'자를 썼다는 말이다. ≪서경·하서夏書·오자지가五子之歌≫권6의 "높은 지붕과 아름다운 담장"이란 말로도 유사한 사례를 들 수 있다. 앞 문장에 "대문을 높이고 담장을 두텁게 쌓았습니다"라는 기록이 있고, 다시 뒷 문장에 "사공은 제때에 도로를 평탄하게 닦고, 미장이는 제때에 객사의 방을 흙손질해야 하지요"라는 기록이 있다. 이와 같아야 손님을 접대할 수 있거늘, 어찌 단지 담장을 수선하고서 제후의 객사를 훌륭하다고 할 수 있겠는가?

◇論醫 (의술에 대해 논하다)

●夫醫切脉指下, 能知生死者, 非天受其性, 則因積學而致. 然始或著能, 末而寡效. 論者以始能, 命通也, 末繆, 數窮也. 予曰, "不然. 其初屢中, 喜於積財, 記憶未衰, 軫理[173]方銳, 及其久也, 筋力已疲, 志怠心勞, 獲效遂鮮[174], 則始能末繆, 於斯見矣. 若以數之通塞, 豈曰知理哉?"

---

173) 軫理(진리) : 문맥상으로 볼 때 진찰이나 진맥을 뜻하는 말인 '진리診理'의 오기인 듯하다. 명나라 도종의陶宗儀(1316-약1396)의 ≪설부說郛≫권13에 수록된 ≪간오≫에는 '진리診理'로 되어 있다.

174) 鮮(선) : 드물다, 거의 없다. 상성上聲(xiǎn)으로 읽는다.

○무릇 의사가 손가락 끝으로 진맥을 잘 하여 생사를 알 수 있는 것은 하늘로부터 능력을 부여받아서가 아니라면, 오랫동안 공부를 해서 얻은 결과이다. 그러나 처음에는 혹여 능력을 드러내다가도 말미에 가서는 효험이 줄어들기도 한다. 논자들은 처음에 능력을 발휘하는 것은 명운이 통해서이고, 말미에 어긋나는 것은 운수가 다했기 때문이라고들 한다. 그러나 내 생각은 이렇다. "그렇지 않다. 그가 처음에 자주 병세를 잘 맞히는 것은 재물이 늘어나는 것에 마음이 들떠서이고, 기억이 쇠미해지기 이전이라 진맥이 예리해서인데, 오랜 시간이 지나게 되면 근력이 쇠약해지고 마음이 나태해져 효과를 보는 일이 급기야 드물게 되는 것이므로, 처음에 능력을 발휘하고 말미에 가서 어긋나는 것을 여기서 찾을 수 있다. 만약 운수가 통하고 막히는 것 때문이라면, 어찌 이치를 안다고 말할 수 있겠는가?"

◇ **舅姑服(시부모를 위한 상복)**

● 子夏175)喪服傳176), "婦爲舅姑齊衰177), 五升布, 十一月而練178), 十三月而祥, 十五月而禫. 禫後門庭尙素, 婦服靑縑衣, 以俟夫之終喪." 習俗以婦之服靑縑, 謂其尙在, 喪制故因循, 亦同夫之喪紀. 再周而後, 吉禮. 女子在家, 以父爲天. 婦人無二天, 則婦之爲舅姑, 不服齊衰二年179), 著矣." 貞元180)十一年, 河中府倉曹參軍181)蕭據

---

175) 子夏(자하) : 춘추시대 노魯나라 공자의 제자인 복상卜商(B.C.507-?). '자하'는 자. 문학에 뛰어난 것으로 알려졌다. ≪사기·중니제자열전仲尼弟子列傳≫권67 참조.

176) 喪服傳(상복전) : ≪의례·상복편≫에 관한 해설서. 원서는 오래 전에 실전되고 다른 주석서에 인용되어 전한다.

177) 齊衰(자최) : 다섯 가지 상복, 즉 오복五服인 참최斬衰·자최齊衰·대공大功·소공小功·시마緦麻 가운데 하나로 1년 동안 입는 비교적 거친 상복을 이르는 말.

178) 練(연) : 제례 이름. '소상小祥'이라고도 한다. 뒤의 '상祥·담禫'과 함께 부모나 시부모가 사망한 뒤 일정 기간이 지나서 지내는 제사를 가리킨다.

179) 二年(이년) : 문맥상으로 볼 때 '삼년三年'의 오기인 듯하다. 명나라 도종의陶宗儀(1316-약1396)의 ≪설부說郛≫권13에 수록된 ≪간오≫에는 '삼년三年'으로 되어 있다.

狀稱, "堂兄[182]至女子適李氏壻, 見居喪, 今時俗, 婦爲舅姑服三年,
恐爲非禮, 請禮院[183]詳定垂下." 詳定判官前太常博士[184]李嵒議曰,
"謹按大唐開元禮[185]五服制度, 婦爲舅姑, 及女子適人, 爲其父母,
皆齊衰不杖周[186]. 蓋以婦之道以專一, 不得自達, 必繫於人, 故女子
適人, 服夫以斬[187], 而降其父母. 喪服傳曰, '女子已適人, 爲父母,
何以周也? 婦人不二斬也. 婦人從人, 無專用之道, 故未嫁從父, 既
嫁從夫, 夫死從子. 父者, 子之天也. 夫者, 妻之天也.' 先聖格言, 歷
代不敢易. 以此論之, 父母之喪, 尚止周歲[188], 舅姑之服, 無容三年.
今之學者, 不本其義, 輕重紊亂, 寢以成俗. 伏以開元禮, 玄宗所修,
上纂累聖, 旁求禮經, 其道昭明, 其文彰著, 藏之祕府[189], 垂之無窮,
布在有司, 頒行天下, 率土[190]之內, 固宜遵行. 有違斯文, 命曰, '敗

---

180) 貞元(정원) : 당唐 덕종德宗의 연호(785-805).
181) 倉曹參軍(창조참군) : 지방 관청에서 창고에 관한 업무를 관장하는 벼슬아치를
    이르는 말. 사조참군士曹參軍·공조참군功曹參軍·호조참군戶曹參軍·병조참군兵
    曹參軍·법조참군法曹參軍 등과 함께 업무를 분담하였다.
182) 堂兄(당형) : 사촌형. '종형從兄'과 동의어.
183) 禮院(예원) : 제사 의식을 관장하는 태상시太常寺의 기관 이름. 당나라 때 처음
    으로 지예의원知禮儀院을 설치하고 예의사禮儀使를 두어 제사를 주관하게 하였는
    데, 제례祭禮가 끝나면 해체하였다. 송나라 초에는 예원禮院이라고 하였다가 진종
    眞宗 대중상부大中祥符 때 예의원禮儀院으로 개명하였다. 재상인 참지정사參知政
    事를 판원判院에 임명하고, 학사學士와 시랑侍郎 등을 지원知院에 임명하였다.
184) 太常博士(태상박사) : 종묘의 의례와 관리 선발 시험을 관장하던 기관인 태상시
    太常寺의 속관屬官. 장관인 태상경太常卿은 구경九卿의 하나이고, 휘하에 차관인
    태상소경太常少卿과 속관으로 태상승太常丞·태상박사太常博士 등이 있었다.
185) 大唐開元禮(대당개원례) : 당나라 소숭蕭嵩 등이 현종玄宗 개원開元(713-741)
    연간에 황명을 받들어 여러 가지 예법을 정리한 책. 총 150권. ≪사고전서간명목
    록·사부·정서류≫권8 참조.
186) 杖周(장주) : 1년 동안 상장喪杖을 짚고 상을 치르는 일을 이르는 말.
187) 斬(참) : 오복五服 가운데 하나로 부모님이 돌아가셨을 때 3년 동안 입는 상복
    을 이르는 말. 가장 무겁고 거친 베로 만들었다.
188) 周歲(주세) : 만 1년이나 첫 돌을 이르는 말.
189) 祕府(비부) : 궁중의 비서祕書를 보관하는 창고를 이르는 말. '비각祕閣'과 뜻이
    비슷하다. 원문에는 '비실祕室'로 되어 있다. 뒤에는 비서성祕書省의 별칭으로도
    쓰였다.
190) 率土(솔토) : 천하. ≪시경·소아小雅·북산北山≫권20의 "넓은 하늘 아래 왕의
    땅 아닌 곳이 없고, 왕이 다스리는 땅 끝까지 왕의 신하 아닌 사람이 없다(溥天之

法亂紀.'伏請正牒, 以明典章." 此李嵓之論, 可謂正矣. 凡居士列, 得不守之?

○(춘추시대 노魯나라) 자하(복상卜商)의 ≪상복전≫에 "며느리가 시부모 상을 당해 (1년 동안 입는 상복인) 자최복齊衰服을 입으면 베 다섯 되로 만드는데, 11개월이 되면 연제練祭를 지내고, 13개월이 되면 상제祥祭를 지내고, 15개월이 되면 담제禫祭를 지낸다. 담제를 지낸 뒤에도 집에서 소복을 입는데, 며느리는 청색 비단옷을 입고서 남편이 상을 마칠 때까지 기다린다. 풍습에 의하면 며느리가 푸른 비단옷을 입는 것은 아직도 생존해 계시다고 생각하기 위해서인데, 상례 제도는 원래 인습하는 것이라서 남편이 상을 치르는 기율과 동일하다. 다시 1년이 지난 뒤에는 길례(제사)를 지낸다. 여자는 시집가기 전에는 부친을 하늘처럼 받든다. 며느리라도 두 하늘이 있을 수 없으므로 며느리는 시부모 상을 치를 때 3년 동안 상복을 입어서 안 되는 것이 자명하다"라는 말이 있다. (당나라 덕종德宗) 정원 11년(795)에 (산서성) 하중부의 창조참군 소거가 상소문을 올려 "사촌형 소지蕭至의 여식이 이씨 남편에게 시집갔다가 상을 당했는데, 오늘날 풍습에서 며느리가 시부모 상을 당해 3년 동안 상복을 입는 것은 예법에 어긋나는 것 같으니, 청하옵건대 예원에서 확정지어 하달해 주시기 바라옵니다"라고 하였다. 그러자 판정 업무를 맡았던 판관인 전 태상박사 이초가 다음과 같은 의견을 개진하였다. "삼가 ≪대당개원례≫의 오복 제도를 살펴보면 며느리가 시부모 상을 당하거나 여식이 남에게 시집갔다가 남편 부모의 상을 당했을 때는, 모두 자최복을 입되 상장을 짚지 않았습니다. 대개 며느리의 도리는 오로지 한 가지라서 임의대로 해석해서는 안 되는데, 필히 남에게 얽매여 있기에 여자는 남의 집안에 시집가면 남편 상을 당했을 때는 (3년 동안 입는 상복인) 참최복斬衰服을

下, 莫非王土, 率土之濱, 莫非王臣)"는 말에서 유래하였다.

입지만, 부모에게는 한 등급 낮춥니다. ≪상복전≫에 '여자가 이미 다른 집안에 시집을 갔다면, 시부모 상을 당했을 때 어째서 1년상을 치를까? 아녀자는 참최복을 두 번 입지 않기 때문이다. 아녀자는 타인에게 시집가기에 오로지 지켜야 하는 고정된 도리가 없다. 그래서 시집가기 전에는 부친을 따르고, 시집가고 나서는 남편을 따르고, 남편이 죽으면 아들을 따르는 것이다. 부친은 아들에게 하늘과 같은 존재이고, 남편은 아내에게 하늘과 같은 존재이다'라고 하였습니다. 선대 성인의 격언은 역대로 감히 바꾸지 않았습니다. 이로써 논하건대 부모 상도 오히려 1년에 그치니, 시부모 상도 3년을 허용해서 안 됩니다. 오늘날 학자들이 그 의의를 살피지 않는 바람에 경중이 뒤엉켜 점차 풍습이 되고 말았습니다. 삼가 생각건대 ≪대당개원례≫는 현종 황제께서 편수한 것으로서 위로 여러 성인의 말을 채집하고 방계적으로 예법에 관한 경전에서 찾은 것이기에, 그 도가 분명하고 그 문장이 아름다워 이를 궁중의 서고에 소장하여 영원히 전하면서 담당관에게도 배포하고 천하 사람들에게도 반포한 것이니, 온세상 사람들이 마땅히 준수해야 합니다. 이러한 글에 어긋나는 일이 있으면 이름하여 '법도를 망치고 기강을 어지럽히는 일'이라고 합니다. 엎드려 청하옵건대 관련 문서를 바로잡아 전장제도를 명확히 세우시옵소서." 이러한 이초의 주장은 정확하다고 말할 만하다. 그러니 무릇 선비의 반열에 들어선 사람들이 이를 지키지 않아서야 되겠는가?

◇杖周議(상장을 짚고 1년상을 치르는 것에 대해 논의하다)

●準禮, 父在, 爲母, 爲所生母, 父爲嫡子, 夫爲妻, 皆杖周. 自周禮已降, 至於開元禮, 及唐史二百六十年, 並不易斯議, 未聞爲兄弟杖者. 自亂離以後, 武臣爲兄弟始行杖周之禮, 是賓佐[191]不能以禮正之, 致

---

191) 賓佐(빈좌) : 보좌관을 이르는 말.

其謬誤也. 予乾寧192)三年九月, 行弔於名士之家, 覩其弟爲兄杖, 門
人知舊無有言其乖禮者, 實慮日久寖以爲是. 自今後, 士子好禮者,
於服式之中, 愼而行之.

○예법에 따르면 부친이 살아계실 때 계모상을 치르거나 친모상을
치르는 경우, 부친이 친아들의 상을 치르고, 남편이 아내의 상을
치를 때 모두 상장을 짚고 1년상을 치른다. ≪주례≫이래로 ≪대
당개원례≫에 이르기까지, 그리고 당나라 역사 260년 동안 결코
이러한 의견을 바꾼 적이 없기에, 형제 상을 치를 때 상장을 짚
는다는 말을 들어본 적이 없다. 난리를 겪은 이후로 무관들이 형
제 상을 당했을 때 처음으로 상장을 짚고, 1년상을 치르는 예법
을 거행하였는데, 이는 보좌관들이 예법을 바로잡아 주지 않아서
그러한 오류가 생긴 것이다. 나는 (당나라 소종) 건녕 3년(896)
9월에 명사의 집에 조문을 갔다가, 그의 동생이 형을 위해 상장
을 짚는데도 문인이나 친지들 중에 아무도 그것이 예법에 어긋
나는 것이라고 말하는 사람이 없는 것을 본 적이 있는데, 실상
오랜 시간이 지나면서 점차 이렇게 되었다고 생각한다. 이제부터
예법을 중시하는 선비들은 상례를 치르는 것에 대해 신중하게
실행해야 할 것이다.

◇祭節拜戟(부절에게 제사를 지내고 창에게 절을 하다)

●禮曰193), "君有賜, 則拜而受之, 賜莫重於九錫." 衣服・朱戶194)・
納陛195)・乘輿・樂縣196)・虎賁197)・弓矢・鈇鉞198)・秬鬯199).

---

192) 乾寧(건녕) : 당唐 소종昭宗의 연호(894-897).
193) 曰(왈) : 이하 예문은 현전하는 ≪예기≫를 비롯하여 예경禮經에 실리지 않은
    것으로 보아 일문逸文인 듯하다.
194) 朱戶(주호) : 붉은 칠을 한 문짝. 황제가 공신에게 하사하던 구석九錫의 하나로
    고관을 상징한다.
195) 納陛(납폐) : 구석九錫 가운데 하나로 두 개의 계단 사이에 놓아 높이를 줄여서
    오르기 쉽게 해 주는 물품을 가리킨다는 설도 있고, 한편으로는 처마 아래 설치하
    여 비를 피할 수 있게 해 주는 장치라는 설도 있다. 대신에 대한 극진한 예우를

徧詳禮文, 未有拜衣服·虎賁者也. 是物也, 故不宜拜. 若拜朱戶·
渠門200), 宜謂之神. 禮記祭法, 累代祭名, 不聞有戟神. 是知無拜祭
之禮也. 近代受節, 置於一室, 朔望201)必祭之, 非也. 凡戟, 天子二
十四, 諸侯十. 今之藩鎭202), 卽古之諸侯也. 在地, 則施於衙門, 雖
罷守藩閫203), 有爵位崇高, 亦許列於私第. 上元204)元年, 宰相呂諲
立戟205), 有司載戟及門, 諲方慘服206), 乃更吉服207), 迎而拜之,
頗爲有識者所嗤, 則知辱君命, 拜賜可也. 拜戟祭節, 大乖於禮.

○≪예기≫에 "군주가 하사품을 내리면 절을 하고 받는데, 하사품
으로 구석보다 중요한 것은 없다"고 하였다. ('구석'은) 의복·주
호·납폐·수레·악기·호위병·활과 화살·부월·검은 기장과
울창주를 가리킨다. 예법에 관한 글을 두루 살펴보면 의복이나

상징한다.

196) 樂縣(악현) : 틀에 거는 종경류鐘磬類의 악기를 이르는 말. '현縣'은 '현懸'과 통
용자. '악기樂器'나 '악칙樂則'으로 된 문헌도 있다.

197) 虎賁(호분) : 제왕을 호위하고 왕궁을 경비하는 일을 관장하던 무관 이름. '분賁'
은 '분奔'과 통한다. 호랑이가 먹이를 잡기 위해 달려가는 것처럼 용맹한 병사를
비유하는 데서 유래하였다. 당나라 때는 고조高祖 이연李淵(566-635)의 조부 이
호李虎의 휘諱 때문에 '무분武賁'으로 개칭하기도 하였다.

198) 鈇鉞(부월) : 형벌 기구인 작두와 도끼를 아우르는 말. 지방 장관의 절대적인 권
한을 상징한다.

199) 秬鬯(거창) : 검은 기장과 울금향鬱金香, 혹은 그것으로 빚은 울창주鬱鬯酒를 이
르는 말. 제사용이나 공신에게 주는 하사품으로 쓰였다.

200) 渠門(거문) : 깃발이나 두 개의 깃발을 세워서 임시로 만든 군문軍門을 이르는 말.

201) 朔望(삭망) : 매달 초하루와 보름날을 아우르는 말.

202) 藩鎭(번진) : 당나라 이후로 변방에서 군정軍政을 관장하던 관서官署나 벼슬을
가리키던 말. 후에는 세력이 강해져 민정民政과 재정財政도 장악하면서 조정朝廷
과 자주 갈등을 빚기도 하였다.

203) 藩閫(번곤) : 변방이나 그곳을 지키는 지방 장관을 이르는 말.

204) 上元(상원) : 당나라 때 '상원'은 고종高宗 때 연호(674-676)이기도 하고, 숙종
肅宗 때 연호(760-761)이기도 한데, 여기서는 후자를 가리킨다.

205) 立戟(입극) : 창을 세우다. 즉 황실이나 고관의 관공서에서 호위병이 십자형으로
창을 교차시켜 경비를 서는 것을 가리킨다. '교극交戟' '설극設戟' '열극列戟'이라고
도 한다.

206) 慘服(참복) : 상복을 이르는 말.

207) 吉服(길복) : 길례吉禮, 즉 제례祭禮 때 입는 제복祭服의 별칭.

호위병에게 절을 했다는 문구가 없다. 이것은 사물이기에 절을
해서 안 되는 것이다. 만약 주호나 깃발에게 절을 한다면 의당
그것을 신이라고 불러야 할 것이다. ≪예기·제법≫을 보면 역대
제사 이름이 실려 있는데, 창의 신이 있다는 말을 듣지 못 했다.
이로써 사물에게 절을 하고 제사 지내는 예법이 없다는 것을 알
수 있다. 근자에 부절을 받으면 방에 두고서 매달 초하루와 보름
날에 반드시 그것에게 제를 올리는데, 이는 잘못된 일이다. 무릇
창의 경우 천자는 24개를 세우고, 제후는 10개를 세운다. 오늘날
번진은 바로 옛날의 제후이다. 자기 지역에 있으면 관아 출입문
에 창을 세우는데, 비록 변방을 지키는 일을 마쳤다 해도 작위가
높기에 사저에 창을 세우는 것이 허용된다. (당나라 숙종) 상원
원년(760)에 재상 여인이 문 앞에 창을 세우려 하자 담당관이
창을 싣고 대문에 도착했는데, 여인은 막 상례를 치렀기에 제복
으로 바꿔입고 그것을 맞아 절을 올리는 바람에 식자층에게 비
웃음을 받았으니, 군주의 명령을 욕되게 하는 줄 안다면 하사품
에게 절을 해도 될 것이다. 창에게 절을 하고 부절에게 제를 올
리는 것은 예법에 크게 어긋난다.

◇客卿(객경)

●按史記, 春秋之後, 儒術之士, 名聞諸侯者, 旣適列國, 爲客卿208),
乃得陳王霸之道. 如孟軻在齊, 樂毅在燕趙, 西漢鄒陽在梁, 伍被209)
在吳, 亦行斯道. 爾後辯說絶, 但不復客卿耳. 自中和210)已後, 藩鎭
道賓者, 名曰客卿, 始則索客之徒, 時有斯號. 近者名人朝士, 不免
繼之, 訛謬相承, 莫不因此. 恐誤來者, 故書之, 以示兒孫.

---

208) 客卿(객경) : 전국시대 진秦나라 때 타국 출신 인재를 우대하기 위해 만든 벼슬
이름으로 후대에는 먹의 별칭으로도 쓰였다.
209) 伍被(오피) : 전한 때 회남왕淮南王 유안劉安(B.C.179-B.C.122)의 식객食客인
팔공八公 가운데 한 사람.
210) 中和(중화) : 당唐 희종僖宗의 연호(881-884).

○≪사기≫를 살펴보면 춘추시대 이후로 유학자 중에 제후에게 이름이 알려진 자가 제후국들을 찾아가 객경이 되면, 왕도와 패도에 대해 진술할 수 있었다. 예를 들면 (전국시대 때 추鄒나라 사람) 맹가는 제나라에서, (위魏나라 사람) 악의는 연나라와 조나라에서, 서한 때 추양은 양나라에서, 오피는 오나라에서 이러한 행위를 하였다. 그뒤로 유세가 끊기면서 더 이상 객경이라는 말을 쓰지 않게 되었다. (당나라 희종) 중화(881-884) 이후로 번진에서 손님을 애기할 때 '객경'이라고 불렀는데, 처음에는 손님을 찾는 사람들이 때로 이러한 호칭을 사용하였다. 근자에 명사나 관료들이 이를 계승하면서 오류가 이어진 것도 모두 이 때문이다. 후인들에게 잘못 알려질까 염려가 되기에, 이를 적어 자손들에게 보이고자 한다.

◇參謀(참모)

●秦漢之職, 在賓幕[211]中, 籌畫戎機, 非多學深識者, 莫居是選. 自亂離已後, 每居藩翰[212], 必以陰陽伎術者處之, 仍居將校[213]之末, 宜重而輕, 誠可惜也. 設有文人仗節[214]統戎, 擧辟名士, 宜於管記[215]・支使[216]之間, 以正其名, 不亦善乎?

○진나라와 한나라 때 관직 가운데 장수의 막부에서 군사 기밀을

---

211) 賓幕(빈막) : 막부幕府의 별칭.
212) 藩翰(번한) : 울타리와 기둥. '한翰'은 '간幹'과 통용자. 번국藩國이나 대신大臣을 비유한다.
213) 將校(장교) : 장수將帥와 교위校尉를 아우르는 말. 즉 고위급 무관武官에 대한 총칭.
214) 仗節(장절) : 천자가 하사한 부절을 손에 드는 것을 이르는 말. 절조를 지키는 것을 뜻할 때도 있다.
215) 管記(관기) : 문서를 관장하는 관직에 대한 총칭. 서기書記와 뜻이 유사하다.
216) 支使(지사) : 당송 때 지방 장관이나 절도사節度使・관찰사觀察使・방어사防禦使・선무사宣撫使 등 여러 사신 밑에 두었던 속관屬官 가운데 하나. 속관에는 사신마다 차이가 있으나 ≪신당서・백관지≫권49에 의하면 대개 부사副使・행군사마行軍司馬・판관判官・지사支使・장서기掌書記・추관推官・순관巡官・아추衙推 등을 두었다.

기획하는 직책은 박학한 자가 아니면 그 자리에 앉을 수 없었다. 난리를 겪은 이후 매번 번국에 있으면 반드시 음양술에 밝은 자를 그 자리에 앉혔는데, 무관 가운데 말직이기는 하지만 의당 신중을 기해야 하는데도 가볍게 여기고 있으니, 실로 애석한 일이다. 설령 문인이 부절을 들고서 군대를 통솔한다고 해도, 명사를 부르면 의당 서기나 지사 사이에서 그 명칭을 바로잡는 것이 좋지 않겠는가?

■資暇集卷上■

◇車馬有行色(거마에 행색이 있다)

●今見將首途1)者, 多云, "車馬有行色." 按, 莊子2)稱, "柳下季3)逢夫
子4), 自盜跖所回, 云此也." 意者以其車有塵, 而馬意殆. 今有涉遠
而來者用此, 宜矣. 南華5)旣非僻經6), 咸所觀習, 奚不根其文意, 而
正其誤歟?(一本'駁其誕歟?')

○오늘날 여정에 오르려고 하는 사람을 만나면 대부분 "거마에 행
색이 있습니다"라고 말한다. 살펴보건대 ≪장자·도척≫권9에
"(춘추시대 노나라) 유하계(전획展獲)가 공자를 만났는데, 도척이
머물던 장소로부터 돌아왔기에 이런 말을 던졌다"고 하였다. 아
마도 공자의 수레에 먼지가 많고 말이 위태로와 보였기 때문일
것이다. 이제 먼 곳에 갔다가 돌아오는 사람이 있을 때 이런 말
을 쓰는 것이 마땅할 것이다. ≪장자≫가 기왕 구하기 어려운 경
전이 아니기에 모두들 익히 보아왔던 서책이거늘, 어찌 문장 본
래의 의미에 뿌리를 두고서 잘못된 용법을 바로잡지 않을 수 있
으리오?('황당한 용법에 대해 반박하지 않을 수 있으리오?'로 된 판본도 있
다.)

---

1) 首途(수도) : 길을 출발하다, 여정에 오르다.
2) 莊子(장자) : 전국시대 사상가인 송宋나라 장주莊周에 대한 존칭이자 그의 도가사
상을 담은 책 이름. 총 33편 10권. 진晉나라 곽상郭象(?-312)이 주를 달았다. ≪사
고전서간명목록·자부·도가류道家類≫권14 참조.
3) 柳下季(유하계) : 춘추시대 노魯나라 대부大夫 전획展獲의 별칭. 자가 '금禽'이어서
'전금展禽'으로도 불렸고, 유하柳下에 살고 시호가 혜惠여서 '유하혜柳下惠'로도 불
렸는데, 바른 도리를 지켜 칭송을 받았다. 도둑으로 유명한 도척盜跖의 형이기도
하다.
4) 夫子(부자) : 스승이나 장자長者·고관·부친·남편 등에 대한 존칭. 춘추시대 노
魯나라 공자의 제자들이 공자를 '부자'라고 부른 것이 대표적인 예이다.
5) 南華(남화) : 장자莊子의 별칭이나 그 유래에 대해서는 알려진 바가 없다.
6) 僻經(벽경) : 정통이 아니거나 대하기 힘든 경전을 이르는 말.

◇不拜單于(흉노족 왕에게 절을 하지 않다)

●近代浩虛舟, 作蘇武[7]不拜單于[8]賦. 爾來童稚時, 便熟諷詠, 至於垂白[9], 莫悟賦題之誤, 抑皆詮寫, 昇在甲等, 何不詳史漢[10]正傳, 不拜單于是鄭衆[11], 非蘇武也? 余宗人翰蒙求[12], 亦明言, "蘇武持節[13], 鄭衆不拜." 況梁元帝, 亦著論曰[14], "漢世銜命[15]匈奴[16], 困而不辱者, 二人而已. 子卿手持旄節[17], 臥伏氷霜, 仲師固無下拜, 隔絶區外." 學者豈能尙醉, 而不解醒[18]耶?(一本無'解'字.)

○근자에 호허주는 <(전한 때) 소무가 흉노족 왕에게 절을 하지 않았다>는 제목의 부를 지었다. 어렸을 때부터 시문을 짓는 데 익숙하였고, 노년에 들어서 글을 잘못 지은 줄 깨닫지 못 하면 다시 모두 꼼꼼히 적었기에 우수한 성적으로 급제할 수 있었거

---

7) 蘇武(소무) : 전한 때 사람(?-B.C.60). 자는 자경子卿. 흉노匈奴에 사신으로 갔다가 억류되어 19년 동안 절조를 지켰고, 귀국한 뒤에는 선제宣帝의 옹립에 공을 세워 관내후關內侯에 봉해졌다. ≪한서・소무전≫권54 참조.

8) 單于(선우) : 흉노족匈奴族의 왕을 일컫는 말.

9) 垂白(수백) : 백발을 늘어뜨리다. 노년에 접어든 것을 말한다.

10) 史漢(사한) : 전한 사마천司馬遷(B.C.135-?)의 ≪사기≫와 후한 반고班固(32-92)의 ≪한서≫를 아우르는 말.

11) 鄭衆(정중) : 후한 때 사람. 자는 중사仲師. 정흥鄭興의 아들로 급사중給事中을 역임하며 유학에 정통하였다. 흉노족에 사신으로 가 강압에도 불구하고 절을 하지 않은 고사로 유명하다. ≪후한서・정중전≫권66 참조.

12) 蒙求(몽구) : 오대五代 후진後晉 때 사람 이한李瀚이 어린이(蒙)들이 알아야 할 고사들을 모아 엮은 책. 총 2권. 각 고사마다 사자성어四字成語로 제목을 달았다. ≪사고전서간명목록・자부・유서류類書類≫권14 참조.

13) 持節(지절) : 부절符節을 손에 쥐다. 부절을 손에서 놓지 않을 정도로 한나라 사신으로서의 절조를 망각하지 않았다는 말이다.

14) 曰(왈) : 이는 남조南朝 양梁나라 원제元帝의 <(후한) 정중에 대해 논하다(鄭衆論)>란 글 가운데 일부를 인용한 것으로 명나라 장보張溥(1602-1641)의 ≪한위육조백삼가집漢魏六朝百三家集・양원제집≫권84에 전한다.

15) 銜命(함명) : 명령을 받들다, 사명을 띠다.

16) 匈奴(흉노) : 중국 상고시대부터 북방에 살던 유목민족을 부르던 이름. 호족胡族이라고도 하였다. 귀방鬼方・훈육獯鬻・험윤獫狁의 후예라고도 하고, 몽고蒙古・돌궐突厥과 동일 종족이라고도 하는 등 여러 설이 있다.

17) 旄節(모절) : 깃발과 부절. 황제에게 사령장을 받고서 사신이나 지방관으로 파견되는 것을 뜻한다. 절도사節度使나 관찰사觀察使 등을 비유적으로 가리킬 때도 있다.

18) 解醒(해성) : 술에서 깨다.

늘, 어찌 ≪사기≫와 ≪한서≫의 본전에 의하면 흉노족 왕에게 절을 하지 않은 사람이 정중이지 소무가 아니라는 것을 모를 수 있을까? 나의 친척인 이한이 지은 ≪몽구≫권상에서도 "소무는 부절을 손에서 놓지 않았고, 정중은 절을 하지 않았다"고 분명하게 말하고 있다. 하물며 (남조) 양나라 원제도 논문을 지어 "한나라 때 황명을 받들고 흉노족에 사신으로 가서 곤경에 처해서도 굴욕을 보이지 않은 사람은 두 사람뿐이다. 자경(소무)은 손에서 사신의 깃발과 부절을 놓지 않으며 얼음과 서리 위에 누웠고, 중사(정중)는 확실히 몸을 굽혀 절을 하지 않으며 국외에서 떨어져 지냈다"고 하였다. 학자가 어찌 술에 취했다가도 술에서 깨지 않을 수 있으리오?('解解'자가 없는 판본도 있다.)

◇行李(사신)

●李字, 除菓名・地名・人姓之外, 更無別訓義也. 左傳[19], "行李之往來," 杜不研窮意理, 遂注云, "行李, 使人也." 遂俾今見遠行, 結束次第, 謂之'行李,' 而不悟是行使[20]爾. 按, 舊文使字作㣲, 傳寫之誤, 誤作李焉.(舊文使字, 山下人, 人下子.)

○'리李'자는 과일 이름이나 땅 이름・사람의 성씨를 제외하면 더 이상 다른 뜻이 없다. ≪좌전・희공僖公30년≫권16에 "사신의 왕래"라는 말이 있는데, (진晉나라) 두예杜預가 의미에 대해 깊이 연구해 보지 않고 끝내 주를 달아 "'행리'는 사신을 뜻한다"고 풀이하였다. 그래서 급기야 오늘날 사람들도 먼 길을 떠나는 사람이 짐을 묶어서 차례대로 정리하면 이를 '행리'라고 말하면서, 그것이 원래 사신을 뜻한다는 것을 알지 못 하게 되었다. 살

---

19) 左傳(좌전) : 노魯나라 은공隱公 원년元年(B.C.722년)부터 애공哀公 27년(B.C.468년)까지 약 250년 간의 춘추시대 역사를 기록한 ≪춘추경春秋經≫에 대한 전국시대 노魯나라 좌구명左丘明의 해설서인 ≪춘추좌씨전≫의 약칭. 진晉나라 두예杜預(222-284)가 주를 달았다.

20) 行使(행시) : 사신이나 심부름꾼을 이르는 말.

퍼보건대 옛 문자에서 '사使'자는 (山+人+子 모양의) '사斈'라고
썼는데, 옮겨적는 과정에서 잘못되어 (十+人+子 모양의) '리李'
자로 잘못 쓰게 된 것이다.(옛 문자에서 '사使'자는 '산山'자 아래 '인人'자
가 있고, '인人'자 아래 다시 '자子'자가 있었다.)

◇祿里(녹리선생)

●漢四皓[21], 其一號角里. 角, 音祿, 今多以覺音呼, 乖也. 是以魏
子[22]及孔氏祕記[23]・荀氏漢紀[24], 慮將來之誤, 直書祿里, 可得而
明也. 案, 玉篇[25]等字書皆云, "東方爲角, 音鱳. 祿或作角字, 亦音
祿."魏子・祕記・漢紀, 不書鱳而作祿者, 以其字僻, 又慮誤音故也.
以愚所見, 角是當東方, 何者? 案, 陳留志[26]稱, "京師[27]亦號爲灞
上儒生."灞旣在京之東, 則角星[28]爲東方, 不疑矣. 字書言角, 直宜

---

21) 四皓(사호) : 진秦나라 말엽에 혼란한 세상을 피해 섬서성 상산商山에 은거했던
네 명의 은자인 동원공東園公・기리계綺里季・하황공夏黃公・녹리선생用里先生을
가리키는 말. 통칭 '상산사호商山四皓'라고 한다. 네 사람 모두 눈썹과 수염이 하
얗기에 '호皓'라는 별명이 붙었다고 전한다. 그들에 대한 기록은 ≪한서・장양전張
良傳≫권40이나 ≪한서・왕공량공포전王貢兩龔鮑傳≫권72에 상세히 전한다.
22) 魏子(위자) : 후한 사람 위낭魏朗이 지은 유가류儒家類의 책. 총 3권. ≪수서・경
적지≫권34 참조.
23) 孔氏祕記(공씨비기) : 전한 공안국孔安國의 저서라는 것 외에는 알려진 바가 없
다. 송나라 왕무王楙의 ≪야객총서野客叢書・녹리≫권30 참조.
24) 漢紀(한기) : 후한 때 순열荀悅(148-209)이 반고班固(32-92)의 ≪한서漢書≫를
정리하여 편년체編年體로 쓴 역사책. 총 30권. ≪사고전서간명목록・사부・편년류
編年類≫권5 참조.
25) 玉篇(옥편) : 남조南朝 양梁나라 고야왕顧野王이 지은 자전字典의 일종으로 송나
라 태종太宗 때 진팽년陳彭年 등에 의해 증수增修를 거쳐 통용되었다. 부수部首는
540개로 후한 허신許慎의 ≪설문해자說文解字≫와 동일하나, 부목部目에 변동이
있고 수록한 한자가 더 많아졌다. ≪사고전서간명목록・경부・소학류小學類≫권4
참조.
26) 陳留志(진류지) : 하남성 진류군陳留郡에 관한 지리서. 총 15권. 저자에 대해 ≪수
서・경적지≫권33에서는 강창江敞이라고 한 반면, ≪구당서・경적지≫권46에서는
강징江徵이라고 하였는데, 어느 것이 맞는지는 불분명하다.
27) 京師(경사) : 서울, 도읍을 이르는 말. 송나라 주희朱熹(1130-1200) 설에 의하면
'경京'은 높은 지대를 뜻하고, '사師'는 많은 사람을 뜻한다. 즉 높은 산에 의지하
여 많은 사람이 모여 사는 곳이란 뜻에서 유래하였다.
28) 角星(각성) : 이십팔수二十八宿 가운데 동방 청룡靑龍 7수 중 첫 번째 별자리 이름.

作觮29)爾. 然觮字亦音角. 角音覺者, 樂聲也. 或亦通作𧤼角30)之角字. 是以今人多亂其音呼之. 稍留心爲學者, 則妄穿鑿云, "音祿之角字, 與音覺之角字, 點畫有分別處." 又不知角·觮各有二音, 字體皆同, 而其義有異也. 又禮記31), "君·大夫32)鬢爪33)實于綠中." 鄭司農34)注云, "綠當爲角. 聲之誤也." 旣云'聲誤,' 是鄭讀角中爲祿中. 祿與綠是雙聲35), 若讀角爲覺. 覺是腭際聲36), 綠是舌頭之聲, 何以破聲誤之說也? 注復云, "角中, 謂棺內四隅也." 據此, 則又似音祿之角, 與音覺之角, 義略同矣. 陸氏釋文37)·孔公正疏38), 不能窮聲

---

29) 觮(녹) : 오음五音의 하나. 뒤에는 주로 '角'으로 썼다.

30) 𧤼角(탁각) : 굵은 뿔. 그러나 자서字書에 용례가 없어 의미하는 바가 모호하다. 박물군자가 밝혀주기를 기대한다.

31) 禮記(예기) : 예법과 관련한 기본 정신을 서술한 책. 전한 선제宣帝 때 대덕戴德이 정리한 85편의 ≪대대예기大戴禮記≫와 대덕의 조카인 대성戴聖이 정리한 49편의 ≪소대예기小戴禮記≫가 있는데, 오늘날 '예기'라고 하는 것은 후자를 가리킨다. ≪주례周禮≫ ≪의례儀禮≫와 함께 '삼례三禮'라고 한다.

32) 大夫(대부) : 주周나라 때 신분 구분인 공公·경卿·대부大夫·사士의 하나. 삼공三公과 구경九卿 아래로 상대부上大夫·중대부中大夫·하대부下大夫가 있고, 그 밑으로 다시 상사上士와 중사中士·하사下士가 있었다. 후대에는 벼슬아치에 대한 범칭汎稱으로 쓰기도 하였다.

33) 鬢爪(순조) : 헝크러진 머리카락과 손톱. 망자의 사체에서 나온 유물을 가리킨다.

34) 鄭司農(정사농) : 후한 때 대유大儒인 정현鄭玄(127-200)의 별칭. 구경九卿의 하나인 대사농大司農에 올랐기에 이런 별칭이 생겼다. 자는 '강성康成'. 고문경학古文經學과 금문경학今文經學에 두루 정통하고 훈고학訓詁學에 밝았으며, 수천 명의 제자를 거느리며 학파를 형성하였다. ≪모시전毛詩箋≫을 지었고, ≪역경≫과 ≪서경≫를 비롯하여 ≪주례≫ ≪의례≫ ≪예기≫ ≪논어≫ 등 주요 경전經典에 모두 주석서를 남겼다. ≪후한서·정현전≫권65 참조.

35) 雙聲(쌍성) : 두 글자의 성모聲母가 같은 것을 이르는 말. 예를 들면 '참치參差(cē ncī)'와 같은 말을 가리킨다.

36) 腭際聲(악제성) : 잇몸과 잇몸 사이에서 나는 소리를 이르는 말.

37) 釋文(석문) : 당나라 육덕명陸德明(약 550-630)이 여러 경전의 음의音義와 문자상의 이동異同을 모아 경전經傳의 순서에 따라 정리한 책인 ≪경전석문經典釋文≫의 약칭. 고증이 정확하나 다만 ≪노자≫와 ≪장자≫를 포함시켰으면서 ≪맹자≫를 제외한 것이 흠결이라는 지적을 받았다. 이는 육덕명이 태어났던 육조六朝 말엽 진陳나라 때는 아직 ≪맹자≫가 경전의 반열에 오르지 못 했기 때문이다. 총 30권. ≪사고전서간명목록·경부·오경총의류≫권3 참조.

38) 正疏(정소) : 당나라 때 경서經書에 대한 해설을 집대성한 공영달孔穎達(574-648)의 정의正義와 주소注疏를 아우르는 말인 듯하다.

盡義, 亦但云, "綠當爲角." 何忽後學之甚! 故愚自讀漢之角里 · 禮
之綠中, 皆作祿音. 亦豈敢正諸君子耶? 然好學者, 幸試詳之.

○전한 때 은자인 '사호' 가운데 한 사람은 '녹리角里'로 불린다.
'角'의 음은 '녹'이기에, 오늘날 대부분 '각'음으로 발음하는 것은
오류이다. 이 때문에 ≪위자≫ 및 ≪공씨비기≫와 (후한) 순열荀
悅의 ≪한기≫에서도 장래에 오류를 범할까 봐 염려하여, 단지
'녹리祿里'로만 적었다는 것을 분명히 알 수가 있다. 살펴보건대
≪옥편≫ 등 자서에서는 모두 "동방의 소리를 '角'이라고 하는데,
음은 '녹鱍'이다. '녹祿'을 간혹 '角'자로도 쓰는데, 이 역시 음은
'녹'이다"라고 하였다. ≪위자≫나 ≪공씨비기≫ ≪한기≫ 등에서
'녹鱍'으로 쓰지 않고 '녹祿'으로 쓴 것은 그 글자가 벽자僻字인
데다가, 소리를 잘못 발음할 우려가 있기 때문이었다. 내 생각에
'角'이 동방의 소리에 해당하는 것은 어째서일까? 살펴보건대 ≪진
류지≫에 "도성 사람들은 '녹리선생'을 '패상유생'으로도 불렀다"
고 하였다. 패수가 도성 동쪽에 있으니, 녹성角星이 동방에 해당
한다는 것은 의심의 여지가 없다. 자서에서 '角'이라고 한 것은
단지 '鱍'으로 써야 마땅하다. 그러나 '鱍'자 역시 음이 '녹角'이
다. '角'자가 음이 '각'일 때는 악기가 내는 소리를 가리킨다. 간
혹 ('굵은 뿔'을 뜻하는 말인) '탁각'의 '각'자와 통용하기도 한다.
이 때문에 요즈음 사람들은 대부분 그 음을 혼동하여 발음하기
도 한다. 좀더 신경을 써서 학문을 연구한 사람들은 함부로 천착
하여 "음이 '녹'인 '角'자와 음이 '각'인 '角'자는 필획에 차이가
있다"고 말하는데, 이 또한 '角'과 '鱍' 모두 음이 두 가지이고 자
체가 모두 같지만, 의미상에 차이가 있다는 것을 모르고 하는 말
이다. 또 ≪예기 · 상대기喪大記≫권45에서 "(장례 때) 군주나 대
부의 헝크러진 머리카락과 손톱은 관의 네 모퉁이에 채워넣는
다"고 하였는데, (후한 때) 대사농大司農을 지낸 정현鄭玄은 주
에서 "'綠(lù)'은 응당 '角'으로 써야 한다. 음을 잘못 안 것이다"

라고 하였다. 기왕 '음을 잘못 알았다'고 하였으니, 이는 정현이 '녹중角中'을 '녹중祿中'으로 읽었다는 말이다. '祿(lù)'과 '綠(lù)'은 (성모가 같은) 쌍성으로 '角'을 '각'으로 읽는 것과 같은 이치이다. '각覺'은 잇몸 사이에서 나는 소리이고, '녹綠'은 혀끝에서 나는 소리이거늘, 소리를 잘못 발음했다는 설을 무슨 방법으로 깰 수 있겠는가? 주에서 다시 "'녹중角中'은 관 안의 네 모퉁이를 말한다"고 하였다. 이에 의거하면 또한 음이 '녹'인 '角'과 음이 '각'인 '角'은 뜻이 거의 같은 듯하다. 육덕명의 ≪경전석문≫이나 공영달의 ≪예기주소≫에서 소리를 잘 연구하여 의미를 다 밝히지 못 하고, 단지 "'綠'은 의당 '角'으로 써야 한다"고 하였으니, 그 얼마나 심하게 후학자들을 무시하는 말인가! 그래서 나 자신은 ≪한서≫의 '角里'와 ≪예기≫의 '綠中'을 읽으면서 모두 음이 '녹'이라고 하는 것이다. 그렇다고 해도 어찌 감히 여러 군자의 설을 바로잡겠다는 것이겠는가? 그러나 학문을 좋아하는 사람들이 한번 이를 잘 살펴주기를 바라는 바이다.

◇客散(손님이 흩어지다)

●今見賓旅出主人之門, 必曰39), "客散孟嘗40)門." 但風聞便用, 不尋其源. 使主人知其源, 必惡而不樂矣. 實爲客去, 就不可不知也. 此是王右丞維悲府主已沒之句. 上句云, "秋風正蕭索41)," 蓋痛其主人歿後, 同僚皆散, 其可用乎?

---

39) 曰(왈) : 이는 당나라 왕유王維의 오언율시五言律詩 <(섬서성) 기주에서 장사를 지내다가 돌아가는 원源선생을 전송하다(送岐州源長史歸)> 가운데 함련領聯의 말구末句에서 유래한 말로 청나라 조전성趙殿成이 엮은 ≪왕우승집전주王右丞集箋注≫ 권8에 전한다.

40) 孟嘗(맹상) : 전국시대 제齊나라의 현자 전문田文의 호. '설공薛公'이라는 봉호封號로 불리기도 하였다. 진秦나라에 사신으로 갔다가 소왕昭王에게 살해될 뻔하였으나 '계명구도鷄鳴狗盜'하는 수하 덕택에 무사히 귀환한 고사로 알려졌다. 조趙나라 평원군平原君・위魏나라 신릉군信陵君・초楚나라 춘신군春申君과 함께 사공자四公子로 유명하다. ≪사기・맹상군전문전孟嘗君田文傳≫ 권75 참조.

41) 蕭索(소삭) : 바람이 쓸쓸하게 부는 모양이나 그러한 소리를 형용하는 말.

○오늘날 손님들이 주인집 문을 나서는 것을 보면, 필히 "(전국시대 제齊나라) 맹상군의 문중에서 손님들이 흩어지네"라고 말하지만, 이는 단지 풍문으로 듣고 편하게 활용하는 것이지, 그 기원에 대해서는 찾으려고 하지 않는다. 만약 주인이 그 기원을 안다면 필시 싫어하며 불쾌해 할 것이다. 실상 손님이 떠나고자 한다면 반드시 잘 알아야 하는 법이다. 이는 (성당盛唐 시기에) 우승상右丞相을 지낸 왕유王維가 관부의 주인이 이미 사망한 것을 애통해 하며 지은 구절이다. 앞 구절에서 "가을 바람 한창 쓸쓸히 부네"라고 한 것도 아마 주인이 사망한 뒤 동료들이 모두 흩어지게 된 것을 가슴 아파하는 말일진대, 어찌 이런 식으로 응용할 수 있단 말인가?

◇蟲霜旱潦(충상한료) 曲子名, 幷辭.(노래 이름이면서 아울러 가사이기도 하다.)

●飮坐令作, 有不悟而飮罰爵者, 皆曰, '蟲傷旱潦42),' 或云, '蟲傷水旱.' 且以爲薄命不偶, 萬口一音, 未嘗究四字之意, 何也? '蟲傷,' 宜爲'蟲霜.' 蓋言田農水旱之外, 抑有蟲蝕霜損. 此四者, 田農之大害. 六典43)言之, 數矣. 呼曲子名, 則'下兵'爲'下平,' '閣羅鳳'爲'閤羅鳳44).' 著辭, 則'河內45)王'爲'何奈王,' '檣竿上'爲'長竿上.' 如斯之語, 豈可殫論?

---

42) 旱潦(한료) : 가뭄과 홍수를 뜻하는 말. '수한水旱'과 의미가 같다.
43) 六典(육전) : 나라를 다스리는 데 기본이 되는 여섯 분야의 법전. 《주례・천관天官・태재지직大宰之職》권2에 의하면 치전治典・교전敎典・예전禮典・정전政典・형전刑典・사전事典으로 구성되어 있다. 그러나 후대에는 주로 《당육전唐六典》의 약칭으로 쓰였다. 《당육전》은 당나라 현종玄宗의 어명으로 관직에 관해 정리한 법전으로서 이임보李林甫(?-752)가 주를 달았는데, 삼사三師・삼공三公・삼성三省・구시九寺・오감五監・십이위十二衛로 분류하여 그 직책 및 연혁을 설명하였다. 총 30권. 《사고전서간명목록・자부・직관류職官類》권8 참조.
44) 閤羅鳳(합나봉) : 당나라 때 남조국南詔國의 왕자. 토번吐蕃에 투항하여 동제東帝로 불렸는데, 여기서는 그를 소재로 한 노래 이름을 가리키는 듯하다.
45) 河內(하내) : 하남성의 속군屬郡 이름.

○술자리에서 주령酒슈을 읊을 때, 잘 모르고서 벌주를 마시는 사람들은 모두들 '충상한료蟲傷旱潦'를 말한다. 혹자는 '충상수한蟲傷水旱'이라고도 한다. 또 운명이 기구하여 때를 만나지 못 하면 모든 사람들이 이구동성으로 하는 말이라고 여기지만, 일찍이 이 네 글자의 의미에 대해 탐구하지 않은 것은 어째서일까? ('해충이 해친다'는 의미의) '충상蟲傷'은 의당 ('해충과 서리'라는 의미의) '충상蟲霜'이라고 해야 한다. 대개 농부들이 꺼리는 것에는 홍수와 가뭄 외에도 다시 해충과 서리의 해악이 더 있다. 이 네 가지는 농부들에게 가장 큰 해악이다. ≪당육전≫에서도 이에 대해 언급한 것이 여러 차례 된다. 노래 이름을 부를 때 '하병'을 '하평'이라고 하고, '각라봉'을 '합라봉'이라고 한다. 또 가사를 쓸 때 '하내왕河內王'을 '하내왕何奈王'이라고 하고, '장간상檣竿上'을 '장간상長竿上'이라고 하기도 한다. 이처럼 (음이 유사한 것을 섞어 사용하는) 말들을 어찌 다 일일이 거론할 수 있겠는가?

◇生子給(자식을 낳고서 거짓말을 하다)

●俗生男, 必給云女, 女, 給云男. 意者以其形新魄怯, 慮鬼物知而逼攝, 不欲誠告. 當由高齊[46]斛律皇后[47]誕女, 後主苟欲悅后兄[48]光意, 詐稱生男而大赦. 後大臣家效之, 因主失德不道, 或以此戲, 漸至成風. 今爲忌諱, 乖歟!

○세간에서는 아들을 낳으면 필시 거짓말로 딸이라고 하고, 딸을 낳으면 거짓말로 아들이라고 한다. 아마도 몸이 새로 태어나면 혼백이 겁을 먹기에, 귀신이 이를 알고서 핍박할까 염려해서 솔직하게 말하지 않으려는 의도일 것이다. 이는 (북조) 북제北齊 때 곡률황후가 딸을 낳자, (남편인) 후주가 어떻게든 곡률황후의

---

46) 高齊(고제) : 문선제文宣帝 고양高洋(529-559)이 건국한 북조北朝 북제北齊의 별칭.

47) 斛律皇后(곡률황후) : 북조北朝 북제北齊 후주後主의 황후. '곡률'은 복성複姓.

48) 后兄(후형) : ≪북제서・후주곡률황후전≫권9에 의하면 '후부后父'의 오기이다. 곡률광斛律光은 곡률황후의 오빠가 아니라 부친이다.

부친인 곡률광斛律光의 마음을 기쁘게 해 주고 싶어서 속임수를 써 아들을 낳았다고 하고, 천하에 대대적으로 사면령을 내린 고사에서 유래한 것이 분명하다. 뒤에 대신의 가정에서도 이를 흉내내면서 군주가 덕을 잃고 무도해지는 상황을 틈타 이것으로 농담을 하곤 하였는데, 점차 하나의 풍속으로 굳어졌다. 오늘날 이를 금기시하는 것은 사리에 맞지 않는 일이로다!

◇戲源驛(희원역)

●京兆49)昭應縣東有戲源驛. 案, 其地在戲水之傍. 漢書, "陳涉50)將周章, 西入關51), 至戲." 蘇林云, "在新豐東南三十里." 小顏52)又云, "今有戲源驛53)." 音平聲54), 人所知也, 何爲擧世皆以去聲呼此驛號? 彼從徒爾, 我輩其可終誤哉?

○(섬서성) 경조부 소응현 동쪽에는 희원역이 있다. 살펴보건대 그 지역은 희수 가까운 곳에 있다. ≪한서·고제본기≫권1에 "진섭(진승陳勝)의 장수 주장이 서쪽으로 함곡관을 들어서 희수에 도착했다"고 하였는데, (삼국 위魏나라) 소임은 주에서 "신풍현 남동쪽 30리 되는 곳에 있다"고 하였고, (당나라) 안사고顏師古는

---

49) 京兆(경조) : 도성 일대를 가리키는 말인 경조부京兆府나 그 장관인 경조윤京兆尹의 약칭. 여기서는 당나라 때 도성인 섬서성 장안 일대를 가리킨다.

50) 陳涉(진섭) : 진秦나라 사람 진승陳勝(?-B.C.208). '섭'은 자. 남의 일꾼으로 지내다가 오광吳廣(?-B.C.208)과 함께 난을 일으켜 장군이 되었다. 진陳 땅에서 칭제稱帝하고 국호를 장초張楚라고 했으나 진나라 장수 장감章邯에게 패퇴하다가 부하인 장가莊賈에게 살해당했다. ≪사기·진섭세가陳涉世家≫권48 참조.

51) 入關(입관) : 함곡관函谷關을 들어서다, 관중關中 땅으로 들어서다. 즉 섬서성 장안 일대로 들어가는 것을 말한다.

52) 小顏(소안) : 당나라 때 학자 안사고顏師古(581-645)의 별칭. ≪한서결의漢書決疑≫를 저술한 숙부 안유진顏游秦을 '대안大顏', 조카인 안사고를 '소안'이라고 불렀다.

53) 戲源驛(희원역) : 의미상에 차이는 없으나 ≪한서·고제본기≫권1의 안사고顏師古 주 원문에 '희수역戲水驛'으로 되어 있기에 이를 따른다.

54) 平聲(평성) : 중국 고대의 성조聲調인 사성四聲, 즉 평성平聲·상성上聲·거성去聲·입성入聲 가운데 하나로 높고 평평한 소리를 가리킨다. 여기서는 '희戲'를 거성인 'xì'가 아니라 평성인 'xī'로 발음해야 한다는 것을 말한다.

다시 "지금은 희수역戱水驛이 있다"고 하였다. 음이 평성이란 것
을 사람들이 잘 알고 있는데, 어째서 온세상 사람들 모두 거성으
로 이 역의 이름을 부르는 것일까? 저들은 단지 다수의 유행을
따르는 것일 뿐이니, 우리가 오류를 끝까지 따라해서야 되겠는
가?

◇**梅槐(매회나무)**

●叢有似薔薇而異, 其花葉稍大者, 時人謂之枚懷,(音壞) 實語訛强名
也. 當呼爲梅槐. 在灰部韻, 音回. 案, 江陵記55)云, "洪亭村下有梅
槐樹, 嘗因梅與槐合生, 遂以名之." 今似薔薇者, 得非分枝條, 而演
胤56)哉? 至今葉形尙處梅槐之間, 取此爲證, 不乃近乎? 且未見梅槐
之義也. 直使便爲玫瑰57)字, 豈百花中, 獨珍是耶? 取象於玫瑰耶?
玫瑰, 瑰亦音回, 不音壞. 其瑰字, 音壞者, 是瓊瑰58), 音回者, 是玫
瑰. 字書有證也.

○총생하는 나무 가운데 장미와 닮았지만 다르면서 꽃잎이 다소
큰 것이 있는데, 요즘 사람들은 이를 '매괴枚懷'라고 부르지만,
('懷'의 음은 '괴'이다) 실은 말이 와전되면서 억지로 이름을 붙인 것
이다. 응당 '매회'라고 불러야 한다. ('槐'는) '회回'자 운부에 속
하기에, 음이 '회'이다. 살펴보건대 ≪강릉기≫에 "홍정천 아래
매회나무가 있는데, 일찍이 매화나무와 홰나무를 접목시켰기에
급기야 이런 이름이 생겼다"고 하였다. 오늘날 장미처럼 생긴 것
도 줄기와 가지를 분식하여 품종을 넓힌 것이 아닐 수 있을까?
오늘날에 와서는 잎사귀 모양이 오히려 매화나무와 홰나무 중간

---

55) 江陵記(강릉기) : 호북성 강릉군(형주荊州)에 관한 지리서. 권수 미상. 저자에 대
   해서는 문헌에 따라 '오서伍瑞' '오서휴伍瑞休' '오단휴五端休' 등 달라 불분명하다.
56) 演胤(연윤) : 후손을 퍼뜨리다. 품종을 넓히는 것을 뜻하는 말인 듯하다.
57) 玫瑰(매회) : 떼찔레꽃. 구슬이나 진주의 일종을 뜻할 때도 있다.
58) 瓊瑰(경괴) : 옥에 버금가는 아름다운 돌을 이르는 말. 아름다운 시문이나 훌륭한
   선물을 비유할 때도 있다.

쯤 되기에, 이것을 가지고 증거로 삼는 것이 도리어 사리에 맞지 않을까? 게다가 '매회'라는 말의 의미를 미처 몰랐던 것으로 보인다. 단지 설사 편리하게 (떼질레꽃을 뜻하는 말인) '매회玫瑰'라는 글자로 표기한다고 해도, 어찌 온갖 꽃 가운데 단지 이것만 진귀한 것으로 여길 수 있겠는가? 떼질레꽃에서만 형상을 취한 것일까? '매회'에서 '瑰' 역시 음이 '회'이지 '괴'라고 발음하지 않는다. '瑰'자의 경우 '괴'로 발음하는 것은 아름다운 옥을 가리킬 때이고, '회'로 발음하는 것은 떼찔레꽃을 가리킬 때이다. 자서에 이에 대한 증거가 있다.

◇藥欄(약란)

●今園亭中藥欄, 欄卽藥, 藥卽欄. 猶言圍援, 非花藥[59]之欄也. 有不悟者, 以爲藤架・蔬圃, 堪作切對[60]. 是不知其由, 乖之矣. 按, 漢宣帝詔曰, "池藥[61]未御幸[62]者, 假與貧民." 蘇林注云, "以竹繩連綿[63]爲禁藥[64], 使人不得往來爾." 漢書, "闌入[65]宮禁." 字多作草下闌, 則藥欄作藥蘭, 尤分明易悟也.(一本無'作藥蘭'三字)

○오늘날 정원에 있는 '약란'이란 말에서 '欄'이 곧 '작약(藥)'이고, '藥'이 곧 '작약(欄)'이다. 이는 서로 의미상 에둘러 돕는다는 말이지, '작약을 심은 난간'을 뜻하는 것이 아니다. 이를 모르는 사람들은 '덩굴을 심은 시렁'이나 '채소를 심은 채마밭'이란 말과 적절한 대구로 활용할 수 있다고 생각하지만, 이는 그 유래를 몰

---

59) 花藥(화약) : 작약꽃.
60) 切對(절대) : 아주 적절한 대구를 이르는 말.
61) 池藥(지약) : ≪한서・선제본기≫권8의 원문에는 새를 유인하기 위해 궁중의 연못에 설치하는 새장이나 울타리를 뜻하는 말인 '지어池籞'로 되어 있어 의미가 보다 분명하다.
62) 御幸(어행) : 임금의 행차나 잠자리를 이르는 말.
63) 連綿(연면) : 계속 이어져 있는 모양.
64) 禁藥(금약) : ≪한서・선제본기≫권8의 원문에는 '금어禁籞'로 되어 있다.
65) 闌入(난입) : 함부로 집어넣다, 섞여 들어가다.

라 잘못 사용하게 된 것이다. 살펴보건대 전한 때 선제가 조서를 내려 "궁중 연못의 울짱 가운데 황제가 아직 찾지 않은 곳을 가난한 백성들에게 빌려주도록 하라"고 명한 일이 있는데, (≪한서・선제본기≫권8의 삼국 위魏나라) 소임은 주에서 "대나무 새끼 줄을 길게 엮어서 궁중의 울짱을 만들어 사람들이 왕래할 수 없게 한 것이다"라고 하였다. 또 ≪한서≫에는 "궁중에 함부로 들어가다"란 말이 있는데, 글자를 초두머리 아래 '란闌'이 있는 글자인 '란蘭'으로 섞어 쓰는 경우가 많았다. 그런즉 '약란藥欄'을 '약란藥蘭'으로 쓰면 보다 분명하여 알아보기 쉽게 된다.('작약란作藥蘭'이란 세 글자가 없는 판본도 있다.)

◇月令(월령)

●禮記之月令66)者, 今人咸依陸德明所說, 云"是呂氏春秋67)十二紀68) 之首, 後人合爲之," 誤也. 蓋出於周書69)第七卷周月・時訓兩篇. 蔡邕玉篇70)云, "周公71)所作," 是也. 呂紀自采於周書, 則不得言戴

---

66) 月令(월령) : 계절에 맞춰 정해 놓은 농사에 관한 정령政令. '시령時令'이라고도 한다. ≪예기≫의 편명이자, 후한 채옹蔡邕(133-192)이 지은 ≪월령장구月令章句≫의 약칭으로도 쓰였다.

67) 呂氏春秋(여씨춘추) : 전국시대 진秦나라 여불위呂不韋(?-B.C.235)가 문객門客을 시켜 여러 가지 학설을 망라한 책이라고 하나 위서僞書일 가능성이 높다. 총 26권. '여람呂覽'이라고도 한다. ≪사고전서총목・자부・잡가류雜家類≫권117 참조.

68) 十二紀(십이기) : ≪여씨춘추≫ 첫머리에서 1년 12개월을 맹춘기孟春紀・중춘기仲春紀・계춘기季春紀부터 맹동기孟冬紀・중동기仲冬紀・계동기季冬紀까지 편성한 12편을 아우르는 말.

69) 周書(주서) : ≪서경≫의 편명이나 혹은 진晉나라 무제武帝 때 하남성 급군汲郡에 있던 전국시대 위魏나라 양왕襄王의 무덤에서 나온 ≪일주서逸周書≫의 약칭. ≪일주서≫는 저자 미상으로 ≪서경・주서周書≫에 없는 내용이 다수 담겨 있다. ≪급총주서汲塚周書≫라고도 한다. 진晉나라 공조孔晁가 주를 달았다. 여기서는 후자를 가리킨다. 사고전서본 ≪일주서≫에서는 <주월周月>과 <시훈時訓> 두 편이 제6권에 수록되어 있기에 이를 따른다.

70) 玉篇(옥편) : ≪후한서・채옹전≫권90이나 명나라 장보張溥(1602-1641)의 ≪한위육조백삼가집漢魏六朝百三家集・한채옹집≫권18 등 기존 문헌 어디에도 채옹이 ≪월령장구≫를 지었다는 기록은 있어도 ≪옥편≫을 지었다는 기록은 보이지 않는다. 보통은 남조南朝 양梁나라 고야왕顧野王이 지은 자전字典을 가리키나 현전하

禮72)取諸73)呂紀, 明矣.

○《예기》의 〈월령〉편에 대해 오늘날 사람들이 육덕명이 한 말에 근거하여, "이는 《여씨춘추·십이기》의 앞 부분인데, 후인이 이를 합친 것이다"라고 말하는 것은 틀린 말이다. 아마도 《일주서》권6의 〈주월〉과 〈시훈〉 두 편에서 나온 것인 듯하다. (후한) 채옹의 《옥편》에서 "(주周나라) 주공이 지은 것이다"라고 한 것도 이를 두고 한 말이다. 《여씨춘추·십이기》가 《일주서》에서 직접 채록한 것이라면, 《대대예기》나 《소대예기》의 〈월령〉편이 《여씨춘추·십이기》에서 취한 것이라고 말할 수 없다는 점이 명확해진다.

◇晝寢(낮잠을 자다)

●論語, "宰予74)晝寢." 鄭司農云, "寢, 臥息也." 梁武帝讀爲室之寢, 晝作胡卦反75), 且云, "當爲畫字." 言其繪畫寢室, 故夫子嘆, "朽木

는 《옥편》에 위의 예문이 보이지 않기에 여기서는 위의 예문을 따른다.

71) 周公(주공) : 주周나라 무왕武王 희발姬發의 동생이자 성왕成王 희송姬誦의 숙부인 희단姬旦에 대한 존칭. 성왕이 나이가 어려 섭정攝政을 하였고, 성왕이 성장한 뒤 물러나 노魯나라를 봉토封土로 받았다. 《사기·노주공세가魯周公世家》권33 참조.

72) 戴禮(대례) : 전한 때 대덕戴德이 엮은 《대대예기大戴禮記》나 그의 조카인 대성戴聖이 엮은 《소대예기小戴禮記》를 이르는 말. 일반적으로 《예기》라고 하면 후자를 가리키는데, 고본古本 《예기》의 204편을 대덕이 85편으로 정리하였고, 대성이 46편으로 재정리하였다. 《사고전서간명목록·경부·예류禮類》권2 참조.

73) 諸(제) : '지어之於'의 합성어.

74) 宰予(재여) : 춘추시대 노魯나라 공자의 제자. 자가 자아子我여서 '재아宰我'로도 불렸다. 언변이 뛰어났고 제齊나라에서 대부大夫를 지냈다. 재여가 낮잠을 자자 공자가 "썩은 나무는 조각할 수 없고, 더러운 흙으로 만든 담장에는 흙손질을 할 수 없는 법이니라(朽木不可雕也, 糞土之牆不可圬也)"라고 핀잔을 주었다는 고사가 《사기·중니제자열전仲尼弟子列傳》권67에 전한다.

75) 反(반) : 중국 고대의 음운 표기법인 반절反切을 이르는 말. 두 글자 가운데 앞의 글자에서 성모聲母를 따고 뒤의 글자에서 운모韻母를 따서 읽는 방법을 말한다. 예를 들어 '바라다'는 뜻의 '觖'의 반절음이 '羌志反'이므로 성모를 '강羌'에서 따 'ㄱ'으로 읽고 운모를 '지志'에서 따 'ㅣ'로 읽은 뒤 이를 합치면 '기'가 되는 것과 같은 경우를 말한다.

不可雕, 糞土之牆不可杇." 然則曲爲穿鑿也. 今人罕知其由, 咸以爲韓文公76)愈所訓解也.

○《논어·공야장公冶長》권5에 "(춘추시대 노나라 때) 재여가 낮잠을 잤다"고 하였는데, (후한 때) 대사농大司農을 지낸 정현鄭玄은 주에서 "'침'은 누워서 휴식을 취한다는 뜻이다"라고 하였다. 그러나 (남조) 양나라 무제는 '침'을 방의 침소로 읽고, '주'의 음을 '호'와 '괘'의 반절음反切音인 '화'로 간주하였으며, 게다가 "응당 '화'자로 보아야 한다"고 하였는데, 이는 재여가 침실에 그림을 그려넣었기에, 그래서 공자가 "썩은 나무는 조각할 수 없고, 더러운 흙으로 만든 담장에는 흙손질을 할 수 없는 법이니라"라고 탄식하였다는 말이다. 그렇다면 왜곡하여 천착한 것이다. 요즘 사람들은 그 유래를 잘 모른 채 모두들 문공文公 한유韓愈가 해석한 것이라고 생각한다.

◇問馬(말에 대해 묻다)

●"'傷人乎?77)' '不.' 問馬." 今亦爲韓文公讀不爲否78), 言"仁者, 聖之亞, 聖人豈仁於人, 不仁於馬? 故貴人, 所以前問, 賤畜, 所以後問." 然而乎字下, 豈更有助詞? 斯亦曲矣. 況又非韓公所訓? 按, 陸氏釋文已云, "一讀至不字, 句絶," 則知以不爲否, 其來尙79)矣. 誠

---

76) 文公(문공) : 당나라 때 대문호인 한유韓愈(768-824)에 대한 존칭. '문文'은 시호. 저서로 송나라 위중거魏仲擧가 엮은 《오백가주창려문집五百家注昌黎文集》 40권이 전한다. 《신당서·한유전》권176 참조.

77) 傷人乎(상인호) : 이하 예문은 《논어·향당》권10의 "廐焚. 子退朝曰, 傷人乎, 不問馬"라는 문구의 해석 방법에 대한 논의이다. 일반적으로는 "마구간에 불이 나자 공자가 퇴청한 뒤 '사람이 다쳤느냐?'라고 물을 뿐 말에 대해 묻지 않았다"고 해석하지만, "마구간에 불이 나자 공자가 퇴청한 뒤 '사람이 다쳤느냐?'라고 말하고는 다시 말에 대해 물었다"나 "마구간에 불이 나자 공자가 퇴청한 뒤 '사람이 다쳤느냐?'라고 물어 '아닙니다'라고 대답하자 다시 말에 대해 물었다"로 해석할 수도 있는데, 이광예李匡乂는 세 번째 해석이 더 적절하다고 주장하는 것이다.

78) 否(부) : '호乎' 뒤에 붙여서 부가의문문을 만든다는 말이다.

79) 尙(상) : 오래되다. '고古'의 뜻.

以不爲否, 則宜至乎字, 句絶. 不字自爲一句, 何者? 夫子問, "傷人乎?" 乃對曰, "否." 旣不傷人, 然後問馬. 又別爲一讀, 豈不愈於陸云乎?

○(≪논어・향당鄕黨≫권10에) "(춘추시대 노나라 때 공자가 퇴청한 뒤 화재 소식을 듣고서) '사람이 다쳤느냐?'라고 묻자 '아닙니다'라고 대답하였다. 그제서야 말에 대해 물었다"라는 문구에 대해 요즈음 사람들은 문공文公 한유韓愈가 '불不'을 '부否'로 읽었다고 여기면서, "'인仁'이란 '성聖'에 버금가는 덕목이거늘, 성인(공자)이 어찌 사람에 대해 어진 마음을 품으면서 말에 대해 어진 마음을 품지 않았겠는가? 그래서 사람을 귀히 여기기에 앞서 물은 것이고, 가축을 천하게 여기기에 나중에 물은 것이다"라고 말한다. 그러나 '호乎'자 아래 어찌 다시 조사를 둘 필요가 있겠는가? 그렇다면 이 역시 왜곡된 주장이 된다. 하물며 또 한유 자신이 풀이한 것이 아닌 바에야 더 말할 나위가 있겠는가? 살펴보건대 (당나라) 육덕명陸德明의 ≪경전석문經典釋文・논어음의論語音義≫권24에서 이미 "단숨에 '불'자까지 읽고서 구두를 끊어야 한다"고 한 것으로 보아, '불'을 '부'로 여기는 것은 그 유래가 오래되었다는 것을 알 수 있다. 실상 '불'을 '부'로 여긴다면 의당 '호'자까지 읽고 구두를 끊어야 한다. '불'자 자체가 하나의 구절이 되어야 하는 것은 어째서일까? 공자가 "사람이 다쳤느냐?"고 묻자 "아닙니다"라고 대답한 것이다. 기왕 사람이 다치지 않았기에, 그뒤에 말에 대해 물은 것이다. 다시 달리 하나의 독법으로 삼는 것이 어찌 육덕명의 해설보다 더 낫지 않겠는가?

◇字辨(문자의 변별)

●稷下80)有諺曰, "學識何如觀點書81)?" 書之難, 不唯句度82)・義理,

---

80) 稷下(직하) : 직산稷山 아래. 전국시대 제齊나라 위왕威王과 선왕宣王이 직산 아래에 학궁學宮을 짓고 학문을 장려했다는 고사에서 유래한 말로 학문의 중심지를

兼在知字之正音・借音. 若某字以朱[83]發平聲, 卽爲某字, 發上聲,
變爲某字, 去・入又改爲某字, 轉平・上・去・入易耳. 知合發・不
發爲難, 不可盡條擧之. 今略推一隅, 至如亡字・無字・母字, 竝是
正音, 非借音也. 今見點書, 每遇'亡有'字, 必以朱發平聲. 其遇'母
有'亦然. 是不知亡字・凵字・母字・母字, 點畫各有區分. 亡字[84]之
亡, 從一點一畫一亅. 觀篆文[85], 當知矣. 是以無字正體. 作凵失之
凵, 中有人, '母有'字, 其畫盡通也, '父母'字, 中有兩點. 劉伯莊[86]
音義云, "凡非父母字之母, 皆呼爲無字," 是也. 義見字書. 其无・
旡,(上无下旣) 今多混書. 陸德明已有論矣. 學者幸以三隅反[87]焉, 可
不起予[88]乎?

○학계에는 "학식이 깊다고 해서 어찌 점이 있는 서체를 잘 살필
수 있으리오?"라는 속담이 있다. 글의 어려움은 비단 구두나 의
미뿐만 아니라, 글자의 본음과 가차음을 잘 알아보는 데에도 달
려 있다. 만약 아무개 글자를 실수로 평성으로 발음하면 아무개

상징한다.
81) 點書(점서) : 보통은 서책에 권점圈點을 찍는 것을 뜻하는 말이나, 여기서는 점이
   있는 서체를 가리키는 말로 쓰인 듯하다.
82) 句度(구도) : 구두句讀와 동의어.
83) 朱(주) : 문맥상으로 볼 때 '실失'의 오기인 듯하다. 아래의 '朱'도 마찬가지이다.
   자형의 유사성으로 인한 필사 과정상의 단순 오기로 보인다.
84) 亡字(망자) : 문맥상으로 볼 때 '亡有'의 오기인 듯하다.
85) 篆文(전문) : 진秦나라 승상 이사李斯(?-B.C.208)가 주周나라 사관史官 주주籒가
   창안한 대전체大篆體(주문籒文)를 간소화시킨 서체인 '소전小篆'의 별칭.
86) 劉伯莊(유백장) : 당나라 때 사람. 홍문관학사弘文館學士와 국자박사國子博士 등
   을 지냈으며, 저서로 ≪사기음의史記音義≫ ≪한서음의漢書音義≫ ≪군서치요群書
   治要≫ 등이 있었다고 전한다. ≪신당서・유백장전≫권198와 ≪신당서・예문지≫
   권58 참조.
87) 三隅反(삼우반) : 논리적인 유추 과정을 통해 사물의 이치를 알아내는 것을 비유
   하는 말. 이는 '(각진 사물에서) 한쪽 귀퉁이를 보여주었는데도 나머지 세 귀퉁이
   를 유추하지 못 한다면 다시 가르칠 필요가 없다(擧一隅, 不以三隅反, 則不復也)'는
   ≪논어・술이述而≫권7의 고사에서 유래하였다.
88) 起予(기여) : 나를 일깨우다. 춘추시대 노魯나라 공자가 자신을 일깨우고 시를 함
   께 논할 만한 사람은 제자인 자하子夏뿐이라고 말했다는 ≪논어・팔일八佾≫권3의
   고사에서 유래하였다.

글자가 되고, 상성으로 발음하면 아무개 글자로 바뀌며, 거성이
나 입성으로 발음하면 다시 아무개 글자로 바뀌므로, 평성·상성
·거성·입성으로 전환하며 바뀌기 마련이다. 여러 성조로 발음
하는지 아닌지를 아는 것이 어렵다는 예는 일일이 다 거론할 수
없을 정도로 많다. 이제 대략 하나의 소소한 예를 든다면, '亡'자
·'無'자·'毋'자의 경우 모두 본음으로 발음해야지 가차음으로
해서는 안 된다. 이제 점이 있는 서체를 보면 매양 ('있지 않다'
를 뜻하는 말인) '亡有(wǎngyǒu)'자를 대할 때마다 필시 잘못하
여 평성(wáng)으로 발음하곤 한다. '毋有(wùyǒu)'자를 대할 때도
마찬가지다. 이는 '亡'자와 '亾'자, '毋'자와 '母'자의 경우 점과 획
에 각기 구분이 있다는 것을 모르는 것이다. '亡有'의 '亡'는 하나
의 점·하나의 획·하나의 삐침을 따른다. (소전체인) 전문을 보
면 응당 알 수 있다. 이 때문에 '無'자가 정체이다. ('망실'을 뜻
하는 말인) '亾失(wǎngshī)'의 '亾'으로 쓰면 그안에는 '사람 인
人'자가 들어 있다. '毋有'의 '毋(wù)'자는 그 획이 위에서 아래로
다 통해 있는 반면, '父母'의 '母(mǔ)'자에는 점이 두 개 있다. 유
백장의 ≪음의≫에 "무릇 '부모'라는 말의 '모母'가 아니면 모두
'무'로 발음한다"고 한 것도 이를 두고 한 말이다. 그 의미는 자
서에 보인다. '无(wú)'와 '旡(jì)'(앞 글자는 음이 '무'이고, 뒷 글자는 음
이 '기'이다)는 오늘날에도 혼동하여 쓰는 일이 많다. 육덕명이 이
미 이에 대해 설명한 적이 있다. 학자들이 다행히 이를 유추해서
알아낸다면, '나를 일깨운다'는 칭찬을 받지 않을 수 있겠는가?

◇非五臣(오신을 비판하다)

●世人多謂, "李氏立意, 注文選[89], 過爲迂繁, 徒自騁學[90]. 且不解

---

[89] 文選(문선) : 남조南朝 양梁나라 무제武帝 소연蕭衍(464-549)의 맏아들인 소명태
자昭明太子 소통蕭統(501-531)이 역대의 시·부賦·산문 등을 모아 엮은 시문詩
文 선집選集. 원래는 30권이었으나 현재는 60권본으로 전한다. 당나라 이선李善이
주를 단 ≪이선주문선≫과 여연제呂延濟·유양劉良·장선張銑·여향呂向·이주한

文意, 遂相尙習五臣者," 大誤也. 所廣徵引, 非李氏立意. 蓋李氏不
欲竊人之功, 有舊注者, 必逐每篇存之, 仍題元注人之姓字. 或有迂
闊91)乖謬, 猶不削去之. 苟舊注未備, 或興新意, 必於舊注中, 稱'臣
善92)'以分別. 旣存元注, 例皆引據, 李續之, 雅93)宜殷勤也. 代傳數
本李氏文選, 有初注成者, 覆注94)者, 有三注 · 四注者, 當時旋95)被
傳寫之. 其絶筆96)之本, 皆釋音訓義, 注解甚多. 余家幸而有焉, 嘗
將數本竝校, 不唯注之瞻略有異, 至於科段97), 互相不同, 無似余家
之本該備也. 因此而量五臣者, 方悟所注盡從李氏注中出. 開元98)中
進表99), 反非斥100)李氏, 無乃欺心歟? 且李氏未詳處, 將欲下筆,
宜明引憑證, 細而觀之, 無非率爾101). 今聊各擧其一端, 至如西都
賦102), 說遊獵云, "許少103)施巧, 秦成104)力折." 李氏云, "許少 ·
秦成未詳." 五臣云, "昔之捷人 · 壯士." 搏格猛獸, 施巧 · 力折, 固

李周翰 등 5인이 주를 단 ≪오신주문선≫ 및 이의 합본인 ≪육신주문선六臣註文選≫
의 3종이 있다. ≪사고전서간명목록 · 집부 · 총집류總集類≫권19 참조. 따라서 앞
의 '이씨'는 이선을 가리킨다.

90) 騁學(빙학) : 학식을 뽐내다, 학문을 자랑하다.

91) 迂闊(우활) : 사리에 어두운 것을 이르는 말.

92) 臣善(신선) : '신하 이선李善'의 줄임말로 본인의 이름을 밝히는 것은 겸허의 표
현이다.

93) 雅(아) : 원래, 평소.

94) 覆註(복주) : 다시 단 주. 즉 2차로 단 주를 말한다.

95) 旋(선) : 얼마 안 있어, 이윽고.

96) 絶筆(절필) : 붓을 꺾다. 죽음이나 모종의 연유 때문에 마지막으로 글을 쓰는 것
을 비유한다. 뛰어난 글이나 그림을 가리킬 때도 있다.

97) 科段(과단) : 문장의 단락이나 구두를 이르는 말.

98) 開元(개원) : 당唐 현종玄宗의 연호(713-741).

99) 進表(진표) : 당나라 현종玄宗 개원開元 6년(718)에 오신五臣이 ≪문선주≫를 완
성하고서 황제에게 바치며 상소문을 올린 것을 말한다.

100) 非斥(비척) : 비난하고 배척하다.

101) 率爾(솔이) : 경솔한 모양, 편한 대로 행동하는 모양.

102) 西都賦(서도부) : 이는 후한 반고班固(32-92)의 <양도부(兩都賦)> 가운데 서도
西都인 섬서성 장안長安을 읊은 작품으로 양梁나라 소통蕭統(501-531)이 엮은 ≪문
선文選 · 경도京都≫권1에 전한다.

103) 許少(허소) : 동작이 민첩했다는 전설상의 인물.

104) 秦成(진성) : 힘이 장사였다는 전설상의 인물.

是捷壯, 文中自解矣, 豈假更言? 況又不知二人所從出乎? 又注'作我
上都105),'云, "上都, 西京106)也." 何大淺近忽易歟? 必欲加李氏所
未注, 何不云, "上都者, 君上107)所居, 人所都會"耶? 況秦地, 厥田
上上, 居天下之上乎? 又輕改前賢文旨. 若李氏注云, "某字或作某
字,"便隨而改之. 其有李氏不解, 而自不曉, 輒復移易. 今不能繁駁,
亦略指其所改字. 曹植樂府108)云109), "寒鱉110)炙熊蹯111)," 李氏
云, "今之腊肉112), 謂之寒. 蓋韓國113)事饌, 尙此法." 復引鹽鐵
論114)"羊淹115)雞寒" · 劉熙釋名116)"韓羊韓雞"爲證, 寒與韓同. 又
李以上句云, "膾鯉臇117)胎鰕118)," 因注, "詩曰, '炰鱉膾鯉.'" 五臣

---

105) 上都(상도) : 수도, 도성을 이르는 말. 여기서는 전한 때 도성인 섬서성 장안을
     가리킨다.
106) 西京(서경) : 전한前漢이나 당나라 때 도읍지인 섬서성 장안長安의 별칭. '서도
     西都'라고도 한다. 송나라 때는 하남성 낙양洛陽이 개봉開封(변경汴京)의 서쪽에
     있었기에 낙양을 지칭하기도 하였다.
107) 君上(군상) : 군주, 임금.
108) 樂府(악부) : 전한 무제武帝 때 처음으로 설치되었던 음악을 관장하던 기관 이
     름. 뒤에는 이곳에서 모은 민가民歌나 이를 모방한 사대부층의 시가詩歌를 지칭하
     기도 하고, 송사宋詞나 원곡元曲의 대칭으로도 쓰였다.
109) 云(운) : 이는 삼국 위魏나라 조식曹植(192-232)의 악부시樂府詩인 <명도편(名
     都篇)> 가운데 한 구절을 인용한 것으로 ≪문선 · 행려하行旅下≫권27에 전한다.
110) 寒鱉(한별) : 자라를 육포로 뜨다. 자라를 소금에 절이는 것으로 보는 설도 있다.
111) 熊蹯(웅번) : 곰발바다. 앞의 자라 육포와 함께 고급 술안주를 상징한다. 익히기
     가 어렵기에 시간을 끄는 것을 비유할 때도 있다.
112) 腊肉(석육) : 말린 고기, 육포를 이르는 말.
113) 韓國(한국) : 한나라 때 설치한 제후국 이름. 한漢나라는 전국의 행정구역을 제
     후국과 군으로 편성하였다. ≪후한서≫에서 '지리지地理志'를 '군국지郡國志'라고
     칭한 것도 한나라 때 주요 행정 구역이 '군郡'과 '국國'으로 나뉘었기 때문이다.
114) 鹽鐵論(염철론) : 전한 환관桓寬이 소제昭帝 시원始元 6년(B.C.81)에 학사들이
     염철의 전매사업에 대해 논의한 내용을 정리하여 적은 책. 총 60편 12권. ≪사고
     전서간명목록 · 자부 · 유가류儒家類≫권9 참조.
115) 羊淹(양엄) : 소금에 절인 양고기를 이르는 말. '엄淹'은 '엄腌'과 통용자.
116) 釋名(석명) : 후한 유희劉熙가 지은 사전의 일종. 8권 20편. 음음을 통해 자의字
     義를 추구하였는데, 견강부회한 점도 있으나 고음古音과 옛 제도를 연구하는 데
     중요한 자료적 가치가 있다. ≪사고전서간명목록 · 경부 · 소학류小學類≫권4 참조.
117) 臇(전) : 고깃국으로 끓이다.
118) 胎鰕(태하) : 알을 품은 새우를 이르는 말.

兼見上句有膾, 遂改寒鼇爲魚鼇, 以就毛詩119)之句. 又子建120)七
啓121)云, "寒芳蓮之巢龜122), 膾西海之飛鱗123)." 五臣亦改寒爲搴.
搴, 取也, 何以對下句之膾耶? 況此篇全說修事124)之意, 獨入此搴
字, 於理甚不安. 上句旣改寒爲搴, 卽下句亦宜改膾爲取. 縱一聯稍
通, 亦與諸句不相承接. 以此言之, 明子建故用寒字, 豈可改爲魚·
搴耶? 斯類篇篇有之. 學者幸留意, 乃知李氏絶筆之本, 懸諸日月焉.
方之五臣, 猶虎狗鳳雞125)耳. 其改字也, 至有翩翻126)對恍惚, 則獨
改翩翻爲翩翩127), 與下句不相收. 又李氏依舊本, 不避國朝128)廟
諱129), 五臣易而避之, 宜矣. 其有李本本作泉及年代字, 五臣貴有異
同130), 改其字, 却犯國諱131), 豈唯矛楯132)而已哉?

---

119) 毛詩(모시) : 《시경》의 한 종류로서 《노시魯詩》《제시齊詩》《한시韓詩》
가 금문시경今文詩經인 반면, 《모시》는 고문시경古文詩經이다. 전한 때 경학가經
學家인 모형毛亨과 모장毛萇이 해설을 달아 전했다는 데서 유래하였다. 현전하는
《시경》도 《모시》이다.

120) 曹子建(조자건) : 삼국시대 위魏나라 문인 조식曹植(192-232). '자건'은 자. 무
제武帝 조조曹操(155-220)의 아들이자, 문제文帝 조비曹丕(187-226)의 동생. 문
재文才가 뛰어났으나 그 때문에 형인 조비의 시기를 받아 불행한 삶을 살았다. 봉
호가 진왕陳王이고 시호가 사思여서 진사왕陳思王으로도 불렸다. 저서로 《조자건
집曹子建集》 10권이 전한다. 《삼국지·위지·진사왕조식전陳思王曹植傳》권19
참조.

121) 七啓(칠계) : 이는 동명의 제목으로 《문선·칠상七上》권34에 전한다.

122) 巢龜(소귀) : 연꽃에 둥지를 트고 사는 거북을 이르는 말.

123) 飛鱗(비린) : 서해에 살면서 동해까지 드나든다는 전설상의 물고기 이름. 여기서
는 잉어를 비유한다.

124) 修事(수사) : 음식을 만드는 일을 이르는 말.

125) 虎狗鳳雞(호구봉계) : 호랑이와 개, 봉황과 닭. 걸출한 사물과 평범한 사물처럼
현격하게 차이가 나는 것을 비유한다.

126) 翩翻(편번) : 새가 날아다니거나 깃발이 흔들리는 모양.

127) 翩翩(편편) : 새가 경쾌하게 나는 모양.

128) 國朝(국조) : 자기 왕조를 이르는 말. 여기서는 당나라를 가리킨다.

129) 廟諱(묘휘) : 조상의 피휘자避諱字를 이르는 말.

130) 異同(이동) : 차이점, 다른 점. 편의복사偏義複詞로서 '동同'은 별 뜻이 없다.

131) 國諱(국휘) : 국가적으로 사용하기 꺼리는 글자를 가리키는 말. 당나라 고조古祖
이연李淵의 조부 이호李虎의 '호虎'나 이연의 '연淵' 따위를 가리킨다. 여기서는
'천泉'자를 '연淵'자로 고치는 바람에 오히려 당나라의 국휘를 범하게 되는 현상을
가리키는 것으로 보인다.

○세간 사람들은 대부분 "이선李善이 작심하고서 ≪문선≫에 주를 달면서 지나치게 번잡하게 만드는 바람에 단지 학식을 뽐냈을 뿐이다. 게다가 문장의 의미를 제대로 이해하지 못 해 급기야 오신의 주를 높이 사 답습하였다"고 하는데, 이는 큰 오해이다. 증거나 인용의 폭을 넓히는 것은 이선의 의도가 아니다. 아마도 이선은 남의 공을 훔치고 싶지 않았기에, 옛 주가 있으면 반드시 각 작품마다 이를 보존하면서 다시 원래 주석가의 성명을 적었을 것이다. 혹여 사리에 맞지 않거나 오류가 있다 해도 오히려 이를 삭제하지 않았다. 만약 옛 주가 미비하거나 새로운 발상이 생기면, 반드시 옛 주에다가 '신하 이선'이라고 표기함으로써 구별을 지었다. 기왕 원래의 주를 보존하는 것은 체례상 모두 증거나 인용에 해당하므로, 이선이 이를 계속한 것은 평소 분명 마음이 진지해서일 것이다. 대대로 전해지는 몇몇 판본의 이선주 ≪문선≫에는 초주로 완성한 것이 있고, 복주로 완성한 것이 있으며, 세 번째 주와 네 번째 주로 완성한 것도 있는데, 당시 얼마 안 있어 사람들에 의해 필사되었다. 그가 마지막으로 남긴 판본은 모두 음에 대해 풀이하고 뜻에 대해 풀이하였기에, 주석이 무척 많은 편이다. 우리 집에 다행히 그것이 있기에 일찍이 몇 가지 판본을 가지고 함께 비교해 보았는데, 비단 주의 많고 적음에 차이가 있을 뿐만 아니라 문장의 단락에 있어서도 상호 다르기에 우리 집의 판본처럼 상세하지가 않았다. 이를 통해 오신의 주를 헤아려 보면 비로소 그들의 주도 모두 이선의 주로부터 나왔다는 것을 알 수 있다. 그런데도 그들은 (현종) 개원(713-741) 연간에 (≪오신주문선≫과 함께) 상소문을 올려 도리어 이선을 비

---

132) 矛楯(모순) : 창과 방패. 전국시대 초楚나라의 어느 무기장수가 자신의 창은 무엇이든 다 뚫을 수 있다고 하고, 자신의 방패는 무엇이든 다 막을 수 있다고 하자, 구경꾼이 '그대의 창으로 그대의 방패를 찌르면 어찌 되냐?'고 물으니 아무 대답도 못 했다는 ≪한비자·난세難勢≫권17의 고사에서 유래한 말로 말의 앞뒤가 맞지 않는 것을 비유한다.

난하고 배척하였으니, 결국 진심을 속인 것이 아니겠는가? 게다가 이선이 미처 밝히지 못 한 곳에 붓을 대려고 하였다면, 의당 증거를 명확하게 찾아야 하는데도, 자세히 살펴보면 어디나 다 경솔하게 처리하고 말았다. 이제 그런대로 한 가지 예를 들어보면, (후한 반고班固의) <(전한 때 수도인 섬서성 장안) 서도를 읊은 부>에서 사냥에 대해 묘사한 "허소는 민첩한 솜씨를 보였고, 진성은 힘으로 상대를 꺾었네"라는 구절이 있는데, 이선의 주에서 "허소와 진성은 누구인지 알려지지 않았다"고 하였는데도 오신의 주에서는 "옛날에 민첩한 사람과 힘이 장사인 사람이다"라고 하였다. 맹수를 맨손으로 때려잡았으니, '시교'와 '역절'이 확실히 동작이 민첩하고 힘이 장사라는 뜻이 되기에 문장의 의미가 절로 해결되므로, 어찌 말을 바꿀 필요가 있겠는가? 하물며 게다가 어차피 두 사람의 신상이 어디서 유래한 것인지 모르는 바에야 더 말할 나위가 있겠는가? 또 (반고가) '우리 『상도』를 세웠네'라고 한 구절에 주를 달아 "'상도'는 서경(장안)을 가리킨다"고 하였으니, 이 얼마나 천박하고 경솔한 말인가? 필시 이선이 미처 주를 달지 않은 곳에 해설을 보태고자 했다면, 어찌하여 "'상도'는 군주가 거처하는 곳이자 사람들이 다 모여드는 도회지를 뜻한다"고 말하지 않았단 말인가? 하물며 (섬서성) 진나라 땅은 그 농토가 상급 가운데 상급으로 천하의 상급을 차지하는 바에야 더 말할 나위가 있겠는가? 게다가 전현의 문맥을 함부로 바꾸기도 하였다. 예를 들어 이선이 주에서 "아무개 글자는 간혹 아무개 글자로도 쓴다"고 하면 이를 멋대로 고쳐 썼다. 또 오신은 이선이 이해하지 못 하고 자신들도 알지 못 하는 부분이 있으면 그때마다 다시 고치곤 하였다. 이제 일일이 다 반박할 수 없기에, 대략 그들이 고친 글자를 지적해 보고자 한다. (삼국 위魏나라) 조식은 악부시에서 "자라를 육포로 뜨고 곰발바닥을 굽네"라고 하였는데, 이선은 주에서 "지금의 육포를 '한寒'이라고 불렀다. 아마도 한나라에서는 음식을 차릴 때 이러한 방법을 중시하였을 것이다”라고 하고는, 다시 (전한 환관桓寬의) ≪염철론·산부족散不足≫권7의 “소금에 절인 양고기와 육포로 뜬 닭고기”나, (후한) 유희의 ≪석명·석음식釋飮食≫권4의 “한나라의 양고기 육포와 한나라의 닭고기 육포”라는 말을 인용하여 증거로 삼았다. 따라서 ‘한寒’은 ‘한韓’과 통용자이다. 또 이선은 (조식 악부시의) 앞 구절에 “잉어를 회로 뜨고 알을 품은 새우로 고기국을 끓이네”라는 표현이 있자, 그참에 주를 달아 “≪시경·소아小雅·유월六月≫권17에 ‘꿩고기를 굽고 잉어로 회를 뜨네’라는 구절이 있다”고 풀이하였다. 그런데 오신은 앞 구절에 ‘회’라는 말이 있는 것을 아울러 발견하자 급기야 ‘자라를 육포로 뜬다’는 말을 ‘자라를 굽는다’로 고쳐 ≪시경≫의 구절에 맞추었다. 또 조식의 <일곱 가지 아뢰는 글>에서 “연꽃에 둥지를 틀고 사는 거북으로 육포를 뜨고, 서해에 사는 비린어로 회를 뜹니다”라고 하였는데, 오신은 여기서의 ‘한寒’도 ‘건搴’으로 고치기까지 하였다. 그러나 ‘건搴’이 ‘취한다’는 뜻이니, 어떻게 아래 구절의 ‘회膾’와 대구를 이룰 수 있겠는가? 하물며 이 작품은 전체가 음식 만드는 일의 의미에 대해 말한 것인데, 유독 이 ‘건搴’자를 집어넣는다면 사리에 전혀 맞지 않게 된다. 앞 구절에서 기왕 (육포를 뜬다는 의미의) ‘한寒’을 (취하다란 의미의) ‘건搴’으로 고친다면, 아래 구절도 의당 (회를 뜬다는 의미의) ‘회膾’를 (취하다란 의미의) ‘취取’로 고쳐야 하지만, 설사 한 연의 의미가 겨우 통한다 해도 역시 다른 구절들과 서로 이어지지가 않는다. 이로써 말하건대 조식이 일부러 ‘한寒’자를 사용한 것이 분명하거늘, 어찌 ‘포胞’나 ‘건搴’으로 고칠 수 있단 말인가? 이러한 예들은 작품마다 있다. 학자들은 바라건대 유념한다면 이선이 마지막으로 남긴 판본이 해와 달보다도 더 현격하게 차이가 난다는 것을 알게 될 것이다. 이를 오신의 주석본과 비교한다면, 호랑이와 개나 봉황과 닭처럼 비교의 대상이 되지 않는다. 그들이 글자를 고 쳤을 때 심지어 '편번'과 '황홀'이 대구를 이루는 문장의 경우, 단 지 '편번'만 '편편'으로 고침으로서 아래 구절과 서로 어울리지 않게 된 예도 있다. 또 이선이 옛 판본에 근거하였기에 당나라의 묘휘를 피하지 않았다 해도, 오신은 이를 바꿔 피하는 것이 마땅 하다. 그중 이선의 판본에서는 본래 '천천'과 연대에 관한 자를 썼는데, 오신은 차이가 있는 것을 중시하여 그 글자를 고쳐서 오 히려 국가적 피휘자를 범한 적이 있으니, 어찌 단지 모순이란 비 난에만 그치겠는가?

◇杜度(두도)

●世徵名與姓音同者, 必稱杜度. 愚或非之曰, "杜不名度." 其人則冷 哂曰, "韓文公諱辨[133]亦引之, 子獨不然, 妄也." 愚見其信韓文公, 如信周孔[134], 故不敢與之言, 歸而自紀曰, "按篤論云, '杜伯度名操, 字伯度, 善草書.' 曹魏[135]時, 以其名同武帝, 故隱而擧字,(猶蒯通名 徹, 字犯漢武諱, 稱字通, 是也.) 後人見其姓杜, 字伯度, 遂又削去伯字, 呼爲杜度, 明知度非名也. 且篤論是杜恕所著, 恕亦曹魏時人也, 與 伯度實爲一家, 豈可不信杜篤論之本眞, 而從韓文公之末誤也?"

○세간에서는 이름과 성씨의 음이 같은 것을 징험할 때 필시 '두도 (dùdù)'를 거론한다. 나는 언젠가 이를 비판하여 "두씨는 '도'라 고 이름 짓지 않았다"고 하였다. 그러자 그 사람이 냉소를 지으

---

133) 諱辨(휘변) : 이는 당나라 한유韓愈가 피휘避諱에 관해 쓴 논문을 가리키는데, 동명의 제목으로 송나라 위중거魏仲擧가 엮은 ≪오백가주창려문집五百家注昌黎文 集・잡문雜文≫권12에 전한다. 한유韓愈는 <휘변諱辨>에서 만약 발음이 유사하다 고 해서 피휘해야 한다면 '두杜(dù)'와 '도度(dù)'가 발음이 유사하기에 두도杜度의 후손들은 성씨를 바꿔야 하는 황당한 일이 일어나므로 이런 피휘는 할 필요가 없 다고 해설하였다.

134) 周孔(주공) : 유가에서 성인으로 떠받드는 주周나라 주공周公(희단姬旦)과 춘추 시대 노魯나라 공자(공구孔丘)를 아우르는 말.

135) 曹魏(조위) : 삼국시대 때 조조曹操의 아들인 조비曹丕가 세운 위나라를 이르는 말. 탁발규拓跋珪가 세운 북위北魏와 구분하기 위한 명칭이다.

며 "한문공(한유韓愈)도 <피휘에 관한 변론>이란 글에서 이를 인용하였거늘, 선생 홀로 그렇다고 하지 않으니 망령되오"라고 하였다. 나는 그가 마치 (주周나라) 주공周公과 (춘추시대 노魯나라) 공자를 믿듯이 한문공의 말을 신뢰한다는 것을 알았기에, 감히 그와 말을 나누지 않고 돌아와 혼자 다음과 같이 적었다. "살펴보건대 ≪독론≫에 '두백도는 본명이 『조操』이고, 자가 『백도』로, 초서를 잘 썼다'고 하였다. 따라서 (삼국) 위나라 때 이름이 무제(조조曹操)와 동일하였기에 본명을 감추고 자를 거론하게 되었는데,(이는 괴통의 본명이 '철徹'인데, 글자가 전한 무제(유철劉徹)의 이름자를 범하였기에, 자인 '통通'으로 부른 것이 그러한 예인 것과 마찬가지다.) 후인들이 그의 성이 '두'이고 자가 '백도'인 것을 알고서도 급기야 다시 '백'자를 제거한 뒤 '두도'로 부른 것이니, '도'가 본명이 아니라는 것을 분명히 알 수 있다. 게다가 ≪독론≫은 두서가 지은 것이고, 두서 역시 위나라 때 사람으로 두조杜操와 실상 같은 집안 사람이거늘, 어찌 두서가 지은 ≪독론≫의 근본적인 진실을 믿지 않고, 한문공의 말단적인 오류를 믿는단 말인가?"

◇初學記對(≪초학기≫의 대구)

●初學記136)月門中, 以吳牛對魏鵲. 吳牛以不耐熱, 見月亦喘. 然鵲者, 引魏武帝歌行137)'月明星稀, 烏鵲南飛'爲據, 斯甚疎闊138). 如此則盍言魏烏乎? 漢武帝秋風詞139)云, "秋風起兮白雲飛, 草木黃落

---

136) 初學記(초학기) : 당나라 서견徐堅 등이 칙명勅命에 의해 저술한 유서류類書類의 책으로 총 30권. ≪사고전서간명목록・자부・유서류≫권14 참조. 우세남虞世南(558-639)의 ≪북당서초北堂書鈔≫, 구양순歐陽詢(557-641)의 ≪예문류취禮文類聚≫와 함께 당대 삼대유서로 꼽힌다.

137) 歌行(가행) : 이는 삼국 위나라 무제의 악부시인 <짧은 인생을 노래한 시(短歌行)>를 가리키는 말로 명나라 장보張溥(1602-1641)의 ≪한위육조백삼가집漢魏六朝百三家集・위무제집≫권23에 수록되어 전한다.

138) 疎闊(소활) : 사리에 어긋나다, 생뚱맞다.

139) 秋風詞(추풍사) : 전한 무제武帝가 산서성 하동군河東郡에 행차하여 토지신에게 제사를 올리고 지었다는 노래로 ≪문선・사辭≫권45에 전한다.

兮鴈南歸." 今月門既云魏鵲, 則風事亦用漢鴈矣. 若是採掇文字, 何
所不可? 東海140)徐公, 碩儒也, 何乖之甚?

○≪초학기·천부天部≫권1의 <달> 부문에서는 오나라의 소를 가
지고 위나라의 까치와 대구를 지었다. 오나라의 소는 더위를 이
기지 못 하기에, 달을 보고서도 (해인 줄 알고) 숨을 헐떡거린다.
그러나 위나라의 까치는 (삼국) 위나라 무제의 가행체 노래 가운
데 "달 밝고 별 드문데, 까막까치가 남쪽으로 날아가네"를 인용
하여 근거로 삼은 것이니, 생뚱맞기가 그지없다. 이와 같이 한다
면 어째서 위나라의 까마귀라고 말하지 않는 것일까? 전한 무제
의 <추풍사>에 "가을 바람 일어나고 흰 구름 나는데, 초목의 누
런 낙엽 떨어지고 기러기 남쪽으로 돌아가네"라는 구절이 있다.
이제 <달> 부문에서 기왕 '위나라의 까치'라고 하였으니, 바람에
관한 고사 역시 한나라의 기러기를 인용할 수 있을 것이다. 이처
럼 문자를 모아서 엮기만 한다면, 안 될 게 뭐가 있겠는가? (산
동성) 동해군 출신 서견徐堅은 석학인데도 어째서 이처럼 터무니
없는 말을 했을까?

◇七步(칠보)

●陳思王141)七步142)之捷, 用事者移於常人, 宜矣. 若褒今朝諸王, 則
大不佳, 何者? 七步所成詩, 卽燃其煮豆之二十字也. 細而思之, 其
可當諸王所用哉? 梁代任昉褒竟陵王行狀云143), "淮南144)取貴於食

---

140) 東海(동해) : 산동성의 속군屬郡 이름.
141) 陳思王(진사왕) : 삼국시대 위魏나라 사람 조식曹植(192-232)의 별칭. '진陳'은
　　봉호이고, '사思'는 시호이다.
142) 七步(칠보) : 조식曹植의 글재주를 시기한 조비曹丕가 일곱 걸음 안에 시를 짓
　　지 못 하면 큰 벌을 내릴 것이라고 윽박지르자, 조식이 "콩을 끓이느라 콩깍지를
　　태우니, 콩이 솥 안에서 눈물을 흘리네. 본시 같은 뿌리에서 태어났건만, 들들 볶
　　아대는 것이 어찌 이리도 급할까?(煮豆燃豆萁, 豆在釜中泣, 本是同根生, 相煎何太
　　急)"라고 풍자시를 지었다는 고사가 진위眞僞 여부를 떠나 남조南朝 유송劉宋 유
　　의경劉義慶(403-444)의 ≪세설신어世說新語·문학文學≫권상에 전한다.
143) 云(운) : 이는 <남제 경릉문선왕의 행장(齊竟陵文宣王行狀)>이란 제목으로 ≪문

時145), 陳思見稱於七步." 雖梁人褒王, 固無忌諱, 然欠審爾. 若以
諸王爲捷, 幸有十步事, 相當而新, 何不採於後魏146)耶?

○(삼국 위나라) 진사왕 조식曹植이 일곱 걸음 안에 민첩하게 시를
지었다고 하는데, 이를 고사로 쓰려면 일반 사람에게 적용하는
것이 마땅할 것이다. 만약 현 왕조(당나라)의 친왕을 칭찬하겠다
면 전혀 바람직하지 않은 것은 어째서일까? 일곱 걸음에 완성한
시는 바로 '콩깍지를 태워서 콩을 끓인다'는 내용의 스무 자로
되어 있는데, 곰곰이 생각해 보면 친왕에게 쓰는 것이 가당키나
하겠는가? (남조) 양나라 때 임방은 <경릉왕을 포폄하는 행장>
을 지어 "(전한 때) 회남왕 유안은 식시에 글을 완성하여 귀한
신분을 받았고, (삼국 위나라) 진사왕 조식은 일곱 걸음 안에 시
를 완성하여 칭송을 받았다"고 하였다. 비록 양나라 임방은 경릉
왕을 포폄할 때 실로 거리낌이 없었지만, 실은 세심한 고찰이 부
족했던 것이다. 만약 친왕보고 민첩하다고 한다면 열 걸음이란
고사를 가지고 적용해도 신선할텐데, 어째서 (국호가 같은 북조)
북위 사람들에게 채택되지 않았을까?

◇渭陽(외숙부의 별칭)

●徵舅氏事, 必用'渭陽147).' 前輩名公, 往往亦然, 玆失於識, 豈可輕

선・행장≫권60에 전한다.

144) 淮南(회남) : 전한 사람 유안劉安(B.C.179-B.C.122)의 봉호. 고조高祖 유방劉邦
    (B.C.247-B.C.195)의 막내아들 유장劉長이 받은 봉호인 회남왕을 습봉하였다. 신
    선술에 관심이 많아 수많은 고사를 남겼고, ≪회남자淮南子≫의 저자로 유명하다.
    ≪한서・회남려왕유장전淮南厲王劉長傳≫권44 참조.

145) 食時(식시) : 아침밥을 먹을 시간인 오전 7시-9시 무렵을 이르는 말. 전한 무제
    武帝가 유안劉安에게 <이소를 읊은 부(이소부)>를 지으라고 하였는데, 새벽에 명
    을 받아 식시에 완성하였다는 고사가 후한 순열荀悅(148-209)의 ≪한기漢紀・효
    무기孝武紀3≫권12에 전한다.

146) 後魏(후위) : 북조北朝 때 북위北魏의 별칭. 삼국시대 위나라와 구별하기 위한
    명칭이다. 탁발托跋씨에서 원元씨로 개성改姓하였기에 '원위元魏'라고도 한다.

147) 渭陽(위양) : 위수渭水의 북쪽. ≪시경・진풍秦風・위양渭陽≫권11의 "우리 외
    숙부를 전송하느라 위수 북쪽에 이르렀네(送我舅氏, 曰至渭陽)"에서 유래한 말로

相承耶? 審詩文, 當悟其不可徵用矣. 是以齊[148]楊愔幼時, 其舅源
子恭問, "讀詩'至渭陽'未[149]?" 愔便號泣, 子恭亦對之欷戲[150]. 又
有'思戀'二字, 亦不可輕用. 其義類此. 故附說之, 亦見詩矣.

○외숙부에 관한 고사를 고증할 때 필시 '위양'이란 말을 활용한다.
선배 명사들도 왕왕 그리하였지만, 이는 잘못 알고 있는 것이니,
어찌 함부로 계승할 수 있겠는가? ≪시경・진풍秦風・위양渭陽≫
권11의 문구를 세심히 살펴보면 이를 인용해서 안 되는 것임을
의당 알 수 있다. 그래서 (북조) 북제北齊 양음이 어렸을 때 그
의 외숙부인 원자공이 "≪시경≫의 '위수 북쪽에 이르렀네'라는
구절을 읽었느냐?"라고 묻자, 양음이 바로 눈물을 떨구었고, 원
자공도 그를 마주한 채 탄식을 하였던 것이다. 또 (그리움을 뜻
하는) '사련'이란 두 글자도 함부로 사용해서 안 되는 것은 그 의
미가 이와 유사하기 때문이다. 그래서 덧붙여 말하는 것인데, 이
또한 ≪시경≫에 보인다.

◇方寸亂(마음이 심란하다)

●今見他人稍惑撓[151]未決, 則戲云, "方寸[152]亂矣." 此不獨誤也, 何
失言甚歟! 按蜀志, "潁川人徐庶, 從昭烈[153]王, 率兵南行, 被曹
公[154]追破, 而庶母爲其所虜. 庶將辭昭烈, 以詣曹公, 乃自指心曰,

외숙부를 비유한다.
148) 齊(제) : 북조北朝 북제北齊를 가리킨다.
149) 未(미) : 부가의문문을 만드는 부정사.
150) 欷戲(희희) : 탄식하는 것을 뜻하는 말인 '희허欷歔'의 오기. 자형의 유사성으로
    인한 필사 과정상의 단순 오기로 보인다.
151) 惑撓(혹요) : 미혹되다, 혼동하다.
152) 方寸(방촌) : '사방 한 치'란 뜻으로 심장이나 마음을 비유한다.
153) 昭烈(소열) : 촉한蜀漢의 시조인 유비劉備(162-223)의 시호諡號. ≪삼국지・촉
    지・선주유비전先主劉備傳≫권32 참조.
154) 曹公(조공) : 후한 말엽 조조曹操(155-220)에 대한 존칭. 후에 아들인 문제文帝
    조비曹丕(187-226)가 위魏나라를 건국한 뒤 무제武帝로 추존追尊하였다. ≪삼국
    지・위지・무제조조전≫권1 참조.

‘本欲與將軍共圖王霸之業, 以此方寸地耳. 今母爲彼獲, 方寸亂矣, 無益於事.’ 遂棄蜀入魏.” 苟事不相類, 其可輕用耶? 若撰節行倡娃傳, 引用雖非正文, 其爲此事, 則云善矣.

○오늘날 다른 사람이 조금이라도 의혹을 해결하지 못 하고 있는 것을 발견하면, 농담삼아 “마음이 심란하시겠군요”라고 한다. 이는 단지 본뜻을 잘못 안 것일 뿐만 아니라, 그 얼마나 심한 실언이던가! 살펴보건대 ≪삼국지·촉지·제갈양전諸葛亮傳≫권35에 의하면 “(하남성) 영천 사람 서서는 소열왕(유비劉備)를 따라 군대를 이끌고 남방으로 갔다가 조조曹操에게 패하였고, 서서의 모친이 조조에게 사로잡혔다. 서서는 장차 소열왕과 헤어져 조조를 찾아가려고 하면서 스스로 심장을 가리키며 말했다. ‘본래 장군과 함께 천하통일의 대업을 도모했던 것은 이 사방 한 치 되는 땅(진심) 때문이었습니다. 그러나 이제 모친이 조조에게 사로잡혀 마음이 심란해졌으니, 일에 아무런 도움이 못 될 것입니다.’ 결국 촉나라를 버리고 위나라로 들어갔다”고 하였다. 실로 사안이 서로 비슷하지 않으니, 어찌 함부로 사용할 수 있겠는가? 만약 절조가 있는 기녀의 전기를 짓는다면, 인용한 글이 비록 정확한 문장은 아니라 할지라도 이 고사를 응용하는 면에서 좋다고 할 만하다.

◇綠竹漪漪(푸른 대나무가 하늘거리다)

●詩衛淇澳篇云, “綠竹漪漪[155].” 按, 陸璣草木疏[156]稱, “郭璞云, ‘綠竹, 王芻也. 今呼爲白脚藘.’ 或云, ‘卽鹿蓐草.’ 又云, ‘篇竹[157],

---

155) 漪漪(의의) : 물결처럼 흔들리는 모양.

156) 草木疏(초목소) : 삼국 오吳나라 육기陸璣가 ≪시경≫에 등장하는 풀(草)·나무(木)·날짐승(鳥)·들짐승(獸)·벌레(蟲)·물고기(魚) 등을 해설하기 위해 지은 저서인 ≪모시초목조수충어소毛詩草木鳥獸蟲魚疏≫의 약칭. 총 2권. ≪사고전서간명목록·경부·시류詩類≫권2 참조.

157) 篇竹(편죽) : 대나무의 일종인 마디풀. ‘편죽萹竹’으로도 쓴다.

似小藜, 赤莖節.’ 韓詩158)作藗(音篤), 亦云, ‘藗, 篇竹,’ 則明知非笋
竹矣. 今爲辭賦, 皆引漪漪, 入竹事, 大誤也.” 當時謝莊竹贊云, “瞻
彼中唐159), 綠竹漪漪.” 便襲其謬, 殊乖爾. 按, 謝贊若佳, 何不預文
選? 所以爲昭明160)之棄也. 故盡引陸·郭之注疏云. 陸璣, 字從玉
旁, 非士衡161)也. 愚宗人大著作162)祝, 嘗有顯論. 今祕閣163)西南
廊新碑, 古人姓名若此, 參誤多矣. 故愚撰十四代鐲疑史目, 以別白
也.

○≪시경·위풍衛風·기오편≫권5에는 “푸른 대나무가 하늘거리
네”라는 구절이 있다. 살펴보건대 (삼국 오나라) 육기陸璣의 ≪모
시초목조수충어소毛詩草木鳥獸蟲魚疏≫권상에서는 “곽박이 말하
길 ‘녹죽은 왕추이다. 지금은 백각빈으로 부른다’고 하였다. 혹자
는 ‘바로 녹욕초이다’라고도 한다. 또 ‘편죽은 작은 남가새처럼
생겼으면서 줄기와 마디가 붉다’고도 하는데, ≪한시≫에 ‘藗’(음
은 ‘독’이다)으로 되어 있고, 또 『독』은 편죽이다’라고 한 것으로
보아, 죽순이 아니라는 것을 분명히 알 수 있다. 이제 사부를 지
을 때면 언제나 ‘의의漪漪’라는 어휘를 인용하여 대나무에 관한
전고 속에 집어넣지만, 아주 틀린 예이다”라고 하였다. 당년에
(남조南朝 유송劉宋) 사장이 <대나무에 관한 찬문>에서 “저 사
당 길을 바라보노라니 푸른 대나무가 하늘거리네”라고 하면서,

158) 韓詩(한시) : 전한 한영韓嬰이 정리한 시경詩經의 하나. ≪노시魯詩≫ ≪제시齊
詩≫와 함께 금문시경今文詩經으로서 고문시경古文詩經인 ≪모시毛詩≫에 밀려 오
래 선에 실전되고 지금은 잔본殘本이 전한다.
159) 中唐(중당) : 사당 안의 길을 이르는 말.
160) 昭明(소명) : 남조南朝 양梁나라 무제武帝 소연蕭衍(464-549)의 맏아들인 소통
蕭統(501-531). ‘소명’은 시호諡號. ≪문선文選≫ 60권을 편찬한 것으로 유명하다.
≪양서·소명태자소통전≫권8 참조.
161) 士衡(사형) : 진晉나라 때 문인인 육기陸機(261-303)의 자. ≪진서·육기전≫권
54 참조.
162) 大著作(대저작) : 위진魏晉 이후로 국사의 편찬과 국가 도서에 관한 업무를 관
장하던 비서성祕書省 소속의 관원인 대저작랑大著作郎의 약칭.
163) 祕閣(비각) : 궁중의 진귀한 도서를 소장하는 서고를 가리키는 말. 그러한 업무
를 관장하는 기관인 비서성祕書省의 별칭이기도 하다.

바로 그러한 오류를 답습한 것은 너무도 사리에 어긋난다. 살펴
보건대 사장의 찬문이 만약 훌륭했다면, 어찌 ≪문선≫에 수록되
지 않았겠는가? 그래서 (양梁나라) 소명태자도 이를 수록하지 않
은 것이다. 그래서 육기와 곽박의 주를 다 인용해서 말하는 것이
다. 육기는 이름자(璣)가 '구슬 옥' 부수라서 자가 사형인 육기陸
機가 아니다. 나의 친척인 대저작랑 이축李祝이 일찍이 분명한
주장을 편 적이 있다. 이제 비각 남서쪽 행랑의 새 비석에 고인
의 성명이 이처럼 적힌 것을 보면 오류가 많은 듯하다. 그래서
나는 ≪십사대견의사목≫을 지어 분명히 구별지었다.

◇萬幾(만기)

●萬幾164)字出於尙書165)皐陶166)謨, "兢兢167)業業168), 一日二日萬
幾也." 案, 孔安國云, "幾, 微也. 言當戒萬事之微也." 史以晉太
宗169)爲丞相時, 於事動170)每經年, 桓溫患其稽遲171)而問, 對之曰,
"萬幾那得速耶?" 斯對眞得書義. 近者改爲樞機172)之機, 豈尙書之
前, 別有所見? 始未聞也. 當由漢王嘉173)奏封事174), 引用誤從木旁

---

164) 萬幾(만기) : '만 가지 중요한 일'이란 뜻으로 제왕이 일상적으로 처리하는 복잡
한 정무를 가리킨다.
165) 尙書(상서) : ≪서경≫의 별칭. '상尙'은 '고古'의 뜻이므로 '오래된 역사책'이란
의미에서 유래하였다.
166) 皐陶(고요) : 우虞나라 순왕舜王 때 형벌을 관장하던 장관의 이름. 당唐나라 요
왕堯王의 이복동생이라는 설이 있다.
167) 兢兢(긍긍) : 애쓰는 모양, 삼가는 모양.
168) 業業(업업) : 두려워하고 조심하는 모양.
169) 太宗(태종) : 진晉나라 간문제簡文帝 사마욱司馬昱의 묘호廟號.
170) 動(동) : 걸핏하면, 툭하면, 늘상.
171) 稽遲(계지) : 질질 끌다, 우물쭈물하다.
172) 樞機(추기) : 원래는 문의 지도리와 쇠뇌의 발사장치를 지칭하는 말로, 조정朝廷
의 주요 기관이나 사람의 언행을 비유한다.
173) 王嘉(왕가) : 전한 때 사람. 자는 공중公仲이고 시호는 충忠. 애제哀帝가 간신
동현董賢의 봉토를 늘리는 조서를 내리자 이에 대해 간언하다가 옥사하였다. ≪한
서·왕가전≫권86 참조.
174) 封事(봉사) : 밀봉한 상소문. 기밀이 누설되는 것을 방지하기 위해 상소문을 검

也. 顔氏不引孔注以證. 又後人不根其本, 遂相承錯謬, 且曰, "漢書
尙爾." 曾不知班・顔亦自誤後學也.

○'만기'라는 글자는 ≪서경・우서虞書・고요모≫권3의 "노력하고
조심하면 날마다 수없이 많은 변화가 일어난다"는 말에서 유래
하였다. 살펴보건대 (전한) 공안국은 "'기幾'는 기미를 뜻한다. 모
든 정사의 기미를 경계해야 한다는 말이다"라고 하였다. 사서에
의하면 진나라 태종(간문제簡文帝 사마욱司馬昱)이 (즉위하기
전) 승상을 맡았을 때 정사와 관련해 걸핏하면 매양 해를 넘겼기
에, 환온이 그의 우유부단함을 걱정하여 자문하면 "수없이 많은
변화가 있을진대, 어찌 속단할 수 있겠소?"라고 대답한 일이 있
다. 이러한 대답이 진실로 ≪서경≫의 의미를 잘 파악한 것이다.
근자에는 중요한 기밀을 뜻할 때의 '기機'로 고쳐 쓰고 있지만,
어찌 ≪서경≫보다 앞서 달리 본 문헌이 있겠는가? 애당초 들어
본 적이 없다. 응당 전한 때 왕가가 비밀스런 상소문을 올리면서
인용할 때 잘못하여 '나무 목' 부수의 한자(機)를 쓴 데서 유래하
였을 것이다. (당나라) 안사고는 공안국의 주를 인용하여 증거로
삼지 않았다. 또 후인들은 본래 문헌에 근거하지 않고, 급기야
서로 오류를 계승하면서 또한 "≪한서≫에서도 오히려 그렇게
썼다"고 말한다. 이는 결국 (≪한서≫의 저자인 후한) 반고와 (당
나라) 안사고 스스로도 후학들을 오해케 했다는 것을 모르는 것
이다.

◇**請長纓(긴 갓끈을 요청하다)**

●終軍[175]請長纓. 今多云, "將係單于." 分門書策[176]亦然, 所未喩也.

은 천으로 만든 주머니에 넣고 밀봉하여 올린 데서 유래하였다.
175) 終軍(종군) : 전한 무제武帝 때 사람(?-B.C.112). 자는 자운子雲. 알자급사중謁
者給事中・간대부諫大夫를 역임하였는데, 20세 남짓의 젊은 나이에 죽어 '종동終
童'으로도 불렸다. 관문을 통과할 때 문지기가 비단 신표인 '수繻'를 발행하자 이
를 던지며, 출세하지 않으면 돌아가지 않을 것이기에 '수'를 사용할 일이 없다고

按, 漢書本傳云, "南越[177])與漢和親, 乃遣軍使南越, 說其王, 欲令入朝, 比內諸侯[178]). 自請, '願受長纓, 必羈南越王, 而致之闕下.'" 斯文甚明, 何其相承而戾正史耶? 蓋由終軍傳內有'當發匈奴使, 軍自請行'之處, 旋又敍'請纓'事, 讀者誤合爲一段, 遂此乖謬矣. 終軍自請使于匈奴曰, "臣願盡精厲氣, 奉佐明使, 畫吉凶於匈奴之前." 今將說者宜云, "終軍請畫吉凶於虜廷." 不則言請長纓, 以羈南越王. 若係單于, 乃賈誼[179])之事, 非終軍也. 按, 班贊云, "誼欲試屬國, 施五餌三表[180]), 以係單于." 且非以長纓係之也. 又按, 陳思王表云, "賈誼弱冠, 求試屬國, 請係單于之頸, 而制其命. 終軍以妙年使越, 欲得長纓, 占其王, 羈致北闕[181])," 斷可知矣

○(전한 때) 종군은 긴 갓끈을 요청한 일이 있다. 그런데 요즘 사람들은 대부분 "그것으로 흉노족 왕을 묶으려고 한 것이다"라고 말한다. 고사를 부문별로 분류한 서책에서도 같은 얘기를 하고 있지만, 이는 미처 모르고서 하는 말이다. 살펴보건대 ≪한서·

비장한 각오를 보인 고사로 유명하다. ≪한서·종군전≫권64 참조.

176) 分門書策(분문서책) : ≪구당서·두우전≫권147에 의하면 유질劉秩이 경사經史와 제자백가를 종합하여 부문별로 분류한 서책 35권을 짓고서 서명을 ≪정전政典≫이라고 하자, 뒤에 두우杜佑가 이를 바탕으로 ≪통전通典≫ 200권을 지었다는 기록이 보이는데, 동일한 서책을 가리키는지는 불분명하다.

177) 南越(남월) : 진秦나라 말엽에 조타趙佗가 중국 남방인 백월百越 지역에 세운 나라 이름. 뒤에는 백월의 별칭으로 쓰였는데, 지금의 광동성·광서성 일대를 가리킨다.

178) 內諸侯(내제후) : 요복要服 안의 제후를 뜻하는 말로 중원의 제후를 가리킨다.

179) 賈誼(가의) : 전한 때 사람(B.C.201-B.C.169). 문재文才로 어려서부터 명성을 떨쳐 약관의 나이에 박사博士가 되고 1년만에 태중대부大中大夫에 올랐으나, 주발周勃(?-B.C.169) 등의 시기로 장사왕長沙王의 태부太傅로 좌천되었다가 울화병으로 사망하였다. 저서로 ≪신서新書≫ ≪가장사집賈長沙集≫이 있다. '가태부賈太傅' '가장사賈長沙' '가생賈生' 등으로도 불렸다. ≪한서·가의전≫권48 참조.

180) 五餌三表(오이삼표) : 전한 때 가의賈誼가 흉노족 왕을 회유하기 위해 내세운 다섯 가지 미끼와 세 가지 회유책을 아우르는 말. '오이'는 거마車馬·진미珍味·가기歌妓·저택·노비 등을 가리키고, '삼표'는 흉노족의 용모를 포용하고, 그들의 기예를 좋아하고, 그들의 심기를 편하게 해 주는 일을 말한다.

181) 北闕(북궐) : 북쪽 궁궐. 궁중의 가장 깊은 곳을 뜻하는 말로 천자의 거처나 조정을 가리킨다.

종군전≫권64에 "남월국이 한나라와 화친을 맺으려 하자, 종군에게 남월국에 사신으로 가서 왕을 설득해 입조해서 중원 제후와 대등한 지위를 갖게 하고자 하였다. 그러자 종군은 손수 '원하옵건대 긴 갓끈을 받아 필히 남월왕을 묶어서 대궐 아래로 송치하겠나이다'라고 주청하였다"는 기록이 있다. 이 문장의 의미가 아주 분명하거늘, 어째서 계속해서 정통 사서의 본뜻을 어그러뜨리는 것일까? 아마도 종군의 본전에 '흉노족 사신으로 보내려 했을 때 종군이 사신으로 가겠다고 자청하였다'는 대목이 있고, 얼마 뒤 다시 '긴 갓끈을 요청하였다'는 고사를 서술하였기에, 독자들이 잘못해서 하나의 단락으로 합치는 바람에 급기야 이러한 오류가 생겨났을 것이다. 종군은 흉노족에 사신으로 가겠다고 자청하면서 "신은 원하옵건대 정력을 다 쏟아 황명을 받들어 현명한 사신을 보좌해서 흉노족 면전에서 그들에게 길한 일인지 흉한 일인지를 그림으로 그려 보이겠나이다"라고 말한 일이 있다. 이제 이것을 가지고 말하는 이들은 의당 "종군은 북방 오랑캐 조정에서 그들에게 길한 일인지 흉한 일인지를 그림으로 그리겠다고 자청하였다"고 말해야 할 것이다. 그렇지 않다면 '긴 갓끈을 요청해 남월왕을 묶었다'고 말해야 한다. 흉노족 왕을 묶은 것과 같은 일은 가의의 고사이지, 종군의 고사가 아니다. 살펴보건대 (후한) 반고도 (≪한서·가의전≫권48의) 찬문에서 "가의는 속국을 시험해 보고자 하여 다섯 가지 미끼와 세 가지 회유책을 베풀어 흉노족 왕을 속박하였다"고 하였으니, 또한 가의가 긴 갓끈으로 흉노족 왕을 묶은 것도 아니다. 또 살펴보건대 (삼국 위나라) 진사왕 조식이 상소문에서 "가의는 약관의 나이에 속국을 시험해 보겠다면서 흉노족 왕의 목을 묶어 그의 운명을 통제하겠다고 자청하였고, 종군은 묘년의 나이에 남월국에 사신으로 가면서 긴 갓끈을 얻어 그곳 왕을 설득해 묶어서 북쪽 궁궐까지 송치하였나이다"라고 한 것을 보아서도 분명히 알 수가 있다.

◇鄼侯(찬후)

●漢相蕭何, 封爲鄼侯, 擧代呼爲嵯. 有呼贊者, 則反掩口而咥, 深可訝也. 鄒氏182)分明云, "屬沛郡者, 音嵯, 屬南陽183)者, 音贊." 又茂陵184)書云, "蕭何國在南陽." 合二家之說, 音贊不音嵯, 明矣. 司馬貞誠知音贊, 不能痛爲指揮將來, 而但云, "字當音贊." 今多呼爲嵯, 遂使後學見今呼爲嵯字, 咸曰, "且宜從衆." 是誤也, 可歸罪於司馬氏.(學家自文穎・孫檢・斐龍駒, 及小顔之徒, 皆作贊音, 卽不得云, '今多呼爲嵯矣.' 所以更擧之者, 貴好學, 知司馬公之失矣.)

○전한 때 승상을 지낸 소하는 찬후에 봉해졌는데, 모든 세대에 걸쳐 '차'라고 발음해 왔다. '찬'이라고 발음하면 도리어 입을 가린 채 비웃으니, 너무 괴이한 일이다. (전한 때 주석가인) 추씨는 분명하게 주에서 "(강소성) 패군에 속하면 음이 '차'이고, (하남성) 남양군에 속하면 음이 '찬'이다"라고 하였다. 또 (섬서성) 무릉현 사람 사마상여司馬相如도 글에서 "소하의 봉국은 남양군에 있다"고 하였다. 두 사람의 설을 종합하면 '찬'으로 발음해야지, '차'로 발음해서는 안 된다는 것이 명확해진다. (당나라) 사마정은 실상 음이 '찬'이라는 것을 알면서도 장래에 있을 낭설을 통렬하게 지탄하지 못 하고, 단지 "글자는 의당 '찬'으로 발음해야 한다"고만 하였다. 그래서 이제 사람들 대부분 '차'라고 발음함으로써 급기야 후학들로 하여금 오늘날 '차'라고 발음하는 것을 보고서도, 모두 "의당 다수의 의견을 따라야지요"라고 말하게 만들고 말았다. 이러한 오류는 사마정에게 그 허물을 돌려도 괜찮을

---

182) 鄒氏(추씨) : 전한 사마천司馬遷의 ≪사기≫에 주를 단 사람. 실명은 알려지지 않았다.
183) 南陽(남양) : 한나라 때 하남성에 설치한 속군屬郡 이름.
184) 茂陵(무릉) : 한나라 때 무제武帝의 왕릉인 무릉茂陵을 돌보기 위해 섬서성에 설치한 현 이름으로 대문호인 사마상여司馬相如(?-B.C.117)가 은퇴한 뒤 이곳에 살았기에 사마상여의 별칭으로도 쓰였다.

듯하다.(학자들은 문영·손검·비용구로부터 안사고에 이르기까지 모두들 '찬'
으로 발음하였으니, '지금은 대부분 『차』로 발음한다'고 말할 수는 없다. 그럼에
도 이를 다시 거론하는 이유는 학문을 좋아하는 분위기를 소중히 여기는 마당
에 사마정의 실수를 알게 되어서이다.)

◇栢臺烏(어사대의 까마귀)

●御史臺[185]有栢及烏,　固在朱博之前也.　漢書斁, "朱博請罷大司
農[186], 復置御史大夫, 云'是時御史府吏舍百餘區, 井水皆竭. 又府
中列栢樹, 常有野烏數千, 棲宿其上, 晨去暮來, 號曰朝夕烏. 烏去
不來者數月, 長老[187]異之.'" 蓋史言御史大夫之職休廢也, 井竭烏
去, 後二年, 朱博爲大司空[188], 慮久廢御史大夫職業, 無以典正法
度, 固請罷所任大司空, 得爲大夫, 願盡力爲百僚率. 哀帝從之. 正
史甚明. 今多以爲栢自博栽, 烏自博集, 職由蒙求朱博烏集而復. 白
家六帖[189]注引, 不盡然也.

○어사대에 측백나무와 까마귀가 있게 된 것은 사실 (전한 때 사

---

185) 御史臺(어사대) : 관리들의 비리를 규찰하고 탄핵하는 업무를 관장하는 어사들
이 속해 있는 기관 이름. '난대蘭臺' '간원諫垣' '간원諫院' '간사諫司' '간서諫署'
'간조諫曹' '헌대憲臺' '숙정대肅正臺' 등 다양한 별칭으로도 불렸다. 시대마다 차이
는 있으나 대개 장관은 어사대부御史大夫, 버금 장관은 어사중승御史中丞이라고
하였으며, 휘하에 시어사侍御史·전중시어사殿中侍御史·감찰어사監察御史·어사
승御史丞 등이 있었다.

186) 大司農(대사농) : 농업과 재정을 관장하던 벼슬로서 구경九卿의 하나. 전한 경제
景帝 때 대농령大農令을 무제武帝 때 대사농으로 고쳤으며, 당송唐宋 때는 사농경
司農卿이라고 하였다.

187) 長老(장로) : 노인에 대한 존칭. 주지승이나 노승에 대한 존칭으로 쓸 때도 있다.

188) 大司空(대사공) : 벼슬 이름. 소호少昊 때 처음 설치되었는데, 주周나라 때는 동
관冬官으로서 치수와 토목공사를 관장하였고, 전한 때는 어사대부御史大夫의 별칭
이었으며, 뒤에는 대사마大司馬(태위太尉)·대사도大司徒와 함께 삼공三公의 하나
였다. 명청 때는 공부상서工部尚書의 별칭으로도 쓰였다.

189) 六帖(육첩) : 원래는 당나라 백거이白居易(772-846)가 지은 30권본 ≪육첩六帖≫
을 가리키나, 지금은 송나라 공전孔傳이 지은 30권본 ≪속육첩續六帖≫과 합쳐지
면서 100권으로 재구성되고, 저자의 성씨를 시대순으로 나열하여 명명한 ≪백공육
첩白孔六帖≫으로 전한다. 유서류類書類의 책. ≪사고전서간명목록·자부·유서류≫
권14 참조.

람) 주박보다 이전부터 있었던 일이다. 《한서·주박전》권83에 서는 기술하기를 "주박이 대사농을 없애고 다시 어사대부를 설 치할 것을 주청하면서 '때마침 어사들이 근무하는 관청의 관리들 숙소 백여 군데에 우물물이 다 말랐습니다. 또 관청에 측백나무 를 심었는데, 늘 야생 까마귀 수천 마리가 그 위에 서식하면서 새벽에 떠났다가 저녁에 돌아오기에, 『조석오』로 불렸다고 합니 다. 그러나 까마귀가 떠나고 돌아오지 않은 지 수개월이 되어 원 로들이 이상하게 생각하고 있나이다'라고 말했다"고 하였다. 대 개 사서에서는 어사대부의 직책이 사라지자 우물물이 마르고, 까 마귀가 떠났다가 2년 뒤 주박이 대사공을 맡으면서 오래도록 어 사대부의 직책을 폐지하였기에, 법도를 바로 다스릴 수 없는 것 을 염려하여 자신이 맡고 있던 대사공을 그만두고 어사대부를 맡을 수 있기를 주청하면서, 힘을 다해 백관의 모범이 되고자 하 였고, 애제가 그의 말을 따랐다고 적고 있다. 정사의 기록은 무 척 명확하다. 오늘날 대부분 측백나무를 주박이 심었고, 까마귀 가 주박 때문에 다시 모여들었으며, 직책은 《몽구》권상의 '주 박 때문에 까마귀가 모여들다'라는 기록 때문에 복구되었다고 생 각한다. 백거이의 《육첩·오烏》권94의 주에서도 인용하였지만, 다 그러한 것은 아니다.

◇除授(제수와 배수)

●除·授二字, 當路[190]分明, 今多不能窮審意義. 俗吏非調選[191]得官 者, 皆自大曰, "我乃堂除[192]," 而亦有隨俗語新拜官者曰, "某乙除 某官." 至有遺賀書, 題之云, "送上新除某官." 以除故, 乃以詛新官,

---

190) 當路(당로) : 길을 막다. 보통은 권력을 쥐고 있는 사람을 지칭하는 말로 쓰이나 여기서는 핵심적인 의미를 뜻하는 말로 쓰인 듯하다.
191) 調選(조선) : 관직에 임명하는 절차를 이르는 말.
192) 堂除(당제) : 당송 때 관리가 특별한 공을 세웠을 경우 이부吏部의 고과考課를 거치지 않고 정사당政事堂에서 주청하여 직접 벼슬을 내리던 제도를 이르는 말.

俾除去之也. 案漢書, 凡言除其官, 以除故官, 就新官. 而晉宋已降,
史書旣非班馬[193]之筆, 多不根義理, 或以拜授爲除, 及載本語, 則義
旨宛在. 今聊擧其一, 如晉王導讓中書監[194]請爲三師[195]表云, "臣
乞得除中書監, 竭誠保傅[196]," 是也. 又漢王彭祖[197], 每二千石[198]
至其國, 則迎之除舍[199], 注云, "初除所至之舍." 此注亦須細味之.
若以初到之舍, 乃州宅也. 蓋初除替移, 出之館亭爾, 以臨歧路, 故
迎之於此. 除之義, 明如皎日, 其可不悟哉? 今授代無新拜之官者,
云"有除無授." 唯此語允當. 其有謂之除書[200]者, 乃除去前人舊官,
與新人也.

○'제除'와 '수授' 두 글자는 담당하는 의미가 분명한데도, 오늘날

---

193) 班馬(반마) : ≪한서≫의 저자인 후한 사람 반고班固(32-92)와 ≪사기≫의 저자
인 전한 사람 사마천司馬遷(B.C.135-?)을 아우르는 말.

194) 中書監(중서감) : 위진魏晉 이래로 북조北朝 때까지 중서령中書監令과 함께 국
가의 기무機務·조령詔令·비기祕記 등을 관장하는 최고 행정 기관인 중서성中書
省을 지휘하던 장관을 이르는 말. 뒤에는 중서령만 남고 폐지되었다.

195) 三師(삼사) : 천자의 세 스승인 태사太師·태부太傅·태보太保를 아우르는 말.
태자의 세 스승인 태자태사太子太師·태자태부太子太傅·태자태보太子太保를 가리
킬 때도 있다.

196) 保傅(보부) : 태보太保와 태부太傅를 아우르는 말로 결국 태자의 큰 스승인 태
자삼사太子三師를 가리킨다.

197) 彭祖(팽조) : 전한 때 종실 사람 유팽조劉彭祖. 처음에 광천왕廣川王에 봉해졌다
가 조왕趙王에 다시 봉해졌다. 시호는 경숙敬肅. ≪한서·조경숙왕유팽조전≫권53
참조.

198) 二千石(이천석) : 한나라 때 봉록제도로 중이천석中二千石·이천석二千石·비이
천석比二千石이 있었다. '중이천석'은 실제로 이천석이 넘는 반면, '이천석'은 성수
成數로서 근접한 양을 뜻하며, '비이천서'은 '이천석에 근접하다'는 뜻으로 그보다
적은 양을 의미한다. 이에 대해 ≪한서·평제기平帝紀≫권12의 당나라 안사고顔師
古(581-645) 주에서는 "그중 '중이천석'이라고 하는 것은 월 180휘를 뜻하고, '이
천석'은 월 120휘를 뜻하며, '비이천석'은 월 100휘라고 한다(其稱中二千石者, 月
百八十斛, 二千石者, 百二十斛, 比二千石者, 百斛云云)"고 설명하였다. 이를 '석石'
으로 환산하면 '중이천석'은 2160석이 되고, '이천석'은 1440석이 되며, '비이천석'
은 1200석이 된다. 예를 들어 구경九卿과 장수將帥는 봉록이 중이천석이고, 태수
太守는 이천석이었다.

199) 除舍(제사) : 집안을 청소하고 정리하는 일. 즉 공경스럽게 손님을 접대하는 것
을 말한다.

200) 除書(제서) : 관직을 임명하는 문서를 이르는 말.

사람들은 대부분 그 뜻을 잘 알지 못 한다. 세간의 관리들은 정식 임명 절차를 거쳐 관직을 얻은 것이 아닌데도, 모두 자랑삼아 "나는 어디까지나 정사당에서 관직을 제수받은 사람이오"라고 말하고, 또 세간의 평판에 따라 새로 관직을 배수받은 사람이 있으면 "저 아무개는 모종의 관직을 제수받았습니다"라고 말한다. 심지어 축하 서신을 보낼 때도 "새로 모종의 관직을 제수받은 분께 올립니다"라고 적는다. '제'라는 말 때문에 도리어 새 관직을 원망하여 사람을 시켜 이를 없애려고도 한다. ≪한서≫에 의하면 무릇 그의 관직을 제거한다는 말이니, 예전의 관직을 제거하고 새로운 관직에 취임한다는 뜻이다. 그러나 진나라와 (남조) 유송劉宋 이후로는 사서가 이미 (후한) 반고와 (전한) 사마천의 필치와 달라져, 대부분 본래의 의미에 근거하지 않고 간혹 관직을 배수받는 것을 '제'라고 하였고, 급기야 원래의 말을 기재하면 그 의미가 완연하게 남기까지 하였다. 이제 그런대로 한 가지 예를 들어 보면, 진나라 왕도가 <중서감을 사양하고 삼사를 맡기를 주청하는 상소문>에서 "신은 중서감을 그만두고 사보師保나 사부師傅의 관직을 성실히 수행하기를 바라나이다"라고 한 것이 그러한 예이다. 또 전한 때 친왕 유팽조劉彭祖는 매번 (태수와 같은) 이천석의 벼슬아치가 자신의 봉국에 도착하면 그를 맞아 숙소를 치웠는데, 주에 "('제사除舍'는) 처음으로 도착한 숙소를 청소한다는 뜻이다"라고 하였으니, 이 주도 꼼꼼히 음미해 볼 필요가 있다. 만약 처음 도착한 숙소라면 바로 주에서 마련해 준 숙소를 가리킨다. 대개 처음 청소하고 교체할 때면 그에게 여관을 내주면 그만이지만, 헤어지는 마당이기에 이곳에서 그를 맞이하는 것이다. '제除'의 의미가 환한 햇살처럼 분명하거늘, 어찌 모를 수 있을까? 오늘날 새로 배수받은 관직이 없는 사람에게 대신할 벼슬을 주게 되면 "'제'는 있으나 '수'는 없다"고 말한다. 오직 이 말만이 지극히 타당하다. 그중 '제서除書'라고 일컫는 것

이 있으니, 이는 어디까지나 이전 사람의 옛 관직을 없앤 뒤 새
사람에게 주는 것을 뜻한다.

◇偏謝(여러 사람에게 일일이 돌아가며 사례를 올리다)

●近有因覽授之說, 問予曰, "今新拜官, 非恩薦之地, 僉申謝禮, 無乃
不誠乎? 斯甚無謂201)." 予曰, "却是故事. 劉歆202)拜黃門侍郞203),
其父向戒曰, '今若204)年少, 得顯處新拜, 宜皆謝貴人, 叩頭謹愼, 戰
戰慄慄, 乃可免也.'" 今之偏謝205), 其暗合耶? 當行學家之敎也.

○근자에 누군가 벼슬을 임명하는 것에 관한 학설을 살피던 차에
내게 물었다. "이제 새로 관직을 배수받았지만, 천거의 은혜를
입은 처지가 아니라면 모두에게 두루 사례를 올리는 것은 결국
진실되지 못 한 것이 아닙니까? 그렇다면 전혀 말할 거리가 못
되겠지요." 그래서 나는 이렇게 대답하였다. "오히려 오래된 관
례입니다. (전한 때) 유흠이 황문시랑을 배수받자, 그의 부친인
유향劉向이 훈계하기를 '이제 너는 어린 나이에 좋은 처지에 놓
여 새로 관직을 배수받았으니, 의당 모든 귀인에게 사례를 올려
야 하느니라. 머리를 조아리고 근신하는 태도를 보이고 전전긍긍
하는 자세를 보여야, 비로소 화를 면할 수 있을 것이다'라고 말
했지요." 오늘날 여러 사람에게 일일이 돌아가며 사례를 올리는

---

201) 無謂(무위) : 말할 거리가 없다. 즉 아무런 의의가 없거나 사리에 맞지 않는 것
   을 말한다.
202) 劉歆(유흠) : 전한 말엽 사람(?-23). 자는 자준子駿. 부친 유향劉向(약 B.C.77-
   B.C.6)과 함께 궁중의 비서祕書를 정리하고 시중侍中과 태중대부大中大夫에 올랐
   다. 그가 지은 ≪칠략七略≫은 중국 서지학書誌學의 시초가 되었다. 왕망王莽(B.C.
   45-A.D.23)의 신新나라에서 국사國士에 올랐으나, 왕망이 자신의 아들을 죽인 것
   에 앙심을 품어 암살을 하려다가 발각되어 자살하였다. ≪한서·유흠전≫권36 참조.
203) 黃門侍郞(황문시랑) : 문하성門下省에 소속되어 궁중의 갖가지 사무를 관장하던
   벼슬 이름. 문하시중門下侍中 다음 가는 벼슬로서 당송 이후로는 문하시랑門下侍
   郞으로 개칭되었다.
204) 若(약) : 2인칭 대명사.
205) 偏謝(편사) : 여러 사람에게 일일이 돌아가며 사례를 올리는 일. '편偏'은 '편遍'
   으로도 쓴다.

일도 아마 그것과 은연중 합치하는 것이 아닐까? 응당 학자의
가르침으로 삼아야 할 것이다.

■資暇集卷中■

◇甘羅(감나)

●世咸云, "甘羅十二爲秦相," 大誤也. 案, 史記云, "羅事相呂不韋 1)."(戰國策2)云, "爲呂不韋庶子3).") 因說趙有功, 始封爲上卿4), 不曾爲 丞相也. 相秦者, 是羅祖, 名茂.

○세인들은 모두들 "감나는 열두 살에 진나라 승상이 되었다"고 하지만, 이는 대단한 착오이다. 살펴보건대 ≪사기·감나전≫권7 1에 "감나는 승상 여불위를 섬겼다"고 하였다.(≪전국책·진책秦策5≫ 권7에서는 "여불위의 서자를 지냈다"고 하였다.) 조나라에 유세해서 공을 세웠기에 처음에 상경에 봉해졌지만, 승상을 지낸 적은 없다. 진 나라에서 승상에 오른 사람은 감나의 조부로서 성명은 감무甘茂 이다.

◇押牙(압아)

●武職令有押衙之目, 衙宜作牙. 此職名, 非押其衙府5)也. 蓋押牙旗

---

1) 呂不韋(여불위) : 전국시대 진秦나라 때 사람(?-B.C.235). 조趙나라에 볼모로 잡혀 간 장양왕莊襄王을 구출하여 문신후文信侯에 봉해졌다. 자신이 사통한 기녀를 장 양왕에게 바쳐서 아들 영정嬴政(B.C.259-B.C.210)를 낳으니 이가 곧 뒤에 시황제 에 올랐기에, 실제는 여불위의 사생아라는 속설도 있다. 상국相國에 올랐으나 태후 太后와의 간통이 드러날까 두려워 자살하였다. 저서로 ≪여씨춘추呂氏春秋≫가 전 한다. ≪사기·여불위전≫권85 참조.
2) 戰國策(전국책) : 주周나라 때 전국시대 역사를 각 제후국별로 서술한 사서史書. 후한 고유高誘의 주가 있으나 실제로는 송나라 요굉姚宏이 보충한 것도 있다. 제2 -4권과 제6-10권은 고유의 원주原注이고, 나머지 제1·5권은 요굉의 보주補注이 다. 총 33권. ≪사고전서간명목록·사부·잡사류雜史類≫권5 참조.
3) 庶子(서자) : 벼슬 이름. 주周나라 때는 사마司馬의 속관屬官이었다가 한나라 이후 로 태자太子의 속관이 되었다. 위진魏晉 이후로는 중서자中庶子·서자庶子가 있었고, 수당隋唐 이후로는 좌左·우서자右庶子가 있었다.
4) 上卿(상경) : 군주 다음 가는 최고의 집정관執政官을 가리키는 말로 '정경正卿'이라 고도 하였다.
5) 衙府(아부) : 관아, 관청.

者, 今又有押節者之類, 是也. 案, 兵書云, "牙旗者, 將軍之旌. 故
必豎牙旗於門." 是以史傳咸作牙門字. 今者押牙, 旣作押衙, 而牙門
亦爲衙門乎?

○무관의 관직에 관한 법령에 '압아'라는 항목이 있는데, '아衙'는
의당 '아牙'로 써야 한다. 이는 관직 이름이지 관아를 관장한다는
말이 아니다. 대개 '아기'를 관장한다는 것은 오늘날 부절을 관장
하는 자와 같은 부류가 있는 것이 그러한 예이다. 살펴보건대 병
서에 "'아기'는 장군의 깃발이다. 그래서 반드시 군문에 아기를
세운다"고 하였다. 이 때문에 사서에서는 모두 (장수의 군문을
뜻하는 말인) '아문'이란 글자를 쓰고 있다. 오늘날 '압아押牙'를
이미 '압아押衙'로 쓰고 있다고 해서 '아문牙門' 역시 '아문衙門'
으로 쓰고 있는가?

◇揚州(양주)

●揚州者, 以其風俗輕揚[6], 故號其州. 今作楊柳之楊, 謬也.

○(강소성) 양주는 그곳의 풍속이 경박하기에 그 주의 이름으로 쓰
는 것이다. 오늘날 버드나무를 뜻하는 글자인 '양楊'으로 쓰는 것
은 오류이다.

◇星貨(상점)

●肆有以筐, 以筥, 或倚, 或垂. 鱗其物以鬻者, 曰星貨鋪, 言其列貨叢
雜, 如星之繁. 今俗呼爲星火鋪, 誤也.

○상점에서는 물품을 네모난 광주리에 담기도 하고, 동그란 광주리
에 담기도 하며, 기대놓기도 하고, 걸어놓기도 한다. 물품을 가지
런히 늘어놓고 파는 곳을 '성화포星貨鋪'라고 하는데, 이는 물품
을 잡다하게 진열하였기에 마치 별처럼 많다는 말이다. 오늘날
세간에서 '성화포星火鋪'라고 하는 것은 틀린 말이다.

---

6) 輕揚(경양) : 경박하고 들뜬 모양.

◇合醬 (장을 담그다)

●人間多取正月晦日, 合醬. 是日偶不暇爲之者, 則云, "時已失," 大誤也. 案, 昔者王政趨民, 正月作醬. 是日以農事未興之時, 俾民乘此閒隙, 備一歲調鼎[7]之用. 故紿云, "雷鳴不作醬, 腹中當鳴所貴." 今民不於三二月作醬, 恐奪農事也. 今不躬耕之家, 何必以正晦爲限? 亦不須避雷. 但問, "菽麵[8]得法否[9]?"耳.

○세간에서는 대부분 정월 그믐날을 택해 장을 담근다. 이날 어쩌다가 그것을 만들 겨를이 없으면 "때를 이미 놓쳤다"고 하는데, 이는 아주 잘못 알고 있는 것이다. 살펴보건대 옛날에 임금이 정령을 내려 백성들을 재촉해서 정월에 장을 담그게 하였다. 이날은 농사를 아직 시작하지 않은 때라서, 백성들에게 이 한가한 틈을 이용해 한 해 동안 음식을 조리할 조미료 거리를 준비케 한다. 그래서 거짓으로 "우레가 치기 시작하는 시기가 되어 장을 담그지 못 하면, 뱃속에서 귀한 조미료를 달라고 울기 마련이다"라고 한다. 오늘날 백성들이 늦봄 3월이나 중춘 2월에 장을 담그지 않는 것은 농사 시기를 놓칠까 염려해서이다. 이제 몸소 농사를 짓지 않는 가정이야 정월 그믐날로 제한할 필요가 뭐 있겠는가? 또한 우레를 피할 필요도 없다. 단지 "메주가 잘 익었나요?"라고 물으면 그만이다.

◇座前 (좌전)

●身卑致書於宗屬近戚, 必曰'座前,' 降'几前[10]'之一等. 案, 座者, 座於牀也. 言卑末之使不當授受, 置其書於所座牀之前, 俟隙而發, 不敢直進之意. 今或貽書中外, 言'座前'則以重, 空'前'則以輕, 遂觓[11]

---

7) 調鼎(조정) : 세발솥으로 음식을 조리하다. 조화로운 정치를 비유할 때도 있다.
8) 菽麵(숙국) : 콩으로 만든 누룩. 메주를 가리킨다.
9) 否(부) : 부가의문문을 만드는 부정사.
10) 几前(궤전) : '안궤 앞에 앉아 있다'는 뜻에서 유래한 말로 상대방에 대한 존칭.
11) 觓(창) : 시작하다. '창創'의 이체자異體字인 '창刱'의 속자俗字.

‘坐前’, 無義也. 其字旣不居下, 是使前人坐於地, 非禮之甚歟! 不爾, 直云‘座’字, 空‘前’可矣.(至如閣下字, 案禮12)云, “凡諸侯朝覲13), 會遇儐介14), 將命15)文書, 不相指斥16).” 是以天子則曰陛下17), 太子曰殿下, 公卿18)已下曰閣下, 或云執事‧足下‧侍者. 應劭云, “此蓋進闕之辭也.” 今無貴賤, 通書皆云閣下. 其執事‧足下, 不施用矣. 侍者二字, 移於道者‧僧徒‧山人‧處士19)之儔. 噫! 豈獨斯一二字乎? 相借與行路之人, 諂其富貴. 至有下‘慈孝’之字, 斯不當謙, 奈體何?)

○종친이나 친척에게 몸을 낮춰 서신을 드릴 때는 필히 (‘좌석 앞’이란 의미의) ‘좌전座前’이라고 말함으로써, (‘안궤 앞’이란 의미

---

12) 禮(예) : 예법과 관련한 기본 정신을 서술한 책인 ≪예기禮記≫의 본명. 전한 선제宣帝 때 대덕戴德이 정리한 85편의 ≪대대예기大戴禮記≫와 대덕의 조카인 대성戴聖이 정리한 49편의 ≪소대예기小戴禮記≫가 있는데, 오늘날 ‘예기’라고 하는 것은 후자를 가리킨다. 그러나 위의 예문은 현전하는 ≪예기≫에 실리지 않은 것으로 보아 일문逸文인 듯하다.

13) 朝覲(조근) : 신하가 천자를 알현하는 일을 아우르는 말. ≪주례‧춘관春官‧태종백大宗伯≫권18에 의하면 봄에 알현하는 것을 ‘조朝’, 여름에 알현하는 것을 ‘종宗’, 가을에 알현하는 것을 ‘근覲’, 겨울에 알현하는 것을 ‘우遇’라고 하였다.

14) 儐介(빈개) : 손님을 맞아 인도하는 일을 맡은 안내원을 이르는 말.

15) 將命(장명) : 명령을 받들다.

16) 指斥(지척) : 이름을 직접 거론하거나 대놓고 비난하는 것을 뜻하는 말.

17) 陛下(폐하) : 황제에 대한 존칭. ‘섬돌 아래 공손히 자리한다’는 의미에서 유래하였다. 황제皇帝에게는 ‘섬돌 아래 있다’는 의미의 ‘폐하陛下’를, 친왕親王이나 제후에게는 ‘전각 아래 있다’는 의미의 ‘전하殿下’를, 고관에게는 ‘누각 아래 있다’는 의미의 ‘각하閣下’를, 그리고 신분이나 연령이 높은 사람에게는 ‘발 아래 있다’는 의미의 ‘족하足下’를 사용함으로써 상대방의 지위가 낮아질수록 점차 거리를 가까이 하는 의미가 담겨 있다.

18) 公卿(공경) : 중국 고대 조정의 최고위 관직인 삼공三公과 구경九卿. 결국은 모든 고관에 대한 총칭이다. ‘삼공’은 시대마다 차이가 있는데, 주周나라 때는 태사太師‧태부太傅‧태보太保를 지칭하였고, 진秦나라 때는 승상丞相‧어사대부御史大夫‧태위太尉를 지칭하였으며, 한나라 때는 진나라의 제도를 답습하다가 애제哀帝와 평제平帝 때에 대사마大司馬‧대사도大司徒‧대사공大司空을 지칭하였으며, 후대에는 태사太師‧태부太傅‧태보太保를 ‘삼사三師’로 승격시키고 대신 태위太尉‧사도司徒‧사공司空을 ‘삼공’이라고 하기도 하였다. ‘구경’의 칭호도 시대마다 명칭과 서열에 차이가 있는데, 한나라 때는 태상太常‧광록훈光祿勳‧위위衛尉‧태복太僕‧정위廷尉‧홍려鴻臚‧종정宗正‧대사농大司農‧소부少府를 ‘구경’이라 하였고, 수당隋唐 이후로는 구시九寺, 즉 태상太常‧광록光祿‧위위衛尉‧종정宗正‧태복太僕‧대리大理‧홍려鴻臚‧사농司農‧태부太府의 장관을 ‘구경’이라고 하였다.

19) 處士(처사) : 벼슬하지 않은 선비를 이르는 말.

의) '궤전'이란 말보다 한 등급 낮춘다. 살펴보건대 '좌座'는 평상에 좌정한다는 뜻이다. 이는 신분이 낮은 심부름꾼은 주인과 직접 주고받고 해서는 안 되기에, 주인이 좌정한 평상 앞에 서신을 놓고 틈을 타 펼치되, 감히 직접 드리지 않는다는 뜻을 말한다. 오늘날 혹여 집 안팎으로 서신을 전할 때 '좌전座前'이라고 말하면 존중을 나타내게 되고, '전前'자를 비우면 홀대를 나타내게 되는데, 급기야 ('앞에 앉는다'는 의미의) '좌전坐前'이란 말을 만들어낸 것은 별 의의가 없다. 그 글자가 이미 서신의 하단에 위치하지 않으므로, 이는 앞에 있는 사람에게 바닥에 앉으라는 것이 되기에, 예법에서 크게 어긋나는 것이리라! 그렇지 않으면 단지 '좌座'자만 말하고, '전前'자는 비워도 괜찮을 것이다.('합하'라는 글자의 경우 ≪예기≫를 보면 "무릇 제후가 천자를 조알할 때 안내원을 만나면 문서로 명을 받들되 직접 거명하지 않는다"고 하였다. 그래서 천자는 '폐하'라고 부르고, 태자는 '전하'라고 부르고, '공경' 이하 고관은 '합하'라고 부르거나 '집사' '족하' '시자'라고 부른다. (후한) 응소는 "이는 아마도 궁궐에 들어가서 하는 말일 것이다"라고 하였다. 지금은 신분상 귀천에 상관없이 일반 서신에서도 모두 '합하'라고 말한다. 그중 '집사'와 '족하'는 사용하지 않게 되었다. '시자' 두 자는 도사·승려·은자·처사에게로 옮겨갔다. 아! 어찌 이 한두 자만이겠는가? 이를 행인에게 빌려주면 부귀한 자에게 아첨을 하는 데 쓸 것이다. 심지어 '자애롭고 효성스럽다'는 말보다 못 한 것도 있는데, 이는 겸사에 해당하지 않으니, 어찌 체면을 차릴 수 있으리오?)

◇起居(기거)

● 又卑致書, 將結其語云, "附狀[20]起居." 狀字下宜加候字也. 案, 王肅云, "起居, 猶動靜也." 若不加候字, 其可但言'附狀動靜'乎? 語旣不了, 理遂有乖. 末吏短啓[21]亦然也.

○또 몸을 낮춰 서신을 전할 때는 말을 끝맺음할 즈음이 되었을 때 "덧붙여 기거에 대해 적습니다"라고 하는데, '장狀'자 아래는

---

20) 附狀(부장) : 덧붙여 아뢰다, 첨기하다.
21) 短啓(단계) : 편폭이 짧은 간단한 상주문을 이르는 말.

의당 ('여쭙겠습니다'란 의미의) '후候'자를 더 보태야 한다. 살펴
보건대 (삼국 위魏나라) 왕숙은 "'기거'는 동정이란 뜻이다"라고
하였다. 따라서 만약 '후'자를 보태지 않으면, 단지 '동정에 대해
덧붙여 적습니다'라고 말하는 꼴이 되니 가당하겠는가? 말을 제
대로 다 마치지 않은 셈이 되기에, 결국 이치상 맞지 않는다. 말
단 관리가 짧은 상주문을 올릴 때도 마찬가지이다.

◇不僅(불근)

●又今尺題[22]多云, '不僅人情.' 僅字, 訓劣, '不劣人情,' 是何言歟?
苟云, '僅旬,' '僅別,' 則如此之類可用矣. 不爾, 交不近人情[23]也.

○또 오늘날 서신에서는 '불근인정'이라고 말하는 예가 많다. '근'
자는 '부족하다'(혹은 '겨우')란 뜻이므로, '인정이 부족하지 않다'
라고 한다면 이게 무슨 말인가? 만약 '근순'이나 '근별'이라고 말
한다면 이러한 말들은 써도 된다. 그렇지 않으면 교유가 상식에
서 벗어나게 된다.

◇彭原公(팽원공)

●今代多稱, "故丞相彭原李公[24], 謂其子廓曰, '吾不如爾有令子!'蓋
言廓子畫蚤修辭賦, 而廓不辨屯毛[25]." 案, 劉氏代說, "張憑父不才,
憑祖鎭謂憑父曰, '我不如汝有佳兒!' 時憑僅數歲, 斂手對曰, '阿
翁[26]詎宜以子戱父?' 好事者見彭原公尙談諧, 遂移之以資一時之噱,

---

22) 尺題(척제) : 서신을 이르는 말. 서신의 길이가 보통 한 자 가량 되는 데서 유래
하였다. '척서尺書'라고도 한다.
23) 不近人情(불근인정) : 인정에 어긋나다, 상식에서 벗어나다.
24) 李公(이공) : 당나라 사람 이정李程에 대한 존칭. 자는 표신表臣이고 시호는 목穆
이며 팽원군공에 봉해졌다. 한림학사翰林學士·상서좌복야尙書左僕射 등을 역임하
였는데, 천성적으로 게을러 늘 늦게 출근하였기에 '팔전학사八磚學士'란 별명을 얻
었다. ≪신당서·이정전≫권131 참조.
25) 不辨屯毛(불변둔모) : '둔屯'자와 '모毛'자도 구분하지 못 하다. 무식하거나 사리분
별을 못 하는 것을 비유한다. 하북성을 흐르는 둔지하屯氏河를 모지하毛氏河로 잘
못 부른 데서 유래하였다고 한다.

而不知小虧27)丞相之甚, 其誣厚矣. 不然者, 彭原公豈不見張憑之語耶?"(或云, "是彭原公引舊事以勉廓.")

○오늘날 많은 사람들은 "돌아가신 승상 팽원공 이정李程이 자신의 아들인 이확李廓에게 '나는 너처럼 훌륭한 아들이 없구나!'라고 말한 일이 있다. 아마도 이확의 아들 이화李畫는 어려서부터 글을 잘 지었지만, 이확은 '둔屯'과 '모毛'자도 구분할 줄 몰랐다는 말일 것이다"라고 말한다. 살펴보건대 유선생이 대신 설명하기를 "장빙의 부친이 재능이 없자, 장빙의 조부인 장진張鎭이 장빙의 부친에게 '나는 너처럼 훌륭한 아들이 없구나!'라고 말한 일이 있지요. 당시 장빙은 겨우 나이가 몇 살밖에 안 되었는데, 손을 공손히 모은 채 '할아버지는 어찌 아들을 가지고 아비를 놀리실 수 있습니까?'라고 응대하였답니다. 그런데 호사가들은 팽원공 이정이 해학을 좋아한다는 것을 알고서 급기야 이 얘기를 옮겨다가 한때 농짓거리로 삼았지만, 승상의 체면을 심하게 훼손한다는 사실을 몰랐으니, 무고가 심한 편이지요. 그렇지 않다면 팽원공 이정이 어찌 장빙이 한 말을 몰랐겠습니까?"라고 하였다.(혹자는 "이는 팽원공 이정이 옛 고사를 끌어다가 이확을 권면한 것이다"라고도 한다.)

◇朝祥(아침에 상례를 지내다)

●今俗釋服, 多用昏時, 斯頗非禮. 按戴記28), 魯人有朝祥29)而暮歌

---

26) 阿翁(아옹) : 할아버지에 대한 애칭. '아阿'는 친근감을 나타내는 애칭용 접두사.
27) 小虧(소휴) : 망가뜨리다, 손상시키다.
28) 戴記(대기) : 전한 때 대덕戴德이 엮은 ≪대대예기大戴禮記≫나 대덕의 조카 대성戴聖이 엮은 ≪소대예기小戴禮記≫를 이르는 말. 현전하는 ≪예기≫는 보통 ≪소대예기≫를 가리키는데, 위의 예문과 유사한 내용이 ≪예기·단궁상檀弓上≫권6에 전한다.
29) 朝祥(조상) : 아침에 상제祥祭를 지내는 것을 이르는 말. 부모님이 돌아가시고 1년이 지나서 지내는 제례를 '소상小祥'이라고 하고, 2년이 지나 25개월째에 지내는 제례를 '대상大祥'이라고 하며, 27개월이 되었을 때 지내는 제례를 '담제禫祭'라고 한다.

者, 子路30)笑其是日便歌, 夫子31)雖抑子路云, "三年之喪, 亦已久
矣!"而復曰, "踰月則其善!"明知月晦32)之朝去縞, 從吉也, 明日則
踰月矣. 故夫子訝其不待明日而歌. 斯久, 是以傷云, "又多乎哉?"
今之免服33)準式, 給晦日假者, 蓋以朝旣從吉, 使竟是日吉服34), 盡
與親賓相見, 徧示禮終. 至明日, 復參公務, 無樂不爲之義. 又禮書
皆云, "前一夕除某物," 又曰, "夙興"云云, 足知前夕除廢, 以爲明晨
之漸. 凡曰釋服, 悉宜從朝矣.(今在脫服假內, 反不見賓友也.) 禮云, "大
喪35)不避涕泣而見人"者, 言旣不行求見人, 人來見之, 不避涕泣, 以
表至哀無飾. 今見卒哭36)之後, 月旦月半, 以朔望爲詞, 不見親賓,
遇節復如是, 出何典歟? 至有尊高居喪, 弔者以是日客多, 不敢求見,
遽自告退, 宜矣. 若以爲辭, 未敢問命.(朞功37)之服, 朔望冬至俗禮外, 罕安
縞素38), 而又公除39)之後, 官人以此殿豎40)囊襆41)多似爲中, 惜哉!)

○오늘날 세간에서 상복을 벗을 때 대부분 황혼 무렵을 이용하지
만, 이는 전혀 예법에 맞지 않는다. 살펴보건대 ≪예기·단궁상≫
권6에 의하면, (춘추시대 때) 노나라 사람 중에 누군가 아침에

---

30) 子路(자로) : 춘추시대 노魯나라 사람으로 공자의 제자인 중유仲由. '자로'는 자.
    용맹함으로 이름을 떨쳤다. ≪사기·중니제자열전仲尼弟子列傳≫권67 참조.
31) 夫子(부자) : 스승이나 장자長者·고관·부친·남편 등에 대한 존칭. 춘추시대 노
    魯나라 공자의 제자들이 공자를 '부자'라고 부른 것이 대표적인 예이다.
32) 月晦(월회) : 한 달의 그믐날을 이르는 말.
33) 免服(면복) : 상복.
34) 吉服(길복) : 길례吉禮(제례) 때 입는 예복禮服을 이르는 말.
35) 大喪(대상) : 부모상을 이르는 말. 천자나 황후·세자 등의 상사를 가리킬 때도
    있다.
36) 卒哭(졸곡) : '곡을 마친다'는 의미에서 유래한 말로, 삼우제三虞祭 뒤에 지내는
    제사를 가리킨다. 그 시기는 신분에 따라 차이가 있다.
37) 朞功(기공) : 부모님을 제외한 가까운 친척이 사망했을 때 입는 상복을 이르는
    말. 1년 상을 '기朞'라고 하고, 9개월 상을 '대공大功'이라고 하고, 5개월 상을 '소
    공小功'이라고 한다.
38) 縞素(호소) : 흰 명주옷. 상복을 가리킨다.
39) 公除(공제) : 제왕이 국사國事 때문에 예법에 정해진 기한보다 빨리 상복을 벗는
    것을 이르는 말.
40) 殿豎(전수) : 내시, 환관처럼 신분이 천한 관료를 이르는 말.
41) 囊襆(낭복) : 보자기, 보따리.

상례를 마쳤는데도 저녁에 노래를 불러, 자로(중유仲由)가 그가 당일 노래 부른 것에 대해 비웃자, 공자가 비록 자로를 말리면서 "3년상은 분명 너무 길단다!"라고 말하긴 했지만, 다시 "달을 넘겼으면 좋았을 것을!"이라고 말한 것으로 보아, 그믐날 아침에 상복을 벗는 것은 길조를 따르는 것이고, 이튿날이면 달을 넘기게 된다는 것을 분명히 알 수 있다. 그래서 공자도 그가 이튿날이 되기를 기다리지 않고 노래를 부른 것에 대해 의아하게 생각한 것이다. 그래야 충분한 시간을 보낸 것이 되기에, 이 때문에 가슴 아파하며 다시 "그렇다고 시간을 충분히 가졌다고 말할 수 있겠느냐?"라고 말하였다. 오늘날 상례 규정상 그믐날에 휴가를 주는 것은 대개 아침에 기왕 길조를 따르기에, 이날 길복을 마쳐 친지나 손님들과 상견례를 다 갖게 해서 상례가 끝났다는 것을 두루 알리게 하기 위해서이다. 이튿날이 되면 다시 공무에 참여할 수 있고 누리지 못 할 오락이 없다는 뜻이다. 또 예서에서 모두 "전날 저녁에 모종의 제사 물품을 치운다"고 하고, 또 "아침 일찍 일어난다"고 한 것으로 보아, 전날 저녁에 제물을 치움으로써 이튿날 새벽을 천천히 맞이하는 것으로 간주하였다는 것을 알 수 있다. 그래서 '상복을 벗는다'고 할 때 모두 아침 시간을 따르게 되었다.(지금은 상복을 벗고 집안에서 쉴 때는 도리어 손님이나 친구를 만나지 않는다.) ≪예기·잡기하雜記下≫권42에서 "부모님 상을 당했을 때는 눈물을 마다하지 않고 사람을 만난다"고 한 것은 길을 나서 사람을 만나지는 않아도, 사람이 찾아오면 그를 만나면서 눈물을 흘리는 일을 마다하지 않는데, 이는 지극한 슬픔을 표하면서 꾸미지 않기 위함이라는 말이다. 오늘날 졸곡제를 마친 뒤가 초하루나 보름날이라는 것을 알면, 초하루나 보름날을 구실로 삼아 친지나 손님을 만나지 않고, 명절을 맞아도 이와 같이 하는 것은 어느 경전에 나오는 것일까? 신분이 존귀한 사람이 상을 당했을 경우, 조문객은 이날 손님이 많다는 이유로 감히 알현을 요청하지 않고 서둘러 스스로 물러나겠다고 고하는 것이 마땅하다. 만약 인사말을 하게 된다면 감히 운명에 대해 묻지 않는다.(가까운 친척의 상을 당했을 경우, 초하루나 보름날·동짓날의 세속적인 예법을 제외하면 흰 명주 상복을 입는 일이 거의 없고, 또 군주가 상례를 마친 뒤에 관리들은 환관이 건넨 이런 보따리가 많은 것을 좋다고 여기는 듯하니, 안타까운 일이로다!)

◇辰日(진일)

●辰日[42]不哭, 前哲非之切矣. 國朝[43]又有故事, 誠爲不能明矣. 今抑有孤辰[44]不哭, 其何云耶?

○진일이라고 해서 곡을 하지 않는 것에 대해 전대의 철인들도 이를 강하게 비판하였다. 당나라 때도 관례로 남았으니, 진실로 알 수 없는 일이 되었다. 지금은 도리어 고진날 곡을 하지 않는 풍습이 생겼으니, 이는 무슨 말일까?

◇成服(성복)

●三日成服[45]之制, 聖人斷決, 著在不刊之經, 無敢踰之矣. 今或見不詳典禮, 取信巫師[46], 有至五日之僭者. 夫禮等於天, 實崇大之事也, 非小生[47]所宜該, 但以前序從朝, 故略擧.(此見禮記第十八卷.)

○상을 당한 지 사흘이 지나 상복을 입기 시작하는 제도에 대해 성인이 결단을 내렸는데, 경전으로 간행하여 밝히지는 않았어도

---

42) 辰日(진일) : 십이지十二支 가운데 '진辰'에 해당하는 날. 납제臘祭를 올리는 날을 상징한다.

43) 國朝(국조) : 자기 왕조를 이르는 말. 여기서는 이 책의 저자인 이광예李匡乂가 속한 당나라를 가리킨다.

44) 孤辰(고진) : 십간十干과 십이지十二支를 배합했을 때 남는 두 지지地支를 가리키는 점술 용어.

45) 成服(성복) : 상례喪禮 때 대렴大斂을 치르고 처음으로 상복을 입는 것을 이르는 말.

46) 巫師(무사) : 무당. 고대에 무당이 의사도 겸한 데서 유래하였다.

47) 小生(소생) : 후배나 선비 자신에 대한 겸칭을 이르는 말. 여기서는 저자 자신에 대한 겸칭으로 쓰인 듯하다.

감히 이를 어긴 일이 없었다. 그런데 오늘날에는 간혹 전례를 자세히 살피지 않고, 무당의 말을 믿어 5일이 되어서야 그리하는 엉터리 풍습을 볼 수 있다. 무릇 예법은 하늘과 같아 실로 숭고한 일이라서 보잘것없는 서생의 몸으로 의당 다 알 수 있는 일이 아니니, 단지 전대의 질서에 따라 조정의 예법을 따르기에, 간략히만 거론한다.(이에 대한 내용은 ≪예기≫ 제18권에 보인다.)

◇出城儀(성을 나서서 치르는 제례)

●寒食拜掃. 案開元禮[48]第七十八云, "昔者宗子[49]去, 在他國, 庶子無廟, 孔子[50]許望墓爲壇, 以時祭祀. 今之上墓, 或有憑焉." 又云, "主人去塋百步下馬, 公服[51]無者常服," 則是吉禮[52]分明矣. 其上饌與時饗[53], 何殊? 今多白衫麻鞋[54]者, 衣冠[55]在野, 與黎庶[56]雷同, 大錯大誤也. 且春秋二仲月[57], 公卿拜陵, 竝具公服, 則曰時之例矣. 又案唐禮, 凡參辭竝是公服, 故松柏非遠之家, 每新改授皆見, 所以示仕祿朱紫[58]之榮, 釋褐[59]結綬[60], 抑亦如之. 其四時之享, 布

---

48) 開元禮(개원례) : 당나라 소숭蕭嵩 등이 현종玄宗의 명을 받들어 예법에 관해 정리한 책인 ≪대당개원례大唐開元禮≫의 약칭. 총 150권. ≪사고전서간명목록·사부·정서류政書類≫권8 참조. 서명에서 '개원'은 현종 때 연호(713-741)를 가리킨다.

49) 宗子(종자) : 한 가문의 적장자를 이르는 말.

50) 孔子(공자) : ≪대당개원례≫권78의 원문에는 이 말이 없기에 원전을 따른다.

51) 公服(공복) : 관리들의 정식 관복官服을 이르는 말. 보통 품계品階에 따라 주朱·자紫·비緋·녹綠·청색靑色의 오복五服으로 나뉜다. '공상公裳'이라고도 한다.

52) 吉禮(길례) : 제례祭禮의 별칭.

53) 時饗(시향) : 제왕이나 백성이 계절마다 종묘에서 올리는 제사를 이르는 말.

54) 麻鞋(마혜) : 삼을 엮어서 만든 범인凡人의 신발을 가리키는 말.

55) 衣冠(의관) : 관복官服과 갓. 벼슬아치를 비유한다.

56) 黎庶(여서) : 일반 서민을 이르는 말.

57) 二仲月(이중월) : 봄과 가을 석 달 가운데 가운데 달인 중춘 2월과 중추 8월을 아우르는 말.

58) 朱紫(주자) : 주색朱色 관복과 자색紫色 관복. 조정의 최고위 관직을 비유한다. 시대마다 차이는 있으나 보통 3품 이상은 주색과 자색 관복을, 5품 이상은 비색緋色 관복을, 7품 이상은 녹색 관복을, 9품 이상은 청색 관복을 입은 데서 유래하였다.

59) 釋褐(석갈) : 베옷을 벗다. 처음 벼슬길에 오르는 것을 비유한다.

60) 結綬(결수) : 인끈을 묶다. 즉 벼슬살이하는 것을 비유한다.

素61), 暫去襴板62), 卽可矣. 若悉白衫麻鞋, 何以表軒冕63)耶? 必申
哀敬, 豈在如斯? 今或往往仍有自宅, 便麻衣絲屨64)而去, 尤爲不可.
(或曰, "今有復在縗65), 或有巾縞, 行上墓, 參辭禮, 余謹不敢. 且又新婦參辭, 且花
釵襦袖, 夫兒郎66)旣衫鞋, 卽須新婦素色淡粧, 大乖宜也.")

○한식날에는 성묘를 가서 절을 올리고 청소를 한다. 살펴보건대
≪개원례≫권78에 "옛날에 종자가 집을 떠나 타국에 있으면, 서
자는 종묘가 없기에 멀리서 무덤을 바라보며 제단을 만들어 제
때에 제사 지내는 것을 허용받았다. 오늘날 무덤에 올라 성묘하
는 것도 어쩌면 여기에 근거한 것일 게다"라고 하였고, 또 "상주
는 무덤으로부터 백 보 떨어진 곳에서 말을 내리는데, 관복이 없
으면 일상복을 입는다"고 하였으니, 이는 길례(제례)임이 분명하
다. 그중 성묘를 가서 올리는 제례와 제철마다 올리는 제례는 무
엇이 다를까? 지금은 흰 장삼과 삼베 신발을 신는 사람이 많지
만, 벼슬아치들이 재야에 있을 때 일반 서민과 똑같이 행동하는
것은 아주 잘못된 일이다. 또 봄과 가을 중 2월 중춘과 8월 중
추에 공경 등 고관들이 무덤에서 절을 올리면서 모두 관복을 갖
춰입는 것을 두고, 시류에 맞는 관례라고들 말한다. 또 당나라
예법에 의하면 제례에 참석하는 이들은 모두 관복을 입는 관원
들이기에, 소나무와 측백나무가 심어진 무덤으로부터 멀리 떨어
져 있지 않은 사람들이 매번 새로 관직을 배수받을 때마다 늘
배알하는 것은 벼슬길에 올라 고관의 지위를 받았다는 명예를
과시하기 위해서이고, 처음 벼슬길에 올라 도장끈을 묶을 때도

---

61) 布素(포소) : 베옷과 무명옷. 평민이나 신분이 낮은 사람을 상징한다.
62) 襴板(난판) : 고대 사인士人들이 입던 적삼의 일종을 뜻하는 말인 '난삼襴衫'의
　　오기인 듯하다.
63) 軒冕(헌면) : 대부大夫 이상의 관원이 타는 수레와 예복을 뜻하는 말로 벼슬이나
　　고관을 비유한다.
64) 絲屨(사구) : 명주실로 만든 신발을 이르는 말. 고관이나 부귀를 상징한다.
65) 縗(최) : 부모님이 돌아가셨을 때 입는 거친 삼베로 만든 상복喪服을 이르는 말.
66) 兒郎(아랑) : 아들. 여기서는 새 신랑을 가리키는 말로 쓰인 듯하다.

이와 같이 한다. 그러기에 사계절에 올리는 제례에서는 일반 백
성처럼 베옷이나 무명옷을 입으면서 잠시 난삼을 벗는 것도 가
능하게 되었다. 만약 모든 사람이 다 흰 장삼을 입고 삼베 신발
을 신는다면, 어떻게 고관의 신분을 드러낼 수 있겠는가? 굳이
애도와 존경을 거듭 밝히는 것이 어찌 이와 같은 행위에 달려
있겠는가? 오늘날 간혹 왕왕 자택을 가지고 있으면서도 베옷을
입고 명주 신발을 신고 찾아가는 일이 있으나, 이는 특히 해서는
안 되는 일이다.(혹자는 말하길 "요즈음은 다시 거친 상복을 입거나 명주
두건을 쓰고서 성묘를 행하거나 제례에 참여하는 경우가 있지만, 나는 삼가 감
히 그러지 못 하겠다. 게다가 또 새색시가 제례에 참여하면서 꽃무늬 비녀를
꽂고 소매 달린 저고리를 입기까지 하고, 신랑이 장삼을 걸치고 가죽신을 신으
면 새색시에게 맨얼굴에 엷게 화장을 하게도 하지만, 이는 도리에 어긋나는 행
위임이 분명하다"라고 한다.)

◇忌日 (기일)

●忌日必哀. 又曰, "不樂." 今或其日匿訃, 不聞哀, 停喪不成服, 不面
親戚, 不留尺題, 抑有前一日晚, 便絶賓者, 未知出於何典也. 代67)
說云, "前輩人忌日, 唯不飮酒作樂, 近之矣." 然加以不出齊閤68),
飯不葷69)之疏70), 晨受親戚慰,(早見不唯別異外賓, 抑容晝得議事.) 暮當
賓朋弔,(不必黃昏, 客遠者回也.) 其晝也, 尺題留而不復, 親戚來而不拒,
言不近娛, 志不離戚, 斯可謂中禮矣. 若乃送客挾彈, 訪人辭酒, 立
時之輩, 攝祭之流, 固無足言者. 至如子就三日之不飡, 叔治七歲之
至性, 豈唯不樂? 必哀所可抑制耶?(或聞, '近代有其日焚紙錢, 旣非典禮所
載,' 余末之信.)

---

67) 代(대) : 당나라 태종太宗 이세민李世民의 피휘避諱 때문에 '세世' 대신 쓴 말인
   듯하다.
68) 齊閤(재합) : 서재, 서실. '재齊'는 '재齋'와 통용자이고, '합閤'은 '각閣'과 통용자.
69) 葷(훈) : 파나 부추 따위의 매운 맛의 조미료로 요리하는 것을 이르는 말. 대개
   육류와 함께 요리하는 것을 말한다.
70) 疏(소) : 채소를 뜻하는 말인 '소蔬'의 통용자로 쓴 듯하다.

○기일에는 반드시 애도를 표해야 한다. 또 "즐거운 표정을 지어서는 안 된다"고도 말한다. 오늘날 어떤 사람은 그날 부고를 숨기기도 하고, 애사를 듣지 않기도 하고, 상례를 멈춘 채 상복을 입지 않기도 하고, 친척과 만나지 않기도 하고, 서신을 남기지 않기도 하며, 심지어 전날 저녁부터 손님을 사절하는 경우도 있는데, 어느 전적에 나오는 애기인지 모르겠다. 세간에 전하는 말에 의하면, "전대 사람들은 기일에 단지 술을 마시거나 음악을 연주하지 않았을 뿐인데, 이것이 사리에 맞을 듯하다"라고들 한다. 그러나 더 나아가 서재를 나서지 않고, 매운 조미료를 치지 않은 담박한 채소를 먹고, 새벽에 친척의 위문을 받고,(아침에 접견할 때 외빈을 차별하지 않을 뿐만 아니라 낮에 사안을 논의하는 것도 허용된다) 저녁에 손님이나 친구의 조문을 받으며,(반드시 황혼까지 멀리 객지에 간 사람이 돌아와야 하는 것은 아니다) 낮에는 서신을 남겨도 답신하지 않고, 친척이 찾아와도 거절하지 않고, 말을 할 때 오락을 거론하지 않고, 내심 친척을 멀리하지 않는데, 이것이 예법에 맞는다고 말할 만하다. 예를 들어 손님을 전송하면서 탄환을 허리에 차거나 남을 방문하여 술을 사양할 때 같은 연배의 동료나 제례를 대행하는 사람이라면, 확실히 더 말할 필요조차도 없을 것이다. 심지어 예를 들어 아들이라면 사흘 동안 쌀밥을 먹지 않고, 숙부라면 7살 아이의 지극한 성품을 도야해야 하거늘, 어찌 단지 즐거운 표정을 짓지 않으면 그만이겠는가? 군이 애도하는 마음을 억제할 필요가 있을까?(간혹 '근자에는 그날 종이돈을 태우는 일이 있으나 전례에서 기재한 바가 아니다'라는 애기가 들리지만, 나는 이를 믿지 않는다.)

◇豹直(표범처럼 조용히 숙직하다)

●新官倂宿本署, 曰爆直, 斂作爆逆之字. 余常膺悶[71], 莫究其端. 近見惠郎中[72]實云, "合[73]作武豹字. 曾有得處, 偶忘之. 言豹性潔, 善

---

71) 膺悶(응민) : 마음 속으로 고민하다.

服氣74), 雖雪雨霜霧, 伏而不出, 慮汚其身." 自聆所聞, 每嗟所未見, 因覽列女傳75), 見陶答子76)妻所云, "南山有文豹, 霧雨七日, 不下食者, 欲以澤其毛衣, 而成文章," 乃知惠說自此爾. 小謝77)詩云78), "雖無玄豹姿, 終隱南山霧," 是也. 南華79)亦云, "豹棲於山林, 伏於嵓穴, 靜," 則倂宿公署, 雅80)是豹伏之義, 宜作豹直, 固不疑也.

○새로 임명된 관리가 자신의 관서에서 함께 숙직하는 것을 '폭직爆直'이라고 하면서도, 모두들 '폭병爆迸'이란 글자로 쓴다. 나는 늘 의심을 품었지만, 아무도 그 실마리를 연구한 이가 없다. 근자에 낭중을 맡고 있는 혜실惠實을 만났는데, 그가 말하길 "의당 '무표武豹'라는 글자로 써야 하지요. 일찍이 출처를 찾은 적이 있지만 어쩌다가 까먹었답니다. 이는 표범이 천성적으로 고결하고

---

72) 郎中(낭중) : 진한秦漢 이후로 황실의 호위와 시종을 관장하던 벼슬 이름. 삼서三署의 관원인 오관중랑장五官中郞將·좌중랑장左中郞將·우중랑장右中郞將을 설치하여 관장케 하였다. 당송唐宋 때는 상서성尙書省 소속 육부六部의 산하 기관인 4사司(총 24司)의 실무를 관장하는 기관장의 명칭이 되었다. 휘하에 원외랑員外郞를 거느렸다.

73) 合(합) : 의당, 마땅히. '당當'의 뜻.

74) 服氣(복기) : 코로 신선한 공기를 들이마시고 입으로 묵은 공기를 내보내는 호흡법을 이르는 말.

75) 列女傳(열녀전) : 전한 유향劉向(약 B.C.77-B.C.6)이 귀감이 될 만한 여인들에 대해 기록한 전기류傳記類의 책으로 저자 미상의 속편 1권까지 총 8권이다. ≪사고전서간명목록·사부·전기류≫권6 참조.

76) 陶答子(도답자) : 주周나라 때 도읍陶邑을 다스린 대부大夫의 별칭. 그에 관한 기록이 ≪열녀전·현명전賢明傳·도답자처陶答子妻≫권2에 전하나 신상에 대해서는 알려진 바가 없다.

77) 小謝(소사) : 남조南朝 남제南齊 때 시인인 사조謝朓(464-499)의 별칭. 유송劉宋 때 시인인 사영운謝靈運(385-433)을 '대사大謝'라고 한 데서 비롯되었다. 저서로 ≪사선성집謝宣城集≫ 5권이 전한다. ≪남제서·사조전≫권47 참조.

78) 云(운) : 이는 오언고시五言古詩 <(안휘성) 선성군으로 가면서 신림포를 나서서 판교로 향하다(之宣城郡, 出新林浦, 向板橋)> 가운데 마지막 연聯을 인용한 것으로 ≪사선성집謝宣城集≫권3에 전한다.

79) 南華(남화) : 전국시대 송宋나라 사람 장주莊周의 호인 '남화진인南華眞人'이나 그의 저서인 ≪장자莊子≫의 별칭 ≪남화진경南華眞經≫의 준말. 말뜻의 유래에 대해서는 알려진 바가 없다.

80) 雅(아) : 평소, 원래.

호흡을 잘 해 비록 눈·비·서리·안개가 내려도 숨어서 나오지 않으며, 자신의 몸이 더럽혀질까 염려한다는 말입니다"라고 하였다. 나 자신 소문으로 듣기는 했지만 매번 직접 보지 못 한 것을 안타까워하였는데, ≪열녀전≫을 읽다가 (주周나라 때) 도답자의 아내가 "남산에 검은 표범이 있는데, 안개와 빗속에 7일 동안 지내면서 먹이를 먹으러 내려오지 않는 것은 털에 윤기가 흘러서 무늬가 완성되기를 바라는 것입니다"라고 말했다는 내용을 보고서야, 비로소 혜실의 말이 여기서 비롯되었다는 것을 알게 되었다. (남조南朝 남제南齊) 사조謝脁가 시에서 "비록 검은 표범의 자질은 없지만, 끝내 남산의 안개 속에 숨으리라"고 한 것도 이를 두고 한 말이다. ≪장자·산목山木≫권7에서도 "표범은 산림에서 살면서 암혈에 숨어 조용히 지낸다"고 한 것으로 보아, 관공서에서 함께 숙직하는 것이 원래 표범이 숨어사는 뜻을 본받은 것이므로, 의당 ('표범처럼 조용히 숙직하다'란 의미에서) '표직'으로 써야 한다는 것은 확실히 의심의 여지가 없어 보인다.

◇引從(길을 인도하며 따르다)

●常憶幼時見在事[81], 或三五人同行. 其中[82]筒笋囊, 位下卑行者, 俾前行呵逐[83]開路, 位高行尊者, 得以默而近馬. 其高尊之殿乘[84], 亦不離馬後, 蓋饒謙之去就也. 意者偏逡便於高尊處. 今則反是, 筒笋前引以爲尊, 殿乘訖而無序, 何耶?

○늘 기억하기로 어렸을 때 모종의 일을 관장하는 사람들을 보면, 간혹 세 명에서 다섯 명이 동행하곤 하였다. 수건 주머니와 홀

---

81) 在事(재사) : 모종의 업무를 관장하는 관원을 이르는 말. '유사有司' '소사所司'와 의미가 유사하다.
82) 中(중) : 명나라 도종의陶宗儀(1316-약 1396)의 ≪설부說郛≫권14하에 수록된 ≪자가집≫에는 '건巾'으로 되어 있기에 이를 따른다. 자형의 유사성으로 인한 필사 과정상의 단순 오기로 보인다.
83) 呵逐(가축) : 사람들에게 소리쳐 길을 비키라고 쫓는 것을 이르는 말.
84) 殿乘(전승) : 맨 끝에 위치하는 수레를 이르는 말. '전殿'은 '후後' '종終'의 뜻.

주머니를 차고 있어 지위가 낮은 자에게 앞줄에서 소리쳐 사람을 쫓으면서 길을 열게 하면, 지위가 높은 자는 묵묵히 말 가까이 붙어서 따라다닐 수 있었다. 지위가 높은 사람의 맨끝 수레도 말 뒤에서 멀리 떨어지지 않은 것은 아마도 겸손함을 충분히 보이기 위한 행동이었을 것이다. 생각해 보면 아마도 신분이 높은 자에게 특별히 편의를 제공하기 위해서였으리라. 지금은 이와 반대가 되어서 수건 주머니와 홀 주머니를 찬 사람이 앞에서 길을 인도하는 것을 중요하게 여기고, 맨끝의 수레가 마지막 자리를 차지하면서 질서가 없게 된 것은 어째서일까?

◇拜禮(배례)

●夫拜者, 禮之特, 所以申敬恭之儀. 故周禮[85]有稽首[86]·頓首[87]·(空首[88]·)振動[89]·吉[90]·凶[91]·奇[92]·褒[93]·肅[94]九等之拜, 以示威靈, 而觀容止也. 其非至親行卑者, 拜則接捧, 示止之不敢當之意. 今卑謙太過, 反不敢接捧, 而鞠躬側立惕受, 翻令前人得以盡禮深拜. 又書狀[95]弔慶辭謁, 竝削去拜字, 以敬尊官, 都乖古風.

---

85) 周禮(주례) : 주周나라의 관제官制를 정리한 경서經書로 13경 가운데 하나. 후한 정현鄭玄(127-200)이 주注를 달고, 당나라 가공언賈公彦이 소疏를 단 ≪주례주소周禮注疏≫가 널리 통용되었다. ≪사고전서간명목록·경부·예류禮類≫권2 참조.

86) 稽首(계수) : 머리를 땅에까지 댄 뒤 한참 동안 조아리고 있다가 비로소 일어서는 예법을 이르는 말.

87) 頓首(돈수) : 손을 내리고 머리를 땅에 댔다가 즉시 일어서는 동작을 이르는 말로 앞의 '계수稽首'에 비해서는 가벼운 예법을 가리킨다.

88) 空首(공수) : ≪주례·춘관春官·대축大祝≫권25의 원문에 의하면 이 예법이 누락되었기에 첨기한다. '공수'는 손을 내리되 머리를 땅에 대지 않는 예법을 말한다.

89) 振動(진동) : 긴장한 태도로 몸을 움츠리고서 손을 내리는 예법을 말한다.

90) 吉(길) : 얌전하게 손을 내리는 예법인 '길배吉拜'의 준말.

91) 凶(흉) : 오른손을 왼손 위에 올리는 절을 뜻하는 말인 '흉배凶拜'의 준말. '피눈물을 흘리며 손을 내리는 동작(泣血而下手)'을 뜻하는 말로 보는 설도 있다.

92) 奇(기) : 짝수가 아닌 홀수로 절을 하는 예법을 뜻하는 말인 '기배奇拜'의 준말.

93) 褒(포) : 답례로 절을 하는 예법을 뜻하는 말인 '포배褒拜'의 준말.

94) 肅(숙) : 몸을 곧추세우고 엄숙한 표정으로 약간 손을 내리는 예법을 뜻하는 말인 '숙배肅拜'의 준말. 보통 아녀자의 예법을 가리킨다.

○무릇 절을 하는 것은 예법 가운데서도 특별한 행위로서 존경과 공손함을 거듭 밝히는 의식이다. 그래서 ≪주례・춘관春官・대축大祝≫권25에서도 '계수' '돈수' '공수' '진동' '길배' '흉배' '기배' '포배' '숙배'라는 아홉 등급의 절하는 방식을 두어, 위엄을 보이고 행동거지를 관찰하는 수단으로 삼았다. 그중 친분이 두터워 가볍게 대할 수 없는 사람이라면, 절을 할 때 받들어 모심으로써 그의 행동을 제지하여 감당할 수 없다는 뜻을 보이기 마련이다. 지금은 겸손함이 너무 지나쳐 도리어 감히 받들어 모시지 않은 채 몸소 비켜서서 예법을 받기를 꺼리기에, 도리어 선배로 하여금 예의를 다 갖춰 깊숙이 절을 하게 만들고 있다. 또 서신에서 조의와 경축을 표하고 알현의 뜻을 밝힐 때, 모두 '절'이란 말을 삭제함으로써 고관에게 경의를 표하고 있으니, 이는 모두 옛날 풍조에 어긋나는 것이다.

◇卜則嫗(점술은 노파를 본받으면 그만이다)

●非卜筮96)者, 必話桑道茂97)之行. 有嫗一無所知, 大開小肆98), 自桑而卜回者, 必白嫗"於桑門賣卜, 其神乎!" 俾來覆之, 桑言'休99)!' 則嫗言'咎!' 桑言'咎!' 則嫗言'休!' 顧後中否, 桑・嫗各半. 或有折話者曰, "斯管公明100)門前嫗也, 咸誤矣." 案符子101)云, "齊有好卜

---

95) 書狀(서장) : 윗사람에게 올리는 서신 형식의 글에 대한 총칭.
96) 卜筮(복서) : 길흉을 알기 위해 점치는 일을 이르는 말. 거북 껍질(귀갑龜甲)을 이용하는 것을 '복卜'이라고 하고, 점대(시초蓍草)를 이용하는 것을 '서筮'라고 한다.
97) 桑道茂(상도무) : 당나라 덕종德宗 때 둔갑술遁甲術에 정통했던 사람. ≪신당서・상도무전≫권204 참조.
98) 小肆(소사) : 규모가 작은 점포나 자기 자신의 점포에 대한 겸칭.
99) 休(휴) : 길조吉兆를 뜻하는 말. '휴'는 '미美'의 뜻. 반면 뒤의 '구咎'는 흉조凶兆를 뜻한다.
100) 管公明(관고명) : 삼국시대 위魏나라 때 술사術士 관노管輅. '공명'은 자. 천문과 역점易占에 정통하였고, 소부승少府丞을 역임하였는데, 48세에 죽으면서 자신의 수명을 예측하였다고 한다. ≪삼국지・위지・관노전≫권29 참조.
101) 符子(부자) : 동진東晉 때 도사 부낭符朗에 대한 존칭이자 그가 지은 도가류의 저서 이름이기도 하다. 총 20권. ≪수서・경적지≫권34 참조.

者, 十而中五, 鄰人不好卜, 常反之, 亦十中五, 與不卜等耳." 蓋是
子家設理之詞, 後人呼聲而至是. 愚欲歸實, 故證之.

○직접 점술을 행하는 사람이 아니면 필시 (당나라) 상도무의 점술
에 대해 언급하곤 한다. 한 노파가 하나도 아는 게 없으면서 자
기 점포를 크게 열었는데, 상도무로부터 점을 치고서 돌아온 사
람이 노파에게 "상도무의 집에서 점을 치면 신통하기 그지없답
니다!"라고 말하였다. 그에게 이를 복기하게 하였더니, 상도무처
럼 '길조요!'라고 말하면 노파는 '흉조요!'라고 말하고, 상도무처
럼 '흉조요!'라고 말하면 노파는 '길조요!'라고 말하는 것이었다.
뒤에 점괘가 맞는지 틀리는지를 살펴보았더니, 상도무와 노파가
각기 반씩 맞혔다. 그러자 누군가 말을 끊으면서 "이 여인은 (삼
국시대 위魏나라 때 술사인) 관공명(관노管輅) 문파에 속하는 노
파이지만 모두 잘못 맞힌다오"라고 하였다. 살펴보건대 ≪부자≫
에 "제나라에 어떤 사람은 점을 잘 치는데도 열 번 가운데 다섯
번을 맞히고, 이웃 사람은 점을 잘못 치면서 늘 그 반대로 하는
데도 열 번 가운데 다섯 번을 맞혔으니, 점을 치지 않는 것과 동
등하다"라고 하였다. 아마도 제자백가가 이치를 펴고자 하는 말
이겠으나, 후인들은 소리 높여 이 정도까지 말들을 한다. 나는
진실을 밝히고자 하기에, 이를 증거로 삼고자 한다.

◇急急如律令(율령처럼 급박하다)

●符祝之類, 末句急急如律令者, 人皆以爲如飮酒之律令, 速去不得滯
也. 一說, 漢朝每行下文書, 皆云'如律令,' 言非律非令之文書行下,
當亦如律令. 故符祝之類, 末句有'如律令'之言, 竝非也. 案律令之令
字, 宜平聲, 讀爲零.(音若毛詩[102]'盧重令'之'令,' 若人姓令狐氏之令也.) 律令

---

102) 毛詩(모시) : ≪시경≫의 한 종류로서 ≪노시魯詩≫ ≪제시齊詩≫ ≪한시韓詩≫
가 금문시경今文詩經인 반면, ≪모시≫는 고문시경古文詩經이다. 전한 때 경학가經
學家인 모형毛亨과 모장毛萇이 해설을 달아 전했다는 데서 유래하였다. 현전하는
≪시경≫도 ≪모시≫이다. 뒤에 인용한 예문은 ≪시경·제풍齊風·노령盧令≫권8

是雷邊捷鬼, 學者豈不知之? 此鬼善走, 與雷相疾速. 故云, "如此鬼
之疾走也."

○부적이나 축문 따위에서 마지막 구절에 '율령처럼 급박하다'고
하는 것에 대해, 사람들은 모두들 술을 마실 때의 주령酒令처럼
빠르게 사라지면서 남아서 맴돌지 않는다는 뜻이라고 생각한다.
또 일설에 의하면, 한나라 때 매번 문서를 내려보내면서 모두
'율령과 같다'고 한 것은 법률도 아니고 명령도 아닌 문서가 내
려가도 응당 율령처럼 빨리 시행해야 한다는 말이라고도 한다.
그래서 부적이나 축문 따위에도 마지막 구절에 '율령과 같다'는
말이 있다고 하지만, 이는 모두 틀린 말이다. 살펴보건대 율령의
'령'자는 의당 평성이므로, '령'(líng)으로 읽어야 한다.(음은 ≪시경
・제풍齊風・노령盧令≫권8의 '사냥개 목에 걸린 방울소리가 달랑달랑(盧令令)'
이라고 할 때의 '령令'과 같고, 사람의 복성인 '영호'씨의 '령令'과 같다.) '율
령'은 우레 주변에서 재빠르게 달리는 귀신을 뜻하는 말이거늘,
학자들은 어찌 이를 모를까? 이 귀신은 달리기를 잘 하여 우레
와 서로 빠르기가 같다. 그래서 "이 귀신처럼 빨리 달린다"고 말
하는 것이다.

◇永樂冢(영락방의 무덤)

●永樂坊[103]內古冢, 今人皆呼爲東王公[104]墓. 有祠堂加其上, 俗以祈
祀, 稱造化東王公, 大謬也. 案韋氏兩京新記[105]云, "未知姓名, 時
人誤爲東方朔墓也." 當時, 時人已誤. 今又轉東方朔爲東王公, 後必

의 '사냥개 목에 걸린 방울소리가 달랑달랑(盧令令)'이란 구절을 가리킨다. 여기서
'노盧'는 사냥개를 뜻하고, '령령令令'은 목에 걸린 방울소리를 형용한다. 아마도
'령令'자가 중첩되었기에 '중령重令'이라고 표현한 듯하다.

103) 永樂坊(영락방) : 당나라 때 섬서성 장안에 있던 동네 이름.

104) 東王公(동왕공) : 동방의 천제天帝이자 남자 신선의 명단을 관장하는 전설상의
신선 이름. 서왕모西王母와 대비되는 인물로서 '목공木公' '동왕東王' '동황공東皇
公' '동화진인東華眞人' '동화제군東華帝君' 등 다양한 별칭으로도 불렸다.

105) 兩京新記(양경신기) : 당나라 위술韋述이 서경西京인 섬서성 장안과 동경東京인
하남성 낙양에 대해 쓴 책. 총 5권. ≪신당서・예문지≫권58 참조.

更轉爲東里子産106)矣.(光祿坊内, 亦有占冢, 新記不載. 時人以與永樂者對, 遂目爲王母107)臺. 張郎中譙云, "常108)於雜鈔中見光祿109)者, 是漢朝王陵110)之墓, 以西呼爲王母, 所以東呼爲王公." 故附于注.)

○(섬서성 장안) 영락방 내의 오래된 무덤에 대해 요즘 사람들은 모두들 '동왕공의 무덤'이라고 부른다. 그 위에는 사당이 세워져 있는데, 세간 사람들은 기도를 올리면서 '조화동왕공'이라고 부르지만, 전혀 틀린 말이다. 살펴보건대 (당나라) 위술韋述의 ≪양경신기≫에 "성명이 알려지지 않았는데도 요즘 사람들은 잘못 알고서 (전한) 동방삭의 무덤으로 생각한다"고 한 것으로 보아, 당시 그 시대 사람들도 이미 잘못 알고 있었을 것이다. 지금은 다시 동방삭을 '동왕공'으로 바꾸었으니, 뒤에는 필시 다시 (춘추시대 정鄭나라 사람 공손교公孫僑의 별칭인) '동리자산'으로까지 바꾸게 될 듯하다.(광록방 내에도 오래된 무덤이 있지만, ≪양경신기≫에서는 기재하지 않았다. 당시 사람들은 '영락방'이란 말과 대구를 이루기에, 급기야 '서왕모의 누대'로 지목하였다. 낭중을 맡고 있는 장초張譙는 "일찍이 잡문에서 '광록'이란 말을 보았는데, 이는 전한 때 사람 왕능의 무덤인데도 서쪽에 있기에 '왕모'라고 부른다. 그래서 동쪽의 것을 '왕공'이라고 부르는 것이다"라고 하였다. 그래서 주에 덧붙여 기재한다.)

◇蜀馬(촉마)

●成都府出小駟, 以其便於難路, 號爲蜀馬. 今宣城郡, 亦有小馬, 時

---

106) 東里子産(동리자산) : 춘추시대 정鄭나라 대부大夫인 공손교公孫僑의 별칭. '동리'는 그의 거처를 가리키고, '자산'은 그의 자이다. 간공簡公 때 경卿에 올라 정사를 주도하며 많은 치적을 남겼다.

107) 王母(왕모) : 중국 전설에 나오는 불로장생不老長生을 상징하는 신녀神女 이름인 서왕모西王母의 약칭. 여신선들을 총괄하는 일을 관장하였다.

108) 常(상) : 일찍이. '상嘗'과 통용자.

109) 光祿(광록) : 진한秦漢 때 중대부中大夫를 전한 무제武帝가 고친 이름으로서 황제의 자문 역할을 담당하던 벼슬인 광록대부光祿大夫의 약칭. 여기서는 전한 사람 왕능王陵의 직책을 가리키는 듯하다.

110) 王陵(왕능) : 전한 때 사람(?-B.C.181). 고조高祖 유방劉邦을 도와 한나라를 건국한 18명의 공신 가운데 한 사람으로 유방에게 형님 대접을 받다가 안국후安國侯에 봉해졌다. ≪한서·왕능전≫권40 참조.

人皆呼爲宣州蜀馬. 語習不悟, 良可笑焉. 有似中宗時, 時人呼姚丞相[111]爲陝州吳兒.(同州桂饟[112]亦然.)

○(사천성) 성도부에서는 몸집이 작지만 수레를 잘 끄는 말이 생산되는데, 험난한 길에서도 몰기 편하기에 '촉마'로 불린다. 오늘날 (안휘성) 선성군에도 작은 말이 있는데, 요즈음 사람들은 모두들 ('안휘성 선주에서 나는 촉 땅의 말'이란 의미에서) '선주촉마'라고 부른다. 말이 익숙해져서 오류를 알지 못 하니, 실로 가소로운 일이다. 중종 때 당시 사람들이 승상 요숭姚崇을 ('섬서성 섬주의 오 땅 아이'라는 의미에서) '섬주오아'라고 부른 것과 비슷한 데가 있다.('섬서성 동주同州에서 생산되는 광서성 계주桂州의 노루'란 의미의 '동주계장'이란 말 역시 마찬가지다.)

◇蹙融(축융)

●今有弈局[113], 取一道, 人行五棊, 謂之蹙融. 融, 宜作戎. 此戲生於黃帝[114]蹙鞠[115], 意在軍戎也, 殊非圓融[116]之義. 庾元規[117]著座

---

111) 姚丞相(요승상) : 당나라 때 사람 요숭姚崇(650-721)의 별칭. 자는 원지元之. 송경宋璟(663-737)과 함께 명재상으로 명성을 떨치며 '요송姚宋'으로 병칭되었다. ≪신당서·요숭전≫권124 참조.

112) 同州桂饟(동주계장) : '섬서성 동주同州에서 생산되는 광서성 계주桂州의 노루'라는 말로 어색한 표현을 상징한다.

113) 弈局(혁국) : 바둑이나 바둑판을 이르는 말.

114) 黃帝(황제) : 전설상의 임금. 삼황三皇 가운데 마지막 세 번째 임금이란 설도 있고, 오제五帝 가운데 첫 번째 임금이란 설도 있다.

115) 蹙鞠(축국) : 공놀이의 일종. 가죽으로 주머니를 만들어 그 속에 모발을 채워 넣어서 발로 차던 놀이. 오늘날의 축구와 유사하다. 원래는 군사 훈련용 목적에서 비롯되었다고 한다. '축蹙'은 '축蹴'으로 쓰고 '국鞠'은 '국鞠'으로도 쓰며, '답국踏鞠' '답국蹋鞠'이라고도 한다. 이와 유사한 것으로 나무로 공을 만들고 말을 타고서 막대기로 치는 '격국擊鞠' '타구打毬'와 같은 공놀이도 있었다.

116) 圓融(원융) : 융통하다, 변통하다.

117) 庾元規(유원규) : 진晉나라 때 사람 유양庾亮(289-340). '원규'는 자. 명제明帝의 부인인 명목황후明穆皇后의 오빠로 중서령中書令·정서장군征西將軍을 역임하면서 곽묵郭默의 반란을 평정하여 영창현후永昌縣侯에 봉해지고 태위太尉를 추증받았다. ≪진서·유양전≫권73 참조. 그러나 이는 ≪수서·경적지≫권34나 ≪구당서·경적지≫권47, ≪신당서·예문지≫권59, ≪통지通志·예문략藝文略≫권68 등

右方118), 所言蹴戎者, 今之蹴融也. 學者固已知之.

○오늘날 바둑이란 놀이가 있는데, 한 줄을 택해 사람이 바둑알 다섯 개를 운용하면서 '축융'이라고 부른다. '융融'은 의당 '융戎'으로 써야 한다. 이 놀이는 (전설상의 임금인) 황제가 '축국'놀이를 한 데서 유래하였기에, 그 의미는 군대에 있지 결코 '융통하다'란 뜻이 아니다. (남조南朝 양梁나라) 유원위庾元威가 《좌우방》을 지으면서 말한 '축융蹴戎'이 오늘날의 '축융蹴融'이다. 학자들은 물론 이미 이러한 사실을 알고 있다.

◇錢戲(전희)

●錢戲有每以四文爲一列者, 卽史傳119)云云所120)意錢121), 是也. 俗謂之攤錢, 亦曰'攤鋪其錢,' 不使疊映欺惑也. 疾道之, 故譌其音, 音攤, 爲鼉龤反122), 音鋪, 爲蒲, 厥義此耳. 今人書此錢戲, 率作撋捕123)字, 何貶樗捕之甚耶? 案, 撋捕起自老子124). 今亦爲呼盧125)

다른 문헌에 의하면 남조南朝 양梁나라 때 사람인 '유원위庾元威'의 오기이다.

118) 座右方(좌우방) : 남조南朝 양梁나라 유원위庾元威가 지은 소설류의 책. 《수서·경적지》권34에서는 8권이라고 한 반면, 《구당서·경적지》권47에서는 3권이라고 하는 등 문헌에 따라 권수에 차이가 있는 다른 것으로 보아 여러 판본이 존재하였을 것이다. 그러나 이미 송나라 때 실전된 듯하다.

119) 史傳(사전) : 여기서는 《후한서·양기전梁冀傳》권64의 기록을 가리킨다. <양기전>에 의하면 한나라 때 '만만挽滿' '탄기彈棊' '격오格五' '육박六博' '축국蹴鞠' '의전意錢' 등의 놀이가 있었다고 한다.

120) 云云所(운운소) : 명나라 도종의陶宗儀(1316~약 1396)의 《설부說郛》권14하에 수록된 《자가집》에 의하면 '중소운中所云'의 오기이다. 문맥상으로도 이러한 표현이 자연스럽기에 이를 따른다.

121) 意錢(의전) : 도박의 일종. 손안에 든 물건을 알아맞히는 놀이인 '시매猜枚'의 별칭이란 설도 있다.

122) 反(반) : 중국 고대의 음운 표기법인 반절反切의 준말. 두 글자 가운데 앞의 글자에서 성모聲母를 따고 뒤의 글자에서 운모韻母를 따서 읽는 방법을 말한다. 예를 들어 '바라다'는 뜻의 '기覬'의 반절음이 '羌志反'이므로 성모를 '강羌'에서 따 'ㄱ'으로 읽고 운모를 '지志'에서 따 'ㅣ'로 읽은 뒤 이를 합치면 '기'가 되는 것과 같은 경우를 말한다.

123) 撋蒲(저포) : 한나라 이후 생겨서 진晉나라 때 크게 유행한, 윷 모양의 패를 던져서 승부를 가리는 놀이의 일종. 그러나 상세한 내용은 알려지지 않았다. '저撋'

者, 不宜雜其號於錢, 說攤鋪之義, 皎然可見.

○돈놀이 가운데는 매양 네 개의 동전을 한 줄로 세우는 것이 있는데, 바로 (≪후한서·양기전梁冀傳≫권64와 같은) 사서에서 말한 '의전'이란 것이 그것이다. 세간에서는 이를 '돈을 펼치는 놀이'라고도 하고, 또 '돈을 펼쳐서 늘어놓는 놀이'라고도 하는데, 중첩시켜 서로 비치게 해서 속임수를 쓰는 것을 막는다는 말이다. 이를 빠른 속도로 말하기에, 그 음이 와전되면 음이 '탄'이었던 것이 '잠'과 '흘'의 반절음인 '즐'이 되고, 음이 '포'(pū)이던 것이 '포'(pú)가 되므로, 그 의미가 이렇게 되는 것일 뿐이다. 요즘 사람들은 이 돈놀이를 적으면서 대개 '저포'라는 글자로 쓰고 있으니, '저포'라는 놀이를 폄훼하는 것이 그 얼마나 심하던가? 살펴보건대 '저포'는 (주周나라) 노자로부터 시작되었다. 지금은 ('노패라고 외친다'는 의미에서) '호로'라고도 하지만, 의당 그 명칭을 돈과 섞어서는 안 된다. 그래야 '펼쳐서 늘어놓는다'고 말하는 의의가 분명하게 드러난다.

◇寓直(우직)

●常見直宿公署, 咸云寓直, 徒以當直字. 俗稍貴文言, 而不究其義也. 案字書, "寓, 寄也." 寓直二字, 出於潘岳[126]之爲武賁中郎將[127],

---

는 '저樗'로도 쓴다.

124) 老子(노자) : 주周나라 때 도가사상가. 노자가 '저포'라는 놀이를 발명하였다는 얘기는 송나라 고승高承의 ≪사물기원事物紀原≫권9에 인용된 진晉나라 장화張華 (232-300)의 ≪박물지博物志≫에 전한다.

125) 呼盧(호로) : '노盧'라고 외치다. 즉 도박에서 좋은 패가 나오는 것을 말한다. 윷 모양의 나무패에 올빼미(梟)와 사냥개(盧) 등을 새기는데, 사냥개가 새겨진 면이 나오면 이를 '노盧'라고 한다. '노盧'는 '효梟' 다음으로 좋은 패를 가리킨다.

126) 潘岳(반악) : 진晉나라 사람(247-300). 자가 '안인安仁'이어서 '반안潘安'으로도 불렸다. 미남의 대명사로서 수재과秀才科에 천거되어 무제武帝를 위해 <적전부籍田賦>를 지어서 명성을 떨쳤다. 태부주부太傅主簿·급사황문시랑給事黃門侍郎을 역임하였는데, 가밀賈謐(?-300)에게 아부하다가 손수孫秀의 참소로 살해되었다. 문장에 뛰어났으나 성품이 경박하고 지나치게 실리적이란 평을 받았다. ≪진서·반악전≫권55 참조. 명나라 장보張溥(1602-1641)의 ≪한위육조백삼가집漢魏六朝

晉朝未有將校省, 故寄直散騎省[128]. 今百官各當本司而直, 固是當直, 安可云寓? 何異坐自居第, 而稱僑傆[129]也?

○늘 관청에서 숙직하는 것에 대해 '우직'이라고 말하는 것을 보았으나, 단지 '당직'이란 말을 써야 한다. 세간에서는 점차 문언체를 중시하면서도 그 의미를 잘 살피지 않고 있다. 자서를 보면 "'우寓'는 '맡긴다'는 뜻이다"라고 하였다. '우직'이란 두 글자는 (진晉나라 때) 반악이 무분중랑장을 지낸 데서 유래하였는데, 진나라 때는 아직 (장교를 관장하는 기관인) 장교성이 없었기에, (황제의 시종을 관장하는 기관인) 산기성에 기탁하여 숙직을 섰다. 오늘날 문무백관들이 각기 자신의 관청을 맡아 숙직을 서는 것이 실상 '당직'에 해당하거늘, 어찌 '우'라고 말할 수 있으리오? 그렇다면 자신의 저택에 머물면서도 전세살이를 하고 있다고 말하는 것과 무엇이 다르겠는가?

◇端午(단오)

●端五者, 案周處風土記[130], "仲夏端五, 烹鶩角黍[131]." 端, 始也, 謂五月初五日也. 今人多書午字, 其義無取焉[132]. 余家元和[133]中端五

百三家集·반악집≫권45에 수록된 <가을의 흥취를 읊은 부(秋興賦)>의 서문에 '태위연의 신분으로 호분중랑장을 겸직하며 산기성에 몸을 맡겨 숙직하였다(以太尉掾兼虎賁中郎將, 寓直于散騎之省)'는 말이 보인다.

127) 武賁中郎將(무분중랑장) : 제왕을 호위하고 왕궁을 경비하는 일을 관장하던 벼슬인 호분虎賁을 통솔하는 장수를 이르는 말. '무분武賁'은 당나라 때 고조高祖의 조부인 태조太祖 이호李虎의 이름자를 피휘避諱하기 위해 개칭한 명칭이다.

128) 散騎省(산기성) : 남북조南北朝 때 황제를 시종하면서 상주문의 출납을 관장하던 기관. '집서성集書省'이라고도 하였고, 관원으로 급사중給事中이나 봉조청奉朝請 등을 두었다.

129) 僑傆(교추) : 집을 세내어 사는 것을 이르는 말.

130) 風土記(풍토기) : 진晉나라 때 평서장군平西將軍을 지냈던 주처周處(236-297)가 지은 지리책. 총 3권. ≪수서·경적지≫권33 참조. ≪구당서·경적지≫권 46과 ≪신당서·예문지≫권58에 의하면 당나라 때는 10권본이 유행하였으나, ≪송사·예문지≫에 기록이 없는 것으로 보아 송나라 때 실전된 것으로 보인다.

131) 角黍(각서) : 쌀이나 찰기장을 대잎이나 갈잎으로 싸서 찐 삼각형 모양의 단오절 음식. '각반角飯' '각종角粽'이라고도 한다.

詔書, 竝無作午字處, 而近見醴泉[134]縣尉[135]廳壁, 有故光福王相題
鄭泉記處云, "端五日." 豈三十年, 端五之義別有見耶?

○'단오'와 관련하여 (진晉나라) 주처의 ≪풍토기≫를 보면 "한여름
5월 첫 5일(단오절)에는 삶은 오리와 각서를 마련한다"는 말이
있다. '단'은 처음이란 뜻이므로, ('단오端五'는) 5월 초순의 5일
을 말한다. 요즘 사람들은 대부분 ('오五'를) '오午'자로 쓰지만,
그 뜻을 찾을 근거가 없다. 우리집에 있는 (당나라 헌종) 원화(8
06-820) 연간 단오절에 내려진 조서에는 결코 '오午'자를 쓴 곳
이 없고, 근자에 (섬서성) 예천현 현위의 청사 벽을 보았더니, 고
인이 된 광복왕 이상李相이 정천 기행문을 쓴 곳에도 ('5월 초순
5일'란 의미에서) '단오일端五日'이라고 적혀 있었다. 어찌 30년
사이에 '단오'의 의미에 달리 견해가 생겨났겠는가?

◇俗字 (속자)

●俗字至夥. 芻字已有二草在心, 今或更加草[136], 非也. 因芻又記得
趨走之趨, 今皆以多居走, 非也. 焦下已有火, 今復更加一火[137], 剩
也. 瓜·果字皆不假, 更有加草[138], 瓜字已象剖形, 明矣. 俗字甚衆,
不可殫論.

○속자는 너무 많다. '꼴 추芻'자는 이미 중심부에 '풀 초屮'자가
두 개나 들어 있는데도, 오늘날 다시 초두머리 부수(艸)를 보태

---

132) 爲(위) : 문맥상으로 볼 때 '언焉'의 오기인 듯하다. 자형의 유사성으로 인한 필
사 과정상의 단순 오기로 보인다.

133) 元和(원화) : 당唐 헌종憲宗의 연호(806-820).

134) 醴泉(예천) : 섬서성의 속현屬縣 이름.

135) 縣尉(현위) : 각 현의 현령縣令 휘하에서 현령의 업무를 도와 법률과 형벌을 관
장하던 보좌관을 이르는 말.

136) 加草(가초) : '풀 초'자를 보태다. 즉 초두머리를 보태 '추蒭'로 쓰는 것을 말한다.

137) 加一火(가일화) : '불 화'자를 하나 더 보태다. 즉 속자인 '태울 초燋'자를 가리
킨다.

138) 加草(가초) : '풀 초'자를 보태다. 즉 초두머리를 보태 각기 '과苽'와 '과菓'로 쓰
는 것을 말한다.

'추蒭'로 쓰는 것은 잘못이다. '추芻'자를 근거로 또 '빨리 달리
다'란 의미의 '추趨'자를 만들었는데도, 오늘날 모두들 '다多'자를
'주走'자에 넣어 '추趨'로 쓰는 것도 잘못이다. '태울 초焦'자 아
래 이미 '불 화火'가 있는데도, 오늘날 다시 '불 화'를 하나 더 보
태 '초燋'로 쓰는 것은 군더더기이다. '오이 과瓜'자나 '과일 과
果'자 모두 가차자가 아닌데도, 다시 초두머리를 보태 '과苽'와
'과菓'로 쓰지만, '과瓜'자는 이미 오이를 쪼개놓은 형상을 본뜬
것이 명확하다. 이런 속자가 무척 많기에, 일일이 다 거론할 수
없을 정도이다.

◇俗譚(세간에서 쓰는 말)

●俗之誤譚, 不可以證者, 何限? 今人呼郡刺史爲刺史, 謂般涉139)爲
官涉, 謂茜爲濺, 食魚謂鱖爲桂, 以鍪爲詬, 人振鼻140)爲噴涕, 吐口
爲愛富,(殊不知噴嚔·噫膚. 噫者音隘, 藏府氣噫出.) 熨斗141)爲醞, 剪刀爲
箭, 帽爲慕, 禮爲里, 保爲補, 褒爲逋, 暴爲步. 觸類甚多, 不可悉數.
○세간에 유행하는 잘못된 말 가운데 증명할 수 없는 것에 어찌
한계가 있으리오? 요즘 사람들은 (군의 자사인) '군자사'를 '자사'
로 부르고, (속악 이름인) '반섭(bānshè)'을 '관섭(guānshè)'이라
고 말하고, (적색 물감의 재료인 꼭두서니풀을 뜻하는) '천茜(qià
n)'을 '참濺(qiàn)'이라고 말하며, 물고기를 먹으면서는 (쏘가리를
뜻하는 말인) '귀鱖(guì)'를 '계桂(guì)'라고 말하고, (투구게를 뜻
하는 말인) '후鍪(hòu)'를 '후詬(hòu)'라고 말하며, 사람이 새채기
하는 것을 '분체噴涕(pēntì)'라고 하고, 입으로 토하는 것을 '애부
愛富(àifù)'라고 하며,('분체噴嚔'나 '애부噫膚'는 무슨 말인지 전혀 모르겠
다. '애噫'는 음이 '애'로 폐부에서 공기가 훅하고 나오는 것이다.) (다리미를

---

139) 般涉(반섭) : 당나라 때 속악俗樂의 일종.
140) 振鼻(진비) : 재채기나 콧물을 흘리는 것을 뜻하는 말인 듯하다.
141) 熨斗(위두) : 인두나 다리미 같은 물건을 이르는 말. '위두熨斗'로도 쓴다.

뜻하는 말인) '위두'를 '온醞'이라고 하고, (가위를 뜻하는 말인) '전도'를 '전箭'이라고 하며, '모帽(mào)'를 '모慕(mù)'로 발음하고, '례禮(lǐ)'를 '리里(lǐ)'로 발음하고, '보保(bǎo)'를 '보補(bǔ)'로 발음하고, '포襃(bāo)'를 '포逋(bū)'로 발음하고, '포暴(pù)'를 '보步(bù)'로 발음한다. 이러한 종류가 너무 많아 일일이 다 헤아릴 수 없을 정도이다.

◇挽歌(만가)

●代云, "挽歌始自田橫142)門人," 非也. 左傳143)曰, "魯哀公會吳伐齊, 將戰, 齊將公孫夏令歌虞殯," 杜注, "虞殯, 送葬歌也." 如是, 則已有久矣.

○세간에서 "만가는 (전한 때) 전횡의 문인으로부터 시작되었다"고 하는 것은 틀린 말이다. ≪좌전·애공11년≫권58에 "(노魯나라) 애공이 오나라와 회합하여 제나라를 침공했을 때 전투를 벌이게 되자, 제나라 장수 공손하가 수하들에게 (만가인) '우빈'을 노래 부르게 했다"고 하였는데, (진晉나라) 두예杜預의 주에 "'우빈'은 장례를 치를 때 부르는 노래이다"라고 하였다. 이와 같은 것으로 보아 (만가는) 이미 생긴 지 오래되었을 것이다.

◇上馬(말을 탈 때의 예법)

●自便服乘馬144)已來, 旣無帷蓋, 乃漸至大裁帽席. 帽之障蔽, 近年時態, 唯修虛事. 至於致恭尊高, 不敢戴上馬, 宜矣. 直有出門, 猶露

---

142) 田橫(전횡) : 전한 때 제齊나라 제후. 고조高祖 때 그가 자살하자 수하 관리들이 애도를 표하며 <해로薤露>와 <호리蒿里>란 노래를 불러서 만가의 유래가 되었다고 한다.

143) 左傳(좌전) : 노魯나라 은공隱公 원년元年(B.C.722년)부터 애공哀公 27년(B.C.468년)까지 약 250년 간의 춘추시대 역사를 기록한 ≪춘추경春秋經≫에 대한 전국시대 노魯나라 좌구명左丘明의 해설서인 ≪춘추좌씨전≫의 약칭. 진晉나라 두예杜預(222-284)가 주를 달았다.

144) 乘馬(승마) : 수레를 끄는 데 필요한 말. 즉 말 네 마리를 가리킨다.

首面, 如之何?

○편한 복장으로 네 마리 말이 끄는 수레를 탄 이래로, 휘장이나 수레덮개가 없다가 점차 모자나 자리를 크게 만들기에 이르렀다. 모자로 얼굴을 가리는 것은 근년에 유행하는 행태로 단지 부질 없이 꾸미는 행위에 불과하다. 신분이 높은 사람에게 공손함을 보일 때는 감히 모자를 쓰고 말을 타지 않는 것이 마땅하다. 직접 문을 나서는 일이 있다 해도 얼굴을 드러내는 것이 뭐 어떠하겠는가?

■資暇集卷下■

◇非麻胡(마호는 틀린 말이다)

●俗怖嬰兒曰, "麻胡來!" 不知其源者, 以爲多髯之神而臉刺者, 非也. 隋將軍麻祜性酷虐, 煬帝令開汴河, 威稜[1]旣盛, 至稚童望風[2]而畏, 互相恐嚇曰, "麻祜來!" 稚童語不正, 轉祜爲胡. 只如憲宗朝涇將郝玭, 蕃中[3]皆畏憚, 其國嬰兒啼者, 以玭怖之則止. 又武宗朝閭閻[4]孩孺相脅云, "薛尹來!" 咸類此也. 況魏志載'張文遠[5]遼來!'之明證乎? (麻祜廟在睢陽. 鄘方節度[6]李丕卽其後, 丕爲重建碑.)

○세간에서 아이들에게 겁을 줄 때는 "마호麻胡가 온다!"고 말한다. 그 유래에 대해 잘 모르는 사람들은 수염이 많은 신으로서 얼굴에 날카로운 털이 있는 자로 생각하지만, 틀린 말이다. 수나라 때 장군 마호麻祜는 성품이 잔혹한데도 양제가 그에게 변수와 황하 일대를 개척케 하였는데, 위세가 엄청나 심지어 아이들이 멀리서 보기만 해도 두려워하며, 서로 겁에 질려서 "마호가 온다!"고 하였다. 그러나 아이들 발음이 정확하지 않아 '호祜(hù)'가 '호胡(hú)'로 바뀐 것이다. 다만 (당나라) 헌종 때 (감숙성) 경주涇州의 장수인 학비의 경우 번국 사람들이 모두 두려워하였기에, 그 제후국 아이들이 울 때 학비를 들먹여 겁을 주면 울음

---

1) 威稜(위릉) : 위엄, 위세.
2) 望風(망풍) : 멀리서 바라보다. 혹은 소문을 듣다. 지레 겁을 먹는 것을 말한다.
3) 蕃中(번중) : 제후국이나 변방의 이민족이 사는 일대를 가리키는 말.
4) 閭閻(여염) : 평범한 일반 가정집을 이르는 말. 이에 대해 ≪한서·순리열전循吏列傳≫권89의 당나라 안사고顔師古(581-645) 주에서는 "'여'는 마을 입구를 뜻하고, '염'은 마을 안에 있는 대문을 뜻한다(閭, 里門也. 閻, 里中門也)"고 풀이하였다.
5) 文遠(문원) : 삼국 위魏나라 때 사람 장요張遼의 자. 시호는 강剛. 정동장군征東將軍을 지냈고, 진양후晉陽侯에 봉해졌다. ≪삼국지·위지·장요전≫권17 참조. 그러나 현전하는 ≪삼국지≫에 위의 고사가 실리지 않은 것으로 보아 일문逸文이거나 지금은 실전된 별도의 저서인 듯하다.
6) 節度(절도) : 당송唐宋 때 한 도道나 여러 주州의 군사·민정·재정 등을 관할하던 벼슬인 절도사節度使의 약칭. 송 이후로는 실권이 없이 직함만 있었다.

을 그치곤 하였고, 또 무종 때 일반 가정집 아이들이 서로 겁을 주면서 "설사또가 온다!"고 하였으니, 모두가 이와 유사한 예들이다. 하물며 ≪위지≫에서 '(자가 문원文遠인) 장요張遼가 온다!'고 적고 있는 것이 명확한 증거임에야 더 말할 나위가 있겠는가?(마호麻祜의 사당은 (안휘성) 수양군에 있다. (섬서성) 부주鄜州와 방주方州 일대를 관장하는 절도사인 이비가 바로 그의 후손인데, 이비가 그를 위해 비석을 다시 세웠다.)

◇**不反剉(마초를 쏟지 않다)**

●諺云, "千里井, 不反唾." 蓋由南朝宋之計吏[7], 瀉剉殘草於公館井中, 且自言, "相去千里, 豈當重來?" 及其復至, 熱渴汲水遽飮, 不憶前所棄草, 草結於喉而斃. 俗因相戒曰, "千里井, 不反剉[8]," 復訛爲唾爾.

○속담에 "천 리 타향의 우물에 침을 뱉지 않는다"는 말이 있다. 아마도 남조 유송劉宋 때 어느 계리가 공관의 우물에 마초를 잘게 썰어 쏟아 부으면서, 스스로 "천 리 멀리 떨어진 곳이거늘, 어찌 다시 올 리가 있으리오?"라고 말했다가 다시 찾아오게 되었을 때, 덥고 갈증이 나서 물을 길어 급히 마시면서 전에 버렸던 마초를 생각지 못 해 마초가 목에 걸려서 사망했다는 고사에서 유래하였을 것이다. 세간에서는 이 때문에 서로 경고할 때 "천 리 타향의 우물에 잘게 쓴 마초를 쏟지 않는다"고 말하던 것이, 다시 (마초를 뜻하는 말인 '좌'가) '침 타'로 와전된 것일 뿐이다.

---

7) 計吏(계리) : 주州와 군郡의 회계 처리와 이를 조정에 보고하는 업무를 관장하는 관원을 가리키는 말.
8) 反剉(반좌) : 잘게 자른 마초를 쏟다. 이상 속담은 나쁜 사람이 남을 해치려고 설치한 위험물을 비유한다.

◇三臺(삼대)

●今之㑾酒,(㑾, 合9)作啐. 啐, 馳送酒聲, 音碎. 今訛以平聲, 促樂是也. 故且作㑾字, 貴賤近易識爾.) 三十拍10)促曲, 名三臺, 何? 或曰, "昔鄴中有三臺, 石季倫11)常爲游宴之地, 樂工倦怠, 造此以促飮也." 一說, 蔡邕自治書御史12)累遷尙書13), 三日之間, 周歷三臺14), 樂府15)以邕曉音律, 製此曲, 動邕心, 抑希其厚遺, 亦近之.

○오늘날 술을 빨리 마시라고 재촉할 때,('최㑾'는 응당 '쇄啐'라고 해야한다. '啐'는 서둘러 술을 건넬 때 내는 소리로 음은 '쇄(sui)'이다. 지금은 와전되어 평성으로 발음하는데, 악곡을 빠르게 연주하는 것이 그러한 예이다. 따라서 '최'자로도 쓰는 것은 신분의 고하를 막론하고 알아보기 쉽게 하기 위해서일뿐이다.) <삼십박>이란 빠른 곡을 연주하면서 '삼대'라고 부르는것은 어째서일까? 혹자는 "옛날 (하남성) 업땅에 있던 삼대는(진晉나라) 계륜季倫 석숭石崇이 늘 연회를 열던 곳인데, 악공이권태감을 느끼자 이 곡을 만들어 술을 재촉하였다"고 하였다. 일설에 의하면 (후한) 채옹이 치서어사를 지내다가 여러 관직을 거쳐 상서로 승진하면서 불과 사흘 사이에 (중대中臺·헌대憲臺·외대外臺 등) 세 기관의 관직을 두루 역임하자, 악부에서 채옹이

---

9) 合(합) : 의당, 마땅히. '당當'의 뜻.

10) 三十拍(삼십박) : 고대 악곡 이름. 그러나 상세한 내용은 알려지지 않았다.

11) 石季倫(석계륜) : 진晉나라 때 사람 석숭石崇(249-300). '계륜'은 자. 사도司徒를지낸 석포石苞의 아들로 형주자사荊州刺史·위위경衛尉卿을 지내면서 사신과 상인들의 재물을 갈취하여 하남성 낙양洛陽에 금곡원金谷園을 만들고 사치와 유희를일삼다가, 조왕趙王 사마윤司馬倫에게 살해당했다. ≪진서·석숭전≫권33 참조.

12) 治書御史(시서어사) : 한나라 이래로 문서를 관장하는 어사를 이르는 말.

13) 尙書(상서) : 한나라 이후로 정무政務와 관련한 문서의 발송을 주관하는 일, 혹은그러한 업무를 관장하던 벼슬을 가리킨다. '상尙'은 '주관한다(主)'는 뜻이다. 후대에는 이부상서吏部尙書나 병부상서兵部尙書와 같이 그런 업무를 관장하는 상서성尙書省 소속 장관을 뜻하는 말로 쓰였다. 휘하에 시랑侍郞과 낭중郞中·원외랑員外郞 등을 거느렸다.

14) 三臺(삼대) : 한나라 때 상서尙書·어사御史·알자謁者가 각각 관장하던 세 관아인 중대中臺(상서대)·헌대憲臺(어사대)·외대外臺를 아우르는 말.

15) 樂府(악부) : 전한 무제武帝 때 처음으로 설치되었던 음악을 관장하던 기관 이름.뒤에는 이곳에서 모은 민가民歌나 이를 모방한 사대부층의 시가詩歌를 지칭하기도하고, 송사宋詞나 원곡元曲의 대칭으로도 쓰였다.

음률에 정통하다고 생각해 이 곡을 지어서 채옹의 마음을 감동
시켜 그가 후한 상을 주기를 바란 데서 유래하였다고도 하는데,
역시 사실에 가까워 보인다.

◇借書(책을 빌리다)

●借借[16](上, 子亦反[17], 下, 子夜反)書籍, 俗曰, "借一癡, 借二癡, 索三
癡, 還四癡." 又案王府新書[18], "杜元凱[19]遺其子書曰, '書勿借人
.'" 古人云, "古諺, '借書一嗤, 還書二嗤.(嗤, 笑也.)'" 後人更生其詞,
至三四, 因訛爲癡.

○서적을 빌려주거나 빌리는 일과 관련해(앞의 '借'은 '자'와 '역'의 반절
음인 '적'이고, 뒤의 '借'는 '자'와 '야'의 반절음인 '차'이다) 세간에서는 "책
을 빌려줄 때는 한 번 웃고, 책을 빌릴 때는 두 번 웃고, 책을
돌려달라고 요구할 때는 세 번 웃고, 책을 돌려줄 때는 네 번 웃

---

16) 借借(적차) : 운서韻書에서는 '借'에 대해 '적'과 '차' 두 가지 음을 기재하면서 그
    의미 차이에 대해서는 명쾌하게 설명하지 않았지만, 위에서는 각기 '빌려주다'와
    '빌리다'란 뜻으로 본 듯하다. 한편 송나라 축목祝穆의 ≪고금사문류취古今事文類
    聚 · 유학부儒學部 · 서적≫별집권3에 인용된 ≪자가집≫에는 앞의 '적借'이 '석惜'
    으로 되어 있는데, 그러면 '서적을 빌려주는 것을 아까워한다'는 의미가 된다. 어
    느 것이 맞는지는 불분명하나, 문맥상으로 볼 때 전자가 더 자연스러워 보이기에
    위의 예문을 따른다.
17) 反(반) : 중국 고대의 음운 표기법인 반절反切을 이르는 말. 두 글자 가운데 앞의
    글자에서 성모聲母를 따고 뒤의 글자에서 운모韻母를 따서 읽는 방법을 말한다.
    예를 들어 '바라다'는 뜻의 '覬'의 반절음이 '羌志反'이므로 성모를 '강羌'에서 따
    'ㄱ'으로 읽고 운모를 '지志'에서 따 'ㅣ'로 읽은 뒤 이를 합치면 '기'가 되는 것과
    같은 경우를 말한다.
18) 王府新書(왕부신서) : 다른 문헌에 의하면 남조南朝 양梁나라 제일인齊逸人이 지
    은 유서류類書類의 책인 ≪옥부신서玉府新書≫의 오기이다. 총 3권. 송나라 축목
    祝穆의 ≪고금사문류취古今事文類聚 · 유학부儒學部 · 서적≫별집권3과 정초鄭樵(1
    104-1162)의 ≪통지 · 예문략≫권69 등 참조.
19) 杜元凱(두원개) : 진晉나라 때 사람 두예杜預(222-284). '원개'는 자. 탁지상서度
    支尙書와 형주도독荊州都督 등을 역임하였고, ≪좌전左傳≫에 주를 단 것으로 유
    명하다. 박학하여 '두무고杜武庫'란 별칭을 얻었고, 정남대장군征南大將軍을 지냈
    기에 '두정남杜征南'으로도 불렸다. 고사성어 '파죽지세破竹之勢'의 장본인이기도
    하고, 두보杜甫(712-770)가 자랑하던 조상이기도 하다. ≪진서 · 두예전≫권34 참조.

는다"고 한다. 또 ≪옥부신서玉府新書≫를 보면 "(진晉나라) 원
개元凱 두예杜預는 자신의 아들에게 서책을 물려주면서 '서책은
함부로 남에게 빌려주지 말거라'라고 말했다"고 하였다. 고인은
"옛 속담에 '남에게 책을 빌리면 한 번 웃고, 책을 돌려줄 때는
두 번 웃는다'는 말이 있다('치嗤'는 웃는다는 뜻이다)"고 하였다. 후
인이 다시 말을 만들어 3과 4까지 늘리면서, 그참에 잘못하여
('치嗤'를) '치癡'로 쓴 것이다.

◇卷白波(권백파)

●飮酒之卷白波, 義當何起? 按, 東漢旣擒白波賊[20], 戮之如卷席. 故
酒席倣之, 以快人情氣也.

○음주를 '권백파'라는 하는데, 그 의미는 어디서 기원하는 것일까?
살펴보건대 후한 때 백파적을 체포하고 나서 마치 자리를 말 듯
이 그들을 모조리 살육한 일이 있다. 그래서 술자리에서 이를 본
떠 사람들 기분을 유쾌하게 해 주는 데 활용한다.

◇龍鍾(용종)

●亟[21]有孔文子[22]之徒, 下問龍鍾之義, 且未知所自, 輒以愚見, 鍾卽
涔爾. 涔與鍾, 竝蹄足所踐處, 則龍之致雨, 上下所踐之鍾, 固淋漓
濺瀡[23]矣. 義當止此, 餘俟該通.

○이따금 공문자 등이 '용종'의 의미를 물으면서 그 유래를 모르겠
다고 하기에, 그때마다 내 개인적인 의견을 피력해 '종'은 곧 '고

---

20) 白波賊(백파적) : 후한 말엽 장각張角을 우두머리로 하여 일어난 도적의 무리인
　　황건적黃巾賊의 별칭. 황건적이 산서성 백파곡白波谷에 보루를 쌓은 데서 유래하
　　였다. 후에는 주령酒令이나 벌주를 비유하는 말로도 쓰였다.
21) 亟(기) : 이따금, 자주, 누차.
22) 孔文子(공문자) : 이 책 ≪자가집≫의 저자인 이광예李匡乂와 동시대 인물인 듯하
　　나 신원은 미상. 박물군자가 밝혀주기를 기대한다.
23) 淋漓濺瀡(임리천전) : 축축한 모양, 성대한 모양. 여기서는 빗방울이 성대하게 모
　　이는 모양을 형용하는 말로 쓰인 듯하다.

인다'는 뜻이라고 밝혔다. '잠'과 '종'은 모두 발을 디디는 장소로, 용이 비를 부를 때 위아래로 밟는 곳마다 확실히 빗방울이 많이 모이게 된다. 의미는 응당 단지 이뿐이고, 나머지는 박학한 학자를 기다려야 할 듯하다.

◇嚏咒(체 주)

●今人每嚏[24], 必自祝所祈云云. 案邶終風篇注, "願, 猶思也, 言猶我也. 蓋他人思我, 我則嚏之也." 鄭又稱, "古遺語, '每嚏云, 『人道我!』'" 以爲他人說我, 我則嚏. 此正得其願言者, 非咒願之願, 非語言之言. 今則自祝, 乃由誤解詩句爾.

○요즈음 사람들은 재채기를 할 때마다 늘 바라는 바를 저절로 축원하는 현상이라고 말한다. 살펴보건대 ≪시경·패풍邶風·종풍終風≫권3의 ('원언즉체願言則嚏' 구절의 모전毛傳) 주에 "'원願'은 '생각한다'는 뜻이고, '언言'은 '나'라는 뜻이다. 아마도 타인이 나를 생각하면, 나는 재채기를 한다는 뜻일 것이다"라고 하였고, (후한) 정현은 또 "고인이 남긴 말에 '매번 재채기를 할 때마다 『남이 내 얘기를 하나 보지!』라고 말하게 된다'는 얘기가 있다"고 풀이하였다. 이는 타인이 내 얘기를 하면 내가 재채기를 하게 된다고 생각한 것이다. 이는 바로 '원언'이란 말이 저주라고 할 때의 '원'도 아니고, 언어라고 할 때의 '언'도 아니라는 것을 잘 파악한 것이다. 오늘날 저절로 축원하는 현상이라고 하는 것은 ≪시경≫의 구절을 잘못 이해한 데서 비롯되었을 뿐이다.

◇阿茶(아차)

●公郡縣主, 宮禁呼爲宅家子, 蓋以至尊以天下爲宅, 四海[25]爲家, 不

---

24) 嚏(체) : 재채기하다. '체嚔'와 통용자.
25) 四海(사해) : 천하를 이르는 말. 고대 중국인들이 사방이 바다였다고 생각한 데서 비롯되었다. 옛날에는 온세상을 '천하天下' '해내海內' '사해四海' '육합六合' '구주九州' '신주神州' '우주宇宙' 등 다양한 어휘로 표현하였다.

敢斥呼. 故曰宅家, 亦猶陛下[26]之義. 至公主已下, 則加子字, 亦猶
帝子也. 又爲阿宅家子, 阿, 助詞也. 急語乃以宅家子爲茶子, 旣而
亦云阿茶子. 或削其子, 遂曰阿家. 以宅家子爲茶子, 旣而亦云阿茶
子, 削其子字, 遂曰阿茶. 一說, 漢魏已來, 宮中尊美之, 呼曰大家
子, 今急訛, 以大爲宅焉.

○군이나 현에 봉해진 공주를 궁중에서 '택가자'라고 부르는 것은
아마도 천자가 천하를 주택으로 여기고, 온세상을 집으로 여기기
에, 감히 대놓고 부를 수 없어서일 것이다. 따라서 '택가'라고 하
는 것 또한 '폐하'라는 의미와 같다. 공주에게까지 '자'자를 보태
는 것 또한 황제의 자식과 같다는 뜻이다. 또 '아택가자'라고도
하는데 '아'는 어조사이다. 급히 말할 때 도리어 '택가자'를 '차
자'라고 하다가, 얼마 뒤에는 '아차자'로도 부르게 되었다. 혹은
'자'자를 삭제하여 급기야 '아가'라고도 하였다. '택가자'를 '차자'
라고 하다가, 얼마 뒤 또한 '아차자'라고도 하였는데, '자'자를 삭
제하여 급기야 '아차'라고도 하였다. 일설에 의하면 한나라와 (삼
국) 위나라 이래로 궁중에서 존대하여 '대가자'라고 부르다가, 오
늘날에는 더욱 와전되어 '대'를 '택'으로 바꾸었다고도 한다.

◇下俚(하리)

●俗呼下俚[27]家爲嘉李家者,(秦人呼云) 以俚與國姓音同, 不敢聯下字
呼. 因改爲嘉, 下聲逐近, 亦以家美故也.

○세간에서 '하리가'를 '가리가'로 부르는 것은(진 지방 사람들이 그렇게
부른다고 한다) '리俚(lǐ)'가 황실 성씨(李lǐ)와 소리가 같아서 감히

26) 陛下(폐하) : 황제에 대한 존칭. '섬돌 아래 공손히 자리한다'는 의미에서 유래하
였다. 황제皇帝에게는 '섬돌 아래 있다'는 의미의 '폐하陛下'를, 친왕親王이나 제후
에게는 '전각 아래 있다'는 의미의 '전하殿下'를, 고관에게는 '누각 아래 있다'는 의
미의 '각하閣下'를, 그리고 신분이나 연령이 높은 사람에게는 '발 아래 있다'는 의
미의 '족하足下'를 사용함으로써 상대방의 지위가 낮아질수록 점차 거리를 가까이
하는 의미가 담겨 있다.
27) 下俚(하리) : 천한 신분이나 그러한 사람을 이르는 말.

(저급함을 뜻하는) '하下'자와 연결시켜 부를 수 없기 때문이다. 그래서 ('아래 하下'를 '아름다움'을 뜻하는) '가嘉'로 고친 것인데, '하'란 소리가 유사한 음을 따라야 역시 '가家'의 뜻도 아름다워지기 때문이다.

◇揚聲(양성)

●喪筵之室, 俾妓婢唱悲切聲, 以助主人之哀者, 謂之揚聲, 不知起自何代. 案, 其嚜嚜然[28], 宜呼爲羊聲, 義取報羔羊[29]跪爾, 不唯助也. 抑用邀之, 豈不深乎哉?

○초상을 치르는 집에서 기녀를 시켜 구슬픈 목소리로 슬픈 노래를 부르게 하여 주인의 슬픔을 거드는 것을 '양성'이라고 하는데, 어느 시대부터 시작된 것인지는 알려지지 않았다. 살펴보건대 그녀가 내는 우는 소리를 '양 울음소리'라고 부르는 것은 그 의미를 새끼양처럼 공손함을 알린다는 뜻을 취한 것으로, 단지 돕는다는 의미만은 아니다. 이 때문에 그녀를 맞이하는 것이니, 어찌 의미가 심오하지 않으리오?

◇屋頭(옥두)

●俗命如厠爲屋頭, 稱幷州人咸鑿土爲室, 厠在所居之上故也. 一說, 北齊文宣帝怒其魏郡丞[30]崔叔寶, 以溷汁[31]沃頭. 後人或食, 或避親長, 不能正言溷, 因影爲沃頭[32]焉.

○세간에서는 측간에 가는 것을 '옥두'라고 하는데, (산서성) 병주 사람들이 모두 흙을 파 방을 만들면서 측간을 거처 위쪽에 두기

---

28) 嚜嚜然(매매연) : 양이 우는 소리를 형용하는 말.
29) 羔羊(고양) : 새끼양. 검약하고 정직한 성품을 상징한다.
30) 丞(승) : 태수太守(군수)의 부관인 군승郡丞이나 현령縣令의 부관인 현승縣丞의 약칭.
31) 溷汁(혼즙) : 오물의 액체, 즉 똥물을 이르는 말.
32) 沃頭(옥두) : 측간을 뜻하는 속어. '옥屋'과 '옥沃'이 소리가 같고 덮어씌우다는 의미가 유사한 데서 기인한 듯하다.

때문이라고 한다. 일설에 의하면 (북조) 북제 때 문선제가 (하북성) 위군의 군승인 최숙보에게 화가 나 똥물을 그의 머리에다가 부은 데서 유래하였다고도 한다. 후인들은 이를 약용으로 먹기도 하였는데, 혹여 집안 어른들 앞에서 말을 삼가느라 대놓고 측간을 언급할 수가 없었기에, '옥두'라는 말로 감추었을 것이다.

◇車輊(거지)

●俚語以車頓前爲質者, 乃由不識輊字故也.(輊, 音致.) 詩云, "如輊如軒." 前重爲輊, 後重爲軒. 俚見輊字似桎字, 便以支乙音呼.(俚語之謬放[33]此者, 觸類而思, 從可知矣. 至如見馬首之低者, 遂爲頭質, 乃由車質之誤也. 亦宜云頭輊, 其義與車同矣.)

○세간에서 수레가 앞으로 기우는 것을 '질質(zhi)'이라고 하는 것은 다름아니라 '지輊(zhi)'자를 모르기 때문이다.('輊'는 음이 '지(zhi)'이다.) ≪시경·소아小雅·유월六月≫권17에 "앞으로 기울기도 하고, 뒤로 기울기도 하네"라는 구절이 있는데, 앞이 무거운 것을 '지輊'라고 하고, 뒤가 무거운 것을 '헌軒'이라고 한다. 세간에서는 '지'輊자가 '질桎(zhi)'자와 유사하기에, '지支'와 '을乙'의 반절음인 '질'로 부르는 것이다.(속어에서 잘못된 표현 가운데 이와 유사한 것은 유사 사례를 따져서 생각해 보면 잘 알 수가 있다. 심지어 예를 들어 말이 머리를 숙이는 것까지 급기야 '두질頭質'이라고 하는 것도 바로 '거질車質'의 오류에서 비롯된 것이다. 이 역시 '두지頭輊'라고 말해야 하는 것도 그 의미가 수레의 경우와 같기 때문이다.)

◇竹笪(죽달)

●龘籧篨[34], 因江東呼爲笪, 今京洛[35]皆呼爲竹笪.(今俗字音笪爲怛, 蓋此字音旦, 又音闥, 當是有於笪旁書旦闥二音者, 遂誤合二音, 反謂是怛, 遂以成俗.)

---

33) 放(방) : 닮다, 유사하다. '방倣'과 통용자.
34) 籧篨(거제) : 거칠게 짠 대자리를 이르는 말.
35) 京洛(경락) : 도성의 별칭. 후한 때 하남성 낙양에 도읍을 정한 데서 유래하였다. 낙양을 지칭할 때도 있다.

余嘗因市, 此呼作閏音, 爲輕薄所嗤, 曰, "眞村裏書生!" 余應之曰,
"聲亦呼作旦音, 知乎?"(若是者又多, 難悉言.)

○거친 대자리를 장강 동쪽 일대에서 '달'이라고 불렀기에, 오늘날
도성에서도 모두 '죽달'이라고 부른다.(오늘날 속자에서 '달筆'을 '달怛'
로 발음하는데, 아마도 이 글자가 음이 '단'이면서 또한 '달'이기도 하여 분명
누군가 '달' 옆에 '단'과 '달'이란 두 가지 음을 적었고, 급기야 두 가지 음을 잘
못 합치는 바람에 도리어 '달'이라고 생각해 끝내 관습이 되었을 것이다.) 내
가 일찍이 시중의 관습에 따라 이 글자를 '달'음으로 발음하였더
니, 어느 경박한 사람이 비웃으며 "진정 촌뜨기 서생이구려!"라
고 놀려댔다. 그래서 나는 그에게 응답하기를 "소리를 '단'음으로
도 낸다는 사실을 알고 있소?"라고 하였다.(이와 같은 경우 또한 많기
에, 일일이 다 언급하기 어렵다.)

◇驢爲衛(나귀를 '위衛'라고 하다)

●代[36]呼驢爲衛, 於文字未見. 今衛地出驢, 義在斯乎? 或說以其有
軸[37]有槽, 譬如諸衛有胄曹[38]也, 因目爲衛.(自前漢有直廬, 郞吏[39]居之.
令則衛士處之, 至今紫宸[40]·宣政殿外, 皆有廬舍, 以宿衛士, 是也.)

○세간에서는 나귀를 '위'라고 부르지만, 문서상에서 그러한 예를
본 적이 없다. 오늘날 위 지방에서 나귀가 나기에 의미가 여기서
비롯된 것일까? 혹자는 나귀에게 투구를 씌우고 구유를 마련해
주기에, 비유하자면 여러 호위부대에 주조胄曹라는 벼슬이 있는
것과 같아서 '위'란 이름을 붙였다고 설명한다.(전한 때부터 숙직하는
건물을 설치하여 낭관들이 그곳에 거처하였다. 법령에 의하면 위병이 그곳에

---

36) 代(대) : 당나라 태종太宗 이세민李世民의 피휘避諱 때문에 '세世' 대신 쓴 말인
듯하다.
37) 軸(주) : 투구. '주胄'와 통용자.
38) 胄曹(위조) : 무기에 관한 일을 관장하는 벼슬 이름인 '주조胄曹'의 오기인 듯하
다. 자형의 유사성으로 인한 필사 과정상의 단순 오기로 보인다.
39) 郞吏(낭리) : 조정의 주요 행정 기관인 상서성尙書省·중서성中書省·문하성門下
省 소속 시랑·낭중·원외랑 등의 관원들에 대한 총칭. '낭관郞官'이라고도 한다.
40) 紫宸(자신) : 당나라 때 황제가 숙식하던 편전便殿 이름.

머물렀는데, 오늘날에 이르러서도 자신전이나 선정전 밖에 모두 숙소를 두어 위병을 묵게 하는 것이 바로 그러한 예이다.)

◇奴爲邦(노비를 '방邦'이라고 하다)

●呼奴爲邦者, 蓋舊謂僮僕之未冠者曰豎人, 不能直言其奴, 因號奴爲豎. 高歡[41)東魏用事[42)時, 相府法曹[43)卒子炎[44)誤犯歡奴, 杖之. 歡諱樹[45), 而威權傾於鄴下[46). 當是郡寮以豎同音, 因目奴爲邦, 義取'邦君樹塞門[47).' 以句內有樹字, 假豎爲樹. 故歇後[48)爲言. 今兼刪去君字呼之. 一說, 邦字類拜字, 言奴非唯郎主[49), 是賓則拜.

○노비를 '방'이라고 부르는 것은 아마도 오래 전부터 어린 하인으로서 아직 갓을 쓰지 않는 자를 '수인'이라고 부르면서, 대놓고 그 노비를 언급할 수가 없어 노비를 '수豎(shù)'라고 부른 데서 기인한 듯하다. 고환이 (북조北朝) 동위에서 권력을 잡고 있을 때, 승상부의 법조참군인 신자염辛子炎이 고환의 노비를 함부로 잡아다가 매질을 한 일이 있다. 고환은 '수樹(shù)'자를 피휘하였고, 위세가 (수도인 하북성) 업하 일대를 경도시킬 정도였다. 당시 관리들은 '수豎'가 ('수樹'와) 동음이라고 생각해 '노奴'를 '방邦'으로 불렀는데, 이는 의미상 (≪논어·팔일八佾≫권3의) '군주

---

41) 高歡(고환) : 북조北朝 북제北齊 신무제神武帝(496-547)의 성명.

42) 用事(용사) : 국사를 좌우하다, 권력을 휘두르다.

43) 法曹(법조) : 고관 휘하에서 법률을 관장하는 벼슬인 법조참군法曹參軍의 약칭.

44) 卒子炎(졸자염) : 위의 예문과 관련이 있는 내용이 ≪북제서·두필전≫권24에도 전하는데, 이에 의하면 '신자염辛子炎'의 오기이다. 자형의 유사성으로 인한 필사 과정상의 단순 오기로 보인다.

45) 諱樹(휘수) : '수樹'자를 피휘避諱하다. 북제北齊 신무제神武帝 고환高歡의 부친 이름이 '수樹'라서 피휘하였다는 말이다. ≪북제서·신무제본기≫권1 참조.

46) 鄴下(업하) : 북조北朝 동위東魏 때 도성. 지금의 하북성 임장현臨漳縣 일대.

47) 塞門(색문) : 마당과 방 사이에 세우는 가림막을 이르는 말. '방군수색문邦君樹塞門'은 ≪논어·팔일八佾≫권3에 전한다.

48) 歇後(헐후) : 기존의 성어나 숙어에서 뒷부분을 생략하고 앞부분만으로 의미를 나타내는 표현 방식을 이르는 말.

49) 郎主(낭주) : 노비가 주인을 부를 때 쓰는 칭호.

(邦君)가 가림막을 세운다(樹)'는 뜻을 취한 것이다. 문구에 '수樹'자가 있기에 (발음이 같은) '수豎'를 빌어다가 '수樹'를 대신한 것이다. 그래서 헐후어의 방식으로 말을 만들어 냈다. 지금은 '군君'자를 제거하고서 부른다. 일설에 의하면 '방邦'자가 '배拜'자와 비슷하게 생겼기에, 노비는 주인뿐만 아니라 손님에게도 절을 한다는 말이라고도 한다.

◇措大 (조대)

●代稱士流爲醋大, 言其峭醋50)而冠四人51)之首. 一說, 衣冠52)儼然, 黎庶53)望之, 有不可犯之色, 犯必有驗, 比於醋而更驗, 故謂之焉. 或云, "往有士人, 貧居新鄭54)之郊, 以驢負醋, 巡邑而賣, 復落魄55)不調, 邑人指其醋馱而號之. 新鄭多衣冠所居, 因總被斯號." 亦云, "鄭有醋溝, 士流多居其州, 溝之東尤多甲族56), 以甲乙敍之, 故曰醋大." 愚以爲四說皆非也. 醋宜作措, 止言其能擧措大事而已.

○세간에서 선비 계층을 '초대'라고 부르는 것은 그가 훌륭하여 사 ·농·공·상 네 계층 가운데 으뜸을 차지한다는 말이라고 한다. 한편 일설에 의하면 의관을 갖춘 선비들은 모습이 엄숙하여 서민들이 멀리서 보고서도 범할 수 없는 기색이 있고, 범하면 반드시 상응하는 결과가 나타나 식초보다도 더 혹독한 징후를 보이기에, 그렇게 말하는 것이라고도 한다. 또 혹자는 "왕년에 어느 선비가 (하남성) 신정현의 교외에서 가난하게 살다가 나귀에 식초를 싣고서 고을을 돌며 장사를 하였는데, 신세가 몰락하여 더

---

50) 峭醋(초초) : 훌륭한 모양을 뜻하는 말인 '초조峭措'와 통용어인 듯하다.
51) 四人(사인) : 사士·농農·공工·상商 네 계층을 아우르는 말. '사민四民'이라고도 한다.
52) 衣冠(의관) : 관복官服과 갓. 벼슬아치를 비유한다.
53) 黎庶(여서) : 일반 서민을 이르는 말.
54) 新鄭(신정) : 하남성 개봉부開封府의 속현屬縣 이름.
55) 落魄(낙탁) : 신세가 몰락한 모양. '낙탁落拓' '낙탁落度' '낙탁落托'으로도 쓴다.
56) 甲族(갑족) : 문벌이 대대로 훌륭한 명문귀족을 일컫는 말.

이상 벼슬에 오르지 못 하였기에, 고을 사람들이 그의 식초 꾸러미를 가리켜 그렇게 불렀다. 신정현에는 벼슬아치들의 거처가 많기에, 총괄해서 이렇게 불렀던 것이다"라고도 하고, 또 "정 지방에 식초 도랑이 있고, 선비들이 그곳에 많이 거주하는데, 도랑 동쪽에 특히 명문귀족이 많이 살아 갑으로 서열을 매겼기에, '초대'라고 한 것이다"라고도 한다. 나는 이상 네 가지 설 모두 틀렸다고 생각한다. '초醋'는 의당 '조措'로 써야 하는데, 이는 단지 그들이 큰 일을 감당할 수 있다는 말에 불과하기 때문이다.

◇抱木(포목)

●南土有木, 以抱爲名者, 言其輕滿, 不能成斤, 亦以造器, 滿抱如無, 因以懷抱名之也. 南土多陂塘, 多生水松. 其抱木麕水沫, 依松而成, 似松之疣贅[57], 浮繞其株, 悉去水面三寸, 原其化徵, 假松之氣爾. 故其臭芳, 其質輕. 抱木突, 輕於赤脚, 誠哉斯言! 然余爲南漳[58]守, 命工爲函匣筒韠[59], 抑造淸明毬卵, 輕齎[60]而歸, 北人莫不稱便而異焉.

○남방의 어느 나무를 '포목'이라고 명명하는 것은 그것이 가벼워서 채 한 근도 되지 않고, 또 그것으로 그릇을 만들면 한 아름 안아도 마치 없는 것처럼 느껴져, '회포'라는 말로 이름 지었다는 말이다. 남방에는 저수지가 많아 수송이 많이 자란다. 그 '포목'은 수분이 없어 소나무에 기대 자라기에, 마치 소나무의 혹처럼 물에 뜬 채 소나무 그루터기를 감싸는데, 모두 수면에서 세 치 가량 떨어져 그 영향력에 바탕하여 소나무 기운을 빌리는 것일 뿐이다. 그래서 그 냄새는 향기롭고, 그 재질은 가볍다. 포목은

---

57) 疣贅(우췌) : 혹이나 사마귀·독창毒瘡 따위를 아우르는 말로 군더더기나 쓸데없는 사물을 비유한다.
58) 南漳(남장) : 호북성 양양군襄陽郡의 속현屬縣 이름.
59) 韠(병) : 칼집. '병鞞'와 통용자.
60) 輕齎(경재) : 휴대하기 편하게 여장을 꾸리는 일을 이르는 말.

건드려도 맨발보다 가볍게 느껴지니, 이 말이야말로 진실로 맞는 말이로다! 그러나 내가 (호북성) 남장현의 현령을 지내면서 장인을 시켜 상자나 궤짝·나무통·칼집 따위를 만들게 하고, 다시 청명절에 가지고 놀 공을 제작하여 가볍게 짐을 싸서 돌아오자, 북방 사람들 모두 간편하면서 기이하다고 칭찬하였다.

◇薛陶牋(설도전)

●松花牋, 代以爲薛陶61)牋, 誤也. 松花牋, 其來舊矣. 元和62)初, 薛陶尙斯色, 而好製小詩63), 惜其幅大, 不欲長,(賸長64)之長) 乃命匠人狹小之. 蜀中才子, 旣以爲便, 後減諸牋, 亦如是, 特名曰薛陶牋. 今蜀紙有小樣者, 皆是也, 非獨松花一色.

○(송화 문양이 새겨진 종이인) '송화전'을 세간에서 '설도전'이라고 하는 잘못된 표현이다. '송화전'은 그 유래가 오래되었다. (당나라 헌종) 원화(806-820) 초에 설도薛濤는 이 빛깔을 중시하고 절구시를 즐겨 지었는데, 그 편폭이 너무 큰 것을 아깝게 생각해 남아도는 것을 원치 않아서,('장長'은 남아돌 정도로 길다는 의미의 '잉장賸長'의 '장長'이다) 결국 장인을 시켜 그것을 작게 만들었다. (사천성) 촉주 땅의 재자가인들이 이를 편리하게 여겨, 뒤에 편지지의 길이를 이처럼 줄이고는 특별히 '설도전'이라고 명명하였다. 오늘날 촉주의 종이 가운데 작은 것도 모두 이러하므로, 단지 송화 같은 한 가지 빛깔만 띤 것은 아니다.

◇稠桑硯(조상연)

●稠桑65)硯, 始因元和初, 愚之叔翁宰虢66), 之耒陽67)邑, 諸季父溫

---

61) 薛陶(설도) : 당나라 헌종憲宗 때 사천성 촉주蜀州의 유명한 기녀인 '설도薛濤'의 오기.

62) 元和(원화) : 당唐 헌종憲宗의 연호(806-820).

63) 小詩(소시) : 편폭이 짧은 시를 뜻하는 말로 대개 절구絶句를 가리킨다.

64) 賸長(잉장) : 공간이 남아돌 정도로 긴 것을 뜻하는 말.

淸68)之際, 必訪山水以游, 一日於澗側見一紫石, 憩息于上, 佳其色, 且欲(闕)隨至, 遂自勒姓氏年月, 遂刻成文, 復無刓缺, 乃曰, "不刓不麩69), 可琢爲硯矣!" 旣就琢一硯而過, 但惜重大, 無由出之. 更行百步許70), 往往有焉. 又行乃多, 至有如拳者, 不可勝紀, 遂與從僮挈數拳而出, 就縣第製硯. 時有胥性巧, 請硯之, 形出甚妙, 季父每與俱之澗所. 胥父兄, 稱桑逆肆71)人也, 因季父請, 解胥藉, 而歸父兄之業. 於是來硯, 開席於大路, 厥利驟肥. 土客競效, 各新其意, 爰臻諸器焉. 季父大中72)壬申歲授陝. 今自元和後, 往還京洛, 每至稱桑, 鑴者相率, 輒有所獻, 以報其本, 迄今不怠. 季父別業73), 在河南福昌邑, 下至於弟姪, 市其器, 稱福李家, 則價不我賤.(然則其石以爲諸器, 尤愈於硯.)

○'조상연'은 처음 (당나라 헌종) 원화(806-820) 초엽에 나의 숙조부가 (하남성) 괵주를 다스리다가 (호남성) 뇌양읍으로 가자, 여러 계부들이 부친을 잘 모실 때 늘 산수를 찾아 유람하곤 하였는데, 하루는 냇가에서 자색 돌을 하나 발견해 그 위에서 휴식을 취하다가, 그 빛깔이 아름다워 함께 그것을 찾아서 급기야 성명과 날짜를 새겨 문장을 완성하고는 더 이상 흠결이 없기에, "모나지도 않고 흠결도 없으니, 가공해서 벼루로 만들면 좋겠구나!"

---

65) 稱桑(조상) : 하남성에 위치한 역참驛站 이름.

66) 虢(괵) : 하남성의 속주屬州 이름.

67) 耒陽(뇌양) : 호남성의 속현屬縣 이름. 당나라 두보杜甫가 만년에 사천성 성도成都를 떠나 여행길에 올랐다가 열흘 동안 굶을 정도로 힘들게 객지생활을 보냈던 곳으로 유명하다.

68) 溫淸(온청) : 겨울에는 체온으로 덥혀 자리를 따뜻하게 만들고 여름에는 부채질을 하여 자리를 시원하게 만드는 일. 곧 부모를 효심을 다해 모시는 것을 말한다.

69) 不刓不麩(불완불부) : 모나지도 않고 흠결도 없다. 완전무결한 것을 말한다. '불완불결不刓不缺'이라고도 한다.

70) 許(허) : 가량, 쯤. 어느 정도를 헤아리는 말.

71) 逆肆(역사) : 여관, 숙소를 이르는 말. '역逆'은 '영迎'의 뜻이고, '사肆'는 '점店'의 뜻이다. 즉 손님을 맞이하는 점포라는 뜻에서 비롯되었다.

72) 大中(대중) : 당唐 선종宣宗의 연호(847-859).

73) 別業(별업) : 별장의 별칭.

라고 한 데서 유래하였다. 하지만 그것을 가져다가 벼루를 만들었지만, 애석하게도 너무 무겁고 커서 이를 내놓을 수가 없었다. 다시 백 걸음을 가다 보니 곳곳에 그러한 것이 있었다. 또 도중에 그것들이 많았는데, 심지어 주먹 만한 것이 이루 헤아릴 수 없을 정도로 많았기에, 마침내 종복들과 함께 몇 개를 가지고 나와서 현의 저택에 도착해 벼루로 깎았다. 때마침 솜씨가 좋은 사위가 이를 깎겠다고 하였는데, 모양새가 잘 나와 계부가 매번 함께 냇가를 찾아갔다. 사위의 부형은 (하남성) 조상역의 숙소를 관장하던 사람인데, 계부의 부탁 때문에 사위의 관적을 잘 알아 부형의 공으로 돌린 것이다. 이에 가져다가 깎고는 대로에 자리를 펼치자 그 수익이 갑자기 많아졌다. 각지에서 찾아온 길손들도 다투어 본받으면서 각자 참신한 아이디어를 내놓았기에, 여러 가지 기물로 발전하였다. 계부는 (선종) 대중 임신년(852)에 (하남성) 섬주자사를 배수받았다. 이제 원화(806-820) 이후로 도성으로 돌아가면서 매번 조상역에 도착하면, 조각하는 이들이 서로 앞장서 번번이 바치면서 그 유래를 보고하고 있는데, 오늘날까지도 게을리하지 않고 있다. 계부의 별장은 하남군 복창현에 있는데, 아래로 동생이나 조카에 이르기까지 그 기물을 팔면서 ('복창현의 이씨 가문'이란 의미에서) '복리가'로 부르고 있는 것으로 보아, 값어치로 볼 때 우리 가문을 함부로 대하지는 않는 것이라 하겠다.(그런즉 그 돌은 여러 가지 기물을 만들 수 있지만, 특히 벼루를 만드는 데 좋다고 하겠다.)

◇石鏊餠(석오병)

●石鏊餠, 本曰嗒餠. 同州[74]人好相嗒, 將投公狀[75], 必懷此而去, 用備狴牢[76]之粮. 後增以甘辛, 變其名質, 以爲貢遺矣.

---

74) 同州(동주) : 섬서성의 속주屬州 이름.
75) 公狀(공장) : 공문서.
76) 狴牢(폐뢰) : 감옥. '폐어狴圄' '폐옥狴獄'이라고도 한다.

○(떡의 일종인) '석오병'은 본래 '언병'이라고 하였다. (섬서성) 동주 사람들은 서로 상소리하기를 좋아하였는데, 소장을 투서하게 되면 반드시 이를 품에 안고서 찾아가면서 옥살이에 필요한 식량으로 장만하였다. 뒤에는 단맛과 매운맛이 나는 것을 보태 그 품질을 바꾸어서 공물로 삼게 되었다.

◇李環餳(이환당)

●蘇乳[77]煎之輕餳, 咸云, "十年來始有, 出河中[78]." 余實知其由, 此武臣李環家之法也. 余弱冠前, 步月洛之綏福里, 方見夜作, 問之, 云乳餳. 時新開是肆, 每斤六十文[79]. 明日市得而歸, 不三數[80]月, 滿洛陽盛傳矣. 開成[81]初, 余從叔聽之. 鎭河中, 自洛招致餳者, 居於蒲, 蒲上因有是餳. 其法寧聞傳得, 唯(闕)軍人竊得法之十八九. 故今奉天[82]亦出輕餳, 然而劣於蒲者, 不盡其妙焉.

○'소유'는 그것을 끓이면 연한 엿이 되는데, 모두들 "10년 전부터 처음 생긴 것으로 (산서성) 하중군에서 난다"고 말한다. 내가 사실 그 유래를 아는데, 이는 무관인 이환의 집에서 만들었던 것이다. 내가 약관의 나이가 되기 전에 (하남성) 낙양의 수복리에서 달빛을 받으며 산보하다가 밤에 엿을 만드는 것을 보고서 묻자, '유당'이라고 하였다. 당시 새로 이 가게를 열었을 때 값은 한 근에 60냥이나 나갔다. 이튿날 저자에서 그것을 구입해 돌아왔는데, 채 서너 달도 안 돼 낙양 전체로 퍼졌다. (당나라 문종) 개성(836-840) 초에 나는 숙부로부터 그 얘기를 들었다. 하중군을

---

77) 蘇乳(소유) : 연유의 일종으로 추정되나 불분명하다. 박물군자가 밝혀주기를 기대한다.
78) 河中(하중) : 산서성의 속군屬郡 이름.
79) 文(문) : 동전을 세는 양사. 냥. 남북조南北朝 이래로 동전에 문자를 새긴 데서 유래하였다.
80) 三數(삼수) : 서넛. 비교적 적은 수치를 나타내는 말.
81) 開成(개성) : 당唐 문종文宗의 연호(836-840).
82) 奉天(봉천) : 섬서성의 속현屬縣 이름.

진수하게 되면서 낙양으로부터 엿을 만드는 사람을 초청해 포읍에 거주케 하였기에, 포읍에 이 엿이 있게 되었다. 그 제작법은 차라리 전해들을 수는 있지만, 오직 (궐문) 군인이 그 제작법 가운데 10분의 8 내지 9를 알고 있다. 그래서 오늘날 (섬서성) 봉천현에서도 연한 엿이 생산되지만, 포읍의 것보다 뒤떨어지는 것으로 보아, 그 솜씨를 다 터득하지는 못 한 듯하다.

◇風爐子(풍로자)

●以周繞通風也. 一說, 形像烽火, 名烽爐子, 理亦近焉.

○('풍로자'는) 두루 바람을 통하게 하기 위한 것이다. 일설에 의하면 모양새가 봉화와 닮아서 '봉로자'라고도 한다고 하는데, 이치상 그럴 듯하다.

◇相思子(상사자)

●豆有圓而紅, 其首烏者, 擧世呼爲相思子, 卽紅豆之異名也. 其木斜斫之, 則有文, 可爲彈博局及琵琶槽. 其樹也大株而白枝, 葉似槐. 其花與皂莢[83]花無殊, 其子若穭豆[84], 處于甲中, 通身皆紅. 李善云[85], "其實赤如珊瑚," 是也.

○콩 가운데 둥글면서 홍색을 띠는 것이 있는데, 머리 부위가 검은 것을 온세상 사람들이 모두 '상사자'라고 부르지만, 바로 '홍두'의 별명이다. 그 나무를 비스듬히 자르면 문양이 있기에, 바둑판이나 비파를 담는 통으로 만들 수 있다. 그 나무는 그루터기가 크고, 가지가 하야며, 잎사귀가 홰나무의 그것과 비슷하다. 그 꽃은 쥐엄나무 꽃과 다르지 않고, 그 열매는 불콩과 흡사한데, 껍데기

---

83) 皂莢(조협) : 쥐엄나무.
84) 穭豆(변두) : 불콩.
85) 云(운) : 당나라 이선李善의 말은 남조南朝 양梁나라 소통蕭統이 엮은 ≪문선文選・경도하京都下≫권5에 수록된 진晉나라 좌사左思의 <오나라 도읍을 읊은 부(吳都賦)>의 주에 보인다.

속에 있으면서 온통 다 붉은 색을 띤다. (당나라) 이선이 "그 열
매는 산호처럼 붉다"고 한 것도 이를 두고 한 말이다.

◇甘草(감초)

●所言甘草, 非國老之藥者, 乃南方藤名也. 其叢似薔薇而無刺, 其葉
似夜合而黃細, 其花淺紫而蕊黃, 其實亦居甲中. 以枝葉俱甜, 故謂
之甘草. 藤, 土人異呼爲草而已. 出在潮陽[86], 而南漳亦有, 故備載
之.

○이른바 '감초'라는 것은 노인들이 복용하는 약초가 아니라 바로
남방의 덩굴 이름이다. 그 덤불은 장미와 비슷하지만 가시가 없
고, 그 잎사귀는 야합화와 비슷하지만 황색을 띠고 가늘며, 그
꽃은 옅은 자색을 띠지만 꽃술은 황색을 띠고, 그 열매 역시 껍
데기 속에 들어 있다. 가지와 잎사귀가 모두 달콤하기에, '감초'
라고 부른다. 덩굴을 원주민들은 달리 '초'라고 부를 뿐이다. (광
동성) 조양현에서 나지만, (호북성) 남장현에도 있기에 이를 함께
기재한다.

◇投子(투자)

●投子者, 投擲於盤筵[87]之義. 今或作頭字, 言其骨頭所成, 非也. 因
此兼有作骰[88]字者. 案諸家之書, 骰卽股字爾, 不音投.(史記, "蔡澤說
范雎[89]曰, '博者或欲大投.'" 裴注云, "投, 瓊也." 則知以玉石爲投擲之義, 安有頭

---

86) 潮陽(조양) : 광동성 조주潮州의 치소治所가 있던 현 이름. 당나라 때 한유韓愈(7
  68-824)가 폄적당한 곳으로 유명하다.
87) 盤筵(반연) : 연회석.
88) 骰(고) : '고股'와 통용자. 그러나 후대에는 주사위란 의미로 쓰면서 파음破音을
  만들어 '투(tóu)'로 발음하게 되었다.
89) 范雎(범수) : 전국시대 위魏나라 사람. '범저范雎'로 된 문헌도 있는데 '범수'가 옳
  다는 설이 있다. 자는 숙叔. 위나라 재상 위제魏齊에게 태형을 당한 뒤 장녹張祿으
  로 개명하고, 진秦나라로 망명하여 언변으로 재상에 올라서는 먼 곳과 조약을 맺
  고 가까운 곳을 정벌하는 정책을 실시하여 진나라 통일의 기초를 다졌다. 봉호는
  응후應侯. ≪사기・범수전≫권79 참조.

骰之理哉?)

○'투자'는 연회석상에서 던진다는 뜻이다. 오늘날 '두頭(tóu)'자로 쓰면서 뼈로 만든 것이라고 하는 것은 틀린 말이다. 이 때문에 '고骰(gǔ)'자로 쓰는 사람도 있다. 여러 학자의 글을 살펴보면 '고骰'는 곧 '고股(gǔ)'자이므로, '투投(tóu)'로 발음하지 않았다. (≪사기·채택전≫권79에 "(전국시대 진秦나라 때) 채택이 (재상인) 범수에게 유세하면서 '도박을 하는 사람은 간혹 큰 돈을 던지려고도 하지요'라고 말했다"고 하였는데, (남조南朝 유송劉宋) 배인裴駰은 주에서 "'투投'는 옥돌로 만든 것이다"라고 한 것으로 보아, 옥석으로 투척할 물건을 만든다는 의미임을 알 수 있거늘, 어찌 이치상 '두'나 '고'로 쓸 수 있겠는가?)

◇熊白啗(곰의 등고기를 먹다)

●貞元[90]初, 穆寧爲和州刺史, 其子故宛陵[91]尚書[92]及給事[93]已下, 尚未分官, 列侍寧前. 時穆氏家法切峻, 寧命諸子直饌, 愁不如意, 則杖之. 諸子將至直日, 必探求珍異, 羅於鼎俎[94]之前, 競新其味, 計無不爲. 然而未嘗免笞叱之過者. 一日給事直饌, 鼎前有熊白[95]及鹿脩, 忽曰, "白肥而脩瘠相滋, 其宜乎?" 遂同試曰, "甚異常品!" 卽以白裹脩, 改之而進, 寧果再飽. 宛陵與諸季望給事, 盛形羨色曰, "非唯免笞, 兼當受賞." 給事頗亦自得. 寧飯訖, 戒使令曰, "誰直? 可與杖俱來." 於是罰如常數. 給事將拜杖, 遽命前曰, "有此味, 奚進之晚耶?" 於是聞者笑而傳之.

○(당나라 덕종) 정원(785-805) 초엽 목영이 (안휘성) 화주자사를 지낼 때, 그의 아들들은 원래 완릉현의 상서 및 급사 등 하위직을 맡다가 채 관직을 분담받지 못 하여 목영의 면전에 도열하고

---

90) 貞元(정원) : 당唐 덕종德宗의 연호(785-805).
91) 宛陵(완릉) : 안휘성의 속현屬縣 이름.
92) 尚書(상서) : 문서를 관장하는 벼슬에 대한 범칭. '상尙'은 '주主'의 뜻. 여기서는 상서성尙書省의 장관을 가리키는 말로 쓰이지 않았다.
93) 給事(급사) : 정사에 대해 자문을 해 주는 일이나 그러한 직책을 이르는 말.
94) 鼎俎(정조) : 세발솥과 도마. 즉 조리 도구나 음식 그릇에 대한 총칭.
95) 熊白(웅백) : 곰의 등에 있는 흰 지방 고기. 맛 좋은 안주로 간주하였다.

있었다. 당시 목씨 가문은 가법이 엄격하여 목영이 여러 아들들에게 직접 밥을 짓게 하였는데, 마음에 흡족하게 되지 않을까 염려가 되면 매질을 하였다. 그래서 아들들은 직접 밥을 지을 날이 다가오면, 필히 진기한 재료를 찾아 그릇 앞에 나열하고, 다투어 새로운 맛을 내고자 모든 수단을 다 동원하였다. 그러나 매질과 욕설을 먹을 과오를 면한 적이 없었다. 하루는 급사를 맡은 한 아들이 직접 밥을 짓게 되자, 세발솥 앞에 곰 등고기와 사슴 고기를 놓고서 불현듯 "곰 등고기는 살지고, 사슴고기는 매말라 서로 어울리니, 그래야 적절하겠지요?"라고 말했다. 결국 함께 시식하면서 "일반 음식과는 너무 다르구나!"라고 하였다. 그리고는 즉시 곰 등고기로 사슴고기를 싸서 새롭게 만들어 바치자, 목영이 과연 다시 배불리 식사를 하였다. 완릉현의 상서와 여러 동생들이 급사를 바라보더니, 얼굴 가득 부러운 기색을 띠면서 말했다. "비단 매질을 면할 뿐만 아니라 분명 상을 받겠구나." 급사 역시 스스로 득의해 하였다. 목영이 식사를 마치고는 수하들에게 엄숙하게 말했다. "누가 직접 밥을 지었는가? 매질도 함께 해야겠구나." 그래서 평소처럼 벌을 내렸다. 급사가 절을 올리고 매질을 받으려 하자 급히 그에게 앞으로 나서게 하며 말했다. "이처럼 맛있는 음식이 있었거늘, 어찌하여 이처럼 늦게 바치느냐?" 그래서 이 말을 들은 사람들이 웃으며 이 얘기를 널리 퍼뜨렸다.

◇生肝鏤剗(생간누추)

●今縷生肝肚, 爲飯食之一味, 曰生肝鏤剗[96], 言細切如彫鏤之義. 一說, 名生肝虜胙, 言似胡虜祭之餘胙, 聲譌, 故云鏤剗也. 凡諸飯食名號字, 余撰變王子泉[97]僮約幷雜字, 在集中言之詳矣. 所未該者,

---

96) 鏤剗(누추) : 가늘게 썰다. 여기서는 그러한 내장고기를 가리킨다.
97) 王子泉(왕자천) : 전한 사람 왕포王襃. '자천'은 자. 본래는 자가 '자연子淵'이었으나 당나라 고조高祖 이연李淵의 휘諱 때문에 당나라 때 '자연'을 '자천'으로 고쳐 쓴 듯하다. 그가 지은 <하인과의 계약(僮約)>이란 글은 편자編者 미상의 《고문원

今之五味98), 罥・爚99)・瓜・茄及豬肉. 俗謂之丑甲音者, 而臆・肺・腩・胦字反是. 字書內煠字, 音丑獵者, 譌呼丑甲反爾. 此字火旁, 云下木, 別有火旁世, 世下木, 音士甲反, 是沸湯煠菜字. 其音丑獵者, 義由暗爚也.

○오늘날 생간이나 위장을 잘게 썬 것을 음식 가운데 별미로 여기며 '생간누추'라고 하는데, 이는 조각품처럼 가늘게 썰었다는 의미를 말한다. 일설에 의하면 '생간노조'라고 하여 오랑캐가 제사 지내고 남은 제삿고기를 말하는 것이었다가, 소리가 와전되어 ('노조'를) '누추'로 발음하게 되었다고도 한다. 무릇 여러 음식의 명칭에 관한 글자와 관련하여 나는 ≪변왕자천동약병잡자≫를 지어 이 책에서 상세히 다룬 적이 있다. 미처 상세히 다루지 못한 것은 오늘날의 다섯 가지 맛 가운데 '이' '약' '과(외)' '가(가지)' 및 '저육(돼지고기)'이다. 시중에서 '축'과 '갑'의 반절음이라고 하는 것은 도리어 '억(가슴살)' '폐(허파)' '남(구운 고기)' '겸(뱃살)'이란 글자가 거기에 해당할 것이다. 또 자서에서의 '첩煠'자는 음이 '축'과 '렵'의 반절음(첩)이었으나, 잘못하여 '축'과 '갑'의 반절음(찹)으로 부르는 것일 뿐이다. 이 글자는 부수가 '불 화火'로서 '나무 목木'자를 아래에 둔다고 하는데, '불 화'변에 '세상 세'자가 있고, '세'자 아래 '목'자가 있으면서 음이 '사'와 '갑'의 반절음(삽)인 글자가 별도로 있으니, 이는 '뜨거운 물에 채소를 데친다'는 의미의 글자이다. 음이 '축'과 '렵'의 반절음(첩)인 것은 의미상 '살짝 끓인다'는 뜻을 따른다.

古文苑・잡문雜文≫권17에 전한다. 아울러 이광예李匡乂의 ≪변왕자천동약병잡자≫은 오래 전에 실전된 것으로 보인다.

98) 五味(오미) : 다섯 가지 맛. 오행五行에 따라 목-신맛(酸), 화-쓴맛(苦), 토-단맛(甘), 금-매운맛(辛), 수-짠맛(鹹)으로 배합된다. 결국 다양한 맛, 좋은 맛을 의미한다.

99) 罥爚(이약) : 음식 종류로 추정되나 불분명하다. 박물군자가 밝혀주기를 기대한다. 이하 문구에는 오류가 있는 듯하다.

◇畢羅(필나)

●畢羅100)者, 蕃中畢氏·羅氏好食此味, 今字從食, 非也. 餛飩101)以其象渾沌102)之形, 不能直書渾沌而食, 避之從食, 可矣. 至如不托103), 言舊未有刀机104)之時, 皆掌托烹之, 刀机既有, 乃云, "不托." 今俗字有餺飥, 乖之且甚. 此類頗多, 推理證辨, 可也.(元和中, 有姦僧鑒虛, 以羊之六府105), 特造一味, 傳之于今. 時人不得其名, 遂以其號目之, 曰鑒虛. 今往往俗字, 又加食旁, 率多此類也.)

○(고기를 넣은 주먹밥의 일종인) '필나'는 번국蕃國의 필씨와 나씨가 이러한 음식을 좋아한 데서 비롯되었기에, 오늘날 글자를 쓸 때 '먹을 식食' 부수를 붙이는 것은 오류이다. (만두의 일종인) '혼돈餛飩'은 그것이 달걀의 형상을 닮았기 때문이지만, 직접 '혼돈渾沌'이라고 쓰면서 먹거리로 삼을 수는 없기에, 이를 피해 '먹을 식' 부수를 붙이는 것이 가당하다. 심지어 (수제비의 일종인) '불탁'과 같은 경우는 예전에 도마가 없을 때 모두 손바닥으로 빚어서 끓이다가, 도마가 생기고 나자 결국 (손바닥에 맡기지 않는다는 의미에서) '불탁不托'이라고 말한 데서 유래하였다. 오늘날 속자에서 '박탁餺飥'이라고 하는 것은 역시 상당히 사리에 어긋나는 말이다. 이와 같은 종류는 사뭇 많지만, 추리를 통해 얼마든지 증명할 수 있다.(당나라 헌종 원화(806-820) 연간에 감허라는 간교한 승려가 양의 내장을 가지고 특별히 색다른 맛을 내면서 오늘날까지 전해지고 있다. 당시 사람들은 그 이름을 몰라서 급기야 그의 법호를 가지고 그것에 이름을 붙여 '감허'라고 하였다. 오늘날에는 왕왕 속자에서 다시 '먹을 식'

---

100) 畢羅(필나) : 서역의 필畢씨 가문과 나羅씨 가문이 좋아하였다는 음식 이름. 고기를 섞은 밥의 일종으로 뒤에는 떡을 뜻하는 말로도 쓰였는데, '필라饆饠'로도 썼다.

101) 餛飩(혼돈) : 만두의 일종.

102) 渾沌(혼돈) : 원래는 천지가 나뉘기 전의 불분명한 상태를 뜻하는 말로, 달걀의 노른자위와 흰자위가 섞여 있는 상태를 비유한다.

103) 不托(불탁) : 탕에 넣어서 먹는 수제비의 일종인 '탕병湯餠'을 당나라 때부터 부르던 속칭. '불탁不飥' '불탁餺飥'으로도 썼다.

104) 刀机(도궤) : 도마. '궤机'는 '궤几'로도 쓴다.

105) 六府(육부) : 사람 몸속의 기관을 아우르는 말인 육부六腑의 다른 표기. 위장胃腸·대장大腸·소장小腸·쓸개(膽)·방광膀胱·삼초三焦를 가리킨다.

부수를 보태는데, 대략 이러한 부류가 많다.)

◇阮咸(완함)

●樂器有似琵琶而圓者, 曰阮咸. 大曆106)中, 愚之再從叔翁司徒107)沔
公108)之鎭滑109)也, 因與賓客110)會琴, 話及斯樂曰, "往中宗朝, 元
賓客111)行中112)爲太常少卿113), 時有人於古冢獲其銅鑄成者, 獻
之, 元曰, '此阮仲容114)所造.' 乃命工人木爲之, 音韻淸朗, 頗難爲
名, 權以仲容姓名呼焉. 于今未蒙佳號. 況阮云昔賢, 豈可以名氏而
號樂器乎? 其形象月, 其聲合琴, 目爲月琴, 宜矣." 自是知之者, 不
以舊名呼. 今人以爲李崖州115)在相日所號, 非也.(晉書稱, "阮咸善琵

---

106) 大曆(대력) : 당唐 대종代宗의 연호(766-779).

107) 司徒(사도) : 상고시대 관직의 하나로서 국가 재정과 관련한 업무를 관장하였다.
주나라 때는 지관地官이었고, 후대에는 민부民部·호부상서戶部尙書에 해당한다.
한나라 이후로는 이 직명을 민정民政을 관장하는 삼공三公의 하나로 지정하기도
하였다.

108) 沔公(면공) : 당나라 사람 이면李勉(718-788). '면공'은 그의 봉호인 건국공沔國
公의 약칭. 자는 현경玄卿이고, 시호는 정간貞簡. 성품이 강직하여 종실宗室의 모
범이 되었고, 감찰어사監察御使·절도사節度使·동평장사同平章事 등을 역임하였
다. ≪신당서·이면전≫권131 참조.

109) 滑(활) : 하남성의 속주屬州 이름인 활주滑州의 약칭.

110) 賓客(빈객) : 손님에 대한 총칭. '빈賓'은 신분이 높은 손님을 가리키고, '객客'은
수행원과 같이 신분이 낮은 손님을 가리키는 데서 유래하였다.

111) 賓客(빈객) : 태자의 시종侍從·규간規諫·의전儀典 등을 관장하던 태자궁太子
宮 소속의 고관 이름인 태자빈객太子賓客의 약칭. ≪신당서·유학열전·원행충전
≫권200에 의하면 당나라 원행충元行沖은 태자빈객에 오른 적이 있다.

112) 行中(행중) : 당나라 사람 원담元澹(653-729)의 자인 '행충行沖'의 오기. 본명보
다는 자로 더 알려졌다. 시호는 헌獻. 박학다식하고 음률에 정통하였으며 태상소경
太常少卿 등을 역임하였다. ≪신당서·유학열전·원행충전≫권200 참조.

113) 太常少卿(태상소경) : 예악禮樂과 천문天文에 관련된 업무를 관장하는 태상시太
常寺의 버금 장관을 가리키는 말.

114) 仲容(중용) : 진晉나라 때 죽림칠현竹林七賢 가운데 일인이자 완적阮籍의 조카
인 완함阮咸의 자. ≪진서·완함전≫권49 참조.

115) 李崖州(이애주) : 당나라 사람 이덕유李德裕(787-850)의 별칭. 정적政敵인 우승
유牛僧孺(779-847)의 견제를 받다가 노언盧言·마식馬植·위부魏扶 등에 의해 참
소讒訴를 당해 해남성 애주崖州의 사마참군司馬參軍으로 좌천당했다가 생을 마쳤
다. 봉호는 위국공衛國公이고, 저서로 ≪회창일품집會昌一品集≫ 34권이 전한다.
≪신당서·이덕유전≫권180 참조.

琶," 此卽是也. 案後周書[116]云, "武帝彈琵琶, 後梁[117]宣帝[118]起舞, 謂武帝曰, '陛下旣彈五絃, 臣何敢不同百獸.'" 則周武所彈, 乃是今之五絃. 明知前代凡此之類, 總號琵琶爾. 又案風俗通[119]云, "以手枇杷[120], 謂之琵琶. 自撥彈已後, 唯今四絃, 始專琵琶之名." 因依而言, 則劉餗[121]所云, "貞觀[122]中, 裴洛兒[123]始棄撥, 用手以指琵琶," 足是不知故事之言也. 又因此而徵今之五絃之號, 卽出於後梁宣帝之語也, 而今阮氏琵琶, 正以手指, 反不得古琵琶之名, 都失本義也.)

○악기 중에 비파와 비슷하면서도 둥근 것이 있는데, 이름하여 '완함'이라고 한다. (당나라 대종) 대력(766-779) 연간에 나의 재종숙부로서 사도에 오른 견국공汧國公 이면李勉이 (하남성) 활주를

---

116) 後周書(후주서) : 당나라 영호덕분令狐德芬 등이 편찬한 ≪주서周書≫의 별칭. 여기서 후주는 오대五代 후주가 아니라 북조北朝 북주北周를 가리킨다. 본기本紀 8권, 열전列傳 42권, 도합 총 50권. 송나라 인종仁宗 때 태청루太淸樓 소장본을 꺼내서 사관史館과 비각祕閣의 소장본과 합치고, 다시 하송夏竦(985-1051)과 이손李巽 집안의 소장본을 택해 교정하였다. ≪사고전서간명목록·사부·정서류≫권 5 참조.

117) 後梁(후량) : 남조南朝 때 진陳나라가 망한 뒤 선제宣帝 소찰蕭詧이 세운 나라 이름. ≪주서周書·소찰전≫권48과 ≪주서·소귀전≫권48 참조.

118) 宣帝(선제) : 남조 후량後梁 선제宣帝 소찰蕭詧의 시호. 그러나 ≪주서·소귀전≫ 권48에 의하면 소찰의 아들 소귀蕭巋의 시호인 명제明帝의 오기이다. 북주北周로 망명하였다가 수隋나라에 귀순하였다.

119) 風俗通(풍속통) : 후한 응소應劭가 지은 ≪풍속통의風俗通義≫의 약칭. 송나라 때 이미 실전되었으나, ≪영락대전永樂大典≫에 흩어져 전하던 것을 다시 수합하여 정리하였다. 부록 1권 포함 총 11권. 후한 반고班固(32-92)의 ≪백호통의白虎通義≫ 및 채옹蔡邕(133-192)의 ≪독단獨斷≫과 함께 한나라 때 학술과 제도를 연구하는 데 귀중한 자료로 평가된다. ≪사고전서간명목록·자부·잡가류雜家類≫ 권13 참조. 위의 예문은 현전하는 ≪풍속통의≫권6의 기록과는 문자상에 차이가 심한 편이다.

120) 枇杷(비파) : 비파琵琶 모양의 잎이 자라는 장미과에 속하는 나무 이름. '금귤金橘' '노귤盧橘'이라고도 한다. 그러나 원문에 의하면 이는 손으로 밀고 당기면서 연주하는 것을 뜻하는 말인 '비파批把'의 오기이다. 자형의 유사성으로 인한 필사 과정상의 단순 오기로 보인다.

121) 劉餗(유속) : 당나라 사람으로 수나라와 당나라 때 일화를 모아 엮은 소설류의 책인 ≪수당가화隋唐嘉話≫의 저자로 알려졌다. 위의 예문도 다른 문헌에 의하면 ≪수당가화≫의 기록을 인용한 것이다. 송나라 진진손陳振孫(?-약 1261)의 ≪직재서록해제直齋書錄解題·소설가류≫권11 참조.

122) 貞觀(정관) : 당唐 태종太宗의 연호(627-649).

123) 裴洛兒(배낙아) : 당나라 때 비파를 잘 타던 악사이나 신상에 대해 알려진 바는 거의 없다.

진수하면서, 그참에 손님들과 함께 금을 모아놓고는 이 악기에 대해 언급하던 중 다음과 같이 말했다. "옛날 중종 때 태자빈객을 지낸 원행충元行沖(원담元澹)이 태상소경을 맡고 있었는데, 당시 어떤 사람이 오래된 무덤에서 구리로 주조한 것을 얻어 바치자, 원행충이 '이것은 (진晉나라 때) 완중용(완함阮咸)이 만든 것일세'라고 말하고는, 기술자를 시켜 나무로 제작케 하였지요. 소리가 청아하여 무어라 이름 짓기 사뭇 어려워 임시로 완중용의 성명(완함)을 가지고 그 악기의 이름으로 불렀기에, 오늘날까지도 적절한 이름을 가지지 못 하고 있답니다. 하물며 완중용을 옛 현자라고 칭하거늘, 어찌 사람의 성명을 가지고 악기 이름으로 부를 수 있겠습니까? 그 모양새가 달을 닮았고, 소리가 금과 유사하니, '월금'이라고 이름을 붙이는 것이 마땅할 듯합니다." 그때부터 이러한 사정을 아는 사람들은 옛 이름으로 부르지 않게 되었다. 요즘 사람들이 (당나라) 이애주(이덕유李德裕)가 재상을 지낼 때 이름 붙인 것이라고 하는 것은 틀린 말이다.(≪진서·완함전≫권49에 "완함이 비파를 잘 연주하였다"는 기록이 있는데, 이것이 곧 그러한 예이다. 살펴보건대 ≪주서周書·소귀전蕭歸傳≫권48에 "(북조北朝 북주北周) 무제가 비파를 타자 후량의 명제明帝(소귀蕭歸)가 일어나 춤을 추면서, 무제에게 '폐하께서 기왕 오현금을 타시니, 신이 어찌 감히 짐승처럼 춤을 추지 않겠나이까?'라고 말했다"는 기록이 있는 것으로 보아, 북주 무제가 탄 것은 바로 오늘날의 오현금일 것이다. 이로써 전대에 이와 같은 악기류를 총칭하여 '비파'로 불렀다는 것을 분명히 알 수 있다. 또 살펴보건대 ≪풍속통≫권6에 "손을 밀고 당기며 연주하기에, 이를 '비파'라고 한다. 직접 손으로 튕기다가 이후로 지금은 단지 현이 네 줄인 것에 대해서만 오로지 '비파'란 명칭을 사용하기 시작하였다"고 하였다. 이에 근거하여 말한다면 (당나라) 유속이 (≪수당가화隋唐嘉話≫에서) 말한 "(태종) 정관(627-649) 연간에 배낙아가 처음으로 손가락을 튕기는 주법을 버리고, 손 전체로 비파를 연주하기 시작하였다"고 한 것은 고사에 대해 잘 모르는 소리라 하겠다. 또 이 때문에 오늘날 '오현금'이란 명칭을 징험해 보면 후량 명제의 말에서 나온 것인데, 오늘날 완함의 비파가 바로 손가락을 활용하므로 도리어 고대 비파란 명칭을 제대로 파악하지 못 하였으니, 모두 본뜻을 놓친 것이다.)

◇琴甲(금갑)

●今彈琴, 或削竹爲甲, 以助食指之聲者, 亦因汧公也. 嘗患代指, 而舊甲方墮, 新甲未完, 風景廓澄[124], 援琴思泛, 假甲於竹, 聊爲權用. 名德旣崇, 人爭倣效, 好事者且曰司徒甲. 夫琴韻在乎輕淸, 且竹於自然之甲, 厚薄剛柔殊矣, 況棄眞用假, 捨淸從濁乎? 蓋靡知其由也. 至如箜篌[125]之與秦箏, 若能去假還眞, 其聲宛美矣.(案中容樂論云, "絲不如竹, 竹不如肉." 桓問孟嘉[126]此義, 嘉曰, "以其漸近自然." 故知甲宜從眞矣.)

○오늘날 금을 연주할 때 대나무를 깎아 깍지를 만들어서 식지가 내는 소리를 거드는 것도 (당나라) 건국공汧國公 이면李勉으로부터 비롯되었다. 그는 일찍이 손가락을 대신하는 것을 꺼려하면서도, 오래된 깍지가 막 망가지고 새 깍지가 아직 완성되지 않았을 때, 풍경이 아름다워 금을 당겨 악상을 떠올리면, 대나무로 만든 깍지를 빌어 그런대로 임시 사용할 거리로 삼았다. 이면의 명성이 이미 높아 사람들이 다투어 모방하는 바람에, 호사가들은 잠시 ('사도 이면이 사용하던 깍지'란 의미에서) '사도갑'으로 불렀다. 금의 운율은 경쾌하고 맑은 가락에 달려 있고, 또 대나무는 자연 상태의 깍지에 의해 후박함이나 강유의 정도가 다르거늘, 하물며 진짜인 손가락을 버린 채 가짜인 깍지를 사용함으로써 맑은 소리를 버리고 탁한 소리를 따른다면, 더 말할 나위가 있겠는가? 아마도 그 유래를 몰랐을 것이다. 심지어 공후와 진 땅의 쟁의 관계처럼 만약 가짜를 버리고 진짜로 돌아갈 수 있다면, 그 소리는 분명 아름다워질 것이다.(살펴보건대 중용中容 완함阮咸의 《악론》에 "현악기보다는 관악기가 낫고, 관악기보다는 육성이 낫다"고 하였다. 환

---

124) 廓澄(확징) : 풍경이 시원스럽고 맑은 모양.

125) 箜篌(공후) : 춘추시대 위衛나라 악사樂師 연연涓이 만들었다고 전하는 관악기의 일종. 전한 무제武帝 때 악사인 후조侯調가 만들었다는 설도 있다.

126) 孟嘉(맹가) : 진晉나라 때 사람. 자는 만년萬年. 중양절 날 환온桓溫(312-373)을 따라 용산龍山에 올랐다가 모자가 떨어진 줄 모르고 뒷간에 간 동안 손성孫盛이 이를 놀리는 글을 짓자, 돌아와 즉시 답문答文을 지어서 좌중을 감동시켰다는 고사로 유명하다. 《진서 · 맹가전》권98 참조.

온이 맹가에게 이 뜻을 묻자, 맹가가 "그것이 점차 자연의 소리에 가까워지기 때문입니다"라고 대답한 일이 있다. 따라서 깍지는 진체인 손가락을 따라야 한다는 것을 알 수 있다.)

◇茶托子(차탁자)

●始建中[127], 蜀相[128]崔寧之女, 以茶盃無襯, 病其熨指, 取楪子[129] 承之. 既啜而盃傾, 乃以蠟環楪子之央, 其盃遂定, 卽命匠以漆環代蠟, 進於蜀相. 蜀相奇之, 爲製名而話於賓親, 人人爲便, 用於代. 是後傳者更環其底, 愈新其製, 以至百狀焉.(貞元初, 靑鄆[130]油繒, 爲荷葉形, 以襯茶椀, 別爲一家之楪, 今人多云, "托子[131]始此," 非也. 蜀相卽今昇平[132]崔家, 訊則知矣.)

○처음 (당나라 덕종) 건중(780-783) 연간에 촉왕의 승상인 최영의 딸이 찻잔에 깔개가 없어 손가락을 델까 염려해서, 나무접시로 밑을 받쳤다. 그녀는 차를 마시고 나서 잔이 기울자, 밀랍 고리가 달린 나무접시로 중심을 잡아 술잔이 마침내 안정되었기에, 즉시 장인을 시켜 옻나무 고리로 밀납 고리를 대신케 해서 최영에게 바쳤다. 최영이 이를 기이하게 여겨 제품명을 짓고는 친지들에게 얘기했는데, 사람들마다 편리하게 여겼기에, 당시 널리 통용되었다. 그뒤로 이를 전수받은 사람들이 바닥의 고리를 바꾸어 제품을 더욱 새롭게 만들었기에, 각양각색의 형태가 나타났다.(덕종 정원(785-805) 초에 (산동성) 청주와 운주에서는 기름 먹인 비단을 연잎 모양으로 만들어 찻잔의 밑을 받치고는, 달리 하나의 받침 형태로 자리매겼는데, 요즘 사람들이 대부분 "'탁자'가 여기서 비롯되었다"고 말하는 것은 틀린 얘기다. '촉왕의 승상'이 곧 지금의 (섬서성) 승평현의 최씨 가문을 가리킨다는 것은 수소문해 보면 알 수 있다.)

---

127) 建中(건중) : 당唐 덕종德宗의 연호(780-783).
128) 蜀相(촉상) : 제후인 촉왕蜀王의 승상丞相을 이르는 말.
129) 楪子(접자) : 나무로 만든 접시 모양의 그릇을 이르는 말.
130) 靑鄆(청운) : 산동성 속주인 청주靑州와 운주鄆州를 아우르는 말.
131) 托子(탁자) : 받침으로 사용하는 그릇을 이르는 말.
132) 昇平(승평) : 섬서성의 속현屬縣 이름.

◇析封刀子(탁봉도자)

●起於郭汾陽[133]書吏[134]也. 舊但用刀子小者. 而汾陽雖大度廓落[135], 然而有晉陶侃[136]之性, 動[137]無廢物. 每收其書皮之右所剺下者, 以爲逐日須取文帖[138], 餘悉卷貯. 每歲終, 則散主守[139]家吏, 俾作一年之簿. 所剺之處, 多不端直[140], 文帖且又繁積, 胥吏[141]不暇剪正, 隨曲斜聯糊. 一日所由[142]剺刀忽折, 不餘寸許, 吏乃銛以應急, 覺愈於全時, 漸出新意, 因削木如半環勢, 加於折刃之上, 使纏露鋒, 榼[143]其書而剺之. 汾陽嘉其用心曰, "眞郭子儀部吏[144]也!"(言不廢折刃也.) 每話于外, 後因傳之, 益妙其製.

○('탁봉도자'는 당나라) 분양군왕汾陽郡王 곽자의郭子儀의 서리로

---

133) 郭汾陽(곽분양) : 당나라 때 명장 곽자의郭子儀(697-781). '분양'은 봉호封號. 삭방절도사朔方節度使・중서령中書令 등을 역임하였고, 분양군왕汾陽郡王에 봉해졌다. 안녹산安祿山(703-757)과 사사명史思明(703-761)의 반란을 진압하고, 복고회은僕固懷恩(?-765)과 토번吐蕃이 결탁한 반란을 토벌하는 등 혁혁한 무공을 세워 당대 최고의 무장武將으로 칭송받으며 '곽영공郭令公'('영공'은 중서령에 대한 존칭)으로도 불렸다. ≪신당서・곽자의전≫권137 참조.

134) 書吏(서리) : 문서를 필사하는 일에 종사하는 하급관리에 대한 총칭. '필리筆吏'라고도 한다.

135) 大度廓落(대도확락) : 성품이 대범하거나 도량이 넓은 모양을 형용하는 말.

136) 陶侃(도간) : 진晉나라 때 사람(257-332). 자는 사행士行. 도연명陶淵明(365-427)의 증조부로 광주자사廣州刺史와 도독都督・재상 등을 역임하였고, 소준蘇峻(?-328)의 반란을 평정하는 등 많은 무공을 세웠으며, 장사군공長沙郡公에 봉해졌다. ≪진서・도간전≫권66 참조.

137) 動(동) : 걸핏하면, 툭하면, 늘상.

138) 文帖(문첩) : 관청의 서류, 즉 공문서를 이르는 말.

139) 主守(주수) : 문서나 물품과 관련하여 모종의 업무를 주관하는 관리에 대한 총칭.

140) 端直(단직) : 바르다, 직선의 형태를 띠다.

141) 胥吏(서리) : 관서에서 잡무를 주로 처리하는 하급관리에 대한 총칭. 아전, 구실아치.

142) 由(유) : 문맥상으로 볼 때 '용用'의 오기인 듯하다. 위의 내용과 유사한 예문이 송나라 왕당王讜의 ≪당어림唐語林・보유補遺≫권5에도 전하는데, 여기에는 '용用'으로 되어 있다.

143) 榼(합) : 맞추다, 적응시키다.

144) 部吏(부리) : 지방 관리를 두루 이르는 말로 여기서는 결국 '서리'와 같은 말로 쓴 듯하다.

부터 유래하였다. 예전에는 단지 칼 중에 크기가 작은 것을 사용하였다. 곽자의는 비록 성품이 대범하였지만, 진나라 도간의 성품을 닮아 늘상 물건을 함부로 버리지 않았다. 그래서 매번 문서 표피 우측에서 잘라낸 것을 모으면, 날짜에 맞춰 반드시 공문서를 찾아내기 위해 나머지는 모두 말아서 보관해야 한다고 생각하였다. 이에 매년 한 해가 저물면 업무를 주관하는 집안 관리들에게 두루 맡겨 한 해의 장부를 만들게 하였다. 잘라낸 곳이 대부분 곧게 되지 않은 데다가, 공문서 또한 너무 많이 쌓여 관리들이 똑바로 자를 겨를이 없었기에, 곡선이나 사선에 맞춰 연결하여 풀로 붙였다. 하루는 사용하던 절취용 칼이 갑자기 부러져 한 치도 남지 않자 관리가 임기응변으로 갈았는데, 온전했을 때보다 더 낫다고 생각해 점차 새로운 발상을 펼침으로써, 반원형으로 나무를 깎아 부러진 칼날 위에 덧붙여서 겨우 칼날이 드러나게 한 뒤, 그 문서에 맞춰서 잘라냈다. 곽자의가 그러한 발상을 훌륭하다고 생각해, "진정 나 곽자의의 관리로다!"라고 칭찬하였다.(부러진 칼을 버리지 않았다는 말이다.) 매번 밖에다가 이 얘기를 전하였고, 뒤에 이를 널리 전파함으로써 그 제품을 더욱 정교하게 만들게 되었다.

◇書題籤(서신을 보낼 때 쪽지로 표기하다)

●大僚[145]題上紙籤[146], 起於丞相李趙公[147]也. 元和中, 趙公權傾天下, 四方緘翰, 日滿閣者[148]之袖, 而潞帥[149]郄士美時有珍, 獻趙公,

---

145) 大僚(대료) : 고관. 상서성尙書省의 예부상서禮部尙書나 구경九卿 가운데 종정경 宗正卿을 가리킬 때도 있다.

146) 紙籤(지첨) : 종이에 적은 표지를 이르는 말.

147) 李趙公(이조공) : 당나라 사람 이강李絳(764-830)에 대한 존칭. '조공'은 그의 봉호인 '조군공趙郡公'의 약칭. 자는 심지深之이고 시호는 정貞. 한림학사翰林學士 ‧ 동중서문하평장사同中書門下平章事 ‧ 산남서도절도사山南西道節度使 등 고관을 역임하였는데, 성품이 너무 강직하여 간신들의 시기를 받다가 반란군에게 살해당했다. ≪신당서 ‧ 이강전≫권152 참조.

喜而回章150)盈幅, 曲敍殷勤, 誤卷入振武151)封內, 以遣之, 而振武別紙, 則附于潞. 時阿跋光進152)帥麟153), 覽盈幅手字, 知誤畫, 時飛還趙公. 趙公因命書吏, 凡有尺題154), 各令籤記以送. 故于今成風也.

○고관이 종이 표지에 글을 써서 덧붙이는 것은 (당나라 때) 승상을 지낸 조군공趙郡公 이강李絳으로부터 유래하였다. (헌종) 원화(806-820) 연간에 이강의 권력이 천하를 뒤덮자 사방에서 서신이 날마다 문지기의 소매를 가득 채웠는데, (산서성) 노주의 장수 치사미가 때마침 진주를 얻어 이강에게 바치자, 이강이 기분이 좋아 종이 가득 답장을 써서 감사하는 마음을 자세히 적었지만, 실수로 (섬서성) 진무군으로 보내는 봉투 속으로 말려들어간 채 이를 보냈고, 진무군에서는 서신을 분별하여 다시 노주로 가는 문서에 덧붙였다. 그런데 당시 아질광진阿跋光進(이광李光)이 장수직을 맡고 있으면서 종이에 손수 쓴 글자가 가득한 것을 보고서는, 잘못 적은 줄 알고서 때마침 이강에게 급히 돌려보냈다. 이강은 이 때문에 서리에게 명하여 서신을 보낼 때마다 (서신이 잘못 발송되는 것을 막기 위해) 표지를 덧붙여서 부치게 하였다. 그래서 오늘날에도 하나의 유행이 되었다.

---

148) 閽者(혼자) : 문지기. '혼인閽人' '혼수閽守'라고도 한다.
149) 潞帥(노수) : 산서성 노주潞州를 관장하는 장수를 뜻하는 말. ≪신당서·치사미전郗士美傳≫권143에 그가 노주를 관장하였다는 기록이 보인다.
150) 回章(회장) : 회신, 답장.
151) 振武(진무) : 당나라 때 섬서성 북방에 설치한 군사 행정 구역인 진무군振武軍의 약칭.
152) 阿跋光進(아발광진) : 당나라 회골족回鶻族 출신으로 이광李光이란 성명을 하사받고 진무절도사振武節度使에 임명되었던 사람인 '아질광진阿跋光進'의 오기. ≪구당서·헌종기≫권14 참조. '아질阿跋'은 부족 이름이자 복성複姓. 자형의 유사성으로 인한 필사 과정상의 단순 오기로 보인다.
153) 帥麟(수린) : 황제의 부신符信인 옥린부玉麟符를 차는 장수를 뜻하는 말로 추정되나 불분명하다. 박물군자가 밝혀주기를 기대한다.
154) 尺題(척제) : 서신의 별칭. 서신의 길이가 한 자 가량 되는 데서 유래하였다.

◇門狀155) (문장)

●文宗朝以前無之. 自朱崖156)李相貴盛於武宗朝, 且近代稀有秩一品, 百官無以希取其意, 以爲舊刺輕.(刺則今之名紙.) 相扇留具銜候起居157) 狀, 而今又益競, 以善價紙, 如出印之字, 巧諂曲媚, 猶有未臻之遺恨, 井丹158)·禰正平159)生於今日, 其亦如是乎?

○(당나라) 문종 이전에는 (명함의 일종인) '문장'이 없었다. (해남성) 주애로 폄적당하기 전에 승상을 지냈던 이덕유李德裕가 무종 때 고관을 지낸 이래로 거의 근자에는 봉록이 일품인 사람이 드물게 되자, 문무백관들은 고관의 마음에 들기를 바랄 수 없게 되었고, 예전의 명함이 경박하다고 생각하였다.('자刺'는 곧 오늘날의 명함을 가리킨다.) 승상 이덕유는 부채에 직함을 적고 문후인사를 드리는 명함을 남겼지만, 오늘날에는 더욱 경쟁적으로 고가의 종이를 사용하여 도장에 새기는 글자와 똑같이 함으로써, 온갖 아첨을 다 보이면서도 여전히 미진하다는 듯이 아쉬움을 표하고 있으니, (후한) 정단이나 예정평(예형禰衡)이 오늘날 태어났어도 정말로 이와 같이 할까?

◇藥忌(약처방에서의 금기사항)

●醫方云, "牛膝160)忌牛肉." 余好窮物性, 嘗於冬日以牛肉裹牛膝, 經

---

155) 門狀(문장) : 남의 집을 방문할 때 사용하는 일종의 명함을 이르는 말.
156) 朱崖(주애) : 지금의 해남성海南省 해구시海口市에 있던 지명. '주애珠厓'로도 쓴다. 여기서는 당나라 이덕유李德裕(787-850)의 유배지를 가리킨다.
157) 起居(기거) : 문안인사 드리다, 안부를 묻다.
158) 井丹(정단) : 후한 광무제光武帝 때 사람. 자는 대춘大春. 경학에 정통하였지만 성품이 고매하여 일찍이 명함을 들고서 고관을 알현한 적이 없었다고 전한다. ≪후한서·정단전≫권113 참조.
159) 禰正平(예정평) : 후한 말엽 사람 예형禰衡(173-198). '정평'은 자. 뛰어난 재능으로 당시의 명사인 공융孔融(153-208)·양수楊修(175-219) 등과 교유하였으나, 거만하게 굴다가 26세의 젊은 나이에 황조黃祖(?-208)에게 살해당했다. <앵무부鸚鵡賦>의 저자로 유명하다. ≪후한서·예형전≫권110 참조.
160) 牛膝(우슬) : 줄기가 소 무릎처럼 생긴 데서 유래한 약초 이름.

旬肉藥俱不敗. 因知始剏此論, 意者徒以名類然[161]也. 卽思本草[162]
云, "鳧茨[163]令人臍下常痛." 斯堪絶倒[164]. 若爾, 則王莽末, 南方
餓甿掘食, 何不東觀[165]書載, 其多患胏臍[166]氣乎? 牛膝之忌, 當由
痔疾, 不宜食雉肉. 痔, 風也. 偶然此肉發動腸風而病, 名與鳧茨同
爾.

○의학서적에 "우슬초라는 약초는 소고기를 피해야 한다"는 말이
있다. 나는 사물의 속성을 상세히 살피는 것을 좋아하여, 일찍이
겨울철에 소고기로 우슬초를 싼 적이 있는데, 열흘이 지나도 고
기와 약초가 모두 부패하지 않았다. 그래서 처음 이러한 이론을
창시할 때 생각해낸 사람이 단지 이름이 비슷하다는 이유로 그
런 말을 했다는 것을 알게 되었다. 곧 ≪본초≫에서 "올방개는
사람에게 배꼽 밑으로 늘 통증을 가져다 준다"고 한 말이 생각
났는데, 이 말도 우스꽝스럽기 그지 없다. 만약 그렇다면 (신나
라) 왕망 말엽에 남방에서 굶주린 백성들이 그 풀을 캐서 먹은
일이 있는데, 어째서 동관에서는 백성들이 배꼽 부위에 병이 걸

---

161) 以名類然(이명류연) : 이름이 유사해서 그런 말을 하다. 전체적으로 약초인 '우
슬牛膝'과 소고기인 '우육牛肉', 채소인 '부자鳧茨(fúcí)'와 배꼽을 뜻하는 말인 '발
제胏臍(bóqí)', 병명인 '치痔(zhì)'와 꿩고기인 '치雉(zhì)'의 발음이 유사해서 양자
를 상극의 사물로 연결시키는 엉뚱한 이론이 생겨났다는 말인 듯하다.
162) 本草(본초) : 전설상의 황제인 신농씨神農氏가 지었다고 전하는 약초에 관한 저
서. 위서僞書일 가능성이 높으나 이미 후한 채옹蔡邕(133-192) 등의 해설서가 있
었던 것으로 보아 그 저작 시기는 전국시대戰國時代로 거슬러 올라갈 듯하다. 3권
본・4권본・5권본・8권본 등 다양한 판본이 전해졌고, 지금은 송나라 당신미唐愼
微가 정리한 ≪증류본초證類本草≫ 30권과 명나라 묘희옹繆希雍이 주석을 단 ≪신
농본초경소神農本草經疏≫ 30권본, 이시진李時珍(1518-1593)의 ≪본초강목本草
綱目≫ 52권본 등이 전한다. ≪수서・경적지≫권34, ≪구당서・경적지≫권47, ≪신
당서・예문지≫권59, ≪사고전서간명목록・자부・의가류醫家類≫권10 등 참조.
163) 鳧茨(부자) : 풀의 일종인 올방개. '부자鳧茈'로도 쓴다.
164) 絶倒(절도) : 기절하여 쓰러지다. 매우 감탄해 하거나 몹시 웃는 것을 비유한다.
165) 東觀(동관) : 원래 후한後漢 때 도읍인 하남성 낙양洛陽의 남궁南宮에 있던 장
서각藏書閣 이름으로 반고班固(32-92) 등에 의해 ≪동관한기東觀漢紀≫가 편찬된
곳으로 유명하다. 뒤에는 비서성祕書省이나 사관史館의 별칭으로 쓰였다.
166) 胏臍(발제) : 배꼽.

리는 경우가 많았다고 기재하지 않았을까? 우슬초를 금기시한다면 응당 '치질' 때문에 꿩고기를 먹어서도 안 될 것이다. '치'는 풍기를 뜻한다. 우연히 이 고기가 내장에 풍기를 일으켜 병을 초래했던 것이고, 이름도 (올방개를 뜻하는 말인) '부자'와 같은 것일 뿐이다.

◇席帽(석모)

●永貞[167]之前, 組藤爲蓋, 曰席帽, 取其輕也. 後或以太薄, 冬則不禦霜寒, 夏則不障暑氣, 乃細色罽代藤, 曰氈帽, 貴其厚也. 非崇貴莫戴, 而人亦未尙. 元和十年六月, 裴晉公[168]之爲臺丞[169], 自化理第早朝. 時靑鎭一帥拒命, 朝廷方參議兵計, 而晉公預焉. 二帥俾捷步張晏等傳刃[170], 伺便謀害, 至里東門, 導炬之下, 霜刃欻飛. 時晉公緊帽是賴, 刃不卽及, 而帽折其簷. 旣脫禍, 朝貴乃尙之. 近者布素[171]之士, 亦皆戴焉.(折簷帽, 尙在裴氏私帑[172]中.) 大和[173]末, 又染繒而復代罽, 曰疊絹帽. 雖示其妙, 與氈帽之庇懸矣. 會昌[174]已來, 吳人衒巧, 抑有結絲帽若網. 其巧之淫者, 織花鳥相厠焉.(近又染藤爲紫, 復以輕相尙.)

○(당나라 순종) 영정(805) 이전에 덩굴로 짜서 덮개를 만들고 '석모'라고 한 것은 그것이 가볍다는 뜻을 취한 것이다. 뒤에 누군

---

167) 永貞(영정) : 당唐 순종順宗의 연호(805).

168) 裴晉公(배진공) : 당나라 때 사람 배도裴度(765-839)에 대한 존칭. '진공'은 봉호封號. 산남동도절도사山南東道節度使와 중서령中書令 등을 역임하였고, 진국공晉國公에 봉해졌으며, 백거이白居易(772-846)·유우석劉禹錫(772-842)과도 친분이 두터웠다. 《신당서·배도전》권173 참조.

169) 臺丞(대승) : 관리들의 비행을 규찰하고 탄핵하는 업무를 관장하는 기관인 어사대御史臺에서 어사대부御史大夫 다음 가는 벼슬인 어사중승御史中丞의 별칭. '대臺'는 어사대를 가리킨다.

170) 傳刃(사인) : 칼로 찌르다. '사傳'는 '사剚'와 통용자.

171) 布素(포소) : 베옷과 무명옷. 평민이나 신분이 낮은 사람을 상징한다.

172) 私帑(사탕) : 사사로이 마련한 개인 창고를 이르는 말.

173) 大和(태화) : 당唐 문종文宗의 연호(827-835). '태大'는 '태太'로도 쓴다.

174) 會昌(회창) : 당唐 무종武宗의 연호(841-846).

가 그것이 너무 얇아서 겨울에는 한기를 막지 못 하고, 여름에는 더위를 막지 못 한다고 생각해, 결국 가늘면서 색깔이 고운 그물로 덩굴을 대신한 뒤 '전모'라고 한 것은 그것이 두텁다는 뜻을 취한 것이다. 고귀하지 않으면 아무도 쓰지 않기에, 사람들이 이것 역시 선호하지 않았다. (헌종) 원화 10년(815) 6월에 진국공 晉國公 배도裴度는 어사중승을 맡고 있으면서 스스로 마음먹고 집을 수리하고서 아침 일찍 조회에 참석하였는데, 당시 (산동성) 청주를 진수하던 한 장수가 항명하여 조정에서 군사작전을 논의하자, 배도도 거기에 참여하게 되었다. 그러자 두 장수가 발빠른 장안 등을 시켜 암살하라고 하면서 틈을 엿봐 그를 해치려고 하였는데, 배도가 고을 동문에 이르자 안내원의 횃불 아래서 칼날이 순식간에 날아들었다. 때마침 배도는 꼭 동여맨 모자 덕분에 칼날을 맞지 않았고, 단지 모자 챙만 부러졌다. 화를 면한 뒤 조정에서는 결국 그 모자를 선호하게 되었다. 근자에는 일반 선비들도 모두 그것을 쓴다.(챙이 부러진 모자는 아직도 배씨 가문의 개인창고에 보관되어 있다.) (문종) 태화(827-835) 말엽에는 또 비단을 물들여 다시 그물을 대신하고서 '첩초모'라고 하였다. 그러나 비록 솜씨를 과시하기 위한 것이지만, '전모'가 몸을 가리는 정도와는 현격한 차이가 있었다. 무창(841-846) 이래로 오 지방 사람들은 솜씨를 뽐내고 싶어 다시 그물처럼 비단실로 엮은 모자를 만들어냈다. 그러나 솜씨가 너무 지나쳐 꽃과 새를 짜서 섞어넣기도 하였다.(근자에는 또 덩굴을 자색으로 물들이고, 다시 가벼운 것을 선호하게 되었다.)

◇被袋175) (피대)

●非古製, 不知孰起也. 比者遠游, 行則用. 大和九年, 以十家之累176)

---

175) 被袋(피대) : 침구나 옷 따위를 넣는 보따리를 이르는 말.
176) 十家之累(십가지루) : 열 집을 하나의 단위로 묶은 뒤 한 집에서 법을 어기면 나머지 아홉 집을 연좌시켜 처벌하는 제도를 이르는 말.

者, 邐迤[177]竄謫[178], 人人皆不自期, 常虞倉卒之遣. 每出私第, 咸
備四時服用. 舊以紐革爲腰囊, 置於殿乘[179]. 至是, 服用旣繁, 乃以
被易之, 成俗于今. 大中[180]已來, 吳人亦結絲爲之, 或有餉遺, 豪徒
翫而不用也.

○(짐보따리의 일종인 '피대'는) 고대 제품이 아니지만, 누가 처음
으로 만들었는지는 알려지지 않았다. 근자에 집을 멀리 떠날 때
길에 오르면 이것을 사용한다. (당나라 문종) 태화 9년(835)에
남의 범죄에 연루된 사람이 먼 곳으로 귀양을 가자, 사람들마다
모두 앞날을 기약할 수 없어 늘 창졸간에 쫓겨나는 일을 걱정하
게 되었다. 그래서 집을 나설 때마다 모두 사계절에 입을 의복을
준비하였다. 예전에는 끈 달린 가죽으로 허리에 차는 주머니를
만들어 뒷수레에 비치하였는데, 이때에 이르러 의복이 많아지자
이불로 그것과 바꾸면서 오늘날까지도 유행하고 있다. (선종) 대
중(847-859) 이후로는 오 지방 사람들이 비단실을 엮어 그것을
만들기도 하였는데, 혹여 음식이나 선물이 담긴 것을 받으면 부
호들은 노리개 취급할 뿐 실제 사용하지는 않는다.

◇注子偏提(주전자와 편제)

●元和初, 酌酒猶用樽杓, 所以丞相高公有斟酌[181]之譽. 雖數十人,
一樽一杓, 挹酒而散, 了無遺滴. 居無何[182], 稍用注子[183], 其形若
罃, 而蓋觜柄皆具. 大和九年後, 中貴人[184]惡其名同鄭注[185], 乃去

---

177) 邐迤(이이) : 본래는 구불구불한 모양을 뜻하는 말이나 여기서는 먼 모양을 뜻
　　하는 말로 쓰인 듯하다.
178) 竄謫(찬적) : 쫓겨나다, 귀양가다.
179) 殿乘(전승) : 뒷수레. '殿'의 '후後'의 뜻.
180) 大中(대중) : 당唐 선종宣宗의 연호(847-859).
181) 斟酌(짐작) : 술잔에 술이 넘치거나 모자라지 않게 조심해서 술을 따르는 행위
　　를 이르는 말. 잘 헤아리거나 적절히 조절하는 것을 비유할 때도 있다.
182) 居無何(거무하) : 얼마 안 있어, 이윽고.
183) 注子(주자) : 주전자.
184) 中貴人(중귀인) : 임금의 총애를 받는 근신들을 일컫는 말. 후에는 주로 고위직

柄安系, 若茗瓶而小異, 目之曰偏提. 論者亦利其便, 且言柄有礙, 而屢傾仄. 今見行用.

○(당나라 헌종) 원화(806-820) 초엽만 해도 술을 따를 때 여전히 술동이와 국자를 사용한 것은 승상이나 고관이 술을 잘 따른다는 명예를 유지하기 위해서였다. 비록 수십 명이 참석할지라도, 술동이 하나와 국자 하나만 있으면 술을 떠서 나누어도 전혀 흘리는 일이 없었다. 얼마 뒤에는 점차 주전자를 사용하게 되었는데, 그 모양새는 술독과 비슷하면서도 덮개와 주둥이·손잡이가 모두 달려 있었다. (문종) 태화 9년(835) 이후로 황제의 근신들은 그 명칭이 정주의 이름인 '주注'와 같은 것이 싫어서, 결국 손잡이를 없애고 끈을 달아 찻병과 비슷하면서도 약간 다르게 만들고는, 그 이름을 '편제'라고 하였다. 이에 대해 말하는 이들은 그 편리함을 좋게 받아들이면서도 손잡이가 걸리적거려 누차 기울여야 한다고 말한다. 오늘날에도 널리 사용하고 있다.

◇承床(승상)

●近者繩床[186], 皆短其倚衡[187], 曰折背樣, 言高不及背之半, 倚必將仰, 脊不遑縱, 亦由中貴人叛意也. 蓋防至尊賜坐, 雖居私第, 不敢傲逸其體, 常習恭敬之儀. 士人家不窮其意, 往往取樣而製, 不亦乖乎?(繩床, 當作承字, 言輕齎可随人來去.)

○요즈음 유행하는 '승상'은 모두 등받이를 짧게 하여 '절배양'이라고 부르는데, 이는 높이가 등의 반에도 미치지 않아 의지할 때는

환관을 지칭하는 말로 쓰였다.

185) 鄭注(정주) : 당나라 문종文宗 때 사람(?-835). 본명은 어주魚注. 공부상서·한림시강학사翰林侍講學士 등을 역임하였고, 환관 제거를 모의하여 감로지변甘露之變이 발발하자 군대를 이끌고 경사京師로 갔다가 귀환하던 도중에 감군사監軍使 장충청張沖淸에게 살해당했다. ≪신당서·정주전≫권179 참조.

186) 繩床(승상) : 판자나 끈을 엮어서 만든 접이식 의자의 일종을 이르는 말.

187) 倚衡(의형) : 보통은 수레 끝에 댄 가로나무나 건물의 난간을 뜻하는 말로 쓰이나 여기서는 의자의 등받이를 가리키는 말로 쓰인 듯하다.

반드시 고개를 들고 등을 한시도 편하게 펴지 않는다는 말로, 역시 황제의 근신들의 창의적 생각에서 비롯된 것이다. 아마도 황제가 좌석을 하사하는 것을 차단하려는 뜻인 듯한데, 비록 사저에서 지낼 때라 하더라도 감히 육신을 안일하게 두지 않아, 늘 공경의 자세를 유지하기 위해서일 것이다. 선비들 집안에서는 그러한 뜻을 제대로 살피지 않고, 왕왕 그러한 모양새를 본떠 만들고 있으니, 역시 사리에 어긋나는 것이 아닐까?('승상'의 '승繩'자는 응당 '승承'자로 써야 하는데, 이는 가벼운 휴대물품이라서 사람을 따라 왔다갔다 할 수 있다는 말이다.)

역주자 소개

김 만 원(金萬源)

국립서울대학교 중어중문학과 학사 / 석사 / 박사
국립대만대학교 중문과 방문학자
국립강릉대학교 인문과학연구소장
국립강릉원주대학교 인문대학장 겸 교육대학원장
현 국립강릉원주대학교 중어중문학과 교수

≪山堂肆考 譯註≫(20책), 도서출판역락(2014)
≪事物紀原 譯註≫(2책), 도서출판역락(2015)
≪氏族大全 譯註≫(4책), 도서출판역락(2016)
≪四庫全書簡明目錄 譯註≫(4책), 도서출판역락(2017)
≪白虎通義 譯註≫, 도서출판역락(2018)
≪獨斷·古今註·中華古今註 譯註≫, 도서출판역락(2019)
≪金樓子 譯註≫, 도서출판역락(2020)
≪死不休-두보의 삶과 문학≫, 공저, 서울대학교출판문화원(2012)
≪두보 고체시 명편≫, 공역, 서울대학교출판문화원(2015)
≪두보 근체시 명편≫, 공역, 서울대학교출판문화원(2018)

文淵閣四庫全書

蘇氏演義 譯註
刊誤 譯註
資暇集 譯註

초판 인쇄   2021년 8월 23일
초판 발행   2021년 8월 31일

역 주 김만원
펴낸이 이대현
편 집 이태곤 권분옥 문선희 임애정 강윤경
디자인 안혜진 최선주 이경진
영 업 박태훈 안현진
펴낸곳 도서출판 역락 | 등록 제303-2002-000014호(등록일 1999년 4월 19일)
주 소 서울시 서초구 동광로46길 6-6 문창빌딩 2층
전 화 02-3409-2058(영업부), 2060(편집부) | 팩시밀리 02-3409-2059
전자우편 youkrack@hanmail.net
홈페이지 www.youkrackbooks.com
ISBN 979-11-6742-195-1 93820

* 정가는 표지에 있습니다.
* 파본은 구입처에서 교환해 드립니다.